DAVID MORRELL

DIE MÖRDER DER QUEEN

KRIMINALROMAN

AUS DEM AMERIKANISCHEN
VON CHRISTINE GASPARD

Die amerikanische Originalausgabe erschien 2015 unter dem Titel
»Inspector of the Dead« bei Mulholland Books, New York.

Besuchen Sie uns im Internet:
www.knaur.de

Deutsche Erstausgabe Oktober 2019
Knaur Taschenbuch
© 2015 by Morrell Enterprises, Inc.
This edition published by arrangement with
Little, Brown and Company, New York, New York, USA. All rights reserved.
© 2019 der deutschsprachigen Ausgabe Knaur Verlag
Ein Imprint der Verlagsgruppe
Droemer Knaur GmbH & Co. KG, München
Alle Rechte vorbehalten. Das Werk darf – auch teilweise – nur mit
Genehmigung des Verlags wiedergegeben werden.
Redaktion: Maria Koettnitz
Covergestaltung: U1 berlin, Patrizia Di Stefano
Coverabbildung: © Roy Bishop / Arcangel,
© Juanmonino / Getty Images, © blue_iq / Getty Images,
© posscriptum / shutterstock
Satz: Adobe InDesign im Verlag
Druck und Bindung: GGP Media GmbH, Pößneck
ISBN 978-3-426-52066-6

2 4 5 3 1

*Für Grevel Lindop und Robert Morrison,
die mich angeleitet haben, während ich mir alles aneignete, was es
über Thomas De Quincey zu wissen gab,*

*und für die Historikerin Judith Flanders,
die mich die dunklen viktorianischen Straßen entlangführte*

Einleitung

Heute halten wir die strengen Gesetze, die den Verkauf von Rauschmitteln kontrollieren, für selbstverständlich. Entsprechend überrascht sind wir, wenn wir erfahren, dass Opium – zu dessen Derivaten Heroin und Morphium gehören – im Britischen Weltreich und den Vereinigten Staaten im neunzehnten Jahrhundert sehr lange frei verkäuflich war. Drogisten, Metzger, Gemischtwarenhändler und sogar Zeitungsjungen verkauften es. Die flüssige Variante war als Laudanum bekannt; hier handelte es sich um eine Mischung aus gemahlenem Opium und Alkohol (in der Regel Branntwein). Fast jeder Haushalt besaß eine Flasche davon, etwa so, wie in fast jedem modernen Medizinschränkchen Aspirin zu finden ist. Opium war das einzige bekannte Schmerzmittel (abgesehen vom Alkohol); man verwendete es gegen Kopfschmerzen, Menstruationsbeschwerden, verdorbenen Magen, Heuschnupfen, Ohrenschmerzen, Rückenkrämpfe und Krebs und bei Säuglingen gegen Koliken, kurz, es kam bei allen nur denkbaren Leiden und Beschwerden zum Einsatz.
Thomas De Quincey, einer der berüchtigtsten und brillantesten Autoren des neunzehnten Jahrhunderts, machte erstmals Bekanntschaft mit der Droge, als er als junger Mann unter Zahnschmerzen litt. Er beschrieb die Euphorie, die er daraufhin empfand, als »Abgrund himmlischen Genusses ... die große Panacea, das geheimnisvolle Labsal zur Erfüllung aller menschlichen Wünsche ... das Geheimnis der Glückseligkeit«. In den folgenden acht Jahren verwendete er das Mittel zwar nur gelegentlich, aber mit achtundzwanzig Jahren war er abhängig geworden und sollte es sein Leben lang bleiben. Die Vorstellung von körperlicher und psychischer Abhängigkeit war im neunzehnten Jahr-

hundert unbekannt. Man betrachtete den Opiummissbrauch einfach als eine schlechte Angewohnheit, die mit etwas Charakterstärke und Disziplin von jedermann zu überwinden war. Weil De Quincey nicht aufhören konnte, wurde er seines Mangels an Selbstbeherrschung wegen angefeindet, obwohl seine Versuche, sich von der Droge zu lösen, dazu führten, dass er sich vor Schmerzen wand – »angstvoll klopfenden Herzens, zitternd und zerschlagen, völlig wie ein Gefolterter«.

Im Jahr 1821, mit sechsunddreißig Jahren, veröffentlichte De Quincey seine *Bekenntnisse eines englischen Opiumessers* und löste damit eine Schockwelle aus, die durch ganz England rollte. Dieses erste Buch, das je über Drogenabhängigkeit geschrieben wurde, machte ihn seiner Offenheit wegen berühmt – zu einer Zeit, in der viele Menschen an der gleichen Abhängigkeit litten, es aber niemals eingestanden hätten: Sie fürchteten sich davor, ihr Privatleben dem Blick der Öffentlichkeit preiszugeben. Zu diesem Zeitpunkt war die zunächst wohltätige Wirkung der Droge längst verflogen, und De Quincey benötigte riesige Mengen von ihr, um sich selbst funktionsfähig zu halten. Ein Esslöffel Laudanum hätte einen Menschen, der nicht an das Mittel gewöhnt war, umbringen können; auf dem Höhepunkt seiner Sucht schluckte De Quincey sechzehn Unzen [knapp 0,5 l] am Tag, allein um einen Normalzustand aufrechtzuerhalten, während er zugleich Opiumpastillen aus einer Schnupftabaksdose kaute, wie ein anderer Mensch Haselnüsse isst – so beschrieb es jedenfalls ein Freund.

Die Droge löste Nacht für Nacht entsetzliche Albträume aus, die De Quincey vorkamen, als dauerten sie hundert Jahre. Die Geister der Menschen, die er geliebt hatte, besuchten ihn. Jede Verletzung und jeder Verlust seines Lebens kam wieder an die Oberfläche, um ihn heimzusuchen, und in seinen Albträumen entdeckte De Quincey eine im wörtlichen Sinne bodenlose Innenwelt, »tie-

fe Schlünde und sonnenlose Abgründe, unergründliche Tiefen«. Siebzig Jahre vor Freud entwickelte er Theorien über das Unbewusste, die große Ähnlichkeit mit der später veröffentlichten *Traumdeutung* des großen Psychoanalytikers hatten. Tatsächlich war es De Quincey, der den Begriff des Unterbewussten erfand und die finsteren Kammern des Geistes beschrieb, in denen sich eine fürchterliche, fremdartige Natur verbergen konnte, unbekannt nicht nur Außenstehenden, sondern auch dem Menschen selbst.
Und De Quincey besaß noch eine weitere bemerkenswerte Qualifikation: Er war Experte für die Kunst des Mordens.

Ist der Mörder es wert, ein Künstler genannt zu werden, so tobt in ihm ein großer Sturm der Leidenschaft – Eifersucht, Ehrgeiz, Rachsucht, Hass –, der in seinem Inneren eine Hölle schaffen wird.

Thomas De Quincey
Über das Klopfen an die Pforte in Shakespeares »Macbeth«

1

DIE TODESZONE

London 1855

Wenn sie nicht gerade ein Theater oder einen Herrenclub aufsuchten, legten die meisten achtbaren Bewohner der größten Stadt der Welt Wert darauf, zu Hause zu sein, bevor die Sonne untergegangen war – was an diesem kalten Samstagnachmittag, dem dritten Februar, um sechs Minuten vor fünf der Fall war.

Eben diese Uhrzeit – abgestimmt auf die Uhr des Royal Greenwich Observatory – erschien auch auf dem Zifferblatt einer silbernen Taschenuhr, die ein teuer gekleideter und offenkundig distinguierter Herr im Licht einer zischenden Gaslaterne studierte. Bittere Erfahrungen hatten ihn gelehrt, dass das äußere Erscheinungsbild über Leben oder Tod entscheiden konnte. Welche niederträchtigen Gedanken ein Mann auch hegen mochte, es zählte nur der Anschein der Achtbarkeit. Seit nunmehr fünfzehn Jahren konnte er sich nicht mehr an einen Augenblick erinnern, in dem die Rage nicht in ihm getobt hätte, aber er hatte nie zugelassen, dass jemand Verdacht schöpfte. Er genoss die Überraschung derjenigen, an denen er seinen Zorn ausließ.

An diesem Abend stand er an der Straße Constitution Hill und starrte zu den verschatteten Mauern des Buckingham Palace hinüber. Lichter glommen schwach hinter den Vorhängen. In Anbetracht der Tatsache, dass vier Tage zuvor die britische Regierung gestürzt war, eine direkte Folge ihrer katastrophalen Fehlentscheidungen im Krimkrieg, saß Queen Victoria zweifellos gerade in einer dringenden Sitzung mit ihrem Kronrat. Ein Schatten, der sich an einem der Fenster vorbeibewegte, mochte der ihre sein oder vielleicht auch der ihres Ehemannes, Prinz Albert. Der Herr draußen auf der Straße war sich nicht sicher, wen von beiden er mehr hasste.

Schritte kamen näher und veranlassten ihn, sich umzudrehen. Ein Constable erschien; der Umriss seines Helms zeichnete sich gegen den Nebel ab. Als der Beamte den Strahl seiner Laterne auf die teure Kleidung seines Gegenübers richtete, sorgte der Herr dafür, dass er ruhig wirkte. Sein Zylinder, der Mantel und die Hose waren von bester Qualität. Der Vollbart – eine Verkleidung – hätte einige Jahre zuvor noch Aufmerksamkeit erregt, war inzwischen aber modisch geworden. Selbst der schwarze Spazierstock mit dem polierten Silberknauf entsprach der aktuellen Mode.

»Guten Abend, Sir. Nehmen Sie's mir bitte nicht übel, aber Sie sollten sich nicht hier aufhalten«, warnte der Constable. »Es ist nicht gut, allein im Dunkeln unterwegs zu sein, nicht mal in der Gegend hier.«

»Danke, Constable. Ich bin schon unterwegs.«

Von seinem Versteck aus hörte der junge Mann schließlich doch noch, dass sich ein Opfer näherte. Er hatte schon beinahe aufgegeben in dem Wissen, wie unwahrscheinlich es war, dass ein wohlhabender Mensch sich auf die nebelverhangene Straße hinauswagen würde – aber er wusste auch, dass der Nebel sein einziger Verbündeter gegen den Constable war, der alle zwanzig Minuten hier vorbeikam.

Er kam zu dem Schluss, dass die Schritte nicht wie das bedrohliche, wuchtige Stapfen des Constable klangen, und dann wappnete der junge Mann sich für die verzweifeltste Tat seines Lebens. Er hatte auf drei Reisen von England in den Orient und zurück an Bord eines Schiffs der Britischen Ostindien-Kompanie Taifune und Fieberkrankheiten überstanden, aber sie waren nichts gewesen verglichen mit dem, was er jetzt riskierte und wofür er mit dem Strick bestraft werden konnte. Sein Magen knurrte vor Hunger, und er betete darum, dass das Geräusch ihn nicht verraten möge.

Die Schritte kamen näher, und ein Zylinder kam in Sicht. Trotz seiner Schwäche trat der junge Mann hinter dem Baum im Green Park hervor. Er packte das schmiedeeiserne Geländer, sprang darüber und landete unmittelbar vor einem Herrn, dessen dunkler Bart in dem verschleierten Licht einer in der Nähe stehenden Straßenlaterne eben noch zu erkennen war.

Der junge Mann gestikulierte mit einem Knüppel. »Ich brauch dir ja wohl nicht erst eine blutige Nase zu schlagen, nehm ich mal an, Kumpel. Gib mir deine Brieftasche, sonst geht's dir gleich ganz dreckig.«

Der Herr studierte die schmutzige, zerfetzte Seemannskleidung seines Gegenübers.

»Die Brieftasche, hab ich gesagt, Kumpel«, forderte der junge Mann, während er zugleich auf die Schritte des zurückkehrenden Constable lauschte. »Mach schnell, noch eine Warnung kriegst du nicht.«

»Das Licht könnte besser sein, aber vielleicht kannst du meine Augen sehen. Sieh sie dir genau an.«

»Ich mach dir die dicht, und zwar auf Dauer, wenn du mir nicht die Brieftasche gibst.«

»Kannst du Furcht in ihnen erkennen?«

»Gleich kann ich's.«

Der junge Mann stürzte vor, den Knüppel hochgeschwungen.

Mit verblüffender Geschwindigkeit drehte der Herr sich zur Seite und schlug mit dem Spazierstock zu. Er traf das Handgelenk des Angreifers und schlug ihm den Knüppel aus der Hand. Mit einem zweiten Hieb seitlich gegen den Kopf des jungen Seemannes schleuderte er ihn zu Boden.

»Bleib unten, wenn du nicht noch mehr von der Sorte willst«, riet der Herr.

Der junge Mann umklammerte seinen schmerzenden Kopf und verkniff sich ein Stöhnen.

»Bevor du jemanden angreifst, solltest du ihm immer in die Augen sehen. Vergewissere dich, ob seine Entschlossenheit nicht größer ist als deine. Dein Alter bitte.«

Der höfliche Tonfall überraschte den jungen Mann so sehr, dass er sich unversehens bei einer Antwort ertappte. »Achtzehn.«

»Wie heißt du?«

Der junge Mann zögerte. Er schauderte in der Kälte.

»Sag ihn mir. Dein Vorname reicht völlig, und er kann dich nicht belasten.«

»Ronnie.«

»Ronald meinst du. Wenn du es zu etwas bringen willst, solltest du immer deinen richtigen Namen verwenden. Sag's.«

»Ronald.«

»Trotz der Schmerzen durch meine Schläge hattest du genug Willensstärke, um nicht zu schreien und damit den Constable zu alarmieren. Charakter verdient belohnt zu werden. Wie lang ist es her, dass du etwas gegessen hast, Ronald?«

»Zwei Tage.«

»Dann geht deine Fastenzeit jetzt zu Ende.«

Der Gentleman ließ fünf Münzen auf das Pflaster fallen. Das schwache Licht der Straßenlaterne machte es Ronald schwer, sie genau zu erkennen. Er rechnete mit Pennymünzen und war fassungslos, als er feststellte, dass es sich nicht um Pennys und nicht einmal um Shillings handelte, sondern um goldene Sovereigns. Er starrte die Münzen ungläubig an. Ein Goldsovereign war mehr, als die meisten Menschen in einer Woche harter Arbeit verdienen konnten, und hier lagen nun fünf davon.

»Würdest du dir gern noch mehr Sovereigns verdienen, Ronald?«

Er raffte die Münzen an sich. »*Ja*.«
»Garner Street Nummer fünfundzwanzig in Wapping.« Die Adresse lag im armseligen East End, so weit vom majestätischen Green Park entfernt, wie man es sich nur vorstellen konnte.
»Wiederhole es.«
»Garner Street Nummer fünfundzwanzig in Wapping.«
»Sei morgen um vier Uhr am Nachmittag dort. Kauf dir warme Kleidung. Nichts Luxuriöses, nichts, das Aufmerksamkeit erregt. Du bist im Begriff, dich einer großen Sache anzuschließen, Ronald. Aber wenn du irgendjemandem von Garner Street Nummer fünfundzwanzig erzählst, dann wird es dir, um deine eigenen Worte zu verwenden, dreckig gehen. Wir werden sehen, ob du tatsächlich Charakterstärke besitzt oder ob du die größte Gelegenheit wegwirfst, die du in deinem ganzen Leben bekommen wirst.«
Schwere Schritte näherten sich.
»Der Constable. Geh«, warnte der bärtige Herr. »Und enttäusch mich nicht, Ronald.«
Mit noch heftiger knurrendem Magen und ungläubig angesichts der Glückssträhne umklammerte Ronald seine fünf kostbaren Sovereigns und stürzte davon in den Nebel.

Der Gentleman setzte seinen Weg entlang der Constitution Hill fort; seine Taschenuhr zeigte jetzt acht Minuten nach fünf. Die Uhren seiner Gefährten – auch sie auf die Uhrzeit des Royal Observatory in Greenwich eingestellt – würden die gleiche Zeit anzeigen. Alles war noch im Zeitplan.
An der Piccadilly wandte er sich nach rechts, wo einer der angesehensten Stadtteile Londons lag: Mayfair. Es kam ihm vor, als habe er eine Ewigkeit auf das erfreuliche Ereignis gewartet, das ihm jetzt bevorstand. Er hatte Unvorstellbares erduldet, um sich darauf vorzubereiten. Trotz des Aufruhrs in seinem Inneren be-

hielt er sein gemessenes Tempo bei, entschlossen, die bevorstehende Befriedigung nicht durch Hast zu entwerten.
Selbst im Nebel hatte er keine Schwierigkeiten, sich zurechtzufinden. Dies war eine Strecke, die er in seiner Erinnerung schon sehr oft zurückgelegt hatte. Es war die gleiche Strecke, die er fünfzehn Jahre zuvor gerannt war; als verzweifelter Junge war er nach rechts abgebogen und die Piccadilly entlanggestürzt, dann nach links in die Half Moon Street, wieder nach links in die Curzon Street, hierhin und dahin, hatte gefleht und gebettelt.
»*Bitte, Sir, ich brauche Ihre Hilfe!*«
»*Halt dich von mir fern, du dreckiges Stück Ungeziefer!*«
Das Echo der Stimmen an jenem verhassten Tag hallte in seiner Erinnerung wider, als er die Straße Chesterfield Hill erreichte. Er blieb an einer Stelle stehen, wo eine Gaslaterne ein eisernes Geländer und dahinter fünf Stufen beleuchtete, die zu einer Eichenholztür hinaufführten. Der Klopfer hatte die Form eines stilisierten Löwenkopfes.
Die Stufen waren frisch geschrubbt. Er bemerkte einen am Geländer befestigten Schuhabstreifer und zog die Sohlen über das Eisen, sodass er keine Spuren hinterlassen würde. Er umfasste den Spazierstock fester, öffnete das Tor und stieg die Stufen hinauf. Der Aufschlag des Türklopfers hallte im Inneren des Hauses wider.
Er hörte auf der anderen Seite der Tür jemanden näher kommen. Einen Augenblick lang suggerierte ihm seine Einbildungskraft, dass es die Welt außerhalb des Nebels nicht mehr gab, dass er in einer abgeschiedenen Kammer des Universums stand, in der die Zeit stehen geblieben war. Als ein Riegel zurückgeschoben wurde und die Tür sich öffnete, hielt er den Stock mit dem Silberknauf bereit.
Ein Butler musterte ihn verwundert. »Seine Lordschaft erwartet keinen Besuch.«

Der Herr schlug mit aller Kraft zu. Der Hieb traf den Kopf des Mannes und schleuderte ihn auf den Marmorboden. Der Herzschlag des Besuchers donnerte vor Befriedigung, als er eintrat und die Haustür wieder schloss. Ein paar schnelle Schritte, und er befand sich in einer weitläufigen Eingangshalle.
Ein Hausmädchen stand am Fuß einer reich verzierten Treppe und runzelte die Stirn, offenbar verwundert darüber, dass der Butler den Besucher nicht ins Haus hinein begleitet hatte. In rasender Wut schwang der Gentleman den Stock hoch und spürte, wie der Knauf dem Mädchen den Schädel zerschmetterte. Mit einem letzten Stöhnen sank sie zu Boden.
Der Gentleman war bereits mehrmals in diesem Haus zu Besuch gewesen, allerdings ohne den Bart, der ihm als Verkleidung diente. Er wusste, wie die Räume angeordnet waren; es würde nicht viel Zeit kosten, die übrigen Bediensteten auszuschalten. Dann konnte er mit dem befriedigenden Teil beginnen und seine Aufmerksamkeit der Herrschaft zuwenden. Den Stock fest in der Hand, machte er sich an sein großes Werk.
Es galt Erinnerungen heraufzubeschwören.
Es galt Strafen zu verhängen.

2

Die zugehängte Bank

Die St. James's Church wirkte fast zu bescheiden für ihren Standort an der südöstlichen Grenze des reichen Stadtteils Mayfair. Kaum etwas an dem von Sir Christopher Wren entworfenen Bau ließ vermuten, dass derselbe große Architekt auch für die einschüchternde Pracht von St. Paul's Cathedral verantwortlich zeichnete – der Kontrast war zu groß. Die Kirche war schmal und nur drei Stockwerke hoch; erbaut war sie aus schlichtem rotem Backstein. Die spitze Turmbekrönung war mit einer Uhr, einer Messingkugel und einer Wetterfahne ausgestattet, und damit begann und endete der Bauschmuck.
Während die Glocken den sonntäglichen Elf-Uhr-Gottesdienst ankündigten, setzte ein Strom von Kutschen die Reichen und Mächtigen des Viertels vor der Kirche ab. St. James's füllte sich rasch, auch deshalb, weil ein ungewöhnlicher Besucher erwartet wurde, von dem man hoffte, er werde die kriegsbedingt trübe Stimmung heben. Das morgendliche Sonnenlicht drang schimmernd durch die zahlreichen hohen Fenster, strahlte von den weißen Wänden zurück und erfüllte den Innenraum mit einem prachtvollen Leuchten – ein Effekt, für den St. James's berühmt war.
Unter den Besuchern, die die Kirche betraten, erregte eine Gruppe besondere Aufmerksamkeit. Die vier Menschen waren nicht nur Fremde in der Gemeinde; zwei der Männer waren zudem auffallend hochgewachsen, beinahe einen Meter achtzig, was in einer Zeit, in der die meisten Männer nur etwa hundertsiebzig Zentimeter maßen, bemerkenswert war. Im Gegensatz zu ihnen war der dritte Mann sehr klein: kaum über einen Meter fünfzig. Auch die Kleidung der Gruppe wirkte auffällig. Die beiden gro-

ßen Männer trugen formlose Alltagskleidung – nicht eben das, was man unter all den Gehröcken in St. James's zu sehen erwartete. Der kleine Mann, der zudem sehr viel älter war, hatte zumindest versucht, sich dem Anlass entsprechend zu kleiden, aber die zerfransten Hosenbeine und glänzend geriebenen Ellenbogen seines Anzugs legten nahe, dass er in einem anderen Viertel zu Hause war.
Die vierte Person in der Gruppe, eine attraktive junge Frau von vielleicht zweiundzwanzig Jahren ... was um alles in der Welt sollte man von *ihr* halten? Statt eines modischen Kleides mit üppigen Satinvolants über einem aufwendigen Reifrock trug sie einen locker herabhängenden Rock mit Damenhose darunter – ein Kleidungsstil, den die Presse abschätzig als »Bloomers« bezeichnete. Umriss und Bewegung ihrer Beine waren deutlich zu erkennen, und so drehten sich die Köpfe nach ihr herum, und Geflüster breitete sich in der Kirche aus.
Das Flüstern wurde lauter, als einer der beiden hochgewachsenen Männer etwas abnahm, das sehr nach einer Zeitungsjungenkappe aussah, woraufhin leuchtend rotes Haar zum Vorschein kam.
»Ire«, murmelten mehrere Leute.
Der zweite große Mann hatte eine Narbe am Kinn, was vermuten ließ, dass sein gesellschaftlicher Hintergrund nicht viel besser war.
Jedermann erwartete, dass die zweifelhaften Besucher hinter den Sitzbänken stehen bleiben würden, dort, wo Dienstboten und andere Angehörige der unteren Schichten ihre Andacht verrichteten. Stattdessen überraschte die attraktive junge Frau in dem Bloomerkleid – sie hatte Augen von auffallend leuchtendem Blau und glänzende hellbraune Locken, die im Nacken unter ihrem Schutenhut hervorquollen – die ganze Gemeinde, indem sie sich an die oberste Bankschließerin wandte, eine Frau namens Agnes Barrett.

Agnes war sechzig Jahre alt, bebrillt und weißhaarig. Sie war unter den Bankschließerinnen im Lauf von Jahrzehnten immer weiter aufgestiegen, und mittlerweile hatte sie die Schlüssel der wichtigsten privaten Bänke der Kirche in Verwahrung. Es gab Gerüchte, die besagten, dass die Zuwendungen von den Mietern ihrer Bänke sich über die Jahre hinweg zu einem respektablen Vermögen von dreitausend Pfund angesammelt hatten. Es wäre wohlverdientes Geld gewesen, denn eine gute Bankschließerin wusste sich nützlich zu machen, polierte das Eichenholz des Gestühls, staubte die Sitzbänke ab, klopfte die Kissen auf und so weiter.

Agnes wartete etwas verwundert darauf, dass die junge Frau in dem skandalösen Bloomerkleid ihr Anliegen kundtat. Vielleicht hatte das arme Geschöpf sich ja hierher verirrt. Vielleicht wollte sie den Weg zu einer ihrem Stand angemessenen Kirche erfragen.

»Bitte führen Sie uns doch zu Lord Palmerstons Bank«, sagte die junge Frau stattdessen.

Agnes blieb der Mund offen stehen. Hatte das merkwürdige Wesen gerade eben »Lord Palmerstons Bank« gesagt? Agnes musste sie missverstanden haben. Lord Palmerston war einer der einflussreichsten Politiker des Landes.

»Verzeihung?«

»Lord Palmerstons Bank, bitte.« Die lästige Besucherin händigte Agnes eine Mitteilung aus.

Agnes las sie in wachsender Verwunderung. Die Handschrift war ihr vertraut; es war unzweifelhaft diejenige Lord Palmerstons. Und die Nachricht gestattete den vier seltsam aussehenden Fremden ganz unmissverständlich, seine Kirchenbank zu nutzen. Aber was um alles in der Welt konnte Seine Lordschaft dazu veranlasst haben, sich so tief herabzulassen?

Agnes versuchte sich die Verwirrung nicht anmerken zu lassen. Sie richtete den verstörten Blick auf den ungewöhnlich kleinen

Mann; seine Augen waren ebenso leuchtend blau wie die der jungen Frau, und sein Haar war vom gleichen hellen Braun. *Vater und Tochter*, schlussfolgerte Agnes. Der kleine Mann rang angespannt die Hände und verlagerte sein Gewicht von einem Fuß auf den anderen, als gehe er auf der Stelle. Trotz des kalten Februarmorgens glänzte Schweiß auf seiner Stirn. Vielleicht war er krank?

»Folgen Sie mir«, sagte Agnes widerwillig.

Sie ging den Mittelgang entlang, vorbei an einem Gestühl, das in einzelne Logen aufgeteilt war. Statt durchgehender Bänke zwischen den Gängen gab es hier quadratische Abteile, etwa zweieinhalb Meter lang und breit und auf allen Seiten von halbhohen Wänden umgeben. Die Sitzbänke im Inneren boten genug Platz für eine Familie. Die Ausstattung vieler dieser Logen erinnerte an eine Sitzgruppe in einem Privathaus, mit Kissen auf den Bänken und Teppichen auf dem Fußboden. In einigen gab es sogar Tische, auf denen man Zylinder, Handschuhe und Mäntel ablegen konnte.

Lord Palmerstons Loge befand sich ganz vorn, auf der rechten Seite des Mittelgangs. Agnes war der Weg dorthin noch nie so lang vorgekommen. Obwohl sie den Blick starr geradeaus gerichtet hielt, konnte sie nicht umhin, die Aufmerksamkeit mitzubekommen, die sie und die Gruppe zweifelhafter Gestalten in ihrem Kielwasser erregten. Als sie die Altarschranke aus weißem Marmor fast erreicht hatte, musste sie sich umdrehen und der Gemeinde das Gesicht zuwenden. Sie spürte, dass jeder Blick im Raum auf sie gerichtet war, als sie einen Schlüssel an ihrem Schlüsselring auswählte und die Tür zu Lord Palmerstons Kirchenbank aufschloss.

»Hätte Seine Lordschaft mich wissen lassen, dass er Gästen seine Bank zur Verfügung stellen will, hätte ich sie für Sie vorbereiten können«, erklärte sie. »Der Kohlenheizer ist nicht angezündet.«

»Vielen Dank«, beruhigte die junge Frau, »aber es ist wirklich nicht nötig, für uns zu heizen. Dies ist schon viel behaglicher, als wir es aus unserer Kirche in Edinburgh her gewöhnt sind. Dort können wir uns nicht leisten, eine Loge zu mieten. Wir stehen hinten.«

Sie ist also aus Schottland, dachte Agnes. *Und einer der Männer ist Ire. Das erklärt dann wohl einiges.*

Lord Palmerstons Loge verfügte über drei Bankreihen mit Lehnen. Die beiden großen Männer setzten sich auf die mittlere Bank, die Frau und ihr Vater nahmen die vordere. Selbst im Sitzen bewegten sich die Beine des kleinen Mannes noch auf und ab.

Agnes rang sich ein höfliches Kopfnicken ab, ließ die Schlüssel klirren und kehrte wieder zum Eingang zurück, wo ein Kirchenpfleger an sie herantrat; der Mann sah so verwirrt aus, wie Agnes sich fühlte.

»Sie wissen, wer der kleine Mann da ist, oder nicht?«, flüsterte der Kirchenpfleger in einem Versuch, sich die eigene Verwunderung nicht anmerken zu lassen.

»Ich habe nicht die geringste Ahnung. Ich weiß nur, seine Kleider müssten dringend geflickt werden«, antwortete Agnes.

»Der Opiumesser.«

Wieder war sie sich im ersten Augenblick sicher, nicht richtig gehört zu haben. »Der Opiumesser? *Thomas De Quincey?*«

»Im Dezember, als diese ganzen Morde passiert sind, hab ich ein Bild von ihm in den *Illustrated London News* gesehen. Ich war so neugierig, dass ich in eine von den Buchhandlungen gegangen bin, von denen es in der Zeitung hieß, er würde dort Bücher signieren für jeden, der sie kauft. Ziemlich würdelose Art, seinen Lebensunterhalt zu verdienen, wenn Sie mich fragen.«

»Erzählen Sie mir jetzt nicht, dass er *das* Buch signiert hat.« Auch Agnes senkte jetzt die Stimme, als sie auf die berüchtigten *Bekenntnisse eines englischen Opiumessers* zu sprechen kam.

»Wenn sein Name drin gestanden hat und jemand bereit war, es zu kaufen, dann war er bereit, es zu signieren. Diese Frau in dem skandalösen Kleid ist seine Tochter. Damals in der Buchhandlung ... immer, wenn er versucht hat, sein Fläschchen aus der Tasche zu ziehen, hat sie ihm zur Ablenkung eine Tasse Tee gebracht.«

»Himmel«, sagte Agnes. »Glauben Sie denn, in dem Fläschchen war Laudanum?«

»Was sonst? Er muss fünf Tassen Tee getrunken haben, während ich da war. Stellen Sie sich vor, wie viel Laudanum er genommen hätte, wenn die Tochter nicht dabei gewesen wäre. Ich hoffe, ich brauche nicht eigens zu erwähnen, dass ich keins von seinen Büchern gekauft habe.«

»Ganz und gar nicht. Wer würde das armselige Geschmier lesen wollen, von kaufen gar nicht zu reden? Thomas De Quincey. Der Opiumesser in der St. James's Church. Der Himmel beschütze uns.«

»Das ist noch gar nicht alles.«

Agnes lauschte in wachsender Bestürzung.

»Diese beiden Männer, die der Opiumesser dabeihat. Einer davon ist ein Ermittler von Scotland Yard.«

»Das kann doch gar nicht sein.«

»Ich kenne ihn von dem Spaziergang, den ich jeden Morgen die Piccadilly entlang unternehme. Dabei komme ich an Lord Palmerstons Stadtpalais vorbei, und der jüngere von den Männern da vorn macht jeden Morgen um neun einen Besuch dort. Ich habe gehört, wie ein Pförtner von ihm als ›Detective Sergeant‹ gesprochen hat.«

»Ein Sergeant der Detektiveinheit? Das ist ja allerhand.«

»Ich habe auch mitbekommen, dass der Pförtner und der Ermittler über einen anderen Polizeidetektiv geredet haben, der bei den Morden im Dezember verletzt worden war. Dieser andere Detek-

tiv durfte sich seither in Lord Palmerstons Haus erholen. Auch der Opiumesser und seine Tochter wohnen zurzeit dort.«
Agnes spürte, wie sie bleich wurde. »In was für Zeiten leben wir eigentlich?«
Aber sie durfte sich nicht von ihren Pflichten ablenken lassen. Der erwartete Besucher würde bald eintreffen. Und mittlerweile warfen andere Kirchgänger ungeduldige Blicke in ihre Richtung, während sie darauf warteten, dass man ihre Logen aufschloss. Sie umklammerte ihren Schlüsselring und ging zu der nächststehenden Gruppe hinüber, aber als habe der Morgen nicht schon genug Überraschungen mit sich gebracht, sah sie in diesem Augenblick, wie der Tod zur Kirchentür hereinkam.

Die Vorschriften für Hinterbliebene waren streng in den mittleren Jahren des Viktorianischen Zeitalters. Von der trauernden Witwe, ihren Kindern und den nächsten Verwandten wurde erwartet, dass sie sich zu Hause von der Öffentlichkeit abschotteten und monatelang Trauer trugen – im Fall der Witwe mindestens ein Jahr und einen Tag lang.
Und so konnte Agnes nur starren angesichts dessen, was sie sah. Erstaunte Kirchgänger traten zurück, um einen streng aussehenden Mann mit verkniffenem Gesichtsausdruck durchzulassen, dessen Gehrock, Weste und Hose so schwarz waren, wie man sie nur färben konnte. Die Königin und Prinz Albert hielten nichts davon, wenn ein Mann andere Farben trug als Schwarz, Grau oder Dunkelblau, und so wäre es schwierig gewesen, düsterer auszusehen als die männlichen Besucher der St. James's Church. Aber der Fremde ließ die dunkel gekleideten Kirchgänger vergleichsweise geradezu wie eine Festgesellschaft wirken. Zusätzlich trug er noch nachtschwarze Handschuhe und hielt einen Zylinder in der Hand, dessen Trauerflor über die Krempe herabhing.

Einen Mann, dessen Kleidung so extreme Trauer verriet, bekam man in der Öffentlichkeit nur sehr selten zu sehen außer vielleicht bei der Beisetzung des Menschen, dem die Trauer galt. Bei einem Sonntagsgottesdienst in dieser Kleidung zu erscheinen, erregte die ungeteilte Aufmerksamkeit der Gemeinde.

Aber er war nicht allein. Mit einem Arm stützte er eine zerbrechlich wirkende Frau, deren gebeugte Haltung vermuten ließ, dass sie nicht mehr jung war. Auch sie trug Kleidung, die tiefste Trauer verriet. Ihr Kleid bestand aus nachtschwarzem Crêpe, dessen strukturierte Oberfläche keinerlei Licht reflektierte. Ein schwarzer Schleier hing vor ihrem schwarzen Schutenhut. Mit einer schwarz behandschuhten Hand betupfte sie sich unter dem Schleier die Augen mit einem schwarzen Taschentuch.

»Bitte schließen Sie Lady Cosgroves Kirchenbank auf«, sagte der streng aussehende Mann zu Agnes.

»Lady Cosgrove?« Erst jetzt ging Agnes auf, wer die Frau war. »Himmel, was ist passiert?«

»*Bitte*«, wiederholte der Mann.

»Aber Lady Cosgrove hat uns eine Nachricht geschickt, dass sie am Morgengottesdienst nicht teilnehmen würde. Ich habe ihre Bank nicht vorbereitet.«

»Lady Cosgrove hat andere Sorgen als die Frage, ob ihre Bank abgestaubt wurde.«

Ohne auf eine weitere Antwort zu warten, geleitete der Mann die taumelnde Frau das Kirchenschiff entlang. Wieder hörte Agnes das Flüstern, das ihr verriet, dass aller Augen auf sie gerichtet waren. Sie erreichte das vordere Ende des Mittelgangs und wandte sich nach rechts, vorbei an dem Opiumesser und seinen seltsam gekleideten Begleitern in Lord Palmerstons Loge. Der kleine Mann bewegte nach wie vor die Füße auf und ab.

Die nächste Loge war diejenige Lady Cosgroves. Sie befand sich an der rechten Seitenwand der Kirche und war die prachtvollste

von allen. Im Lauf der Jahrhunderte hatte man sie mit zwei Pfosten an den vorderen Ecken ergänzt, die einen Baldachin trugen. An den Pfosten waren Vorhänge festgebunden; wenn es in der Kirche zog, konnten Lady Cosgroves Angehörige die Vorhänge schließen, sodass sie auf drei Seiten geschützt waren, während sie das Geschehen am Altar verfolgten. Allerdings hatte man die Insassen der Loge auch an warmen Tagen schon die Vorhänge zuziehen sehen – vielleicht weil sie ihrer Andacht nachgehen wollten, ohne von anderen Gemeindemitgliedern beobachtet zu werden, möglicherweise aber auch, weil sie in Frieden ein Schläfchen machen wollten.
Während Agnes die Tür der Loge aufschloss, ließ Lady Cosgrove das schwarze Taschentuch unter dem Schleier sinken.
»Danke«, sagte sie zu dem verkniffen aussehenden Mann.
»Was immer ich für Sie tun kann, Lady Cosgrove. Es tut mir entsetzlich leid.«
Er reichte ihr einen schwarzen Umschlag.
Lady Cosgrove nickte gemessen, betrat die Loge und sank auf die vorderste der drei Sitzbänke.
Agnes hörte ein diskretes Hüsteln und stellte fest, dass der Pfarrer in der Tür zum Altarraum stand und darauf wartete, mit dem Gottesdienst beginnen zu können. Zugleich setzte die Orgel mit der Melodie von »The Son of God goes forth to war« ein, und die Stimmen des Chores hallten von der gewölbten Decke wider. Mit einem rumpelnden Geräusch erhob sich die Gemeinde von den Bänken. Gefolgt von Lady Cosgroves begräbnisschwarzem Begleiter kehrte Agnes wieder zum Eingang zurück, und dort angekommen, drehte sie sich um, um sich nach Lady Cosgroves Trauer zu erkundigen. Aber zu ihrer Überraschung war der düster gekleidete Mann nirgends mehr zu sehen, wohin sie auch blickte.
Wohin um alles in der Welt kann er denn verschwunden sein?,

fragte sie sich. Aber dann sah sie etwas anderes, nämlich den scharlachroten Uniformrock des Mannes, der im Vorraum wartete, und plötzlich war sie so aufgeregt, dass sie ihr Herz zur Ruhe zwingen musste.

»*The Son of God goes forth to war, a kingly crown to gain ...*«
Unter den aufsteigenden Akkorden der majestätischen Hymne begab sich Reverend Samuel Hardesty zum Altar, verneigte sich vor ihm und drehte sich zu seiner Gemeinde um.
Stolz überblickte er von dort aus sein Reich: die Dienstboten und einfachen Leute weiter hinten, die Wohlhabenden und Blaublütigen auf den Kirchenbänken. Jeden Augenblick musste der Ehrengast erscheinen. Der Pfarrer lächelte, um seine Verwirrung zu verbergen, als er vier schäbig gekleidete Besucher bemerkte, ganz offenkundig keine Bewohner von Mayfair, die aus irgendeinem Grund Lord Palmerstons Loge nutzten.
Zu seiner Linken befand sich Lady Cosgroves Loge. Der Pfarrer war entsetzt, als er sie in tiefschwarzer Trauerkleidung dort sitzen sah. Sie war dabei, einen schwarzen Umschlag zu öffnen, und begann danach, durch den Schleier hindurch die Mitteilung zu lesen. Dann plötzlich erhob sie sich, band den Vorhang an der Rückwand der Loge los und zog ihn zu. Auch die beiden anderen Vorhänge wurden geschlossen.
Jetzt war ihr Kummer nur noch für den Pfarrer zu sehen, und er sah, wie sie vorn in der Loge niederkniete und die Stirn an die halbhohe Trennwand lehnte.
Ein Aufblitzen von Scharlachrot lenkte die Aufmerksamkeit des Pfarrers wieder zum Eingang der Kirche hinüber.
Der rote Fleck wurde größer und leuchtender. Ein gut aussehender blonder Mann trat aus der Menge dort hervor. Er trug die Uniform eines Infanterieoffiziers; die Messingknöpfe blinkten. Seine aufrechte Haltung verriet Disziplin und Entschlossenheit,

aber die noblen Gesichtszüge waren nachdenklich und die Augen schmerzerfüllt. Er musste einen hohen Preis für seine Entschlossenheit bezahlt haben; das deutlichste Anzeichen dafür war der verletzte rechte Arm, den er in einer Schlinge trug. Eine bildschöne junge Frau und ihre Eltern begleiteten ihn.
Der Ehrengast war Colonel Anthony Trask. Ganz London sprach aufgeregt von der Tapferkeit, die er im Krimkrieg bewiesen hatte. Bei der Belagerung von Sewastopol hatte er allein dreißig Feinde getötet. Nachdem seine Muskete leer geschossen war, setzte er das Bajonett ein, um einen siegreichen Angriff einen blutgetränkten Hang hinauf anzuführen. Er machte den erschöpften Soldaten Mut und wehrte ein halbes Dutzend feindlicher Angriffe ab, und als ob all das noch nicht außergewöhnlich genug gewesen wäre, rettete er dem Vetter der Königin, dem Herzog von Cambridge, das Leben, als der Feind die Einheit des Herzogs umzingelt hatte.
Bei seiner Rückkehr nach London hatte Queen Victoria Trask den Ritterschlag erteilt. Die *Times* berichtete, der Oberst habe, als die Königin ihn mit seinem neuen Titel »Sir« anredete, darum gebeten, sie möge ihn auch weiterhin mit seinem militärischen Rang ansprechen – »zu Ehren all der tapferen Soldaten, mit denen zusammen ich gekämpft habe, und vor allem derjenigen, die in diesem gottverdammten Krieg gefallen sind«. Als er sie angesichts des vulgären Ausdrucks erbleichen sah, hatte er schnell hinzugefügt: »Verzeihen Sie meine Ausdrucksweise, Euer Majestät. Eine üble Angewohnheit aus den Jahren, in denen ich noch Eisenbahnen gebaut habe.« Tatsächlich hatte Trask Eisenbahnen nicht nur mit eigenen Händen gebaut, er und sein Vater besaßen sie auch und hatten ein Vermögen mit ihnen verdient. Reich, gut aussehend und ein Held – hinter vorgehaltener Hand erzählte man sich, dass junge Herren aus dem Adelsstand ihn seiner Vollkommenheit wegen hassten.

Unter dem Klang der Hymne erreichte die Gruppe die vordersten Sitzbänke. Agnes beeilte sich, die Loge aufzuschließen, und Colonel Trask folgte seiner schönen Begleiterin und ihren Eltern ins Innere.
Die Orgel ließ den letzten Akkord ausklingen, und ein feierliches Schweigen breitete sich in St. James's aus.
Reverend Samuel Hardesty lächelte breit. »Seien Sie mir alle von Herzen willkommen, und ein ganz besonderes Willkommen möchte ich Colonel Trask aussprechen, dessen Tapferkeit uns alle inspiriert.«
Einige Mitglieder der Gemeinde hoben die Hände, als wollten sie applaudieren, aber noch rechtzeitig fiel ihnen ein, wo sie sich befanden.
Der Pfarrer ließ den Blick nach links zu Lady Cosgrove hinübergleiten. »Wann immer unsere Bürden uns zu schwer werden, lasst uns bedenken, was unsere tapferen Soldaten erdulden müssen. Wenn sie stark sein können, dann können wir es ebenso.«
Gerahmt von den Vorhängen ihrer Loge, blieb Lady Cosgrove auf den Knien liegen, die Stirn an die Brüstung der Loge gelehnt.
»Gott würde uns keine Prüfung auferlegen, die wir nicht tragen könnten. Haben wir den Herrn auf unserer Seite ...«
Ein Aufleuchten von Rot ließ den Pfarrer innehalten. Aber dieses Mal war es nicht das Scharlach von Colonel Trasks Uniformrock. Es war eine Flüssigkeit auf dem Fußboden vor Lady Cosgroves Kirchenbank.
Das Zögern des Pfarrers löste ein verwundertes Flüstern im Kirchenraum aus.
»Ja, in der Tat, wenn wir den Herrn an unserer Seite haben ...«
Die rote Flüssigkeit breitete sich aus. Ihr Ausgangspunkt war die untere Kante der Tür zu Lady Cosgroves Loge. *Ob Mylady etwas verschüttet hat?*, überlegte der Pfarrer. *Vielleicht hat sie einen Behälter mit Medizin mitgebracht und ihn versehentlich fallen lassen?*

Lady Cosgrove bewegte sich, und auf unerklärliche Weise schien sie sich in zwei Richtungen zugleich zu bewegen.

Ihr schwarz verschleiertes Gesicht hob sich, während der Rest ihres Körpers abwärts glitt.

»Mein Gott!«, rief der Pfarrer aus.

Weiter und weiter kippte Lady Cosgroves Kopf nach hinten, und jetzt sah der Pfarrer ihren Mund, aber der Mund schien ihm breiter und größer zu werden, und – *der Himmel sei uns gnädig* – es war nicht Lady Cosgroves Mund. Kein Mund auf der Welt konnte so breit und so rot sein.

Ihre Kehle war von Ohr zu Ohr aufgeschlitzt, und ihr verschleiertes Gesicht war jetzt so weit nach hinten gefallen, dass es in einem unmöglichen Winkel zur Decke hinaufzustarren schien, während der Rest ihres Körpers weiter nach unten glitt.

»Nein!«

Der Pfarrer taumelte vom Altar zurück. Fassungslos wies er auf die Stelle, an der sich die scharlachrote Pfütze weiter und weiter ausbreitete.

Der klaffende Schnitt in Lady Cosgroves Kehle weitete sich ebenfalls, während ihr Kopf nach hinten sank, bis er von ihrem Körper zu fallen drohte.

Reverend Samuel Hardesty begann zu schreien.

Aus dem Tagebuch Emily De Quinceys

Nach dem Nebel des gestrigen Abends hat heute Morgen ein kräftiger Wind den Himmel frei geräumt. Strahlender als die Sonne war nur das Lächeln, mit dem Lord Palmerston uns begrüßte in der unverkennbaren Hoffnung, es würde das letzte Mal sein, dass er es tun musste.

Er war froh, uns endlich loszuwerden, einer der mächtigsten Politiker Englands – und so schüttelte er uns herzlich die Hände, als wir ins Erdgeschoss seines Stadthauses hinunterkamen. Trotz der Krise, die zum Sturz der Regierung geführt hatte, klang seine Stimme enthusiastisch.

»Anliegen von nationaler Bedeutung werden es mir unmöglich machen, hier zu sein, wenn Sie aus der Kirche zurückkehren.« Die Augen in seinem gealterten, von braun gefärbten Koteletten gerahmten Gesicht leuchteten. »Aber seien Sie versichert, dass Ihr Gepäck auf Sie warten wird, und meine Kutsche steht jederzeit bereit, um Sie zum Bahnhof zu bringen.«

Tatsächlich war es Lord Palmerston selbst gewesen, der nach den Mordfällen im Dezember auf die Idee kam, Vater und mir zwei Dienstbotenkammern im obersten Stockwerk seines Hauses als Wohnung anzubieten, damit wir uns erholen konnten. Er bestand auch darauf, dass Inspector Ryan ebenfalls dort unterkam, bis seine Verletzungen verheilt waren. Nicht einer von uns hatte sich täuschen lassen: Die Beweggründe Seiner Lordschaft waren keineswegs selbstlos. Nachdem er zuvor als Staatssekretär im Kriegs- und im Außenministerium gewirkt hatte, war er jetzt Innenminister und somit zuständig für fast alles, was in England vor sich ging, vor allem für Fragen der nationalen Sicherheit und der Polizei. Ich merkte ihm die Besorgnis an, wir könnten während unserer Ermittlungen Geheimnisse erfahren haben, die ihm schaden konnten. Er hat schon des Öfteren Gelegenheit gefunden, scheinbar unschuldige Fragen zu stellen, um aus den Antworten zu entnehmen, ob wir Dinge wissen, die wir nicht wissen sollten.

Aber unsere Antworten hatten ihm keinerlei Aufschlüsse gebracht, und nach sieben Wochen kann ich es ihm kaum übel nehmen, dass er uns auf die denkbar höflichste Art zum Gehen drängt. Tatsächlich bin ich überrascht, dass er uns so lange ertragen hat. Oder vielmehr dass er Vater ertragen hat, dessen unablässiges Auf-und-Ab-Gehen – Vaters Methode, sein Bedürfnis

nach Laudanum unter Kontrolle zu halten – den Nerven Seiner Lordschaft unverkennbar zu schaffen macht.
Vor einigen Nächten, als die Glocke von St. James's gerade drei schlug, bin ich in den Ballsaal hinuntergegangen, um Vater abzuholen; er marschierte dort auf und ab, und seine Schritte hallten in dem dunklen Haus wider.
Aber eben noch außerhalb der Tür hielt ich inne, denn ich sah Lord Palmerston – in einen Morgenmantel gekleidet und mit einem dreiflammigen Leuchter in der Hand – bereits mit Vater sprechen.
»Himmel, Mann, macht das Opium Sie denn gar nicht schläfrig?«
»Ganz im Gegenteil. Den medizinischen Lehren des Brownianismus zufolge ...«
»Des Brownianismus? Was zum Teufel soll denn das sein?«
»John Brown hat das Konzept des Brownianismus an der Universität von Edinburgh entwickelt. Als Sie selbst dort studiert haben, Mylord, haben Sie vielleicht von seinen Elementa Medicinae gehört.«
»Ich habe noch nie im Leben etwas über den Brownianismus gehört.«
»Er vertritt die Ansicht, dass Ärzte Mittel und Wege finden, die Medizin kompliziert erscheinen zu lassen, um einfachen Leuten vorzugaukeln, Ärzte seien sehr viel gelehrter, als sie in Wirklichkeit sind.«
»Das gilt nicht nur für Ärzte. Juristen und Politiker blasen sich genauso auf. Endlich sagen Sie mal etwas, das tatsächlich einen Sinn ergibt«, antwortete Lord Palmerston.
Ich fuhr zusammen, als ich auf meinem Beobachtungsposten neben der Tür in dem dunklen Gang plötzlich spürte, wie jemand neben mich trat. Ich drehte mich rasch um und stellte fest, dass es Lady Palmerston war, die sich zu mir gesellt hatte. Das Licht

von Lord Palmerstons Leuchter reichte eben aus, dass ich ihre runzeligen, besorgten Züge unter dem Nachthäubchen ausmachen konnte. Im ersten Augenblick nahm ich an, der missbilligende Blick gelte mir, weil ich lauschte. Aber stattdessen schien er eher ihre Sorge darüber auszudrücken, dass Lord Palmerston wie so oft zu später Stunde noch auf war – ebenso wie ich mich um Vater sorgte.
Wir nickten uns kurz zu, bevor wir unsere Aufmerksamkeit wieder der Unterhaltung im Ballsaal zuwandten.
»Mylord, das brownianische System postuliert, dass Krankheit auf einen Mangel an Stimulation oder aber auf ein Übermaß von ihr zurückgeht. Ist das richtige Gleichgewicht gegeben, wird Gesundheit folgen«, sagte Vater.
»Im Augenblick ...« Lord Palmerston hörte sich erschöpft an, als er den Leuchter auf einem Tisch abstellte und fortfuhr: »Derzeit leide ich an zu viel Stimulation.«
»Des Kriegs auf der Krim und des Sturzes der Regierung wegen, Mylord? Ihre Verantwortlichkeiten müssen ungeheuerlich sein.«
»Ich bekomme Kopfschmerzen, wenn ich über den Krieg sprechen muss. Bitte beantworten Sie lieber meine Frage. Manche Leute sterben an einem Löffel Laudanum, aber Sie trinken es glasweise und gehen nicht nur umher – Sie bleiben nie stehen. Warum macht das Opium Sie eigentlich nicht müde?«
»Das brownianische System betrachtet das Opium als ein Stimulantium, Mylord. Es ist das wirkungsmächtigste aller Mittel, die das Leben fördern und die Gesundheit wiederherstellen.«
»Ha!«
»Es ist die Wahrheit, Mylord. Als ich an der Universität studierte und zum ersten Mal Laudanum nahm, um eine Krankheit zu heilen, spürte ich die Steigerung meiner Energien am eigenen Leib. Plötzlich hatte ich die Kraft, Meile um Meile durch die Stadt zu gehen. Auf den Märkten und im Gedränge der Straßen hörte ich

die Einzelheiten zahlloser Unterhaltungen, die rings um mich her geführt wurden. Ging ich ins Konzert, hörte ich die Töne zwischen den Tönen und konnte spüren, wie ich mit den Melodien aufstieg in unvorstellbare Höhen. Der Grund, weshalb ich auf und ab gehe, ist der, dass ich die Stimulierung durch das Opium auf ein zuträgliches Maß einschränken will.«

»Was ich gern einschränken würde, ist dieser elende Kopfschmerz.«

In den Schatten vor der Tür des Ballsaales griff Lady Palmerston nach meinem Arm.

»Wenn ich etwas vorschlagen darf ...« Vater zog seine Laudanumflasche aus der Rocktasche. »Dies könnte Ihre Kopfschmerzen beseitigen.«

»Die Königin hegt eine solche Abneigung gegen mich, dass sie überglücklich wäre zu erfahren, dass ich in Ihrer Gesellschaft Opium nehme.«

»Ein einziger Schluck wird nicht zu einer Gewohnheit werden, Mylord. Aber wenn Sie die wohltätige Wirkung des Laudanums nicht ausprobieren wollen, dann empfehle ich, dass Sie sich meinem Spaziergang anschließen. Im besten Fall wird die Bewegung Ihnen helfen, Ihre nervöse Überlastung abzubauen. Im schlimmsten wird sie Sie lediglich müde machen.«

»Das wäre auch schon ein Segen.«

Im Schutz der Dunkelheit draußen vor der Tür beobachteten Lady Palmerston und ich, wie die beiden alternden Männer im Saal auf und ab gingen. Sie waren gleichzeitig losgegangen, aber trotz seiner kurzen Beine hatte Vater den Innenminister bald hinter sich gelassen. Sie boten ein merkwürdiges Bild, Vaters winzige Gestalt gegen Lord Palmerstons hochgewachsene, aufrechte Erscheinung und breite Brust.

»Sie sind schnell für einen alten Mann«, sagte Lord Palmerston mit widerwilliger Anerkennung.

»*Vielen Dank, Mylord.*« *Vater wies nicht eigens darauf hin, dass Lord Palmerston mit seinen siebzig Jahren ein Jahr älter war als er selbst.* »*Ich versuche jeden Tag mindestens zwanzig Meilen zu gehen. Im vergangenen Sommer habe ich es auf sechzehnhundert Meilen gebracht.*«
»*Sechzehnhundert Meilen!*« *Lord Palmerston hörte sich allein davon schon erschöpft an, dass er es aussprach.*
Vater war der Erste von ihnen, der die Stirnwand des Ballsaales erreichte und kehrtmachte.
»*Die* Times *hat ein neues Pressetier erfunden: den Kriegsberichterstatter*«, *murmelte Lord Palmerston.*
»*Ja, ich kenne William Russells Depeschen von der Krim*«, *antwortete Vater.*
»*Russell sagt nicht die Wahrheit über den Krieg.*«
»*Es steht also nicht so schlecht, wie er es schildert? Dann sollten Sie ihn seiner Lügen wegen zur Rede stellen, Mylord.*«
»*Ich wünschte, es wären Lügen. Der Krieg verläuft noch übler, als Russell behauptet, und der Grund ist die blanke Unfähigkeit unserer Befehlshaber. Wir verlieren mehr Soldaten durch Krankheit und Hunger als durch feindliche Kugeln. Wer hätte das jemals gedacht – ein Journalist mit der Macht, einen solchen Aufruhr zu schaffen, dass die Regierung stürzt. O Gott, mein Kopf.*«
Am nächsten Morgen verhielt Lord Palmerston sich, als habe die Unterhaltung, die fast nach einer beginnenden Freundschaft geklungen hatte, nie stattgefunden. Tatsächlich hörte er sich barscher an als üblich, vielleicht aus Verlegenheit darüber, dass er sich eine Schwäche hatte anmerken lassen. Es war offenkundig, dass Vater und ich sein Haus würden verlassen müssen, selbst wenn dies bedeutete, dass wir uns wieder mit den zahlreichen Schuldeneintreibern in Edinburgh befassen mussten.
Mittlerweile hat sich Inspector Ryan (den ich unter vier Augen Sean nenne) hinreichend von seinen Verletzungen erholt, um

uns zur Kirche begleiten zu können. Der jüngst beförderte Detective Sergeant Becker (ich nenne ihn Joseph) kam ebenfalls mit. Als ich ihnen vor sieben Wochen zum ersten Mal begegnete, fasste ich aufgrund ihres Verdachts, Vater sei ein Mörder, natürlich eine Abneigung gegen beide Männer. Nachdem wir vier uns aber gegen die Gefahren zusammengetan hatten, die nicht nur uns selbst, sondern ganz London bedrohten, entdeckte ich, wie Zuneigung zu diesen beiden in mir wuchs, obwohl sie jeweils von anderer Art ist.

Mit seinen fünfundzwanzig Jahren ist Joseph nur vier Jahre älter als ich. Unsere Jugend verbindet uns auf eine ganz natürliche Weise, und ich gestehe ein, dass ich seine Züge anziehend finde. Dagegen ist Sean mit vierzig Jahren fast zwei Jahrzehnte älter als ich. Unter normalen Umständen hätte dies eine Barriere zwischen uns darstellen können, aber etwas an seinem Selbstvertrauen und seiner Erfahrung spricht mich an. Ich spürte von Anfang an eine unterschwellige Rivalität zwischen den beiden Männern, aber keiner von uns hatte das Gefühl, dass etwas von all dem angesprochen werden sollte, und nun war es unwahrscheinlich, dass der Augenblick dafür jemals kommen würde: Dies war der letzte Sonntagmorgen, den wir zusammen verbringen würden, und es war nur angebracht, dass wir ihn in einem Gottesdienst verbrachten, wo wir Dank sagen konnten für unsere Leben und unsere Freundschaft.

Reverend Samuel Hardesty schrie immer noch. In der Gemeinde schwoll das Flüstern zu einem Murmeln an. Hatte der hochwürdige Herr den Verstand verloren? Und warum um alles in der Welt zeigte er zu Lady Cosgroves Loge hinüber?

Wie um die Verwirrung zu steigern, sprang einer der schäbig gekleideten Männer in Lord Palmerstons Loge über die Einfassung und stürzte zu der Stelle hin, auf die der Pfarrer zeigte.

Die Schreie einer Frau begannen sich mit denen des Pfarrers zu mischen. Eine weitere Frauenstimme folgte. Ganz vorn öffnete Colonel Trask die Tür seiner Loge. Er stützte mit der linken Hand den in der Schlinge hängenden rechten Arm ab, als er hinüberging, um die Ursache der Aufregung in Augenschein zu nehmen. Beim Anblick der scharlachroten Uniform ihres Helden entschieden mehrere weitere Herren, der Sache ebenfalls nachzugehen.

»Gott schütze uns!«, schrie einer von ihnen auf.

»Blut! Da läuft Blut über den ganzen Fußboden!«, rief ein anderer.

Unter dem anschwellenden Lärm begannen die Gemeindemitglieder in zwei verschiedene Richtungen zu laufen: entweder nach vorn, um zu sehen, was dort vor sich ging, oder zu den hinteren Ausgängen hin, um sich in Sicherheit zu bringen. Adeliger prallte gegen Adeligen, Dame gegen Dame. Die Bankschließerin, Agnes, wäre beinahe umgerannt worden; ein Kirchenpfleger zog sie noch rechtzeitig zur Seite.

»Blut!«

»Gehen Sie mir aus dem Weg!«

Als der Pfarrer auf Lady Cosgrove zutaumelte, trat er versehentlich auf den Saum seines Ornats und war im Begriff zu stürzen. Der armselig gekleidete Mann, der in Lord Palmerstons Loge gesessen hatte, bekam ihn eben noch rechtzeitig zu fassen und zog ihn wieder auf die Füße, bevor der Pfarrer in die Pfütze aus scharlachroter Flüssigkeit fallen konnte, die sich weiter und weiter auf dem Boden ausbreitete.

Jetzt entriegelte der zweite schäbig gekleidete Mann den Zugang zu Lord Palmerstons Loge und stellte sich den nach vorn stürzenden Menschen in den Weg. Er hielt ein Abzeichen in die Höhe und brüllte: »Ich bin Detective Inspector bei Scotland Yard! Bewahren Sie Ruhe! Kehren Sie zu Ihren Sitzen zurück!«

Ein Ermittler von Scotland Yard? Die Gemeinde war schockierter als zuvor. *Hier in unserer Mitte? In Mayfair? In St. James's?*
Die Panik schien zuzunehmen.
»Sie stehen mir im Weg!«, warnte ein Gentleman einen anderen, den Spazierstock drohend erhoben.
»Aufhören!«, brüllte der Mann von Scotland Yard, während er sein Abzeichen höher reckte. »Kehren Sie zu Ihren Bänken zurück! Nehmen Sie sich zusammen, bevor es zu Verletzungen kommt!«
»Bevor es zu *noch mehr* Verletzungen kommt«, kommentierte ein Adeliger und fügte zu einem anderen gewandt hinzu: »Gehen Sie mir aus dem Weg!«
Colonel Trask kehrte zu seiner Loge zurück und stieg auf eine Bank. Er war von Natur aus ein großer Mann; jetzt ragte er wie ein Turm über der Gemeinde auf.
»Hören Sie mir zu!«, brüllte er in dem gebieterischen Tonfall eines Mannes, der Eisenbahnen gebaut hatte, und eines Offiziers, der eben erst aus der Hölle des Krimkriegs zurückgekehrt war. »Sie dort! Und das gilt auch für Sie, Sir! Sie alle! Tun Sie, was der Inspector sagt, und kehren Sie zu Ihren Bänken zurück!«
Das Chaos dauerte an.
»Himmeldonnerwetter!«, brüllte Colonel Trask.
Das erregte die Aufmerksamkeit der Menge. Es kam einem obszönen Ausdruck näher als irgendetwas, das man je zuvor in St. James's gehört hatte.
»Verdammt noch mal, tun Sie, was man Ihnen gesagt hat!«
Und *diese* Worte ließen alle Anwesenden erstarren. Einige der adeligen Damen hatten sie möglicherweise im ganzen Leben noch nicht gehört. Münder öffneten sich ungläubig. Augen weiteten sich. Eine Frau brach zusammen.
»Je früher wir hier wieder Ordnung herstellen, desto schneller haben wir eine Antwort! Wollen Sie denn gar nicht wissen, was hier eigentlich passiert ist?«

Der Appell an die allgemeine Neugier in Kombination mit Colonel Trasks Ausdrucksweise veranlasste sie, zu ihren Kirchenbänken zurückzukehren.
Der Inspector, selbst nicht kleiner als Colonel Trask, folgte dessen Beispiel und stieg ebenfalls auf eine Bank. Sein irisches rotes Haar erregte ebenso viel Aufmerksamkeit wie sein Abzeichen.
»Mein Name ist Inspector Ryan! Und der Mann, der da mit dem Pfarrer redet, ist Detective Sergeant Becker.«
Noch ein Ermittler!
In Ryans erhobener Stimme verriet sich eine Spur Schmerz. Er drückte die linke Hand auf den Bauch, als habe er eine Verletzung dort. »Bleiben Sie, wo Sie sind! Wir müssen mit jedem von Ihnen sprechen, für den Fall, dass jemand etwas bemerkt hat, das uns helfen kann.«

Becker hielt den taumelnden Pfarrer auf den Beinen und drehte sich dann zu der Pfütze aus Blut um, die sich vor der vorhangbewehrten Loge ausbreitete. Sie hatte ihren Ursprung unter der Logentür. Becker machte einen Bogen um das Blut, kehrte zu Lord Palmerstons Loge zurück und sprang wieder über die Brüstung. Eiserne Ringe schabten über die Vorhangstange, als er den Vorhang zur Seite zog und in die Nachbarloge hinüberspähte.
In Anbetracht all der Menschen, die ihn anstarrten, gab Becker sich große Mühe, keine Reaktion zu zeigen. Nach den Ereignissen sieben Wochen zuvor hätte er nicht gedacht, dass es noch etwas gab, das ihn aus der Fassung bringen konnte.
Die schwarz gekleidete Frau, die unter seinen Augen die Loge betreten hatte, lag auf dem Fußboden. Oder vielmehr lag die einstmals in Schwarz gekleidete Frau auf dem Fußboden. Jetzt war ihre Kleidung rot getränkt von dem Blut, das sich rings um

sie ausbreitete. Ihre rechte Hand umklammerte ein schwarz gerändertes Papier, das – wie der zugehörige schwarze Umschlag – ebenfalls blutbespritzt war. Ihr Kopf war so weit nach hinten gefallen, dass das verschleierte Gesicht beinahe hinter sie zu blicken schien. Die Kehle war so weit aufgeschlitzt, dass Becker die Knochen der Wirbelsäule sehen konnte.

Fünf Dienstjahre als uniformierter Streifenpolizist hätten ihn fast veranlasst, nach der Ratsche zu greifen, die unter anderen Umständen an seinem Gürtel gehangen hätte. Er war drauf und dran, den hölzernen Rahmen des Geräts auszuklappen, aus der Kirche ins Freie zu stürzen und die Ratsche zu schwingen. Der kreisende Rahmen hätte immer wieder eine am Griff befestigte Zunge angerissen und ein Geräusch verursacht, das laut genug war, um von anderen Constables noch auf eine Entfernung von einer Viertelmeile gehört zu werden.

Aber natürlich hatte er keine Ratsche mehr und einen Gürtel, an dem man derlei befestigen konnte, auch nicht. Er war jetzt Detective Sergeant, er trug Straßenkleidung, und es war nicht nur seine Pflicht, Unterstützung herbeizurufen, sondern ebenso sehr, die Situation unter Kontrolle zu bekommen.

Er spürte, dass jemand neben ihm stand, und wandte sich dem Pfarrer zu; der Mann hatte Lord Palmerstons Loge betreten und wurde bleich, als er sah, was jenseits der Abtrennung lag.

Die Knie des Pfarrers gaben unter ihm nach. Becker packte ihn und ließ ihn auf eine der Sitzbänke sinken.

Eine weitere Person war jetzt neben ihm aufgetaucht: De Quincey. Der kleine Mann stellte sich auf die Zehenspitzen und spähte über die Brüstung hinweg. Die grotesk auf dem Boden ausgebreitete Leiche, die schiere Menge an Blut – der scheußliche Anblick schien keinerlei Auswirkungen auf ihn zu haben, außer vielleicht, dass sein Blick noch aufmerksamer wurde.

»Ist alles in Ordnung mit Ihnen?«, fragte Becker.

Die blauen Augen des Opiumessers waren so gebannt auf die Leiche gerichtet, dass er nicht antwortete. Zum ersten Mal an diesem Vormittag zappelte er nicht herum.
»Ich weiß gar nicht, warum ich überhaupt gefragt habe. Wenn es etwas in dieser Art ist, dann ist mit Ihnen selbstverständlich alles in Ordnung«, bemerkte Becker.
Er drehte sich zu Emily um, die sitzen geblieben war und ihren Vater beobachtete. »Und Sie, Emily? Geht es Ihnen gut?«
»Was ist dort drüben?«
»Die Dame in Schwarz.«
»Tot?«, fragte Emily.
»Ja.«
»Könnte es sein, dass sie gefallen und mit dem Kopf aufgeschlagen ist? Vielleicht ein Unfall?«
»Ich gehe davon aus, dass es etwas mehr war als das.«
Ein anderer Mensch wäre jetzt mit weiteren Fragen herausgeplatzt – *Ist sie ermordet worden? Wie? Warum ist hier so viel Blut? Werden wir jetzt alle umgebracht?* –, aber Emily nahm lediglich die Bedeutung dessen, was Becker gesagt hatte, zur Kenntnis und nickte entschlossen.
»Tun Sie, was Ihre Pflichten von Ihnen verlangen, Joseph. Es ist nicht nötig, dass Sie sich um Vater und mich Sorgen machen.«
»Ja, Sie haben uns vor sieben Wochen zur Genüge gezeigt, dass Sie nicht so leicht aus der Fassung geraten«, sagte Becker.
Jetzt kam Inspector Ryan an der vordersten Bankreihe entlang zurück und blieb vor der Blutlache stehen.
Colonel Trask folgte ihm. Als er Emily bemerkte, runzelte er die Stirn, als finde er etwas an ihr verstörend. Emily bemerkte es mit Verwunderung – der Gesichtsausdruck des Colonel schien zu besagen, dass er sie irgendwo schon einmal gesehen hatte, aber sie hatte keine Ahnung, wo dies gewesen sein konnte.
Gleich darauf wandte Trask sich der Loge der toten Frau zu. Er

war groß genug, um ins Innere blicken zu können, ohne in die Blutpfütze zu treten. Angesichts des Anblicks strafften sich seine Wangenmuskeln – wahrscheinlich eher vor Überraschung als vor Entsetzen. Zweifellos hatte er im Krieg schon zu oft gesehen, wie andere Menschen eines gewaltsamen Todes starben, um noch schockiert zu sein.

Er richtete sich noch gerader auf. »Inspector, wie kann ich Ihnen helfen?«

»Wir müssen die Leute von dieser Stelle fernhalten«, erklärte Ryan. »Wenn sie näher kommen, wird irgendjemand mit Sicherheit in das Blut treten. Dann können wir nicht mehr feststellen, welche Spuren von der Menge verursacht wurden und welche von dem Mörder.«

»Ich kann Ihnen garantieren, dass das nicht passieren wird.«

Der Colonel stellte sich wie ein Wachmann vor der Blutpfütze auf.

»Becker.« Ryan drehte sich um.

»Ich versteh's nicht«, sagte der jüngere Mann. »Wie ist der Mörder in die Loge gekommen, ohne dass ihn jemand gesehen hat? Und wie ist er entkommen?«

Ryan hörte sich ebenfalls ratlos an. »Ja, bei all dem Blut müsste der Mörder ebenfalls Blutspritzer abbekommen haben. Und selbst in dem Gewühl hier hätte er die Kirche nicht verlassen können, ohne dass jemand ihn gesehen hätte.« Der nächste Gedanke ließ Ryan abrupt innehalten. »Es sei denn, er ist noch gar nicht entkommen.«

»Sie meinen, der Mörder könnte noch in der Kirche sein und sich irgendwo versteckt halten?« Becker sah sich forschend um.

»Holen Sie Constables«, wies Ryan ihn an. »So viele wie möglich.«

Becker sah in ein Meer verängstigter Gesichter, als er den Mittelgang entlangrannte. Einen der Kirchenpfleger wies er an: »Machen Sie eine Liste derjenigen, die schon gegangen sind! Und schließen Sie hinter mir die Tür ab! Lassen Sie niemanden mehr ins Freie!«

Ryan hörte Becker in seinem Rücken aus der Kirche stürmen, als er seine Aufmerksamkeit dem Pfarrer zuwandte.
Der Mann saß weit vorgebeugt in Lord Palmerstons Loge, den Kopf zwischen den Knien.
Emily hatte sich neben ihn gesetzt und ihm tröstend die Hand auf die Schulter gelegt. »So ist es richtig, halten Sie den Kopf unten. Atmen Sie langsam und tief.«
»Herr Pfarrer, sind Sie in der Lage, mir ein paar Fragen zu beantworten?«, fragte Ryan. »Die Frau in der Loge neben uns – ich habe gehört, wie der Herr, der sie hierher begleitet hat, sie als Lady Cosgrove anredete.«
»Ja, das ist ihr Titel.«
»Ich kenne einen *Lord* Cosgrove. Er ist Vorsitzender des Komitees, das für unser Strafvollzugssystem zuständig ist.«
»Das ist ihr Ehemann«, sagte der Pfarrer.
»Warum trägt sie Trauer? Ist ihr Ehemann gestorben?«
»Ich habe ihn gestern noch gesehen, und er war bei bester Gesundheit.« Die Stimme des Pfarrers klang gedämpft, weil er den Kopf immer noch tief gesenkt hielt. »Ich war sehr verwirrt, als ich Lady Cosgrove heute Morgen in dieser Kleidung gesehen habe.«
»Haben Sie ihren Mörder sehen können?«, forschte Ryan.
»Ich habe außer ihr niemanden in der Loge gesehen.« Der Pfarrer schauderte. »Sie lag auf den Knien und hatte die Stirn an die vordere Brüstung gelehnt. Dann habe ich gesehen, wie sich das Blut auf dem Fußboden ausbreitete. Dann ist ihr Körper nach unten gerutscht. Ihr Kopf ist nach hinten gefallen. Gott schütze uns. Wie kann das nur passiert sein?«
»Holen Sie noch einmal langsam und tief Atem«, riet Emily.

Ryan ging zu der Brüstung hinüber, die Lord Palmerstons und Lady Cosgroves Logen voneinander trennte.

De Quincey war nach wie vor dort und starrte über die Abtrennung zu der Leiche hinüber.

»Haben Sie gehört, was er gesagt hat?«, fragte Ryan.

Der kleine Mann nickte nachdenklich.

»Der Angreifer muss sich unter einer der Bänke weiter hinten in der Loge versteckt gehalten haben«, sagte Ryan. »Und dann war der Pfarrer durch das Eintreffen weiterer Gottesdienstbesucher abgelenkt.«

»Vielleicht«, antwortete De Quincey.

»Eine andere Möglichkeit sehe ich nicht.« Ryan hielt die Stimme gesenkt, damit niemand mithören konnte. »Der Mörder hätte Aufmerksamkeit erregt, wenn er die Vorhänge geteilt hätte, um die Loge von hinten oder von der Seite her zu betreten. Wir selbst waren so positioniert, dass wir gesehen hätten, wenn er versucht hätte, über die vordere Brüstung zu steigen. Und in jedem dieser Fälle hätte Lady Cosgrove ihn bemerken müssen. Sie hätte gerufen oder aufgeschrien. Die einzige Möglichkeit für den Mörder, dies zu bewerkstelligen, wäre gewesen, sich heranzuschleichen, nachdem er sich zuvor unter einer Bank weiter hinten versteckt hatte. Während er zuschlug, waren alle anderen durch den Einzug der Gäste und die Musik abgelenkt.«

»Vielleicht«, sagte De Quincey wieder.

»Warum wiederholen Sie das? Sehen Sie einen Fehler in meiner Argumentation?«

»Lady Cosgroves Schleier ist unversehrt.«

»Natürlich. Um sicher sein zu können, dass sein Anschlag tödlich sein würde, musste der Mörder ihr Kinn nach oben ziehen. Nur so konnte er den Schleier zurückschlagen und die Kehle freilegen«, erklärte Ryan.

»Aber das sind mehrere Bewegungen, die Lady Cosgrove Gele-

genheit gegeben hätten, sich zu wehren und zu schreien«, argumentierte De Quincey. »Zudem hätte die Heftigkeit ebendieser Bewegungen möglicherweise die Aufmerksamkeit des Pfarrers erregt, trotz der Ablenkung durch andere Ereignisse.«
»Tatsächlich haben sie das aber nicht getan«, merkte Ryan an.
»Es wäre seltsam, wenn jemand, der ansonsten so sorgfältig geplant hat, dieses Risiko eingegangen wäre. Außerdem sehen wir hier vieles als gegeben an«, sagte De Quincey.
»Gegeben?«
»Bitte rufen Sie sich Immanuel Kant ins Gedächtnis, Inspector.«
»Immanuel ... ? Bitte sagen Sie nicht, dass Sie mir jetzt wieder mit *dem* kommen.«
»Die Frage des großen Philosophen war uns erst vor sieben Wochen eine unschätzbare Hilfe. Existiert die Realität unabhängig von uns ...«
»... oder nur in unserer Vorstellung? Die Frage wird mich irgendwann noch zum Wahnsinn treiben.«
»Wir haben gehört, dass diese Frau von ihrem Begleiter als Lady Cosgrove angesprochen wurde«, führte De Quincey aus.
»Ja.«
»Wir haben gesehen, wie sie Zutritt zu Lady Cosgroves Loge erhielt. Der Pfarrer sprach von ihr als von Lady Cosgrove«, fuhr De Quincey fort.
»Ja, ja«, sagte Ryan ungeduldig.
»Aber wie wir bereits erörtert haben, sie trägt einen Schleier.«
Als Ryan begriff, murmelte er etwas vor sich hin, das zwar unverständlich blieb, möglicherweise jedoch ein in der Kirche selten verwendeter Ausdruck war.
»Wie können wir wissen, dass diese Frau in der Tat Lady Cosgrove ist?«, schloss De Quincey.
Ryan drehte sich um. »Herr Pfarrer, wie oft sehen Sie Lady Cosgrove?«

»Häufig. Gestern erst hat sie mich zum Tee eingeladen.«
»Danke. Colonel Trask, darf ich Sie um einen Gefallen bitten?«
Ryan verließ die Loge und ging zu dem Colonel hinüber. Er senkte die Stimme, als er fortfuhr: »Sie müssten etwas tun, das nur ein Held tun kann.«
»Die Männer, die in der Schlacht neben mir gefallen sind, waren Helden«, sagte Trask.
»Ich verstehe, aber wie Mr. Quincey mir so oft ins Gedächtnis ruft, die Wirklichkeit gestaltet sich für verschiedene Menschen unterschiedlich.«
»Ich verstehe nicht, was Sie mir damit sagen wollen.«
»Würden Sie für den Augenblick zulassen, dass der Pfarrer in Ihnen einen Helden sieht?«
Verwundert fragte der Colonel zurück: »Was ist es, das ich für Sie tun soll?«
Als Ryan es ihm mitteilte, wurde Trasks Gesichtsausdruck sehr ernst. »Ja, und das wird für *den Pfarrer* bedeuten, dass er zum Helden werden muss.«
Sie kehrten zu Lord Palmerstons Loge zurück.
»Herr Pfarrer«, sagte Colonel Trask, »bitte sehen Sie mich an.«
Der Pfarrer hob den Kopf von den Knien. Sein Gesicht war grau.
»Ich werde Ihnen jetzt etwas erzählen, das ich niemals einem Menschen gegenüber zugegeben habe«, sagte Colonel Trask.
Die Furchen auf der Stirn des Pfarrers wurden tiefer.
»Im Krieg war ich bei den Attacken des Feindes so verängstigt, dass mir die Beine zitterten. Ich war drauf und dran, mich in den Dreck fallen zu lassen und mich unter den Leichen zu verstecken.«
Der Pfarrer zwinkerte verblüfft. »Man kann sich kaum vorstellen, dass ein Mann wie Sie Angst gehabt haben kann.«
»Auch wir wollen uns verkriechen. Nichtsdestoweniger müssen wir tun, was nötig ist und von uns verlangt wird. Können *Sie* das Nötige tun, Herr Pfarrer?«

»Ich bin mir nicht sicher, was Sie damit meinen.«
»In ein paar Sekunden werde ich Sie bitten, über diese Brüstung zu sehen.«
»Aber dort ist Lady Cosgrove«, wandte der Pfarrer ein.
»In der Tat. Sie werden bald wissen, worum wir Sie bitten müssen«, sagte Colonel Trask. »Können Sie dies tun? Wollen Sie um meinetwillen ein Held sein?«
Der Pfarrer zögerte. Dann nickte er.
»Was es sie auch kostet, für jedes Ungeheuer auf der Welt müssen Männer wie der Pfarrer und der Colonel den Ausgleich schaffen«, murmelte De Quincey.
»Vor allem der Pfarrer«, sagte Colonel Trask. Dann wandte er sich wieder an Ryan. »Wir stehen zu Ihrer Verfügung, Inspector.«
Ryan holte tief Atem und zog das rechte Hosenbein nach oben. Die Gemeinde schnappte hörbar nach Luft, als er ein Messer aus einer um die Wade geschnallten Scheide zog. Das durch die Fenster einfallende Sonnenlicht ließ die Klinge blinken.
»Der Mörder könnte immer noch unter einer der Bänke in Lady Cosgroves Loge versteckt sein«, flüsterte er Colonel Trask zu.
»Wenn das der Fall sein sollte, kann ich Ihnen eins versprechen, Inspector – trotz meines verletzten Arms würde er nicht weit kommen, wenn er zu flüchten versuchte.«
»Es ist gut, Sie hier zu haben, Colonel.«
Unter anderen Umständen hätte Ryan vielleicht gezögert, aber angesichts der Gegenwart des Colonel bot er seine ganze Entschlossenheit auf und stieg auf eine Bank, dann mit einem Schritt seiner langen Beine über die Brüstung hinweg und auf die vorderste Bank in Lady Cosgroves Loge.
Die Lehne verstellte ihm den Blick unter die Sitze der zweiten und dritten Bank; selbst als er in die Hocke ging, sah er nichts als Schatten. Er atmete schnell und hatte das Messer stoßbereit in

der Hand, als er sich trotz der kaum verheilten Bauchwunde auf den Sitz der vordersten Bank legte. Er versuchte nicht daran zu denken, welcher Anblick ihn möglicherweise erwartete, als er den Kopf senkte und unter den Sitz spähte – und zugleich unter die beiden hinteren Sitze.

Es hielt sich niemand dort versteckt. Er spürte das Hämmern seines Herzens gegen das Holz, als er zu Colonel Trask und De Quincey hinübersah und den Kopf schüttelte, um ihnen mitzuteilen, dass in der Loge keine Gefahr bestand.

»Herr Pfarrer, stehen Sie bitte auf«, sagte der Colonel.

Ryan war entschlossen, den Schauplatz nicht zu verfälschen, indem er in das Blut trat. So blieb er auf dem Bauch auf der Bank liegen und streckte lediglich den Arm aus. Der Kupfergeruch des Blutes überwältigte ihn beinahe, als er mit der Spitze des Messers den Schleier zu erreichen versuchte, der das Gesicht der toten Frau bedeckte. Er spürte, wie die vernarbten Stellen sich spannten, als er den Arm so weit wie irgend möglich streckte, die Kante des Schleiers zu fassen bekam und ihn zur Seite zog, um die Züge der Leiche freizulegen.

»Herr Pfarrer, ist dies Lady Cosgrove?«, erkundigte sich Colonel Trask.

»Gott schütze ihre Seele, ja.«

Ryan hörte einen dumpfen Aufprall und nahm an, dass der Pfarrer zusammengebrochen war. »Stützen Sie sich auf mich«, sagte Emily.

Ryans Gesicht war in unmittelbarer Nähe der Blutpfütze, als er sich als Nächstes die Nachricht in der Hand der Leiche vornahm. Es gelang ihm, sie mit dem Messer aus ihrer Umklammerung zu befreien; er löste sie mit der anderen Hand von der Messerspitze und spießte dann den Umschlag auf dem Fußboden auf, der mittlerweile fast vollständig mit Blut durchtränkt war.

Dann stand er auf und studierte die Botschaft. Nicht nur der Um-

schlag selbst war ursprünglich schwarz gewesen, sondern auch das Wachs, mit dem er versiegelt gewesen war. Das Briefpapier hatte einen zwei Zentimeter breiten schwarzen Rand, wie er nur verwendet wurde, um dem tiefsten Kummer Ausdruck zu verleihen.
Er fragte sich, welche entsetzlichen Neuigkeiten es waren, die Lady Cosgrove vor ihrem Tod noch erhalten hatte. Ryan faltete das zerknitterte Blatt auseinander.
Es enthielt nur zwei Worte.
Er starrte fassungslos auf sie hinunter, während ihm die fürchterliche Bedeutung der Nachricht aufging. Erinnerungen schossen ihm durch den Kopf.
Fünfzehn Jahre zuvor.
Schreie und Panik und Gewehrfeuer.
Chaos und das Unvorstellbare.
Er fuhr hoch, als ein wüstes Hämmern von der Kirchentür her an seine Ohren drang.

3

Das Haus des Todes

Im Jahr 1855 war das Prinzip, dass der Schauplatz eines Verbrechens unverändert bewahrt werden sollte, erst einige wenige Jahrzehnte alt. Die disziplinierte Ermittlung in einem Verbrechensfall erfordert Organisation, aber die Londoner Polizei war erst im Jahr 1829 gegründet worden, und bei ihrer Gründung war sie die erste städtische Einheit ihrer Art in ganz England. Ihre Prinzipien waren von zwei *Commissioners* genannten Beamten ausgearbeitet worden. Einer von ihnen war ein hoher Offizier im Ruhestand namens Colonel Charles Rowan, der andere ein Jurist mit langjähriger Erfahrung im Strafrecht, Richard Mayne. Rowans militärischer Hintergrund war zunächst von entscheidender Bedeutung. Er erlaubte ihm, die Polizei nach dem Vorbild der Armee aufzubauen und zu strukturieren. Aber im Lauf der Zeit erwies sich Maynes juristischer Sachverstand als der wichtigere Aspekt.

Mayne war sich im Klaren darüber, dass es verhältnismäßig einfach war, einen Menschen aufgrund des Verdachts zu verhaften, er könne ein Verbrechen begangen haben. Es war etwas völlig anderes, seine Schuld danach vor Gericht zu beweisen. Mayne brachte seinen Beamten bei, dass die Sicherung von Beweismaterial so wichtig war wie die Verhaftung selbst. Eine gründliche Durchsuchung des Verbrechensschauplatzes, die Befragung jedes Menschen, der sich in der Nähe aufhielt, das Sammeln und Katalogisieren aller Gegenstände, die möglicherweise Aufschluss geben konnten – diese Methoden waren revolutionär.

Mayne führte auch ein, dass eine Kartei mit detaillierten Angaben über jeden Menschen angelegt wurde, den die Polizei verhaf-

tete: Größe, Gewicht, Haar- und Augenfarbe, Narben, angenommene Namen, eine Handschriftprobe von denjenigen, die schreiben konnten – alles, was dazu dienen konnte, jemanden mit einem Verbrechen in Verbindung zu bringen und die Verbindung vor Gericht zu belegen. Mayne baute ein System der Informationsweitergabe auf, in dem die Einzelheiten zu allen nicht aufgeklärten Verbrechen eines Bezirks jeden Morgen an die Polizeistellen aller anderen Bezirke weitergeleitet wurden.
»Beweismaterial«, betonte Mayne. »Das ist das Mittel, um Verbrecher zu fassen und ins Gefängnis zu bringen. Jeder Verbrecher hinterlässt Spuren. Suchen Sie nach ihnen. Verfolgen Sie sie. Ich will Einzelheiten.«

Das Hämmern an die Kirchentür hörte nicht auf.
»Hier ist Detective Sergeant Becker!«, schrie eine Stimme von draußen. »Machen Sie mir auf!«
»Lassen Sie ihn rein!«, brüllte Ryan.
Er schob das Messer wieder in die unter dem Hosenbein befestigte Scheide. Er steckte den Umschlag und seine fürchterliche, nur zwei Worte lange Botschaft in eine Manteltasche und stieg über die Brüstung hinweg wieder in Lord Palmerstons Loge hinüber.
Colonel Trask trat auf ihn zu. »Ihr Gesicht ... Was haben Sie auf dem Papier gelesen?«
Ryan tat so, als habe er die Frage nicht gehört. Er ignorierte auch die Schmerzen seiner kaum verheilten Bauchwunde, als er sich um De Quincey und die anderen herumschob und den Mittelgang entlangrannte. Am Ende sah er einen der Kirchenpfleger bereits die Türe öffnen.
Als Becker hereingestürmt kam, glänzte Schweiß auf seinem Gesicht von der Eile, in der er das Dutzend Constables in seinem Kielwasser zusammengetrommelt hatte.
»Es sind noch mehr Polizisten unterwegs.«

»Gut. Wir brauchen sie alle und noch eine Menge zusätzlich«, sagte Ryan.
Tatsächlich reichte ein Dutzend Constables nicht aus. Auch ein zweites Dutzend hätte es nicht getan – ebenso wenig wie ein Weiteres. Jeder Mensch in der Kirche musste befragt werden, gar nicht zu reden von denjenigen, die geflüchtet waren, als sie die »Blut!«-Schreie hörten. Jeder Bereich von St. James's musste durchsucht werden: die Sakristei, die Büroräume, der Glockenturm; unter jeder Bank, hinter der Orgel auf der Empore, *überall* musste nachgesehen werden. Alle anwesenden Gläubigen mussten identifiziert werden, um sicherzustellen, dass sie tatsächlich zur Gemeinde gehörten. Jedes Kleidungsstück musste auf Blutspuren untersucht werden.
Ryan wandte sich zunächst an Agnes, die leitende Bankschließerin. »Der Mann, der Lady Cosgrove begleitet hat – kennen Sie seinen Namen?«
»Ich habe ihn noch nie gesehen.«
Ryan fragte die Kirchenpfleger und die anderen Bankschließerinnen. »Haben Sie den Mann erkannt, in dessen Begleitung Lady Cosgrove hereingekommen ist?«
»Ein Gesicht wie sieben Tage Regenwetter – an den hätte ich mich erinnert«, sagte eine der Frauen.
»In *dieser* Kirche war der noch nie, so viel kann ich Ihnen sagen«, erklärte jemand anderes.
Constables gingen von Loge zu Loge und befragten die Besucher. Die hüfthohen Brüstungen der privaten Kirchenbänke lieferten einen Anschein von Vertraulichkeit, obwohl das dumpfe Murmeln der Unterhaltungen in der ganzen Kirche zu hören war.
»Ich werde um zwei Uhr zum Mittagessen im Haus meines Onkels in Belgravia erwartet. Sie werden ja sicherlich nicht verlangen, dass ich hierbleibe, während Sie …«
»Den Mantel aufschlagen? Die Weste aufknöpfen? Constable,

wenn ich es nicht besser wüsste, dann würde ich jetzt vermuten, dass Sie mich durchsuchen wollen. Ich gehöre dem gleichen Club an wie Commissioner Mayne, und wenn Sie vorhaben, sich auch weiterhin so aufzuführen ...«

»Was ich bemerkt habe? Diese unsäglich gekleidete Frau mit der Hose unter dem Rock und die beiden schäbigen Kerle, von denen ich jetzt feststelle, dass sie Polizeidetektive sind, und den kleinen Mann dort hinten mit den ausgefransten Hosenbeinen, der nach allem, was man mir erzählt, der Opiumesser ist. Hier in St. James's! *Das* ist es, was ich bemerkt habe. Der Opiumesser ist es, den Sie befragen sollten!«

Während Ryan auf und ab ging und auf die Unterhaltungen lauschte, wurde Ähnliches wieder und wieder geäußert – mit der gleichen Ungeduld darüber, dass der Sprecher befragt wurde, und der gleichen Entrüstung angesichts der Tatsache, dass man in der Kirche festgehalten wurde.

Die Reaktionen auf das Verhörtwerden waren dabei keineswegs ein Zeichen von Gefühllosigkeit. Die reichen und mächtigen Einwohner von Mayfair waren aufrichtig schockiert über den Tod von Lady Cosgrove und waren es noch mehr angesichts der Tatsache, dass sie in der Kirche ermordet worden war. Aber die Londoner Oberschicht hegte zugleich ein ausgeprägtes Misstrauen gegen alles, was nach einem Eindringen in ihre Privatangelegenheiten aussah. Ehrbare Leute begingen keine Gewaltverbrechen. Derlei war etwas, das in den unteren Bevölkerungsschichten vorkam. Wenn Angehörige des gemeinen Volkes in den Kneipen aufeinander losgingen oder in dunklen Gassen lauerten, um Passanten niederzustechen und ihnen die Brieftasche zu stehlen – was hatte das mit den Einwohnern von Mayfair zu tun? Diese Arbeiter, die sich Constables nannten – denn Polizisten gehörten der Arbeiterklasse an –, konnten ja sicherlich nicht allen Ernstes glauben, dass ein Mitglied der Gemeinde von St. James's für den Mord an Lady Cosgrove verantwortlich war. Eine kurze Fahndung auf den Straßen würde schnell zu jemandem führen, der in diesem Viertel nichts zu suchen hatte, und das war es auch, womit die Polizei ihre Zeit verbringen sollte. Nicht etwa damit, ehrbare Leute an der Fahrt auf ihre Landsitze zu hindern oder daran, Angehörige zu einem sonntäglichen Mittagessen zu besuchen, das schließlich schon Wochen zuvor ausgemacht worden war.

Ryan ignorierte diese Vorwürfe. Als er zum Eingang der Kirche hinübersah, hatte er einen unrasierten Mann in zerdrückter Kleidung bemerkt, der mit einer Tasche über der Schulter hereinkam. Der Mann nickte Ryan zu, als er durch das Hin und Her in der Kirche näher kam.

»Könnte sein, dass Sie ein bisschen zu früh wieder auf den Beinen sind«, bemerkte er; sein Atem roch leicht nach Alkohol. »So, wie Sie sich da die Hand auf den Bauch drücken.«

»Das ist bloß Seitenstechen«, versicherte Ryan.

»Es war mehr Bauchaufschlitzen und Zusammenflicken als Seitenstechen, wenn ich mich recht erinnere. Vielleicht sollten Sie sich hinsetzen.«

»Demnächst.«

»Ich weiß schon, ich sollte sonntags öfter zur Kirche gehen, aber ich hätte nicht erwartet, dass ich mal aus *dem* Grund in die Kirche gehen würde.« Der Mann hob die Tasche. »Der Constable, den Sie nach mir geschickt haben, hat mir ein paar Einzelheiten schon erzählt. Ich nehme an, Sie wollen eine Menge Skizzen, so wie beim letzten Mal?«

»Ganz so wie beim letzten Mal ist es nicht«, antwortete Ryan.

»Wie meinen Sie das?«

Ein weiterer Mann gesellte sich zu ihnen. Sein Mantel war offen und ließ somit erkennen, dass er keine Weste trug – eine Nachlässigkeit, die man in Mayfair kaum jemals zu sehen bekam. Er

war bleich und hatte sich ein Stativ unter den Arm geklemmt, während er in jeder Hand einen großen Gerätekasten trug; seine dünne Gestalt schien unter der Last fast zusammenzubrechen.
»Danke, dass Sie gekommen sind«, sagte Ryan zu ihm.
»Wo brauchen Sie mich?«
»Vorn. Ich brauche Fotografien aus mehreren Blickwinkeln. Treten Sie nicht in das Blut.«
»Blut?«
»Der Anblick wird Ihnen zu schaffen machen, aber wenigstens brauchen Sie sich keine Sorgen zu machen, dass die fotografierte Person sich bewegen könnte und Ihre Fotografie unscharf wird«, erklärte Ryan.
»Ich habe schon früher Tote fotografiert. Hinterbliebene fordern mich manchmal an.«
»Dann wird Ihnen der größte Teil schon vertraut sein. Wenn dies hier ein Erfolg wird, kann ich Ihnen ein stetes Einkommen garantieren.«
»Ich kann's brauchen.«
Während der Mann seine Koffer und Gerätschaften das Kirchenschiff entlangtrug, beschwerte sich der Zeichner: »Sie ruinieren mir das Geschäft, wenn Sie jetzt so einen elendigen Fotografen anheuern.«
»Ich muss schließlich auch mit der Zeit gehen.«
»Warum haben Sie mich dann kommen lassen?«
»Sie brauche ich, damit Sie mir Zeichnungen von einem Mann anfertigen, der nicht hier ist.«
»Was?«
Ryan führte ihn zu der Stelle hin, wo Agnes, die übrigen Bankschließerinnen und die Kirchenpfleger sich versammelt hatten.
»Dieser Gentleman arbeitet für die *Illustrated London News*«, stellte er den Zeichner vor. »Bitte beschreiben Sie ihm Lady Cosgroves Begleiter. Er wird ein Porträt von ihm zeichnen, und Sie

können ihm helfen – es soll genau so aussehen wie Ihre Erinnerungen an den Mann. Wenn jeder hier mit der Ähnlichkeit zufrieden ist«, fuhr Ryan zu dem Zeichner gewandt fort, »dann setzen Sie das in Ihre Zeitung. Ich hoffe, dass jemand den Mann identifizieren kann. Danach kommen Sie bitte nach vorn und fertigen Skizzen von der Leiche an.«
»Aber Sie haben da vorn doch schon jemanden, der sie fotografiert.«
»Was vielleicht aber nicht ausreichen wird.« Ryan war immer noch nicht ganz über sein Entsetzen angesichts der zwei Worte kurzen Nachricht in seiner Tasche hinweg. »Ich will, dass alles und jedes hier doppelt erledigt wird.«
»*Ryan.*«
Beim Klang der befehlsgewohnten Stimme drehte Ryan sich um. Commissioner Mayne kam mit schnellen Schritten und sichtlich erregt auf ihn zu.
Mayne war achtundfünfzig Jahre alt. Seine hageren, von dicken grauen Koteletten gerahmten Züge wirkten eingefallen. Er war seit sechsundzwanzig Jahren Commissioner, und das aufreibende Amt hatte Spuren in seinem Gesicht hinterlassen. Niemand wusste mehr über Londons Metropolitan Police oder ganz allgemein über die Praxis der Strafverfolgung an jedem Ort der Welt als er.
»Ich bin draußen an mehreren Zeitungsreportern vorbeigekommen«, sagte er.
»Eine Gruppe Constables ist abgestellt, um sie auf Abstand zu halten, Sir. Ich weiß, dass Sie in einer Krisensitzung mit dem Innenminister gesessen haben. Ich hätte Sie dabei nicht unterbrochen, wenn dies nicht Ihre sofortige Anwesenheit erforderte.«
Noch während er es sagte, fragte Ryan sich plötzlich, ob es überhaupt noch einen Innenminister gab. Hatte Lord Palmerston diesen Posten nach dem Zusammenbruch der Regierung noch inne? Das politische Chaos ließ keine Gewissheiten mehr zu.

»Der Mord an einer so bedeutenden Person wie Lady Cosgrove – in St. James's!« Mayne hörte sich empört an. »Ich bin augenblicklich hergekommen.«
»Ich fürchte, es ist sogar noch schlimmer, als Sie jetzt glauben, Sir.«
»Ich wüsste nicht, wie das auch nur möglich sein sollte.«
»Lady Cosgrove hatte dies in der Hand.« Ryan zog den Umschlag und die Nachricht aus der Tasche.
Mayne starrte die Blutflecken auf dem Papier an. Dann nahm er Ryan die Nachricht aus der Hand und las die beiden knappen Worte.
Sein Gesicht schien noch mehr einzufallen.
»Gott helfe uns. Wer weiß sonst noch über dies Bescheid?«
»Nur Sie und ich, Sir.«
Es war eine der wenigen Gelegenheiten in den fünfzehn Jahren, die Ryan den Commissioner kannte, dass Mayne verstört wirkte.
»Wir haben keinen Premierminister und kein Kabinett«, sagte Ryan. »Dies betrifft die Sicherheit Ihrer Majestät. Sollte die Königin nicht augenblicklich benachrichtigt werden?«

In Begleitung eines Constable rannte Becker die Piccadilly entlang und hoffte dabei, möglichst wenig Aufmerksamkeit zu erregen – aber die Passanten starrten nichtsdestoweniger. Sechsundzwanzig Jahre zuvor hatte die Öffentlichkeit ihre Zeit gebraucht, um sich an den Anblick behelmter Polizisten an beinahe jeder Straßenecke zu gewöhnen. Im Jahr 1842 war eine noch alarmierendere Neuerung hinzugekommen: eine Einheit von Polizeidetektiven, die Zivilkleidung trug. Es war ein revolutionärer Gedanke gewesen, dass ein Constable keine Uniform trug, und wurde mit großem Misstrauen aufgenommen. Die oberen und mittleren Klassen der Bevölkerung gaben zwar zu, dass es möglicherweise von Vorteil war, wenn verkleidete Polizeibeamte Kneipen, Spielhöllen und andere übel beleumundete Stätten infiltrieren konnten, wo Verbrecher ihre Untaten planten. Aber wann würde der Punkt erreicht sein, zu dem diese Detektive zu Spionen wurden? Woher sollten ehrbare Bürger wissen, ob der scheinbar normale Mensch, mit dem sie sprachen, in Wirklichkeit nicht ein Ermittler war, der die Nase in ihre Privatangelegenheiten zu stecken versuchte?

Kleidung, die in den meisten Straßen unauffällig gewirkt hätte, tat im reichen Mayfair nichts dergleichen. Es war schwer zu sagen, welcher der beiden Männer mehr Aufmerksamkeit erregte: Becker in seiner formlosen Alltagskluft oder der Uniformierte, der ihn begleitete. Becker spürte die Augen, die hinter geschlossenen Vorhängen zu ihm hinausspähten. Eine Gruppe von Dienstboten, die ihre Arbeitsstätten verließen, um ihren halben Sonntag persönlicher Freiheit zu genießen, musterte ihn nervös; offenbar nahmen sie an, Becker müsse ein Verbrecher sein, den der Constable verhaftet hatte. Die Narbe an Beckers Kinn ließ auf ein zweifelhaftes Umfeld schließen. Aber wenn das der Fall war, warum führte der Constable den Verbrecher dann ins Zentrum von Mayfair statt aufs nächste Polizeirevier?

Der Wegbeschreibung getreu, die er in der Kirche erhalten hatte, bog Becker nach rechts in die Half Moon Street ab, dann wieder nach links in die Curzon Street, und schließlich hatte er die geschlossene Häuserfront von Chesterfield Hill erreicht.

»Suchen Sie Lady Cosgroves Haus auf«, hatte Ryan ihn angewiesen. *»Teilen Sie den Bewohnern mit, was hier passiert ist. Mit Gottes Hilfe werden Sie dort eintreffen, bevor sie es von den Reportern erfahren. Finden Sie heraus, so viel Sie können.«*

Eine lückenlose Reihe weißer Steinhäuser erstreckte sich vor ihm – ein imposanter Anblick und ein eindrucksvoller Unterschied zu den beengten, heruntergekommenen Armutsquartieren, die Becker bei seinen Runden im East End zu sehen bekommen hatte. Die eleganten vierstöckigen Häuser dieser Straße ähnelten einander so sehr, dass er sein Ziel ohne die Unterstützung durch die diskret neben den Haustüren angebrachten Messingnummern niemals gefunden hätte.

Die Luft kam ihm kälter vor. Ein stärker werdender Wind blies dunkle Wolken vor der Sonne vorbei. Als Becker die Adresse erreichte, die man ihm genannt hatte, blieb er an dem eisernen Tor stehen und spähte die Vortreppe hinauf zur Tür. Alle Vorhänge waren geschlossen, aber in wohlhabenden Wohngegenden waren die Vorhänge immer geschlossen; dies war also noch kein Hinweis darauf, ob jemand zu Hause war oder nicht.

Becker zeigte auf zwei Reporter, die ihnen gefolgt waren. »Constable, sorgen Sie dafür, dass diese Männer nicht noch näher kommen. Niemand passiert ohne meine Erlaubnis dieses Tor.« Seine Beförderung war noch so frisch, dass es ihm fast peinlich war, Befehle zu geben.

Dann öffnete er das Tor und näherte sich dem Haus.

Wie bringe ich ihnen bloß die Nachricht von Lady Cosgroves Tod bei?, dachte er. Er erinnerte sich noch, wie er in das gepachtete Farmhaus seiner Familie gerannt war, seiner Mutter in Panik erzählt hatte, dass der Vater in der Scheune von der Leiter gestürzt war und dass sein Hals in einem fürchterlichen Winkel verdreht war. Der entsetzte Gesichtsausdruck seiner Mutter war etwas, das Becker nie aus seinen Albträumen hatte verbannen können.

Er holte tief Atem und stieg die Stufen der Vortreppe hinauf. Es waren nur fünf, aber die Treppe kam ihm länger vor. Oben angekommen, betätigte er einen Türklopfer in Form eines Löwenkopfes. Der Aufschlag des massiven Metalls hallte durch das Haus. Zehn Sekunden vergingen. Niemand öffnete. Becker kam sich vor wie ein Eindringling, als er ein zweites Mal und nachdrücklicher anklopfte. Auch dieses Mal kam niemand an die Tür.

Er sah nach unten und wappnete sich für einen dritten Versuch,

und dabei bemerkte er einen Fleck, die Reste einer Flüssigkeit, die unter der Tür hindurchgesickert war. Die Flüssigkeit war getrocknet. Die Farbe war zu Braun verblichen. Aber nach den Ereignissen dieses Vormittags war es ihm unmöglich, die Substanz nicht zu erkennen – es war Blut.
Becker war sich im Klaren darüber, dass die Reporter ihn von der Straße aus beobachteten, und es gelang ihm, sich nichts anmerken zu lassen. Als er sich am Türknauf versuchte, spürte er, wie sein Herz einen Schlag aussetzte – die Tür bewegte sich.
Er öffnete sie ein paar Zentimeter weit und brüllte ins Innere: »Hallo?« Die Bewohner des Hauses mochten das Klopfen ignoriert haben, aber sie würden mit Sicherheit auf eine Stimme reagieren.
»Hören Sie mich? Mein Name ist Detective Sergeant Becker! Ich muss mit Ihnen sprechen!«
Die Worte kamen als Widerhall zu ihm zurück.
Er stieß die Tür noch etwas weiter auf und versuchte im Inneren des Hauses etwas zu erkennen. Aber jetzt stieß die Tür auf ein Hindernis, einen Gegenstand, der es ihm unmöglich machte, sie ganz aufzustoßen.
»Hallo?«, rief Becker noch einmal.
Er warf einen Blick über die Schulter. Die beiden Zeitungsschreiberlinge näherten sich dem Tor zum Grundstück.
»Constable, sorgen Sie dafür, dass diese beiden auf Abstand bleiben!«
Becker stemmte sich gegen die Haustür, merkte, wie der Gegenstand auf der anderen Seite sich zu bewegen begann, und schuf eine hinreichend große Lücke, um sich ins Innere schieben zu können.
Er fing den Geruch des Todes auf, bevor seine Augen sich an die Düsternis gewöhnt hatten.

Der Gegenstand auf der anderen Seite war die Leiche eines Butlers. Dem Mann war der Schädel eingeschlagen worden. Blut war aus der Wunde gequollen und hatte eine mittlerweile eingetrocknete Pfütze gebildet, die auch unter der Tür hindurchgesickert war.

Wieder griff Becker nach dem Polizeiknüppel, der während seiner Jahre als Constable an seinem Gürtel gehangen hatte. Natürlich war der auch jetzt nicht da. Aber Becker hatte ein Messer – Ryan hatte ihn gelehrt, es in einer unter dem Hosenbein verborgenen Scheide bei sich zu tragen. (»Aber setzen Sie den Knauf ein, bevor Sie die Klinge verwenden«, hatte er ihn bei dieser Gelegenheit gewarnt, »sonst kriegen Sie unangenehme Fragen zu hören.«)

Als Becker das Messer zog, spürte er, wie kalte Furcht sich in seiner Brust ausbreitete. Er wappnete sich für einen möglichen Angriff und sah sich in seiner Umgebung um. Ein dämmeriger Vorraum öffnete sich auf ein Foyer mit zwei Türen auf jeder Seite – alle geschlossen – und einer prächtigen Treppe, die in die oberen Stockwerke hinaufführte.

Bisher hatte Lord Palmerstons Stadthaus Beckers einzige Begegnung mit wirklichem Reichtum dargestellt. Obwohl er schon des Öfteren dort gewesen war, hatte er sich immer noch nicht ganz an den Unterschied zu den löcherigen Schuppen gewöhnt, in denen er gelebt hatte, als er noch sechzig Stunden pro Woche in einer Backsteinfabrik arbeitete. Er fand es immer noch erstaunlich, dass Lord Palmerston seinen Wohnsitz ein *Haus* nannte. Vielleicht war Lord Palmerston so an Reichtum gewöhnt, dass es für ihn in der Tat ganz einfach ein Haus war – wenn das der Fall sein sollte, was stellte sich Lord Palmerston dann wohl unter einem Palast vor?

Unter normalen Umständen hätte Becker sich von dem schwarz-weißen Schachbrettmuster ablenken lassen, das die

Marmorfliesen des Fußbodens bildeten, oder von den kunstvollen Ornamenten der bronzenen Treppenbalustrade – und dies war ein Wort, das Becker erst seit Kurzem kannte. Aber die Umstände waren alles andere als normal, und fast augenblicklich erregte ein Haufen Kleidung am Fuß der Treppe seine Aufmerksamkeit. Er tat drei vorsichtige Schritte in diese Richtung, eben weit genug, um zu sehen, dass der Kleiderhaufen in Wirklichkeit die Leiche eines Dienstmädchens war. Auch ihr war der Schädel zertrümmert worden, und sie lag in ihrem eingetrockneten Blut. Er spürte die Beklemmung in der Brust, als er sich vorsichtig zurückzog. An der Haustür schob er das Messer wieder in seine Scheide, um draußen auf der Straße niemanden zu erschrecken. Als er sich durch die halb offene Tür wieder ins Freie schob, konnte der kalte Wind sich nicht mit der eisigen Atmosphäre des Hauses messen. Die Wolken wurden dunkler.
Die beiden Zeitungsreporter versuchten den Constable zu überreden, dass er sie durchließ.
»Was haben Sie gefunden da drin?«, schrie einer von ihnen.
»Constable, setzen Sie die Ratsche ein!«, brüllte Becker.
In dem Glauben, Becker meine damit, dass der Constable nach ihnen schlagen sollte, traten die beiden Reporter hastig den Rückzug an.
Der Constable packte seine Ratsche am Griff und begann sie zu schwingen; der Lärm des kreisenden Holzrahmens wurde vom Widerhall in der engen Straße noch verstärkt.
Alarmierte Gesichter begannen hinter den Vorhängen des Hauses gegenüber hervorzuspähen. Dienstboten erschienen in Haustüren. Urplötzlich war die menschenleere Umgebung zum Leben erwacht.
Ein zweiter Constable kam die Straße entlanggerannt. Die Reviere der einzelnen Streifenpolizisten waren so organisiert, dass kein Polizist jemals außer Hörweite eines anderen war. Wie um die

Effektivität des Systems zu bestätigen, erschien ein weiterer Constable aus der entgegengesetzten Richtung.
Becker sagte zu dem ersten Neuankömmling: »Ich bin Detective Sergeant Becker. Sie bleiben hier und helfen Ordnung zu halten.«
Den zweiten wies er an: »Und Sie laufen jetzt zur St. James's Church. Sagen Sie Inspector Ryan, Lady Cosgrove ist nicht die Einzige.«
»Sie ist nicht die Einzige?«
»Der Inspector wird wissen, was ich damit meine. Sagen Sie ihm, er soll augenblicklich herkommen. Bringen Sie zusätzliche Constables mit. So viele, wie Sie mobilisieren können.«
Während der Polizist davonstürzte, erschienen bereits zwei weitere.
»Was ist los?«, schrie eine Frau mit einer Schürze aus der wachsenden Menschenmenge.
»Mein Dienstherr will wissen, was der ganze Lärm zu bedeuten hat«, meldete sich ein livrierter Hausdiener.
»Sagen Sie ihm, wir haben alles unter Kontrolle«, antwortete Becker. »Und Sie alle gehen jetzt wieder an Ihre Arbeit. Es gibt hier nichts weiter zu sehen.«
»Hier in Mayfair habt ihr Bobbys uns gar nichts zu sagen!«, rief die Frau mit der Schürze.
Becker war sehr versucht, sie zu fragen, ob sie die Unterhaltung gern hinter Gittern auf dem Polizeirevier fortsetzen wollte. Aber stattdessen fragte er sich, wie Ryan hier vorgehen würde.
»Kommen Sie mal her«, sagte er zu ihr.
Schlagartig wirkte die Frau weniger selbstsicher. »Ich?«
»Auf Sie zeige ich gerade, oder nicht? Kommen Sie her.«
Sie gehorchte zögernd.
»Wollen Sie uns helfen? Das gibt Ihnen auch gleich etwas, worüber Sie in der Küche reden können.«
Die Aussicht darauf, Klatschmaterial mit an ihren Arbeitsplatz zu bringen, entlockte der Frau ein Lächeln.

»Haben diese Häuser Hintereingänge?«, erkundigte sich Becker.
»Die haben alle Stallungen und eine Zufahrt hinten. Das ist, wo *wir* reinkommen. Wo die Lebensmittel und die Kohle angeliefert wird.«
»Wollen Sie diesem stattlichen Constable hier zeigen, wo die Zufahrt und der Hintereingang sind?«
»Der sieht mir so stattlich nun auch wieder nicht aus.«
»Jetzt verletzen Sie ihn aber. Zeigen Sie ihm den Hintereingang. Constable, niemand geht dort ein oder aus. Und passen Sie auf sich auf, es könnte jemand mit üblen Absichten ins Freie gerannt kommen.«
»Verstanden, Sergeant.«
Becker hatte sich noch nicht daran gewöhnt, mit seinem neuen Titel angeredet zu werden. Einen Augenblick lang kam es ihm vor, als rede der Mann mit jemand anderem.
Während das Hausmädchen den Constable wegführte, erschienen drei weitere Polizisten von einem Ende von Chesterfield Hill her, zwei vom anderen.
Becker zeigte ihnen seine Marke und zog sie zu einer dichten Gruppe zusammen. Selbst jetzt noch senkte er die Stimme, damit die Reporter ihn nicht verstehen konnten. »In diesem Haus sind mindestens zwei Menschen ermordet worden. Ich habe noch nicht das ganze Gebäude durchsucht.«
Gewaltverbrechen waren in dieser Wohngegend so selten, dass die Gesichter der Polizisten schlagartig ernst wurden.
»Erst St. James's und jetzt das hier«, murmelte einer von ihnen. Die Neuigkeit von dem Mord in der Kirche hatte sich schnell verbreitet.
»Es sieht so aus, als wäre es schon ein paar Stunden her. Zwei von Ihnen bleiben hier und bewachen den Eingang. Die anderen befragen diese Leute hier. Finden Sie raus, ob irgendjemand etwas Ungewöhnliches gesehen oder gehört hat.«

Als die Constables auseinandergingen, rief einer der Reporter zu ihnen herüber: »Hey, uns könnten Sie auch Bescheid sagen!«
Becker wies den Constable am Eingang an: »Niemand geht hier rein mit Ausnahme von Detective Inspector Ryan.«
Dann wandte er sich an den Beamten, der ihn von der Kirche her begleitet hatte: »Sie folgen mir.«
Sie stiegen die Vortreppe hinauf und schoben sich durch den Spalt der halb offenen Tür.

»Dies ist der Erste«, sagte Becker.
Der Geruch nach Tod kam ihm bereits stärker vor. Selbst in dem schattigen Vorraum sah Becker, wie die Augen des Constable schmal wurden, als er auf den zertrümmerten Schädel der Leiche hinunterstarrte.
»Machen Sie einen Bogen. Fassen Sie nichts an«, sagte Becker. »Ich brauche Ihre Hilfe für den Fall, dass der Mann, der dies getan hat, noch im Haus ist.«
Der Constable zog seinen Knüppel aus dem Gürtel. Als sie das Foyer betraten, starrte er die Statuen auf ihren Marmorsockeln, den vergoldeten Fries und die bemalten Deckenfelder an.
»Herrgott, manche Leute leben wirklich in so was«, sagte er ungläubig.
»Sie werden auch in so was ermordet«, erinnerte Becker. »Denken Sie daran, warum wir hier sind.«
Er ging zu der Leiche der Hausangestellten am Fuß der Treppe hinüber. Auch hier wieder fragte er sich, was Ryan tun würde; dann ging er auf ein Knie und studierte die kreisrunde Kopfwunde. Sie schien mit dem gleichen Gegenstand verursacht worden zu sein, der auch den Butler im Vorraum getötet hatte.
Er öffnete die nächste Tür – eine der beiden zur Rechten. Die zugezogenen Vorhänge machten es schwierig, die Polstermöbel eines eleganten Salons zu erkennen. Quasten hingen von den

Tischtüchern; jede Oberfläche war verziert. Auf den dick gepolsterten Sesseln und dem Sofa lagen zahlreiche Kissen aus Gobelinstoff. Als Becker über den dicken Orientteppich ging, konnte er sich nicht erinnern, je in einem gründlicher schallgedämpften Raum gewesen zu sein.

Er teilte die Vorhänge und sah sich wachsam um, bemerkte aber nichts Verdächtiges. Er verließ den Raum, durchquerte das Foyer und öffnete eine der Türen gegenüber, und auch hier empfing ihn der Geruch nach Tod.

»Constable, halten Sie sich bereit für den Fall, dass ich Sie brauche.«

Becker stieß die Tür ganz auf und betrat eine Bibliothek. Auch hier waren die Vorhänge geschlossen. Er ließ den Blick durch den dämmerigen Raum gleiten und sah einen Mann in einem roten Ledersessel sitzen. Der Mann schien ein Buch zu lesen.

»Lord Cosgrove?«, sagte Becker. Er wusste selbst nicht, warum er überhaupt gesprochen hatte. Der saure Geruch im Zimmer hatte ihm bereits verraten, dass der Mann nie mehr antworten würde.

Becker wandte sich nach links und öffnete die Vorhänge, darauf vorbereitet, sich jeden Moment verteidigen zu müssen. Licht fiel auf den Mann im Sessel. Das zerfurchte Gesicht des Toten war schmerzverzerrt.

Eine Stimme sprach so unerwartet, dass Becker zusammenfuhr.

»Wo ist Detective Sergeant Becker?«

Die Stimme gehörte Ryan, und sie kam aus dem Foyer.

»Er ist da drin, Inspector«, antwortete der Constable.

Ryan erschien in der Tür der Bibliothek.

»›Lady Cosgrove ist nicht die Einzige‹? Diese Mitteilung hat mich allerdings neugierig gemacht.«

»Wie drückt De Quincey das doch immer aus? Mehrere Bewohner dieses Hauses haben sich der Mehrheit zugesellt.«

Becker bezog sich damit auf De Quinceys Beobachtung, dass im Lauf der Jahrtausende bereits mehr Menschen gestorben waren, als derzeit am Leben waren.
Ryan ging quer durch den Raum, den Blick auf den Mann in dem Ledersessel gerichtet.
»Sind Sie Lord Cosgrove jemals begegnet?«, fragte Becker.
»Ein einziges Mal. Commissioner Mayne hat mich zum Gefängniskomitee geschickt, um dort ein paar Auskünfte zu geben. Als sein Leiter hatte Lord Cosgrove danach mehrere Fragen an mich.«
»Ist das Lord Cosgrove?«
»Ich bezweifle, dass seine eigene Frau ihn jetzt noch erkennen würde, wenn sie noch unter uns weilte«, antwortete Ryan.
Der Mann war an dem Sessel festgeschnürt. Ein Seil war um seinen Hals gewunden und an einer Leiter unmittelbar hinter ihm befestigt worden. Die Leiter wiederum war an einer Laufleiste in der Wand verankert und erlaubte den Zugriff auf die oberen Regalbretter.
Eines der Bücher lag offen in den Händen des Toten. Sein Kopf war gesenkt, als lese er.
»Aber seine Augen«, sagte Becker mit einer entsetzten Geste zum Gesicht des Mannes hin. »Haben Sie so was schon jemals gesehen?«
»Nein«, antwortete Ryan.
Aus jeder Augenhöhle ragte ein spitz zulaufender silberner Federhalter. Dunkle Streifen von getrockneter Flüssigkeit zogen sich über die Wangen und ließen es aussehen, als habe der Tote Blut geweint. Becker unterdrückte ein Schaudern, als er sich vorstellte, wie die Schreibfedern in die Augäpfel gestoßen worden waren.
»Es ist schwer zu sagen, was ihn letzten Endes umgebracht hat«, sagte er. »Ist er verblutet, oder wurde er erwürgt?«

»Die Schreibfedern in den Augen waren Teil der Folter. Umgebracht hat ihn das Seil«, antwortete Ryan.
»Wie können Sie sich da so sicher sein?«
»Welche Farbe haben seine Lippen und die Zunge?«
Becker war sich im Klaren darüber, dass Ryan ihn prüfte, und so überwand er seinen Abscheu und trat näher heran, um das schmerzverzerrte Gesicht und die aus dem Mund hervortretende Zunge zu mustern.
»Blau.«
»Haben Sie jemals einer Hinrichtung durch Hängen beigewohnt?«, fragte Ryan.
»Einmal. Von Weitem. Das hat mir vollkommen gereicht.«
»Blaue Lippen weisen darauf hin, dass er nach Luft gerungen hat. Der Blutverlust hatte ihn geschwächt. Sein Kopf ist nach vorn gefallen, auf das Buch zu. Der Mörder hat die Umstände so gestaltet, dass das Opfer sich selbst erhängt hat. Was ist das für ein Buch, das er da angeblich liest?«
Er hatte noch sehr viel zu lernen, dessen war Becker sich bewusst. Er wappnete sich innerlich und nahm der Leiche das Buch aus den Händen, um den Titel auf dem Buchrücken zu lesen. »Es ist etwas über Juristerei.«
Zwischen den Seiten ragte ein Stück Papier hervor. Becker zog es heraus. Das kleine Blatt hatte den gleichen schwarzen Rand wie die Mitteilung, die Lady Cosgrove umklammert hatte, als sie ermordet wurde.
»Was steht da drauf?«, fragte Ryan.
»Es ist ein Name, aber ich kenne ihn nicht. Edward Oxford.«
»*Edward Oxford?* Sind Sie sich da sicher?«
»Kennen Sie den Namen?«
»Gott helfe uns allen, ja.«

Fortführung der Tagebucheinträge von Emily De Quincey

Während die Befragungen in St. James's ihren Gang nahmen, saß Vater auf der Altarschranke. Seine Beine waren zu kurz, um den Fußboden zu erreichen, und so bewegte er die Schuhe auf und ab, als gehe er auf Luft. Wenn er nicht auf die Blutpfütze hinunterstarrte, verfolgte er das Geschehen in Lady Cosgroves Kirchenbank, wo ein Fotograf gerade eine Kamera aufbaute. Vaters Verlangen nach Opium hatte seinem Gesicht bereits eine kränkliche Blässe verliehen. Als ich sah, wie er in der Manteltasche nach der Laudanumflasche griff, eilte ich zu ihm hinüber, um ihn abzuhalten, damit er unter den Kirchgängern nicht zusätzlich für Empörung sorgte.

Währenddessen unterstützte Colonel Trask die Polizisten noch immer dabei, Ordnung zu halten; die schöne junge Frau, die er in die Kirche geleitet hatte, verfolgte voller Bewunderung, mit wie viel Respekt man ihm begegnete. Ich konnte nicht umhin zu bemerken, dass der Colonel gelegentlich in meine Richtung sah und dabei die gleiche Verwirrung erkennen ließ wie beim ersten Mal, als er mich gesehen hatte: als habe er mich erkannt, könne sich aber nicht erinnern, woher er mich kannte. Auch ich selbst war ratlos. Ich wartete auf einen Augenblick, in dem der Colonel einmal nicht beschäftigt sein würde; dann wollte ich zu ihm hingehen und ihm Gelegenheit zu einer Erklärung geben, sollte er sie geben wollen.

Aber bevor ich dies bewerkstelligen konnte, führte Sean (ich spreche hier von Inspector Ryan) Vater und mich ins Freie hinaus, wo sich eine wachsende Menschenmenge versammelt hatte.

»Lord Palmerstons Kutsche ist eingetroffen. Sein Kutscher und sein Lakai haben die Anweisung, Sie zum Bahnhof Euston zu bringen.«

»Ich sollte bleiben«, widersprach Vater.

»Sie haben uns vor sieben Wochen sehr geholfen«, gab Sean zu. »Aber Lord Palmerston hat klargestellt, wie sehr es ihm missfiele, wenn Sie Ihren Zug verpassen würden. Er hat mehr Macht über die Polizei als Commissioner Mayne, ich habe also keine Wahl. Sie haben all meine Fragen beantwortet. Wenn ich weitere Fragen habe, kann ich Sie über Telegramm in Edinburgh erreichen. Glücklicherweise haben Sergeant Becker und ich alles gesehen, was Sie gesehen haben.«
»Haben Sie wirklich das Gleiche gesehen wie ich?«, fragte Vater.
»Ich verspreche Ihnen, ich werde Ihre Theorien über die vielen Wirklichkeiten im Gedächtnis behalten.«
Als er uns die Hand gab, hielt Sean meine länger fest, als die bloße Freundschaft es erfordert hätte. Trotz des kalten Wetters spürte ich, wie mir die Wärme in die Wangen stieg.
»Emily, ich werde unsere Unterhaltungen vermissen«, sagte er.
Es geschieht selten, dass mir die Worte fehlen, aber ich muss gestehen, dass mein Kummer über den Abschied mir das Sprechen schwer machte.
»Ich werde unsere Unterhaltungen auch vermissen«, brachte ich heraus.
Worauf Sean sich wieder an seine guten Manieren erinnerte und sich an Vater wandte. »Und selbstverständlich werde ich meine ungewöhnlichen Gespräche mit Ihnen vermissen, Sir.«
»Es ist lang her, dass jemand mich ›Sir‹ genannt hat«, merkte Vater an. »Vor nicht allzu vielen Wochen haben Sie noch ganz anders von mir gesprochen.«
Sean senkte verlegen den Blick. »Seither hat sich für uns alle vieles geändert. Ich wünschte, dieser Prozess müsste nicht jetzt schon zu Ende gehen.«
Er sah zu mir herüber. »Danke, dass Sie geholfen haben, meine Verletzungen zu heilen, Emily. Gott sei mit Ihnen auf Ihren Wegen.«

Er hielt meine Hand immer noch fest, und meine Wangen fühlten sich noch wärmer an. Ich beugte mich vor, um unserem Abschied einen Anschein von Privatheit zu verleihen. »Seien Sie vorsichtig«, flüsterte ich. »Ich werde schreiben, wenn wir wieder in Edinburgh sind.«
Ein Constable kam auf uns zugerannt und brachte mich so um die vielen anderen Dinge, die ich gern noch gesagt hätte. »Sergeant Becker braucht Sie in Lady Cosgroves Haus, Sir. Er hat gesagt, ich soll Ihnen sagen, Sie möchten sofort kommen – dass sie nicht die Einzige ist.«
»Nicht die Einzige?«
»Das hat er gesagt. Er hat gesagt, Sie würden verstehen, wie er es meint – und dass es dringend ist.«
Der Ausdruck in Seans Augen zeigte in der Tat, dass er verstand. Zu Vater und mir sagte er: »Ich fürchte, ich muss gehen.«
»Ja, bitte tun Sie Ihre Arbeit«, sagte ich. In Wahrheit wünschte ich mir, er würde bleiben, aber als ich die Hand ausstreckte, um seinen Arm zu berühren, eilte er bereits durch die Menschenmenge davon.
Stattdessen kam Lord Palmerstons Lakai durch das Gedränge der Zeitungsreporter und Schaulustigen auf uns zugestürzt.
»Schnell. Wir hätten schon längst zum Bahnhof aufbrechen müssen.« Der Mann hörte sich geradezu verzweifelt an. »Lord Palmerstons Anweisungen waren sehr bestimmt. Er will nicht, dass Sie Ihren Zug verpassen.«
Während der Lakai uns hastig zur Kutsche drängte, hörte ich einen der Reporter zu einem anderen sagen: »Da geht der Opiumesser. Haben Sie gehört, was er über den großen Nebel im Orion zu sagen hatte?«
»Ist das die neue Wirtschaft am Strand?«
»Am Nachthimmel. Der Opiumesser sagt, der Nebel sieht aus wie der Schädel eines Mannes mit einer Spalte darin, und die

himmlische Materie strömt ihm aus dem Hirn. Solches Zeug kann das Opium mit einem anrichten.«
Als ich unser dürftiges, auf dem Kutschendach festgeschnalltes Reisegepäck zu Gesicht bekam, wurde mir die ganze traurige Wahrheit unserer Abreise bewusst. Sobald der Lakai die Tür hinter uns geschlossen hatte und hinten aufgestiegen war, setzte die Kutsche sich ruckartig in Bewegung; der Kutscher war offenkundig entschlossen, Lord Palmerstons Anweisungen zu befolgen.
Vater zitterte auf der Sitzbank mir gegenüber.
»Jetzt ist es in Ordnung«, sagte ich zu ihm.
Er zog sofort seine Laudanumflasche heraus und nahm einen Schluck von der rubinfarbenen Flüssigkeit. Er schloss die Augen, hielt inne, öffnete sie wieder und trank noch einmal. Das Blau seiner Augen nahm ein nebliges Glitzern an. Der Schweiß, der ihm ins Gesicht getreten war, schien wieder in die Haut zu verschwinden. Allmählich hörte er auf, die Füße auf- und abzubewegen.
Hätten wir vorgehabt, auf direktem Wege nach Edinburgh zurückzukehren, dann wäre uns dies inzwischen unmöglich gewesen: Züge nach so weit entfernten Zielen fahren am frühen Morgen, um ihre Passagiere noch am Abend desselben Tages ans Ziel zu bringen. Aber während unserer letzten Wochen in London war Vater in eine Melancholie verfallen, die mir tiefer schien als üblich. Ich schrieb seine Stimmung seiner stetig wachsenden Abhängigkeit von Opium zu und seiner Furcht, es würde ihn zerstören, wenn er nicht bald einen letzten heldenhaften Versuch unternahm, sich von ihm zu befreien.
Seine Melancholie hatte den Wunsch in ihm geweckt, die Gräber seiner beiden Schwestern in seiner Heimatstadt Manchester zu besuchen. Die Zeitungsreporter konnten nicht wissen, woher Vaters Besessenheit von Bildern wie dem Schädel, aus dem Masse

austrat, stammte: der Schädel einer seiner Schwestern war nach ihrem Tod geöffnet worden, um zu untersuchen, ob ihr außergewöhnlich großer Kopf die Folge eines verhängnisvoll missgestalteten Hirns gewesen war. Vater hatte Albträume von dem tiefen Schnitt, den ein Chirurg in ihrem Schädel vorgenommen hatte.

Einer meiner Brüder, William, war an entsetzlichen Kopfschmerzen gestorben, die ihn bereits blind und taub gemacht hatten. Als sein Leiden schließlich zu Ende war, hatte eine Obduktion eine große Menge grüner Masse in einem Teil seines Hirns ergeben. Auch dieser geöffnete Schädel erschien in Vaters Albträumen.

Als die Kutsche klappernd nach Norden abbog, von der Piccadilly in die Regent Street, beugte Vater sich zum Fenster hinaus und rief dem Lakaien auf dem hinteren Sitz zu: »Welche Route zum Bahnhof Euston?«

»Von Regent Street zu Portland Place! Dann nach rechts ab in die New Road!«

»Bitte biegen Sie stattdessen nach rechts in die Oxford Street ab.«

»Wir kennen den Weg zum Bahnhof.«

»Auf meiner Route kommen Sie genauso schnell hin. Ich will unterwegs etwas Bestimmtes sehen.«

Trotz des Lärms, den die Kutschenräder machten, hörte ich den Lakaien etwas vor sich hin murmeln, bevor er dem Kutscher zurief: »An der Oxford Street nach Osten!«

»Warum?«

»Ein Ansinnen unseres Passagiers!«

»Ha! Der letzte Mensch, nach dem wir uns zu richten brauchen!«, antwortete der Kutscher, vielleicht ohne zu wissen, dass wir ihn hören konnten.

Nachdem die Kutsche in die Oxford Street abgebogen war, rief Vater dem Lakaien zu: »Halt!«

»Aber wir müssen zur Euston Station!«

»Halt!«, brüllte Vater. Für einen so kleinen Mann war seine Stimme laut, so laut, dass ich zusammenfuhr.
Das Hufgeklapper konnte den Fluch des Kutschers nicht ganz übertönen, als er den Wagen am unteren Ende der Great Titchfield Street zum Stehen brachte.
Vater öffnete die Tür und stieg aus.
Ich folgte ihm.
»Nein, steigen Sie nicht aus!«, rief der Lakai. »Sie haben gesagt, Sie wollten nur im Vorbeifahren etwas sehen! Wir müssen Sie zum Bahnhof bringen!«
Am frühen Sonntagnachmittag waren die Geschäfte der Oxford Street geschlossen. Der Verkehr war spärlich; nur ein paar Hansoms und Privatkutschen klapperten vorbei. Tief hängende Wolken verdeckten den Himmel, und der Rauch der Schornsteine ließ den oberen Teil der Gebäude verschwimmen.
Vater musterte kummervoll seine Umgebung. Im Alter von siebzehn Jahren hatte er vier Monate hier verbracht, halb verhungert, unter Prostituierten und Bettlern, hatte versucht, mittels seiner Gewitztheit den grausamen Londoner Winter zu überstehen. Eine seiner Bekanntschaften, Ann, vor vielen Jahren schon von der erbarmungslosen Stadt verschlungen, war die Liebe seines Lebens gewesen, bevor er meine Mutter traf.
»Noch dem Tode nahe war ich lebendiger damals«, murmelte er jetzt.
»Bitte sprich nicht über deinen Tod, Vater.«
»Beeilen Sie sich!«, schrie der Lakai. »Wenn Sie den Zug verpassen, wird Lord Palmerston uns die Schuld geben!«
»Sagen Sie Seiner Lordschaft, es war allein meine Schuld«, antwortete Vater. »Sagen Sie ihm, ich habe mich geweigert, wieder in die Kutsche zu steigen.«
»Was reden Sie da eigentlich?«, wollte der Lakai wissen.
»Ich bitte aufrichtig um Entschuldigung. Bitte bringen Sie unser

Gepäck zurück zu Lord Palmerstons Haus. Ich werde später entscheiden, was damit geschehen soll.«
»Nein!«, protestierte der Kutscher.
Vater setzte sich die Oxford Street entlang in Bewegung; er marschierte jetzt nach Westen, nicht nach Osten.
»Vater«, sagte ich, während ich ihm nachlief, »hast du in der Kutsche zu viel Laudanum genommen? Sag mir, was du vorhast.«
Wir überquerten die Regent Street und gingen in westlicher Richtung weiter. Selbst mit seinen kurzen Beinen behielt Vater ein entschlossenes Tempo bei, mit dem viele Menschen nicht hätten mithalten können. Nur die Bewegungsfreiheit, die mein Bloomerkleid mir gestattete, erlaubte mir, Schritt zu halten.
»Tod«, sagte Vater.
»Du machst mir Angst.«
»Bis vor sieben Wochen bin ich am Mittag aus Opiumträumen voller Reue aufgewacht. Wären wir nicht nach London gekommen, würde ich inzwischen wahrscheinlich nicht mehr am Mittag, sondern bei Sonnenuntergang aufwachen. Oder vielleicht hätte ein Opiumexzess auch dafür gesorgt, dass ich gar nicht mehr aufwache. Dann hätte auch ich mich der Mehrheit zugesellt. Endlich hätte ich den Kummer vergessen können, den ich dir und deinen Brüdern und Schwestern und vor allem deiner Mutter verursacht habe ... die Schuldeneintreiber, vor denen ihr meinetwegen fliehen musstet ... die Armut, die ich euch zu ertragen zwang.«
»Vater, jetzt machst du mir wirklich Angst.«

»Edward Oxford?« Becker starrte auf die Nachricht hinunter, die er in dem von der Leiche gehaltenen Buch gefunden hatte. »Wie meinen Sie das, ›Gott helfe uns allen‹?«
»Vor fünfzehn Jahren – wie alt waren Sie da?«, fragte Ryan.
»Erst zehn.«
»Sie haben mir erzählt, dass Sie auf einem Pachtbauernhof im tiefsten Lincolnshire aufgewachsen sind. Hat Ihr Vater die Zeitung gelesen?«
»Er konnte überhaupt nicht lesen. Er hat sich geschämt dafür«, antwortete Becker. »Wenn ich nicht gerade arbeiten musste, hat er mich zur Schule geschickt.«
»Dann hätten Sie vielleicht gar nichts davon wissen können.«
»Von was? Hat das etwas mit der Nachricht zu tun, die Sie in der Kirche bekommen haben und von der Sie mir nichts erzählen wollten?«
»Wir haben keine Zeit dafür«, beschied ihn Ryan. »Wir müssen die übrigen Räume des Hauses durchsuchen.«
»Hören Sie auf, mir auszuweichen. Was hat der Name Edward Oxford zu bedeuten? Erzählen Sie mir, was in der Nachricht in der Kirche gestanden hat«, verlangte Becker.
»Das kann ich nicht.«
»Ist es so schwer, darüber zu reden?«
»Ich darf es nicht. Nur Commissioner Mayne hat die nötige Autorität, es zu tun.«
»So, wie Sie gerade aussehen … wird dies hier noch übler werden?«
»Vor fünfzehn Jahren hat es das getan. Bitte hören Sie auf, mir Fragen zu stellen, die ich nicht beantworten kann. Wir müssen das Haus durchsuchen. Wo sind die übrigen Dienstboten?«
Der Geruch nach verkochendem Essen – und Schlimmerem – führte sie ins Untergeschoss und zur Küche.
Auf der Treppe blieb Becker stehen.

»Alles in Ordnung mit Ihnen?«, fragte Ryan.
»Wie lang wird es dauern, bis ich so sein kann wie Sie?«
»Wie *ich*?«
»All das hier macht Ihnen nicht zu schaffen«, sagte Becker.
»Es macht mir *immer* zu schaffen«, gestand Ryan.
»Aber Sie lassen sich nichts anmerken.«
»Weil ich mich ablenke. Mich auf die Einzelheiten konzentriere. Commissioner Mayne hat mir das beigebracht. Mich darauf zu verlegen, Hinweise zu finden und sicherzustellen, dass der Mörder nie wieder Gelegenheit bekommt, es noch einmal zu tun.«
Becker nickte und zwang sich dazu, die restlichen Stufen hinunterzusteigen.
Unten angekommen verbarg er seine Reaktion, als er die Leichen der Köchin und eines Küchenmädchens auf dem Fußboden der Küche sah. Wie die Bediensteten oben waren auch sie jeweils durch einen Hieb auf den Kopf ermordet worden. Ihre Schürzen waren mit getrocknetem Blut befleckt.
Becker gab sich große Mühe, Ryans Ratschlag zu befolgen und seine Emotionen unter Kontrolle zu bringen, indem er aufmerksam alle Details zur Kenntnis nahm. Die Asche im Herd war kalt. Suppe war in den Schüsseln geronnen. Fleischpasteten waren in ihren Backformen zusammengesackt ebenso wie die flachen Meringendesserts.
Sie stiegen die düstere Dienstbotentreppe hinauf, brachten das Erdgeschoss hinter sich und erreichten ein Obergeschoss, das von einem riesigen Speisezimmer dominiert wurde. Vierzig Menschen hätten hier essen können.
»Als ich noch im East End Streife gegangen bin, hätte ich mir nicht einmal träumen lassen, dass Menschen in solchem Luxus leben können«, merkte Becker an.
Sie stiegen eine weitere Treppe hinauf; im nächsten Stockwerk stießen sie auf drei offene und eine geschlossene Tür.

Unter Letzterer drang ein übler Geruch zu ihnen heraus.

Ryan stieß die Tür mit so viel Kraft auf, dass sie laut gegen die Wand krachte.

»Haben Sie Schwierigkeiten da oben, Inspector?«, brüllte der Constable von unten herauf.

»Wir sagen Ihnen Bescheid, wenn wir Sie brauchen!«, antwortete Ryan.

Mit gezogenen Messern betraten er und Becker den Raum. Auch dieses Zimmer war verdunkelt. Sie gingen zum Fenster und zogen die Vorhänge zurück.

Als Becker sah, was sich unter seinen Stiefeln befand, auf dem ganzen Bett und in der Tat überall im Zimmer, stolperte er nach hinten.

Die Wände, der Toilettentisch, die Vorhänge, der Teppich, alles und jedes war mit getrocknetem Blut befleckt.

»Was im Namen der Hölle ist denn hier passiert?«

Der Rächer hatte den letzten glücklichen Moment seines Lebens niemals vergessen. Zusammen mit seinen Schwestern Emma und Ruth hatte er Kartoffeln in einem Topf gekocht, der über der Feuerstelle hing. Die Kartoffeln waren das Einzige, was ihre Familie sich zum Abendessen leisten konnte. Auch das Holz, das sie zum Kochen verwendeten, wäre kaum erschwinglich gewesen, hätten sie nicht die wertlosen Abfälle verfeuert, die ihr Vater von seiner Arbeit als Zimmermann mitbrachte. Sie besaßen wenig, aber sie liebten einander. Sie lachten viel.

Aber nicht an diesem Tag. Kurz vor Sonnenuntergang war ihr Vater nach Hause gekommen, hatte seinen Werkzeuggürtel abgelegt und sich verwundert umgesehen.

»Colin, wo ist eure Mutter?«, fragte er. Sägemehl sprenkelte seine Arbeitsschürze aus Segeltuch.

Emma übernahm das Antworten.

»Mama ist noch nicht wieder zurück.«

Emma war dreizehn. Ihre Augen waren blau, und es war seither kein Tag vergangen, an dem Colin sich nicht erinnert hätte, wie sie einen ganzen Raum erhellen konnten.

»Aber sie ist schon den ganzen Tag weg!«

Ihr Vater rieb sich mit einer schwieligen Hand den sonnenverbrannten Nacken, als er durch die Küche zur Tür ihres winzigen Häuschens ging.

Colin, Emma und Ruth folgten ihm. Ruth war die Jüngste. Aus irgendeinem Grund ließ die Lücke, die ein ausgefallener Vorderzahn hinterlassen hatte, ihr Lächeln nur noch strahlender wirken. Sie verfolgten, wie ihr Vater ins Freie hinaustrat und den staubigen Fahrweg entlangsah – in die Richtung, die ihre Mutter am Morgen eingeschlagen hatte. Das Dorf existierte erst seit Kurzem. Die meisten Cottages waren noch im Bau, und Stapel aus Backsteinen und Bauholz standen neben den skelettartigen Tragwerken. Der Besitzer der Siedlung war ein Bauunternehmer; er hatte das Grundstück vier Meilen von St. John's Wood, dem nordwestlichsten Ausläufer Londons, erworben und spekulierte auf das weitere Wachstum der Großstadt.

»Vielleicht hat sie noch bei einer Nachbarin vorbeigeschaut«, sagte ihr Vater.

Er setzte sich in Bewegung, auf das nächstgelegene Cottage zu. Colin und Emma hielten Ruth an den Händen fest, während sie verfolgten, wie ihr Vater an eine Tür klopfte und mit jemandem im Haus sprach. Während die blutrote Sonne zum Horizont herabsank, ging er weiter die Straße entlang, erreichte eine weitere Tür, sprach mit einem anderen Menschen. Sie lebten selbst erst seit zehn Tagen in der Siedlung und kannten hier noch niemanden, aber die Leute waren Arbeiter so wie ihr Vater, und obwohl Colins Familie aus Irland stammte, war niemand ihnen feindselig begegnet.

Das Stirnrunzeln ihres Vaters hatte sich vertieft, als er zurückkam, sie alle umarmte und sagte: »Stellen wir das Essen auf den Tisch. Sie muss jetzt jeden Moment zurückkommen.«

Aber Colin konnte nicht anders, als zu bemerken, wie unsicher die Hände seines Vaters waren, als er in seinen wenigen Kartoffeln herumstocherte und sie schließlich unter die Kinder aufteilte.

»Colin, pass auf deine Schwestern auf.« In der Abendkälte zog er seinen Mantel über. »Ich bin bald wieder da.«

Tatsächlich war es längst dunkel geworden, als er schließlich zurückkam. Aber ihre Mutter war nicht bei ihm, und als der Vater sie alle zudeckte in den übereinander angebrachten Kojen, die er neben dem schmalen Bett für ihn selbst und seine Frau angebracht hatte, sah er aus, als habe er Angst.

»Was meinst du, was ihr passiert ist?«, fragte Emma.

»Ich weiß es nicht«, antwortete ihr Vater. »Es ist so dunkel geworden, dass ich nicht weitersuchen konnte. Morgen werde ich wieder losgehen.«

»Sprechen wir doch ein Gebet für Mama«, schlug die kleine Ruth vor.

Ihre Mutter hatte sich mit einem Korb voll Selbstgestricktem auf den Weg nach St. John's Wood gemacht. Die Dinge, die sie mit Nadeln und Wollgarn schuf, waren von erstaunlicher Vielgestaltigkeit – farbenprächtige Muster, die überall Bewunderung erregten. Ohne das Geschick ihrer Mutter hätten Colin und seine Schwestern im Winter keine warmen Handschuhe, Mützen und Schals gehabt. Sie war nach St. John's Wood gegangen, um drei Pullover zu verkaufen. Jemand hatte ihr erzählt, es gebe einen Händler dort, der sie ihr abnehmen würde. Sie hatte gehofft, mit dem Entgelt Fleisch für mehrere Mahlzeiten kaufen zu können. Aber St. John's Wood war nur eine Wegstunde entfernt.

Am Morgen sorgte ihr Vater dafür, dass Colin und seine Schwestern Brot und Käse vor sich hatten, und öffnete dann die Haustür, um seine Suche wieder aufzunehmen.

Aber bei dem Anblick, der sich ihm bot, hielt er überrascht inne. Colin war ihm zur Tür gefolgt; auch er sah den näher kommenden Constable.

»Sind Sie Ross O'Brien?«, fragte der Constable.

»Der bin ich.«

Der irische Akzent veranlasste den Constable, ihn noch aufmerksamer zu mustern. »Und ist Caitlin O'Brien Ihre Frau?«

»Das ist sie.« Colins Vater tat einen Schritt vorwärts. »Warum? Ist ihr etwas zugestoßen?«

»Man könnte es wohl so sagen.«

»Das verstehe ich nicht.«

»Sie ist verhaftet worden.«

4

Der Kristallpalast

Der kalte Wind war willkommen, denn er vertrieb den Geruch nach Tod aus Ryans Nase, als er und Becker wieder ins Freie traten. Draußen sahen sie sich einer lärmenden Menge von offenbar mindestens hundert Menschen gegenüber, die einander aus dem Weg zu stoßen versuchten, um so nahe wie möglich heranzukommen, und sich lauthals beschwerten, wenn jemand sich vor sie drängte. Sie bestand im Wesentlichen aus Dienstboten – Hausdienern in knielangen Gehröcken und Steghosen, Zimmermädchen und Küchenpersonal in Schürzen. Sie konnten ihre Arbeitsplätze kaum ohne Erlaubnis verlassen haben; höchstwahrscheinlich hatte ihre Herrschaft sie auf die Straße geschickt, damit sie den Grund für den Aufruhr herausfanden. Angesichts der hochinteressanten Entwicklungen und mit der Aufgabe betraut, später in allen Einzelheiten zu berichten, schienen sie der zunehmenden Kälte gegenüber vollkommen unempfindlich zu sein.
Als er über die Menge hinsah, war Ryan fast schockiert, ein bestimmtes Gesicht zu sehen.
»Ist das am Ende Emily?«
»Und, gütiger Himmel, das ist ihr Vater!«, sagte Becker.
Irgendwie hatte De Quincey es fertiggebracht, sich durch das Gedränge vor dem Haus zu schlängeln. Jetzt drückten die Menschen hinter ihm den kleinen Mann gegen das eiserne Geländer. Neben ihm kämpfte Emily gegen die Menge an. Unter den Püffen der Leute bat sie einen Constable, sie durch das Tor zu lassen. Der Constable winkte sie immer wieder fort.
»Geht nach Hause!«, brüllte ein anderer Constable. »Es gibt hier nichts zu sehen!«

»Warum rennt ihr Bobbys dann hier rum und fragt alle Leute, ob wir was Seltsames gesehen haben?«, wollte ein Bediensteter wissen.
»Ja, *haben* Sie denn irgendwas Seltsames gesehen?«, fragte ein Constable zurück.
Emily rief etwas zu Ryan hinauf, aber der Lärm der Menge verschluckte die Worte.
Ryan und Becker rannten die Stufen hinunter.
»Diese beiden gehören zu uns!«, sagte Ryan zu den Polizisten.
Während Becker das Tor öffnete, zog Ryan Emily am Arm; sie zog ihrerseits an ihrem Vater.
»Machen Sie Platz!«, wies ein Constable die Menge an.
»Sagen Sie uns, was los ist!«, rief ein Reporter.
»Emily, wir müssen einen Ort finden, wo Sie bleiben können«, sagte Ryan; er freute sich, sie zu sehen, wünschte sich aber inständig, es wäre unter anderen Umständen geschehen. »Da drin sind üble Dinge passiert.«
»Schlimmer als in der Kirche?«, fragte De Quincey. Sein Mantel hing schief und krumm an ihm; ein Knopf war abgerissen.
»Das kommt darauf an, wie Sie die Sache betrachten.«
»Immanuel Kant hätte es nicht besser ausdrücken können.«
Der Wind wurde stärker. Die Wolken waren tiefer gesunken und sahen dunkler aus. Schneeflocken trieben vorbei, was einige Menschen in der Menge schließlich doch noch veranlasste, die Arme um den Körper zu legen und sich davonzumachen.
»Sean, wenn wir ins Haus gehen, sagen Sie mir einfach, wann ich fortsehen muss«, sagte Emily.
»Wenn wir ins Haus gehen? Aber ich habe doch gerade gesagt ...« Ryan stieß einen resignierten Atemzug aus. »Ja, wenn wir ins Haus gehen.«
»Emily, sehen Sie einfach an die Decke. Und nehmen Sie meinen Arm«, sagte Becker.
Der treibende Schnee wurde dichter.

Sie ließen Emily in einem Plüschsessel im Salon Platz nehmen.
»Ich kann hier kein Feuer anzünden, damit Sie es etwas wärmer haben«, erklärte Ryan mit einer Handbewegung zu dem in tiefem Schatten liegenden Kamin hinüber. »In der Asche könnten Hinweise für uns sein.«
»Das verstehe ich schon.«
»Was ist passiert? Sie sollten beide im Zug sitzen.«
»Vater hat sich geweigert, Lord Palmerstons Anweisungen zu befolgen.«
»Geweigert?«, wiederholte Becker verblüfft.
»In der Kirche haben wir zufällig gehört, wie der Pfarrer Lord Cosgroves Adresse erwähnt hat. Daraufhin hat Vater darauf bestanden, hierher zu kommen.«
»Ich hatte keinerlei Schwierigkeiten, das Haus zu finden«, bemerkte der kleine Mann stolz. Er war draußen vor der Zimmertür in die Hocke gegangen und studierte die Kopfwunde der toten Hausangestellten. Sein rechter Zeigefinger berührte die klaffende Wunde beinahe.
»Vor dreiundfünfzig Wintern habe ich oft in Mayfair gebettelt. Ich kenne die Gegend fast so gut, wie ich Soho und Oxford Street kenne.«
»Lord Palmerston …«, begann Ryan.
»… wird fuchsteufelswild sein. Das ist mir bewusst.«
De Quincey nahm einen Schluck aus seiner Laudanumflasche.
»In der Kirche haben Sie gesagt, Sie und Becker hätten die gleichen Dinge gesehen, die auch Emily und ich gesehen haben. Sicherlich haben Sie doch nach unseren vielen Unterhaltungen vor sieben Wochen begriffen, dass das nicht der Fall war.«
»Eine polizeiliche Untersuchung erfordert mehr als einen Hinweis auf den Namen Immanuel Kants«, antwortete Ryan, der mit Mühe seine Frustration unter Kontrolle hielt. »Existiert die Wirklichkeit unabhängig von uns oder lediglich in unserem

Geist? Ich kann Ihnen ganz entschieden versichern, dass die Wirklichkeit an der Haustür und am Fuß dieser Treppe hier existiert. Weitere Beispiele für die Wirklichkeit existieren in der Küche unter uns, und die Wirklichkeit existiert ohne jeden Zweifel an einem Sessel in der Bibliothek festgebunden.«
»An einem Sessel in der Bibliothek festgebunden?«
De Quincey stand interessiert auf. Er sah die Tür auf der anderen Seite des Foyers und ging hinüber.
»He, da können Sie nicht reingehen!«, wandte der Wache stehende Constable ein.
»Es ist schon in Ordnung«, sagte Becker. »Ich komme mit.«
Ryan wandte sich wieder an Emily. »Aber wie werden Sie zurechtkommen ohne Lord Palmerstons Unterstützung? Sie haben kein Geld. Wo werden Sie übernachten, wie werden Sie sich ernähren?«
»Vater sagt, er kann auf der Straße überleben, so wie er es getan hat, als er siebzehn war.«
»Aber jetzt ist er neunundsechzig. Und was ist mit Ihnen? Wie sollen *Sie* überleben?«
»Vater sagt, er wird mir beibringen, wie ich es bewerkstelligen muss.«
»Ich fürchte sehr, das Opium hat ihn jetzt wirklich um den Verstand gebracht!«
»Der Tod«, sagte Emily.
»Was?«
»Vater spricht häufig von ihm.«
»Inspector?«, unterbrach De Quinceys Stimme von der anderen Seite des Foyers her.
Emily berührte Ryan am Arm. »Ich glaube, der Grund dafür, dass Vater hergekommen ist, war der – wenn er Ihnen helfen könnte, dann hätte er eine Aufgabe und damit auch wieder den Wunsch zu leben.«

Ryan ging hinüber in die Bibliothek, wo er De Quincey dabei antraf, dass der von einem Blickwinkel zum anderen wechselte und die grotesk hergerichtete Leiche aus allen Richtungen studierte.
»Sie wirken beeindruckt«, sagte Ryan.
»Die Schlinge, die ausgestochenen Augen und das juristische Buch summieren sich zu einem Meisterwerk.«
»Ich nehme an, etwas anderes sollte ich auch nicht erwarten von jemandem, der *Der Mord als eine schöne Künst betrachtet* geschrieben hat.«
»Das Arrangement der Leiche legt nahe, dass das Motiv Rache für ein erlittenes Unrecht war.«
»Es sieht nicht nach Raub aus«, stimmte Ryan zu. »Die Federhalter in den Augenhöhlen sind aus Silber. Eine goldene Uhrkette hängt an seiner Weste. Es gibt noch viele weitere wertvolle Gegenstände in diesem Zimmer, aber es sieht nicht so aus, als wäre etwas gestohlen worden.«
»Sie haben die Küche erwähnt. Gibt es also noch mehr Opfer?«, erkundigte sich De Quincey.
»Eine Köchin und ein Küchenmädchen«, antwortete Ryan. »Lady Cosgrove muss außer Hauses gewesen sein, als die Morde begangen wurden.«
Becker gesellte sich sichtlich verwirrt zu ihnen. »Aber als sie zurückgekommen ist und die Leichen entdeckt hat – warum hat sie nicht die Polizei benachrichtigt? Statt Alarm zu schlagen – warum hat Lady Cosgrove sich in Trauergewänder gekleidet und ist in die Kirche gegangen? Das ergibt doch keinen Sinn.«
»Mindestens eins der Opfer haben wir noch nicht gefunden«, sagte Ryan. »Ein Schlafzimmer im ersten Stock ist voll mit getrocknetem Blut.«
De Quincey sah der Leiche über die Schulter, um das schwarz geränderte Papier zu studieren, das Becker wieder in das aufgeschlagene Buch gelegt hatte.

»Da steht ein Name. *Edward Oxford?*«

»Sagt Ihnen das etwas?«, fragte Becker.

»Wie könnte es nicht?«

»Das verstehe ich nicht, Vater. Wer ist Edward Oxford?«

Emilys Stimme überraschte sie alle. Sie drehten sich um und sahen sie in der Tür der Bibliothek stehen; sie hielt den Blick von dem fürchterlichen Arrangement in dem Sessel abgewandt und sah stattdessen zu der mit Stuckleisten verzierten Decke hinauf.

»Emily, es wäre vielleicht besser, wenn Sie in dem Zimmer gegenüber blieben«, regte Becker an.

»Ich bin lieber hier bei allen anderen als allein in einem anderen Raum dieses Hauses.«

»Ich wäre auch nicht gern allein in diesem Haus«, stimmte Ryan zu.

»Vater, angesichts des Erstaunens, mit dem du Edward Oxfords Namen aussprichst, komme ich mir albern vor, weil ich ihn nicht kenne.«

»Du warst erst sechs, als es passiert ist«, erklärte De Quincey. »Inspector, Edward Oxford ist nach wie vor in Bedlam, habe ich recht?«

De Quincey sprach von der einzigen Anstalt für geisteskranke Straftäter in ganz England – Bethlem Royal Hospital, allgemein als Bedlam bekannt.

»Ja«, antwortete Ryan. »Man hätte mir mit Sicherheit Bescheid gesagt, wenn Oxford entlassen worden wäre.«

»Aber wer *ist* denn Edward Oxford?«, wollte Emily hartnäckig wissen. »Was für ein Verbrechen hat er begangen? Sean, Ihr Tonfall legt nahe, dass es etwas wirklich Entsetzliches gewesen sein muss. Hat dies etwas mit der Nachricht zu tun, die Lady Cosgrove in der Kirche erhalten hat? Sie haben sich geweigert, uns zu sagen, was Sie gelesen hatten.«

»Ich fürchte, danach werden Sie Commissioner Mayne fragen müssen.«

»Vielleicht nicht«, meldete De Quincey sich wieder zu Wort.
»Wie meinen Sie das?«, erkundigte Ryan sich misstrauisch.
»Bevor Sie die Nachricht in St. James's in die Tasche geschoben haben, habe ich genug gesehen, um mir sicher sein zu können, dass sie nur aus zwei Worten bestand. Wären diese Worte ›Edward Oxford‹ gewesen, dann wäre das Geheimnis jetzt bekannt – es wäre nicht nötig, dass Sie noch länger schweigen. Das bedeutet, bei den beiden Worten handelte es sich um etwas anderes. Unter den gegebenen Umständen kann es eigentlich nur … Inspector, bitte erzählen Sie Emily doch von Edward Oxford.«

Dienstag, 10. Juni 1840

Queen Victoria bestand darauf, ihren Terminplan täglich den Zeitungen zugänglich zu machen. Seit sie drei Jahre zuvor den Thron bestiegen hatte, war der jungen Königin daran gelegen, die Menschen wissen zu lassen, wie sehr sie sich von ihren unmittelbaren Vorgängern unterschied – Herrschern, die sich so gut wie nie vor dem Volk hatten blicken lassen. Sie war entschlossen, eine Verbindung zu ihren Untertanen aufzubauen, ließ sich häufig durch die Straßen Londons fahren und wollte, dass die Bevölkerung wusste, wann sie es tun würde, damit die Menschen Gelegenheit hatten, ihre Königin zu sehen und ihr zuzujubeln.
Ihr häufigster öffentlicher Auftritt ereignete sich fast täglich um sechs Uhr abends, wenn sie und Prinz Albert, mit dem sie seit wenigen Monaten verheiratet war, in einer offenen Kutsche Buckingham Palace verließen. Die übliche Route führte nach links auf die Straße Constitution Hill und am Green Park vorbei zum Hyde Park, dann in einer Schleife zurück zum Palast. Die Kutsche wurde nur von zwei Reitern begleitet.
Queen Victoria hatte jeden Grund, sich um die Zuneigung ih-

rer Untertanen zu bemühen. Ihr Ehemann war Ausländer aus einem armen deutschen Herzogtum. Obwohl er Englisch sprach, zog er das Deutsche vor. Auch ihre Mutter, ihrerseits eine Ausländerin, die derselben mittellosen deutschen Fürstenfamilie entstammte, bevorzugte die deutsche Sprache. Zeitungen prophezeiten, bald würde ganz England gezwungen werden, Deutsch zu sprechen, und die Staatskasse würde geleert werden, um deutsche Schulden zu begleichen. Die Menschen fürchteten, es würde nicht mehr lange dauern, bevor England ein deutscher Staat wurde.

Und so waren aus den Tausenden von Zuschauern, die Queen Victoria vor ihrer Heirat zugejubelt hatten, inzwischen einige Hundert geworden, die sie zusammen mit Prinz Albert noch sehen wollten. Es war bekannt, dass manche Menschen auf der Straße abfällig zischten, wenn sie vorbeifuhr. Wenn ihre Kutsche einmal leer war, warfen manche sogar mit Steinen.

An diesem milden Mittwochabend aber ging ein Angehöriger der Menge weiter, um sein Missfallen kundzutun. Als die königliche Kutsche am Green Park entlangfuhr, trat ein Mann zwischen den Zuschauern hervor.

Er hob eine Pistole.

Und er feuerte aus einer Entfernung von weniger als fünf Metern.

»Ich war damals erst Constable«, sagte Ryan, »und der Umgebung des Palastes zugeordnet.«

Draußen jenseits der auseinandergezogenen Vorhänge der Bibliothek stob der Schnee. Der Lärm der Menschenmenge war verstummt – wahrscheinlich hatte das üble Wetter die Schaulustigen an ihre Arbeitsstätten zurückgetrieben.

»Die Regierungsgebäude, St. James's Park und Green Park – das war die Gegend, wo ich meine Runde machte. Ich habe immer darauf geachtet, den Fußweg unmittelbar am Green Park im

Auge zu behalten, wenn Ihre Majestät ihre übliche Spazierfahrt unternommen hat. Die Menschenmenge war klein verglichen mit früheren Zeiten, aber immer noch groß genug, um Taschendiebe anzuziehen. Es ist kaum ein Abend vergangen, an dem ich nicht irgendwen mit den Fingern in der Tasche von jemand anderem erwischt hätte. Aber beim Geräusch des Schusses ist die Menge erstarrt.«

Ryan sah zu Emily hinüber, die nach wie vor an die Decke starrte, um dem fürchterlichen Anblick im Sessel zu entgehen.

»Der Salon eignet sich besser für dies«, entschied er.

Er führte Emily hinüber, von De Quincey und Becker gefolgt. Als Emily sich auf das Sofa im Salon setzte, nahm Ryan ihr gegenüber Platz, dankbar für die Gelegenheit, seinen kaum verheilten Verletzungen etwas Ruhe zu gönnen.

»Als die Pistole abgefeuert wurde, haben die Kutscher der Königin den Wagen zunächst verwirrt zum Stehen gebracht«, fuhr er fort. »Niemand konnte sich vorstellen, dass es tatsächlich ein Schuss gewesen war. Ich versuchte herauszufinden, aus welcher Richtung das Geräusch gekommen war. Dann habe ich gesehen, dass in der Nähe der Kutsche Rauch aufstieg, und mir ist klar geworden, was passiert war. Ein Mann ließ eine Duellpistole sinken. Mit der anderen Hand hob er eine zweite. Ich kämpfte mich durch die Menge, aber bevor ich ihn erreicht hatte, hat er ein zweites Mal gefeuert. Nach all den Jahren erinnere ich mich noch an die Schmerzen in den Ohren. Wieder stieg Rauch auf, aber jetzt endlich waren die Kutscher wieder zum Leben erwacht, und die Kutsche jagte davon.

›Die Königin!‹, hat jemand gebrüllt. ›Er hat versucht, die Königin zu erschießen!‹ Jemand anderes hat geschrien: ›Bringt ihn um!‹ Dann haben *alle* es geschrien. ›Bringt ihn um! Bringt ihn um!‹ Als ich mich durch das Gewühl gekämpft hatte, traf ich auf *zwei* Männer mit Pistolen, und die Menge zerrte an beiden herum.

›Ich war's nicht!‹, hat einer von ihnen behauptet. ›Ich hab *ihm* die Pistole weggerissen!‹ Und ›Sie stecken beide mit drin!‹, hat irgendjemand anderes gebrüllt. ›Bringt sie alle beide um!‹«

Mehrere andere Constables sind aufgetaucht, und wir haben unsere Knüppel eingesetzt, um die Menge auseinanderzutreiben. In meinen Augen war es offensichtlich, welcher der beiden Männer die Pistolen bei sich getragen hatte. Einer von ihnen trug einen Anzug, der zu eng war, um eine Waffe zu verbergen. Der andere steckte in einer billigen Leinenhose mit großen Taschen. Aber der Meute war derlei egal. Die Leute haben auch weiterhin gebrüllt: ›Bringt sie beide um!‹

Die übrigen Constables und ich haben es irgendwann geschafft, die beiden Männer von der Menge fortzuzerren. ›Bringt sie zur Polizeiwache!‹, habe ich geschrien. Auch wenn ich selbst den unschuldigen Mann vom schuldigen unterscheiden konnte, ich hatte keine Zeit für Erklärungen. ›Wir untersuchen die Sache dort‹, habe ich zu den anderen gesagt.

Währenddessen hatten Kutschen und Hansoms angehalten; die Leute wollten wissen, was passiert war. Es sind ständig weitere Zuschauer dazugekommen, inzwischen waren es vielleicht tausend Menschen. Sie sind uns wütend bis zu der Polizeiwache in Whitehall gefolgt und haben versucht, uns die beiden Männer zu entreißen, die wir verhaftet hatten. Die Leute haben an den Jacken der beiden und an ihren Krägen herumgezerrt, bis sie sie fast erwürgt hatten. Erst als uns zusätzliche Constables zu Hilfe gekommen sind, haben wir die beiden ins Innere bringen können, und dort ist offenkundig geworden, dass der Mann in der weiten Hose der einzige Angreifer war. Der zweite Mann, der mit dem Anzug, besaß eine Karte, die ihn als Brillenmacher auswies. Er hatte einen Begleiter bei sich gehabt, der uns bestätigte, dass er dem Angreifer eine der Pistolen entrissen hatte. In den folgenden Tagen haben die Zeitungen ihn als Helden gepriesen.«

De Quincey ließ die Laudanumflasche sinken, aus der er getrunken hatte. »Und der Mann mit der weiten Hose war Edward Oxford.«

Ryan nickte. »Er hat uns bereitwillig seinen Namen genannt. Tatsächlich war er wütend auf den Brillenmacher, weil der einen Teil der Aufmerksamkeit von ihm abgezogen hatte. ›Ich bin derjenige, der gefeuert hat! Ich war es!‹, sagte er immer wieder. Nachdem die Schüsse weder die Königin noch Prinz Albert verletzt hatten, habe ich ihn gefragt, ob seine Pistolen mit mehr als nur Schießpulver geladen gewesen waren. Er antwortete ärgerlich: ›Wenn die Kugel mit Ihrem Kopf in Kontakt gekommen wäre, dann hätten Sie es gemerkt!‹«

»Und die Königin ist tatsächlich unverletzt geblieben?«, fragte Emily.

»Sowohl sie selbst als auch Prinz Albert. Zu meiner Verblüffung habe ich wenig später erfahren, dass sie ihre Kutscher nicht etwa angewiesen hatte, sie schleunigst in die Sicherheit des Palastes zurückzubringen. Stattdessen hat sie die Fahrt über Constitution Hill zum Hyde Park fortgesetzt, als wäre nichts geschehen. Den Berichten zufolge war das Tempo der Kutsche im Hyde Park beinahe gemächlich. Danach haben Tausende das Überleben des Königspaares bejubelt und ihren Mut bewundert.

Als sie eine halbe Stunde später schließlich in den Palast zurückkehrten, war die Geschichte noch dramatischer geworden. Inzwischen glaubte man, Prinz Albert sei von einer der Kugeln gestreift worden, als er sich schützend über Ihre Majestät warf. Das war zwar nicht wirklich der Fall gewesen, aber die Gerüchte schwollen immer weiter an, und der Heroismus der Königin und des Prinzgemahls wurde überall gepriesen. Der Premierminister, die Kabinettsmitglieder, die Angehörigen des Kronrats, alle Welt fand sich eilends im Buckingham Palace ein, um ihrer Empörung über Edward Oxfords Tat Ausdruck zu verleihen und Gott dafür zu danken, dass der Mordversuch erfolglos geblieben war.«

»Und all das im Lauf eines einzigen Abends«, sagte Emily verwundert. »Aber Sie haben doch gesagt, Ihre Majestät sei zu jener Zeit unbeliebt gewesen. Warum hat die Menge ihr gegenüber plötzlich so viel Loyalität gezeigt?«

»Was die Leute entsetzte, war das Unvorstellbare – der Versuch, die Monarchin zu ermorden, ein Verbrechen wider die Natur«, antwortete Ryan. »Aber sie hatten bald noch einen weiteren Grund zu jubeln, weil die Königin unversehrt geblieben war.«

»Die Verfassung Ihrer Majestät«, merkte De Quincey an, ohne den Blick von der Laudanumflasche zu heben, die er studierte.

»Verfassung? Möchtest du damit sagen …«, begann Emily.

Ryan erklärte in einiger Verlegenheit: »Der Palast hatte die Neuigkeit noch geheim gehalten. Jetzt allerdings gab man bekannt, dass Ihre Majestät ein Kind erwartete. Die Nachricht, dass möglicherweise mit einem Thronfolger zu rechnen war, hat sich wie ein Lauffeuer in ganz London verbreitet. König George IV. und König William IV. hatten beide zahlreiche« – Ryan wandte taktvoll den Blick ab – »Mätressen und illegitime Nachkommen gehabt, aber jetzt versprach Ihre Majestät der Nation einen legitimen Thronerben. Alberts deutsche Abkunft, seine Vorliebe für die deutsche Sprache, sämtliche Befürchtungen und Einwände gegen ihn waren vergessen, als die Bevölkerung ihn dafür pries, dass er den nächsten König gezeugt hatte. An diesem Abend unterbrachen alle Theater ihre Vorstellungen, um zu verkünden, dass die Königin einen Mordversuch überlebt hatte. Überall wurde ›God save the Queen‹ gesungen. In Konzertsälen und Restaurants, an allen öffentlichen Treffpunkten, bei Arm und Reich wurden Veranstaltungen unterbrochen, damit Trinksprüche und Gesänge zu Ehren Ihrer Majestät angestimmt werden konnten.«

»Wie ist es mit Edward Oxford weitergegangen?«, fragte Becker.

»Damals im Jahr 1840 hatte die Metropolitan Police noch keine Detektiveinheit. Commissioner Mayne hat zwei meiner Vorgesetzten und mich beauftragt, Nachforschungen am anderen Ufer der Themse anzustellen, wo Edward Oxford in einer Herberge in Southwark ein Zimmer angemietet hatte. Neben anderen drängenden Fragen sollten wir herausfinden, ob er Komplizen gehabt hatte. Wir durchsuchten sein Zimmer und entdeckten einen abgeschlossenen Behälter. Als ich ihn aufbrach, fanden wir Kugeln, Schießpulver, einen Säbel und eine sehr merkwürdige schwarze Kappe mit zwei roten Bändern. Außerdem habe ich noch Dokumente und ein Notizbuch gefunden.«

Draußen vor dem Fenster war das Schneetreiben heftiger geworden, und Emily legte die Arme um den Körper. Als draußen im Vorraum etwas knackte, fuhr sie herum.

»In den Dokumenten ging es um eine Organisation namens Young England«, merkte De Quincey an.

»Das stimmt«, sagte Ryan.

»Und das sind auch die beiden Worte, die Sie auf dem Zettel in der Kirche gefunden haben«, fuhr De Quincey fort.

Ryan sah überrascht aus. »Sie sollten eigentlich vollkommen benebelt sein von dem ganzen Laudanum, das Sie trinken, und stattdessen können Sie beinahe Gedanken lesen. Ja, die beiden Worte auf dem Blatt Papier in der Kirche lauteten ›Young England‹.«

»Das verstehe ich nicht«, sagte Emily. »Young England? Es klingt ganz harmlos – wie eine Gruppe junger Leute, die ihre Nation unterstützen. Oder wie Historiker, die sich der Jugendzeit Englands verschrieben haben, der Ära der Magna Carta und so weiter.«

»Young England verfolgte das Ziel, die Regierung zu stürzen und die Monarchie abzuschaffen«, erklärte Ryan.

Emily und Becker starrten ihn an.

»Die Gruppe hatte vierhundert Mitglieder«, fuhr Ryan fort. »Jeder von ihnen war verpflichtet, eine Pistole, eine Muskete und einen Dolch zu besitzen. Jeder hatte einen falschen Namen und

eine erfundene Vorgeschichte. Viele von ihnen arbeiteten als Kutscher, Zimmerleute und so weiter und hatten sich das Vertrauen aristokratischer Familien erworben. Einige hatten sich sogar erfolgreich als Herren von Stand ausgegeben und waren Mitglieder vornehmer Clubs geworden. Die schwarze Kappe – die jedes Mitglied besitzen musste – konnte nach unten gezogen werden und das Gesicht verdecken, wenn der Zeitpunkt für den Aufstand gekommen war. Die beiden roten Bänder an der Kappe, die in Oxfords verschlossener Kiste gefunden wurde, legen nahe, dass er den Rang eines Hauptmannes bekleidete.
Wir haben Funde gemacht, die noch beunruhigender waren«, fügte Ryan hinzu. »Briefe, in denen es um die geheimen Treffen der Gruppe ging; ihre Angehörigen waren bereit, zu kämpfen bis zum Tod, sollte die Polizei hereingestürmt kommen. Die Papiere erwähnten auch den geheimnisvollen Anführer von Young England, der in dem deutschen Königreich Hannover lebte.«
»Hannover?«, wiederholte Emily. »Aber ist das nicht auch …«
»Genau das«, sagte Ryan. »Der älteste Onkel Queen Victorias hatte den Thron dieses deutschen Staates bestiegen, nachdem Ihre Majestät Königin von England geworden war. Viele waren überzeugt, der Onkel hege einen erbitterten Groll, weil nicht er England regierte, und würde alles Denkbare tun, um den Platz der Königin einzunehmen. Es sah so aus, als sei er die Macht, die hinter Young England und dem Komplott zum Sturz der Regierung und Ihrer Majestät stand. Die Befürchtungen, England könnte ein deutscher Staat werden, schienen gerechtfertigt zu sein.«
»Aber da der Umsturz nicht kam, muss die Polizei ja alle Verschwörer verhaftet haben«, merkte Becker an.
»Nein.«
»Sie sind entkommen?«
»Sie existierten nur in Edward Oxfords Wahnvorstellungen«, sagte Ryan.

»Was?«

»Meine Vorgesetzten haben mich später informiert, dass sämtliche Dokumente in Oxfords eigener Handschrift geschrieben waren und dass er Young England und alles andere erfunden hatte«, erklärte Ryan. »Bei seinem Prozess fungierte der Kronanwalt selbst als Ankläger, und er beharrte darauf, dass Oxford wahnsinnig war. Er wies darauf hin, dass Oxfords Vater seine Mutter vor ihrer Niederkunft geschlagen und damit das Gehirn des Ungeborenen geschädigt hatte. Die Phrenologen, die seinen Schädel vermaßen, kamen zu dem Schluss, dass die Ein- und Ausbuchtungen auf ein ungewöhnlich geformtes Hirn und in der Folge davon auf Wahnsinn hindeuteten. Er könnte den Wahnsinn auch von seinem Vater geerbt haben, der einmal ein Pferd in ein Haus hineingeritten und zweimal versucht hatte, mit einer Überdosis Laudanum Selbstmord zu begehen.«

Ryan warf De Quincey einen vielsagenden Blick zu, als er den Tod durch Laudanum erwähnte.

De Quincey zuckte nur die Achseln. »Es ist vielleicht eine ganz angenehme Art, sich der Mehrheit zuzugesellen.«

»Vater, ich bitte dich, denk doch nicht so«, sagte Emily.

»Ist Ihnen eigentlich klar, wie oft Sie aus der Opiumflasche da getrunken haben, seit Sie dieses Haus betreten haben?«, wollte Ryan wissen.

»Ich gestehe, ich habe es versäumt, mitzuzählen.«

»Sechs Mal.«

»Siehst du, Emily – nur sechs. Ich mache Fortschritte. Bitte fahren Sie doch fort, Inspector. Ich glaube mich zu erinnern, dass Oxford dafür bekannt war, urplötzlich in irres Gelächter auszubrechen, das seiner Umgebung Angst machte?«

»Ja, und bei anderen Gelegenheiten starrte er stundenlang die Wände an. Sein Benehmen war so merkwürdig, dass er keine Stelle jemals länger als ein paar Monate behalten hat. Meist war er als

Aushilfskellner beschäftigt und servierte in Wirtschaften das Bier. ›Glauben Sie nicht ein Wort von dem, was dieser Wahnsinnige sagt‹, wie der Kronanwalt bei dem Prozess die Geschworenen anwies. ›Stecken Sie ihn ins Irrenhaus, denn dort gehört er hin.‹«

»Und genau dort ist er auch und wird für den Rest seines Lebens dort bleiben«, sagte De Quincey. »Aber kommen wir doch noch einmal auf ein früheres Thema zurück. War Oxfords Pistole tatsächlich mit einer Kugel geladen?«

Einen langen Augenblick antwortete Ryan nicht. Dann sagte er: »Sie können tatsächlich Gedanken lesen. Sie haben gemerkt, dass es mir zu schaffen macht.«

»Wie groß war die Menschenmenge zu dem Zeitpunkt, als die Schüsse abgefeuert wurden, was schätzen Sie?«, fragte De Quincey.

»Vielleicht zweihundert Leute.«

»Umgeben von so vielen Menschen und fünf Meter von der Königin und ihrem Ehemann entfernt konnte Oxford zwei Schüsse abfeuern, die nicht nur sein angebliches Opfer verfehlten, sondern auch sonst niemanden trafen – nicht einmal eins von mehreren Pferden oder die Kutsche der Königin. Das ist schon bemerkenswert schlecht gezielt. Die Projektile wurden nie gefunden, habe ich recht?«

Ryan nickte. »Auf der gegenüberliegenden Seite von Constitution Hill ist die Gartenmauer des Palastes. Der Fußweg dort wurde abgesucht. Danach wurde er geharkt; jedes einzelne Steinchen wurde überprüft. Man fand keine Kugel. Auch die Mauer selbst wurde untersucht für den Fall, dass ein Geschoss dort eingeschlagen war. Die Palastgärten jenseits der Mauer wurden durchsucht, denn die Kugeln hätten ja über die Mauer hinwegfliegen können. Man hat nie eine gefunden.«

»Das einzige Verbrechen, das man Oxford nachweisen konnte, war also, dass er die Königin erschreckt hat«, sagte De Quincey.

»Ohne anderslautende Beweise, ja.«

»Es gibt eine Menge Londoner, die in irres Lachen ausbrechen und Wände anstarren. Die Leute sagen von ihnen, sie seien Verrückte, aber diese armen Menschen verurteilt man nicht zu einem ganzen Leben im Irrenhaus.«

»Sie schießen nicht auf die Königin«, merkte Ryan an.

»Mit Pistolen, von denen niemand sagen kann, ob sie wirklich geladen waren«, hielt De Quincey dagegen.

»Denken Sie daran, was Oxford zu mir gesagt hat – wenn die Kugel mit meinem Kopf in Kontakt gekommen wäre, dann hätte ich es gemerkt«, erinnerte Ryan.

»Aber der Konditionalsatz lässt Spielraum für Interpretationen. Wie Sie selbst zugegeben haben, dieser Teil des Vorfalls hat Ihnen zu schaffen gemacht«, parierte De Quincey.

»Die einzige Art, wie Sie so viel über die ganze Sache wissen können, ist, dass Sie alles darüber gelesen haben, was Sie finden konnten«, sagte Ryan. »Sie hätten diesen Abend genauso gut beschreiben können wie ich, obwohl Sie nicht dabei waren.«

»Ich hätte unterschiedliche Versionen dieses Abends schildern können, aber nicht die anschauliche Version, die *Sie* uns geliefert haben, Inspector. Die vielen Zeitungsberichte widersprachen einander und bewiesen auch damit wieder, dass es viele Realitäten gibt. Manche Zeugen behaupteten, sie hätten gehört, wie die Kugeln über ihre Köpfe hinwegpfiffen. Wenn das stimmte, hätte Oxford so hoch gezielt, dass seine Pistole nicht auf die Königin gerichtet gewesen wäre, und demzufolge hätte er nicht versucht, sie zu töten. Und was das Pfeifen der Kugeln angeht – können wir solchen Behauptungen glauben, wenn selbst nach mehreren Tagen des Suchens keine Kugeln gefunden wurden? Und nachdem es keinerlei Beweis dafür gibt, dass Oxford in der Tat versucht hatte, Ihre Majestät zu ermorden und sie nicht lediglich zu erschrecken – warum hat der Kronanwalt der Königin mit solcher

Entschlossenheit dafür gesorgt, dass Oxford für den Rest seines Lebens in einem Irrenhaus weggeschlossen wurde?«
»Haben Sie denn Antworten?«, fragte Ryan.
»Mehrere.«
»Dann verraten Sie sie mir. Sie könnten vielleicht erklären, warum irgendjemand will, dass wir diese Morde hier mit etwas in Verbindung bringen, das vor fünfzehn Jahren passiert ist.«
»Ich kann die Antworten nicht aussprechen.«
»Sie können nicht *sprechen*? Herrgott, das Laudanum hat Sie jetzt doch noch um den Verstand gebracht.«
»In diesem Fall ist es so, dass ich sie nicht auszusprechen *wage*«, erklärte De Quincey. »Die Antwort grenzt an Hochverrat.«

Wieder knarrte etwas draußen außerhalb des Zimmers.
Als ein Schatten in der Türöffnung zu wachsen begann, keuchte Emily vor Schreck.
Ryan und Becker standen auf, bereit, sie zu beschützen.
»Hochverrat?«, wiederholte eine Stimme.
Sie waren alle überrascht, Lord Palmerston hereinkommen zu sehen, gefolgt von Commissioner Mayne. Die beiden Männer brachten die Kälte mit herein; ihre Mäntel waren mit schmelzendem Schnee gesprenkelt.
»Was haben Sie da gerade über Hochverrat gesagt?«, fragte Lord Palmerston.
»Wir haben über Edward Oxford und Young England gesprochen, Mylord«, antwortete Ryan.
Lord Palmerston hielt den Blick auf De Quincey und Emily gerichtet. »Und was treiben *Sie* beide hier? Warum sind Sie überhaupt noch in London? Stellen Sie sich bitte meine Überraschung vor, als ich nach Hause zurückkehrte und feststellen musste, dass Ihr Gepäck gerade aus meiner Kutsche geladen wurde.«
»Angesichts der Dringlichkeit des Falls, Mylord, hatte ich den

Eindruck, es wäre besser, wenn ich bleibe und alles an Beobachtungen zur Verfügung stelle, das mir hilfreich vorkommt«, erklärte De Quincey.

»Ich frage mich, ob Ihre Beobachtungen scharfsichtiger ausfallen werden, wenn Sie feststellen, dass Sie ab sofort in einer Schneewehe übernachten müssen.«

Commissioner Mayne sah hingegen Ryan und Becker an. »Warum erörtern Sie Young England mit Außenstehenden? Wir hatten uns in der Kirche darauf verständigt, dass die Mitteilung vertraulich behandelt werden sollte, damit keine Panik ausbricht.«

»Mr. De Quincey hat den Inhalt der Nachricht von allein erraten.«

»*Er hat was?*«

»Nachdem er Edward Oxfords Namen in einer zweiten Nachricht gelesen hatte.«

Der Commissioner fragte in wachsender Überraschung: »Eine *zweite* Nachricht?«

»Bei einem weiteren Opfer.«

Ryan zeigte zum Foyer und der dahinterliegenden Bibliothek hinüber.

Lord Palmerston und Commissioner Mayne eilten aus dem Zimmer.

»Danke, dass Sie das Thema gewechselt haben, weg vom Hochverrat«, sagte De Quincey zu Ryan.

»Sie werden uns später davon erzählen, hoffe ich«, sagte Becker.

»Ganz entschieden«, versprach Emily. »Es ist sehr selten, dass Vater einen Gedanken nicht in Worte fassen will. Etwas, das ihn zögern lässt, ist etwas, das ich unbedingt hören will.«

Commissioner Mayne und Lord Palmerston kehrten sichtlich verstört zu ihnen zurück.

»Ist es Lord Cosgrove?«, erkundigte sich Ryan.

Lord Palmerston nickte. In der Regel verströmte er einen Eindruck von Machtbewusstsein. Aber jetzt verrieten die tiefen Krähenfüße in den Winkeln der alten Augen sein Entsetzen. Selbst seine eindrucksvoll breite Brust wirkte wie eingefallen.

Commissioner Mayne sog kummervoll den Atem ein. »Was für ein Ungeheuer war der Mensch, der ihm das angetan hat?«

»Die Schlinge, der Gesetzestext und die ausgestochenen Augen legen nahe, dass derjenige, der es getan hat, der Ansicht war, *Lord Cosgrove* wäre das Ungeheuer gewesen«, bemerkte De Quincey.

»Sie beleidigen ihn«, sagte Lord Palmerston.

»Das war nicht meine Absicht, Mylord. Aber die aufwendige Inszenierung lässt vermuten, dass der Mörder dies aus einer, wie er selbst annahm, berechtigten Wut heraus tat.«

»Wut *worüber*? Lord Cosgrave war ein weithin bewunderter Angehöriger des Oberhauses. Seine Bemühungen um die Gefängnisreform waren vorbildlich. Wer kann einen Mann von so untadeligem Charakter so sehr hassen?«

»Oder *Lady* Cosgrove genug hassen, um auch sie zu ermorden«, fügte Commissioner Mayne hinzu. »Ich verstehe einfach nicht, warum sie Trauerkleidung angezogen hat und zur Kirche gegangen ist, statt die Polizei zu rufen. Sie könnte noch am Leben sein, wenn sie stattdessen das getan hätte.«

»Vielleicht ist sie ja nicht zur Kirche gegangen«, merkte De Quincey an und nahm den nächsten Schluck aus seiner Laudanumflasche.

»Herrgott noch mal, sie liegt in diesem Augenblick dort in ihrem Blut«, sagte Lord Palmerston. »Könnte irgendwer diesen Mann in den Zug nach Schottland setzen, damit ich ihn los bin? Das Opium beraubt ihn der Fähigkeit, Wirkliches von Unwirklichem zu unterscheiden.«

»Vater, sag es nicht«, warnte Emily.

»Doch, ich will es hören«, widersprach Lord Palmerston. »Eines Tages sagt Ihr Vater vielleicht genug, um zu rechtfertigen, dass man ihn ins Irrenhaus steckt.«

»Ich wollte lediglich anmerken, dass etwas, das nach einer Sache aussieht, sich sehr wohl als ihr Gegenteil herausstellen kann.« De Quincey zeigte in die Richtung der Leiche im Vorraum. »Der Abdruck im Schädel des Hausmädchens – und in dem des Bediensteten an der Haustür – wurde mit einem Gegenstand verursacht, der an einem Ende eine Art Kugel aufwies. Der Winkel, in dem die Schläge auftrafen, kann nur mit einer Abwärtsbewegung erzielt worden sein. So wie diese.«

De Quincey hob den rechten Arm und vollführte einen so heftigen Hieb abwärts, dass Lord Palmerston zusammenfuhr. »Der Knauf am Spazierstock eines Gentleman würde diese Bedingungen erfüllen. Die Frage ist, hat ein Gentleman einen solchen Stock eingesetzt, oder war der Mörder als ein Herr von Stand verkleidet, um sich Zugang zum Haus zu verschaffen?«

»Kein Mensch von Stand und Bildung könnte je ein so groteskes Verbrechen ausführen«, erklärte Lord Palmerston. »Und wir haben keine Zeit für Ihre Überlegungen. Young England. Edward Oxford. Als der Commissioner mir in der Kirche von der Nachricht erzählt hat, habe ich Ihre Majestät sofort um eine Audienz gebeten. Ryan, Sie haben damals Oxfords Anschlag auf sie untersucht, Sie kommen mit.«

»Wenn ich einen Vorschlag machen darf«, sagte Ryan, »Sergeant Becker sollte uns begleiten. Es wäre die schnellste Art, ihn mit dem Hintergrund des Falls vertraut zu machen.«

»In Ordnung, Becker, Sie kommen auch mit. Beeilen wir uns. Wir können Ihre Majestät nicht warten lassen«, drängte Commissioner Mayne.

»Und …« Ryan zögerte.

»Was ist los? Wir haben keine Zeit.«

»Mr. Quincey sollte auch mitkommen.«

»Das ist ja wohl nicht Ihr Ernst.«

»Meine Unterhaltung mit ihm hat mir gezeigt, dass er über Ed-

ward Oxfords versuchten Anschlag auf die Königin genauso viel weiß wie ich – und möglicherweise mehr.«
»Den Opiumesser in die Gegenwart Queen Victorias bringen?«, fragte Lord Palmerston. »Haben Sie sich an seinem Laudanum vergriffen?«
»Ihre Majestät würde wollen, dass wir alle Möglichkeiten zu ihrem Schutz nützen, selbst die ausgefallensten, würden Sie da nicht zustimmen, Mylord?«
Lord Palmerston stöhnte.

Der Rächer konnte mit großer Genauigkeit sagen – Wochentag, Datum und Uhrzeit –, wann ihm aufgegangen war, wie er seine lang unterdrückte Rage in die Tat umsetzen konnte. Es war am ersten Mai des Jahres 1851 gewesen. Drei Minuten nach elf Uhr vormittags.
Dies war der erste Tag der ersten Weltausstellung gewesen, offiziell als Great Exhibition bekannt, obwohl alle Welt sie nach dem prachtvollen Gebäude nannte, in dem sie untergebracht war: dem Kristallpalast. Auf dem Papier war der »Palast« nichts als ein gigantisches Gewächshaus. Viele Leute hatten gelacht, als Prinz Albert dem Vorhaben seine Förderung zusagte.
Aber wer hätte sich schließlich auch das atemberaubende Ergebnis vorstellen können, eins der spektakulärsten Gebäude, die die Welt je gesehen hatte? Der Kristallpalast, so riesenhaft, wie er prächtig war, bestand aus fast einer Million Quadratfuß Glas. Eine Million! Er nahm im Hyde Park eine Fläche von achtundfünfzig Acres ein und ragte zwölf Stockwerke hoch auf – so hoch, dass die ausgewachsenen Ulmen, die man zur Begrünung des Innenraums einfach hatte stehen lassen, seine Decke nicht erreichten. Riesige Springbrunnen wurden mit Wasserdruck betrieben, den die hochragenden Türme außerhalb des Gebäudes produzierten. Die Musik der zwei gewaltigen Orgeln und zweihundert

weiterer Instrumente sowie eines Chors von sechshundert Stimmen verhallte im Inneren fast ungehört.

Der Rächer konnte Letzteres bezeugen, denn er hatte an jenem Tag unter den reichen und mächtigen Gästen gestanden. Trotz der über achthundert Musiker schien die Musik zu zerstieben wie Wasser. Als die königliche Prozession in den Bau einzog, verfielen die Anwesenden in respektvolles Schweigen. Selbst die Fontänen wurden abgeschaltet, während zehntausend Menschen verfolgten, wie Personen an ihnen vorbeischritten, die man geradezu als Gottheiten betrachtete.

Queen Victoria, klein, mit fliehendem Kinn und einer Neigung zur Rundlichkeit.

Prinz Albert hochgewachsen, mit schmalen, abfallenden Schultern und Gesichtszügen, die trotz seines Schnurrbarts weich wirkten.

Die Königin trug Schmuck, dessen Wert nur zu erahnen war, und eine reich verzierte Haube, deren Form an ein Diadem erinnerte.

Der Prinz hatte nie an einer Schlacht teilgenommen, aber er trug eine Armeeuniform mit zahlreichen Orden.

Der Rächer hasste sie beide mit solcher Gewalt, dass er fürchtete, die Knochen der Finger könnten brechen, die er an seinen Seiten zu Fäusten ballte. Er sah zu den ragenden Galerien ringsum hinauf, eine Ebene über der anderen, bestückt mit Ausstellungsstücken aus aller Welt. Prinz Albert war die treibende Kraft hinter all dem gewesen, und der Rächer hatte mit der ganzen Leidenschaft seines Hasses gehofft, das Unternehmen würde fehlschlagen. Wann immer er einen spöttischen Zeitungsbeitrag darüber gelesen hatte, hatte er innerlich Beifall geklatscht.

Die gekrönten Häupter Europas hatten die Einladung des Prinzen ausgeschlagen aus Furcht davor, sich unter das gemeine Volk und damit unter mögliche Attentäter zu mischen, und die gekrönten Häupter hatten durchaus Grund zur Furcht. Nur einige wenige Jahre zuvor, im Jahr 1848, waren nicht weniger als hundertfünfzigtausend Demonstranten nach London marschiert und hatten jährliche Neuwahlen sowie das Wahlrecht für jeden Mann verlangt, nicht nur für diejenigen, die Landbesitz hatten. Es war der Armee gelungen, die Menge zu zerstreuen. Aber wer konnte schon wissen, wann der nächste Mob London bedrohen würde?

Trotz solcher Befürchtungen war die Ausstellung im Kristallpalast ein triumphaler Erfolg gewesen. Die Bewunderung der zehntausend privilegierten Besucher gleich am ersten Tag hatte den Hass des Rächers auch auf sie gelenkt. Trotz des Anspruchs, dass die Weltausstellung die Brüderschaft der Nationen feiern sollte, hatte er keinerlei Zweifel, dass Alberts wahre Absicht war, die Macht Großbritanniens zu demonstrieren. Wie der Rächer innerlich vor Wut schäumte, wenn die Menschen voller Begeisterung über das Viktorianische Zeitalter sprachen – einen Begriff, den Albert ebenfalls gefördert hatte! Der Rächer träumte davon, im Schutz der Nacht Pulver in den Kristallpalast zu schmuggeln und den Bau zu sprengen. Aber welchen Zweck hatte es letzten Endes, ein Gebäude zu zerstören? Es waren Menschen, die er vernichten wollte: Victoria, Albert und viele andere.

Die Königin, der Prinzgemahl und zwei ihrer vielen Kinder hatten sich dem Premierminister und anderen Würdenträgern auf einem mit rotem Teppich ausgelegten Podium angeschlossen, über dem ein leuchtend blauer Baldachin angebracht war. Der Rächer hörte sich voller Verachtung Alberts wenig inspirierte Ansprache an und konnte nur mit Mühe verhindern, dass sein Hass sich durch die gespielte Bewunderung hindurch Bahn brach und in seinem Gesichtsausdruck sichtbar wurde.

Die deutsch gefärbte Stimme des Prinzen war kaum zu hören. Die Reichen und Mächtigen lauschten mit geheuchelter Ehrfurcht, obwohl die meisten von ihnen wahrscheinlich nicht ein Wort von dem verstanden, was er sagte. Es ging eintönig weiter und weiter, wobei er sich mit seiner Ansprache vor allem an die Königin wandte. Als er schließlich – und glücklicherweise – zum Ende kam, erhob sie sich und sagte etwas zur Antwort auf die wundervollen Dinge, von denen sie wohl glaubte, er habe sie gesagt. Abrupt setzte ein Chor ein, um das »Halleluja« aus Händels *Messias* zu singen. Niemand außer dem Rächer schien die Entscheidung für dieses Musikstück blasphemisch zu finden, obwohl es die Königin und den Prinzen in die Nähe von Jesus Christus rückte.

Und dann geschah etwas Erstaunliches, etwas, das dem Leben des Rächers eine Wendung geben sollte. Ein farbenprächtig gekleideter Mann trat aus der Menge hervor. Er war Chinese und trug ein aufwendiges orientalisches Gewand. Während jeder andere Mensch in der Menge wie erstarrt wirkte, näherte der Chinese sich dem Sitz der Königin und verneigte sich mehrmals tief. Die Kinder der Königin starrten ihn an. Ihre Majestät nickte dem Fremden respektvoll zu, weil sie nicht wusste, was sie sonst tun sollte.

Ein Murmeln ging durch die Menge und schwoll an. Jeder der Anwesenden fragte sich, wer dieser Mann war. Der chinesische Botschafter, mutmaßte irgendjemand. Andere behaupteten, sie hätten ihn mit so erlauchten Persönlichkeiten wie dem Herzog von Wellington sprechen sehen. Politiker unterhielten sich im Flüsterton. Der Premierminister und Lord Chamberlain berieten sich mit Victoria und Albert.

Schließlich waren sie sich einig geworden: Ganz ohne Zweifel war dies der chinesische Botschafter.

Als die Königin und der Prinzgemahl ihre Kinder zu den Tausenden von Ausstellungsstücken hinüberführten, schlossen sich die Politiker und Würdenträger an. Der Fremde mischte sich unter sie und wurde einer der Ersten, welche die Pracht und Vielfalt der Weltausstellung zu sehen bekamen.

Das Geheimnis um seine Identität beschäftigte die Öffentlichkeit, bis ein Zeitungsreporter schließlich herausfand, dass er ganz ein-

fach ein chinesischer Geschäftsmann war, der von einer Dschunke auf der Themse aus operierte. Sein Name war He-Sing, und er hatte seine heimatliche Tracht angelegt und sich Queen Victoria genähert, um möglichst viel Neugier auf sein Kuriositätenkabinett zu wecken.
Es war eine der wenigen Gelegenheiten in seinem Leben gewesen, dass der Rächer aufrichtig gelächelt hatte. Die Art und Weise, wie der Chinese die Königin, den Prinzen und die Weltausstellung zum Gespött gemacht hatte, amüsierte ihn. Aber sein Lächeln änderte nichts an der grimmigen Entschlossenheit, die ihn an diesem Donnerstagvormittag überkommen hatte, um drei Minuten nach elf Uhr am ersten Mai 1851, als ihm aufgegangen war, wie er seine Bestimmung erfüllen konnte.

Inmitten des fallenden Schnees hatte Ronald große Mühe, sich in dem Labyrinth schmaler Straßen in Londons berüchtigtem East End zurechtzufinden.
Er hatte Angst.

Am Abend zuvor hatte der bärtige Gentleman ihm fünf Goldsovereigns gegeben.
»Würdest du dir gern noch mehr Sovereigns verdienen, Ronald? Garner Street Nummer fünfundzwanzig in Wapping. Sei morgen um vier Uhr nachmittags dort. Du bist im Begriff, dich einer großen Sache anzuschließen.«
Auch jetzt, als Ronald sich abmühte, um durch den fallenden Schnee etwas zu erkennen, besaß er noch drei von den fünf Sovereigns. Die beiden anderen hatte er dazu verwendet, sich warme Kleider zu kaufen, wie der bärtige Herr ihn angewiesen hatte – wasserfeste Stiefel und wollene Socken, ganz zu schweigen von einem warmen Mantel und einer Mütze anstelle der zerlumpten Seemannsjacke und der Kappe, die er zuvor getragen

hatte. Und dicke Handschuhe. Und dann waren da noch die Nierenpasteten und das Bier gewesen, mit denen er sich vollgestopft hatte, seine erste wirkliche Mahlzeit seit drei Tagen.
Auf der Straße waren nur wenige Menschen unterwegs; die meisten hatten in den armseligen Verschlägen Zuflucht gesucht, die ihnen als Zuhause dienten. Als Ronald kaum noch einen Menschen sah, den er nach dem Weg fragen konnte, geriet er in Panik. Er hatte um zwei Uhr zu suchen begonnen, wobei er anhand der Uhren in mehreren Geschäften das Verstreichen der Zeit verfolgte. Aber je tiefer er sich in die verfallenen Straßen von Wapping hineinbegab, desto weniger Läden hatten Uhren, und in dem Schneetreiben waren viele Fensterläden geschlossen. Jetzt hatte er keine Ahnung mehr, wie viel Zeit ihm bis vier Uhr noch blieb. So erpicht er auch auf weitere Sovereigns war, er hatte zugleich den finsteren Verdacht, dass der bärtige Gentleman es nicht gut aufnehmen würde, wenn er sich verspätete.
Er hustete in dem Rauch der Schornsteine, den der fallende Schnee auf die Straße hinunterdrückte, und dann entdeckte er ein halb unter Schnee verborgenes Schild an einer Mauer. Er wischte den Schnee fort und spürte, wie sein Blut schneller strömte, als er die Worte »Garner Street« entdeckte. Seine Schritte im Schnee wurden länger; er studierte die Nummern an den Mauern. Neun. Siebzehn.
Fünfundzwanzig!
Ein finsterer Gang öffnete sich vor ihm.
Ronald spähte nervös in die Öffnung hinein. Er sah kein Licht und keinerlei Hinweise darauf, dass jemand hier wohnte – konnte dies die Adresse sein, die der Gentleman gemeint hatte? Hatte Ronald sich vielleicht falsch erinnert? Wenn er den Ort nicht fand, an dem er sich einfinden sollte, wenn er nicht rechtzeitig dort eintraf, würde er keine weiteren Sovereigns erhalten.
Gefrorene Dielenbretter knarrten, als er sich in den Gang hinein-

schob und sich mühte, durch die Dunkelheit hindurch etwas zu erkennen. Von der Decke hängende Putzfladen streiften seinen Kopf.

Ein Schatten tauchte unvermittelt vor ihm auf und schob die Blende einer Laterne nach oben, sodass ihm das Licht genau ins Gesicht schien.

»Wie ist dein Name?«

»Ronnie«, antwortete er überrascht, bevor ihm wieder einfiel, was der bärtige Gentleman gesagt hatte: dass er immer seinen wirklichen Namen verwenden sollte. »Nein, ich meine, Ronald.«

»Was hat man dir gegeben?«

»Fünf Sovereigns.«

»Folge mir.«

Der Schatten stieg über etwas hinweg, von dem Ronald jetzt sah, dass es ein Loch im Fußboden war, eine unheilvolle schwarze Öffnung. Der Mann öffnete eine Tür und winkte Ronald hinaus in einen kleinen Hof, in dem ein halb verfallener Schuppen stand. In der Einmündung eines weiteren dunklen Gangs trat ihnen ein zweiter Mann in den Weg.

»Wenn er Gesellschaft mitgebracht hat, werden sie keine Schwierigkeiten haben, seinen Spuren zu folgen«, sagte der erste Mann.

»Ich habe keinem was gesagt«, protestierte Ronald. »Ich schwör's!«

»Das werden wir ja bald herausfinden. An mir kommt keiner vorbei«, versprach der zweite Mann dem ersten.

Ronald folgte seinem Führer den Gang entlang zu einer Treppe ohne Geländer. Das Licht der Laterne zeigte ihm, dass gelegentlich eine Stufe fehlte. Oben angekommen, standen sie vor einem offenen Fenster, von dem aus ein Brett über eine Gasse hinweg zu einem anderen offenen Fenster führte.

»Geh«, sagte sein Führer, während er die Blende der Laterne schloss.

Ronalds Selbstvertrauen kehrte zurück. Er war daran gewöhnt, in den Masten eines Schiffs der East India Company herumzuklettern; er hatte keinerlei Schwierigkeiten damit, in fast vollkommener Dunkelheit über eine glitschige, schneebedeckte Planke zu gehen. Dies war gar nichts verglichen mit der Aufgabe, die Segel eines im Sturm stampfenden Schiffs festzumachen.
Vier Schritte brachten ihn ans Ende der Planke und in einen düsteren Raum, der voller Kisten zu stehen schien. Sein Führer stieg hinter ihm ins Zimmer hinunter und zog das Brett ins Innere; dann öffnete er die Laternenblende wieder und führte Ronald zu einer Treppe, die sie hinunterstiegen in einen kalten, muffigen Kellerraum, in dem weitere Kisten standen.
Ein Murmeln erregte Ronalds Aufmerksamkeit. Das Murmeln wurde lauter, als sie sich einer Tür näherten.
Ein Schatten trat hinter einer der Kisten hervor. »Bist du Ronald?«
»Ja.«
»Fabelhaft.« Der Mann legte ihm freundschaftlich die Hand auf die Schulter. »Wir warten schon alle auf dich.«
Der Mann öffnete die Tür. Zu dritt betraten sie einen Raum, in dem sie das Licht mehrerer Laternen, der Geruch von Bier und Tabak und das Lächeln mehrerer Männer empfingen, die sich zur Begrüßung erhoben.
Mitten im Raum stand der bärtige Gentleman mit dem silberbekrönten Stöckchen.
»Willkommen bei Young England, Ronald!«

5

Der Thronsaal

Lord Palmerstons Kutsche jagte die Piccadilly entlang; der Schnee dämpfte den Lärm der Hufeisen und der eisenbeschlagenen Räder. Trotz der Körperwärme der sechs Menschen, die sich in ein für vier Passagiere bestimmtes Fahrzeug gequetscht hatten, wirkte der enge Raum kalt; die Stille draußen war unnatürlich.
Ryan zeigte auf die beiden Tore und die geschwungene Auffahrt vor Lord Palmerstons Stadtpalais und sagte zu Emily: »Vor fünf Jahren hat jemand dort versucht, Ihre Majestät zu ermorden.«
»*Noch* ein Mordanschlag?«, fragte Emily überrascht. Sie saß zwischen Ryan und Becker und war einmal mehr dankbar für das Bloomerkleid, das sie trug. Eine Frau im Reifrock hätte nicht mehr in die überfüllte Kutsche gepasst.
»Alles in allem hat es sechs solche Anschläge gegeben«, antwortete Ryan. »Ich habe vor, sicherzustellen, dass es nicht zu einem siebten kommt.«
»*Sechs* Anschläge?« Emily hörte sich noch verblüffter an. »Und einer davon vor Ihrem Haus, Lord Palmerston?«
»Es war damals noch nicht mein Haus. Der Lieblingsonkel der Königin lebte hier. Als Ihre Majestät ihn besuchen wollte, sammelte sich eine neugierige Menschenmenge rings um ihre Kutsche und hinderte sie am Vorankommen. Plötzlich trat ein Mann vor und schlug Ihrer Majestät mit seinem Spazierstock über den Kopf. Der Schlag war so heftig, dass sie zu bluten begann.«
»Gütiger Himmel!«
»In der Tat«, sagte Lord Palmerston. »Königliche Hoheiten sollten im Grunde gar nicht bluten können.«

»War auch er ein Mitglied einer fiktiven Geheimorganisation, Mylord?«, erkundigte sich Emily. »Hat auch er Dokumente verfasst, in denen er plante, die Regierung und das Königshaus zu stürzen?«
»Nein. Sein Name war Pate. Er war ein merkwürdiger Mann, der monatelang immer denselben Mietkutschenfahrer dafür bezahlte, dass der ihn zu verschiedenen Parks fuhr; dort pflegte er ins Gebüsch zu stürzen und kam mit triefend nasser Kleidung und bedeckt mit Ranken und Dornen zurück. Auf der Straße marschierte er im Stechschritt und schwenkte dabei seinen Spazierstock, als führe er einen Säbel im Nahkampf.«
De Quincey starrte nachdenklich in den Schnee hinaus, der an seinem Kutschenfenster vorbeitrieb. »Pate war nicht immer so gewesen. Es hatte eine Zeit gegeben, da war er ein Kavallerieoffizier und besaß drei Pferde, die ihm mehr bedeuteten als alles andere. Alle drei wurden von einem tollwütigen Hund gebissen und mussten erschossen werden. Danach begann Pate sich so seltsam zu verhalten.«
»Dann hat ihn also ein wahnsinniger Hund zu einem Wahnsinnigen gemacht?«, suggerierte Becker.
»Außer dass er dem Gesetz zufolge gar nicht wahnsinnig *war*«, antwortete De Quincey, als die Kutsche ruckartig nach links schwenkte und von Piccadilly auf die Constitution Hill abbog.
»Aber sein Verhalten …«, begann Becker.
»… war auch in anderer Hinsicht höchst merkwürdig«, vervollständigte De Quincey. »Er pflegte zu jeder Tages- und Nachtzeit laut zu singen, was seine ganze Umgebung störte. Er weigerte sich, in irgendetwas anderem als in Whisky und Kampfer zu baden. Die Leute bezeichnen einen solchen Mann gern als wahnsinnig, aber exzentrisches Verhalten ist kein Beweis für Wahnsinn. Dem Gesetz zufolge ist der Wahnsinn eine Geisteskrankheit, die es dem Betreffenden unmöglich macht, noch zu wissen, was er tut und ob sein Handeln falsch ist.«

»Sie haben juristische Kenntnisse?«, fragte Commissioner Mayne überrascht.

»Nach meinem Studium in Oxford habe ich eine juristische Laufbahn erwogen«, antwortete De Quincey, »aber nach einem Jahr der Ausbildung zum Anwalt bin ich zu dem Entschluss gekommen, dass dies nichts für mich ist.«

»Zum Segen des ganzen Berufsstands«, murmelte Lord Palmerston. »Der Mord als eine schöne Kunst – nur so viel dazu. Sie sind es doch, der hier verrückt ist.«

»Nicht dem Gesetz zufolge«, merkte De Quincey an. »Bei Pates Prozess kam die Jury zu dem Schluss, dass sein Verhalten – im Stechschritt durch die Straßen zu gehen, den Stock zu schwingen und so weiter – unnatürlich wirken mochte, dass er aber wusste, er tat etwas Falsches, als er nach der Königin schlug. Die Jury sprach ihn schuldig. Wie der Richter zu ihm sagte, als er das Urteil verkündete – ›Sie sind so wahnsinnig, wie es einem Menschen, der bei klarem Verstand ist, möglich ist‹.«

»Meine Kopfschmerzen werden schlimmer«, bemerkte Lord Palmerston.

»Das ist nur recht und billig, wenn man die Anliegen des Geistes erörtert«, versicherte ihm De Quincey. »Wahnsinn sicher zu bestimmen ist nicht einfach. Und ist es nicht interessant, dass Pates Name zugleich *Kopf* bedeutet?«

»Wir sind da«, sagte Commissioner Mayne knapp.

Die Kutsche hielt vor der grandiosen Fassade des Buckingham Palace.

Noch weniger als hundert Jahre zuvor war Buckingham Palace einfach ein Herrenhaus gewesen. Im Jahr 1761 hatte König George III. das Gebäude für seine Frau erworben und damit begonnen, es auszubauen. Als George IV. im Jahr 1820 König wurde, lebte er anderswo, führte aber die scheinbar endlosen Renovierungsarbeiten fort, deren Kosten schließlich über eine halbe Million Pfund betrugen, bis aus dem Herrenhaus irgendwann ein Palast geworden war. Als Queen Victoria 1837 den Thron bestieg, war sie die erste Monarchin, die das Gebäude als Hauptresidenz nutzte, aber als die Anzahl ihrer Kinder wuchs, wurden weitere Ausbauten nötig.

De Quincey sah an der gigantischen dreistöckigen Fassade hinauf und sagte staunend: »So vieles hat sich verändert! Als ich vor Jahrzehnten zum letzten Mal in London war, stand hier noch der große Marmorbogen, der als Einfahrt diente. Und statt dieses Flügels gab es hier nur eine Mauer.«

Commissioner Mayne nickte. »Der Bogen musste vor acht Jahren abgebaut werden, um Platz für den neuen Flügel zu schaffen. Heute steht Marble Arch im Hyde Park.«

»Ursprünglich sollte er an unseren Sieg über Napoleon erinnern«, sagte De Quincey, »und doch konnte er seinen Ehrenplatz nur vierzehn Jahre lang behalten, bevor Ihre Majestät und Seine Hoheit ihn entfernen ließen. Wie schnell der Ruhm doch vergeht.«

»Um Gottes willen, reden Sie nicht so, wenn wir erst im Inneren sind«, warnte Lord Palmerston.

Der Innenminister ging durch den Schnee bis zum Eingangstor. Dort teilte er einem Wachsoldaten mit: »Ihre Majestät erwartet uns.«

Der Soldat nahm Haltung an und führte sie zu einem weiteren Wachsoldaten, der sie zu einem dritten brachte. Schließlich führte man sie in einen tunnelartigen Zugang, von dem aus ein Bediensteter sie ein verwirrendes Labyrinth aus Gängen entlanggeleitete.

De Quincey starrte zu den einschüchternd hohen Decken mit ihren prachtvollen Kronleuchtern hinauf, als befinde er sich in einem Laudanumtraum. Er ging wie benommen über die weichen

Teppiche; Lord Palmerston musste ihn auffordern, sich etwas zu beeilen. Die Wände waren tapeziert und vertäfelt, stuckverziert und im Stil der französischen Neoklassik mit Pilastern geschmückt; blaue, rosa und goldene Akzente leuchteten überall. Sogar chinesische Muster gab es mancherorts; der seltsame Kontrast gab De Quincey das Gefühl, dass er halluzinierte.

Lord Palmerstons dringende Bitte um eine Audienz bei der Königin musste den Hinweis enthalten haben, dass die Angelegenheit vertraulich behandelt werden musste, denn ihr Begleiter führte sie aus den für die Öffentlichkeit bestimmten Teilen des Palastes weiter durch verlassene Räumlichkeiten und eine schmale Treppe hinauf, die vielleicht nur für Dienstboten bestimmt war. Je weiter sie ins Innere des Palastes vordrangen, desto kälter wurde es.

Weitere Treppen, Abzweigungen und Einmündungen, und endlich standen sie in dem größten Raum, den De Quincey jemals gesehen hatte. Er war drei Mal so groß wie der Ballsaal in Lord Palmerstons Stadthaus.

De Quincey war nicht der Einzige von ihnen, der erstaunt reagierte.

»Der Thronsaal?«, fragte Lord Palmerston den Dienstboten, während er mit einer verwirrten Geste auf die prachtvolle Dekoration in Rosa und Gold zeigte. »Sind Sie sicher, dass es da kein Missverständnis gegeben hat? Dies kann doch sicherlich nicht das sein, was Ihre Majestät sich unter einem geeigneten Ort für ein vertrauliches Gespräch vorstellt?«

»Mylord, die Königin hat sich sehr deutlich geäußert. Sie sagte, sie selbst und Prinz Albert würden im Thronsaal mit Ihnen sprechen. Bitte nehmen Sie Platz.«

Als der Bedienstete sich entfernte, streckte De Quincey den Arm aus, um einen Vorhang zur Seite zu ziehen.

»Fassen Sie nichts an«, warnte Lord Palmerston, »kommen Sie hierher, und setzen Sie sich hin.«

Er zeigte auf eine Reihe von Stühlen, die zwischen zwei Glastüren an der Wand standen. Wie fast alles andere im Buckingham Palace waren auch sie im klassizistischen Stil gehalten.
Sie setzten sich.
»Ich wünschte, meine Eltern wären noch am Leben, damit ich ihnen dies beschreiben könnte«, sagte Becker ehrfurchtsvoll.
Am anderen Ende des riesigen Raums stand ein Thronsessel auf einem verzierten Podest. Rosafarbene Vorhänge bildeten seinen Hintergrund; sie erweckten den Eindruck einer Theaterbühne.
Emily behielt den Mantel an und drückte die Arme gegen die Brust.
»Es war noch kälter hier, bevor sie die Kamine repariert haben«, sagte Ryan.
Emily sah ihn verwirrt an. »Sie hören sich ja an, als wären Sie schon einmal hier gewesen.«
»Mehrmals«, antwortete Ryan. »Zum ersten Mal war ich im Jahr achtzehnhundertvierzig hier – wegen Edward Oxford. Damals hat es hier im Palast muffig gerochen.«
»Seien Sie still«, sagte Lord Palmerston. »Die Königin könnte Sie hören.«
»Aber es stellt ein Kompliment an Prinz Albert dar, dass der muffige Geruch verschwunden ist«, merkte Ryan an. »Er ging zum größten Teil auf den Rauch aus den schlecht konstruierten Kaminen zurück. Die Zimmermädchen haben den größten Teil ihrer Zeit damit verbracht, den Ruß von den Möbeln zu wischen. Als man hier Gasleitungen eingebaut hat, war die Belüftung noch so übel, dass wir uns Sorgen gemacht haben, alle Bewohner könnten ersticken. Prinz Albert hat die Dinge in die Hand genommen und den Palast in Ordnung gebracht.«
»Ich habe König George den Dritten einmal getroffen«, sagte De Quincey.
»Seien Sie still«, wiederholte Lord Palmerston. »Ich höre Schritte.«

»Als ich fünfzehn war, bin ich über einen Freund, dessen Familie einen Adelstitel besaß, zu einem Anlass in Windsor eingeladen worden«, fuhr De Quincey fort, während er zugleich nach seiner Laudanumflasche griff.
»Nein, Vater«, sagte Emily.
De Quincey seufzte und schob die Flasche wieder in die Manteltasche. »Ich habe am Ufer eines Bachs gespielt, als der König und sein Gefolge auf einem Spaziergang vorbeikamen. ›Und wie geht es dir, junger Mann?‹, fragte der König. ›Sehr gut, Euer Majestät‹, antwortete ich. ›Wie heißt du?‹, wollte der König wissen. ›Thomas De Quincey, Euer Majestät‹, sagte ich. ›De Quincey‹, wiederholte der König. ›Das klingt aristokratisch. Hattest du französische Vorfahren?‹ ›Sie sind mit Wilhelm dem Eroberer aus der Normandie nach England gekommen, Euer Majestät‹, erklärte ich. Der König ließ erkennen, dass er beeindruckt war, und ging weiter.«
»Sie stammen also aus einer adligen Familie?«, fragte Lord Palmerston in einem ganz neuen respektvollen Ton.
»Nein, Mylord.«
»Aber Sie haben dem König erzählt ...«
»Ich musste ihm *irgendwas* erzählen, das einigermaßen bedeutend klang. Ich konnte ja nicht gut sagen, dass meine Mutter eines Tages beschlossen hatte, dem Familiennamen ein ›De‹ hinzuzufügen, um ihm zusätzlich etwas Würde zu verleihen.«
Commissioner Mayne keuchte. »Sie haben den König angelogen? Thomas De Quincey ist gar nicht Ihr wirklicher Name?«
»Welcher Zeitschriftenredakteur würde Aufsätze von jemandem annehmen, dessen Name so unbedeutend klingt wie Thomas Quincey?«
»Ich wünschte, ich wäre Ihnen nie begegnet«, erklärte Lord Palmerston.
Wieder gingen Schritte draußen durch den Gang.

»Stehen Sie auf, wenn die Königin und der Prinzgemahl eintreten«, wies Lord Palmerston die Gruppe an. »Die Männer neigen den Kopf. Miss De Quincey knickst.«

Er sah an Emilys Bloomerrock hinunter. Sein Gesichtsausdruck ließ erkennen, dass er sich mittlerweile so an den Anblick der Hose darunter gewöhnt hatte, dass ihm erst jetzt aufging, wie ungewöhnlich ihre Kleidung in den Augen der Königin möglicherweise aussehen würde.

»Commissioner Mayne und ich werden uns der Königin und dem Prinzen nähern, wenn sie erkennen lassen, dass sie dies wünschen«, erklärte er rasch. »Inspector Ryan, bleiben Sie hier, bis wir Sie dazubitten. Sergeant Becker, Miss De Quincey und Mister De Quincey« – Lord Palmerstons Stimme klang jetzt sarkastisch, wenn er das »Mister« und das »De« aussprach –, »Sie bleiben stehen. Sie sagen unter keinen Umständen ein Wort. Und wie ich mir doch wünsche, Sie säßen in einem Zug nach Schottland.«

»Mister De Quincey wird nützlich sein können, Mylord«, warf Ryan ein. »Daran habe ich absolut keinen Zweifel.«

Als in dem riesigen Raum das Geräusch von Schritten an ihre Ohren drang, stand die ganze Gruppe hastig auf, um die mächtigste Herrscherin der Welt und ihren engsten Berater, ihren Ehemann Prinz Albert, zu begrüßen.

Im Jahr 1855 waren Queen Victoria und Prinz Albert seit fünfzehn Jahren verheiratet. Für Albert war es zunächst nicht einfach gewesen, sich an das Arrangement zu gewöhnen. Normalerweise war es der Ehemann, der die uneingeschränkte Vorherrschaft ausübte – so uneingeschränkt, dass die Ehefrau keinerlei Rechtsansprüche für sich selbst oder ihre Kinder hatte, nicht einmal einen Anspruch auf den Besitz, den sie selbst mit in die Ehe gebracht hatte oder den ihr Mann nachträglich erwarb. Diese Verbindung jedoch war sehr ungewöhnlich, denn es war Victoria, die jahrhundertealte Rechtsansprüche und ein gigantisches Vermögen besaß, über das Albert keinerlei Verfügungsgewalt hatte. Tatsächlich hatte das Parlament darauf bestanden, dass Albert einen niedrigeren Rang innehaben musste als seine Frau, was ihre Ehe möglicherweise zu dem ungewöhnlichsten solchen Bund des britischen Weltreichs machte.

Es war noch in vielerlei anderer Hinsicht eine außergewöhnliche Verbindung. Ehefrauen der Mittel- und Oberschicht legten Wert darauf, dass sie keinen Beruf ausübten. Der Beruf der Königin aber war der prominenteste, den man sich nur vorstellen konnte. In der Regel waren Frauen Satelliten ihrer Ehemänner; Albert hingegen war der Satellit seiner Frau.

Nachdem der Trubel der Eheschließung vorbei war, hatte Albert kaum etwas zu tun gehabt, außer die Tinte auf den Dokumenten zu löschen, die Victoria unterzeichnete. Von den Treffen mit ihrem Premierminister und ihrem Kronrat blieb er ausgeschlossen, und sie gestattete ihm nicht, die Parlamentsberichte zu lesen, die sie selbst viele Stunden am Tag beschäftigten.

Albert verlegte sich darauf, lange Spaziergänge durch die Gänge des Palastes zu machen. Aus schierer Langeweile wurde er zum Gegenstück einer Ehefrau des neunzehnten Jahrhunderts und übernahm es, den königlichen Haushalt zu organisieren – der in der Tat etwas Organisation dringend brauchen konnte. So durften die für das Palastinnere zuständigen Dienstboten zwar die Fenster auf der Innenseite putzen, aber nicht ins Freie hinausgehen und die Arbeit zu Ende bringen, denn dies war eine Tätigkeit, für die andere Dienstboten zuständig waren. Diejenigen, deren Verantwortung es war, Scheite in die Kamine zu legen, durften dort kein Feuer anzünden: auch für diese Aufgabe waren andere zuständig. Das ganze System war so kompliziert und unwirtschaftlich, dass der erst kurz zuvor fertiggestellte Palast schmutzig war und bereits erste Anzeichen von Verfall aufwies. Der vom Parlament widerstrebend bewilligte Haushaltsetat war mit viel zu viel Personal belastet und musste Jahr für Jahr aufgestockt werden. Aber nachdem Albert die überzähligen Bediensteten entlassen und die Arbeit der Verbliebenen koordiniert hatte, machten die verbesserten Zustände im Palast – ganz zu schweigen von den Ersparnissen, die er damit erzielte – selbst Politiker, die ihn zunächst abgelehnt hatten, zu seinen Anhängern.

Währenddessen gebar Victoria eine ganze Reihe von Kindern: Im Jahr 1855 hatte das Königspaar bereits vier Söhne und vier Töchter. Weil sie aus diesem Grund oft nicht in der Lage war, öffentliche Auftritte wahrzunehmen, ließ sie sich von Albert vertreten. Mit der Zeit begann sie ihn um seinen Rat zu bitten und ließ seinen Schreibtisch neben ihrem eigenen aufstellen. Wenn sie vertrauliche Dokumente gelesen hatte, gab sie diese an ihn weiter, und er fügte ihren Randnotizen seine eigenen hinzu. Er nahm an ihren Besprechungen mit dem Premierminister und ihren übrigen Beratern teil und äußerte seine Ansichten. In jeder Hinsicht bis auf die offizielle Bezeichnung war er ihr Mitregent geworden.

Aber nur vier Jahre nach Alberts triumphaler Weltausstellung im Kristallpalast erklärte England Russland den Krieg. Die Inkompetenz der Befehlshaber im Krimkrieg, der unnötige Tod Tausender britischer Soldaten und die durchaus realistische Gefahr, Russland könnte den Krieg gewinnen, brachten die Bevölkerung gegen die Regierung und das Königshaus auf.

Vor allem Albert erfuhr einen geradezu spektakulären Absturz in der öffentlichen Meinung. Trotz all seiner Bemühungen, die Briten seine Herkunft vergessen zu machen, waren die Menschen auf der Straße im Februar 1855 wieder zu ihrer ursprünglichen Abneigung gegen ihn, den Ausländer aus einem armen deutschen Kleinstaat, zurückgekehrt. Jetzt glaubten sie wieder, er werde das Land in Schulden stürzen und zu einem Vasallenstaat eines anderen Landes machen. Deutschland. Russland. Was machte es schon für einen Unterschied? Sie kamen zu dem Schluss, Albert sei vermutlich ein Spion.

So, wie sie in der Türöffnung standen, einen verschatteten Korridor hinter sich, schienen Victoria und Albert eher im Thronsaal Gestalt angenommen als ihn betreten zu haben. Wären sie Angehörige der Arbeiterklasse gewesen, hätten sie keinerlei Aufmerksamkeit erregt. Victorias schmale Nase betonte noch zusätzlich, wie rund ihr Gesicht war. Alberts Schnurrbart und die langen Koteletten trugen nicht gerade dazu bei, seine schmalen, weichen Züge breiter wirken zu lassen.
Aber wenn es um das Königspaar ging, dann kam es auf die Form eines Gesichts nicht an. Dies waren immerhin Queen Victoria und Prinz Albert. Ihr Status veranlasste manchen, dem Paar eine fast religiöse Aura zuzuschreiben.
Victorias Reifrockkleid bestand aus vielen Metern gekräuseltem Satin und in sich gemusterter Seide und war von einem so dunklen Grün, dass niemand es prächtig genannt hätte – ein Zeichen für ihre entschiedene Zurückhaltung, mit der sie sich von der Extravaganz ihrer Vorgänger absetzte. Die einzigen schmückenden Elemente an Alberts dunklem Anzug waren die Messingknöpfe und eine goldene Epaulette auf einer Schulter.
Das hellbraune Haar der Königin war in der Mitte gescheitelt und glatt nach hinten gekämmt. Eine kleine Haube bedeckte den Hinterkopf und das dort festgesteckte Haar; sie bestand aus Stoff, ähnelte aber nichtsdestoweniger einer kleinen Krone.
Prinz Albert ließ die Schultern etwas hängen, aber Victoria stand vollkommen aufrecht. Als sie noch ein Kind gewesen war, hatte ihre Mutter ihr Stechpalmenblätter hinten ins Kleid gesteckt, und so hatte Victoria schon in frühester Jugend gelernt, sich in makelloser Haltung zu bewegen, schon damit die Blätter ihr nicht die Haut zerstachen.

»Euer Majestät, Euer Hoheit.«

Lord Palmerston verneigte sich, und die anderen taten es ihm nach; Emily knickste.

Die Königin winkte Lord Palmerston näher.

»Als Sie um ein vertrauliches Gespräch von großer Dringlichkeit gebeten haben, habe ich nicht damit gerechnet, dass Sie noch andere mitbringen würden.«

Victorias Stimme war hoch auf eine Art, die Zeitungsreporter schmeichelhaft als *silberhell* beschrieben.

»Wer sind Ihre Begleiter? Das rote Haar – Constable Ryan, sind Sie das?«

»Jawohl, Euer Majestät.«

Ryan verneigte sich ein zweites Mal.

»Warum sind Sie nicht in Uniform?«

»Ich bin nicht mehr Constable, Euer Majestät.«

»Sie haben den Polizeidienst verlassen? Wie soll London ohne Sie zurechtkommen? Es wird ja niemand mehr seines Lebens sicher sein.«

»Man hat mich befördert, Euer Majestät. Ich bin jetzt Detective Inspector.«

»Sie sind vorangekommen in der Welt? Fabelhaft. Prinz Albert und ich werden Ihnen immer dankbar dafür sein, dass Sie uns beschützt haben.«

»Es war mir eine Ehre, Euer Majestät.«

»Und wer ist der große Mann neben Ihnen?«

»Sein Name ist Detective Sergeant Becker, Euer Majestät.«

Becker verneigte sich.

»Himmel, wir scheinen in Detectives zu waten.« Prinz Alberts deutscher Akzent war unverkennbar, als er sich der Unterhaltung anschloss. »Und Commissioner Mayne ist auch da – ist der kleine Mann neben Ihnen etwa auch Detective?«

»Nein, Euer Hoheit«, antwortete Ryan.

»Thomas De Quincey, Euer Hoheit.«
Angesichts der Anweisung, nicht zu sprechen, trug dies De Quincey einen säuerlichen Blick von Lord Palmerston ein.
»Ich kenne Ihren Namen von irgendwoher«, sagte der Prinz. »Er hört sich distinguiert an.«
»Einer meiner Ahnen kam mit Wilhelm dem Eroberer aus der Normandie, Euer Hoheit.«
Lord Palmerston hustete.
»Ist etwas passiert, Lord Palmerston?«, fragte die Königin. »Commissioner Mayne, vielleicht können Sie uns aufklären.«
»Euer Majestät, heute Morgen wurde eine adelige Dame in der St. James's' Church ermordet.«
Victorias Mutter hatte ihre Tochter auch dazu erzogen, sich keine Empfindungen anmerken zu lassen. Ein Herrscher – und mehr noch eine Herrscherin – musste stark erscheinen. Öffentlich Gefühle zu zeigen wäre als Anzeichen von Schwäche betrachtet worden.
»Ermordet?«, sagte die Königin in einem gezwungen neutralen Ton.
So behutsam wie möglich berichtete Commissioner Mayne von dem, was sich in der Kirche ereignet hatte.
»Waren Sie mit Lord Cosgrove bekannt?«, fragte der Commissioner. »Denn ich muss Ihnen sagen, dass auch er ermordet wurde. In seinem Haus in Mayfair.«
Auch jetzt war der Königin und dem Prinzen kaum eine Reaktion anzumerken, außer einer gewissen Anspannung in den Augenwinkeln.
»Euer Majestät, wir würden Sie normalerweise nicht persönlich mit dieser Nachricht behelligen«, fuhr Lord Palmerston fort, »aber Lady Cosgrove hielt ein Blatt Papier in der Hand, auf dem ›Young England‹ stand.«
»Young England?«

Jetzt verriet die Stimme der Königin ihre Besorgnis.

»Und auch Lord Cosgrove hatte eine Nachricht in der Hand.«

»In der stand?«, fragte Prinz Albert scharf.

»Der Name Edward Oxfords, Euer Hoheit.«

Die Königin und der Prinzgemahl tauschten einen schnellen Blick.

»Edward Oxford? Ist er aus Bedlam ausgebrochen?«, fragte Victoria.

»Nein, Euer Majestät. Wir wissen noch nicht, wer diese Nachrichten geschrieben oder die Morde begangen hat.«

Die Königin berührte den Arm des Prinzen, eine seltene Geste in der Öffentlichkeit.

»Es beginnt wieder«, sagte sie.

»Wir sind hier, um Ihnen zu versichern, dass alles unternommen wird, um Ihre Sicherheit zu gewährleisten«, versprach Lord Palmerston.

»Und das wäre?«, fragte Queen Victoria; jetzt war der Ausdruck auf ihrem runden Gesicht angespannt. »Wir haben keine Regierung; kein Kabinettsmitglied hat die nötigen Befugnisse. Sie sind nicht mehr Innenminister, Sie haben die Autorität Ihres früheren Amtes verloren. Auch einen Kriegsminister haben wir nicht. Niemand kann anordnen, dass die Armee eingesetzt und das Wachpersonal verstärkt wird, das den Palast schützt.«

»Mit direkten Anweisungen von Ihnen können wir das Fehlen einer Regierung ausgleichen, Euer Majestät«, versuchte Lord Palmerston zu beschwichtigen.

»Und die Zeitungen würden sofort behaupten, ich hätte meine Amtsgewalt missbraucht.«

»Würden die Zeitungen denn vorziehen, dass Ihnen etwas geschieht?«

»Wenn ich der Armee direkte Befehle erteile, dann könnte das Ergebnis sein, dass ich selbst überlebe, aber etwas Wertvolleres verliere als mein Leben: die Krone.«

»Euer Majestät, *meine* Befehlsgewalt ist noch in Kraft«, sagte Commissioner Mayne. »Die Zeitungen können kaum etwas dagegen sagen, wenn *ich* dafür sorge, dass zusätzliche Constables abgestellt werden, um den Palast zu bewachen. Und ein paar Worte von mir im Privaten werden ausreichen, dass die militärische Wache ebenfalls verstärkt wird, ohne dass es so aussieht, als seien Sie dafür verantwortlich. Aber Ihr eigener Tagesplan muss – wenn Sie mir verzeihen wollen – eingeschränkt werden, vor allem, was Ihre öffentlichen Auftritte angeht. Ich würde empfehlen, dass Sie den Kontakt mit jedem Menschen vermeiden, den Sie nicht kennen.«
»Wie etwa mit der jungen Frau dort?«, fragte Victoria mit einer misstrauischen Handbewegung.
»Sie ist Mr. De Quinceys Tochter, Euer Majestät.«
»Woher kenne ich eigentlich diesen Namen?«, sagte Prinz Albert nachdenklich.
»Er ...« Commissioner Mayne suchte nach Worten. »Er berät die Polizei, Euer Hoheit.«
Queen Victoria starrte immer noch zu Emily hinüber. »Was ist das für ein seltsames Kostüm, das sie trägt?«
»Ein Bloomerrock, Euer Majestät«, erklärte Emily.
»Kommen Sie näher, junge Frau. Jemand, der in dieser Kleidung herumläuft, könnte leicht in den Verdacht geraten, Anarchistin zu sein. Ist das etwa eine Hose unter Ihrem Kleid?«
»Jawohl, Euer Majestät. Zusammen mit dem fehlenden Reifrock geben sie mir die Möglichkeit, mich frei zu bewegen. Eine Amerikanerin namens Amelia Bloomer hat diesen Kleidungsstil eingeführt. Sie glaubt an die Rechte der Frauen.«
»Die Rechte der Frauen?«
Die Königin selbst verfügte über außergewöhnliche Rechte, aber nichtsdestoweniger wirkte sie ratlos.
»Euer Majestät, das dunkle Grün Ihres Kleides ist wunderschön,

wenn ich dies so sagen darf. Aber Gefahr kann an vielen Orten drohen.«

»Ich verstehe Sie nicht.«

»Der Farbton Ihres Kleides wurde fast mit Sicherheit mit Arsen erzeugt.«

Queen Victoria erbleichte. »Mit Rattengift?«

»Die Stoffhersteller verwenden es, um die grüne Farbe ihrer Textilien intensiver zu machen. Darf ich es Ihnen demonstrieren, Majestät?«

Emily öffnete ihre Handtasche und holte eine Ampulle heraus.

Commissioner Mayne riss sie an sich. »Was um alles in der Welt machen Sie da? Erzählen Sie mir nicht, dass das Arsen ist.«

»Flüssiges Ammoniak«, erklärte Emily. »Euer Majestät, wenn Sie jemandem gestatten würden, einen Tropfen von dieser Flüssigkeit auf Ihren Ärmel zu geben, dann könnten Sie feststellen, ob Sie Arsen am Leib tragen.«

Victoria warf einen weiteren ratlosen Blick auf Emilys Bloomerrock. »Albert«, sagte sie dann.

Der Prinz nahm die Ampulle von Emily entgegen.

»Hoheit, wählen Sie eine Stelle aus, die nicht ohne Weiteres sichtbar ist«, leitete Emily ihn an. »Sie brauchen den Stoff nur mit dem nassen Stöpsel zu berühren.«

»Wenn dies mich umbringen sollte, gibt es hier hinreichend Zeugen«, warnte Victoria.

»Euer Majestät, ich versichere Ihnen …«

»Es war ein Scherz«, beschwichtigte die Königin.

Albert drehte die linke Manschette ihres Kleides nach außen und berührte die Innenseite mit dem nassen Stöpsel.

Die Stelle wechselte augenblicklich die Farbe, von Grün zu Blau.

»Das Ammoniak reagiert mit Arsen, Euer Majestät«, sagte Emily.

»Rattengift in meiner Kleidung?«

»Ich fürchte ja. Ich habe viele Frauen und Kinder vor Krankheit

bewahrt, indem ich ihnen diese Methode gezeigt habe, es zu entdecken. Es wäre mir eine Ehre, wenn Sie die Ampulle behalten würden, Euer Majestät. Vielleicht können Sie anderen helfen.«
Queen Victoria musterte Emily mehrere Sekunden lang. Ein kleines Lächeln begann sich bemerkbar zu machen. »Prinz Albert und ich geben heute Abend um acht ein Essen. Es würde uns amüsieren, wenn Sie daran teilnähmen. Natürlich können Sie nicht ohne Begleitung kommen. Ihr Vater ist ebenfalls eingeladen.«
Eins von Lord Palmerstons Lidern begann zu zucken.
»Commissioner Mayne, sorgen Sie für zusätzliche Constables im Palast«, ordnete die Königin an. »Inspector Ryan, ich weiß, dass Sie alles in Ihrer Macht Stehende tun werden, um meine Sicherheit zu gewährleisten.«
»Ich schwöre es, Euer Majestät.«
»Lord Palmerston«, sagte Queen Victoria widerwillig.
»Jawohl, Euer Majestät?«
»Wir wünschen allein mit Ihnen zu sprechen«, sagte sie in einem Ton, der nahe legte, dass dies in Wirklichkeit das Letzte auf der Welt war, was sie zu tun wünschte.

Die Abneigung der Königin gegen Lord Palmerston reichte bis ins Jahr 1839 zurück. Im zweiten Jahr ihrer Regierung hatte sie ihn zu einer Festlichkeit eingeladen, die am Wochenende in Windsor Castle stattfand. Unter den Gästen dort hatte er eine Frau wiedererkannt, die früher eine seiner Geliebten gewesen war. Tatsächlich hatte seine Vorliebe für weibliche Gesellschaft ihm schon in jungen Jahren bei den Zeitungen den Spitznamen »Lord Cupido« eingetragen. Nach dem Abendessen versuchte er der Frau zu folgen, verirrte sich aber in den labyrinthischen Gängen des Schlosses. In dem Glauben, ihr Zimmer gefunden zu haben, öffnete er vorsichtig die Tür, schloss sie hinter sich und stellte fest, dass er nicht seiner ehemaligen Mätresse, sondern einer Unbekannten gegenüberstand, einer verheirateten Frau, die zudem eine Hofdame der Königin war. Allerdings war die Dame, in deren Privatgemächer er versehentlich eingedrungen war, so attraktiv, dass er die Situation als gegeben hinnahm und versuchte, die Unbekannte zu einer freundlichen Aufnahme seiner Avancen zu bewegen. Stattdessen begann sie zu schreien. Er versuchte sie zu beruhigen, aber zu diesem Zeitpunkt hämmerten bereits Dienstboten an die Tür. Unter wortreichen Entschuldigungen und der Erklärung, er habe sich ganz einfach verirrt, ließ er sich den Weg zu seinem eigenen Zimmer beschreiben.

Seither verabscheuten ihn Victoria und Albert, und die ausgeprägte Abneigung des Königspaares wurde nur stärker, als Lord Palmerston in seiner Eigenschaft als Außenminister wiederholt eigenmächtig handelte, Edikte an ausländische Regierungen sandte und sogar Militäreinheiten den Marschbefehl gab. Der aufsehenerregendste solche Vorfall war, dass er die Royal Navy anwies, den Hafen von Athen zu blockieren, und der griechischen Regierung mit Strafmaßnahmen drohte – man hatte sich in Athen geweigert, einen britischen Staatsbürger für die Verluste zu entschädigen, die er während eines Volksaufstandes erlitten hatte. Mehrfach hatte die Königin ihn in den Buckingham Palace bestellt, wo sie und der Premierminister ihn ärgerlich anwiesen, sich nicht aufzuführen wie ein absolutistischer Herrscher. Wieder und wieder hatte er sie seines tiefsten Bedauerns versichert und geschworen, er werde ihren Wünschen entsprechen, nur um diese Zusagen zu brechen und sich auch weiterhin zu verhalten, als regiere er Großbritannien.

Jetzt, als die Königin und der Prinzgemahl mit ihm zum anderen Ende des riesigen Raums hinübergingen, sah man ihnen die Abneigung an. Sie stiegen auf das Podest; Victoria setzte sich auf ihren Thron, Prinz Albert nahm eine Position zu ihrer Linken ein.

»Als Ihre Botschaft uns darüber informierte, dass Sie etwas von großer Dringlichkeit zu besprechen hatten, sind wir davon ausgegangen, dass es mit dem Fehlen einer Regierung zu tun hat«, sagte die Königin.
»Nein. Der Grund für mein Kommen war der Wunsch, Sie vor Schaden zu bewahren, Euer Majestät.«
»Wir danken Ihnen für Ihre Besorgnis.« Der Gesichtsausdruck der Königin sagte etwas anderes – er brachte ihre Zweifel daran zum Ausdruck, dass Lord Palmerston ihr jemals Wohlwollen entgegengebracht hatte. »Nachdem Lord Aberdeen angesichts der unfähigen Kriegführung unmöglich Premierminister bleiben kann, haben wir mit einer Reihe anderer Peers gesprochen in der Hoffnung, dass einer von ihnen im Parlament eine neue Mehrheit bilden könnte. Es sieht so aus, als sei keiner von ihnen populär genug, um die Faktionen zu einen.«
Die Königin und der Prinz studierten Palmerston mit ebenso viel Abneigung wie zuvor.
»Wir haben angenommen, Sie seien hier, um Vorschläge zur Beilegung der politischen Krise zu machen«, sagte Prinz Albert grimmig.
»Ich bedaure, dass ich keinerlei Vorschläge machen kann, Euer Hoheit. Der Krieg hat überall Chaos und Ungewissheit ausgelöst.«
Queen Victoria und Prinz Albert schienen sich nichts sehnlicher zu wünschen, als dass sie diese Unterhaltung nicht fortführen mussten.
»Wären *Sie* unter bestimmten Umständen willens, das Amt des Premierministers zu übernehmen?«, fragte die Königin schließlich. Sie hörte sich resigniert an.
»*Ich*, Euer Majestät?« Lord Palmerston versuchte sich seine ungeheure Überraschung nicht anmerken zu lassen. Ein paar Jahrhunderte zuvor hätte ein solches Maß an königlicher Missbilli-

gung mit seiner Enthauptung enden können. »Premierminister werden?«

»Wir sagten ›unter bestimmten Umständen‹«, erinnerte Queen Victoria.

»Wollen Sie so gütig sein, mir die Umstände zu nennen, Euer Majestät?«

»Sie müssen schwören, sich mit dem Kabinett, dem Parlament und vor allem mit *uns* abzusprechen, bevor Sie eine Maßnahme ergreifen.«

»Euer Majestät, ich habe immer versucht, Ihnen zu dienen. Bei früheren Gelegenheiten hat mein Übereifer mich dazu getrieben, zu handeln, bevor ich mein Tun mit Ihnen besprechen konnte. Aber mit dem Alter wird man klüger. Ich werde mein Möglichstes tun, um Ihnen ein loyaler Premierminister zu sein.«

Die Königin und der Prinz musterten ihn mit ebenso wenig Enthusiasmus wie zuvor.

Östlich vom Buckingham Palace erstreckte sich der St. James's Park. Der Park war von den Regierungsgebäuden von Whitehall und dem neu erbauten Parlament gesäumt und somit umgeben von den Machtzentren Großbritanniens. Den ganzen Sonntagnachmittag waren die Menschen in den Park geströmt, um seinen zugefrorenen Teich aufzusuchen. Sie brachten Schlittschuhe mit oder mieteten sie an Ort und Stelle. Dies war eine der seltenen Gelegenheiten, bei denen Ober- und Unterschicht, Reiche und Arme die Klassenschranken einfach ignorierten.

Männer mit Kehrbesen fegten den Schnee vom Eis in der Hoffnung auf einen Penny Trinkgeld. In der Mitte der Fläche türmte sich eine Schneewehe auf, um die herum die Schlittschuhläufer glitten, pirouettierten, stolperten oder fielen. Manche Leute verstanden sich sogar darauf, rückwärts zu laufen, wobei sie auf eine Art über die Schulter hinweg Ausschau hielten, die einige Beob-

achter an Krebse erinnerte. Wenn ein Schlittschuhläufer eine Pause brauchte, stellte ein findiger Unternehmer ihm für zwei Pence einen Stuhl zur Verfügung und zog ihm die locker gewordenen Gurte der Schlittschuhe nach. Verkäufer trugen Tabletts voller Erfrischungen durch die Menge, darunter ein trüffelartiges Konfekt, das offiziell als Brandy Balls bekannt war, meist aber mit Pfefferminz, Ingwer oder rotem Pfeffer aromatisiert wurde statt mit dem versprochenen Brandy.
Ein Ende des Teiches war nicht zugefroren; dort hatten Gänse, Enten und Schwäne Zuflucht gesucht. Kleine dunkle Wellen zeigten an, dass das Eis brechen konnte, wenn allzu viele Schlittschuhläufer darüber hin schwärmten oder sich an akrobatischen Sprüngen versuchten. Am Ufer warnten Schilder vor der Gefahr. In einem großen Zelt wurden anregende Getränke, Wärmflaschen, trockene Kleidung und mit heißen Backsteinen gewärmte Decken bereitgehalten, um im Notfall diejenigen wiederbeleben zu können, die durch das Eis brachen – eine Gefahr, die größer und größer wurde, als immer mehr Menschen sich auf die glatte Fläche wagten.
Das Eis begann zu zittern. Als sie das Knacken hörte, strebte die Menge den Ufern zu, was die Fläche noch weiter ins Schwanken brachte. Schreie ertönten, als eine große Scholle mit einem explosionsartigen Krachen abbrach; dunkles Wasser wallte auf, und die ersten Läufer stürzten in den Spalt.
»Hilfe!«
Am Ufer griffen Retter nach Seilen und rannten zu den Menschen hinüber, die in dem eisigen Wasser zappelten.
»Ich fühl die Beine nicht mehr!«
Während die Menge vom sicheren Ufer aus entsetzt zusah, versuchte ein Mann seinen Freund aus dem dunklen Wasser zu ziehen, konnte ihn aber nicht ganz erreichen. Er zog einen Schlittschuh vom Fuß, legte sich flach aufs Eis, schob sich so nahe he-

ran, wie er es wagte, und schwang den Schlittschuh zu seinem um sich schlagenden Gefährten hin. Der klatschnasse, halb erfrorene Mann streckte einen triefenden Arm aus und bekam die Kufe zu fassen, aber urplötzlich brach das Eis weiter ein, und der verhinderte Retter stürzte zu seinem Freund ins Wasser.
So viele verzweifelte Hände griffen nach den bereitgelegten Seilen, dass auch die Helfer fast ins Wasser gezerrt wurden. Die triefenden Opfer legten die Arme um die Körper und stolperten schaudernd auf das Versorgungszelt zu. Die elegantesten Mäntel wurden in der Kälte ebenso starr wie die zerlumptesten Jacken. Die teuersten Stiefel waren augenblicklich so durchweicht wie ein Treter mit Löchern in der Sohle.
»Da ist Blut auf dem Eis!«
»Guckt mal! Da treibt einer im Wasser!«
Trotz der Nässe war unverkennbar, von welcher Qualität die Kleidung des Herrn war. Er trieb mit dem Gesicht nach unten zwischen den tanzenden Eisschollen. Blut färbte das Wasser.
»Muss sich den Schädel angeschlagen haben! Schnell! Holt eine Stange!«
Ein halbes Dutzend gewissenhafter Helfer machte sich an die Arbeit, zerrte den modisch gekleideten Herrn aus dem Teich und drehte ihn auf den Rücken.
»Können Sie mich hören?«, schrie einer der Retter.
Aber es war offenkundig, dass der Gentleman nie wieder irgendetwas hören würde, ebenso offenkundig wie die Tatsache, dass er sich keineswegs auf dem Eis den Kopf aufgeschlagen hatte – denn das Blut stammte nicht vom Kopf des Gentleman. Die Quelle des roten Stroms war seine Kehle, die von einem Ohr zum anderen durchgeschnitten worden war. Einer der Helfer drehte sich von Übelkeit übermannt zum Ufer um, von wo aus zahllose Gesichter zurückstarrten.
»Mord!«

»Was hat er da gesagt? Das hat sich angehört wie …«
»Mord! Polizei! Hol einer von euch die Polizei!«
Einige Leute stürzten los, um es zu tun. Die meisten blieben, um zu sehen, wie es weitergehen würde.
»Den kenne ich doch! Das ist Sir Richard Hawkins! Er ist Richter!«
»Richter? Sind Sie sicher?«
»Oh, das ist er, gar keine Frage. Ich war im Gericht, als er letzten Monat meinen Bruder ins Gefängnis gesteckt hat.«
»Teufel auch, guckt euch seine Kehle an! Durchgeschnitten bis zum Nacken!«

6

Das Warenhaus des Kummers

»Warum brüllen dort so viele Leute?«, fragte Commissioner Mayne.

Das panische Geschrei veranlasste sie alle innezuhalten, als sie die gigantische Anlage vom Buckingham Palace hinter sich ließen. Es war jetzt nach fünf Uhr und wurde bereits dunkel. Im fallenden Schnee war nichts zu erkennen außer Lord Palmerstons Kutsche, die im gedämpften Licht einer Straßenlaterne vor den Toren des Palastes wartete.

Der Lärm wurde lauter; er drang aus der Dunkelheit auf der anderen Straßenseite herüber.

»Irgendwas muss im St. James's Park passiert sein«, sagte Ryan.

Der Lärm von Polizeiratschen, die einen Alarm weitergaben, erhob sich über das Geschrei.

»Sergeant Becker, Sie finden raus, was dort los ist«, befahl Commissioner Mayne.

»Jawohl, Sir.«

Becker stürzte davon und verschwand in der Dunkelheit.

»Inspector, seien Sie so freundlich, uns zur Kirche zurückzubringen«, sagte De Quincey. »Emily und ich müssen Ihnen dort etwas zeigen. Aber vorher müssen wir noch bei Jay's Mourning Warehouse vorbeifahren.«

»Jay's Mourning Warehouse?«, schaltete Lord Palmerston sich ein. »Warum um alles in der Welt müssen Sie dort hin? Sie haben kaum noch genug Zeit, um sich für das Abendessen bei der Königin herzurichten.«

»Herzurichten inwiefern?«, fragte Emily verwirrt.

»Ihre Dinnerkleidung«, erklärte Lord Palmerston.

»Aber wir haben keine.«
»Ein Bloomerrock ist für einen solchen Anlass nicht akzeptabel. Die Ärmel Ihres Vaters sind fadenscheinig. Da fehlt auch ein Knopf.«
»Haben Sie vielleicht einen Rock, der ihm passen könnte?«, fragte Emily, während sie zugleich die kleine, dünne Gestalt ihres Vaters mit Lord Palmerstons imposantem Körperbau und seiner breiten Brust verglich.
»Nein.« Lord Palmerston stöhnte. »Und ich bin für Sie beide zuständig! Wenn Sie das Abendessen der Königin ruinieren, wird sie mich verantwortlich machen.«

Mittlerweile rannte Becker durch die Dunkelheit, wobei er das Geschrei zur Orientierung nutzte. Im Rennen zerrte er seine Handschuhe aus der Tasche und zog sich die Mütze über die Ohren, aber weder dies noch die körperliche Anstrengung half viel gegen die Kälte.
Ein Schatten ragte vor ihm auf; ein Mann stürzte vorbei.
»Was ist los?«, wollte Becker wissen.
»Weiß keiner, wer als Nächstes umgebracht wird!«
Eine weitere Gestalt tauchte unvermittelt vor ihm auf, rempelte ihn an und rannte weiter.
»He!«, brüllte Becker, aber der Mann war schon verschwunden.
Das Geländer, das den St. James's Park einfasste, wurde sichtbar – eine Sekunde, bevor er dagegen gerannt wäre. Auf der anderen Seite tanzten schwache Lichter; Becker nahm an, dass es Polizeilaternen waren. Er hastete am Geländer entlang, stieß auf Menschen, die durch ein offenes Tor herausgeströmt kamen, und ignorierte die Rempler, als er sich an ihnen vorbeidrängte. Seine langen Schritte durch den Schnee führten ihn schließlich bis zu einem Constable, der den Strahl seiner Laterne auf eine panische Menschenmenge gerichtet hielt.

»Ich bin Detective Sergeant Becker. Was ist passiert?«
»Einem Richter ist die Kehle durchgeschnitten worden!«
»Einem Richter?«
»Sir Richard Hawkins«, erklärte der Constable.
»Aber den habe ich vor einer Woche erst gesehen. Ich habe in einem seiner Prozesse ausgesagt!«
»Der leitet keinen Prozess mehr, das kann ich Ihnen versprechen.«
Becker rannte weiter, zu einer Stelle hinüber, wo andere Constables sich mühten, einen Anschein von Ordnung wiederherzustellen. Unvermittelt begann der Boden unter seinen Füßen zu schwanken. Das Eis schien sich zu kräuseln, als sei es lebendig. Er breitete die Arme aus, um das Gleichgewicht zu halten. Immer noch waren Menschen unterwegs zum Ufer. Als das Eis allmählich zu schwanken aufhörte, holte Becker tief Luft, um sein hämmerndes Herz zu beruhigen, und schob sich vorsichtig näher an die vor ihm liegende Leiche heran.
Ein Constable stand neben ihr; seine Laterne beleuchtete das ungewöhnlich breite Kinn des Toten, das eins der charakteristischen Merkmale von Richter Hawkins gewesen war. Fallender Schnee sprenkelte das Rot aus der aufgeschlitzten Kehle.
Becker empfand etwas, das kälter war als der Schnee. Er rief sich Ryans Methode ins Gedächtnis: *Weil ich mich ablenke. Mich auf die Einzelheiten konzentriere.*
»Irgendwelche Zeugen?«, fragte er.
»Hunderte«, antwortete der Constable. »Aber ich bezweifle, dass auch nur einer von ihnen was davon bemerkt hat. Der Mörder hat ihn wahrscheinlich beim Schlittschuhlaufen angerempelt, hat ihm die Kehle durchgeschnitten, als er am Boden war, und ist weitergelaufen, bevor irgendwem was aufgefallen ist.«
»Beim Schlittschuhlaufen?«
Der Constable richtete seine Laterne so aus, dass die Schlittschuhe an den teuren Stiefeln des Toten sichtbar wurden. Aus irgend-

einem Grund kam der Anblick Becker noch grotesker vor als die Schneeflocken auf dem Rot der Kehle.

»Er hat seine Geldbörse und die Uhr noch, es sieht also nicht so aus, als ob ihn ein Dieb umgebracht hätte. Das da hat ihm einer in den Mantel geschoben.«

Der Constable reichte Becker einen kleinen Beutel aus Öltuch.

Die Kälte drang durch Beckers Handschuhe, als er die Eisschicht zerbrach, die sich bereits auf dem Beutel gebildet hatte. Im Inneren fand er ein Stück Papier, durch das Öltuch vor der Nässe bewahrt. Das Blatt hatte einen breiten schwarzen Rand, genau wie das Papier, das er in Lord Cosgroves Haus gesehen hatte.

»Richten Sie mal die Laterne drauf«, sagte Becker.

Das Licht zeigte ihnen eine Handschrift, die derjenigen auf der früheren Nachricht zu gleichen schien.

Es standen nur zwei Worte dort.

»*Young England?*«, sagte der Constable. »Wissen Sie, was das heißen soll?«

»Ich fürchte ja.« Das kalte Gefühl breitete sich weiter in seiner Brust aus. »Wissen Sie, wo der Richter gewohnt hat? Ich muss sofort hin.«

Die Kutsche hielt in der mondänen Regent Street. De Quincey, Emily und Ryan stiegen in den Schnee hinunter und sahen sich einem dreistöckigen Gebäude gegenüber, das zu weinen schien. Die hölzernen Zierelemente waren schwarz und ähnelten Tränen. Jedes Fenster war mit schwarzen Vorhängen versehen. Lampen in den Fenstern ließen erkennen, dass auch im Haus selbst jede Ladentheke und Vitrine mit schwarzem Stoff drapiert war.

Ein Schild teilte ihnen mit, dass dies »Jay's Mourning Warehouse« war – eins der erfolgreichsten Geschäfte Londons. Wenn ein Familienmitglied starb, wurde von den Angehörigen erwartet, dass sie augenblicklich Trauerkleidung anlegten. Standen solche Kleidungsstücke nicht gleich zur Verfügung, wurde ein Dienstbote oder ein Nachbar zu Jay geschickt, wo es eine riesige Auswahl an passender Garderobe gab. Wenn die Familie des Toten die nötigen Mittel hatte, wurden sogar Änderungsschneider ins Haus geschickt; sie kamen in einer Kutsche, die einem Leichenwagen glich, gezogen von schwarzen Pferden und gelenkt von einem schwarz gekleideten Kutscher, damit nicht etwa empörte Nachbarn den Eindruck gewinnen konnten, es werde nicht genug Kummer demonstriert.

»Ich verstehe immer noch nicht ganz, warum Sie uns hierher gelotst haben«, sagte Ryan.

De Quincey antwortete nicht, sondern machte sich stattdessen auf den Weg zum Eingang. Lord Palmerston und Commissioner Mayne waren nicht mehr dabei: beide kamen ihren jeweiligen Pflichten zum Schutz der Königin nach.

»Bitte warten Sie einen Augenblick«, sagte Ryan, als sie unter dem schützenden Vordach standen.

De Quincey sah ihn fragend an.

»Dies ist etwas, das mir zu schaffen macht, seit wir in Lord Cosgroves Haus waren«, sagte Ryan. »Ich muss Sie fragen, was Sie gemeint haben, als Sie sagten, Sie hätten Ihre Zweifel bei dem, was da vor fünfzehn Jahren passiert ist – im Hinblick auf Edward Oxfords Absicht, die Königin zu ermorden.«

»Seine Pistolen waren fast mit Sicherheit ungeladen«, sagte De Quincey. »Sein einziges Verbrechen war, Ihrer Majestät einen Schreck einzujagen, und trotzdem hat der Kronanwalt dafür gesorgt, dass Oxford für den Rest seines Lebens in einem Irrenhaus verschwand.«

»Sie haben etwas von Verrat gesagt«, beharrte Ryan. »Lord Palmerston und Commissioner Mayne sind hereingekommen, bevor ich Sie um eine Erklärung bitten konnte – wir mussten die Unterhaltung unterbrechen. Was war es, das Sie mir noch sagen wollten?«

»Nichts, bevor ich mir nicht sicher bin.«

Schneeschwaden trieben unter dem Vordach hindurch, als De Quincey sich zur Tür wandte.

Der Tod hielt sich nicht an einen Zeitplan, und so war das Warenhaus der Trauer Tag und Nacht geöffnet. Als die drei eintraten, wurde der Eindruck von Kummer und Düsternis noch stärker, als er von außen durch die Fenster gewirkt hatte. Der Boden war mit einem dicken schwarzen Teppich bedeckt, der alle Geräusche verschluckte. Schwarze Trauerkleidung hing an geisterhaften Kleiderpuppen. Bahrtücher und schwarze Schleier lagen zusammengefaltet auf Regalbrettern. Auf einer Theke stapelten sich schwarze Umschläge und schwarzgeränderte Notizkarten – das gleiche Trauerbriefpapier, das sie auch in der Kirche und im Haus der Cosgroves vorgefunden hatten.

Ein hagerer, ernster Mann im schwarzen Anzug mit Trauerflor trat aus der Düsternis hervor. Seine Stimme war leise. »Es tut mir leid, dass die Umstände Sie dazu zwingen, hierherzukommen – und das an einem so fürchterlichen Abend.«

Der Mann hielt inne und warf einen zweifelnden Blick auf Emilys Bloomerrock, De Quinceys fadenscheinigen Mantel und Ryans Zeitungsjungenkappe, unter der, als er sie abnahm, sein irisches rotes Haar zum Vorschein kam.

Der Angestellte nahm sich zusammen und fuhr fort: »Jay's Mourning Warehouse wird Ihnen auf jede denkbare Art beistehen. Darf ich fragen, welcher Ihrer teuren Angehörigen von Ihnen gegangen ist?«

»Wir haben das Glück, dass unsere teuren Angehörigen noch unter uns weilen«, antwortete De Quincey mit einem Seitenblick auf Emily.

»Dann ist es also ein Freund, der verstorben ist?«, fragte der Angestellte. »Ein wahrer Freund ist ein großer Schatz. Einen vertrauten Gefährten zu verlieren ...«

»Wir haben auch keinen Freund verloren.«
»Dann fürchte ich, ich verstehe nicht ganz.«
»Da sind Sie nicht der Einzige«, murmelte Ryan.
»Haben Sie vielleicht einen entfernten Verwandten verloren oder einen Freund eines Menschen, der Ihnen nahesteht?«, fragte der Angestellte.
»Auch das nicht«, antwortete De Quincey. »Haben Sie einen Gehrock, der mir passt und den ich zu einem festlichen Abendessen tragen kann?«
Der Angestellte sah verblüfft aus. Aber er musterte De Quinceys winzige Gestalt und antwortete: »Wir könnten einen Gehrock für einen Knaben besitzen, der Ihnen passen würde. Aber ich habe noch nie davon gehört, dass man Trauerkleidung zu einem festlichen Essen trägt.«
»Brauchen Ihre Kunden manchmal Medikamente, die ihnen helfen, ihren Kummer zu ertragen?«
»Medikamente?«
»Nervenberuhigende Mittel.«
»Ich glaube, er redet von Laudanum«, merkte Ryan unglücklich an.
»Ja nun, ja, wir haben das, was Sie als Medikamente bezeichnen – für den Fall, dass einer unserer Kunden dem Schmerz anders nicht standhalten kann.«
»Wären Sie so gut und würden mir dies nachfüllen?«
De Quincey reichte dem Angestellten seine Laudanumflasche.
»Sie sind wegen eines Gehrocks und Laudanum hier?«
Der Tonfall des Angestellten klang inzwischen nicht mehr ganz so mitfühlend.
»Und wegen Trauerkleidung für eine Frau.«
»Warum für eine Frau?«, unterbrach Ryan verwundert.
»Zum Ausdruck tiefster Trauer«, präzisierte De Quincey.
»Wenn ich nachfragen darf«, sagte der Angestellte, »unter diesen ungewöhnlichen Umständen und in Anbetracht der Tatsache,

dass niemand von Ihnen einen Angehörigen oder einen Freund oder auch nur einen Freund eines Freundes verloren zu haben scheint ...«
Er machte eine taktvolle Pause.
»Sie wollen wissen, wer dies bezahlen wird?«, fragte Ryan.
»Kurz gesagt, ja.«
»So ungern ich es auch sage – die Metropolitan Police.«
Ryan zeigte ihm seine Marke.
Sekundenlang schien der Angestellte seine Zweifel zu haben, ob die Marke echt war. Aber dann nickte er. »Wir legen großen Wert auf unsere guten Beziehungen zur Polizei.«
Er wandte sich wieder an De Quincey. »Folgen Sie mir bitte, Sir.«
»Inspector, wären Sie so gut, hier zu warten, während Emily und ich uns um etwas kümmern?«, fragte De Quincey. »Es wäre besser, wenn Sie meine Absichten nicht kennen.«
»Das ist es meistens«, sagte Ryan.

Becker rannte in Richtung Mayfair, eine halbe Meile nördlich von St. James's Park. Der eisige Luftzug, der ihm in den Mund fuhr, schien hinten in seiner Kehle zu gefrieren.
Die Adresse, die man ihm gegeben hatte, war in der Curzon Street, die er schon fünf Stunden zuvor entlanggerannt war. Seine hastigen Schritte ließen den Schnee aufstieben, als er um eine Ecke bog und das studierte, was er von der schmalen Straße erkennen konnte.
Wie überall in Mayfair war die Straße auch hier von zwei geschlossenen Häuserfronten gesäumt. Der Portland-Stein, die gleichförmige Höhe von vier Stockwerken und die einheitlichen schmiedeeisernen Geländer machten die Häuser ununterscheidbar. Der an den Fassaden haftende Schnee unterstrich diesen Eindruck noch.

Die Nummer, die man ihm genannt hatte, war die Dreiundfünfzig. Er rannte weiter, zählte die Messingnummern, im Licht der Lampen über den Haustüren. Aber an einer Tür brannte die Lampe nicht. Auch hinter den vorhangbewehrten Fenstern glomm kein Licht. Wenn jemand vor ihm hier entlanggegangen war, dann waren seine Fußspuren bereits unter frischem Schnee begraben. Becker rannte die Stufen hinauf und betätigte mehrfach den Türklopfer. Der Aufprall hallte im Inneren des Hauses wider, aber es kam keine Antwort. Er griff nach dem Knauf und war nicht überrascht, die Tür unverschlossen zu finden – ebenso wenig wie er überrascht war, dass niemand antwortete, als er die Tür öffnete und in die Dunkelheit brüllte.

»Hier ist Detective Sergeant Becker! Kann jemand mich hören? Ich komme jetzt rein!«

De Quincey hatte ihm einmal von einem Opiumtraum erzählt, in dem er das gleiche absurde Vorkommnis wieder und wieder erlebte, gefangen in einem höllischen Kreislauf. Genau so kam Becker sich jetzt vor, als er spürte, wie die Tür gegen einen Gegenstand auf dem Fußboden prallte. Er fand einen Tisch und berührte eine Schachtel Streichhölzer, die neben einem Kerzenhalter lag. Seine Hände zitterten, als er die Kerze anzündete.

Ein Diener lag auf dem Fußboden. Er hatte eine trichterförmige Kopfwunde. Das noch nicht ganz gestockte Blut bewies, dass die Attacke auf ihn noch nicht lange zurücklag.

Becker hielt die Kerze in der linken Hand, während er mit der rechten das Messer unter seinem rechten Hosenbein hervorzog. Dann ging er vorsichtig weiter in den Vorraum. Gewächshausblumen standen in orientalischen Vasen. Ihr Duft war betäubend. Das Porträt eines Mannes in Uniform sah streng auf ihn herab. Während das Echo seiner Schritte in der Stille verklang, lauschte er auf jedes Geräusch, das eine Bewegung verraten hätte, aber er hörte nichts außer dem Ticken einer Uhr.

Rechts und links lagen geschlossene Türen. Die Kerzenflamme flackerte, als er die Tür auf der rechten Seite öffnete. Dahinter lag ein Salon, genau wie in Lord Cosgroves Haus. Dort war der Salon menschenleer gewesen. Hier hingegen saß eine schattenhafte Gestalt in einem der vielen Polstersessel.

»Ich bin Detective Sergeant bei der Polizei. Hören Sie mich?«, fragte Becker.

Als er vorsichtig näher trat, verriet ihm das Kerzenlicht, dass es sich um eine Frau handelte. Sie war am Sessel festgebunden. Ihr Kopf war zurückgebogen. Ein Gegenstand ragte aus ihrem Mund. Becker spürte Übelkeit aufsteigen, als ihm klar wurde, dass der Gegenstand eine aus Tierhaut gefertigte Blase war. Ein charakteristischer Geruch hing im Raum – nicht nach Tod (zu früh), auch nicht nach Blut (es war keins zu sehen). Nein, der Geruch war etwas, das er kannte von den Jahren her, die er auf einem Bauernhof gelebt hatte. Es war saure Milch, was er da roch. Haar und Kleidung der Frau waren durchweicht von Milch. Die weiße Flüssigkeit rann auch aus der Blase, die ihr zwischen den Lippen steckte. Jemand hatte ihr Milch in die Kehle gegossen, unaufhörlich, bis sie ertrunken war.

Ihre rechte Hand umklammerte ein Blatt Papier. Becker empfand eine fürchterliche Vorahnung, als er es ihr aus den Fingern zog und den breiten schwarzen Rand erkannte. Zwei Worte standen darauf, geschrieben in der kräftigen klaren Handschrift, die ihm mittlerweile nur allzu vertraut war.

John Francis.

Becker kannte den Namen nicht, aber das Gefühl von Kälte wurde stärker, als ihm aufging, dass dies ein weiterer der Männer sein musste, die versucht hatten, Queen Victoria zu ermorden.

Als De Quincey wieder in der St. James's Church erschien und den Mantel auszog, konnte Commissioner Mayne nur starren angesichts des düsteren Anzugs, der darunter zum Vorschein kam.

»Sie sehen aus, als gingen Sie zu einer Beerdigung statt zu einem Abendessen im Palast«, bemerkte er.

»Die Polizei hat für den Anzug gezahlt, insofern war ich dankbar für alles, was ich finden konnte«, erklärte De Quincey.

»Die Polizei hat für diesen Anzug gezahlt?« Commissioner Mayne warf Ryan einen missbilligenden Blick zu.

»Er behauptet, er muss uns etwas demonstrieren«, antwortete Ryan verlegen, während er zugleich die Gelegenheit nutzte, das Thema zu wechseln.

»Demonstrieren?«

»Im Zusammenhang mit Immanuel Kants großer Frage«, erklärte De Quincey. »Ob die Realität außerhalb von uns existiert oder lediglich in unserem Geist.«

»Diese Sorte Spekulation ist vor dem Gesetz ganz irrelevant«, sagte der Commissioner. »Eine Jury braucht solides, reales, nachprüfbares Beweismaterial. Was Sie da auch demonstrieren wollen, Sie haben nicht viel Zeit. Die Königin erwartet Sie in einer Stunde.«

Das schwankende Zickzack der Laternen zeigte ihnen, wo Constables in aller Eile ihre Untersuchungen zu Ende brachten. Die Gemeinde war nach Hause entlassen worden; nur einige Kirchenpfleger und Bankschließerinnen waren noch anwesend.

Mayne sah erstaunt aus, als eine Frau in Trauerkleidung aus dem Schatten näher trat. Der schwarze Crêpestoff ihres Kleides verschluckte das Licht der Laternen. Ein dicker schwarzer Schleier hing von ihrem schwarzen Schutenhut.

Die Constables wirkten angesichts der Erscheinung ebenso verstört wie der Commissioner.

»Inspector, so sah Lady Cosgrove aus, als sie heute Morgen in der Kirche erschien – stimmen Sie mir zu?«, fragte De Quincey.

Ryan nickte. »Ist das die Damenkleidung, die Sie in Jays Mour-

ning Warehouse erworben haben? Und war es das, was Sie in diesen Paketen hatten, die Sie mit hierhergebracht haben? Emily, jetzt ist mir klar, warum Sie in den Nebenraum neben dem Foyer verschwunden sind, als wir hereingekommen sind. Sie haben sich umgezogen!«
»Und was soll das nun beweisen?«, fragte Commissioner Mayne. »Erzählen Sie mir bitte nicht, dass die Londoner Polizei auch für diese Sachen aufgekommen ist.«
Ryan wandte in wachsendem Unbehagen den Blick ab.
»Lady Cosgrove hatte einen Begleiter«, sagte De Quincey. »Emily, gestatte mir, dass ich diese Rolle übernehme.«
Er begann sie den Mittelgang entlangzuführen, wobei er so tat, als stütze er eine Trauernde. Der Rest der Gruppe folgte ihnen. Vorn angekommen, blieb De Quincey vor den Altarschranken stehen; der Marmor leuchtete unheimlich weiß im Licht der Laternen. Er zeigte zu Lady Cosgroves Loge auf der rechten Seite hinüber.
»Hat man Lady Cosgroves Leiche fortgebracht?«
»Noch nicht«, sagte Commissioner Mayne.
»Dann werden wir die andere mit Vorhängen ausgestattete Loge verwenden müssen.« De Quincey deutete nach links hinüber. »Komm, Emily.«
Die mit einer Schranke versehene Loge war vor einer Säule angebracht und glich derjenigen Lady Cosgroves. Auch sie hatte Stützen an allen vier Ecken, an denen auch hier Vorhänge festgebunden waren, und wie ihr Gegenstück enthielt sie drei Bänke hintereinander.
»Darf ich mir ein paar Laternen leihen?«, fragte De Quincey die Constables.
Er stellte mehrere davon vor der Brüstung der Loge auf.
»Um das Äquivalent von Tageslicht herzustellen«, erklärte er. »Heute Morgen war Lady Cosgroves Bank abgeschlossen. Würde jemand mir bitte diese hier aufschließen?«

Eine Schließerin trat aus der Gruppe hervor und tat es.
De Quincey wandte sich an die Frau in Schwarz.
»Emily, es tut mir entsetzlich leid.«
»Leid? Was tut Ihnen leid?«, fragte Commissioner Mayne verständnislos.
»Es ist das, was Lady Cosgroves Begleiter heute Morgen zu ihr gesagt hat«, antwortete De Quincey. »Außer dass der Mann die Dame natürlich als Lady Cosgrove angesprochen hat und nicht als Emily. Er sagte: ›Lady Cosgrove, es tut mir entsetzlich leid.‹ Inspector Ryan, entspricht das den Tatsachen?«
»Ja«, antwortete Ryan. »Das ist es, was ich gehört habe.«
»Emily, heb bitte den Schleier.«
Als sie es tat, trat Commissioner Mayne vor Überraschung einen Schritt nach hinten.
»Aber ...«
Die Frau unter dem Schleier war nicht Emily.
Sie war eine weißhaarige Dame von etwa sechzig Jahren, die ungefähr so groß war wie Emily.
»Was um alles in der Welt!«, rief der Commissioner.
»Als Inspector Ryan sie als Emily angesprochen hat, hat diese Frau genickt«, sagte De Quincey. »Als ich wiederholt von ihr als Emily gesprochen habe, ist jeder hier davon ausgegangen, dass er in der Tat Emily vor sich hat. Und das war es auch, was heute Morgen passiert ist. Die Frau, die die Kirche betrat, war nicht Lady Cosgrove. Ihr Begleiter sprach sie nichtsdestoweniger mit diesem Titel an und überzeugte so alle Welt, dass sie es war. Die Wirklichkeit in unserem Geist war eine andere als die Wirklichkeit, die vor uns stand.«
»Aber Lady Cosgroves Leiche liegt auf dem Boden ihrer Kirchenbank«, merkte Ryan an.
»Ohne jede Frage.«
De Quincey drehte sich zu der Frau in der Trauerkleidung um.

»Darf ich Ihnen Agnes vorstellen, die Bankschließerin, die uns heute Morgen hier begrüßt hat? Als wir vor ein paar Minuten zurückgekommen sind, war sie im Vorraum und hat sich bereit erklärt, uns zu helfen. Ich danke Ihnen, Agnes. Bitte lassen Sie den Schleier doch wieder herunter, und kehren Sie in die Rolle der Lady Cosgrove zurück – oder sollte ich sagen Emilys? So viele Namen. Commissioner, geht es Ihnen gut? Sie runzeln die Stirn, als litten Sie an einem Muskelkrampf.«

De Quincey griff in die Tasche seines neuen Anzugs, zog einen schwarzen Umschlag mit schwarzem Siegel heraus und reichte ihn Agnes.

»Dies habe ich in Jay's Mourning Warehouse erworben. Er gleicht dem Umschlag, den die Darstellerin Lady Cosgroves heute Morgen vor den Augen der ganzen Gemeinde erhielt. Emily – oder vielmehr Agnes – ich meine natürlich Lady Cosgrove, bitte fahren Sie doch fort mit der Darstellung dessen, was sich heute Morgen ereignet hat.«

Die verschleierte Gestalt betrat die Loge, schloss die Tür und setzte sich auf die vorderste Bank.

De Quincey wandte sich an die Constables. »Und wollen Sie sich jetzt bitte auf die Kirchenbänke verteilen und so tun, als nähmen Sie an einem Gottesdienst teil?«

»Was hier auch immer los ist, ich habe vor, in nächster Nähe zu bleiben«, erklärte Commissioner Mayne und machte Anstalten, sich auf die vorderste Bank zu setzen.

»Ich kann Ihnen einen noch besseren Blickwinkel anbieten«, sagte De Quincey. »Bitte folgen Sie mir.«

Er führte ihn hinüber zu den Altarschranken.

»Was machen Sie da eigentlich?«, wollte der Commissioner wissen.

De Quincey nahm einen Schluck aus der Laudanumflasche. »Sie werden so tun, als seien Sie der Pfarrer. Etwas dichter an den Schranken, bitte.«

»Ich fühle mich dabei sehr unwohl«, sagte Mayne.
»Jetzt drehen Sie sich zur Gemeinde um.«
»Ganz außerordentlich unwohl sogar.«
»An dieser Stelle hat nur der Pfarrer gestanden, ich werde mich also zurückziehen und Sie von der Seite her weiter anleiten«, sagte De Quincey.
Mit dem Rücken zum Altar verfolgte Commissioner Mayne in wachsender Verblüffung, wie De Quincey an den Constables und Kirchendienern vorbeiging, die sich auf die Bänke verteilt hatten. Irgendwann verschwand der kleine Mann im Schatten.
»Commissioner, haben Sie in Ihrer Jugend jemals Theater gespielt?« De Quinceys Stimme hallte aus der Dunkelheit im Eingangsbereich der Kirche zu ihm herüber. »Ich muss Sie bitten, ein paar Zeilen zu sagen.«
»Dies wird jetzt wirklich ...«
»Der Gottesdienst hat mit einem Lied begonnen. ›The Son of God goes forth to war.‹ Wie viele von den Constables hier kennen es?«, fragte De Quincey.
Einige der Anwesenden hoben die Hände.
»Dann stimmen Sie bitte ein.«
De Quinceys Stimme stieg zu der gewölbten Decke auf; sie klang überraschend volltönend. »The Son of God goes forth to war, a kingly crown to gain.«
Die Constables begannen zu singen.
Während der Commissioner noch verwundert zuhörte, erregte etwas in der Loge auf der rechten Seite seine Aufmerksamkeit. Die düstere Gestalt dort – wie hieß sie doch gleich? – riss den schwarzen Umschlag auf, faltete das schwarz geränderte Blatt Papier auseinander und las es durch den schwarzen Schleier hindurch.
Die Gestalt stand auf und trat zu den Pfosten an den Ecken ihrer Loge. Sie band die Vorhänge los und schloss sie an der Rückseite und den beiden Seiten. Verborgen vor den Blicken jedes Anwe-

senden außer denen des Commissioner selbst, glitt sie vorn in der Loge auf die Knie und legte die Stirn an die Brüstung.

»Ist dies das Gleiche, was Lady Cosgrove heute Morgen getan hat?«, rief Commissioner Mayne De Quincey hinten in der Kirche zu.

»Ja.« Die Stimme des Opiumessers hallte in den Schatten. »Der Pfarrer hat die Gemeinde begrüßt und sagte dann etwas in der Art von ›Wann immer unsere Bürde zu schwer erscheint, denkt an das, was unsere tapferen Soldaten erdulden‹. Könnten Sie das wiederholen, Commissioner? ›Wann immer unsere Bürde zu schwer erscheint …‹«

»›Wann immer unsere Bürde …‹«

Der Commissioner runzelte die Stirn, als De Quincey wieder aus der Dunkelheit hervorkam und den Mittelgang entlangging, einen Stoß Gesangbücher in den Händen. »Bitte sprechen Sie auch den Rest, Commissioner – das mit all dem, was unsere tapferen Soldaten erdulden müssen.«

»Ich …«

Plötzlich schien De Quincey zu stolpern. Die Bücher rutschten ihm aus den Händen und landeten auf dem Steinboden. Der Lärm hallte durch die fast leere Kirche.

»Oh, um Himmels willen!«, rief De Quincey.

Er versuchte die Bücher einzusammeln, wobei er mehrere weitere fallen ließ. Zwei der Constables öffneten die Türen zu ihren Bänken und gingen in die Hocke, um ihm zu helfen.

»Was machen Sie da eigentlich?«, wollte der Commissioner wissen.

»Es tut mir sehr leid. Wie ungeschickt von mir.« Der kleine Mann hob noch ein paar Bücher auf, während er den Stoß behutsam im Gleichgewicht hielt; mehrere weitere drohten herunterzufallen. »Bitte fahren Sie mit dem Gottesdienst fort.«

»Was für einem Gottesdienst?«

Commissioner Mayne warf einen Blick zu der Loge hinüber, wo die Frau in Trauer – Agnes! Das war ihr Name – mit der Stirn an der Brüstung auf dem Boden kniete.
Aber jetzt sank Agnes in sich zusammen. Gleichzeitig fiel ihr Kopf nach hinten und gab den Blick ...
»Nein!«, schrie Mayne.
Agnes' Kleid und Schleier waren rot getränkt.
»Mein Gott!«, brüllte der Commissioner »Jemand hat ihr die Kehle durchgeschnitten!«
Agnes brach zusammen; er konnte sie jetzt nicht mehr sehen.
Mayne stürzte vor, ebenso wie Ryan, der in der nächsten Bank aufgesprungen war.
»Es ist wieder passiert!«, schrie Mayne.
De Quincey näherte sich der Loge und spähte auf die reglose Gestalt auf dem Fußboden hinunter. Ihre Hand umklammerte noch das schwarz geränderte Papier.
»Inspector Ryan, würden Sie bitte ermitteln, ob bei Agnes noch Hilfe möglich ist? Ich erinnere mich, dass Sie Lady Cosgroves Schleier mit der Spitze Ihres Messers angehoben haben, aber das wird in diesem Fall nicht nötig sein.«
Ryan betrat ratlos die Loge.
»Wenigstens ist der Boden nicht voller Blut.«
»Nur der vordere Teil ihres Kleides und der Schleier. Tatsächlich handelt es sich um rote Tinte aus einer Flasche, die ich von dem Schreibtisch in Lord Cosgroves Studierzimmer mitgenommen habe. Ich habe eine bessere Idee. Commissioner Mayne, würden Sie sich bitte vergewissern, dass Agnes nichts zugestoßen ist?«
Mayne schob sich stirnrunzelnd in die Loge, ging auf ein Knie und zog den Schleier von Agnes' Gesicht.
Dann fuhr er ungläubig zurück. Das Gesicht, das zu ihm hinauflächelte, gehörte nicht der Bankschließerin.
Das Gesicht war Emilys Gesicht.

»Es tut mir leid, dass ich Sie erschreckt habe, Commissioner«, sagte sie.

Sie stand auf, das Blatt Papier nach wie vor fest in der Hand.

»Was Sie gerade eben gesehen haben, ist genau das, was sich auch heute Morgen hier vor den Augen der Gemeinde ereignet hat«, erklärte De Quincey. »Agnes, wo sind Sie?«

Die weißhaarige Bankschließerin trat aus der Gruppe hervor, der sie sich angeschlossen hatte, während alle Anwesenden abgelenkt waren. Sie trug jetzt keine Trauerkleidung mehr.

»Ich danke Ihnen für Ihre Hilfe, meine Liebe«, sagte De Quincey. Agnes konnte nicht ganz verbergen, dass sie sich darüber freute.

»Aber ...«, begann Ryan.

»In Lord Cosgroves Haus erwähnten Sie ein blutbespritztes Schlafzimmer. Sie haben nach einem weiteren Opfer gesucht. Aber in Wirklichkeit war das Opfer bereits aufgefunden worden. Es war Lady Cosgrove, die in der vergangenen Nacht in ihrem Haus ermordet wurde. Sie ist mit Sicherheit nicht auf ihren eigenen Füßen in diese Kirche gekommen. Und wie Sie selbst vorhin gesagt haben: Es ergab keinerlei Sinn, dass sie nach Hause gekommen sein sollte, um dort die Leichen ihres brutal ermordeten Ehemannes und ihrer Dienstboten zu finden, woraufhin sie Trauerkleidung anzog und zur Kirche ging, statt die Polizei zu rufen. Es gab nur eine mögliche Erklärung: dass sie bereits in ihrem Haus ermordet wurde. Danach wurde ihre Leiche in Witwenkleidung gesteckt und mitten in der Nacht hierhergebracht. Es gibt so viele Schlüssel, dass ich mir vorstellen kann, es war nicht weiter schwer, sich einen davon anzueignen.«

De Quincey wandte sich an die Gruppe der Umstehenden. »Vermisst jemand von Ihnen einen Schlüssel zur Kirchentür?«

»Ja, ich«, meldete sich der Kirchendiener. »Ich konnte mich einfach nicht erinnern, wo ich ihn hingelegt hatte. Ich habe überall nach ihm gesucht.«

»Während der Nacht wurde Lady Cosgroves Leiche hierhergebracht und hinter der letzten Sitzbank ihrer Loge versteckt. Agnes, Sie haben nicht zufällig eine Nachricht von Lord und Lady Cosgrove erhalten, die Sie wissen ließen, dass sie am Gottesdienst nicht teilnehmen würden und es deshalb nicht nötig war, die Bänke abzustauben und das Kohlebecken anzuzünden?«

»Doch, das habe ich tatsächlich.«

»Damit haben der Mörder und seine Komplizen dafür gesorgt, dass die Leiche nicht vorzeitig von jemandem gefunden wurde, der die Loge aufschloss. Während der Ablenkung durch das Kirchenlied schloss die Frau, die Lady Cosgrove darstellte, die Vorhänge ihrer Loge. Der einzige Mensch, der sie danach noch sehen konnte, war der Pfarrer. Der aber war abgelenkt, als er den berühmten Kriegshelden Colonel Trask in seiner scharlachroten Uniform den Mittelgang entlangkommen sah, begleitet von einer außergewöhnlich schönen Frau. Alle Augen einschließlich derer des Pfarrers waren auf dieses strahlende Paar gerichtet. Es muss der Schwindlerin ein Leichtes gewesen sein, ungesehen hinter die Trennwand der Loge zu schlüpfen. Sie zog Lady Cosgroves Leiche nach vorn und richtete sie an der Brüstung auf, bevor der Pfarrer den Blick von den Neuankömmlingen abwenden konnte. Mein vergleichsweise armseliges Ablenkungsmanöver mit den fallen gelassenen Gesangbüchern und meinen Bemühungen, sie wieder einzusammeln, hat vollkommen ausgereicht. Das Blatt Papier, das die Schwindlerin erhalten hatte, und ein identisches Papier in der Hand des Opfers vervollständigten den Eindruck, dass es sich um ein und dieselbe Frau handelte.«

»Aber was ist mit dem Blut auf dem Fußboden?«, fragte Ryan.

»Eine Blase mit Blut – wahrscheinlich das Blut eines Tieres – war zusammen mit der Leiche versteckt worden. Nachdem die Schwindlerin Lady Cosgroves Leiche arrangiert hatte, leerte sie die Blase aus, sodass das Blut unter der Tür der Loge hindurchrann. Sie

kehrte in ihr Versteck unter der hinteren Bank zurück, bevor der Anblick des Blutes den Pfarrer alarmieren konnte, entledigte sich ihrer Verkleidung und steckte sie in eine Tasche. Im allgemeinen Aufruhr schlich sie sich dann an der Rückseite aus der Loge, wobei sie den Vorhang und die Säule als Deckung verwendete. Eine Frau kann keine Aufmerksamkeit erregt haben, als sie sich unter die aufgeschreckten Gläubigen mischte – so wie auch Agnes keine Aufmerksamkeit erregt hat, als sie sich uns wieder anschloss.«
»Die Leute haben gesehen, was man ihnen zu sehen nahelegte«, sagte Commissioner Mayne.
»In der Tat. Die Frage, ob die Wirklichkeit außerhalb von uns selbst oder nur in unserem Geist existiert, ist nicht müßig, Commissioner. Die Gemeinde wurde zu der Überzeugung verleitet, ein brutaler Mord sei mitten unter den Gläubigen geschehen, ausgerechnet in St. James's, und der Mörder sei auf geheimnisvolle Art verschwunden. Morgen früh werden die zweiundfünfzig Londoner Zeitungen diese Überzeugung weiter verbreiten. Die Menschen werden glauben, wenn sie nicht einmal am Sonntagmorgen in der Kirche sicher sind, dann werden sie auch in ihren eigenen Betten oder irgendwo sonst nicht sicher sein. Es geht hier nicht nur darum, Rache zu nehmen, sondern auch darum, Panik zu verbreiten. Sie können sich darauf verlassen, dass weitere Morde an öffentlichen Orten folgen werden.«
Ein plötzliches Geräusch ließ De Quincey herumfahren.
Am Eingang der Kirche wurde krachend eine Tür aufgestoßen. Becker kam hereingestürzt; Schnee fiel von seiner Mütze und seinem Mantel. Er hatte Mühe, zu Atem zu kommen.
»Ein Richter ... Sir Richard Hawkins ... mit durchgeschnittener Kehle ... St. James's Park!«
»*Was*?«, rief Commissioner Mayne.
»Und seine Frau ... mit einer Röhre in der Kehle ... er hat sie ertränkt mit ...«

Der Rächer hatte nie vergessen, wie entsetzt sein Vater gewesen war, als der Constable in ihrem ärmlichen Cottage erschienen war, um zu fragen: »Und ist Caitlin O'Brien Ihre Frau?«
»Das ist sie. Warum? Ist ihr etwas zugestoßen?«
Der irische Akzent veranlasste den Constable, ihn von oben bis unten zu mustern. »Man könnte es wohl so sagen.«
»Das verstehe ich nicht.«
»Sie ist verhaftet worden.«
»Verhaf...« Colins Vater brachte das Wort nicht zu Ende. Es war das erste Mal, dass Colin jemals erlebt hatte, dass er sich furchtsam anhörte. »Mein Gott, weswegen?«
»Ladendiebstahl.«
»Nein!«
»In Burbridges Wäschegeschäft.«
»Das muss ein Missverständnis sein. Das ist der Laden, in dem Caitlin ihre Stricksachen verkaufen wollte.«
»Von Stricksachen weiß ich nichts. Aber ich weiß, dass Ihre Frau, als sie Burbridges Laden verlassen wollte, mehr im Korb hatte als beim Reinkommen.«
»Nein! Caitlin würde niemals ...«
»Passen Sie besser auf, wem gegenüber Sie laut werden. Dort, wo Sie herkommen, kommen Sie vielleicht damit durch, dass Sie Constables anbrüllen. Aber hier bei uns haben die Leute Respekt vor der Staatsgewalt.«
»Ich versuche ja nicht ... Ich habe damit nicht gemeint ... Wo ist sie? Auf dem Polizeirevier in St. John's Wood?«
»Wenn Sie ihr helfen wollen, dann sollten Sie sich besser einen Anwalt besorgen.«
Der Constable wandte sich ab und ging zu dem zweirädrigen Ponykarren mit dem korbgeflochtenen Sitz hinüber, in dem er aus der Stadt zu ihnen herausgefahren war.
»Können Sie mich mitkommen lassen?«, flehte Colins Vater.

»Sie sehen doch, dass in dem Karren bloß für einen Platz ist.«
»Warten Sie doch wenigstens auf mich, damit Sie mir zeigen können, wo das Polizeirevier ist! Bitte! Ich muss mit ihr reden!«
Der Constable stieß einen gereizten Seufzer aus. »Ich kann Ihnen fünf Minuten geben.«
Colins Vater rannte wieder zurück ins Haus.
»Emma, du bist die Älteste. Du bleibst hier und passt auf Ruth auf. Hier ist alles, was ich an Geld habe.« Es waren nur einige wenige Münzen. »Colin kommt mit mir. Er kann den Boten für euch machen, wenn ich nicht gleich wieder nach Hause kommen kann.«
Der Constable ließ die Zügel schnalzen, damit das Pony sich in Bewegung setzte, und machte sich auf den Weg.
»Colin, hol deine Jacke und für uns beide ein Stück Brot«, sagte sein Vater schnell.
Atemlos und vor Angst zitternd gehorchte Colin; dann rannte er los, um seinen Vater einzuholen, der sich seinerseits bemühte, mit dem Constable Schritt zu halten.
Überall in der halb fertigen Straße standen Frauen und Kinder in den Türen und verfolgten das Geschehen.
Die Dorfstraße mündete in eine größere Straße ein, und bald waren sie auf einer Hauptstraße; die Anzahl von Fahrzeugen wuchs und mit ihr der Lärm von Rädern und Hufen.
»Polizei! Aus dem Weg!«, brüllte der Constable.
Wenn die Fahrzeuge und Tiere ihm keinen Platz machten, lenkte der Constable seinen Karren in den Straßengraben und fuhr durch eine Wolke aus aufsteigendem Staub.
Colin stolperte und fiel; der Kies schürfte ihm den Arm auf. Er rappelte sich wieder auf und rannte, so schnell seine kurzen Beine es erlaubten, um seinen Vater einzuholen. Staub verklebte ihm die Lippen.
Endlich erreichten sie das Ortsschild von St. John's Wood, aber in den engen Straßen war das Gedränge noch größer, und auf dem

Straßenpflaster war der Lärm der Hufe und Räder ohrenbetäubend.
Der Constable bog in eine Gasse ab und hielt vor einem Gebäude an, das einem Ladengeschäft glich, obwohl ein Schild es als Polizeiwache auswies.
»Ich weiß nicht, was es Ihnen nützen soll, dass Sie mir hierher gefolgt sind. Sie würden Ihre Zeit besser darauf verwenden, sich einen Anwalt zu suchen.«
»Aber ich muss mit meiner Frau reden!«
Ein Sergeant erschien in der Tür des Polizeireviers. »Was soll das Geschrei?«
»Meine Frau ist hier! Caitlin O'Brien!«
»Die irische Ladendiebin? Nein, da irren Sie sich. Die ist nicht hier.«
»Sie meinen damit, Sie haben sie gehen lassen?«
»Ich meine damit, wir hatten keinen Platz mehr. Vor einer Stunde haben wir Ihre Frau und zwei andere Diebinnen nach London gebracht.«
»London?«
»Ins Gefängnis Newgate. Brüllen Sie also dort jemanden an und warten Sie ab, was passiert.«
»Gott helfe uns. Newgate.« Einen Moment lang war Colins Vater wie gelähmt vor Entsetzen. Als er sich wieder gefasst hatte, fragte er: »Wo ist Burbridges Geschäft?«
»Machen Sie einem Zeugen Ärger, und Sie können sich Ihrer Frau in Newgate zugesellen.«
Colins Vater rannte wieder auf die Straße hinaus und begann die Passanten nach dem Weg zu fragen.
»Wo ist Burbridges Wäschegeschäft? Können Sie mir sagen, wie ich zu ...«
Die Leute wichen vor ihm zurück.
»Zwei Straßen weiter. Auf der rechten Seite«, sagte ein Mann schließlich, schon um ihn loszuwerden.

Colins Beine schmerzten vom vielen Rennen. Irgendwie brachte er es fertig, seinen Vater nicht aus den Augen zu verlieren, als sie durch die Menschenmenge rannten. Sein Vater stürzte in einen Laden, in dessen Schaufenster Hemden, Taschentücher und Tischdecken ausgestellt waren.
Als Colin ebenfalls eintrat, hörte er seinen Vater zu einem Mann hinter dem Ladentisch sagen: »Meine Frau ist gestern hierhergekommen, um drei Pullover zu verkaufen, die sie gestrickt hatte.«
»Ich habe sie nicht gebraucht.«
Burbridge war ein untersetzter Mann mit rundem Gesicht und dicken dunklen Augenbrauen.
»Wir wohnen in Helmsey Field, vier Meilen nördlich von hier«, sagte Colins Vater. »Eine Frau dort hat uns erzählt, sie wäre Ihre Schwester.«
»Ich wüsste nicht, was das mit irgendetwas anderem zu tun haben sollte.«
»Ihre Schwester hat meiner Frau geraten, hierherzukommen. Sie hat gesagt, die Pullover, die meine Frau gestrickt hatte, wären genau die Sorte von außergewöhnlichen Stücken, die Sie gern verkaufen.«
»Meine Schwester hat vielleicht geglaubt, die Pullover wären außergewöhnlich, aber für meine Ansprüche waren sie nicht gut genug. Ich habe Ihrer Frau gesagt, dass ich keine Verwendung für sie habe, und als Nächstes sehe ich, wie sie ein Hemd unter das Strickzeug in den Korb geschoben hat, den sie dabeihatte.«
»Nein! Caitlin würde so was nicht tun!«
»Ja nun, sie hat's aber getan. Ich weiß, was ich gesehen habe.«
»Da muss es ein Missverständnis gegeben haben.«
Die Tür öffnete sich. Der Constable, dem sie nach St. John's Wood gefolgt waren, kam herein und legte eine Hand an seinen Polizeiknüppel.
»Schwierigkeiten?«, fragte er.

»Dieser Ire hier nennt mich einen Lügner.«
»Nein! Das habe ich nicht gesagt! Ich habe nur gesagt, dass es ein Missverständnis gegeben haben muss!«
»Ich an Ihrer Stelle würde nicht gerade den Mann behelligen, den Ihre Frau bestohlen hat«, riet der Polizist.
»Er verscheucht mir die Kunden!«, beschwerte sich Burbridge.
»Sie können zum Gefängnis Newgate gehen und versuchen, Ihrer Frau zu helfen«, warnte der Constable, »oder ich kann es arrangieren, dass Sie auf andere Art dorthin kommen.«
Colins Vater sah die beiden Männer verzweifelt an. Dann rannte er aus dem Laden.
Colin stürzte ihm nach. Sie erreichten die Hauptstraße und mischten sich unter den lärmenden Strom von Fahrzeugen und Vieh, der unaufhörlich aus den kleinen Nebenstraßen gespeist wurde. Der Krach und der Staub waren überwältigend; sie schienen sie mit solcher Gewalt mit sich fortzureißen, dass sie sich nicht hätten befreien können. Der Junge hatte den Eindruck, in der reißenden Strömung eines angeschwollenen Flusses gefangen zu sein, die ihn auf einen Wasserfall zutrieb – aber statt des Nebels aus Sprühwasser, der über dem Wasserfall hing, lastete über London ein dicker brauner Dunstschleier.

Becker brachte seinen atemlosen Bericht zu Ende, und die Gruppe lauschte verstört. Die unruhigen Polizeilaternen beleuchteten die grimmigen Gesichter.
»Er hat die Frau des Richters in … Milch ertränkt?«
Der Commissioner wandte sich an De Quincey. »*Milch?* Das ist doch ohne jeden Sinn. Niemand, der noch bei Verstand ist …«
»Es ist absolut nicht ohne Sinn«, sagte De Quincey. »Der Mörder weiß genau, was er tut, und ist ganz entschieden bei Verstand – jedenfalls in dem Sinne, in dem das Gesetz geistige Gesundheit definiert.«

»Aber nur ein Ungeheuer würde so etwas tun.«
»Oder jemand, der überzeugt ist, dass seine Opfer Ungeheuer sind«, sagte De Quincey. »Es ist offenkundig, dass der Mörder seine fürchterlichen Taten für vollkommen gerechtfertigt hält. Wenn ich ›Milch‹ sage – was fällt Ihnen dann als Erstes ein, Commissioner?«
Maynes lebhafter Geist lieferte augenblicklich eine Antwort: »Weil wir hier gerade in einer Kirche stehen: ein Bibelabschnitt. ›Ein Land, das von Milch und Honig fließt‹.«
»Und Sie, Inspector Ryan? *Ihr* erster Gedanke dazu?«
»Die Reinheit der Muttermilch. Aber ich kann mir nicht recht vorstellen, dass eins dieser Bilder uns weiterhilft.«
»Emily?«, fragte De Quincey. »Was kommt *dir* in den Sinn, wenn ich das Wort ›Milch‹ sage?«
»*Macbeth* natürlich.«
»Ganz ausgezeichnet, meine Liebe.«
Commissioner Mayne sah ratlos aus. »Miss De Quincey, nehmen auch Sie Laudanum? Ich wüsste wirklich nicht, was Milch nun mit ...«
»Haben Sie in jüngerer Zeit *Macbeth* gesehen, Commissioner?«, fragte De Quincey. »Oder vielleicht haben Sie ja meinen Aufsatz über das Stück gelesen: ›Über das Klopfen an die Pforte in Shakespeares *Macbeth*‹?«
»Diese Droge macht Sie intellektuell sprunghaft.«
»Lady Macbeth tadelt ihren Ehemann, weil ihm die Entschlusskraft fehlt, den König zu ermorden und seinen Platz einzunehmen. Und was ist es genau, das sie ihm vorwirft, Emily?«
»Sein Gemüt sei zu voll von der Milch der Menschenliebe.«
Commissioner Mayne ging sofort auf das Zitat ein. »Milch? Und Menschenliebe?«
»Das war es, was Sergeant Becker gerochen hat, als er Lady Hawkins fand. Ihr ganzer Körper war voll davon. Erfüllt von der

sauer gewordenen Milch der Menschenliebe. Auch hier wieder lässt der Mörder uns wissen, dass er Rache für ein großes Unrecht sucht.«
»Aber die Verbindung scheint mir doch sehr weit hergeholt«, sagte Mayne.
»Nicht, wenn Sie an die Handlung von *Macbeth* denken. Es geht um die Ermordung eines Königs.«
Das plötzliche Erbleichen des Commissioner zeigte, dass er begriffen hatte.
»Der Name auf dem Papier in Lord Cosgroves Hand war der von Edward Oxford, der auf die Königin geschossen hatte«, fuhr De Quincey fort. »Der Name auf dem Blatt, das Sergeant Becker in der Hand des jüngsten Opfers gefunden hat, lautete John Francis.«
»Der ebenfalls einen Anschlag auf die Königin verübt hat«, sagte der Commissioner.

Sonntag, 29. Mai 1842

Aus der Menschenmenge in der Nähe des St. James's Park heraus verfolgte ein dunkelhäutiger Mann, wie Queen Victoria und Prinz Albert auf dem Heimweg vom Gottesdienst in ihrer offenen Kutsche vorbeifuhren. Die allgemeine Aufmerksamkeit galt der Königin und dem Prinzgemahl, und so sahen nur wenige der Umstehenden, wie der Mann eine Pistole zog.
Einer der wenigen, die es bemerkten, war ein Junge, der zufällig in die Richtung des Mannes sah, als dieser zielte und abdrückte.
Das Ergebnis war lediglich ein Klickgeräusch. Beim Abdrücken versagte die Pistole. Der Mann rannte davon.
Ein weiterer Zeuge war Prinz Albert selbst, der zu der Menge hinübersah und sich dann zu Victoria umdrehte. »Ich kann mich

irren, aber ich bin mir sicher, dass ich gerade gesehen habe, wie jemand auf uns zielt.«
Der Junge, der den Mordversuch beobachtet hatte, war ein Stotterer. Als er versuchte, anderen von der Pistole zu erzählen, wurden sie angesichts seiner stockenden Redeweise so ungeduldig, dass sie ihn stehen ließen. Aber als der Junge nach Hause zurückkehrte und seiner Familie von seiner Beobachtung erzählte, beschlossen seine Angehörigen, jemanden zu informieren.
Im Lauf der nächsten vierundzwanzig Stunden suchten sie eine ganze Reihe von Amtspersonen auf und überredeten sie dazu, lang genug zuzuhören, dass der Junge seinen stotternden Bericht abliefern konnte. Inzwischen hatte Prinz Alberts eigene Beobachtung Commissioner Mayne veranlasst, im Palast vorzusprechen.

»Wie Seine Hoheit selbst sagte, es bestand die Möglichkeit, dass er sich geirrt hatte«, erzählte Mayne der Gruppe in der Kirche. Sie hatten sich in einen Raum neben dem Vestibül zurückgezogen, wo sie ungestört blieben. »Aber dann erfuhren wir von einem Jungen, der ebenfalls gesehen hatte, was Prinz Albert uns berichtete. Danach hatten wir keinerlei Zweifel mehr und empfahlen der Königin und dem Prinzen, im Palast zu bleiben, während wir zusätzliche Constables in die Gegend schickten.
Sie können sich unsere Überraschung vorstellen, als die Königin entschied – ohne uns auch nur Bescheid zu sagen –, es gebe ein schlechtes Beispiel ab, wenn sie sich furchtsam im Palast versteckte. Ihre Untertanen erwarteten, dass sie erschien, wenn ihr in den Zeitungen veröffentlichter Tagesplan es angekündigt hatte. Sie betrachtete dies als ein gegebenes Versprechen und war entschlossen, es zu halten. Und so traten sie und Prinz Albert am nächsten Abend um sechs Uhr ihre übliche Kutschfahrt an – vom Palast die Constitution Hill entlang in Richtung Hyde Park. Wir

wussten nichts davon, aber Tausende von Zuschauern verfolgten, wie die Kutsche vorbeifuhr. Es war ein erstaunliches Stück Heroismus.«

Als der Commissioner eine Pause machte, führte Ryan den Bericht weiter: »Ich war damals noch Constable und ging in dieser Gegend Streife. Weil ich Edward Oxford gefasst hatte und weil ich von Nutzen gewesen war, als sich einmal ein Dieb in den Palast schlich und einige Stücke aus der Garderobe der Königin stahl, wurde ich bei ungewöhnlichen Einsätzen angefordert. An diesem Tag trug ich Zivilkleidung und wurde zu einem Teil der Menschenmenge. Die Einheit von Polizeidetektiven war noch nicht gegründet, aber man könnte wohl sagen, dass ich inoffiziell schon damals ein Detektiv war.

Ich bezog Position in der Nähe der Stelle, wo Oxford zwei Jahre zuvor auf die Königin geschossen hatte – am Rand des Green Park. Man hatte uns mitgeteilt, sie habe sich der Gefahr wegen geweigert, sich an diesem Tag in der Öffentlichkeit zu zeigen. Aber das konnte ihr potenzieller Attentäter natürlich nicht wissen. Es bestand die Möglichkeit, dass er noch einmal zurückkommen würde, und ich hoffte, ich würde ihn anhand der Beschreibungen, die ich gehört hatte, erkennen.

Ich war fassungslos, als die Königin und der Prinz dann tatsächlich vorbeifuhren. Ich weiß nicht, welche Empfindung stärker war – meine Erleichterung, als Ihre Majestät unbehelligt blieb, oder meine plötzliche Sorge, sie könnte in Gefahr sein, wenn sie aus dem Hyde Park zurückkam.

Die Menschenmenge blieb, wo sie war, und wartete darauf, einen weiteren Blick auf das Königspaar werfen zu können. Es kamen sogar noch weitere Leute dazu.

»Da kommt sie!«, wurde gebrüllt, als die Kutsche zwanzig Minuten später wieder in Sicht kam. Ich hielt die Augen offen nach allem, das mir ungewöhnlich vorkam, und dabei fiel mir jemand

auf der anderen Straßenseite auf. Ein Constable musterte mit großer Aufmerksamkeit einen jungen Mann, der neben einer Wasserpumpe stand. Der junge Mann hatte eine dunkle Hautfarbe, was zu der Beschreibung der Person passte, vor der man mich gewarnt hatte.
Ich beschloss, die Straßenseite zu wechseln, bevor die zurückkehrende königliche Kutsche uns erreicht hatte«, fuhr Ryan fort. »Die Menge wurde zusehends lauter. Ich hörte das Geklapper der Hufe und das Räderrollen, als das Königspaar näher kam. Der junge Mann hatte sich inzwischen hinter einen Baum verzogen. Als ich in seine Nähe kam, hatte die Kutsche uns erreicht. Zu meiner Bestürzung wandte der Constable sich von ihm ab und nahm Haltung an, während die Kutsche vorbeifuhr. Er war seiner Königin ganz offensichtlich noch nie so nahe gewesen, aber ich hatte Ihre Majestät schon mehrfach gesehen und behielt einzig und allein den jungen Mann im Auge, der urplötzlich hinter dem Baum hervor eine Pistole hob.
Ich stürzte vor, um sie ihm zu entreißen. Das Krachen des Schusses ließ Menschen in der Menge aufschreien. Pulverrauch breitete sich aus. Der Constable rannte zu uns herüber und half mir den Mann zu überwältigen, der gefeuert hatte.«
»John Francis«, sagte De Quincey.
Ryan nickte. »Weitere Constables kamen hinzu. Wir brachten Francis zu einer Polizeiwache beim Palast und von dort aus zum Polizeirevier Whitehall.«
»Waren die Königin oder der Prinz verletzt?«, fragte Becker.
»Glücklicherweise nicht«, antwortete Commissioner Mayne. »Francis beharrte darauf, dass die Ladung der Pistole nur aus Pulver und Schusspflaster bestanden habe. Sein Anwalt erklärte, Francis habe mit seinem Tun lediglich Aufmerksamkeit für einen erfolglosen Tabakladen erregen wollen, den er betrieb – er habe gehofft, auf diese Art Kunden zu gewinnen und seine Schulden

abbezahlen zu können. Nichtsdestoweniger lautete die Anklage auf Hochverrat.«

»Hochverrat? Selbst wenn die Pistole möglicherweise gar nicht geladen war?«, fragte Emily.

»Ein Waffenexperte gab zu Protokoll, dass das Schusspflaster aus der Pistole ein durchaus ernst zu nehmendes Projektil dargestellt hätte, wenn es die Königin im Gesicht getroffen hätte. Da es durch das Schießpulver in Brand gesetzt worden war, hätte es auch ihre Kleidung in Brand setzen können. Francis wurde schuldig gesprochen.«

»Und zum Tod durch Hängen verurteilt«, ergänzte De Quincey. »Weil sein Verbrechen als Hochverrat galt, stammten die übrigen Einzelheiten seiner Hinrichtung aus den Tagen König Heinrichs des Achten. Das bedeutete, sein Kopf wäre abgetrennt und sein Körper geviertelt worden.«

»Emily, es tut mir leid, wenn diese Unterhaltung Ihnen unangenehm ist«, sagte Ryan.

»Ich habe in Vaters Schriften Schlimmeres gelesen, Sean, aber ich danke Ihnen für Ihre Rücksicht.«

Commissioner Mayne wirkte überrascht über den vertrauten Umgangston zwischen den beiden, aber gleich danach galt seine Aufmerksamkeit wieder der Unterhaltung.

»Manche Leute glaubten, Francis sei angesichts seiner Schulden so verzweifelt gewesen, dass er hoffte, für unzurechnungsfähig erklärt und in Bedlam untergebracht zu werden«, sagte De Quincey zu Emily. »Schließlich gab es Gerüchte, die sagten, Edward Oxford führe dort ein behagliches Leben. Vielleicht wünschte Francis sich ein Leben, in dem er sich keine Sorgen darüber zu machen brauchte, wo er unterkommen oder die nächste Mahlzeit hernehmen sollte. Wenn das seine Absicht gewesen sein sollte, dann wartete allerdings eine herbe Enttäuschung auf ihn.«

»Wurde Francis also hingerichtet?«, fragte Becker.

»Nein«, antwortete De Quincey. »Das Urteil wurde im letzten Moment zu lebenslänglicher Zwangsarbeit in Vandiemensland abgeändert. Als Francis erfuhr, wo er enden würde, hätte er die Hinrichtung möglicherweise vorgezogen.«

»Und alles der Armut wegen.« Emilys Stimme wurde leiser; ihr Ton verriet, wie gut sie die Verzweiflung der Armen verstand.

»Ich hatte mich schon seit Jahren für die Einrichtung einer Einheit von Polizeidetektiven eingesetzt, die in Zivilkleidung unterwegs sein sollten und für sämtliche Londoner Reviere zuständig sein würden«, sagte Commissioner Mayne. »Dieser zweite Anschlag auf die Königin machte mich nur entschlossener. Dreizehn Jahre zuvor hatte es zwölf Wochen gedauert, die Metropolitan Police aufzustellen. Aber jetzt brauchten wir für die Einrichtung unserer Ermittlereinheit – zwei Inspectors und sechs Sergeants – nur sechs Tage.«

»Eben noch rechtzeitig«, merkte Ryan an. »Zwei Monate später schoss wieder jemand auf die Königin.«

»Wie komme ich zum Gefängnis Newgate?«, flehte Colins Vater die Passanten um Auskunft an, während sie sich durch das Londoner Chaos kämpften.

Fuhrwerke, Kutschen, Karren, Cabs und überfüllte Pferdebusse rasselten an ihnen vorbei; Passagiere saßen schwankend oben auf den Bussen, Dienstboten klammerten sich hinten an den Kutschen fest. Der Lärm war überwältigend. Zeitungsjungen brüllten die neuesten Verbrechen heraus. Fliegende Händler priesen die Qualität der Früchte und Gemüse auf ihren Karren an. Bettler flehten um Pennys.

In manchen Straßen war das Gedränge so groß, dass Colin und sein Vater ständig angerempelt wurden.

»Sagen Sie mir, wie ich zum Gefängnis Newgate komme!«, bat sein Vater.

»Hauen Sie jemanden über den Schädel und klauen Sie seine Börse«, antwortete ein Mann lachend.
»Wenn ich Sie wäre mit Ihrem irischen Akzent«, sagte ein anderer, »ich würde eher in die andere Richtung rennen.«
»Bitte! Sagen Sie mir, wo das Gefängnis Newgate ist!«
»In der City of London.«
»Aber ich bin doch schon in London. *Wo* in London?«
»Ich sag's Ihnen doch – in der City of London!«
»Machen Sie sich bloß nicht über mich lustig!«
»Heben Sie noch mal die Faust, und ich rufe einen Constable. Dann kriegen Sie mit Sicherheit raus, wo Newgate ist. Sie sind in London, aber Sie sind nicht in der City.«
»Ich habe keine Zeit für Spielchen!«
»Die City ist das Hauptgeschäftsviertel. Eine Stadt innerhalb der Stadt. Und das Gefängnis Newgate ist da, wo eins von den alten Stadttoren gestanden hat. Liegt gegenüber vom Old Bailey, wo der Strafgerichtshof ist.«
Wieder rannten Colin und sein Vater durch die Straßen und fragten nach dem Weg. »Wo ist das Old Bailey? Wo ist das Gefängnis Newgate?«
»Da drüben«, sagte jemand irgendwann.
Aber alles, was Colin sah, war eine gigantische Kuppel über einem Gebäude, das ihm nach einer riesigen Kirche aussah, und *das* konnte doch wohl nicht das Gefängnis sein? Was es in der Tat auch nicht war, denn er sollte bald erfahren, dass die Kuppel zu St. Paul's Cathedral gehörte.
Sie bogen um eine weitere Ecke, und diesmal hatte Colin keinerlei Zweifel, dass das, was er vor sich sah, das Gefängnis war. Es erstreckte sich scheinbar endlos eine Straße entlang, ein brutal aussehender Bau aus riesigen rußgeschwärzten Steinblöcken.
Sie rannten zu dem Wachmann an der eisenbeschlagenen Tür hinüber.

Der Mann packte den an seinem Gürtel hängenden Knüppel, als fürchtete er, attackiert zu werden.
»Sie haben meine Frau hierhergebracht«, sagte Colins Vater, während er noch versuchte, zu Atem zu kommen.
»Pech für sie.«
»Sie hat das nicht getan, was sie getan haben soll.«
»Natürlich nicht. Keiner da drin hat jemals das getan, von dem die Gerichtsbarkeit sagt, dass sie's getan haben.«
»Sie haben gesagt, sie hätte gestohlen, aber ich weiß, dass es nicht stimmt. Ich muss da rein und mit ihr reden.«
»Besuchszeit war heute Vormittag. Kommen Sie morgen wieder, und bringen Sie einen Anwalt mit.«
»Wo finde ich einen Anwalt?«
»In den Inns of Court. Wohin wollen Sie, Inner Temple oder Middle Temple?«
»Temple? Sie haben gerade gesagt, ich muss zu den Inns of Court!«
»Inner Temple und Middle Temple sind zwei von den Inns of Court – liegen in der Nähe der Temple Church.«
»Dieses Zeug treibt mich noch zum Wahnsinn. Wo ist Temple Church?«
»Zwischen Fleet Street und der Themse.« Der Wachmann packte seinen Knüppel fester. »Ich würde leiser reden, wenn ich Sie wäre, sonst kriegen Sie Ärger.«
Es stellte sich heraus, dass die Inns of Court in der Nähe der Temple Church trotz des irreführenden Namens keine Gastwirtschaften waren, sondern riesige Gebäudekomplexe, in denen neben den Büros der dort tätigen Juristen auch noch eigene Kapellen, Bibliotheken, Speisesäle und Wohnungen untergebracht waren.
Colin und sein Vater rannten von Büro zu Büro.
»Ich brauche einen Anwalt für meine Frau!«, keuchte Colins Vater. Angestellte runzelten die Stirn, als sie die staubigen, verschwitzten Gesichter der beiden sahen.

»Wenn Sie einen Rechtsvertreter wollen, dann brauchen Sie erst einen Bevollmächtigten«, teilte ihnen ein Schreiber mit.
»Wovon reden Sie eigentlich? Ich brauche einen *Anwalt!*«
»Sie gehen als Erstes zu einem Bevollmächtigten. Der sucht einen plädierenden Anwalt aus – den einzigen Typ von Jurist, der vor Gericht sprechen kann.«
»Das ist doch Irrsinn. Meine Frau braucht Unterstützung. Wo finde ich einen Bevollmächtigten?«
Der Angestellte beschrieb ihnen widerwillig den Weg.
Colin und sein Vater stürzten in ein weiteres Büro, wo Angestellte auf hohen Stühlen saßen und sich pflichteifrig über ihre vom Alter verfärbten Schreibtische beugten, Schreibfedern in Tintenfässer tauchten und schrieben wie besessen.
Einer der Männer musterte ihre mitgenommene, geflickte Kleidung und fragte sie, was sie wollten.
»Wir brauchen einen Bevollmächtigten!«
Es war unverkennbar, dass der Angestellte log, als er ihnen mitteilte: »Er ist schon gegangen.«
Im Büro nebenan durfte der Jurist nicht gestört werden. Wieder ein Büro weiter war der Mann gerade am Gehen und empfahl ihnen, am nächsten Vormittag zurückzukommen.
»Aber das ist die Zeit, in der das Gefängnis Besuche erlaubt. Ich muss hin und mit meiner Frau reden.«
»Kommen Sie mit drei Pfund zurück. Ich sehe zu, was ich erreichen kann.«
»Drei Pfund? Ich habe kein Geld.«
»Dann sollten Sie besser nicht zurückkommen.«
Die Verzweiflung machte der Erschöpfung Platz. Sie aßen die Brotreste, die Colin auf Anweisung seines Vaters mitgenommen hatte. Sie tranken Wasser aus einer in der Nähe stehenden Pumpe. Sie sahen zu, wie die Schatten länger wurden.
»Emma ist ein vernünftiges Mädchen«, sagte Colins Vater –

schon um sich selbst zu überzeugen. »Sie kann sich eine Nacht lang um Ruth kümmern. Sie haben Brot und die restlichen Kartoffeln. Und die Münzen, die ich ihnen dagelassen habe.«

Colins Vater war stämmig und breitschultrig, mit kantigen Gesichtszügen und einem gelassenen Ausdruck. Er hatte seine Familie selbst in der Armut, die sie schließlich aus Irland vertrieben hatte, noch durchgebracht; Colin hatte nie daran gezweifelt, dass sein Vater sie beschützen würde, ganz gleich, was ihnen noch zustoßen konnte. Aber jetzt bemerkte er, dass die Brust seines Vaters weniger breit wirkte, seine Schultern weniger gerade, dass sein Gesicht wie eingefallen aussah.

Sie schliefen in einem Durchgang zwischen den Häusern. Am Morgen tranken sie Wasser aus der Pumpe und taten ihr Möglichstes, um sich Hände und Gesicht zu waschen. Sie kämmten sich das nasse Haar mit den Fingern und kehrten zum Gefängnis Newgate zurück, wo bereits Hunderte von Menschen vor dem unheilvollen eisernen Tor warteten.

»Die Frostbeulen vom alten Harry werden nicht besser von den kalten Wänden«, sagte eine Frau zu einer anderen. »Ich weiß nicht, wie er's aushalten soll, wenn er noch länger da drin bleiben muss.«

»Wann ist sein Prozess?«

»Kann mir keiner sagen.«

Das Tor öffnete sich. Die Menge strömte ins Innere.

»Wie mache ich es, meine Frau zu besuchen?«, fragte Colins Vater einen Wachmann.

»Hier lang.«

Es dauerte eine Stunde, bis die Hunderte von Menschen mit dem einzigen Angestellten gesprochen hatten; der Mann gab Zettel an Wachleute aus, die ihrerseits die Gefangenen hereinführten.

»Caitlin O'Brien. Ja, eine Ladendiebin. Sieht nicht gut aus.«

Als Colins Mutter hereinkam, kündigte ein Wachmann bereits

an, dass von der Besuchszeit nur noch eine halbe Stunde übrig war. Der feuchte, düstere Raum mit den nackten Steinwänden war erfüllt vom hallenden Lärm der verzweifelten Unterhaltungen. Die Gefangenen und ihre Besucher mussten Abstand voneinander halten; Berührungen waren nicht erlaubt.
Colins Mutter war bleich.
»Ich habe nichts gestohlen. Burbridge hat sich mein Gestricktes angesehen. Er hat gesagt, er will die Pullover nicht, und sie wieder in meinen Korb gelegt. Als ich rausgegangen bin, hat er geschrien, ich hätte ihm ein Hemd gestohlen. Ein Constable hat meinen Korb durchsucht und unter den Stricksachen ein Hemd gefunden. Ich weiß nicht, wie es da reingekommen ist!«
»Ich finde es raus«, sagte Colins Vater. »Ich hole dich hier heraus, das schwöre ich.«
»Die Wände sind kalt. Ich bin in einer Zelle mit vier anderen Frauen. Drei von ihnen sind krank. Ich versuche mich in meiner Ecke von ihnen fernzuhalten.«
»Bringen die Wachleute euch zu essen?«
»Brühe und altes Brot. Wie geht es Emma und Ruth?«
»Sie ...«
»Besuchszeit zu Ende!«, verkündete ein Wachmann.

7

Das königliche Diner

Fortführung der Tagebucheinträge von Emily De Quincey

Unter all den vielen Erfahrungen, die ich mit Vater gemacht habe, ist unser Abendessen mit Queen Victoria und Prinz Albert eine, die ich niemals vergessen werde.
Vater hätte es vorgezogen, das Haus des ermordeten Richters aufzusuchen und sich die Leichen dort anzusehen, aber ich wies darauf hin, dass es zwölf Stunden her war, seit wir etwas gegessen hatten. Nachdem wir nun auf Lord Palmerstons Gastfreundschaft verzichten mussten, würden wir die Mahlzeiten nehmen müssen, die uns angeboten wurden, und ein Abendessen mit der Königin und dem Prinzgemahl war ein bemerkenswerter Glücksfall. Es würde nicht nur üppig sein – es würde uns auch keinen Penny kosten.
Ich machte seinem Zögern ein Ende, indem ich ihm kategorisch mitteilte: »Ich habe Hunger, Vater.«
Als ein Polizeiwagen uns zum Palast brachte, sah er kummervoll in den fallenden Schnee hinaus. Er befingerte seine Laudanumflasche, als sei sie ein Talisman, aber sein trauriger Gesichtsausdruck ließ keinen Zweifel daran, dass der Talisman schon vor langer Zeit seine magische Kraft verloren hatte.
»Sergeant Becker hat gesagt, der Richter hätte Schlittschuhe an den Füßen gehabt«, sagte Vater.
»Ja, und es macht seinen Tod noch verstörender«, antwortete ich. »So ahnungslos und auf so grausame Art ums Leben zu kommen, während er sich seines Lebens freute wie ein Kind.«
Vater wandte den Blick vom Fenster ab und starrte auf die Lau-

danumflasche hinunter, als sei der Totenkopf mit den gekreuzten Knochen auf ihrem Etikett eine Hieroglyphe, die darauf wartete, entziffert zu werden und ihm die Wahrheit über das Universum zu verraten.

»Der Richter war nicht ahnungslos, als er ermordet wurde. Es ist kein Zufall, dass seine Frau zur gleichen Zeit starb. Die Ereignisse waren sorgfältig aufeinander abgestimmt. Der Mörder hat sich auf die gleiche Art Zugang zum Haus des Richters verschafft, wie er auch in Lord Cosgroves Haus eingedrungen ist. Danach hat er seine Komplizen eingelassen, denn nichts von all dem hätte ohne die Unterstützung jenes Young England bewerkstelligt werden können, das in den bei den Opfern hinterlassenen Botschaften erscheint.«

Vater schien immer noch auf seine Laudanumflasche konzentriert; er machte den Eindruck, als wiederhole er lediglich, was eine unhörbare Stimme zu ihm sagte. Die Droge schien ihn in eine Welt zwischen den Lebenden und den Toten versetzt zu haben.

»Vielleicht haben sie den Richter dazu bewegt, mit ihnen zu gehen, indem sie drohten, seine Frau zu ermorden. Natürlich war seine Frau dem Tod geweiht, aber der Richter muss verzweifelt gehofft haben, er könne sie retten. Als man ihn zu dem zugefrorenen Teich im St. James's Park geführt hatte, ließ er sich auf das scheinbare Vergnügen des Schlittschuhlaufens ein, weil er fürchtete, andernfalls würde seiner Frau etwas zustoßen. Seine Angst wuchs, als das scheinbar sinnlose Unternehmen kein Ende nahm. Rings um ihn her waren zahllose andere Menschen auf Schlittschuhen; ihr Lachen stand im Widerspruch zu seiner eigenen Panik, aber aus Liebe zu seiner Frau wagte er nicht, jemanden um Hilfe zu bitten.«

Vater machte eine Pause; dann nickte er in düsterem Einvernehmen mit der Stimme, die nur er selbst hören konnte. »In einem *geeigneten Moment wurde er auf dem Eis zu Fall gebracht. Seine Entführer gaben vor, ihm aufhelfen zu wollen; stattdessen schlitzten sie ihm die Kehle auf und schoben ihre Nachricht in seine Manteltasche. Sie hinterließen zudem noch eine andere, unausgesprochene Nachricht: dass niemand in Sicherheit ist, auch nicht in einem belebten Park, ebenso wenig wie unter den Gläubigen eines sonntäglichen Gottesdienstes.«*

»Bei dir hört es sich an, als wärst du dort gewesen, Vater.«

»Heute Nacht werde ich träumen, ich sei der Mann, der dem Richter die Kehle durchschnitt. Wie ich mir doch wünsche, ich wäre vor fünfzig Jahren nicht den Verlockungen des Opiums verfallen.«

Die Wachen am Palast musterten uns nicht eben freundlich, als Vater und ich aus dem Polizeiwagen stiegen. Sie sahen unsere unscheinbaren Mäntel und nahmen vermutlich an, wir seien Angestellte – oder sogar Verbrecher, die man aus irgendeinem Grund am Palast aussteigen ließ.

Ich richtete mich nach dem Beispiel, das Lord Palmerston früher am Tag geliefert hatte, und sagte zu dem Torwächter: »Mein Name ist Emily De Quincey. Dies ist mein Vater. Queen Victoria erwartet uns zum Abendessen.«

Der zweifelnde Blick des Mannes verschwand augenblicklich. Die Königin musste uns in der Tat erwarten, denn er nahm Haltung an und führte uns dann rasch zu einem Wachsoldaten am Haupteingang hinüber, der uns wiederum einem Bediensteten übergab. Dieses Mal wurden wir nicht durch immer schmalere Gänge und abgelegene Treppen hinaufgeführt. Unsere Route führte im Gegenteil durch den repräsentativen Teil des Palastes und durch Gänge, die sogar noch prächtiger waren als das, was wir zuvor gesehen hatten. Vater sah sich in wachsender Verwunderung um, als staune er über eine seiner Opiumhalluzinationen.

Unser Begleiter führte uns einen Korridor entlang zu etwas hin, das er die Große Treppe nannte. Die Bezeichnung war nicht übertrieben. Ich sah staunend zu den beiden geschwungenen Treppenläufen unter dem strahlenden Kronleuchter hinüber, der die Halle in gleißendes Licht tauchte. Ein weiterer prächtiger Korridor trennte die beiden Treppen voneinander. Die Geländer bestanden aus Bronzeguss und bildeten verschlungenes Laubwerk unterschiedlichster Art ab. Farbige Friese mit Darstellungen der vier Jahreszeiten und Porträts gekrönter Häupter schmückten die hoch aufragenden Wände. Der rosarote Teppichbelag der Großen Treppe war der weichste, über den ich jemals gegangen war. Die schiere Pracht war überwältigend; ich schauderte bei der Erinnerung an die verschiedenen armseligen Hütten, in denen Vater und ich schon gewohnt hatten.
Wir folgten unserem Führer bis zu einem Raum, aus dem Stimmen zu uns herausdrangen.
»Darf ich Ihnen die Mäntel abnehmen?«, fragte ein Bediensteter. Als wir sie ihm reichten, wirkte er verwirrt angesichts der Tatsache, dass wir Trauerkleidung zu einem königlichen Diner trugen. Ich konnte mir nur vorstellen, wie verwirrt er erst ausgesehen hätte, wenn wir in unserer üblichen abgetragenen Garderobe erschienen wären, mit den glänzenden Ellenbogen und dem fehlenden Knopf an Vaters Gehrock.
Der Bedienstete führte uns in den Raum hinein, wo eine Gruppe prächtig gekleideter Damen und Herren ihre Unterhaltung unterbrach und uns mit noch größerer Verwunderung musterte als der Diener selbst.
»Miss Emily De Quincey«, stellte dieser vor, »und ihr Vater, Mister Thomas De Quincey.«
Mit »Miss« und »Mister« war klargestellt, dass wir keinerlei Anspruch auf einen wie auch immer gearteten Titel hatten. Da wir eindeutig bürgerlichen Standes waren, hatten wir theoretisch

hier nichts zu suchen. Aber Titel waren das Letzte, was der Gruppe in diesem Augenblick zu schaffen machte, so fasziniert war sie von Vaters düsterem Aufzug.
Meine eigene Kleidung hatte immerhin den Vorzug, weniger trostlos auszusehen. Ich hatte mich in Jay's Mourning Warehouse in der Abteilung für bereits gemilderte Trauer umgesehen, in der es Kleidung für unterschiedliche Stadien des Kummers gab, von Schwarz über Dunkelgrau zu Hellgrau – je nachdem, wie viele Monate seit dem Tod eines Angehörigen bereits vergangen waren. Ich hatte Hellgrau gewählt, mich aber aus Prinzip geweigert, einen Reifrock unter dem Kleid zu tragen – ich zog die Bewegungsfreiheit meiner Bloomerhosen vor. Glücklicherweise war ich an missbilligende Reaktionen so gewöhnt, dass ich sie gar nicht mehr beachtete. Nicht einmal die Königin und Prinz Albert würden mich dazu zwingen, Kleidung zu tragen, in der ich mich unwohl fühlte. Außerdem hatte ich durchaus den Eindruck, dass einer der Gründe, die Ihre Majestät zu der Einladung bewogen hatten, der Neuigkeitswert einer Person in einem Bloomerrock gewesen war.
Das Schweigen – ich könnte sogar sagen der Schock – der Gruppe hielt an, bis der am auffälligsten gekleidete und zugleich der Ansehnlichste der anwesenden Herren vortrat, um uns zu begrüßen. Der scharlachrote Uniformrock und die fleckenlose weiße Armschlinge waren mir von dem fürchterlichen Morgen in der St. James's Church bereits vertraut.
»Mister und Miss De Quincey, ich hätte nicht erwartet, Sie noch einmal wiederzusehen«, sagte Colonel Trask.
Ich erinnerte mich an den verstörten Blick, den er mir in der Kirche zugeworfen hatte – als seien wir uns schon einmal begegnet, er könne sich aber nicht mehr erinnern, wann. Jetzt ließ die Wärme in seinem Blick die ursprüngliche Verwirrung vergessen. Er war zudem so freundlich, nicht einmal den beiläufigsten Blick auf unsere ungewöhnliche Kleidung zu verschwenden.

»Was für eine erfreuliche Überraschung! Darf ich Sie vorstellen?«
Colonel Trask führte uns zu der außergewöhnlich schönen Frau hinüber, die er am Morgen in die Kirche geleitet hatte – es schien bereits mehrere Tage in der Vergangenheit zu liegen, so viel hatte sich in der Zwischenzeit ereignet. Ihr Haar war von einem prachtvollen Goldblond.
»Gestatten Sie mir, Miss Catherine Grantwood vorzustellen. Dies sind ihre Eltern, Lord und Lady Grantwood.«
Catherine bemühte sich um ein Lächeln, aber es war unverkennbar, dass in den letzten Stunden etwas geschehen sein musste, das ihr zu schaffen machte. Noch mitten im Grauen der Kirche hatte sie mit unverhohlener Bewunderung zugesehen, wie Colonel Trask der Polizei geholfen hatte, die Ordnung wiederherzustellen. Jetzt hatte die Bewunderung einer Empfindung Platz gemacht, die ich nur als bittere Enttäuschung oder Schlimmeres interpretieren konnte.
Ihre Eltern sahen ebenfalls nicht glücklich aus, aber sie hatten auch nicht glücklich gewirkt, als sie am Morgen die Kirche betreten hatten, und ich konnte nicht entscheiden, ob der düstere Ernst vielleicht ihrer natürlichen Haltung entsprach. Manche hohen Herrschaften scheinen sich nur dann ein Lächeln zu gestatten, wenn sie unter ihresgleichen sind.
»Und dies ist ein Freund von Lord und Lady Cosgrove«, fuhr Colonel Trask ohne viel Begeisterung fort. »Sir Walter Cumberland.«
Sir Walter schien im gleichen Alter zu sein wie Colonel Trask, etwa fünfundzwanzig. Er sah beinahe ebenso gut aus wie der Colonel, aber es war eine dunkle Attraktivität, die einen Kontrast zur blonden Erscheinung des Colonel bildete. Colonel Trasks Blick war von ansprechender Wärme; Sir Walters Augen hatten ein düsteres Feuer, das auf unterdrückten Ärger hinwies.
Sir Walter nickte uns nur zu, ebenso wie Lord und Lady Grantwood es getan hatten. Es wurde immer offenkundiger, dass vor

ihrem Eintreffen im Palast in dieser Gruppe etwas vorgefallen sein musste, das sie alle in Missstimmung versetzt hatte – etwas anderes noch als Lady Cosgroves Tod an diesem Morgen.
»Und darf ich Sie jetzt auch noch« – Colonel Trask wirkte froh, von Catherines Eltern und Sir Walter fortzukommen – »dem Vetter der Königin vorstellen, mit dem zusammen ich die Ehre hatte, auf der Krim zu dienen. Der Herzog von Cambridge.«
Der Herzog war etwas beleibt und schien Mitte dreißig zu sein, hatte aber bereits den größten Teil seines Haupthaars verloren und machte dies mit einem dichten dunklen Vollbart wett. Er drehte den Kopf zur Seite und hustete, ein tiefes Geräusch, das sich anhörte, als sei er schon seit einer Weile krank.
»Verzeihen Sie. Das ist mein Souvenir aus dem Krieg«, sagte der Herzog. »Und ich bin derjenige, dem es eine Ehre ist, mit Colonel Trask gedient zu haben. Er hat mir in den Hügeln über Sewastopol das Leben gerettet.«
»Ich habe einfach getan, was jeder Soldat getan hätte – einem Waffenbruder geholfen«, sagte Colonel Trask.
»Es hat sich herausgestellt, dass der Feind im Nebel unangenehm nah herangekommen war.« *Der Herzog sah Vater und mir ins Gesicht.* »Dieser junge Mann hier ist wie aus dem Nichts gekommen – er und die Soldaten, die er führte, haben meinen Grenadieren geholfen, einen russischen Angriff zurückzuschlagen. Der Pulverqualm war noch dicker als der Nebel. Er und ich, wir haben Seite an Seite gestanden und mit unseren …«
Als er merkte, dass alle anderen Menschen im Raum verstummt waren, sagte Lord Cambridge zu ihnen: »Ich bitte um Entschuldigung. Ich habe lediglich dem Colonel meine Anerkennung für seinen Mut ausgesprochen – ich hoffe, ich habe Sie nicht erschreckt.«
Er nickte zu Colonel Trasks Armschlinge hin; sein Ton wurde vertraulicher. »Wie heilt Ihre Wunde?«

»Langsam bisher, aber mein Arzt hat mir versichert, dass es keinen Grund zur Sorge gibt.«
»Das sagt mein eigener Arzt auch über meinen Husten. Zwei Einladungen in den Palast in weniger als einer Woche, eine davon, um den Ritterschlag zu erhalten – Sie werden hier gerade zu einem gern gesehenen Gast.«
»Ich glaube nicht, dass ich mich je an die ganze Pracht gewöhnen könnte. Der Speisesaal ist zweifellos genauso atemberaubend.«
Colonel Trask zeigte zu einer geschlossenen Tür hinüber.
Der Herzog lachte leise. »Die Tür da ist für die Diener, wenn sie die Speisen hereinbringen. Der Eingang zum Speisesaal ist an dem Gang dort hinten. Es ist leicht, sich hier zu verirren.« Er sah wieder Vater an. »De Quincey. Ich kenne diesen Namen.«
Vater antwortete mit einer kleinen Verneigung. Ich begann mir Sorgen zu machen, er könnte im Begriff sein, seine aristokratische Abstammung zu erwähnen.
Dankenswerterweise wechselte Colonel Trask das Thema. »Mr. De Quincey, Sie scheinen mir nach etwas Ausschau zu halten.«
Vaters Stirn war schweißnass. »Ich dachte, es würde Wein geben oder ...«
In diesem Augenblick richtete alle Welt sich gerader auf, weil Ihre Majestät und der Prinzgemahl erschienen. Zusammen mit den anderen Frauen knickste ich, während die Männer sich verneigten.
»Mister und Miss De Quincey, wir sind erfreut, Sie wiederzusehen.« Queen Victoria drehte sich zu der Gruppe um. »Miss De Quincey machte uns heute Nachmittag mit mehreren neuen Ideen bekannt, darunter die Freiheit, die ihr Kostüm ihr gewährt.«
Damit hatten die Frauen – alle mit Reifröcken unter den Kleidern – die Erlaubnis, meine Bloomerhose zu studieren, ohne so tun zu müssen, als täten sie es nicht. Die Herren hielten den Blick standhaft abgewandt, damit nicht der Eindruck entstehen konnte, es seien die Konturen meiner Beine, die sie faszinierten.

»*Sie werden vielleicht bemerken*«, *fuhr die Königin fort*, »*dass ich nichts an Kleidung trage, das grün wäre. Bis ich sicher sein kann, dass die Farbe kein Arsen enthält, habe ich alle grünen Stücke aus meiner Garderobe entfernen lassen. Lady Wheeler, ich sehe, dass Sie hingegen Grün tragen.*«
»*Euer Majestät, mir war nicht bewusst, dass Grün nicht mehr ...*«
»*Gestatten Sie, Lady Wheeler*«, *sagte Prinz Albert.*
Er griff in die Uniformtasche und zog die Ampulle heraus, die ich ihm gegeben hatte.
»*Bitte falten Sie Ihre Manschette zurück.*«
Lady Wheeler gehorchte nervös.
Er nahm den Stöpsel aus der Ampulle und drückte ihn gegen den Stoff an der Innenseite ihrer Manschette.
»*Aha!*«
Bei der Berührung mit dem Stöpsel wurde das Grün zu Blau.
»*Sie tragen eine Farbe, die mit Rattengift erzielt wurde. Lady Barrington, sollen wir überprüfen, ob die grüne Farbe in Ihrer Kleidung ebenfalls verseucht ist?*«
Bei fünf der Damen im Raum war Grün irgendwo an ihrer Kleidung zu finden, und bei ihnen allen hinterließ der Stöpsel einen blauen Abdruck.
Die Damen wirkten erschrocken.
»*Miss De Quincey hat uns auf ein Gesundheitsrisiko aufmerksam gemacht*«, *erklärte Queen Victoria.* »*Wir können nicht wissen, wie viele von uns und unseren Kindern schon krank wurden, weil in den Farben unserer Kleiderstoffe giftige Substanzen enthalten sind.*«
»*Oder in unserer Nahrung, Euer Majestät*«, *merkte ich an.*
»*Nahrung?*«, *fragte die Königin mit einem besorgten Blick.*
»*Ja, bei den meisten zubereiteten Nahrungsmitteln, in denen sich Grün findet – Mixed Pickles zum Beispiel –, wurde Arsen zum Färben verwendet, Euer Majestät. Ein Glas mit braunen*

Essigfrüchten würde vielleicht weniger appetitlich aussehen, aber die Grünen sind bei aller äußeren Attraktivität gesundheitsschädlich.«

»Essigfrüchte? Ich kann Ihnen versichern, dass niemand sich hier an unserem Tisch heute Abend mit Essigfrüchten befassen muss – seien sie grün, braun oder von irgendeiner anderen Farbe«, erklärte Queen Victoria. »Ah, Lord und Lady Palmerston sind jetzt auch eingetroffen. Eben rechtzeitig, um hineinzugehen.«

»Ich bitte um Entschuldigung für mein Zuspätkommen, Euer Majestät.«

Lord Palmerston warf ihr einen bedeutungsvollen Blick zu. »Ich war mit den Angelegenheiten befasst, die wir vorhin besprochen haben.«

»Wir waren schon fast verzweifelt, was Ihr Eintreffen angeht«, sagte die Königin.

Als Nächstes wurde ich Zeugin eines seltsamen Rituals. Die Reihenfolge, in der die Gäste den Speisesaal betraten, hing von ihrer gesellschaftlichen Stellung ab – Herzog, Marquis, Earl und so weiter. (Die Reihenfolge war so kompliziert, dass sie mich verwirrte, aber die geladenen Gäste stellten augenblicklich die nötigen Berechnungen an, die darüber entschieden, wer wem den Vortritt ließ.)

Ich erwähne dies, weil sich im Zusammenhang mit Sir Walter und Colonel Trask etwas Seltsames ereignete. Queen Victoria hatte den Colonel zum Dank dafür, dass er ihrem Cousin das Leben gerettet hatte, den Ritterschlag erteilt. Damit gebührte ihm ebenso wie Sir Walter die Anrede »Sir«. Aber Sir Walter trat sehr demonstrativ vor, um Catherine hineinzugeleiten, als sei sein Titel bedeutender als derjenige von Colonel Trask. Auch sein Gesichtsausdruck schien zu besagen, dass er diesen Unterschied für bedeutsam hielt. Selbst Catherines Eltern schienen auf ihre mürrische Art anzuerkennen, dass Sir Walters »Sir« höher

stand. Colonel Trask dagegen sah niedergeschlagen aus. Ihm fiel nun die Pflicht zu, mir den Arm zu bieten.
Und was wurde aus Vater? Es gab keine Frau von niedrigerem Stand, die er hätte eskortieren können. Lady Palmerston erwies ihm eine überraschende Freundlichkeit, indem sie die Etikette ignorierte und sich zu ihm stellte. Unser bürgerlicher Stand sorgte unverkennbar für eine gewisse Unruhe in den Abläufen.
Es war nicht die letzte Überraschung, die mich erwartete, denn am Ende der langen Tafel fand ich mein Tischkärtchen neben dem des Prinzgemahls, der für seine Wissbegier bekannt war.
Weil alle anderen Frauen Reifröcke trugen, hatten sie einige Mühe, sich auf ihren Stühlen zu arrangieren. Ich hatte derartige Schwierigkeiten natürlich nicht.
Die schiere Anzahl von Schüsseln und die riesige Auswahl an Speisen übertraf alles, was ich mir jemals auch nur vorgestellt hatte. Eine elegant von Hand geschriebene Karte lag vor mir – und jedem anderen Gast –, um sicherzustellen, dass uns nichts entging. Ich hatte wahrhaftig im ganzen Leben noch nicht gesehen, dass so viel Essen auf einmal serviert worden wäre:
Weiße Suppe
Bouillon
Gebackener Lachs
Gebackene Meeräschen
Filet de Boeuf mit spanischer Sauce
Bries
Garnelenkroketten
Hühnerpastetchen
Gebratene Kalbsfilets
Gekochte Lammkeule
Röstgeflügel mit Brunnenkresse
Gekochter Schinken mit Karotten und Steckrübenpüree
Meerkohl, Spinat und Broccoli

Junge Ente
Perlhuhn
Orangengelee
Kaffeecreme
Eispudding
Die Gedecke entsprachen der Anzahl der Speisen: die verschiedenen Typen von Gabeln, Messern, Löffeln und Gläsern summierten sich zu insgesamt vierundzwanzig Stücken für jeden Gast. Als der kombinierte Duft der vielen Gerichte zu mir herübertrieb, hörte ich zu meiner großen Verlegenheit, dass mein Magen knurrte.
Colonel Trask, der neben mir saß, hustete mehrmals. Als ich einen Blick zu ihm hinüberwarf, schenkte er mir ein verschwörerisches Lächeln, dem ich entnahm, dass er aus reiner Freundlichkeit das Geräusch meines Magens übertönt hatte. Ich hob die Serviette vor den Mund und erwiderte das Lächeln; es erinnerte mich an Schulkinder, die ein Geheimnis teilen.
Bedienstete brachten Weißwein, den Vater sehr gern annahm.
Lord Palmerston hob das Glas. »Auf unsere gütige Gastgeberin, Queen Victoria, und auf Prinz Albert.«
»Hört, hört!«, fügte der Herzog von Cambridge hinzu. »Gott schütze die Königin.«
Unter den gegebenen Umständen war die Bemerkung des Herzogs eine Spur unglücklich gewählt. Er hatte allem Anschein nach noch nichts davon gehört, dass das Leben der Königin in Gefahr war und sie den Schutz tatsächlich brauchen konnte.
»Und auf die Gesundheit Ihrer Kinder«, fuhr der Herzog von Cambridge fort. »Hat Prinz Leopold sich von seiner Verletzung erholt?«
Der Herzog sprach vom jüngsten Kind Ihrer Majestät, dessen Geburt zwei Jahre zuvor in jeder Zeitung des britischen Weltreiches gefeiert worden war.
»Ich danke Ihnen, ja«, antwortete Queen Victoria. »Die Platzwunde an der Stirn hat endlich aufgehört zu bluten. Selbst

Dr. Snow kann sich nicht erklären, warum selbst der kleinste Sturz dazu führt, dass Leopold so heftig blutet. Es ist uns vorgekommen, als würde die Stelle sich nie schließen.«
Aber wie die wirkliche Monarchin, die sie war, ließ Ihre Majestät nicht zu, dass ihre vielen Sorgen den Anlass ruinierten. »Aber genug von betrüblichen Angelegenheiten. Der Anlass für dieses Essen war die Freude darüber, dass mein Cousin wohlbehalten aus dem Krieg zurückgekehrt ist, nicht zuletzt dank des tapferen Einsatzes von Colonel Trask.«
Weder Sir Walter noch Catherines Eltern wirkten erfreut über diese offene Anerkennung für den Colonel.
»Aber jetzt haben wir noch einen weiteren Grund zum Feiern«, *fuhr Queen Victoria fort.* »Lord Palmerston hat sich einverstanden erklärt, das Amt des Premierministers zu übernehmen und die nächste Regierung zu bilden.«
Sie sagte es, als hätte ihr Wein einen bitteren Beigeschmack.
Catherines Vater fragte Lord Palmerston: »Angesichts Ihrer Erfahrungen als Kriegsminister und Außenminister – sehen Sie eine Möglichkeit, die Russen zu besiegen?«
»Ich glaube, aus genau diesem Grund hat Ihre Majestät mir die Ehre erwiesen, mich mit dieser Aufgabe zu betrauen«, *antwortete Lord Palmerston.* »Ich werde mich mit all meinen Kräften für einen Sieg einsetzen.«
»Hört, hört«, *sagten mehrere Stimmen.*
Vater leerte sein Weinglas und ließ es sich von einem weiß behandschuhten Bediensteten nachfüllen, der die Tafel auf und ab ging.
»Ich gestehe, die Gründe, weshalb wir diesen Krieg führen, waren mir nicht immer klar«, *bemerkte Lord Bell.*
»Das Osmanische Reich hat seit über fünf Jahrhunderten die trennende Barriere zwischen Ost und West dargestellt. Aber jetzt gibt es Anzeichen dafür, dass es auseinanderfällt«, *erklärte Lord Palmerston mit der ganzen Sachkenntnis seiner Jahre als Au-*

ßenminister. »*Russland nutzte diese Schwäche aus und fiel an der östlichen Grenze ein, in einer Region, die wir als die Krim-Halbinsel kennen. Als Reaktion darauf haben wir Russland gemeinsam mit Frankreich den Krieg erklärt.*«
»*Ich habe es noch nie so einfach und so elegant zusammengefasst gehört*«, *sagte Catherines Vater.*
»*Selbst einfach zusammengefasst klingt es noch kompliziert*«, *wandte Lord Bell ein.* »*Das Osmanische Reich ist eine halbe Weltumseglung entfernt. Warum interessiert es uns, was dort passiert?*«
»*Wenn wir Russland gestatten, einen Teil des Osmanischen Reiches zu annektieren – wo wird das aggressive Vorgehen dann aufhören?*«, *fragte Lord Palmerston zurück.*
»*Und vergessen Sie den Suezkanal nicht*«, *warf Vater ein.*
Es war das erste Mal, dass er etwas sagte. Seine kleine Gestalt zwang einige der Gäste, sich vorzubeugen, damit sie einen näheren Blick auf ihn werfen konnten.
»*Der Suezkanal? Ich glaube nicht, dass ich von so etwas je gehört hätte*«, *sagte Lord Bell.*
»*Weil er nicht existiert.*«
Vater zog eine kleine Blechschachtel aus der Jackentasche und entnahm ihr eine Pille. »*Meine Verdauung*«, *erklärte er.*
»*Aber wie konnte der Krimkrieg durch etwas ausgelöst werden, das nicht existiert?*«, *fragte Sir Walter.*
»*Englands Reichtum speist sich aus dem Handel mit dem Orient*«, *antwortete Vater,* »*aber ein Schiff braucht sechs Monate, um auf dem Weg um Afrika herum aus Indien zurückzukehren. Vielleicht könnte die Entfernung verkürzt werden.*«
Die Pille, die Vater kaute, bestand aus Opium. Aus Sorge, die Königin könnte es bemerken, widmete ich mich meiner Suppe für den Fall, dass ich mehr als sie nicht zu essen bekommen würde.
»*Die Entfernung verkürzen?*«, *wiederholte Sir Walter verwirrt.*
»*Den Umfang der Erde kann man nicht ändern.*«

»Aber stellen Sie sich vor, britische Schiffe bräuchten nicht um Afrika herum zu segeln«, erläuterte Vater. »Stellen Sie sich vor, unsere Schiffe könnten stattdessen über den Indischen Ozean in den Golf von Suez bis tief nach Ägypten hineinfahren. Über Land beträgt die Entfernung von dort bis zum Mittelmeer nur achtzig Meilen. Eine britische Eisenbahngesellschaft plant, dort, eine Bahnlinie zu bauen. Die Reise von Indien nach England würde auf neun Wochen verkürzt – eine bisher unvorstellbar kurze Dauer. Dreimal mehr Schiffe könnten die Fahrt unternehmen, und die Gewinne wären entsprechend höher.«
Die Tischgesellschaft sah fassungslos aus.
»Ist das wahr, Lord Palmerston?«, erkundigte sich Lord Wheeler.
»Es steht mir nicht frei, darüber zu sprechen.«
Colonel Trask meldete sich zu Wort. »Aber mir steht es frei. Man ist an mich herangetreten mit dem Vorschlag, bei der Finanzierung dieser Bahnlinie zu helfen.«
Sowohl Catherines Eltern als auch Sir Walter sahen unglücklich aus, als der Colonel auf seinen Reichtum anspielte.
»Und haben Sie in die Bahnlinie investiert?«, erkundigte sich Lord Barrington.
»Nein, das habe ich nicht. Ich hielt es für unklug.«
»Aber die Gewinne!«
»Ein paar Jahre lang.«
»Warum nur ein paar Jahre lang?«, fragte Lord Wheeler ratlos.
»Weil etwas sehr viel Ambitionierteres in Planung ist«, antwortete Colonel Trask. »Die Franzosen stehen in Verhandlungen mit Ägypten, um den Kanal zu bauen, den Mr. De Quincey erwähnt hat. Dieser Kanal wird den Überseehandel revolutionieren. Aber die Franzosen wollen das Unternehmen für sich behalten – ich war enttäuscht, dass ich nicht gefragt wurde, ob ich mich an dieser Finanzierung beteiligen wollte.«
»Unter den Zeitschriftenautoren ist es allgemein bekannt, dass

dieser künftige Kanal der eigentliche Grund des Kriegs ist«, sagte Vater. *»Aber wir haben nicht das Gefühl, dass wir dies in gedruckter Form sagen sollten. Es läuft auf dies hinaus – Ägypten ist Teil des Osmanischen Reiches. Wenn sich die russische Invasion bis nach Ägypten fortsetzt, wird Russland den Suezkanal und damit die Handelsschifffahrt der Welt kontrollieren.«*
»Aber …« Sir Walter war ein paar Sekunden lang sprachlos. *»In diesem Fall würde England seine Vorherrschaft verlieren!«*
»In der Tat«, stimmte Vater zu. *»Wir sind ein Bündnis mit Frankreich eingegangen in der Hoffnung, dass die Franzosen, wenn wir gemeinsam Russland besiegen, uns Zugang zu dem von ihnen geplanten Kanal gewähren werden. Ein großer Teil unserer Handelsgewinne wird mit Opium aus Indien erzielt. Stellen Sie sich vor, unsere an Hunger, Krankheiten und Kälte sterbenden Soldaten wüssten, dass sie ihr Leben nicht für England, sondern für den Opiumhandel riskieren. Und das ist der Grund, weshalb diese Informationen nicht in Zeitungen und Zeitschriften erschienen sind.«*
Ich habe noch nie im Leben so viele Münder offen stehen sehen. Es war offenkundig, dass ein Ablenkungsmanöver gebraucht wurde. Ich holte eine Ampulle aus meinem Täschchen und bat um eine Portion von dem roten Lachs. Als ich einen Tropfen Flüssigkeit aus der Ampulle auf den Fisch fallen ließ, verfolgte die Tischgesellschaft verblüfft, wie die Stelle braun wurde.
»Was tun Sie jetzt?«, fragte Queen Victoria.
»Arsen ist nicht das einzige Gift, das zum Färben verwendet wird, Euer Majestät. Rote Farbe in Lebensmitteln ist oft mit Blei versetzt.«
»Blei?«, wiederholte Prinz Albert.
»Diesem Lachs wurde in der Absicht, sein Aussehen zu verbessern, rote Farbe injiziert, Hoheit. Wie Sie sehen, ist in der roten Farbe Blei enthalten.«

»*Blei im Fisch?*« Queen Victoria legte ihre Gabel fort.
»*Blei kann tödlich sein, Euer Majestät. Darf ich auch das Lammfleisch überprüfen?*«
Ich ließ einen Tropfen der Flüssigkeit auf eine besonders rote Stelle der Lammkeule fallen, und das Fleisch wurde ebenfalls braun.
»*Und Blei im Lamm*«, murmelte Queen Victoria. »*Mr. De Quincey, ist das der Grund, weshalb Sie nicht essen? Trauen Sie den Gerichten nicht?*«
»*Ich habe einen empfindlichen Magen, Euer Majestät.*« *Vater nahm eine weitere Pille.* »*Vielleicht könnte ich eine Schale warme Milch bekommen, in der ich Brot einweichen kann?*«
»*De Quincey.*« *Prinz Albert versuchte sich abermals zu erinnern.* »*Jetzt fällt es mir wieder ein. Ich habe etwas über Sie gelesen, im Zusammenhang mit den Mordfällen im Dezember. Als Sie Opium erwähnt haben, ist es mir wieder eingefallen. Diese Tabletten ... Himmel, sagen Sie jetzt nicht, dass Sie der Opiumesser sind.*«
Jetzt war ich mir sicher, dass mein Aufenthalt an dieser Tafel sich dem Ende zuneigte. Ich überprüfte das Rindfleisch und begann davon zu essen, so viel ich konnte.
»*Sie sind außerdem der Autor von ›Der Mord als eine schöne Künst betrachtet‹*«, *sagte Colonel Trask.* »*Wir haben uns heute Morgen in der St. James's Church gesehen. Haben Sie eine Theorie über den Mord, der dort begangen wurde?*«
Ich hätte nicht gedacht, dass ich jemals erleichtert sein würde, weil jemand auf Morde zu sprechen kam. Plötzlich interessierte sich niemand mehr für Vaters Opiumpastillen.
»*Nicht nur über diesen Mord, sondern auch über diejenigen, die im Haus Lord Cosgroves begangen wurden*«, *sagte Vater.*
»*Es sind mehrere Morde geschehen?*«, *rief jemand aus.*
»*Unter anderem an einem Richter, Sir Richard Hawkins, im St. James's Park – gar nicht zu reden von seiner Gattin und einem Dienstboten in seinem Haus.*«

Die Gesichter der Männer liefen rot an vor Besorgnis, während den Damen die Farbe aus dem Gesicht wich.
»Sir Richard Hawkins?«, wiederholte Lord Barrington. »Aber er gehört meinem Club an!«
»Lord Palmerston, weshalb haben Sie uns nicht über diese Verbrechen unterrichtet?«, fragte Prinz Albert unglücklich.
»Ich ... ich hatte keine Ahnung«, antwortete Lord Palmerston verwirrt. »Euer Hoheit, das muss passiert sein, nachdem wir uns gesprochen haben.«
»Ist denn niemand mehr sicher?«, wollte Sir Walter wissen.
»Genau das ist der Eindruck, den die Mörder erwecken wollen«, sagte Vater. »Wenn die Londoner Zeitungen diese Neuigkeiten morgen verbreiten, werden die Leute glauben, dass sie weder in ihren Häusern noch in der Öffentlichkeit vor Gefahr geschützt sind. Aber es gibt noch eine andere Methode, Panik auszulösen. Euer Majestät, Euer Hoheit, wenn Sie gestatten – die Zeitungen werden fast mit Sicherheit Gerüchte verbreiten.«
Die Königin und der Prinzgemahl sahen sich über die Länge der Tafel hinweg an. Ihre Majestät machte eine kleine Bewegung mit der Hand, die zu besagen schien, dass sie diese Entscheidung ihrem Ehegatten überließ.
»Es ist besser, wenn unsere Freunde hier es persönlich hören, als dass sie es in der Zeitung lesen«, entschied Prinz Albert.
»An jedem Mordschauplatz wurden Mitteilungen gefunden«, sagte Vater, »aus denen hervorgeht, dass diese Taten Teil eines Komplotts gegen Ihre Majestät sind.«
Die Männer sahen noch entrüsteter aus, die Frauen blasser.
»Wir haben jedes Vertrauen in die Fähigkeit von Scotland Yard, uns zu beschützen«, sagte Queen Victoria.
»Aber warum sollte jemand Ihrer Majestät feindlich gesinnt sein?«, protestierte der Herzog von Cambridge. »Sie hat niemandem geschadet. Ganz im Gegenteil – sie ist die Güte selbst!«

»*Die Russen sehen es möglicherweise anders*«, bemerkte Colonel Trask.
»*Wollen Sie damit andeuten, dass Ihre Majestät nicht die Güte selbst ist?*«, fragte Sir Walter herausfordernd.
»*Ich will nichts dergleichen andeuten*«, antwortete der Colonel. »*Aber wir müssen die Möglichkeit in Betracht ziehen, dass die Russen hierzulande Panik säen wollen in der Hoffnung, unsere kriegerische Entschlossenheit zu brechen. Wie Mr. De Quincey gerade dargelegt hat, es steht ungeheuer viel auf dem Spiel.*«
»*Es scheint außerdem ein persönliches Motiv zu geben*«, fügte Vater hinzu. »*Die bei den Opfern hinterlassenen Mitteilungen legen nahe, dass die Morde auf einen sehr alten Groll sowohl den Opfern selbst als auch Ihrer Majestät gegenüber zurückgehen.*«
»*Das ist absurd!*«, wandte Sir Walter ein. »*Ihre Majestät hat niemals jemandem Schaden zugefügt.*«
»*Auch da gilt wieder, die verdammten Russen sehen es möglicherweise anders*«, bemerkte Colonel Trask gereizt.
Der Kraftausdruck veranlasste sämtliche anwesenden Damen einschließlich Queen Victoria, die Hand vor den Mund zu schlagen.
»*Ich bitte um Entschuldigung, Euer Majestät*«, sagte Colonel Trask.
Dieses Mal war es Prinz Albert, der die Ablenkung beisteuerte.
»*Aber dann werden die Mörder doch mit Sicherheit nicht schwer zu identifizieren sein. Jemand, der zu solchen Verbrechen in der Lage ist, muss geistig labil sein. Der Mörder wird sich verraten – so viel Bösartigkeit wird sich auch in seinem übrigen Verhalten äußern und ihn schließlich kenntlich machen.*«
»*In manchen Fällen ist das durchaus so, Euer Hoheit*«, stimmte Vater zu. »*Aber ich habe einmal ein sehr angenehmes Abendessen lang mit einem Mörder geplaudert, über jedes Thema unter der Sonne, ohne dass mir die Finsternis in seiner Seele ein einziges Mal aufgefallen wäre. Ich war schockiert, als mir klar wurde,*

dass ich anhand seines Verhaltens nicht einmal hatte ahnen können, zu welchen Taten dieser Mensch fähig war. Ich spreche hier von Thomas Griffiths Wainewright, dem bekannten Künstler und Schriftsteller, der auch für das London Magazine *schrieb. Er war befreundet mit Hazlitt, Lamb und Dickens und auch mit mir – wobei ich nicht die Absicht habe, mich in Ihrer Wertschätzung zu steigern, indem ich mich in einem Atemzug mit diesen Größen nenne.*
Wainewright hatte einen ausschweifenden Lebensstil, der schnell zu Schulden führte. Er und seine Frau mussten zu ihrem Onkel ziehen, der bald darauf starb und Wainewright sein Haus vermachte. Wainewright überredete als Nächstes seine Schwiegermutter dazu, ein Testament zu machen, das seiner Ehefrau zugutekam. Wenig später verstarb die Schwiegermutter. Wainewright versicherte seine Schwägerin für zwölftausend Pfund. Auch diese Frau starb bald darauf. Die Versicherungsgesellschaft wurde misstrauisch und beauftragte Ermittler, die vermuten, Wainewright habe Strychnin verwendet, um seine Opfer zu ermorden. Man fand niemals irgendein Gift in seinem Besitz, aber die Ermittler fanden immerhin Versicherungsunterlagen mit Unterschriften, die Wainewright gefälscht hatte; er wurde letzten Endes also der Veruntreuung und nicht des Mordes schuldig gesprochen. Im Gefängnis fragte ihn jemand, ob er seine Schwägerin wirklich ermordet habe. ›Es war eine fürchterliche Tat‹, gab Wainewright zu, ›aber es war wirklich nicht leicht, sie zu mögen. Sie hatte sehr dicke Knöchel.‹«
Queen Victoria, Prinz Albert und alle anderen hörten mit offenem Mund zu. Angesichts der Themen – Arsen, Blei, Strychnin und hinterhältiger Mord – hatten die übrigen Anwesenden längst mit dem Essen aufgehört, während ich selbst so viel Rindfleisch aß, wie ich nur konnte; ich war mir von Augenblick zu Augenblick sicherer, dass Vater und ich sehr bald hinausgeleitet werden würden.

»Ich verbrachte mit ihm also einen der amüsantesten Abende meines Lebens und hätte mir nie auch nur träumen lassen, dass ich einem Ungeheuer gegenübersaß«, schloss Vater. »Sie sehen also, Euer Hoheit, man kann nie wissen.«
Die Anwesenden waren immer noch sprachlos.
Schließlich brach Prinz Albert das unbehagliche Schweigen. »Mr. De Quincey, ich habe noch nie gehört, dass jemand sich so schnell und so ungewöhnlich geäußert hätte.«
»Ich danke Ihnen, Euer Hoheit.«
Catherines Vater räusperte sich. »Vielleicht habe ich Ihnen etwas mitzuteilen, das die Trübsal aufhellen kann. Ihre Majestät hat dieses Abendessen mit der Ankündigung eingeleitet, dass Lord Palmerston das Amt des Premierministers übernommen hat in der Hoffnung, diesen Krieg siegreich zu beenden. Ich möchte es mit der Mitteilung beschließen, dass meine Frau und ich die Ehre haben, Sie von der Verlobung meiner Tochter Catherine mit Sir Walter Cumberland zu unterrichten. Wir heißen ihn in unserer Familie willkommen.«
Es wäre schwierig, meine Überraschung angemessen zu beschreiben. In meinen Augen hatten Catherine und Colonel Trask ein so strahlendes Paar abgegeben, als sie an diesem Morgen die Kirche betreten hatten, und ihr Blick hatte mit so viel Bewunderung an ihm gehangen, dass ich davon ausgegangen war, sie müssten verlobt sein oder kurz vor der Verlobung stehen.
Catherine, die während des ganzen Essens geschwiegen hatte, sah jetzt bedrückt auf ihre Hände hinunter.
Und Sir Walter warf Colonel Trask einen ebenso verächtlichen wie triumphierenden Blick zu.

8

Das Rad des Schicksals

Der Schneefall wurde spärlicher, als ein Polizeiwagen Commissioner Mayne durch die mitternächtlichen Straßen kutschierte. Selbst zu so später Stunde war in der Regel noch Verkehr auf den Straßen, aber als Mayne an diesem Abend von einer ganzen Reihe angespannter Besprechungen über die verschiedenen Verbrechensfälle nach Hause zurückkehrte, hörte er keinen Hufschlag und kein Räderrollen auch nur eines einzigen anderen Fahrzeugs.

Er wohnte am Chester Square im exklusiven Stadtteil Belgravia und hätte es vorgezogen, mit der Kutsche oder einem Mietwagen vor seinem Haus einzutreffen. Andererseits, überlegte er, war es unwahrscheinlich, dass einer seiner Nachbarn noch wach war und zum Fenster hinausspähte, um ihn aus einem Fahrzeug steigen zu sehen, das in der Regel dem Transport von Verbrechern vorbehalten war.

Er war seit über einem Vierteljahrhundert einer der beiden Commissioners der Londoner Polizei, und an diesem Abend spürte er das Gewicht all der Jahre. Die aufreibende Arbeit hatte ihn abmagern lassen; sein Haar war dünner geworden, und zusätzliche Linien hatten sich in sein Gesicht gegraben. Die brutalen Verbrechen dieses Tages so kurz nach dem Blutvergießen im Dezember ließen ihn vermuten, dass die vielen Londoner Zeitungen einen Teil der Schuld trugen – kranke Gemüter dazu verleiteten, Gewalttätigkeiten nachzuahmen, auf die sonst kaum ein Mensch verfallen wäre.

Es gab eine Laterne im Inneren des Wagens, die Mayne zunächst genutzt hatte, um seine vielen mitgebrachten Dokumente zu stu-

dieren. Aber während der Wagen durch den alle Geräusche dämpfenden Schnee rollte, wurden ihm die Lider schwer.
Unvermittelt sagte der Polizist vom Kutschbock her: »Wir sind da, Sir.«
Mayne öffnete abrupt die Augen und stellte fest, dass sein Kopf gegen die Kutschenwand gefallen war, dass die Berichte über den Boden verstreut waren und dass er trotz aller Bemühungen eingeschlafen sein musste.
»Danke, Constable.«
Er sammelte seine Papiere ein und stieg aus, auf das schneebedeckte Pflaster hinunter.
»Es hat inzwischen fast aufgehört, Sir«, sagte der Constable. »Jetzt sieht er ja vielleicht schön aus, der Schnee, aber morgen wird es eine rechte Schweinerei sein auf den Straßen.«
»Na, wenigstens werden die Straßenkehrer an den Kreuzungen glücklich sein.«
»Ja, Sir.« Der Constable lachte leise. »Als Junge hab ich selbst für die Herrschaften die Übergänge gefegt. Morgen werden die sich mehr Pence verdienen als sonst in einer Woche. Soll ich zur üblichen Zeit wiederkommen?«
»Früher. Es gibt so viel zu tun ...«
»Ich sorge dafür, dass es klappt, Sir.«
Die Pferde hatten Schwierigkeiten, nicht auszurutschen, als der Constable wieder anfuhr und in der Dunkelheit verschwand.
Maynes Haus gegenüber lag ein kleiner Park, das Hauptmerkmal von Chester Square. Eine Gaslaterne zeigte ihm die schneebedeckten Büsche und die Beete, in denen im Frühjahr wieder Blumen blühen würden. Wenn seine Pflichten es ihm erlaubten, setzte er sich dort bei gutem Wetter gern auf eine Bank und las die Morgenzeitung, während er darauf wartete, dass sein Fahrer kam und ihn abholte.
Das friedliche Bild war erfrischend. Selbst der Schutthaufen vor

der Tür des Hauses fünf Nummern weiter, das Ergebnis der Renovierungsarbeiten vor Einzug des neuen Eigentümers, störte ihn nicht mehr; der Schnee deckte den hässlichen Anblick ab. Die Arbeiter hatten versprochen, sie würden bald fertig werden. Danach konnte Chester Square wieder sein übliches Bild bieten: geschlossene Reihen stattlicher gleichförmiger Wohnhäuser, dreieinhalb Stockwerke hoch, alle mit weißem Stuck geschmückt, der im Schnee noch weißer leuchtete.
Die einzigen Fußabdrücke stammten von Commissioner Mayne selbst und dem Fahrer. Mayne genoss die Stille, das Gefühl der Distanz von der mühseligen Arbeit, die am nächsten Morgen auf ihn warten würde.
Aber dann blies ihm ein kalter Windstoß ins Gesicht, und Rauchgeruch aus den vielen Schornsteinen brach den Bann. Er ging zu dem schmiedeeisernen Geländer vor seinem Haus hinüber, holte den Schlüssel aus der Tasche und schloss das Tor auf.
Er hatte einen Constable zu seiner Frau Georgiana geschickt, um sie wissen zu lassen, dass es spät werden würde und sie nicht auf ihn warten sollte. Aber nichtsdestoweniger traf er sie in einem Sessel im vorderen Zimmer an.
Er lächelte.
»So spät?«, sagte Georgiana.
»Heute hat es viele verstörende Vorfälle gegeben«, erklärte er.
»Lady Cosgrove in St. James's? Lord Cosgrove in seinem Haus?«, antwortete sie.
»Du hast davon gehört?«
»Solche Nachrichten verbreiten sich schnell. Als Becky« – sie sprach vom Dienstmädchen der Familie – »von ihrem freien Nachmittag zurückgekommen ist, hatte sie mir eine Menge zu erzählen.«
Den Richter und seine Frau hatte Georgiana nicht erwähnt, und Mayne kam zu dem Schluss, dass es unnötig war, sie mit diesem

zusätzlichen Wissen zu erschrecken. Die ständige Anspannung seiner Jahre als Co-Commissioner hatte sie gezeichnet ebenso wie ihn selbst; auch sie hatte Grau in den Haaren und Linien im Gesicht.

»Ins Bett«, sagte sie jetzt und griff nach seiner Hand. Mit der freien Hand hielt sie die Öllampe, als sie die zwei Treppen hinaufstiegen.

Sie erreichten das Stockwerk, auf dem das Schlafzimmer ihrer Tochter ebenso wie, einige Schritte weiter, ihr eigenes lag.

Als sie am Fuß der Treppe vorbeikamen, die weiter nach oben zu den Dienstbotenzimmern führte, runzelte Mayne die Stirn, obwohl die Schatten es ihm schwer machten, sich seiner Sache sicher zu sein.

»Ich glaube, diese Lampe braucht einen neuen Docht. Lass mich sehen«, sagte er zu Georgiana, während er ihr die Lampe aus der Hand nahm.

Unter dem Vorwand, den Docht zu inspizieren, senkte Mayne die Lampe weit genug ab, um in die Düsternis der Treppe zum Dachgeschoss hinaufsehen zu können.

Der Läufer auf den Stufen wies feuchte Flecken auf, als sei jemand mit schneenassen Stiefeln die Treppe heruntergekommen. Die Spuren führten weiter bis zu der Tür zu einem Verschlag unter der Treppe, der als Wäschekammer diente.

»Ich habe mich geirrt«, sagte er zu Georgiana, während er die Lampe wieder hob. »Mit dem Docht ist alles in Ordnung. Meine Augen fangen an, mir Streiche zu spielen.«

»Ein noch besserer Grund, ins Bett zu gehen«, ordnete sie sanft an und führte ihn den halbdunklen Gang entlang.

Sie kamen an der Tür vorbei, die auf der rechten Seite zum Zimmer ihrer Tochter führte, und näherten sich der Schranktür auf der linken. Mayne spürte, wie ihm die Brust eng wurde, als er neben den nassen Flecken auf dem Teppich herging.

Jemand war vom Dach her ins Haus eingedrungen. Der einzige Zugang dort war ein Oberlicht, durch das die Schornsteinfeger aufs Dach gelangen konnten. *Aber wie wäre jemand überhaupt erst aufs Dach gekommen?*, überlegte Mayne, eben als er die Schranktür erreichte.

Schlagartig fiel ihm das Haus in der Nachbarschaft ein, das gerade renoviert wurde. Jemand konnte sich durch eine Hintertür Zugang zu dem leerstehenden Haus verschafft haben, war ins oberste Stockwerk hinaufgegangen und durch das dortige Oberlicht gestiegen und hatte sich dann über die Dächer der Nachbarhäuser bis zu dem Oberlicht bewegt, das ihm erlaubte, in Maynes Haus einzudringen. Das Dach war nur wenig geneigt. Selbst im Schnee hätte ein Mann darauf entlanggehen können, wenn er vorsichtig war. Mayne erwog, Georgiana anzuweisen, sie solle so schnell wie möglich die Treppe hinunterrennen. Aber sie würde überrascht reagieren, sie würde Fragen stellen. Währenddessen würde der Eindringling aus seinem Versteck gestürzt kommen und angreifen.

Wenn wir es bis zu unserem Schlafzimmer schaffen, können wir uns darin verbarrikadieren, dachte Mayne. *Aber was ist mit unserer Tochter? Er wird sich als Nächstes sie vornehmen.* Was das Dienstmädchen im Dachgeschoss betraf, so war Mayne sich vollkommen sicher, dass sie bereits tot war.

Seine Beine zitterten, als sie die Schlafzimmertür erreichten. Er hoffte, seine Stimme würde es nicht ebenfalls tun.

»Wie geht es Judith?«, fragte er. »Ist es besser geworden mit ihrem Husten?«

»Viel besser. Wir brauchen uns keine Sorgen mehr zu machen«, antwortete Georgiana.

»Aber jetzt hustet sie wieder, und es hört sich nicht an, als ob es besser wäre. Ganz im Gegenteil.«

»Ich höre sie nicht husten«, sagte Georgiana verwirrt.

»Geh zur Tür und horch. Es hört sich an, als sollten wir sie uns ansehen.«

Mayne kehrte zur Zimmertür seiner Tochter zurück und horchte dabei auf Geräusche, die ihm verraten würde, dass der Wäscheschrank geöffnet wurde. Er vermutete, dass der Eindringling abwarten wollte, bis jeder Mensch im Haus schlief, um sie dann alle in ihren Betten zu ermorden; es würde die wachsende Furcht, dass niemand in London mehr sicher war, weiter schüren.

»Du hörst sie wirklich nicht husten?«, fragte Mayne. »Ich mache die Tür einen Spaltbreit auf.«

»Du wirst sie aufwecken«, sagte Georgiana.

»So wie sich das anhört, ist sie schon wach.«

Die Lampe in einer Hand, drehte Mayne mit der anderen den Türknauf.

Als Georgiana ins Innere spähte und sagte: »Ich kann …«, gab er ihr einen Stoß in den Raum hinein, stürzte hinter ihr her ins Zimmer und schlug die Tür hinter sich zu. Dann stellte er die Lampe hastig auf einem Tisch ab und begann Judiths Kommode vor die Tür zu zerren.

»Was machst du da?«, wollte Georgiana wissen. »Hast du den Verstand verloren?«

»Schnell! Hilf mir! Ich habe keine Zeit zum Erklären!«, schrie Mayne.

Durch den Lärm aufgeschreckt, setzte die dreizehnjährige Judith sich kerzengerade im Bett auf. »Wer ist da?«, schrie sie.

»Helft mir!«, brüllte Mayne.

Er hörte, wie die Kammertür draußen im Gang krachend aufsprang. Schwere Schritte kamen hämmernd näher. Jemand warf sich wütend gegen die Tür. Eben noch rechtzeitig gelang es Mayne, die Kommode davorzuschieben.

»Holt Stühle! Alles, was uns helfen kann, diese Tür geschlossen zu halten!«

Wer auch immer dort draußen war, er warf sich ein zweites Mal gegen die Tür. Mayne stemmte sich mit seinem ganzen Gewicht gegen die Kommode. Beim dritten Aufprall hatte Georgiana sich wieder gefangen und brachte ihm einen Stuhl, dessen Gewicht sie der Kommode hinzufügten. Die Tür hatte ein Schloss, das aber nie genutzt wurde, und Mayne hatte keine Ahnung, wo der Schlüssel dazu war.
Als sich der Eindringling zum vierten Mal gegen die Tür warf, rutschte die Kommode nach hinten. Mayne, seine Frau und seine Tochter schoben mit aller Kraft, um den Fremden am Hereinkommen zu hindern.
»Vater, bitte, was ist hier los?«, flehte Judith.
»Gott verfluche euch in Ewigkeit!«, brüllte ein Mann auf der anderen Seite der Tür. Er hatte einen irischen Akzent.
Die Tür öffnete sich ein Stück weit nach innen und begann die Kommode zur Seite zu drücken. Mayne verdoppelte seine Anstrengungen, sie an Ort und Stelle zu halten.
»Das Bett!«, schrie er den beiden Frauen zu. »Versucht das Bett hierher zu schieben!«
Aber während sie sich noch mit dem Bett abmühten, ohne es von der Stelle bewegen zu können, versetzte der Eindringling der Tür einen so heftigen Stoß, dass die Kommode fast umgestürzt wäre. *Wenn er es fertigbringt, hier hereinzukommen – besteht die Möglichkeit, dass wir ihn zu dritt überwältigen können?*, fragte sich Mayne verzweifelt. *Gibt es eine Waffe hier drin, irgendetwas, das ich verwenden könnte, um uns zu verteidigen?* Ihm fiel nichts ein. Er konnte an nichts anderes denken als daran, dass der Eindringling ein Messer haben würde und dass er hereingestürzt kommen und um sich stechen würde.
»Georgiana, hilf mir, die Kommode festzuhalten! Judith, du knotest Laken aneinander!«, befahl Mayne.
»Laken?«, fragte Judith verwirrt.

»Zu einem Seil! Tu's! Und sorg dafür, dass die Knoten fest sind! Georgiana, lass nicht locker! Stemm dich dagegen, als ginge es um dein Leben!«

»Eure Tochter soll leiden, wie meine Schwestern gelitten haben!«, brüllte die irische Stimme draußen im Gang.

Der Eindringling warf sich so heftig gegen die Tür, dass das Holz an einer Stelle knackte.

Er tat es noch einmal.

Das Knacken wurde lauter.

»Judith, schnell!«, brüllte Mayne.

»Ich versuch's ja, Vater!«

Ein Blick über die Schulter zeigte Mayne, dass seine Tochter dabei war, die Enden zweier Laken zu verknoten.

»Wir werden mehrere brauchen!«, wies er sie an. »So fest, wie du kannst! Du verstehst, was wir damit machen müssen?«

Während er sich gegen die Kommode stemmte, richtete Mayne den Blick auf Judiths Schlafzimmerfenster. Im trüben Licht der Lampe auf dem Tisch sah er Judith nicken.

»Deine Frau und du, ihr werdet leiden, wie meine Eltern gelitten haben!«, brüllte der Angreifer.

Als er sich das nächste Mal gegen die Tür warf, flog ein Stück Holz ins Zimmer hinein.

»Vater, es ist fertig!«, rief Judith.

»Knote ein Ende an den Bettpfosten! Sorg dafür, dass der Knoten fest ist!«, wies Mayne sie an, mit seinem ganzen Gewicht gegen die Kommode gestemmt. Ein weiteres Stück Holz wurde aus der Tür geschlagen.

»Zieh deinen Morgenmantel an, Judith. Und Schuhe!«

Mayne war dankbar dafür, dass seine Frau bereits im Morgenmantel war, aber ein Blick nach unten zeigte ihm zu seinem Entsetzen, dass sie nur Hausschuhe an den Füßen hatte.

Das nächste Stück Holz sprang aus der Tür.

»Judith, mach das Fenster auf!«, ordnete Mayne an.
Sie rannte hinüber, aber das Fenster rührte sich nicht, als sie es nach oben zu schieben versuchte.
»Es ist festgefroren!«, rief Judith.
»Versuch's weiter!«
Es gelang ihr, das Fenster mit einem Ruck nach oben zu schieben. Ein kalter Wind fegte ins Zimmer. Der Mann draußen im Gang trat jetzt gegen die Tür, versuchte das Holz zu zertrümmern.
»Wirf das Seil runter, Judith, und kletter nach unten!«
»Aber ...«
Die Straße lag mindestens zehn Meter unter ihnen. Die Vorstellung, zu fallen und vielleicht auf den Spitzen des schmiedeeisernen Geländers aufzutreffen, erfüllte Mayne mit Entsetzen und entsetzte sicherlich auch seine Frau und Tochter. Aber was sie von der anderen Seite der Tür her bedrohte, war noch beängstigender.
»Ich lass euch euer eigenes Blut trinken!«, kreischte die irische Stimme.
»Tu's!«, rief Mayne seiner Tochter zu. »Schnell jetzt – los!«
Die Tür zitterte in ihren Angeln. Mayne war überrascht zu sehen, wie schnell Judith sich bewegte. Ihr Gesicht war bleich vor Furcht, als sie sich durch das Fenster in die Dunkelheit hinausschlängelte. Mayne und seine Frau hielten die Kommode an Ort und Stelle.
Er zählte bis zehn. *War das genug Zeit, dass Judith unten angekommen sein kann?*
»Du bist an der Reihe, Georgiana!«
»Ich lasse dich hier nicht allein!«, erklärte sie.
»Ich komme gleich nach! Tu's!«
Georgiana studierte sein Gesicht, als glaube sie nicht daran, dass sie es jemals wiedersehen würde.
»Geh!«, drängte er.

Eine der Türangeln drohte herauszubrechen.

Georgiana rannte zum Fenster und wand sich unter der hochgeschobenen Scheibe hindurch. Einen Augenblick später verschwand ihr Gesicht abwärts in die Dunkelheit.

Ohne ihre Unterstützung brachte Mayne nicht mehr die Kraft auf, um die Kommode am Wegrutschen zu hindern.

Eins, zwei, drei ...

Er grub die Sohlen seiner Stiefel in den Teppich und warf sein gesamtes Gewicht gegen die Kommode.

Sechs, sieben, acht ...

Die Kommode rutschte auf ihn zu.

Neun, zehn ...

Mayne konnte es nicht mehr hinausschieben.

Er stieß sich von der Kommode zurück und rannte zum Fenster hinüber. Das am Bettpfosten festgeknotete Laken hing locker und zeigte ihm damit, dass Georgiana unten angekommen sein musste. Ohne nachzudenken, packte er das Seil, schob sich rückwärts durchs Fenster und begann sich abzuseilen.

Das Leinen fühlte sich kalt an von der Winterluft. Zugleich begannen seine Hände von der Reibung zu brennen. Durch das offene Fenster hörte er das Krachen, mit dem die Kommode umstürzte. Er stellte sich vor, wie der Mann ins Zimmer stürmte.

Mayne erreichte den ersten Knoten, ein ruckartiger Halt, aber er griff sofort nach unten und rutschte weiter. Über ihm heulte der Eindringling auf, ein so schmerzliches Geräusch, wie er es noch nie gehört hatte.

Der Schmerz in seinen Händen ließ ihn zusammenzucken, als er den nächsten Knoten erreichte und wieder abrupt ins Stocken geriet. Mit einer verzweifelten Anstrengung griff er nach unten und arbeitete sich weiter, so schnell er konnte, wobei er das Blut ignorierte, das er jetzt in den Händen spürte.

Als er schließlich hart auf dem Boden aufkam, gaben die Knie

unter ihm nach. Seine Frau und seine Tochter stürzten vor, um ihm aus dem Schnee aufzuhelfen.
»Lauft!«, brüllte Mayne.
Er blickte auf und sah den dunklen Umriss eines Mannes, der sich aus dem Fenster schwang und herunterzuklettern begann.
Sie rannten auf den verschneiten Gehweg hinaus.
»Hier entlang! Nach Osten! In Richtung Palast!«, schrie Mayne.
Der Palast war eine Viertelmeile entfernt. Es würden dort scharenweise Constables unterwegs sein. *Aber sind wir schneller als er?*, fragte sich Mayne verzweifelt. Seine Frau hatte nur Hausschuhe an den Füßen. Konnte sie, konnte seine dreizehnjährige Tochter ihrem Angreifer entkommen? Wenn sie an die Tür eines Nachbarhauses hämmerten – wie lang würde es dauern, bis jemand aufgewacht war und an die Tür kam?
»Nein!«, schrie er. »Hier entlang!«
Er zerrte seine Frau und seine Tochter auf seine eigene Haustür zu.
Die Gestalt glitt mit erschreckender Schnelligkeit an den Laken hinab.
Mayne wühlte in der Hosentasche nach dem Schlüssel.
Die Gestalt ließ das Seil los und ließ sich fallen.
Mit zitternden Händen versuchte Mayne den Schlüssel ins Schloss zu schieben.
Die Gestalt kam auf dem Boden auf, ließ sich in die Hocke fallen und rollte sich ab.
»Vater!«, schrie Judith.
Mayne bekam den Schlüssel ins Schloss, drehte ihn und stieß die Haustür auf.
Als der Mann auf die Beine kam, sah Mayne aus dem Augenwinkel, dass er einen Bart hatte. Die Geschwindigkeit – es war geradezu Besessenheit –, mit der er auf sie zustürmte, war entsetzlich zu sehen; sie ließ eine Rage erkennen, wie Mayne sie im ganzen Leben noch nicht erfahren hatte.

Einen Augenblick lang war er wie gelähmt von dem, was auf ihn zugejagt kam. Dann stieß er mit einem verzweifelten Aufbrüllen Georgiana und Judith ins Haus, stürzte hinter ihnen her ins Innere und schlug die Haustür zu.

Sie stemmten sich zu dritt gegen die Tür, als der Angreifer von außen gegen sie prallte. Mayne drehte den Schlüssel, während der Mann draußen zu hämmern und zu brüllen begann.

»Er kann ein Fenster einschlagen!«, warnte Judith.

»Die Treppe rauf! In unser Schlafzimmer!«, drängte Mayne.

»Aber dort sind wir dann gefangen!«, wandte Georgiana ein.

»Tut, was ich sage!«

Im Wohnzimmer ging ein Fenster in Scherben.

Sie stiegen hastig die Treppe hinauf; von einem Nachbarhaus her hörten sie eine Stimme brüllen: »Was ist da los? Sie dort! Was machen Sie da?«

Außer Atem rannten sie an der eingeschlagenen Tür von Judiths Zimmer und der Tür der Wäschekammer vorbei, in der der Eindringling gelauert hatte.

Mit einer letzten Anstrengung erreichten sie das Schlafzimmer, schlugen die Tür hinter sich zu und schoben eine Kommode davor. Während Georgiana und Judith sich gegen das Möbelstück stemmten, öffnete Mayne den Kleiderschrank und holte einen Gewehrkoffer heraus, der in der Ecke gelehnt hatte.

Der Koffer enthielt eine Enfield-Muskete, die verbesserte Version, die englische Soldaten im Krimkrieg verwendeten. Der gezogene Lauf brachte eine größere Zielgenauigkeit mit sich. Einige von Maynes wohlhabenden Nachbarn am Chester Square hatten sich solche Waffen für die Jagd auf Wildschweine und Rotwild in Schottland zugelegt. Im vergangenen Herbst hatte ein Herzog Mayne zur Jagd auf seinen schottischen Landsitz eingeladen, aber Mayne hatte zu viel zu tun gehabt, um die Einladung anzunehmen.

Jetzt riss er eine Patrone auf und schüttete das Pulver in den Lauf. Eine Kugel folgte; dann griff er zum Ladestock, um die Ladung festzustoßen. Schließlich legte er ein Zündhütchen unter den Hahn.
Und dann saß er die ganze Nacht in einer Ecke des Zimmers, Judith und Georgiana neben sich und die Waffe auf die Tür gerichtet.

Westlich des Londoner Tower, nur ein paar Schritte von ihm entfernt, stand ein Wirtshaus namens »Wheel of Fortune«. Es befand sich in der Shore Lane in unmittelbarer Nähe der Themse, günstig zu den Banken, Versicherungen und großen Handelshäusern des Londoner Geschäftsviertels gelegen; viele Angestellte und sogar einige ihrer Vorgesetzten fanden sich am Ende ihres mühevollen Arbeitstages hier ein. Sie behaupteten, es liege an der Qualität der Schweinefleischpasteten, aber was sie in Wirklichkeit anzog, war der bemerkenswert niedrige Preis des Biers und des Gins.
Der Wirt hatte soeben auf die späte Stunde hingewiesen und scheuchte seine wenigen verbliebenen Gäste zur Tür.
»Sperrstunde! Trinken Sie aus, wir sehen uns morgen. Danke für Ihre Treue. Einen guten Heimweg wünsche ich. Passen Sie auf sich auf in dem Schnee. Nicht, dass Sie stürzen und erfrieren.«
Der Name des Wirtes war Thaddeus Mitchell, und als er die Tür abgeschlossen hatte, ließ er keinerlei Überraschung erkennen angesichts der Tatsache, dass ein Gast noch geblieben war; er saß zusammengesunken über seinem Glas an der Theke.
Thaddeus machte sich daran, die Fensterläden zu schließen. »Ich glaube nicht, dass wir uns schon mal begegnet sind«, sagte er.
»Quentin Quassia, Doktor der Getränke, zu Ihren Diensten«, antwortete der Mann. Er drehte sich lächelnd um und streckte eine kräftige Hand aus. Der Fremde hatte ein rundes, wohlgenährtes Gesicht und einen amüsierten Ausdruck in den Augen.

»Wo ist Edward?«, fragte Thaddeus.

»Im Bett mit einem Magenleiden, aber es liegt nicht an irgendwas, das er *getrunken* hätte.«

Quentin lachte leise, als habe er einen brillanten Witz gemacht. »Keine Sorge – mein Bruder und ich sind im gleichen Maß Spezialisten für Getränke.«

Auch das schien ihm geistreich genug, um ein kleines Lachen hinterherzuschicken.

»Und woher soll ich wissen, dass Sie das wirklich hinkriegen?«, fragte Thaddeus.

»Wenn Sie nicht zufrieden sind, kostet es Sie keinen Penny. Das kann ich versprechen, weil ich weiß, Sie werden von dem Ergebnis sehr angetan sein.«

»Zeigen Sie's mir.«

Thaddeus ging hinter seine Schanktheke und öffnete eine Falltür, unter der die Treppe zum Keller sichtbar wurde. Er zündete eine Laterne an und winkte den Fremden hinter sich her, als er hinunterzusteigen begann.

Im Keller herrschte ein feuchter Geruch, den der ganz in der Nähe vorbeiströmende Fluss mit sich brachte. Die Luft war kalt. Mehrere Reihen großer Fässer füllten den Raum.

Der Fremde hatte einen großen Sack mitgebracht. »Ich fange mit dem Bier an«, sagte er.

»Das macht Ihr Bruder auch immer so. Wie heißen Sie doch gleich?«

»Quentin Quassia.«

»Ihr Bruder hat seinen Nachnamen nie genannt. Quassia. Ungewöhnlich.«

»Eine südamerikanische Pflanze. Als Tee zubereitet fördert sie die Verdauung.«

Quentin holte mehrere Flaschen und Schachteln heraus und stellte sie auf einem Wandbrett ab.

Thaddeus setzte sich auf einen Schemel und sah zu. Er war zweiunddreißig Jahre alt. Er hatte das »Wheel of Fortune« jetzt seit acht Jahren geführt und beabsichtigte es zu verkaufen. Mit dem Verkaufsgewinn und den zehntausend Pfund, die er im Lauf der Jahre gespart hatte, wollte er sich einen Landsitz kaufen und sich zur Ruhe setzen. Der Gewinn aus seiner ursprünglichen Investition stellte viele der Finanztransaktionen in den Schatten, über die er die Schreiber und leitenden Angestellten bei Schweinefleischpasteten und Getränken reden hörte.

Jedermann konnte eine Lizenz zum Ausschank von Bier bekommen. Sehr viel schwieriger war es, eine für Gin zu erhalten. Zu Beginn seiner Schankwirtskarriere hatte Thaddeus bereitwillig Verluste gemacht, hatte das beste Bier serviert, das es zu kaufen gab, weniger dafür verlangt, als er selbst bezahlt hatte, und sich auf diese Weise das Wohlwollen der ganzen Nachbarschaft gesichert. Nach einer Weile ließ er seine begeisterte Kundschaft wissen, dass er erwog, sich eine Ginlizenz ausstellen zu lassen. Als er sie bat, ihn den zuständigen Behörden gegenüber in seinem Bemühen zu unterstützen, taten sie es mit Vergnügen, und nachdem Thaddeus seine Ginlizenz hatte, wandte er sich an einen Getränkedoktor. Dieser streckte ganz allmählich Gin und Bier und verpanschte sie zugleich mit Substanzen, die dafür sorgten, dass die Getränke so schmeckten wie zuvor. Auf diese Weise konnten aus drei Fässern Bier sieben werden. Und obwohl Thaddeus den Preis seines Biers so niedrig hielt wie immer, wären den Finanzexperten angesichts seiner Gewinne die Augen aus den Höhlen getreten.

Natürlich hätte Thaddeus seine Getränke auch in Heimarbeit strecken und verpanschen können, aber sein Vater – auch er Gastwirt – hatte ihm eingeschärft, sich immer auf einen Fachmann zu verlassen, damit die Kunden keinen Unterschied schmeckten.

»Ihr Bruder hat mir nie erzählt, was er in das Bier und den Gin schüttet«, sagte Thaddeus zu Quentin.

»Natürlich nicht. Wenn Sie erst unsere Geheimnisse kennen, können wir unser Geschäft an den Nagel hängen.«

Quentin öffnete vier leere Fässer und verteilte den Inhalt von drei vollen so, dass jedes der sieben Fässer die gleiche Menge Flüssigkeit enthielt. Danach maß er für jedes Fass eine Reihe weiterer Ingredienzen ab und schüttete sie dazu.

Einer der Zusätze war in der Tat das pulverisierte Holz der Quassia – der Pflanze, die Quentin sich als Nachnamen gewählt hatte. Quassia wirkte appetitanregend, was zumindest einer der Gründe war, weshalb Thaddeus' Gäste seine Fleischpasteten verschlangen und nach mehr Bier schrien.

Als Nächstes kam Lakritze – eben genug, um ein bestimmtes Aroma zu erzeugen, das es Thaddeus erlaubte, mit der Genialität seines Bierbrauers zu prahlen.

Danach gab Quentin noch zerstoßene Beeren der Indischen Scheinmyrte hinzu, die als starkes Rauschmittel wirkten und den geringen Alkoholgehalt der Mixtur ausglichen.

»Wo sind Ihre Wasserfässer?«

»Dort.« Thaddeus zeigte hinüber.

Zu zweit ergänzten sie den Inhalt der sieben Fässer mit Wasser und kosteten das Ergebnis.

»Sie haben recht«, sagte Thaddeus, »das Bier ist genauso gut wie das, was Ihr Bruder macht.«

»*Besser* als das, was mein Bruder macht.«

»Möglich, aber ich bezahle Ihnen trotzdem nicht mehr, als ich Ihrem Bruder zahle.«

Quentin lachte und nahm sich als Nächstes den Gin vor. Auch hier wurde der Inhalt von drei Fässern gleichmäßig auf sieben verteilt.

»Wie nennen Sie das hier, wenn Sie es Ihren Kunden servieren?«, erkundigte er sich.

»Cream of the Valley.«

»Ha!«

Der einzige Zusatz, über den Thaddeus hier Bescheid wissen durfte, war der Zucker – man hatte ihn im Voraus angewiesen, Zuckerhüte zu besorgen.

Quentin fügte jedem Fass die nötige Menge Zucker hinzu; man wusste aus Erfahrung, dass Kunden, die eine Vorliebe für gesüßten Gin entwickelt hatten, den Gin ehrlicher Lieferanten nicht mehr trinken wollten.

»Jetzt noch ein bisschen Aroma.« Quentin gab gemahlene Wacholderbeeren in die Mixtur.

»Und etwas Biss, bitte.« Er schüttete eine sorgfältig abgemessene Menge einer Substanz namens Vitriol dazu – Chemiker sprachen von Schwefelsäure. Manche Kunden entwickelten eine Sucht danach.

»Und Wasser.« Quentin füllte die Fässer auf und rührte die Flüssigkeit um. »Jetzt haben Sie Ihre nächste Lieferung Cream of the Valley.«

Thaddeus kostete das Gebräu. »Stimmt, noch besser als das, was Ihr Bruder macht. Können nächstes Mal wieder Sie kommen statt ihm?«

»Edward wäre gar nicht begeistert, wenn ich ihm die Kunden abjage«, antwortete Quentin mit seinem kleinen Lachen.

»Sie sind der fröhlichste Mensch, dem ich heute begegnet bin.«

»Hat keinen Zweck, Trübsal zu blasen. Aber ich werde noch fröhlicher sein, wenn Sie mich bezahlt haben.«

Thaddeus zahlte drei Sovereigns aus, und dann stiegen die beiden Männer die Kellertreppe wieder hinauf. Oben angekommen, schulterte Quentin den Beutel mit Zutaten und ging über den sandbestreuten Fußboden zur Tür.

»Richten Sie Ihrem Bruder aus, dass ich hoffe, es geht ihm bald besser«, sagte Thaddeus.

»Danke. Er freut sich bestimmt über Ihre Anteilnahme.«
Als der Mann, der sich Quentin nannte, ins Freie hinaustrat, dachte er: *Besser gehen? Zum Teufel, dafür ist es bei Edward Quassia ein bisschen zu spät. Der liegt mit eingeschlagenem Schädel steifgefroren unter einer Schneewehe.*
Der Angehörige von Young England hatte nur zum Schein von dem Bier und Gin probiert, die er verpanscht hatte. Der Kneipenwirt hatte nicht genug davon getrunken, um die Auswirkungen zu spüren. Aber morgen würden die dursterzeugenden Getränke unvergessliche Folgen zeitigen. Young England und der bärtige Mann, der sie anführte, würden zufrieden sein.

»Am Morgen habe ich dann gehört, wie jemand an meine Haustür gehämmert hat«, erzählte Commissioner Mayne einer fassungslosen Zuhörergruppe in seinem Bürozimmer bei Scotland Yard.
Ryan und Becker hörten aufmerksam zu. De Quincey und Emily saßen auf Holzstühlen dabei, nachdem sie die Nacht in Lord Palmerstons Haus verbracht hatten. Seine Lordschaft hatte sie widerwillig eingeladen, ihren Aufenthalt dort zu verlängern, nachdem sich zu seinem Entsetzen abzuzeichnen begann, dass am Ende vielleicht die Königin selbst ihnen eine Unterkunft im Palast anbieten würde.
»Ich habe natürlich gefürchtet«, fuhr Mayne fort, »dass der Eindringling noch im Haus war und darauf wartete, dass ich mit meiner Familie aus dem Zimmer komme. Irgendwann haben wir es mit großem Unbehagen darauf ankommen lassen. Nachdem wir die Kommode zur Seite geschoben und die Tür geöffnet hatten, habe ich mit der Enfield in den Flur hinaus gezielt. Das Hämmern im Erdgeschoss wurde immer lauter, und eine Männerstimme hat nach mir gebrüllt. Die Tür der Wäschekammer im Flur war noch offen. Wir sind an ihr vorbeigegangen, dann an

der eingeschlagenen Schlafzimmertür meiner Tochter. Ich habe versucht, mit der Waffe alle Richtungen abzudecken, als wir die Treppe hinuntergestiegen sind.

Als ich zu dem Mann vor der Haustür hinausgerufen habe, stellte sich heraus, dass es der Constable war, der mich am Abend nach Hause gefahren hatte. Ich habe die Haustür aufgeschlossen, aber ich hätte mich nicht einmal dann sicher gefühlt, wenn er noch zwei weitere Constables dabeigehabt hätte. Das Fenster des Salons war eingeschlagen. Es war sehr kalt im Haus, aber mir war kalt aus ganz anderen Gründen. Nachdem der Constable mit seiner Ratsche Verstärkung angefordert hatte, hat die Polizei das ganze Haus durchsucht. Sie haben Anzeichen dafür gefunden, dass der Eindringling in der Tat die Dachluke aufgestemmt hatte.«

»Und Ihr Dienstmädchen?«, fragte Ryan.

Der Commissioner schüttelte den Kopf. »Der Eindringling hat sie im Schlaf ...«

Die Gruppe wurde sehr still.

»Natürlich hat er eine Nachricht hinterlassen«, sagte De Quincey schließlich.

Mayne nickte. »Er hat sie im Salon liegen gelassen, nachdem er das Fenster eingeschlagen hatte.«

»Und ich gehe davon aus, die Mitteilung lautete ›Young England‹?«

De Quincey befingerte seine Laudanumflasche.

»Ja.«

»Heute wird ein weiterer Mord geschehen, an einem öffentlichen Ort, vergleichbar der Kirche und dem zugefrorenen Teich – einem Ort, an dem eine Menschenmenge sich normalerweise sicher fühlen würde«, erklärte De Quincey.

»Ich habe jeden Constable zugezogen, der nicht ohnehin schon Dienst hatte«, sagte Mayne. »Aber angesichts der Verstärkung für den Palast und der verschiedenen Verbrechensschauplätze, die wir noch nicht untersucht haben, gibt es nicht genügend Constables, um alles im Auge zu behalten.«

»Der Sturm könnte uns geholfen haben«, bemerkte Becker. »Wenn die Straßen in diesem Zustand sind, ist weniger Verkehr unterwegs. Gar nicht zu reden davon, dass sich die Nachricht von den Morden verbreitet haben muss, noch bevor die Morgenzeitungen herausgekommen sind. Manche Leute bleiben schon aus Furcht zu Hause.«

»Aber es wurden Menschen in ihren Häusern überfallen, nicht nur an öffentlichen Orten. Die Leute können sich auch hinter verschlossenen Haustüren nicht sicher fühlen«, sagte Ryan.

De Quincey sah von seiner Laudanumflasche auf. »Commissioner, bitte wiederholen Sie noch einmal, was der Eindringling über Sie, Ihre Frau und Ihre Tochter gesagt hat.«

»Als er versucht hat, die Türe einzuschlagen, hat er gebrüllt: ›Eure Tochter soll leiden, wie meine Schwestern gelitten haben!‹ Und dann noch: ›Deine Frau und du, ihr werdet leiden, wie meine Eltern gelitten haben!‹«

»Sagt Ihnen das irgendwas, Sir?«, fragte Ryan.

»Nicht das Geringste«, antwortete Mayne. »Ich kann mir nicht einmal *vorstellen*, dass ich der Familie eines Menschen etwas antun würde.«

»Unter den Ermordeten waren ein hoher Beamter im Strafvollzug und ein Richter«, merkte De Quincey an. »Und jetzt sind Sie, ein Commissioner der Londoner Polizei, fast zum Opfer geworden – zusammen mit Ihrer Familie. Offenkundig versucht jemand mit unbändiger Wut, eine Ungerechtigkeit des Justizapparats zu rächen – oder etwas, das der Mörder als eine Ungerechtigkeit *empfindet*.«

»Aber das würde für fast jeden Menschen gelten, der jemals im Gefängnis war. Sie behaupten alle, unschuldig zu sein«, sagte

Mayne. »Ich bin jetzt seit sechsundzwanzig Jahren Commissioner. Selbst wenn wir meine Akten durchsähen, wie sollten wir in all den Jahren eine einzelne Familie finden? Dann müssten wir Lord Cosgroves Akten ansehen und die des Richters und versuchen, eine Gemeinsamkeit zu finden. Das würde Monate dauern.«

Ryan wiederholte für sich, was Commissioner Mayne ihnen erzählt hatte. »*Eure Tochter soll leiden, wie meine Schwestern gelitten haben.*« Er überlegte einen Augenblick. »*Deine Frau und du, ihr werdet leiden, wie meine Eltern gelitten haben.*«

»Das war es, was der Einbrecher gebrüllt hat«, bestätigte der Commissioner.

»*Bitte helfen Sie meiner Mutter und meinem Vater und meinen Schwestern*«, fügte Ryan hinzu.

»Nein, das hat er nicht gesagt.«

»Aber ich habe es gehört.«

Der Blick in Ryans Augen schien weit in die Vergangenheit zu gehen.

»Jetzt werden Sie wirklich unverständlich.«

»Im Jahr achtzehnhundertvierzig, als ich Edward Oxford verhaftet habe, nachdem er auf die Königin geschossen hatte – als es zunächst so aussah, als hätte er einer revolutionären Gruppe angehört. Es gab damals eine Theorie, dass jemand ein Ablenkungsmanöver inszeniert hatte, um die Aufmerksamkeit der königlichen Leibwächter auf sich zu ziehen«, erklärte Ryan.

»Ein Ablenkungsmanöver?«

»Ein Junge«, sagte Ryan. »Ein Bettler.«

Der zerlumpte Bengel rannte neben der Kutsche der Königin her. »Majestät! Bitte hören Sie mir zu, Majestät! Meine Mutter und mein Vater brauchen Ihre Hilfe! Meine Schwestern brauchen Ihre Hilfe!« Er hatte einen irischen Akzent.

Ein berittener Leibwächter wies ihn an: »Geh Ihrer Majestät aus dem Weg, du Geschmeiß, bevor ich dich niederreite.«
Der Junge atmete schwer, als er sich abmühte, um mit der Kutsche Schritt zu halten.
»Bitte, Majestät, helfen Sie meinen Eltern! Helfen Sie meinen Schwestern!«
»Du irischer Abschaum, verschwinde!«
Der Reiter trat den Jungen in den Rinnstein.
Der Junge kämpfte sich wieder auf die Beine, ohne das Blut zu beachten, das ihm übers Gesicht rann, und stürzte hinter der Kutsche her. »Bitte, helfen Sie meiner Mutter und meinem Vater und meinen Schwestern!«

»Und das war der Moment, als Edward Oxford auf die Königin feuerte«, sagte Ryan. »Ich habe Ihnen schon erzählt, wie der Kutscher vor Überraschung über den Schuss die Pferde zum Stehen brachte, und das gab Oxford eine zweite Gelegenheit, einen Schuss abzugeben. Bevor ich ihn erreicht hatte, stürzte sich die Menschenmenge auf ihn. Sie hätten ihn umgebracht, wenn ich nicht da gewesen wäre und wenn nicht noch andere Constables dazugekommen wären.
Auf den Jungen wollten sie auch losgehen«, fügte Ryan hinzu. »Ich weiß noch, dass ein Mann ihm einen Stoß versetzt und dabei gebrüllt hat: ›Der irische Drecksskerl hier gehört auch dazu. Ist den Leibwächtern vors Pferd gerannt, hat sie ablenken wollen! Die Königin angeschrien! Hat versucht, die Kutsche zum Halten zu bringen!‹
Er hat den Jungen hinten am Kragen festgehalten, als wäre der ein zappelndes Tier. ›Er gehört mit dazu, ich sag's Ihnen!‹
Und der Junge hat immer nur gebrüllt: ›Helft meiner Mutter und meinem Vater und meinen Schwestern!‹
Ich hatte keine Ahnung, ob er nun wirklich in die Sache verwi-

ckelt war oder nicht, aber es war besser, ihn mit zur Polizei zu nehmen, als ihn dieser Meute zu überlassen. ›Schön, wir verhaften ihn auch‹, habe ich gesagt.
Aber als ich nach dem Jungen gegriffen habe, hat der Mann losgelassen. Der Junge ist gestürzt und hat sich dann durch die Beine der Menge davongeschlängelt. Der Mann, der ihn erwischt hatte, hat sich an die Verfolgung gemacht, aber der Junge hat das Geländer am Green Park erreicht, zwei von den Zaunspitzen gepackt und sich hochgezogen; er war drüber gesprungen, bevor der Mann ihn eingeholt hatte. Ich weiß noch, dass eine von den Spitzen ihm das Bein aufgerissen hat. Der Junge hat geschrien und ist auf der anderen Seite ins Gras gefallen. Aber bevor der Mann über den Zaun klettern konnte, war der Junge wieder auf die Füße gekommen und zwischen den Bäumen verschwunden. Er hat gehinkt, das Gewicht vor allem auf das unverletzte Bein gelegt.«
»Glauben Sie denn, dass der Junge einer Verschwörung gegen die Königin angehört hat?«, fragte Emily.
»Wir haben nie feststellen können, dass es auch nur eine gab«, antwortete Ryan. »Als ich in Edward Oxfords Bleibe war und die Dokumente dort gesehen habe, habe ich mich natürlich gefragt, ob der Junge ein Helfer bei irgendeinem Komplott gewesen sein könnte. Ich bin der Sache nachgegangen, so gut ich konnte, aber dann hat mein Sergeant mir erzählt, dass Young England sich als eine Wahnvorstellung in Edward Oxfords krankem Hirn herausgestellt hatte. Ich bin zu dem Schluss gekommen, dass der Junge einfach nur das gewesen war, was er zu sein schien – ein Kind, das verzweifelt versucht hat, seiner Familie zu helfen. Die Wissbegier ist mir allerdings geblieben; ich habe mich gefragt, warum die Familie des Jungen so dringend Hilfe brauchte. Vielleicht weil er Ire war so wie ich. Ich habe nie ganz aufgehört, nach ihm Ausschau zu halten, wenn ich Streife gegangen bin.«

»Und haben Sie ihn jemals wiedergesehen?«, fragte Becker.
»Nie. Es ist seltsam, wie die Erinnerung funktioniert. Ich habe seit Jahren nicht mehr an ihn gedacht. Und jetzt ...« Ryan drehte sich zu De Quincey um. »Ich habe das Gefühl, ich weiß, was Sie jetzt sagen werden.«
De Quincey nickte. »So etwas wie ein Vergessen gibt es nicht. Was in den Geist eingeschrieben wurde, bleibt für immer bestehen, so wie die Sterne, die bei Tageslicht zu verschwinden scheinen, aber wieder hervortreten, sobald die Nacht zurückkehrt.«
»Ryan, glauben Sie wirklich, dass dieser Junge zu dem Mann herangewachsen ist, der meiner Familie und mir aufgelauert hat?«, erkundigte sich Commissioner Mayne.
»*Eure Tochter soll leiden, wie meine Schwestern gelitten haben. Deine Frau und du, ihr werdet leiden, wie meine Eltern gelitten haben*«, zitierte Ryan noch einmal und setzte hinzu, was er den Jungen vor vielen Jahren hatte schreien hören. »*Meine Mutter und mein Vater brauchen Ihre Hilfe. Meine Schwestern brauchen Ihre Hilfe. Bitte helfen Sie meiner Mutter und meinem Vater und meinen Schwestern.*« Er zuckte die Achseln. »Vielleicht ist es ja auch nur ein Zufall, aber der Junge vor fünfzehn Jahren und der Mann gestern Nacht hatten beide eine Verbindung zu einer Bedrohung für die Königin.«
»Sie haben erwähnt, dass der Junge einen irischen Akzent hatte«, sagte Commissioner Mayne. »Der Mann, der meine Familie und mich überfallen hat, hatte auch einen.«

Die vormittäglichen Straßen waren in einem fürchterlichen Zustand. Sir Walter Cumberland fluchte, als er aus seinem Club trat und den schmutzigen Schneematsch zu sehen bekam, den er durchqueren musste, um die Mietkutsche zu erreichen, die er vom Pförtner hatte anfordern lassen.
Der Kopf dröhnte ihm noch von den nicht unerheblichen Bran-

dymengen, die er am Abend zuvor getrunken hatte, um seine Verlobung zu feiern. Er stieg in den Wagen und wies den Kutscher an: »Half Moon Street in Mayfair. Sieht nach wenig Verkehr aus heute, Sie sollten eigentlich nicht lang brauchen.«
»Wenig Verkehr trifft's«, stimmte der Kutscher zu. »Die Leute bleiben von der Straße weg wegen den Morden. Die Zeitungsjungen brüllen es an jeder Ecke heraus. Sie sind erst der zweite Fahrgast, den ich heute habe.«
»Fahren Sie einfach zu.«
In der Half Moon Street lag das Haus von Catherine Granthams Eltern, und nach seinem Triumph am vergangenen Abend war Sir Walter jetzt auf dem Weg dorthin, um seinen Erfolg zu untermauern. Aber am Ziel angekommen, sah er zu seiner Bestürzung eine weitere Mietkutsche vor dem Haus stehen, und er hatte keinerlei Zweifel, wer sie dorthin beordert hatte.
Nur gut, dass ich gleich bei der ersten Gelegenheit zurückkomme, dachte er wütend, während er aus dem Wagen sprang.
Er war im Begriff anzuklopfen, als die Tür sich öffnete und Trask auf der Schwelle erschien. Sir Walter weigerte sich, ihm auch nur in Gedanken seinen militärischen Rang zuzugestehen, von dem Titel »Sir« ganz zu schweigen.
Wenigstens hat er nicht wieder seine verdammte Uniform an, dachte Sir Walter. *Wie er die Leute damit zu beeindrucken versucht – es ist einfach schamlos.*
Aber was Trask stattdessen trug, ärgerte Sir Walter fast genauso sehr. Der glänzende Flor von Trasks Zylinder und die Qualität seines maßgeschneiderten Mantels stellten Sir Walters Kleidung in den Schatten, obwohl auch Sir Walter teuer und elegant gekleidet war.
»Ich hätte mir denken können, dass Sie nicht Gentleman genug sind, um eine Entscheidung als endgültig anzuerkennen«, bemerkte Sir Walter mit einer Geste seines Spazierstocks.

»Es war Lord Grantwoods Entscheidung, nicht Catherines«, antwortete Trask.

»Und Sie haben also gedacht, Sie versuchen es noch mal bei ihm? Bilden Sie sich ein, ich wüsste nicht, dass die Bank zusammengebrochen ist, in der er seine Einlagen hatte? Glauben Sie, ich wüsste nicht, dass er fast alles verloren hat?«

Trask schloss die Haustür, schob die Schlinge an seinem Arm zurecht und warf einen Blick auf die Passanten, die die Straße auf und ab gingen. »Wenn Sie die Stimme nicht senken, weiß es bald die ganze Nachbarschaft«, sagte er.

»Sie haben sich Lord Grantwoods finanzielle Schwierigkeiten zunutze gemacht und ihn überredet, Ihnen ein Nutzungsrecht für eine Eisenbahn über das Grundstück seines Landhauses zu verkaufen.«

»Ich habe mehr bezahlt, als das Nutzungsrecht wert war.«

»Natürlich haben Sie das – Sie wollten ja auch mehr als das Nutzungsrecht kaufen. Sie haben sich eine Möglichkeit verschafft, Catherine zu treffen, während Sie den Bau Ihrer Eisenbahn überwacht haben.«

»Ihr Pferd ist durchgegangen. Ich habe sie gerettet.«

»Ihr Pferd ist zweifellos wegen des Baulärms durchgegangen. Vielleicht haben Sie ja auch eine Sprengung so gelegt, dass sie das Tier erschreckt hat.«

»Überlegen Sie sich sorgfältig, was Sie sagen, Sir Walter.«

»Und dann haben Sie Ihre Besuche dort, angeblich immer in geschäftlichen Angelegenheiten, dazu genutzt, um eine Freundschaft mit Catherine zu etablieren.«

»Ich habe nichts getan, das ihr nicht willkommen gewesen wäre.«

»Als die Familie nach London reiste, sind Sie ihnen gefolgt und haben Ihre Aufmerksamkeiten fortgesetzt. Lord und Lady Grantwood waren in einem solchen Maß von Ihnen abhängig, dass sie keine Einwände vorbringen konnten.«

»Wenn Sie freundlicherweise die Stimme senken würden«, warnte Colonel Trask.
Die Kopfschmerzen, die Sir Walter von dem Brandy am Vorabend zurückbehalten hatte, waren stärker als seine Geduld.
»In der Armee haben Sie vielleicht Befehle gegeben, aber mir erteilen Sie keine. Mit Ihren ganzen Dampfschiffen und Eisenbahnen und all Ihrem Geld können Sie sich eins nie kaufen, nämlich Ehrbarkeit. Die Leute, auf die es ankommt, werden immer die Schweißspuren auf Ihrer Stirn sehen. Ihnen wird immer ein Rest von Schmutz unter den Fingernägeln bleiben. Sogar Ihre Sprache verrät Sie. Ihre peinliche Bemerkung über die ›verdammten Russen‹ gestern Abend im Beisein der Königin hat jeden Menschen dort an Ihren Mangel an Erziehung erinnert.«
Sir Walters sarkastischer Hinweis auf Trasks mangelnde Manieren bezog sich auf dessen Vater, Jeremiah Trask, der im Jahr 1830 die erste Eisenbahnverbindung zwischen Liverpool und Manchester gebaut und damit das Schienenzeitalter eingeläutet hatte. Gerüchte behaupteten, Trask der Ältere habe die Anfänge seines Eisenbahnimperiums finanziert, indem er Anteile an wertlosen afrikanischen Goldminen verkauft hatte.
»Ich möchte Sie noch einmal bitten, vorsichtig zu sein«, sagte Trask.
»Gehen Sie mir aus dem Weg. Ich habe ein persönliches Anliegen, um das ich mich kümmern muss.«
»Das müssen Sie in der Tat«, sagte Trask. »Sie werden feststellen, dass Catherines Vater es sich anders überlegt hat. Die Ankündigung Ihrer Verlobung mit Catherine war verfrüht.«
»Wovon reden Sie eigentlich?«
Trask antwortete nicht.
»Was haben Sie getrieben?«, wollte Sir Walter wissen.
»Ich habe Lord Grantwood lediglich gebeten, seine Entscheidung noch einmal zu überdenken.«

»Hol Sie der Teufel!«

Als Sir Walter sich an Trask vorbeidrängte, um an die Tür zu hämmern, versetzte er ihm einen Stoß, der Trask aus dem Gleichgewicht brachte und in den Schneematsch stürzen ließ.

Er landete auf seinem verletzten Arm, zuckte zusammen, verbiss sich aber das Stöhnen. Mit der linken Hand packte er das Geländer und zog sich wieder auf die Füße. Die Armschlinge war jetzt schmutzig, und der Zylinder lag im aschefleckigen Schneematsch; der sorgsam gebürstete Flor war ruiniert. Halb geschmolzener Schnee rutschte von Trasks Mantel.

Fußgänger blieben stehen und starrten. Kutscher beugten sich auf den Böcken ihrer Mietfahrzeuge vor; nie hätten sie in einer Straße in Mayfair mit einem solchen Auftritt gerechnet.

Trask hob seinen triefenden Hut auf. Wenn er ärgerlich war, ließ sein unbewegtes Gesicht es nicht erkennen.

Sir Walter hingegen war entzückt. »Wenn Sie Satisfaktion wünschen, dann treffen wir uns doch in Englefield Green.«

»Ein Duell? Nein. Ich habe im Krieg schon genug Tod gesehen.«

»Wie nobel von Ihnen. Oder vielleicht haben Sie auch einfach Angst, Ihr verletzter Arm würde mir einen Vorteil verschaffen – den ich mit Vergnügen nutzen würde. Die Anklage wegen Totschlags wäre ein akzeptabler Preis dafür, Sie nie wieder sehen zu müssen.«

Die Haustür ging unvermittelt auf.

Lord Grantwoods Butler musterte stirnrunzelnd das Durcheinander vor dem Haus und Trasks ruinierten Hut und Mantel.

Sir Walter stürmte ins Haus und wollte wissen: »Ist er in seinem Studierzimmer?«

Ohne auf eine Antwort zu warten, ging er in die entsprechende Richtung und traf Catherines Vater in der offenen Tür des Studierzimmers an.

»Haben Sie uns gehört?«

»Die ganze Nachbarschaft hat Sie gehört«, teilte Lord Grantwood ihm mit.
»Hat Trask gelogen, als er behauptet hat, Sie hätten es sich anders überlegt mit Ihrer Erlaubnis, mich Catherine heiraten zu lassen?«
»Er hat nicht gelogen.«
»Wo ist Catherine?«
»Sie trifft Vorbereitungen für eine Reise aufs Land, um eine kranke Cousine zu besuchen.«
»Sagen Sie ihr, sie soll herunterkommen, ich will mit ihr sprechen.«
»Damit würden Sie nichts erreichen, das in der Sache von irgendeinem Nutzen wäre.«
Sir Walter hatte Catherines Vater noch nie so bleich gesehen.
»Was um alles in der Welt ist eigentlich los mit Ihnen? Was ist heute Vormittag hier passiert?«
»Colonel Trask und ich haben eine Unterhaltung geführt. Er hat mich davon überzeugt, dass Catherines Zuneigung zu ihm wichtiger ist als jede andere Erwägung.«
»Warum sehen Sie so verstört aus? Hat er Ihnen gedroht?«
»Nein.«
»Ich darf Sie an unsere Unterredung gestern Nachmittag erinnern. Ihre finanziellen Schwierigkeiten sind allgemein bekannt.«
Lord Grantwoods Gesichtsausdruck wurde noch verkniffener.
»So schön Catherine ist, kein Mitglied des Geburtsadels würde um ihre Hand anhalten«, erinnerte Sir Walter. »Sie wird keinerlei materielle Vorteile mit in die Ehe bringen und könnte sogar zu einer Belastung für die Finanzen ihres Ehemannes werden, wenn sie ihn bittet, für Sie und Lady Grantwood aufzukommen.«
Catherines Vater sank in den Stuhl hinter seinem Schreibtisch.
»Zudem – Trasks Ritterschlag berechtigt ihn dazu, mit ›Sir‹ angeredet zu werden, aber ich brauche Sie wohl nicht daran zu erinnern, dass dieser Titel den gemeinen Mann mehr beeindruckt als

den Adel. Ebenso wenig brauche ich Sie daran zu erinnern, dass der Ritterstand nicht vererbbar ist. Sollten Sie, was Gott verhüte, Catherine tatsächlich erlauben, ihn zu heiraten, dann wird kein Kind aus dieser Verbindung den Titel erben. Ich dagegen bin Baronet. *Mein* Titel steht nicht nur über demjenigen Trasks, er ist außerdem vererbbar. Wenn Sie Ihr Versprechen mir gegenüber brechen und Catherine gestatten, ihn zu heiraten, dann verurteilen Sie Ihre eigenen Nachkommen zu einem Leben ohne Titel. Und schließlich«, sagte Sir Walter mit Nachdruck, »sind meine fünfzigtausend Pfund im Jahr vielleicht nicht mit Trasks Vermögen zu vergleichen, aber es ist sehr viel mehr, als *Sie* derzeit noch haben. Mein Vermögen würde Catherine ein Leben in Wohlstand ermöglichen und auch Ihnen einen gewissen Luxus erlauben.«

Lord Grantwood starrte zu den glimmenden Kohlen im Kamin hinüber; sein Gesichtsausdruck verriet, dass sich wenig von ihrer Wärme auf ihn übertrug. »Es ist ganz unnötig, mich an unsere Unterhaltung von gestern zu erinnern.«

»Was zum Teufel hat Sie veranlasst, Ihre Entscheidung umzustoßen? Wie viel Geld hat Trask Ihnen angeboten? Genug, um all Ihre Schulden abzubezahlen?«

»Ich werde Ihnen nicht gestatten, mich mit der Unterstellung zu beleidigen, dass ich willens wäre, meine Tochter zu verkaufen.«

»Was hat Trask dann also gesagt, das alles und jedes umgestoßen hat?« Sir Walter trat näher. »Sie erzählen mir nicht alles. Ich sehe es Ihnen an den Augen an.«

»Er hat mich davon überzeugt, dass es letzten Endes die emotionalen Erwägungen sind, auf die es ankommt.«

»Die *emotionalen* Erwägungen? Was hat denn *das* mit der ganzen Angelegenheit zu tun? Eine Frau lernt ihren Ehemann zu lieben – oder doch zumindest zu würdigen, was er ihr bieten kann.«

»Ich muss Sie bitten, jetzt zu gehen.«

»Er hat Ihnen gedroht. Ich hatte recht. Ich weiß es. Nicht mit körperlicher Gewalt vielleicht – aber er hat Ihnen nichtsdestoweniger gedroht. Mit was? Was verbergen Sie vor mir? Was ist Ihr Geheimnis?«

Lord Grantwood starrte auch weiterhin verloren zu den glimmenden Kohlen hinüber.

»Ich suche ihn auf und lasse mir von ihm erzählen, was er gegen Sie ins Feld geführt hat«, schwor Sir Walter.

»Er wird Ihnen sagen, dass er Catherine liebt und von ihr geliebt wird.«

Sir Walter klopfte sich mit dem Knauf seines Spazierstocks in die Handfläche der anderen Hand. »Wenn ich mit ihm fertig bin, wird er mir noch sehr viel mehr als das erzählt haben.«

»Ich nehme noch ein Glas von diesem Cream of the Valley!«, sagte der Bankschreiber zu Thaddeus Mitchell, als der mittägliche Hochbetrieb im »Wheel of Fortune« seinen Höhepunkt erreichte. »Und bringen Sie auch noch eins für meinen Freund.«

Hier im Geschäftszentrum Londons flossen die Unterhaltungen über Geld in aller Regel wie das Bier und der Gin des »Wheel of Fortune«. Aber heute waren die Morde das einzige Gesprächsthema, zusammen mit der Frage, ob Termine lieber abgesagt werden sollten, damit alle Welt Gelegenheit hatte, vor Sonnenuntergang nach Hause zu gehen – und dieser würde schon in drei Stunden eintreten. Dabei war niemand vollkommen überzeugt, dass man auch nur im Schutz des eigenen Hauses sicher sein würde.

»Die Russen sind's, die haben das auf dem Gewissen«, behauptete ein Wertpapiermakler, während er sein Bierglas absetzte.

»Genau. Die versuchen, uns von dem Krieg abzulenken«, stimmte ein leitender Angestellter des Telegrafenamtes zu.

»Die Russen wollen erreichen, dass wir Angst haben, einen Fuß aus dem Haus zu setzen«, beschwerte sich ein Vertreiber von Gebrauchsgütern und trank sein Glas leer. »Demnächst machen wir alle unseren Kotau vor dem Zaren.«

»Wenn wir vorher nicht in unseren Betten ermordet werden. Keiner ist mehr sicher.«

»Bringen Sie noch ein Glas Bier«, rief der Wertpapierhändler zu Thaddeus Mitchell hinüber. »Ich glaub's nicht, wie durstig ich heute bin.«

Thaddeus lächelte angesichts des ungewöhnlich lebhaften montäglichen Betriebs. »Kommt sofort!«

Ein weiterer Gast merkte an, dass auch er von dem Bier Durst bekam. Der Mann – ein Baumwollgroßhändler – nahm einen weiteren Schluck, setzte sein Glas ab, kippte langsam zur Seite und stürzte von seinem Stuhl, wobei er mit dem Kopf auf dem Fußboden aufschlug.

Drei Tische weiter trank ein Bauunternehmer sein Glas Cream of the Valley leer, schob einen Vertrag in die Tasche, stand auf, um in sein Büro zurückzukehren, und fiel krachend über den Tisch.

Jemand brüllte.

Ein weiterer Mann brach zusammen.

Thaddeus Mitchells Lächeln machte einem Ausdruck blanken Entsetzens Platz, als der Bankangestellte sein Glas in das Gesicht seines Begleiters schleuderte.

Der Mann vom Telegrafenamt zog ein Messer aus einer Schweinefleischpastete und rammte es einem vorbeikommenden Kellner in den Hals.

Dann brach die Hölle los.

Das Schild mit der Aufschrift »Consolidated English Railway Company« war bemerkenswert unauffällig dafür, dass es das Hauptquartier eines der größten Privatunternehmen Englands kennzeichnete. Selbst die Adresse war bescheiden: Das Gebäude lag in der Water Lane, einer Nebenstraße der Lower Thames Street, und damit in einiger Entfernung von den berühmten Prachtbauten des Geschäftszentrums, etwa dem palastartigen Hauptquartier der East India Company und dem Kolossalbau der Bank of England.

Eine der vielen inspirierten Geschäftsideen von Trask senior war es gewesen, über Mittelsmänner alle Häuser auf einer Seite von Water Lane zu erwerben; so hatte keiner der Verkäufer gemerkt, wie sein Plan aussah, und dementsprechend hatten sie auch die Preise nicht erhöht. Danach hatte Trask senior Trennwände durchbrechen und neue Korridore einbauen lassen, um das Innenleben der unscheinbaren Häuserzeile zu vereinheitlichen. Die vielen Haustüren hatte er bis auf drei verschließen lassen: eine Tür an jedem Ende des Blocks und eine in der Mitte.

Nach dem Bau der Eisenbahnlinie zwischen Liverpool und Manchester im Jahr 1830 hatte Trask senior noch viele weitere Strecken gebaut, das ganze Land mit Linien aus Lärm, Rauch und Ruß durchzogen. Andere Geschäftsleute erkannten, welche ungeheuren Gewinne sich auf diese Art erzielen ließen, und gründeten eigene Bahnlinien. Allein im Jahr 1846 hatten zweihundertsechzig Firmen bei der Regierung Anträge auf das Recht gestellt, Eisenbahnlinien zu bauen. Aber viele dieser Gesellschaften waren nicht überlebensfähig, woraufhin Trask senior sie zum Schleuderpreis erworben hatte. Auch hier hatte er wieder Agenten und Zwischenhändler eingesetzt; kaum jemand hatte erkannt, was für ein Imperium er auf diese Weise schuf. Im Jahr 1850 durchzogen Schienenstränge in einer Gesamtlänge von sechstausend Meilen das Land, und über die Hälfte davon gehörte Trasks Vater. Telegrafenleitungen verliefen neben den Gleisen, und bald war Trask senior dabei, ein zweites Imperium zu errich-

ten. Die Weltmeere allerdings konnten auf Schienen nicht überquert werden, und so dehnte Jeremiah Trask sein Interesse auf die Dampfschifffahrt aus.
Und alles auf der Grundlage von Anteilen an wertlosen afrikanischen Goldminen, dachte Sir Walter, als er wütend durch die Tür in der Mitte des Blocks stürmte. Er erinnerte sich noch, wie sein Onkel einmal zu ihm gesagt hatte, Trask und sein opportunistischer Vater seien Repräsentanten des neuen Geldadels, der die Klassenunterschiede beiseitefegen würde. »Mach dir da nichts vor – die Aufsteiger mit Geld sind es, die dieses Land ruinieren werden. Bald wird es so weit gekommen sein, dass wir um Erlaubnis bitten müssen, wenn wir auf dem Land, das uns mal gehört hat, noch Füchse jagen wollen.«
»Sie wünschen?«, fragte ein Pförtner an einem Schreibtisch im Vorraum.
»Ich will Trask sprechen.«
Der Pförtner zog die Augenbrauen hoch angesichts der Tatsache, dass der Name von keinem »Sir« oder »Colonel« oder auch nur »Mister« begleitet wurde.
»Haben Sie einen Termin?«
»Sagen Sie ihm einfach, Sir Walter Cumberland will mit ihm reden.«
»Es tut mir leid, Sir, aber wenn Sie nicht auf der Liste stehen ...«
Sir Walter spürte, wie sein Gesicht rot anlief. »Sagen Sie ihm, wenn er mich nicht empfängt, wird er mit Sicherheit eine Einladung zu einem Treffen in Englefield Green bekommen, bei dem wir unsere Meinungsverschiedenheiten beilegen können.«
Der Pförtner musterte Sir Walter, runzelte die Stirn und schrieb etwas auf ein Stück Papier, das er an einen Angestellten weitergab. »Bringen Sie das hier zu Sir Anthony.«
»Ich komme gleich mit«, sagte Sir Walter, gereizt angesichts der Tatsache, dass man Trask hier »Sir« nannte.

»Das kann ich Ihnen nicht gestatten.« Der Pförtner trat ihm in den Weg.

»Vielleicht würden *Sie* sich gern in Englefield Green mit mir treffen?«

»*Was ist hier los?*«, wollte eine Stimme wissen.

Sir Walter drehte sich um und sah Trask auf halber Höhe einer Treppe stehen und finster zu ihm herübersehen.

»Dieser Gentleman besteht darauf ...«, begann der Pförtner.

»Ja, ich habe ihn bis in mein Büro rauf *bestehen* hören«, sagte Trask.

»Ich weiß nicht, mit was Sie Catherines Vater gedroht haben, aber ich lasse Sie nicht damit durchkommen«, teilte Sir Walter ihm mit.

»Sprechen Sie leiser.«

»Vielleicht haben Sie Catherine ja wirklich von ihrem Vater gekauft. Ihnen würde ich alles zutrauen. Was hat sie gekostet?« Sir Walter machte eine drohende Bewegung mit dem Spazierstock. »Wenn ich erst herausfinde, was Sie getan haben, um ihn so unter Druck zu setzen, dann werde ich ...«

Aber mittlerweile war Trask am Fuß der Treppe angekommen. Mit der unverletzten linken Hand packte er den Spazierstock, riss ihn Sir Walter aus der Hand und schleuderte ihn zur Seite. Dann schlug er Sir Walter so hart ins Gesicht, dass der zur Tür hinausstolperte und im Schneematsch des Rinnsteins landete.

Trask trat ebenfalls ins Freie hinaus und stellte sich so, dass er Sir Walter die Seite zuwandte, um den verletzten Arm in der Schlinge zu schützen.

»Ich nehme Ihre Einladung nach Englefield Green an.«

Als Sir Walter aufzustehen versuchte, schlug Trask ein zweites Mal zu; diesmal setzte er die linke Faust ein, um ihn wieder in den Schneematsch zu schleudern.

»Es sei denn, Sie würden es vorziehen, die Angelegenheit gleich jetzt beizulegen«, fügte er hinzu.

Bevor Sir Walter die Wut in Worte fassen konnte, die sein blutiges Gesicht bereits verriet, drang Geschrei vom Ende der Water Lane herüber.
»Hilfe!«, brüllte ein Mann.
Ein zweiter Mann mit einem Messer verfolgte ihn.
Weitere Stimmen erhoben sich. »Drüben im ›Wheel of Fortune‹! Die haben alle den Verstand verloren!«
Hinter der Straßenecke ertönte ein Pistolenschuss.
Der Mann mit dem Messer begann sein Opfer einzuholen.
Trask trat einige Schritte vor, stellte dem Angreifer ein Bein, als dieser an ihm vorbeistürmte, und trat mit dem Stiefel hart auf die Hand herunter, die das Messer gepackt hielt. Finger brachen, und der Mann war gezwungen, das Messer loszulassen. Trask setzte ihm den Stiefel in den Nacken und verlagerte sein gesamtes Gewicht auf den Fuß.
»Unten bleiben!«, warnte er.
Der Mann krümmte sich und heulte wie ein Tier.
»Was zum Teufel ist in Sie gefahren?«, wollte Trask wissen.
Der Pförtner kam ins Freie gestürzt, um zu helfen, und hielt den Mann auf dem Straßenpflaster fest.
»Im ›Wheel of Fortune‹!«, schrie jemand. »Machen Sie schnell!«
Trask fuhr zu Sir Walter herum, der noch immer im Rinnstein saß und sich den blutenden Mund hielt, fassungslos angesichts dessen, was er gerade gesehen hatte.
»Machen Sie sich zur Abwechslung einmal nützlich«, sagte Trask zu ihm. »Helfen Sie meinem Pförtner, diesen Mann unter Kontrolle zu halten.«
Das Geschrei hinter der Straßenecke hielt an.
Trask rannte die Straße entlang, die gesunde Hand um den Arm in der Schlinge geschlossen. Als er nach links in die Lower Thames Street einbog, sah er einen Mann im Schneematsch sitzen, der sich stöhnend eine Bauchwunde hielt.

Mehrere weitere rangen mit einem Mann, der eine Pistole in der Hand hielt.

Trask versetzte dem Mann mit der Pistole einen Tritt gegen das linke Knie. Als der aufbrüllte, trat Trask nach dem anderen Knie, und der Mann stürzte aufs Pflaster. Trask machte Anstalten, ihn seitlich gegen den Kopf zu treten, aber als er sah, dass die anderen Anwesenden ihn jetzt überwältigen konnten, rannte er weiter, auf die Quelle des Lärms zu.

Vor dem Wirtshaus namens »Wheel of Fortune« war ein Handgemenge im Gang. Über der Tür hing als Wirtshausschild ein Rad, aber es war nicht das Schicksalsrad aus der Darstellung auf der Tarotkarte, in der ein Mensch von der absteigenden Bewegung des Rades mitgerissen wird, während ein zweiter sich auf der anderen Seite von dem Rad in die Höhe ziehen lässt. Nein, dies war ein Rouletterad, wie es beim Glücksspiel verwendet wurde. Unterhalb des Rades flog ein Schemel durch eine Fensterscheibe ins Freie und schleuderte Glasscherben über die Menge hin.

Constables versuchten das Handgemenge unter Kontrolle zu bekommen. Einige von ihnen waren bereits gezwungen, ihre Knüppel einzusetzen, weil einzelne Männer in der Menge sie angegriffen hatten.

Ein Mann kam durch das Gewühl gestolpert.

Trask erkannte ihn – es war Thaddeus Mitchell, der Gastwirt. Blut tropfte aus einer Stirnwunde und hinterließ Flecken auf seiner weißen Schürze.

»Himmel, was ist hier eigentlich passiert?«, fragte Trask.

»Mir sind die Gäste einfach umgekippt.«

»Was?«

»Und andere haben angefangen rumzuschreien. Ein paar hatten Messer oder Pistolen dabei wegen der Morde. Sie haben sie rausgezogen, und ...«

Rings um sie her ging das Geschrei weiter.
»Irgendwer hat mir doch allen Ernstes was mit Blut auf die Theke geschrieben.«
»In Blut geschrieben?« Trask zerrte den Gastwirt auf die Eingangstür zu. »Wovon reden Sie eigentlich? Zeigen Sie's mir.«

Ryan und Becker sprangen aus ihrer Mietkutsche, wobei sie vorsichtig den Scherben eines zerbrochenen Fensters auswichen, die aus dem Matsch ragten. Ein Mann lehnte zusammengesackt an der Hausmauer und stöhnte. Ein weiterer Gast wurde gerade aus dem Wirtshaus getragen.
Ein großer Mann mit militärischer Haltung kam auf sie zu. Ryan hatte ihn bisher nur in Uniform gesehen und hätte ihn vielleicht nicht gleich erkannt, wenn die Armschlinge nicht gewesen wäre.
»Colonel Trask, ich danke Ihnen dafür, dass Sie mich benachrichtigt haben.«
»Meine Büros liegen hier in der Nähe – in der Water Lane. Als ich den Lärm gehört habe, wollte ich wissen, was hier los war. Ich habe sehr schnell festgestellt, dass dies etwas ist, was Sie wissen müssen.«
Ein Polizeisergeant brachte seine Befragung einiger Zeugen zu Ende und kam zu ihnen herüber. Die Gestaltung seiner Gürtelschnalle zeigte an, dass er der für das Geschäftsviertel zuständigen Einheit angehörte, nicht der Metropolitan Police, für die Ryan und Becker arbeiteten.
»Ihnen ist klar, dass Sie als Besucher hier sind«, bemerkte der Sergeant.
»Wir sind hier, um zu helfen, nicht um das Kommando zu übernehmen«, versicherte Ryan.
»Na ja, wenn Sie aus der Sache hier schlau werden, dann nur zu.«
Der Sergeant führte sie ins Wirtshaus.
Das gewöhnlich schattige Innere des »Wheel of Fortune« wurde

nun von dem Tageslicht erhellt, das durch die zerbrochenen Fenster hereinfiel. Es roch nach abgestandenem Bier und Gin.
Ryan und Becker sahen sich in dem Durcheinander um. Tische waren zerbrochen, Stühle zertrümmert, Flaschen, Gläser und ein Spiegel in Scherben gegangen. Zwei Polizisten halfen einem stöhnenden Verletzten, davonzuhumpeln.
In einer Ecke stand ein Mann mit einer Stirnwunde und starrte über den Schauplatz hin, beide Hände fassungslos an den Kopf gelegt.
»Das ist der Besitzer – Thaddeus Mitchell«, erklärte der Sergeant. »Er hat zugegeben, dass er einen Getränkedoktor angestellt hat, der ihm das Bier und den Gin strecken sollte, damit sie länger vorhalten.«
»Und der Mann, den er angestellt hat, hat mehr als die übliche Menge an Chemikalien zugesetzt«, folgerte Ryan. »Oder etwas so Wirkungsvolles, dass die Leute, die es getrunken haben, entweder umgefallen sind oder Visionen von Ungeheuern hatten, die auf sie losgingen.«
»*Wie* das passieren konnte, kann ich mir noch vorstellen«, sagte der Sergeant. »Aber das Warum – das leuchtet mir nicht ein. Was könnte irgendwen dazu treiben, so was zu machen?«
»Damit die Leute sich an Orten wie diesem, wo sie sich in der Regel unbesorgt bewegen können, nicht mehr sicher fühlen«, antwortete Becker. »So, wie sie sich in Kirchen oder öffentlichen Parks nicht mehr sicher fühlen – oder auch nur in ihren eigenen Häusern.«
Colonel Trask zeigte zur Schanktheke hinüber. »Was ich in meiner Nachricht an Sie erwähnt habe, ist dort drüben.«
Sie verteilten sich im Raum und sahen sich an, was vor ihnen lag. Jemand hatte den Finger in das Blut eines der Verletzten getaucht und es dazu verwendet, einen Namen auf die Theke zu schreiben.

Ryan wandte sich an den Besitzer der Kneipe. »Mr. Mitchell, wann ist der Getränkedoktor hier gewesen?«
Der verstörte Mann war es nicht gewöhnt, so höflich angesprochen zu werden. Er ließ die Hände sinken und gab sich Mühe, seine Gedanken zu ordnen. »Letzte Nacht. Kurz nach Mitternacht.«
»Entschuldigen Sie uns einen Augenblick«, sagte Ryan zu ihm.
Er winkte Becker, Colonel Trask und den Sergeanten ein paar Schritte weiter.
Dann fragte er Becker, die Stimme so weit gesenkt, dass der Wirt ihn nicht hören konnte: »Verstehen Sie?«
»Kurz nach Mitternacht. Das ist die Tageszeit, zu der Commissioner Mayne und seine Familie überfallen wurden«, sagte Becker.
»Der Commissioner und seine Familie wurden überfallen?«, wiederholte der Colonel alarmiert.
»In ihrem Haus am Chester Square.«
»Aber Chester Square liegt mindestens drei Meilen entfernt von hier. Nach all dem Schnee gestern würde es eine Stunde dauern, um diese Strecke zurückzulegen«, sagte Colonel Trask.
»Genau das. Der Mann, der den Commissioner und seine Familie attackiert hat, kann unmöglich gleichzeitig in diesem Wirtshaus gewesen sein. Wir haben es also mit mehr als einem Täter zu tun. Genau wie bei den Morden gestern.«
Ryan warf Becker einen warnenden Blick zu in der Hoffnung, er würde nicht aussprechen, was sie beide dachten. Young England war Wirklichkeit.
Er wandte sich wieder an Thaddeus Mitchell, der sich rasch aufrichtete – er hatte sich vorgebeugt, um mitzubekommen, was in der Gruppe besprochen wurde.
Ryan zeigte auf die in Blut geschriebenen Worte auf der Schanktheke. »Mr. Mitchell, haben Sie gesehen, wer das getan hat?«
»Ja. Aber das, was ich gesehen habe, ist genauso verrückt wie alles andere, was hier passiert ist.«

»Wie meinen Sie das?«
»Sie sehen selbst, wie dünn die Fingerspuren sind. Es war ein Bettlerjunge, der den Namen da hingeschrieben hat.«
»Ein Bettlerjunge?«
»Bevor alles andere passiert ist, ist der Junge hier reingekommen und hat gesagt, er wäre auf der Suche nach seinem Vater. Er hat sich umgesehen, aber sein Vater war nicht zu sehen. Er hat mir erzählt, sein Vater hätte gesagt, er würde hierherkommen. Seine Mutter war krank geworden, und der Junge wollte seinem Vater sagen, er müsste nach Hause kommen und sich um sie kümmern. Und ob ich ihm erlauben würde, irgendwo in der Ecke sitzen zu bleiben, wo er niemanden stört, bis sein Vater auftaucht. Na ja, und so kläglich, wie er das gefragt hat – ich habe gedacht, es kann ja nicht schaden, solange sein Vater nicht zu lang ausbleibt. Also hat der Junge dahinten gesessen.«
Thaddeus Mitchell zeigte zu einem Winkel in der Nähe der Theke hinüber.
»Und als die Leute dann plötzlich angefangen haben zu fallen und zu brüllen und aufeinander loszugehen, ist der Junge plötzlich auf die Theke gesprungen, hat mit der Hand durch das Blut gewischt, das inzwischen da drauf war, und das da geschrieben.«
Becker beugte sich vor, um den mit Blut geschriebenen Namen lesen zu können. »John William Bean junior.«
»Wer das auch immer sein soll«, maulte der Wirt. »Ich kenne all meine Stammgäste, aber *den* Namen hab ich noch nie gehört.«
»Aber ich«, bemerkte Colonel Trask. »Das war der Grund, weshalb ich Ihnen die Nachricht geschickt habe.«
Ryan nickte. »Vor sechs Jahren hat John William Bean junior versucht, die Königin zu erschießen.«

9

Bedlam

»Guten Tag, Mylord«, sagte De Quincey.
Lord Palmerston runzelte die Stirn, als er die Treppe ins Erdgeschoss seines Hauses herunterkam.
»Warum warten Sie mit Ihrer Tochter auf mich? Sie brauchen sich nicht dafür zu bedanken, dass ich Sie hierbleiben lasse. Ich wollte nur verhindern, dass die Königin sich angesichts Ihrer Mittellosigkeit veranlasst sieht, Ihnen eine Unterkunft im Palast anzubieten. Und wenn Sie mich jetzt entschuldigen wollen, meine Verpflichtungen als der neue Premierminister ... Augenblick. Habe ich da möglicherweise etwas missverstanden? Kann es sein, dass Sie sich schließlich doch noch entschlossen haben, nach Edinburgh zurückzufahren, und sich ganz einfach verabschieden wollen?«
»Mylord, ich bin hier, um Ihnen einen Dienst zu erweisen.«
»Dann reisen Sie also *wirklich* ab«, sagte Lord Palmerston mit großer Befriedigung.
»In gewisser Weise. Wir wollen eine kleine Exkursion zu dem Ort unternehmen, an den Sie mich schon so häufig zu schicken wünschten.«
»Das verstehe ich nicht.«
»Aber um hinzufahren, brauche ich ein Schreiben von Ihnen, das mir Zugang verschafft – und den Preis für die Mietkutsche.«
»Um wo hinzufahren? Herrgott noch mal, jetzt hören Sie doch auf, mich immer weiter zu verwirren.«
»Mylord, ich würde gern ins Irrenhaus gehen.«

Das Bethlem Royal Hospital war im Jahr 1247 gegründet worden, und damals war es zunächst ein Armenhaus gewesen. Sein Name – eine verkürzte Form von Bethlehem – wurde oft Bedlam ausgesprochen und war in der Vorstellung der Leute inzwischen untrennbar mit exzentrischem Verhalten verknüpft, denn aus dem ehemaligen Armenhaus war längst Großbritanniens erste Anstalt für Geisteskranke geworden. 1815 hatte die Institution ein neues Gebäude südlich der Themse bezogen; es lag in St. George's Fields in Southwark. Die Bezeichnung »Fields« entsprach den Tatsachen, denn um ein Gegengewicht zu dem düsteren Bau zu schaffen, legte man davor einen weitläufigen Park an. Aderlässe und Abführmittel gehörten zu den üblichen Behandlungsmethoden, denn mit ihnen glaubte man den üblen Körpersäften beikommen zu können, die als Ursache der Geisteskrankheiten galten. Die Nachbarn beschwerten sich häufig über das Weinen, Kreischen, Brüllen, Streiten, Kettenrasseln und Fluchen, das aus dem Gebäude ins Freie drang.

Der Haupteingang von Bedlam lag südlich der Westminster Bridge ganz in der Nähe der Kreuzung von Lambeth Road und Vauxhall Road. De Quincey beugte sich aus dem Fenster der Mietkutsche, als sie auf das Grundstück fuhr; er ignorierte den mit Schneematsch bedeckten Rasen und konzentrierte sich stattdessen auf das weitläufige Gebäude, dem sie sich näherten.

»Es sieht aus wie Buckingham Palace«, stellte er fest.

»Ich bin froh, dass ich der einzige Mensch bin, der dich das sagen hört«, kommentierte Emily.

»Aber es stimmt«, beharrte De Quincey, während der Bau näher kam. »Es ist fast so hoch und breit wie der Palast.«

Er hob die Laudanumflasche an die Lippen.

»Gib sie lieber mir«, wies Emily ihn an. »Wenn einer von den Aufsehern sieht, wie du daraus trinkst, wird er sie einziehen – schon aus Furcht, du könntest einem Patienten etwas davon anbieten.«

De Quincey händigte seiner Tochter widerwillig die Flasche aus, während er durch das Kutschenfenster zu dem eindrucksvollen Bau hinüberstarrte.
»Endlich bekommt Lord Palmerston, was er sich gewünscht hat. Vielleicht ist das Irrenhaus wirklich der richtige Ort für mich.«
Die Kutsche erreichte das Ende einer baumgesäumten Zufahrt. Die kahlen Zweige wirkten ebenso trübselig wie der rußgefleckte Schnee.
Emily stieg aus und entlohnte den Mietkutscher mit dem Geld, das Lord Palmerston ihnen widerwillig ausgehändigt hatte. Dann standen sie und De Quincey da und musterten die Freitreppe, die zu dem einschüchternden Haupttor des Gebäudes hinaufführte.
»Nachdem Edward Oxford 1840 auf die Königin geschossen hatte, verbreitete sich das Gerücht, dass seine Inhaftierung in Bedlam gar keine Bestrafung darstellte«, sagte De Quincey. »Manche Zeitungen haben behauptet, er erhalte dort fabelhaftes Essen mit Wein. Einige berichteten sogar, er habe Lehrer, die ihm Französisch und Deutsch beibrächten. John Francis, der nächste Mann, der auf die Königin schoss, erhoffte sich, nach seiner Verhaftung ebenfalls hierhergebracht zu werden und damit zugleich seine Schulden los zu sein.«
»Jeder Mensch, der diesen finsteren Ort zu Gesicht bekommt, muss doch sehen, wie viel davon wahr ist«, sagte Emily. »Und der dritte Mann, der versucht hat, Ihre Majestät zu erschießen – wollte auch *er* hierher verlegt werden?«
»John William Bean junior? Seine siebzehn Lebensjahre waren eine einzige biblische Prüfung gewesen. Er war ein buckliger Zwerg und wollte nichts weiter als sterben.«
»Ein buckliger Zwerg?«
»Seine Arme waren spindeldürr. Sein Rücken war so verkrümmt, dass er mit tief gesenktem Kopf gehen musste, das Gesicht dem Rinnstein zugewandt. Es war ihm unmöglich, seinen Lebensun-

terhalt zu verdienen. Seine Brüder machten sich über ihn lustig, was ihn veranlasste, von zu Hause fortzulaufen und im Freien zu übernachten. Eine Woche lang überlebte er auf irgendeine Weise mit nur acht Pence, die er sich erbettelt hatte. In seiner Verzweiflung gelang es ihm, an eine alte Pistole und Schießpulver heranzukommen, aber Kugeln konnte er sich nicht leisten, also schob er die Tonscherben einer alten Tabakspfeife in den Lauf. Nur sieben Wochen, nachdem John Francis auf die Königin geschossen hatte, wartete er an der Constitution Hill darauf, dass die Kutsche Ihrer Majestät vorbeifahren würde. Dann trat er vor und drückte ab.«

»Gütiger Himmel«, sagte Emily. »War die Königin verletzt?«

»Glücklicherweise nein. Wie so vieles in Beans Leben missglückte ihm auch dies – das Pulver entzündete sich nicht. Er flüchtete, aber nicht bevor mehrere Zeugen gesehen hatten, was er tat. In einer grotesken Suchaktion durchkämmte die Polizei ganz London nach buckligen Zwergen und verhaftete Dutzende von Männern, bevor man ihn schließlich fand.«

Emily schüttelte den Kopf, als sei die Vorstellung, wie die Polizei Dutzende buckliger Zwerge verhaftete, der letzte Beweis dafür, dass die Welt in der Tat verrückt geworden war.

»Er hatte nicht den Mut, seinem Leiden durch Selbstmord ein Ende zu machen, und hoffte stattdessen, die Staatsgewalt würde dies für ihn erledigen – ihn hängen oder doch wenigstens nach Bedlam schicken, wo er sich zumindest keine Sorgen zu machen brauchte, wo die nächste Mahlzeit herkommen würde«, fuhr De Quincey fort.

»Und wurde ihm der Wunsch erfüllt?«

»Nein. Bean wurde zu achtzehn Monaten Gefängnis und Zwangsarbeit verurteilt.«

»Zwangsarbeit? Ein buckliger Zwerg?«

»Die Regierung wollte der Bevölkerung gegenüber klarstellen,

dass es sehr ernste Konsequenzen hatte, wenn man auf die Königin schoss. Nachdem Bean entlassen worden war, verschlechterte sich sein Gesundheitszustand, und schließlich versuchte er doch noch, was er zuvor nicht gewagt hatte – seinem armseligen Leben selbst ein Ende zu setzen.«
»Wie?«
De Quincey zuckte die Achseln. »Es ist nicht von Bedeutung.«
»Vater, das Ausweichmanöver und dein Gesichtsausdruck sagen mir, dass ich darauf bestehen muss. Sag mir, auf welche Art er versucht hat, sich umzubringen.«
»Mit Laudanum.« De Quincey starrte zu den Säulen der abweisenden Gebäudefront hinauf. »Wir haben dies lang genug aufgeschoben.«
Der Verwaltungstrakt von Bedlam lag in der Mitte des Gebäudes. Von hier aus erstreckten sich lange Galerien weit nach beiden Seiten. Fenster ließen das Sonnenlicht ein und zeigten ihnen zahlreiche Menschen in jeder der beiden Galerien, die darauf warteten, Patienten besuchen zu dürfen.
Emily näherte sich einem Mann, der hinter einem Schreibtisch saß. Er trug eine Brille, die vorn auf seiner Nasenspitze saß und über deren Gläser hinweg er die Hose musterte, die unter ihrem Bloomerrock zu sehen war.
»Kann ich Ihnen helfen?«, fragte er zweifelnd.
»Mein Vater und ich haben eine Nachricht von Lord Palmerston.«
Der Name zeigte die übliche Wirkung. Der Angestellte setzte sich gerader auf und griff rasch nach der Botschaft. Nachdem er sie gelesen hatte, sagte er: »In dieser Sache werden Sie mit Dr. Arbuthnot sprechen müssen. Warten Sie hier.«
Er ging rasch durch die Eingangshalle, klopfte an eine Tür und verschwand in dem Raum dahinter.
Zu ihrer Linken begann in einem weit entfernten Teil der Anstalt

eine Frau zu heulen. Besucher unterbrachen ihre Unterhaltungen und sahen stirnrunzelnd in die Richtung, aus der die Klagelaute kamen. Das hallende Geräusch wurde schriller und schriller. Selbst als der gepeinigte Ausbruch zu Ende war, verharrten alle Anwesenden noch bewegungslos.

Dann kam der bebrillte Angestellte zurück. »Dr. Arbuthnot wird Sie empfangen.«

Er führte sie in ein vollgestelltes Sprechzimmer, wo ein älterer Mann von seinem Stuhl aufstand, um sie zu begrüßen. Sein Kopf war so haarlos wie das halbe Dutzend Schädel auf einem Regal in der Nähe seines Schreibtischs. An der Wand hing das große Schaubild eines menschlichen Gehirns, aufgeteilt in sauber beschriftete Bereiche.

Emily bemerkte außerdem Bücher mit Titeln wie *Über die Funktionen des Kleinhirns* und *System der Phrenologie*. Sie stellte ihren Vater und sich selbst vor.

»De Quincey. Der Name kommt mir bekannt vor«, sagte Dr. Arbuthnot.

»Ich kann mir gar nicht vorstellen, warum.« Emily warf ihrem Vater einen warnenden Blick zu, woraufhin er seine Aufmerksamkeit den Schädeln auf dem Regal zuwandte.

»Dieses Schreiben, das Ihnen gestattet, mit Edward Oxford zu sprechen, ist ganz ungewöhnlich«, sagte Dr. Arbuthnot. »Die Regierung hat die Zahl der Besucher, die zu ihm dürfen, immer sehr knapp gehalten. Selbst seine Mutter durfte ihn nur einmal im Monat besuchen und auch dann nur durch eine vergitterte Türöffnung mit ihm sprechen, während ihr Sohn mehrere Fuß entfernt saß. Sie hat sich oft beschwert, weil sie nicht verstehen konnte, was er sagte. Und abgesehen von ihr hat niemand außerhalb der Anstalt die Erlaubnis bekommen, mit Edward Oxford zu sprechen, seit er im Jahr achtzehn-vierzig hier eingeliefert wurde.«

»Niemand in fünfzehn Jahren? Weder Freunde noch Zeitungsreporter?«, fragte Emily.
»Zeitungsreporter schon gar nicht.«
»Und gelten die gleichen Beschränkungen, wenn wir mit ihm sprechen? Eine vergitterte Öffnung in einer Tür? Er muss mehrere Fuß entfernt sitzen?«
»So lauten meine Anweisungen. Mr. De Quincey, Ihr Gesicht glänzt ja vor Schweiß. Fühlen Sie sich nicht gut?«
De Quincey sah in der Tat krank aus, das Gesicht angespannt, die schweißnasse Haut wie altes Elfenbein. Wie bereits während der Kutschfahrt zu dem Abendessen im Palast hatte Emily den verstörenden Eindruck, ihr Vater befinde sich in einem Zustand zwischen Leben und Sterben.
»Ich brauche meine Medikamente«, sagte er.
»Vielleicht kann unsere Apotheke Sie mit ihnen versorgen.«
»Mein Vater ist reichlich versorgt«, teilte Emily dem Arzt mit.
De Quinceys Füße bewegten sich rastlos, während er die zahllosen Bücher auf den Regalbrettern studierte. »Dr. Arbuthnot, halten Sie Edward Oxford für einen Wahnsinnigen?«
»Er hat eine Einbuchtung seitlich an der Stirn, die auf Unzurechnungsfähigkeit hinweist.«
»Sie glauben also an die Phrenologie, wie auch einige der Titel in Ihren Bücherschränken nahelegen«, sagte De Quincey.
»Sie stellt die einzige Möglichkeit dar, das Studium des Geistes wissenschaftlich anzugehen. Da es uns unmöglich ist, ein lebendes Gehirn freizulegen und zu untersuchen, ohne den Patienten zu schädigen und möglicherweise umzubringen, ist die einzige Alternative, die Außenseite des Schädels zu vermessen und daraus Schlussfolgerungen zu ziehen – welche Teile des Gehirns über- oder unterentwickelt sind und durch positiven oder negativen Druck den Schädel veranlasst haben, diese Form anzunehmen.«

Dr. Arbuthnot nahm einen Schädel vom Regal und zeigte auf eine hervortretende Stelle an der Rückseite. »Dies ist das Ergebnis eines überentwickelten Kleinhirns, des Entstehungsorts unkontrollierter Emotion. Ich könnte Ihnen auch an jedem anderen dieser Schädel Einbuchtungen oder Protuberanzen zeigen, die auf vergleichbare Abnormalitäten des zugehörigen Gehirns hinweisen.«

»Aber sicherlich ist der Geist doch mehr als die Form eines Schädels«, wandte Emily ein. »Wie erklären Sie sich Ideen?«

»Sie sind galvanische Prozesse. Eines Tages werden wir in der Lage sein, sie zu messen.«

»Sprechen Sie jetzt von Elektrizität?«

»Es war ein Engländer, Michael Faraday, der die ersten Theorien über die Elektrolyse entwickelt hat«, antwortete Dr. Arbuthnot. »Auf dieser Grundlage funktioniert das Gehirn. Wenn Teile des Gehirns unter- oder überentwickelt sind, wird der Fluss der Elektrizität ungleichmäßig und verursacht ungewöhnliches und manchmal gefährliches Verhalten.«

»Faszinierend«, sagte Emily.

Dr. Arbuthnot sah erfreut aus – sowie eine Spur abgelenkt von Emilys blauen Augen.

»Wie wenden Sie diese Theorien an, wenn Sie Ihre Patienten behandeln?«, fragte sie.

»Weil es unmöglich ist, einen physischen Schaden am Gehirn zu behandeln, können wir nichts weiter tun, als unsere Patienten ruhig zu halten. Manchmal bleibt uns nur noch die Methode des Fixierens, aber aktuelle Erkenntnisse legen nahe, dass die Hydrotherapie wirksam ist.«

»Beruhigende Bäder«, sagte Emily.

»Darauf läuft es hinaus. Ein heißes Bad kann ein wirkungsvolles Beruhigungsmittel sein. Manchmal ist der Schock eines kalten Bades erforderlich, damit das darauf folgende heiße Bad seinen Zweck erfüllen kann.«

»Und wird diese Behandlung eine Heilung bewirken?«, fragte Emily.

Dr. Arbuthnot sah erstaunt aus. »So etwas wie eine Heilung gibt es bei Geisteskrankheiten nicht. Eines Tages werden wir vielleicht in der Lage sein, chirurgische Eingriffe vorzunehmen, um eine physische Verformung des Gehirns zu korrigieren. Aber bis dahin wird geistige Verwirrung ein lebenslanges Leiden darstellen.«

»Aber meinen Sie nicht, dass es den Patienten helfen könnte, wenn man mit ihnen spricht?«

»Mit ihnen spricht? Welchen Nutzen sollte *das* bewirken können?«

»Mein Vater hat eine Theorie über Träume.«

Dr. Arbuthnot schüttelte verwirrt den Kopf. »Träume? Ich verstehe nicht, worauf Sie hinauswollen.«

De Quincey zog ein Taschentuch heraus und wischte sich damit den Schweiß von der Stirn.

»Sind Sie sicher, dass Sie nicht doch krank sind?«, fragte der Arzt.

De Quincey nahm eine Pille aus einer Schnupftabaksdose und begann zu kauen. »In Norddeutschland gibt es einen Berg namens Brocken.«

Der Arzt sah noch verwirrter aus. »Ich war noch nie in Deutschland.«

»Auf dem Gipfel gibt es interessante Felsformationen – riesige Granitblöcke mit Namen wie etwa ›der Stuhl des Hexenmeisters‹. Eine Quelle dort heißt der Zauberbrunnen.«

»Das hört sich an wie eine Geschichte für Kinder.«

»Ich kann Ihnen versichern, es ist ein wirklicher Ort«, sagte De Quincey. »Wenn man an einem Junimorgen den Berg besteigt und über das Tal hinweg zum benachbarten Gipfel hinübersieht, kann man das riesige Brockengespenst sehen.«

»Ja, eine Geschichte für Kinder. Ich bringe Sie jetzt zu Edward Oxford.«

»Die bedrohlichen Bewegungen der Geistererscheinung im Nebel der Berglandschaft haben schon manches Herz schneller schlagen lassen.« De Quincey kaute eine weitere Pille. »Scharfsichtige Beobachter durchschauen gelegentlich, was genau sich dort zuträgt. Manchmal beschwichtigt auch ein Bergführer die Ängste derjenigen, die ihn angeheuert haben, und erklärt ihnen, was sie sehen.«

»Und die Erklärung lautet wie?«

»An einem Junimorgen steigt die Sonne im Rücken des Beobachters auf und wirft seinen Schatten auf den wirbelnden Nebel. Der Schatten ist stark vergrößert und macht jede Bewegung des Betrachters mit, allerdings auf eine grotesk verzerrte, unnatürliche Art, die zunächst keinen Bezug zum Eigentümer des Schattens zu haben scheint.«

»Da haben Sie es. Eine wissenschaftliche Erklärung«, schlussfolgerte Dr. Arbuthnot.

»Mein Vater glaubt, dass Träume wie diese Schatten wirken«, sagte Emily.

»Träume? Schatten?«

»Verstörte Menschen können möglicherweise nicht erkennen, dass ein Albtraum nur ein Abbild ihrer Persönlichkeit ist«, erklärte De Quincey. »Aber wenn man ihnen die Spiegelung erklärt – oder noch besser, wenn man sie ermutigt, selbst zu verstehen, dass ihre Albträume verzerrte Abbilder derjenigen Elemente ihrer Persönlichkeit sind, die ihnen zu schaffen machen –, dann könnte dies der erste Schritt zu ihrer Heilung sein.«

»Mr. De Quincey, ich gehe davon aus, dass Sie kein Arzt sind? Ihre Theorien sind unterhaltsam, aber sie entbehren jeder wissenschaftlichen Grundlage. Träume und Albträume sind nichts als Phantome, hervorgerufen durch elektrische Ströme.«

»Wie albern von mir, dass ich mir etwas anderes einbildete. Dann lassen wir es doch sein mit der Interpretation von Träumen. Bedenken Sie stattdessen, dass Edward Oxford von seinem Vater häufig geschlagen wurde und zusehen musste, wie auch seine

Mutter geschlagen wurde. Der Schock, den diese ständige Gewalttätigkeit bei ihm ausgelöst hat, könnte erklären, warum er zu labil war, um jemals eine Arbeitsstelle zu behalten, warum er häufig in hysterisches Gelächter ausbrach und warum es ihm Freude bereitete, andere zu quälen.«
»Sie wollen doch sicherlich nicht sagen, dass Oxford sich gezwungen sah, anderen Gewalt zuzufügen, weil sein Vater seine Mutter und ihn selbst geschlagen hatte – bis er schließlich ein Ziel für seine Wut fand und auf die Königin schoss?«
»Doctor, Sie haben den Gedanken besser zusammengefasst, als ich es je könnte«, sagte De Quincey.
»Der Gedanke ist Unfug. Wollen Sie allen Ernstes sagen, wenn man Oxford ermutigte, über die Gewalttätigkeiten zu sprechen, die ihm selbst in seiner Jugend zugefügt wurden, dann würde er die Beweggründe verstehen, aus denen heraus er auf die Königin schoss, und das Bedürfnis verlieren, es zu tun?«
»Die Theorie wäre einer Erwägung wert.«
»Na ja, wie bereits gesagt, Sie sind kein Arzt. Wenn Sie Oxford sehen wollen, dann tun Sie's am besten jetzt gleich. Ich habe in einer halben Stunde einen Termin.«

Als sie das Sprechzimmer verließen, hörten sie erneut die schrillen Schreie einer Frau, die aus dem linken Flügel der Anstalt herüberhallten. Wieder starrten Besucher in die Richtung, aus der der Lärm herüberdrang. Hunde, die unter den Sitzbänken geschlafen hatten, hoben aufgestört die Köpfe.
»Dort sind unsere weiblichen Patienten untergebracht. Die männlichen Patienten sind im Flügel gegenüber«, erklärte Dr. Arbuthnot, während er sie an den anderen Besuchern vorbeiführte.
Sonnenlicht strömte durch die Fenster herein und beleuchtete Bilder, die heitere Landschaften mit Wiesen und Wasserläufen darstellten. Vögel zwitscherten in Käfigen.

»Emily, die Vögel ...«, begann De Quincey.

»... existieren nicht nur in deiner Vorstellung«, teilte sie ihm mit.

»Die Zellen liegen an einem Korridor dort hinten«, sagte Dr. Arbuthnot.

»Zellen?«, wiederholte Emily.

»Weil die Patienten auf einen Gerichtsbeschluss hier sind, haben wir uns angewöhnt, ihre Zimmer ›Zellen‹ zu nennen.«

Ein weiteres Aufheulen – diesmal von einer Männerstimme – hallte von einem Ort tief im Inneren des Gebäudes zu ihnen herüber. Sie erreichten das Ende der Galerie und bogen nach links in einen anderen Teil der Klinik ab.

»Hier sind unsere männlichen geisteskranken Straftäter untergebracht«, erklärte der Arzt. Trotz des durch die Fenster hereinströmenden Sonnenlichts schien die Umgebung dunkler zu werden, als sie weitergingen.

»Bringen Sie Edward Oxford in den Besuchsraum«, sagte Dr. Arbuthnot zu einem Wachmann, der geradezu verblüfft wirkte angesichts der Vorstellung, dass Edward Oxford Besuch hatte.

An De Quincey und Emily gewandt fuhr der Arzt fort: »Oxford muss die meiste Zeit in seiner Zelle verbringen, aber während der Mittagsstunden darf er sich in einem der Höfe Bewegung verschaffen. Wir ermutigen ihn dazu, sich nützlich zu machen, indem er Wasser für den Gebrauch im Krankenhaus in Eimer pumpt. Aber meist geht er nur auf und ab und murmelt vor sich hin, dass er es nicht verdient hat, hier zu sein.«

Sie hatten einen Alkoven erreicht, der so weit von jedem Sonnenlicht entfernt war, dass eine Lampe an der Decke nötig war, um die Schatten zu verjagen. Vor einer verschlossenen Tür stand eine Bank; eine kleine vergitterte Öffnung in der Tür erlaubte einen Blick in den Raum dahinter.

»Sie werden Oxford sehr bald durch dieses Fenster sehen können«, sagte Dr. Arbuthnot.

De Quincey setzte sich auf die Bank und studierte die vergitterte Öffnung.

»Emily, setz dich bitte neben mich. Ich möchte, dass Oxford das Gesicht einer gesunden jungen Frau sehen kann. Vielleicht verbessert das seine Stimmung.«

Etwas verlegen kam Emily der Aufforderung ihres Vaters nach.

Auf der anderen Seite der Tür näherten sich die schweren Schritte mehrerer Personen. Als das Geräusch lauter wurde, kamen schattenhafte Umrisse in Sicht. Aus den Schatten wurden zwei Wachmänner, die einen Mann in formloser grauer Kleidung eskortierten.

In der Düsternis war zu erkennen, wie die Wachmänner den Mann an einen Tisch setzten; er stand etwa drei Meter von der Öffnung entfernt, durch die De Quincey und Emily das Geschehen verfolgten.

»Dr. Arbuthnot, kann man ihn nicht etwas näher heranbringen?«, fragte De Quincey.

»Meinen Anweisungen zufolge nicht.«

»Müssen die Wärter neben ihm stehen bleiben?«

»Ja.«

»Edward Oxford, mein Name ist Thomas De Quincey. Dies ist meine Tochter Emily.«

Oxford war achtzehn Jahre alt gewesen, als er auf Queen Victoria geschossen hatte – klein und dünn mit jungenhaften Gesichtszügen. Seither hatte er an Gewicht zugelegt, wahrscheinlich von der fettreichen Krankenhausnahrung. Er war dreiunddreißig, aber seine hängenden Wangen ließen ihn älter wirken. Die langen dunklen Locken waren kurz geschoren worden, und die verbliebenen Stoppeln begannen grau zu werden.

»Ich kenne Sie nicht«, sagte Oxford nervös.

De Quincey und Emily beugten sich vor, näher zu der vergitterten Öffnung hin, um ihn verstehen zu können.

»Lord Palmerston hat uns die Erlaubnis erteilt, Sie zu besuchen«, teilte De Quincey ihm mit.

»Lord Palmerston? Bah.«

»Wir möchten mit Ihnen gern über Young England sprechen.«

Oxfords Blick glitt zu Emily hin. »Wie können wir über etwas sprechen, von dem die Polizei sagt, dass es gar nicht existiert?«

»Es ist aber das, was *Sie* sagen, das meine Tochter und mich interessiert«, antwortete De Quincey.

Oxford sah immer noch Emily an. »Wir waren vierhundert.«

»Ja, das schien aus den Dokumenten in Ihrer verschlossenen Schatulle hervorzugehen«, sagte De Quincey.

»Die Dokumente erzählen die ganze Geschichte.« Oxford lachte bitter auf. »Wir haben neue Namen für uns erfunden. Wir haben in Positionen gearbeitet, in denen wir den Reichen und Mächtigen nahe waren, und uns bereitgehalten für den Augenblick, wenn Hannover uns zur Tat rufen würde.«

»Sprechen Sie jetzt von dem Mann, der den deutschen Staat Hannover regiert?«, fragte De Quincey.

Als Oxford nicht antwortete, sah De Quincey Emily an.

»Mr. Oxford, meinen Sie den ältesten Onkel der Königin?«, fragte sie.

»Ich danke Ihnen. Niemand sonst nennt mich jemals ›Mister‹. Ja. Hannover. Der Onkel der Königin. Sie sollten das eigentlich nicht fragen müssen. Ist er in den letzten fünfzehn Jahren aus dem öffentlichen Gedächtnis verschwunden?«

»Er ist vor vier Jahren gestorben«, sagte De Quincey.

Oxford ignorierte ihn; er sah nach wie vor nur Emily an.

»Gestorben?«

»Ja.«

»Ha. Sie haben gesagt, er wollte, dass wir für ihn die Regierung stürzen, damit er an Victorias Stelle König werden konnte.«

»Sie?«, fragte Emily nach.

»Die anderen Mitglieder.«

»Von was?«, fragte sie.

»Young England!«

Dr. Arbuthnot kommentierte in einem Murmeln: »Sie sehen, wie er an seinen Wahnideen festhält. Wenn Sie ihn aufregen, werde ich ihn wieder fixieren lassen müssen.«

»Mr. Oxford, können Sie uns sagen, ob auch ein irischer Junge zu Young England gehört hat?«, fragte Emily.

»Ein irischer Junge?«

»Als Sie auf die Königin geschossen haben ...«

»Ohne Kugeln!« Oxford schüttelte erbittert die Faust.

»Ein zerlumpter irischer Junge ist auf die Kutsche der Königin zugestürzt und hat Ihre Majestät angefleht, seine Mutter, seinen Vater und seine Schwestern zu retten«, erklärte Emily. »Er hat die berittenen Begleiter der Königin abgelenkt. Manche Leute glauben, er sei Teil Ihres Plans gewesen.«

»Teil meines Plans?« Oxfords Stimme klang verwirrt.

»So lange die Aufmerksamkeit der Leibwächter dem Jungen galt, hatten Sie ein freies Schussfeld.«

»Ohne Kugeln! Ich weiß nichts von einem irischen Jungen oder seiner Mutter, seinem Vater und seinen Schwestern. Wir waren Young England, nicht Young Ireland!« Oxford begann auf den Tisch zu hämmern.

»Ich kann Ihnen nicht erlauben, dies weiterzuführen«, sagte Dr. Arbuthnot. »Wachen«, ordnete er durch das vergitterte Fenster hindurch an, »bringen Sie Oxford in seine Zelle zurück.«

Oxford sträubte sich und starrte zu Emily hinaus. »Nur einen Moment noch, damit ich Sie ansehen kann.« Als die Wachleute ihn an den Armen zogen, wehrte er sich, den Blick durch die Stäbe hindurch auf Emily gerichtet.

»Sie sind schön.«

»Ich danke Ihnen«, sagte Emily.

»Ich habe nichts weiter getan als das, was man mir gesagt hat, und jetzt sehen Sie, was es mir eingebracht hat. Young England. Verflucht sei Young England.«

Oxfords verstörter Blick blieb auf Emily gerichtet, als die Wachleute ihn durch einen dunklen Torbogen davonzerrten.

Ein anderer Patient brüllte, als sie in die Galerie zurückkehrten. Die Vögel in den von der Decke hängenden Käfigen hörten auf zu zwitschern. Wieder hoben die Hunde unter den Bänken die Köpfe. Wieder erstarrten die Besucher.

Dr. Arbuthnot achtete nicht auf seine Umgebung, als er De Quincey und Emily gereizt zum Ausgang geleitete.

»Ich hätte nicht zulassen sollen, dass diese Unterhaltung so lange dauert«, beschwerte sich der Arzt. »Es kann Wochen dauern, bis Oxford das Wenige an innerem Gleichgewicht wiederfindet, zu dem er fähig ist. Und was haben Sie erreicht? Sie haben nichts erfahren als das, was längst bekannt ist – Oxford hat Wahnvorstellungen.«

»In mancher Hinsicht sind seine Gedanken vollkommen klar«, merkte De Quincey an.

»Sie finden einen Sinn in dem Gefasel? Einen Augenblick. Jetzt fällt es mir wieder ein. De Quincey. Gott helfe mir, sind Sie der Opiumesser? Diese Pillen, die Sie da kauen ... das ist Opium! Alles und jedes würde für Sie einen Sinn ergeben, außer der Logik selbst.«

»Vielen Dank, Doctor. Die Erfahrung war höchst aufschlussreich.«

Er und Emily gingen an einem Pförtner vorbei und traten ins Freie hinaus. Eine kalte Brise empfing sie.

»Erfrischend«, sagte De Quincey, während er über den mit halb geschmolzenem Schnee bedeckten Rasen hinblickte.

Als er die Hand ausstreckte, gab Emily ihm seine Laudanumflasche zurück.

»Vater, was hast du herausgefunden?«
»Dass es viele Arten des Verrats gibt.«

»Catherine, ich bitte um Entschuldigung, wenn ich dich in Verlegenheit gebracht haben sollte«, sagte Colonel Trask.
»Mich in Verlegenheit gebracht? Wegen Sir Walters Wutausbruch? *Deine* Schuld war es nicht!« Catherines Augen blitzten; ihr Temperament ließ sie noch heller strahlen. »Ich habe ihn bis in mein Zimmer hinauf brüllen hören. Mit Sicherheit haben ihn auch die Nachbarn und der Mietkutscher gehört. Nachdem du gegangen warst, hat seine Wut sich dann auf meinen Vater verlagert.«
Sie standen im Salon ihres Elternhauses vor dem wärmenden Kaminfeuer. Trask griff couragiert nach ihrer Hand. Obwohl die Tür offen stand, wäre ein solches Beisammensein ohne eine Aufsichtsperson unvorstellbar gewesen, hätten Catherines Eltern ihnen nicht gestattet zu heiraten.
»Ich habe mir Sorgen gemacht, du könntest dich dafür schämen, dass Sir Walter mich zu Boden gestoßen hat und ich mich nicht gewehrt habe.«
»Und was hätte *das* bewirkt? Nur einen noch größeren Skandal im Angesicht der Nachbarn. Eine Schlägerei auf meiner Türschwelle? Anthony, ich war stolz auf die Selbstbeherrschung, die du bewiesen hast.«
»Sei nichtsdestoweniger auf Klatsch gefasst«, sagte Trask. »Ich habe den Ruf, ein Kriegsheld zu sein. Jetzt werden die Leute möglicherweise sagen, ich sei im Grunde nur ein Feigling.« Er versuchte den Blick von ihren Lippen loszureißen.
»Du hast den rechten Arm in einer Schlinge. Wie hättest du auch nur zurückschlagen können?«
»Um die Wahrheit zu sagen, ich habe es letzten Endes doch noch getan.«

»Was?« Catherine hörte sich angenehm überrascht an.
»Nachdem er mit deinem Vater gestritten hatte, hat er versucht, sich Zutritt zu meinen Büros in der Water Lane zu verschaffen. Er hatte einige Dinge über deine Eltern zu sagen.«
»Was für Dinge?«, wollte Catherine wissen.
»Dass ich dich von ihnen gekauft hätte, dass sie Geld höher schätzten als dich.«
»Mich *gekauft*? Wie ein Pferd?«
»Und Sir Walter und ich haben uns vor meinem Büro geprügelt.«
»Nun, aber wenigstens ist es in der Water Lane passiert und nicht hier in der Half Moon Street.«
Einen Augenblick lang hatte Trask Schwierigkeiten, Catherines Gesichtsausdruck zu deuten. Vielleicht ließ ihre Erwähnung des Geschäftsviertels Verachtung für die Art und Weise erkennen, wie sein Vater und er selbst ihren Reichtum erworben hatten?
Dann kicherte sie. Aus dem Kichern wurde ein so ansteckendes Lachen, dass Trask ebenfalls zu lachen begann. Bald konnten sich beide nicht mehr halten vor Gelächter.
Der Butler sah stirnrunzelnd ins Zimmer hinein. Sie taten ihr Möglichstes, um die Fassung zurückzugewinnen.
»Und dieses Mal hoffe ich sehr, du hast *ihn* zu Boden gestoßen«, sagte Catherine.
»Das habe ich.«
»Gut«, sagte sie entzückt.
»Zwei Mal, um genau zu sein.«
»Besser. Und das mit nur einem Arm.« Catherine berührte sein schönes Gesicht. »Ich liebe dich«, flüsterte sie.
Trotz der Barriere, die ihr Reifrock zwischen ihnen bildete, hob sie sich auf die Zehenspitzen und beugte sich vor, um ihn zu küssen.
Er drückte sie atemlos an sich; der Kuss dauerte so lange, wie sie sich zu küssen wagten. Das Geräusch von Schritten draußen im

Vorraum machte den Augenblick noch erregender. Sie traten auseinander, einen Sekundenbruchteil bevor ein weiterer Dienstbote den Kopf ins Zimmer streckte.
»Ich kann die kirchliche Trauung kaum erwarten«, sagte Catherine. »Verheiratet zu sein, vor den Augen der ganzen Welt.«
»Auch ich freue mich von ganzem Herzen auf den Tag, an dem wir zusammenleben können. Es wird nicht mehr lang dauern«, versprach Trask. »Aber die nächsten paar Tage werden nicht einfach sein.«
»Wie meinst du das?«
»Sir Walter wird sich nicht mit Würde zurückziehen. Ich fürchte, er wird wiederkommen und die nächste Szene machen. Vielleicht wird sein Ärger dann dir gelten und nicht deinem Vater.«
»Mir? Was Vater auch immer zu ihm gesagt haben mag, ich habe Sir Walter nie die geringste Zusage gemacht. Ich habe ihn auf keine denkbare Art ermutigt.«
»Natürlich nicht. Aber Sir Walter ist ein wütender Mann, und im Zorn sieht man nicht immer klar. Ich kann nicht hier sein, wenn er heute Nachmittag zurückkommt, Catherine. Dein Vater und du, wir sind uns einig, dass du bei deinem Vorhaben bleiben solltest, zu deiner kranken Cousine nach Watford zu fahren.«
»In einer Stunde bringt mich die Kutsche zum Bahnhof«, versicherte Catherine.
»Ich werde morgen nachkommen. Aber erwähne deiner Cousine gegenüber um Gottes willen nicht, dass die Eisenbahn mir gehört. Als mein Vater sie baute, war ihren Eltern der Lärm der Lokomotiven so zuwider, dass er die Gleise im weiten Bogen um ihren Besitz herum legen musste.«
»Und jetzt braucht das ganze Dorf deine Eisenbahn für seinen Lebensunterhalt! Anthony, ich habe ganz im Gegenteil vor, mit dir zu prahlen.«

Trask warf einen Blick zur offenen Tür hinüber. Es war niemand in Sichtweite. Draußen waren keine Schritte zu hören.
Er zog sie an sich. Als sie sich zum zweiten Mal küssten, war ihr Begehren so überwältigend, dass sie einen Beobachter nicht einmal bemerkt hätten.

De Quincey und Emily versuchten flach zu atmen, als Ryan und Becker die Falltür anhoben und sie auf den stickigen Dachboden eines Polizeigebäudes in Whitehall hinaufsteigen ließen.
Commissioner Mayne folgte ihnen die Leiter hinauf und erklärte: »Dies hier sind die Unterlagen über die Verhaftungen des Jahres achtzehnhundertvierzig.«
Staub schwebte im Licht ihrer Lampen in der Luft. Becker nieste.
Vor ihnen erstreckten sich Reihen über Reihen sauber angeordneter Aktenkästen.
»So viele«, sagte Emily staunend.
»Die Einzelheiten jedes vor fünfzehn Jahren in London und Umgebung begangenen Verbrechens«, erklärte Mayne. »Sortiert sind sie nach der Natur des begangenen Verbrechens und dem Monat, in dem es begangen wurde.«
»Commissioner, dies ist einfach fabelhaft«, sagte De Quincey.
Mayne studierte die Reihen von Kästen mit einem Stolz, den er sich nur selten anmerken ließ. »Es gibt auf der ganzen Welt kein Registersystem für Rechtsfälle, das so ausführlich wäre wie dieses. Kann ich Ihnen noch in irgendeiner anderen Hinsicht helfen?«
»Ich danke Ihnen, nein. Diese Akten durchzusehen ist eine geeignete Aufgabe für Emily und mich, während der Rest von Ihnen das tut, wofür Sie ausgebildet wurden. Dies ist ein guter Ort für uns – hier sind wir Ihnen nicht im Weg.«
»Je mehr Leute sich damit beschäftigen, die Akten zu durchsuchen, desto besser«, sagte Ryan. »Das hier ist die aussichtsreichs-

te Methode, das Motiv für die Morde herauszufinden, die ich mir vorstellen kann. Becker und ich werden hierbleiben.«
Als Commissioner Mayne die Dachbodenleiter wieder hinunterstieg, nieste Becker ein zweites Mal. »Entschuldigung.«
»Wir werden sehr bald alle am Niesen sein«, bemerkte Ryan. »An der dicken Staubschicht sieht man, dass viele von diesen Kästen nicht mehr geöffnet wurden, seit man sie hier oben abgestellt hat.«
»Zehnter Juni achtzehnhundertvierzig«, sagte De Quincey. »Der Tag, an dem Edward Oxford auf die Königin schoss und der irische Junge versuchte, die königliche Kutsche anzuhalten.«
»Helfen Sie meiner Mutter und meinem Vater und meinen Schwestern«, zitierte Ryan. »Aber wir haben keine Ahnung, ob der Mensch, der verhaftet wurde, seine Mutter, sein Vater oder eine seiner Schwestern war. Und wir wissen auch nicht, für welches Vergehen.«
»Warum nehmen wir uns nicht jeweils eine Reihe Kästen vor und gehen sie angefangen vom zehnten Juni rückwärts durch, suchen nach irischen Namen?«, schlug Becker vor.
Trotz des Scheins ihrer Laternen hingen Schatten in den Ecken des Dachbodens.
Ryan öffnete einen Kasten, nahm einige Akten heraus und begann zu niesen, wie er selbst prophezeit hatte.
»In den Dreißiger- und Vierzigerjahren hat die Armut sehr viele Iren gezwungen, nach England und vor allem London auszuwandern«, erklärte er, an Emily und Becker gewandt, die zu jung waren, um sich an diese Notzeiten zu erinnern. »Sie waren am Verhungern und willens, für fast jeden Lohn zu arbeiten. Die meisten Menschen waren ihnen feindlich gesinnt – sie warfen ihnen vor, englischen Arbeitern die Stellen wegzunehmen. Ich habe schon als Junge gelernt, meinen Akzent abzulegen und mein rotes Haar zu verstecken.«

»William Hamilton war Ire«, bemerkte De Quincey, während er ein verblichenes Dokument studierte.

»William Hamilton?«, wiederholte Becker verständnislos.

»Der Vierte von den Männern, die auf die Königin geschossen haben«, antwortete De Quincey. »Er wuchs in einem irischen Waisenhaus auf. Während der großen irischen Hungersnot versuchte er sein Glück hier in England, fand aber keine Arbeit und ging im Jahr achtzehnhundertachtundvierzig dann nach Frankreich. Dort drüben war es ein Jahr der Revolutionen, und der europäische Kontinent stand in Flammen. Als Hamilton nach London zurückkehrte, brachte er Ideen mit, wie man die Regierung stürzen könnte. Nachdem er monatelang von den Essenspenden einiger Frauen gelebt hatte, denen er leidtat, hatte er eine so verzehrende Rage entwickelt, dass er auf die Königin schoss.«

»Wenn unser Mann sein bisheriges Muster beibehält, werden wir bald auf ein Opfer stoßen, dem eine Notiz mit William Hamiltons Namen mitgegeben wurde«, sagte Ryan.

»Ganz ohne Zweifel. Der Mörder bewegt sich unaufhaltsam auf die Gegenwart zu«, pflichtete De Quincey bei. Er holte seine Laudanumflasche heraus, starrte sie an, schüttelte den Kopf und schob sie sich wieder in die Manteltasche. »Vielleicht wird eine Notiz, die wir bei einem zukünftigen Opfer finden, auch von Young Ireland sprechen und nicht von Young England.«

»Young Ireland?«, wiederholte Emily.

»Hamilton hat einer Gruppierung angehört, die sich Young Ireland nannte und gewalttätige Demonstrationen gegen die Regierung organisierte.«

»Ich nehme an, ich sollte nicht allzu überrascht darüber sein, dass ich in den Verhaftungsprotokollen dieser Jahre sehr viele irische Namen finde«, bemerkte Ryan. »Die Constables haben oft besonders auf Iren geachtet.«

»Ich stelle hier gerade das Gleiche fest«, schloss Becker sich an, der ebenfalls in Akten blätterte. »Zu viele irische Namen, um sie in der kurzen Zeit zu überprüfen, die wir haben.«
»Vielleicht gehen wir auf die falsche Art an die Sache heran«, gab Emily zu bedenken.
»Wie meinen Sie das?«
»Der Junge hat die Königin angefleht, seine Eltern und Schwestern zu retten, also müssen wir uns vielleicht die Akten *nach* dem zehnten Juni ansehen, nicht diejenigen davor«, regte sie an. »Wir sollten nach etwas Fürchterlichem suchen, das einer ganzen irischen Familie zugestoßen sein könnte, und zwar *nach* diesem Datum – innerhalb der nächsten paar Tage oder vielleicht einer Woche.«

Normalerweise hatte Colins Vater eine gesunde, rötliche Gesichtsfarbe, aber jetzt, als er ungeduldig wartend in der rempelnden, lärmenden Menschenmenge vor dem Gefängnis Newgate stand, waren seine Wangen bleich.
»Das dauert viel länger, als ich erwartet habe«, sagte er zu Colin. »Emma und Ruth können nicht noch tagelang allein zu Hause bleiben. Geh zu ihnen und bring sie hierher. Ich werde jeden Tag um acht Uhr, am Mittag und um sechs hier nach euch Ausschau halten.«
»Aber ich will dich hier nicht zurücklassen«, protestierte Colin.
Seinem Vater standen die Schweißperlen auf der Stirn. »Wir haben keine Wahl. Ich kann mich nicht darauf konzentrieren, deine Mutter aus dem Gefängnis zu holen, wenn ich mir gleichzeitig Sorgen darüber machen muss, was deinen Schwestern geschehen könnte.«
Colin umarmte seinen Vater unter Tränen und stürzte davon, um es so schnell wie irgend möglich nach Hause zu schaffen. Je schneller er seine Schwestern nach London bringen konnte, des-

to früher würde er seinen Vater wiedersehen … desto eher konnten sie ihre Mutter aus dem Gefängnis holen … desto früher würden sie wieder eine Familie sein dürfen …
Aber ihm war schwindlig, als er durch den erstickenden Dunst von Londons verstopften Straßen rannte. Als er die Vorstädte erreichte, schwitzte er stärker, als die Anstrengung und die Junihitze es rechtfertigten, und als er schließlich in St. John's Wood eintraf, hatte er das Gefühl, schwerelos in der Luft zu treiben. Verschwommen erinnerte er sich, dass er und sein Vater eine Wasserpumpe in der Nähe des Durchgangs genutzt hatten, in dem sie die Nächte verbrachten. Sie hatten nicht nur von dem Wasser getrunken, sondern sich auch die Haare damit gewaschen und den Dreck vom Gesicht gespült. Einige Nachbarn aus der Straße hatten sie vor der Pumpe gewarnt – angeblich waren Menschen, die das Wasser getrunken hatten, krank geworden. Aber andere Leute hatten behauptet, es sei vielmehr die schlechte Luft, von der man hier krank wurde. Letzten Endes hatten sie keine Wahl gehabt; es war das einzige Wasser, das in der Gegend zu bekommen war.
Als die abendliche Dämmerung einfiel, erreichte Colin taumelnd den staubigen Fahrweg, der durch ihre halb fertiggestellte Siedlung führte. Sein Blickfeld war inzwischen so verschwommen, dass er das Cottage erreicht hatte, bevor er es merkte; später erfuhr er, dass Emma und die kleine Ruth gesehen hatten, wie er draußen vorbeistolperte, und hinausgerannt waren, um ihm zu helfen.
Drei Tage lang lag er im Fieber zu Hause. Als er schließlich aufwachte und die verängstigten Gesichter seiner Schwestern erkannte, konnte er nur murmeln: »Wir müssen zu Papa gehen. Er wartet auf uns.«
Aber Colin war nicht kräftig genug, um wieder einen ganzen Tag lang unterwegs zu sein.

»Du hast so sehr gezittert, dass wir Angst hatten, du würdest sterben«, sagte Emma.
»Wissen die Nachbarn, was mit Mutter passiert ist?«
»Ja.«
»Hat jemand von ihnen euch irgendwas zu essen gebracht?«
»Nein«, sagte die kleine Ruth.
»Aber was ist mit der Frau weiter unten an der Straße, mit der Mutter sich angefreundet hat? Der, die gesagt hat, Mutters Stricksachen würden in Burbridges Laden bestimmt einen Käufer finden?«
»Sie dreht uns den Rücken zu«, sagte Ruth. Die Lücke zwischen ihren Vorderzähnen, die ihr Gesicht zuvor zum Strahlen gebracht hatte, ließ sie jetzt aussehen wie das traurigste Kind, das Colin je gesehen hatte.
»Vater.« Er brachte es fertig, auf die Beine zu kommen. »Wir müssen zu ihm gehen.«
»Ja«, sagte Ruth tapfer, »wir müssen Papa helfen.«
Sie sammelten alles an Essbarem ein, das sie finden konnten – ein paar Brotrinden und eine Kartoffel.
Colins Schwäche machte es ihnen unmöglich, schnell zu gehen. Stunde um Stunde schleppten sie sich die staubige Straße entlang, während das dumpfe Donnern und der braune Dunst Londons langsam näher kamen.
Das Tageslicht verblasste, als sie schließlich die Stelle in der Nähe des Newgate-Gefängnisses erreichten, von der ihr Vater gesagt hatte, er werde dort um acht Uhr, am Mittag und um sechs Uhr abends warten. Aber die Glocken der St. Paul's Cathedral teilten ihnen mit, dass es schon lange nach sechs Uhr war.
»Er wird morgen früh kommen«, sagte Colin.
Aber ihr Vater erschien auch um acht Uhr morgens und am Mittag des nächsten Tages nicht.
Hand in Hand, damit sie im Gedränge der Menschenmenge nicht

voneinander getrennt wurden, machten sie sich auf die Suche nach ihm.

Colin erkannte einen Straßenhändler, den er in den Tagen zuvor bereits gesehen hatte. Der Mann schob müde seinen Karren die Straße entlang; obwohl sein Kittel von einem Tag harter Arbeit schmutzig war, war sein großes seidenes Halstuch noch makellos – etwas, auf das die Angehörigen seines Berufsstandes großen Wert legten.

»Entschuldigen Sie, Sir, wissen Sie vielleicht, wo …«

»Keine Bettelei«, unterbrach der Mann, während er sie von seinem Karren fortwinkte. »Ich hab das Gemüse nicht die ganze Strecke vom Markt in Covent Garden hierher gezerrt, um's dann den Iren zu schenken.«

Colin näherte sich einem Straßenkehrer an einer Kreuzung. Straßenkehrer wussten alles, was in ihrer Nachbarschaft geschah. Dieser Mann hatte trotz seines struppigen Besens und seiner nackten Füße einen fröhlichen Gesichtsausdruck, der zu der sonnigen Farbe seiner zerzausten Haare passte. Er schien nicht viel älter zu sein als Colin selbst, aber trotz der Armut, die ihnen gemeinsam war, ließ das Gebaren des Straßenfegers erkennen, dass sogar er im Leben bessere Aussichten hatte.

»Erinnern Sie sich noch, dass Sie mich und meinen Vater letzte Woche hier in der Gegend gesehen haben?«, fragte Colin.

»Ich erinnere mich an alles. Einen Moment.«

Der Straßenkehrer rannte vor einer Dame und einem Herrn auf die Straße hinaus. Ohne dass man ihn darum gebeten hatte, fegte er Schmutz und Pferdeäpfel aus dem Weg des wohlhabenden Paares, während die beiden die Straße überquerten und in Richtung Old Bailey weitergingen.

Der Mann warf einen Penny auf das schmutzige Straßenpflaster. »Herzlichen Dank, Sir!«, rief der Straßenkehrer, als habe man ihm ein Vermögen gegeben.

Danach kehrte er zu Colin zurück. »Was willst du also?«
»Erinnern Sie sich noch, wie mein Vater aussieht?«
»Ich hab dir doch gesagt, ich erinnere mich an alles. Ich bin jetzt seit fünf Jahren an dieser Ecke. Mir entgeht nichts.«
»Haben Sie ihn gesehen?«
»Vielleicht. Wie viel ist dir die Antwort wert? Ach, lass es gut sein, du siehst aus, als ging's dir schlechter als mir. Dein Vater ist in der Gasse dahinten.«
Es war der schmale Durchgang mit der Wasserpumpe, an der Colin und sein Vater getrunken hatten.
Colin, Emma und Ruth stürzten hinüber. Sie fanden ihren Vater am Ende der Gasse, bewusstlos und delirierend. Er war schweißgebadet und vom Fieber geschüttelt. Die Stiefel waren ihm gestohlen worden, ebenso wie seine Jacke und sein Hemd.
»Papa!«, rief die kleine Ruth. »Was sollen wir jetzt tun?«
»Irgendjemand wird uns doch sicherlich helfen«, sagte Colin. Seine Stimme brach; er kämpfte gegen seine Verzweiflung an. »Sicherlich gibt es doch in dieser Stadt unter den Millionen von Menschen jemanden, der Mitleid mit uns haben wird?«

10

Watford

Hatte man den Londoner Nebel einmal hinter sich gelassen, spannte sich über der dunklen englischen Landschaft ein Baldachin aus Sternen. Von seinem privaten Zugwaggon aus verfolgte Colonel Trask, wie nächtliche Wiesen, Wasserläufe und Dickichte vorbeiglitten.
Eine Uhr an der Wand zeigte acht Minuten nach sieben. Jede andere Uhr des britischen Eisenbahnnetzes würde exakt die gleiche Zeit anzeigen, denn als Jeremiah Trask das System vor Jahren aufgebaut hatte, hatte er auch die allgemeingültige Eisenbahnzeit eingeführt, deren Details jeden Morgen per Telegramm an jeden Bahnhof des Landes geschickt wurden. In genau einer Minute würde der Zug den Bahnhof von Watford erreichen, siebzehn Meilen nördlich vom Londoner Bahnhof Euston.
Während die Lokomotive langsamer zu werden begann, dachte Trask an die Ironie der Tatsache, dass Catherines Cousine ihn bald als Familienmitglied würde anerkennen müssen – obwohl die Cousine einer der aristokratischen Familien angehörte, die sich gegen Jeremiah Trask und das Aufkommen der Eisenbahnen gewehrt hatten.
Als der Zug zischend zum Stehen kam, zeigten die Laternen am Bahnhof ihm ein ländliches Gebäude mit einem Fahrkartenschalter, einem Telegrafenbüro und einem kleinen Wartesaal.
Trask schob den linken Arm in den Ärmel seines Mantels und hängte den anderen Ärmel über den Arm in der Schlinge. Nachdem er den Zylinder aufgesetzt und die Lederhandschuhe angezogen hatte, öffnete er die Außentür seines Abteils und stieg hinunter auf den hölzernen Bahnsteig. Niemand außer ihm selbst

stieg aus – dies war keine reguläre Haltestelle. Er hatte kurzerhand beschlossen, nicht bis zum nächsten Tag zu warten, bevor er Catherine bei ihrer Cousine besuchte.
Ein livrierter Mann trat auf ihn zu. »Colonel Trask? Wir haben Ihr Telegramm bekommen. Die Kutsche, die Sie angefordert haben, wartet draußen vor dem Bahnhof.«
»Kennen Sie den Weg zum Landsitz der Clarendons?«
»Jawohl, Sir.« Der Kutscher griff nach Trasks Reisetasche. »Bitte folgen Sie mir. Ich habe gelesen, was Sie im Krieg geleistet haben, Colonel. Erlauben Sie mir zu sagen, es ist eine Ehre, Sie zu treffen.«
»Das könnten Sie zu jedem Soldaten sagen, der von der Krim zurückkommt. Sie alle haben diese Ehre verdient.«
Ein leichter Wind trug den feuchten Geruch des am Tag zuvor gefallenen Schnees und des nahe gelegenen Flusses Colne zu ihnen herüber. Während der Zug stampfend Fahrt aufnahm und den Bahnhof verließ, horchte Trask auf das prasselnde Geräusch, mit dem die Hufe der Kutschpferde das Eis der Straße zertraten. Das einzige weitere Geräusch war das Gelächter, das aus einem Pub an der Straße zu ihm herüberdrang. Nach dem ständigen Dröhnen und Scheppern von London erinnerte die Stille hier draußen Trask an das unheilvolle Schweigen, das den russischen Angriffen auf der Krim vorangegangen war.
»Wir sind am Tor, Colonel«, meldete der Kutscher zehn Minuten später.
Lampen glommen hinter den Fenstern eines prächtigen Herrenhauses. Hunde begannen zu bellen.
Als der Kutscher seine Reisetasche abgesetzt hatte, gab Trask ihm einen Sovereign – eine sehr großzügige Entlohnung.
»Sie sind ein Gentleman, Colonel.«
Sir Walter Cumberland und viele andere sind da anderer Meinung, dachte Trask. Als er die Vortreppe hinaufstieg, freute er sich bereits auf Catherines Lächeln.

Er klopfte an die Tür – und hörte die Kutsche davonfahren. Das Hundegebell hielt an.

Er klopfte ein zweites Mal.

Ein Diener öffnete und sah ihn verwundert an.

»Ich bin Colonel Anthony Trask und möchte meine Verlobte besuchen, Miss Catherine Grantwood.«

»Catherine Grantwood, Sir?«

»Sie rechnet erst morgen mit mir, aber ich habe beschlossen, schon heute Abend zu kommen.«

»Ich verstehe nicht ganz, Sir.«

Himmeldonnerwetter, der Mann hat mich zum falschen Landsitz gefahren, dachte Trask.

»Wer ist das, Henry?«, fragte eine Frauenstimme im Hintergrund.

»Ein Colonel Trask, Mylady. Er sagt, es ist hier, um Miss Grantwood zu besuchen.«

Ein Schatten näherte sich, und dann sah er sich einer Frau in mittleren Jahren mit ergrauendem Haar und einem eleganten Reifrockkleid gegenüber.

Sie studierte Trask, nahm die Qualität seines maßgeschneiderten Mantels zur Kenntnis. Beim Anblick der Reisetasche neben ihm runzelte sie kurz die Stirn. »Colonel …?«

»Trask, Mylady.« Er nahm den Zylinder ab und verneigte sich leicht.

»Aber Catherine ist nicht hier.«

Trasks Gedanken begannen zu wirbeln. »Das verstehe ich nicht.«

»Wir hatten sie heute am späten Nachmittag erwartet, aber sie ist nicht gekommen. Es ist sonst gar nicht ihre Art, uns nicht wenigstens ein Telegramm zu schicken, wenn ihre Pläne sich ändern. Ich hoffe sehr, es ist nichts passiert.«

»Sie ist nicht gekommen?« Trask war fassungslos.

Die Frau starrte an ihm vorbei in die Dunkelheit hinaus, wo keine Kutsche mehr zu sehen war. »Woher sind Sie gekommen?«
»London.«
»Dann fürchte ich sehr, Sie haben die Fahrt umsonst gemacht.«
Catherine ist hier nicht angekommen?, dachte Trask. *Mein Gott, was ist da passiert? Ist Sir Walter noch einmal zurückgekommen? Was hat er getan, um sie an der Abreise zu hindern?*
Von Weitem hörte er noch, wie das Rumpeln der Kutsche sich entfernte. Eine eisige Vorahnung befiel ihn. Er ließ die Tasche fallen und stürzte die Vortreppe hinunter. Im Licht des Mondes sah er in der Ferne noch die Laterne am Kutschbock schaukeln. Jenseits der Einfahrt zum Landhaus der Clarendons führte die Straße in einem Bogen nach links und nach Watford.
Wenn ich über die Wiese renne, dachte Trask verzweifelt, *dann kann ich den Kutscher an der Biegung vielleicht abfangen.*
»Halt!«, brüllte er.
Er stürmte los, durch den halb getauten und wieder gefrorenen Schnee, der ihn an die Krim erinnerte.
»Um Gottes willen, halten Sie!«, brüllte er der fernen Kutsche nach, während er rannte, mit einer Verzweiflung rannte, die all seine Kriegserfahrungen überstieg.

»Bleibt mit Papa hier«, wies Colin seine Schwestern an. »Vielleicht sieht euch hier in der Gasse niemand. Wenn jemand euch anspricht, sagt ihm, ich bin gegangen, um einen Constable zu holen.«
In Wirklichkeit war es ein Arzt, den er aufsuchte, aber der Arzt runzelte die Stirn beim Anblick seines schmutzigen Gesichts und der zerrissenen Kleidung und teilte ihm mit: »Ich habe jetzt schon zu viele Patienten. Und die, die ich habe, können mich bezahlen.«
Colin bekam auch in mehreren Krankenhäusern keine bessere

Antwort. »Es hört sich an, als wäre dein Vater schon nicht mehr zu retten.«

Er rannte zurück zu den Inns of Court und versuchte die Juristen dort um Hilfe anzuflehen, aber ihre Schreiber ließen erbarmungslos die Stahlfedern über große Papierbögen kratzen, ohne ihn auch nur anzusehen, und sagten ihm, er solle sich fortscheren.

Der einzige hilfreiche Vorschlag stammte von einem älteren Herrn, der dasaß und die Zeitung las, während er darauf wartete, ins Büro seines Anwalts vorgelassen zu werden. Nachdem er zugehört hatte, wie der Junge den Schreiber anflehte, seinen Eltern und Schwestern zu helfen, ließ der Mann die Zeitung sinken und sagte: »Wenn es *so* übel ist, dann solltet ihr vorgeben, Schuldner zu sein. Stellt beim Gefängnis den Antrag, dass deine beiden Schwestern bei deiner Mutter in der Zelle unterkommen dürfen. Wenigstens haben sie dann ein Dach über dem Kopf und etwas zu essen, bis deine Mutter vor Gericht erscheint. Ladendiebstahl, ja? Gar nicht gut.«

Am Ende des heißen Junitages stand Colin vor dem Gefängnis, schweißgebadet und unsicher auf den Beinen von seiner eben überstandenen Krankheit, und erklärte einem Wachmann: »Mein Vater ist krank.«

Der Wachmann ließ keinerlei Interesse erkennen.

»Meine Mutter ist da drin.« Colin zeigte auf die düstere, rußverkrustete Einfahrt des Gefängnisses. »Ich weiß nicht, wann ihr Prozess anfängt.«

»Wofür?«

Inzwischen wusste er genug, um das Wort »Ladendiebstahl« zu vermeiden. Stattdessen antwortete er rasch: »Sie hat Geld geliehen, um meinen Schwestern und mir etwas zu essen zu kaufen, aber jetzt kann sie es nicht zurückzahlen. Wir haben keine Möglichkeit, an etwas zu essen zu kommen.«

»Schuldner, was? Und Iren außerdem.«

»Ein Mann in einem Anwaltsbüro hat mir gesagt, meine Schwestern könnten bei meiner Mutter im Gefängnis unterkommen, bis unsere Schulden beglichen sind und ihr Prozess anfängt.«
»Das ist gesetzlich zulässig. Schwestern, sagst du? Wie alt sind sie?«
»Fünf und dreizehn.«
»Ich rede mit meinem Sergeanten. Versprechen kann ich nichts, aber wenn ich du wäre, ich würde in einer Stunde mit ihnen zurück sein.«
Endlich würde jemand ihnen helfen!
Colin stürzte zurück in die Gasse, wo ein nach Gin stinkender Mann dabei war, seinen Vater und vor allem seine Schwestern zu mustern.
Colin richtete sich gerade auf und ging an dem Fremden vorbei, wobei er versuchte, die Autorität eines zehn Jahre älteren und dreißig Zentimeter größeren Mannes zu verströmen.
Emmas blaue Augen wirkten müde. »Papa bewegt sich nicht. Er flüstert bloß immer Mamas Namen.«
»Ich habe einen Ort gefunden, wo ihr beide unterkommen könnt.«
»Wir beide? Aber wir können Papa doch nicht allein lassen!«, wandte Ruth ein. Tränenspuren zogen sich über ihre schmutzigen Wangen.
»Wenn ihr an einem sicheren Ort seid, dann habe ich mehr Zeit und kann versuchen, Vater und Mutter zu helfen. Bitte. Ihr müsst mit mir kommen. Wir haben nicht mal mehr eine Stunde.«
»Wohin?«, fragte Emma.
»Zum Gefängnis. Ihr könnt bei Mutter bleiben. Ihr habt dort eine Unterkunft und etwas zu essen. Sie wird froh sein, wenn sie euch sieht und weiß, dass ihr in Sicherheit seid.«
Sie erreichten das Gefängnis eben noch rechtzeitig, bevor die Glocken der Kathedrale zu läuten begannen und die Stunde herum gewesen wäre.

»Das sind also deine Schwestern?«, fragte der Wachmann. Jetzt stand ein Sergeant neben ihm.
»Jawohl, Sir. Emma und Ruth.«
»Na, wir sind hier, um euch zu helfen, Emma und Ruth«, sagte der Sergeant. »Kommt mit rein. Wir bringen euch zu eurer Mutter.«
»Danke«, sagte Colin erleichtert.
»Du bist noch ziemlich jung für so viel Verantwortung«, sagte der Sergeant. »Die Bürde können wir dir ein bisschen leichter machen.«
»Danke«, wiederholte Colin.
Er blieb noch lang genug stehen, um verfolgen zu können, wie der Wachmann und der Sergeant seine Schwestern in das Gefängnisgebäude führten. Emma hielt die Hand ihrer kleinen Schwester fest. Einmal sahen sie sich um, nervös angesichts des Lärms, in den sie eintauchen sollten, und winkten ihm unsicher zu. Er winkte zurück und versuchte ihnen zu verstehen zu geben, dass dies das beste Vorgehen war.
Sobald sie hinter der metallbeschlagenen Tür verschwunden waren, rannte er zurück in den Durchgang, in dem sein Vater lag. Er wischte ihm den Schweiß von der Stirn; dann tränkte er einen Lappen mit Wasser von einer anderen Pumpe und drückte ihn über den Lippen seines Vaters aus.
»Ich tu alles, was ich kann«, versprach er, bevor er wieder davonstürzte.

»Dem Himmel sei Dank, dass Sie mich gehört haben!«
Trasks Mantel blähte sich hinter ihm, als der Colonel sich eine Böschung hinaufarbeitete, um die vereiste Straße zu erreichen. Die Laterne der Kutsche beleuchtete den gefrierenden Dunst seines hektischen Atems.
»Ich hab zuerst gedacht, ich bilde mir da was ein«, sagte der Kut-

scher. »Letzten Sommer ist ein Arbeiter auf der Wiese da gestorben, nachdem er von einem Karren angefahren worden war. Die Leute behaupten, nachts könnte man ihn noch schreien hören, der Karren sollte anhalten.«
Trask war so hastig eingestiegen, dass er kaum hörte, was der Mann zu ihm sagte. »Zurück zum Bahnhof! Beeilen Sie sich!«
»Was ist passiert dahinten, Colonel?«
»Keine Zeit dafür!«
Als der Kutscher seine beiden Pferde antrieb, begannen ihre Hufe auf der vereisten Straße zu rutschen.
»Schneller als so, und die Pferde stürzen«, warnte der Kutscher.
»Zum Bahnhof! Bringen Sie mich einfach zum Bahnhof!«
Trotz der Kälte stellte Trask fest, dass er schwitzte. Den Zylinder hatte er verloren, als er über die Wiese gestürmt war, um die Kutsche abzufangen. Unter Mantel und Anzug klebte ihm die Unterwäsche am Leib. *Nicht angekommen*, dachte er immer wieder. *Catherine. Sir Walter.*
Die Lichter von Watford kamen allmählich näher. Bevor der Kutscher auch nur dazu kam, vor dem Bahnhofsgebäude anzuhalten, war Trask bereits aus dem Wagen gesprungen und zum Schalterraum gerannt.
Aber es war niemand dort. Auch das Telegrafenbüro war nicht mehr besetzt.
Die Tür zum Schalterraum war abgeschlossen. Trask schlug mit einer behandschuhten Faust das Fenster ein, streckte den Arm ins Innere und griff nach einem Fahrplan, der drinnen auf einem Schreibtisch lag.
Der Kutscher trat zu ihm und starrte verblüfft die eingeschlagene Scheibe an. »Was, wenn das ein Constable mitgekriegt hat?«
»Mir gehört die ganze verdammte Eisenbahn«, murmelte Trask, während er den Fahrplan überflog. »Ich kann hier so viele Fenster einschlagen, wie ich will.«

Im Schein einer Laterne über der Tür ließ er den Zeigefinger an der Liste der Abfahrtszeiten entlanggleiten.

»Verdammt noch mal, heute geht kein Zug mehr nach London!«

»Nicht vor morgen früh um acht«, bestätigte der Kutscher. »Dann bringe ich immer die Leute zum Bahnhof.«

»Wir fahren nach London.«

»Entschuldigen Sie, Colonel – was?«

»*Jetzt!*« Trask schob ihn auf die Kutsche zu.

»Aber London, das sind siebzehn Meilen im Dunkeln! Wir brauchen mindestens drei Stunden, bis wir da sind. Und die Pferde werden's nicht durchhalten.«

»Ich zahle Ihnen fünfzig Pfund.«

Fünfzig Pfund stellten ein Vermögen dar. Der Kutscher brachte vermutlich nur ein Pfund pro Woche nach Hause, wenn Stall und Futter für seine Pferde bezahlt waren.

»Aber Colonel, wenn meine Pferde hinterher lahm sind, dann sind selbst fünfzig Pfund …«

»*Hundert* Pfund! Es ist mir gleich, was es kostet!« In heller Verzweiflung zerrte Trask den Kutscher zu seinem Fahrzeug. »Bringen Sie mich nach London!«

»Caitlin O'Brien«, sagte Becker, während er auf das vergilbte Dokument hinunterstarrte, das er in dem Aktenarchiv auf dem Dachboden von Scotland Yard gefunden hatte.

»Sie haben etwas entdeckt, Joseph?«, fragte Emily.

»Ich fürchte ja«, antwortete Becker.

»Was ist los?«, erkundigte sich Ryan.

»Caitlin O'Brien«, wiederholte Becker, während er die Akte dichter vor seine Laterne hielt. »Sie wird hier beschrieben als dreißig Jahre alt. Helles Haar. Von angenehmem Äußeren. Die Herkunft ›Irland‹ ist unterstrichen. Verheiratet. Am ersten Juni wurde sie verhaftet, weil sie ein Hemd aus einem Wäschegeschäft in St. John's Wood gestohlen hatte.«

»Aber wir suchen nach etwas, das am oder nach dem zehnten Juni passiert sein muss – dem Tag, an dem der Junge die Königin bat, seine Familie zu retten«, erinnerte Emily.

»Ja«, sagte Becker. »Das letzte Datum in dieser Akte ist der *elfte* Juni. Es hat nicht lang gedauert.«

»Was hat nicht lang gedauert?«, fragte De Quincey.

Becker schüttelte traurig den Kopf und zeigte auf sein verblichenes Dokument. »Hier steht nichts über ihren Sohn, aber aus den Einträgen geht hervor, dass sie zwei Töchter hatte – Ruth, fünf Jahre alt, und Emma, dreizehn. Aus irgendeinem Grund wurden sie ins Gefängnis aufgenommen in der Annahme, dass der Grund für die Verhaftung ihrer Mutter unbezahlte Schulden gewesen waren und nicht Diebstahl. In diesem Fall ist es gesetzlich zulässig, dass Kinder bei ihrer Mutter bleiben, bis Maßnahmen zur Begleichung der Schulden eingeleitet sind.«

»Joseph, Sie hören sich an, als ob etwas passiert wäre«, sagte Emily. In der Düsternis des Dachbodens trugen sie ihre Laternen zu Becker und lasen über seine Schultern mit.

»Oh«, sagte Emily, als sie den Eintrag sah.

»*Retten Sie meine Mutter und meinen Vater und meine Schwestern*«, murmelte Ryan, als ihm wieder einfiel, was der zerlumpte Junge der Königin zugeschrien hatte. »Aber er hat sie nicht mehr retten können. Das dreizehnjährige Mädchen hat seine kleine Schwester erstickt. Dann hat sie das Gleiche bei ihrer kranken Mutter getan. Und dann hat sie sich erhängt.«

Die Pferde hatten Mühe, das Tempo, zu dem sie auf der vereisten Straße angetrieben wurden, durchzuhalten. Trask saß vorn und hielt eine Laterne, deren Schein das Licht der Lampe auf der Kutscherseite verstärkte; er erhellte Furchen von Eis auf der Straße.

»Aber warum die Eile?«, wollte der Kutscher hartnäckig wissen.
»Was ist passiert?«
»Sie hätte dort sein sollen.«
»Sie, Colonel?«
»Warum ist sie dort nicht eingetroffen? Schneller! Wird diese Straße irgendwann besser?«
»Wenn wir die Zollschranke hinter uns haben.«
»Gott sei Dank. Wie weit noch bis ...«
Unvermittelt begann das Pferd auf der rechten Seite zu rutschen, stieß einen schrillen, panischen Schrei aus und knickte mit den Vorderbeinen ein. Die Kutsche neigte sich zur Seite. Unter den Klagelauten des Tieres hörte der Colonel eine Achse brechen.
Das Fahrzeug begann zu kippen und schleuderte Trask vom Bock in den Graben. Er warf die Laterne von sich, um nicht auf ihr zu landen, und hörte sie irgendwo auf der Straße zerschellen. Er kam so hart auf, dass der Aufprall ihm den Atem verschlug. Petroleum strömte aus der zerbrochenen Laterne und flammte im Feuer des Dochtes auf. Im plötzlichen grellen Licht starrte Trask aus dem Straßengraben nach oben, während die Kutsche weiter und weiter zur Seite kippte und auf ihn zustürzte.
Auch das linke Pferd war jetzt auf die Vorderbeine gefallen – das Gewicht des Wagenkastens zerrte beide Tiere mit sich. Ihr gellendes Wiehern mischte sich in die Schreie des Kutschers.
Trask fühlte sich zurückversetzt in den Krieg – es hätte eine Kanonenkugel sein können, die die Kutsche auf ihn zuschleuderte. Das Fahrzeug krachte auf den Graben herunter und blieb auf beiden Uferkanten liegen, nur wenige Zoll von seinem Gesicht entfernt.
Während die zappelnden Pferde gegen ihre Geschirre ankämpften, arbeitete Trask sich die Rinne entlang; die Armschlinge behinderte ihn bei jeder verzweifelten Bewegung. Als er sich unter den Trümmern hervorgestemmt hatte, wandte er sich in die Richtung, aus der das Stöhnen des Kutschers kam.

Der Mann lag unter einem der Räder. Auch seine Laterne war in Scherben gegangen, und die Flammen krochen auf ihn zu.
»Können Sie mich hören?«, brüllte Trask.
»Mein Bein ist gebrochen!«
Die Flammen kamen näher.
»Wenn ich das Rad anhebe, können Sie rauskriechen?«, schrie Trask. »Ich kann Sie nicht rausziehen und gleichzeitig das Rad festhalten!«
»Machen Sie's«, stöhnte der Kutscher. »Schnell!«
Trask schob sich wieder in die Rinne hinunter. Auf dem Rücken liegend stemmte er die Stiefel gegen das Rad über seinem Kopf und spannte die Muskeln, um die Beine durchzustrecken.
»Es bewegt sich!«, schrie der Kutscher. »Höher!«
Trask verlagerte seine ganze Kraft in die Beine, um das Rad um einen weiteren Zoll anzuheben.
»Versuchen Sie rauszukriechen!«, schrie er.
Die Flammen strömten näher heran, und der Kutscher krallte die Fingernägel in den gefrorenen Boden. Er brüllte vor Schmerzen, als er sich vorwärts zerrte.
»Ich kann es nicht mehr oben halten!«, schrie Trask. Er spürte, dass seine Beine nachgeben würden.
»Bin draußen!«
Die Muskeln in Trasks Beinen gaben nach, und das Rad krachte über seinem Kopf wieder auf den Boden herunter. Er arbeitete sich unter der Kutsche heraus, bevor das brennende Petroleum ihn erreicht hatte. Mit dem unverletzten Arm packte er den Kutscher und zerrte ihn den Graben entlang, fort von den Flammen. Das Gesicht des Mannes war vor Schmerz tränenüberströmt.
Trask stieg hastig hinauf zur Straße und starrte zu den gestürzten Pferden hinüber, die in ihren Geschirren zappelten. Als er sich daranmachte, eins von ihnen loszumachen, bemerkte er ein

Licht, das schnell die Straße entlang näher kam. Zunächst fürchtete er zu halluzinieren.
Dann wurde ihm klar, dass das Licht der Schein einer Kutschenlaterne war.
»Mein Gott!«, schrie eine Männerstimme.
Die Kutsche hielt an. Der Mann sprang auf die Straße herunter.
»Ich bin Dr. Gilmore!«, rief er, während er Trask bereits half, das Pferd zu befreien. »Der Bauer dahinten an der Straße ist einer von meinen Patienten!«
»Gott sei Dank, dass Sie gerade vorbeigekommen sind!«, rief Trask zur Antwort.
»Sie haben Blut auf dem Gesicht.«
»Kommt nicht drauf an!« Mit der unversehrten Hand öffnete Trask die Schnalle eines weiteren Gurts. »Der Kutscher hat ein gebrochenes Bein. Er wollte mich nach London fahren.«
»Um diese Tageszeit?«
»Jemand, der mir sehr viel bedeutet, braucht meine Hilfe.«
Beide Männer sprangen zurück, als sie das Pferd auf der rechten Seite befreit hatten und das verängstigte Tier sich auf die Beine kämpfte. Die Hufeisen donnerten auf der Straße, als es in die Dunkelheit davonstürmte.
Sie rannten zu dem zweiten Pferd.
»Der Colonel hat mir das Leben gerettet!«, stöhnte der Kutscher, als die Flammen das Rad erreichten, unter dem er eingeklemmt gewesen war.
»Ich zahle Ihnen mehr als die hundert Pfund, die ich Ihnen versprochen habe«, versicherte Trask. »Sie werden sich für den Rest Ihres Lebens keine Sorgen mehr ums Geld machen müssen. Doctor, halten Sie das Pferd – halten Sie es ruhig!«
Sie öffneten die letzte Schnalle.
Als das ängstliche Tier sich hochstemmte, schwang Trask sich auf seinen Rücken.

»Was zum Teufel – ?«, rief der Arzt.
Die improvisierten Zügel in der linken Hand, trat Trask dem Pferd in die Flanken. *Catherine!* brüllte es in seinem Inneren. Er trieb das Tier an und stürmte los, die dunkle Straße nach London entlang.

Lord Palmerston betrat an seinem Pförtner vorbei sein Haus und runzelte die Stirn, als er De Quincey und Emily zu Gesicht bekam, die auf der Treppe saßen und auf ihn warteten. Beide standen rasch auf.
»Ob ich komme oder gehe, jedes Mal drücken Sie sich hier herum.«
»Mylord, dürfen wir mit Ihnen sprechen?«, fragte De Quincey.
»Unter sechs Augen?«
»Ich erwarte sehr bald Gäste – Angehörige des Kabinetts, das ich zusammenstelle.«
»Wir würden Ihre Zeit nicht in Anspruch nehmen, wenn es nicht wichtig wäre.«
»Solange ich die Laudanumflasche nicht zu sehen bekomme, nach der Sie da gerade in die Tasche greifen.«
Sie stiegen die Treppe hinauf und betraten die Bibliothek, wo die Mahagoniregale im Licht der Lampen schimmerten. Die Lehnstühle waren bereits für das Treffen arrangiert.
»Mylord, als Edward Oxford im Jahr achtzehnhundertvierzig seine beiden Pistolen auf die Königin abfeuerte, hat zugleich ein irischer Junge Ihre Majestät abgelenkt, indem er neben ihrer Kutsche herrannte und sie anflehte, seiner Mutter, seinem Vater und seinen Schwestern zu helfen«, sagte De Quincey. »Wussten Sie irgendetwas von diesem Vorfall?«
»Ich habe keine Ahnung, wovon Sie reden.«
»Der Familienname des Jungen war O'Brien. Vielleicht hilft Ihnen das weiter.«
»Es tut nichts dergleichen. Wenn das alles ist, worüber Sie mit

mir reden wollten, dann tun Sie mir jetzt bitte den Gefallen und gehen, bevor meine Gäste eintreffen.«

Emily trat vor. »Mylord« – sie richtete den Blick ihrer blauen Augen auf ihn –, »wir glauben, dass der Junge bei vielen Menschen war, die damals über Einfluss im Zusammenhang mit den Gefängnissen und dem Strafvollzug verfügten – Lord Cosgrove, der Richter Sir Richard Hawkins und Commissioner Mayne waren unter ihnen. Dass er überall um Hilfe gebeten hat, aber nirgendwo Gehör fand. Wir glauben außerdem, dass die Morde in jüngster Zeit von ebendiesem Jungen begangen wurden, der inzwischen ein Mann ist und auf diese Weise Vergeltung dafür übt, dass die betreffenden Personen seinen Angehörigen nicht geholfen haben. Erinnern Sie sich möglicherweise an einen irischen Jungen, der *Sie* um Hilfe angefleht hat?«

Der Ton von Lord Palmerstons Antwort fiel jetzt weniger ungeduldig aus – einer attraktiven Frau gegenüber war das bei ihm unweigerlich der Fall. »Die Straßen sind voller Bettler. Sie können doch sicherlich nicht erwarten, dass ich mich fünfzehn Jahre später noch an einen von ihnen erinnere.«

»*Retten Sie meine Mutter und meinen Vater und meine Schwestern*. Das war es, worum er bat«, sagte Emily hartnäckig.

»Im Jahr achtzehn-vierzig war ich Außenminister. Ich hatte zu dieser Zeit nichts mit Polizeiangelegenheiten zu tun; der Junge hätte keinerlei Grund gehabt, auch zu mir zu kommen.«

»Vielleicht kam er zu Ihnen, nachdem alle anderen Möglichkeiten ausgeschöpft waren«, regte Emily an.

»Wenn es so war, dann kann ich mich nicht erinnern. Derjenige, mit dem Sie in der Sache sprechen müssten, ist Lord Normanby. Er war in jenem Jahr Innenminister.«

»Es ist sogar außerordentlich wichtig, dass wir mit ihm sprechen«, bemerkte De Quincey. »Lord Normanby könnte eins der nächsten Opfer sein.«

»Das würde Ihnen allerdings einiges an Anstrengung abverlangen. Er lebt in Italien – er ist unser Repräsentant in Florenz.«
»Die Entfernung könnte ihm das Leben retten«, sagte De Quincey. »Bitte schicken Sie ihm ein Telegramm. Erkundigen Sie sich nach allem, was er an Informationen über eine Familie namens O'Brien haben könnte. Warnen Sie ihn – sein Leben könnte in Gefahr sein.«
»Sie meinen all das ernst?«
»Jetzt in diesem Augenblick ist Inspector Ryan dabei, Commissioner Mayne zu befragen, ob er sich an den Jungen erinnern kann. Wir müssen die Akten des Commissioner nach jedem Menschen namens O'Brien durchsuchen, der zwischen dem ersten und dem elften Juni jenes Jahres dort geführt wird. Auch die Unterlagen, die Lord Cosgrove und Sir Richard Hawkins besaßen, müssen durchsucht werden. Sergeant Becker ist mittlerweile dabei, sich die Akten im Gefängnis Newgate anzusehen.«
»Warum gerade der elfte Juni?«, erkundigte sich Lord Palmerston. »Warum endet die Frist, die Sie untersuchen müssen, an diesem Tag?«
»Weil das der Tag war, an dem die Mutter und die beiden Schwestern des Jungen in Newgate gestorben sind.«
»Alle drei an ein und demselben Tag?« Lord Palmerston runzelte die Stirn.
»Eins der Mädchen hat sich erhängt, nachdem sie ihre jüngere Schwester und ihre kranke Mutter erstickt hatte.«
Lord Palmerston wurde sehr still. »Newgate kann Menschen in der Tat verzweifeln lassen.« Er holte tief Atem. »Was für ein fürchterliches Verbrechen hatte die Frau begangen?«
»Man hat ihr vorgeworfen, ein Hemd aus einem Wäschegeschäft gestohlen zu haben«, antwortete Emily.
»Sie alle sind wegen eines Hemdes gestorben?« Lord Palmerston senkte den Kopf; mit einem Mal sah er müde aus. »Die Recht-

sprechung kann manchmal allzu hart ausfallen. Und der Vater? Was ist mit *ihm* geschehen?«

»Wir versuchen es herauszufinden. Aber angesichts der Rage des Mörders nehmen wir an, dass auch der Vater ein armseliges Ende gefunden hat«, sagte De Quincey. »Mylord, es gibt noch eine Angelegenheit, in der ich mit Ihnen sprechen muss. Würdest du uns freundlicherweise einen Augenblick allein lassen, Emily?«

»Allein?«, wiederholte Lord Palmerston; er sah ebenso überrascht aus wie Emily.

»Jawohl, Mylord. Das Thema ist heikel.«

Aus der Eingangshalle im Erdgeschoss des Palais drangen Stimmen zu ihnen herauf.

»Meine potenziellen Kabinettsmitglieder sind eingetroffen. Wenn dies nicht mit der Gefahr für Ihre Majestät zusammenhängt ...«

»Es hängt mit der *ursprünglichen* Gefahr für Ihre Majestät zusammen, Mylord«, antwortete De Quincey.

»Aber Sie haben mir doch gerade erklärt, dass der irische Junge möglicherweise der Schuldige der *jetzigen* Verbrechen ist. Hat das Opium Ihnen das Hirn inzwischen so vernebelt, dass Sie die Vergangenheit vor fünfzehn Jahren mit der Gegenwart verwechseln?«

»Mylord, ich möchte über Edward Oxford und Young England sprechen.«

»Was könnte Edward Oxford mit der aktuellen Gefährdung Ihrer Majestät zu tun haben?«

»Mehr Sorgen mache ich mir im Hinblick auf Young England, Mylord. Im Hinblick auf die wirklichen Tatsachen im Zusammenhang mit Young England.«

»Im Hinblick auf die *wirklichen* Tatsachen? Im Gegensatz zu den falschen oder Opiumtatsachen?« Lord Palmerstons Ausdruck wurde härter.

»Es gibt viele Realitäten und viele Arten von Tatsachen.«

»Sie hören sich wahnhaft an.«

»Ganz im Gegenteil, Mylord.«

Emily sah verwirrt zwischen den beiden Männern hin und her angesichts der plötzlich zwischen ihnen herrschenden Spannung. »Vater, was geht hier vor?«

Das Stimmengewirr im Erdgeschoss war lauter geworden; weitere Besucher mussten eingetroffen sein.

»Die einzige Realität, die mich im Augenblick interessiert, ist die, dass wir den Krieg verlieren«, sagte Lord Palmerston. »Gehen Sie und nehmen Sie die Dienstbotentür dort hinten. Meine Kabinettsmitglieder brauchen nicht auch noch zu merken, dass ich sie habe warten lassen, um eine private Unterredung mit dem berüchtigten Opiumesser zu führen.«

»Wir können die Angelegenheit auch zu einem anderen Zeitpunkt besprechen, Mylord.«

»Als Sie Edward Oxford einen Besuch im Irrenhaus abgestattet haben, hätte ich durchaus dafür sorgen können, dass man Sie gleich dort behält. Vergessen Sie das nicht. Seien Sie vorsichtig, wenn Sie meine Geduld strapazieren.«

»Ich weiß Ihre Nachsicht zu würdigen, Mylord.«

»Sie könnten Ihre Zeit auch nützlicher verbringen. Sprechen Sie mit Lord Grantwood.«

»Lord Grantwood?«, fragte Emily verwirrt. »Der Gentleman, den wir gestern Abend beim Abendessen der Königin getroffen haben?«

»Sein Haus befindet sich nur eine Straßenecke weiter in der Half Moon Street. Sie hatten recht, in einer Hinsicht hat diese Unterhaltung meinem Gedächtnis tatsächlich auf die Sprünge geholfen. Mir ist gerade eingefallen, dass Lord Grantwood im Jahr achtzehn-vierzig unter Lord Normanby als stellvertretender Innenminister fungierte. Er war damit der zweithöchste Beamte in Fragen der Rechtsprechung; vielleicht hat *er* etwas von dem irischen Jungen gehört.«

»*Stellvertretender Innenminister?*« De Quincey war auf seinen kurzen Beinen bereits auf dem Weg zu der Dienstbotentür. »Dann ist auch Lord Grantwoods Leben in Gefahr.«

Fortführung der Tagebucheinträge von Emily De Quincey

»Vater, was geht hier vor?«, fragte ich ein zweites Mal, als wir die Hintertreppe hinunterstiegen.
Ein Gang im Wirtschaftstrakt des Hauses führte uns wieder in die Eingangshalle, als die letzten von Lord Palmerstons bedeutenden Besuchern gerade das obere Ende der Treppe erreicht hatten. Keiner von ihnen sah, wie wir das Haus verließen.
Ein Diener schloss die Haustür hinter uns. Ein weiterer Angestellter öffnete uns eins der Tore zur Auffahrt.
In der Kälte des aufziehenden Nebels zog ich meinen Mantel enger um mich. »Vater, gib bitte nicht vor, du könntest mich nicht hören. Sag mir, worüber ihr gerade wirklich gesprochen habt, du und Lord Palmerston.«
»Wir müssen Lord Grantwood warnen – er könnte das nächste Opfer sein.«
Ich war mir nicht sicher, ob Vater mit dieser Antwort meiner Frage auswich oder nicht, aber ich hatte keine Zeit, es herauszufinden. Als wir uns eilig nach links und in Richtung Half Moon Street wandten, ließ der hastig näher kommende Hufschlag eines Pferdes mich zusammenfahren. Vater und ich erstarrten, als das Tier und sein Reiter an uns vorbeidonnerten.
Das Pferd war nicht gesattelt. Seine Zügel waren die Zügel, die man für ein Kutschpferd verwendet hätte. Der Schaum am Maul des Tieres verriet uns, wie erschöpft es war. Nichtsdestoweniger trieb sein verzweifelter Reiter es an. Das Gesicht des Reiters war von getrocknetem Blut entstellt. Der zerrissene

Mantel war nur halb geschlossen und ließ einen Arm in einer Schlinge sehen.
Ebenso plötzlich waren Pferd und Reiter wieder im Nebel verschwunden; das Klappern der Hufe wurde leiser.
»Gütiger Himmel, das war Colonel Trask!«, brachte ich heraus.
Wir rannten ihm nach. Wenige Schritte die Piccadilly entlang, dann hörten wir, wie das Hufeklappern nach links abbog.
»Half Moon Street!«, sagte Vater, während wir in dieselbe Richtung rannten, dem Geräusch der Hufe nach.
Wir hatten die Straße zur Hälfte hinter uns, als das Klappern vor uns abbrach. Stiefel schlugen auf dem Straßenpflaster auf und stürmten eine Vortreppe hinauf.
Vater und ich erreichten das Pferd, das mit vor Erschöpfung hängendem Kopf auf der Straße stand. Wir hörten, wie jemand an eine Tür hämmerte, und als wir uns in diese Richtung wandten, stießen wir auf Colonel Trask. »Catherine!«, brüllte er.
Eine Gaslaterne in der Nähe zeigte uns, dass alle Vorhänge hinter den Fenstern geschlossen waren. Kein Funken Licht war zu erkennen; dies war das dunkelste Haus der Straße.
»Catherine!«, schrie Colonel Trask wieder, während er weiter an die Tür hämmerte.
Dann versuchte er sich am Türknauf und stellte fest, dass die Haustür nicht abgeschlossen war. Er stieß die Tür auf und traf auf ein Hindernis. »Nein!«
»Colonel Trask!«, rief ich. »Ich bin Emily De Quincey!« Ich erinnerte mich noch an die Höflichkeit, die er mir beim Abendessen der Königin erwiesen hatte. »Was auch geschehen ist, mein Vater und ich würden gern helfen!«
Aber der Colonel schien mich nicht einmal zu hören, als er die Tür aufstemmte und im Haus verschwand.
Vater und ich folgten ihm und stießen auf das Hindernis, das den Colonel so entsetzt hatte.

»Emily, ich habe keine Zeit, dich vor dem Anblick zu schützen«, sagte Vater.
»Nein, es gibt Wichtigeres zu tun«, stimmte ich zu.
Vater fand einen Kerzenhalter und Streichhölzer auf einem Tisch neben der Tür. Er zündete die Kerze an; ihr Licht zeigte uns die Leiche eines Dieners mit blutverkrustetem Kopf.
Ich hob die Hand vor den Mund, gestattete mir aber keine Schwäche.
Weiter vor uns im Haus hörten wir Colonel Trasks Schritte, die Stimme, die nach Catherine schrie.
Vater und ich folgten ihm. Unsere Kerze beleuchtete die Leiche eines weiteren Dienstboten. Mit wachsender Furcht dachte ich an das, was wir in Lord Cosgroves Haus vorgefunden hatten.
Der Colonel stürmte in ein Zimmer zu unserer Rechten.
»Emily«, sagte Vater, »ich halte die Kerze. Zünde so viele Lampen an, wie du finden kannst.«
Wir gingen die Wände des Vorraums ab. Lampe um Lampe belebte den Raum mit ihrem Licht.
Wir sahen Colonel Trask, als er schwer atmend aus dem Zimmer zurückwich und in den Raum gegenüber stürzte.
Als wir die Türöffnung erreichten, aus der er gekommen war, blieb ich stehen; Vater hingegen trat vor, die Kerze in der Hand.
Lady Grantwood hing an einer Wand des Zimmers. Ihre Arme waren in ein Netz verstrickt, sodass sie sich nicht hatte wehren können; ihr Hals hing schwer in der Schlaufe des Netzes, die sie erwürgt hatte.
Mein Blickfeld begann zu schwanken.
»Emily?«, sagte Vater.
»Mir geht es gut, Vater.«
Ich wandte mich ab.

»Als die Gattin des Richters in Milch ertränkt wurde«, sagte Vater, *»hast du folgerichtig erkannt, dass es sich um eine Anspielung auf die Milch der Menschenliebe handelte, die Shakespeare in* Macbeth *erwähnt. Was hat Shakespeare über das zu sagen, was dieser Frau angetan wurde, über ein Netz und das Gesetz, Emily?«*
»Nicht jetzt, Vater!«, antwortete ich ungeduldig.
»Lass dich von der Wirklichkeit in deinem Geist vor der Wirklichkeit außerhalb von ihm beschützen. Wenn du dich nicht an das Zitat erinnerst, lass mich dir helfen, indem ich dir den Titel des Theaterstücks nenne.«
»Du brauchst nicht herablassend zu werden, Vater. Das Stück ist Perikles, Fürst von Tyrus«, *antwortete ich ärgerlich. Vielleicht war dies genau die Reaktion, die er hatte hervorrufen wollen. Wenn das der Fall war, dann war er überaus erfolgreich dabei.*
»Und das Zitat, Emily?«, fragte Vater herausfordernd, was mich nur ärgerlicher machte.
»›Hier hängt ein Fisch im Netz wie das Recht eines Armen im Prozess‹«, schrie ich ihm beinahe ins Gesicht. »Bist du jetzt zufrieden?«
»Ja.«
»Gott helfe dieser Frau.«
»Die Absicht des Mörders war das genaue Gegenteil – er wollte sie Gottes ewiger Verdammnis anheimgeben für das, was das Gesetz seiner Familie angetan hatte.«
Ein plötzliches Geräusch ließ mich herumfahren.
Colonel Trask kam aus dem Zimmer auf der anderen Seite des Vorraums; er hielt jetzt eine Lampe in der Hand. Ich sah, wie er verzweifelt umherblickte; dann brüllte er Catherines Namen und stürzte die Treppe hinauf.
Ich fürchtete das, was ich zu Gesicht bekommen würde, war aber

entschlossen, das Schlimmste zu sehen in der Hoffnung, das nichts, was danach kam, noch übler sein würde, und so ging ich zu der Tür des gegenüberliegenden Zimmers hinüber.
Im Stockwerk über mir hörte ich, wie Colonel Trask Türen aufstieß und nach Catherine schrie.
Vaters Kerzenflamme flackerte, als er sich an mir vorbeischob und den Raum betrat, von dem ich jetzt sah, dass er eine Bibliothek war; die Anordnung der Zimmer ähnelte dem, was ich in Lord Cosgroves Haus gesehen hatte.
Auch hier fand ich eine Leiche. Zunächst glaubte ich, es seien zwei Leichen, eine über der anderen, eine Anordnung, die vielleicht einen Mann und eine Frau beim Geschlechtsverkehr darstellen sollte.
Aber Vaters flackernde Kerzenflamme verriet uns, dass die obere Gestalt kein menschliches Wesen war.
Vielmehr handelte es sich um eine Schaufensterpuppe, so gekleidet, dass sie Justitia darstellte; in einer Hand hielt sie eine Waage, während das Schwert, das sie üblicherweise in der anderen trug, Lord Grantwood in die Brust gestoßen worden war.
»Vater«, sagte ich.
Er drehte einen Stuhl zur Wand und half mir, mich zu setzen.
»Erzähl mir jetzt nicht, dass dies ein Kunstwerk ist«, sagte ich wütend. »Wäre ich ein Mann und könnte den Menschen finden, der für diese Scheußlichkeiten verantwortlich ist, dann würde es mich nicht mehr kümmern, was ihm selbst angetan wurde. Ich würde ...«
Über unseren Köpfen hörten wir Colonel Trask aufbrüllen vor Schmerz.
Vater rannte zurück in den Vorraum. Ich war nicht bereit, allein zu bleiben, und so folgte ich ihm. Zunächst war ich unsicher auf den Beinen, aber bald hatte mein Zorn den Abscheu überwun-

den, und mein Bloomerrock gestattete mir, mit jedem Schritt zwei Treppenstufen auf einmal zu nehmen.
Vater dagegen musste sich langsamer bewegen, um die Kerzenflamme mit der Hand zu schützen. Aber der Leuchter lieferte genug Licht, um zu erkennen, dass Blut den Läufer auf der Treppe befleckte. Am Fuß der Treppe war kein Blut zu sehen gewesen; ich musste annehmen, dass jemand auf der Treppe attackiert worden war und sich wieder nach oben geflüchtet hatte.
Wieder trafen wir den Colonel dabei an, dass er rückwärts aus einem der Zimmer zurückwich. Die Blutspuren führten in den Raum hinein. Der Colonel stöhnte. Seine linke Hand – die Hand, die die Lampe hielt – zitterte so beängstigend, dass ich fürchtete, er würde die Lampe fallen lassen und das Haus in Brand setzen.
Ich griff nach der Lampe und nahm sie ihm aus der Hand, schockiert vom Anblick des getrockneten Blutes auf seinem schönen Gesicht.
Der Held, der apokalyptische Schlachten überlebt hatte, der doch sicherlich den Tod in fast unendlichen Spielarten zu Gesicht bekommen hatte – er sank in fassungslosem Schmerz auf die Knie.
»Catherine«, murmelte er. »Catherine.«
Ich ging neben ihm auf die Knie, legte einen Arm um ihn, versuchte ihn zu trösten. Aber in seinem Kummer schien er nichts wahrzunehmen als das, was er durch die offene Zimmertür hindurch sehen konnte.
Vater näherte sich der Tür. Ich versuchte nicht hinzusehen, aber meine wilde Entschlossenheit, dies durchzustehen, als sei ich ein Mann, zwang auch mich dazu, mich in diese Richtung zu wenden – und gleich darauf wünschte ich, ich hätte es nicht getan.
In diesem Zimmer war Unsägliches geschehen.

»*Catherine*«, *murmelte der Colonel, während ich ihn im Arm hielt.*
»*Catherine*«, *wiederholte er durch seine Tränen hindurch.*
Dann kam ihm noch ein anderer Name über die Lippen.
»*Sir Walter Cumberland. Sir Walter Cumberland.*«

11

Finsternis inmitten der Finsternis

Sir Walter Cumberland«, sagte Inspector Ryan, als er sich in düsterem Brüten vom Anblick des Zimmers abwandte, in dem die sterblichen Überreste Catherine Grantwoods lagen.
Der Fotograf, den Ryan bereits in die St. James's Church bestellt hatte, war schon wieder dabei, seine Kamera aufzubauen. Der Zeichner der *Illustrated London News* klappte ein weiteres Mal seinen Skizzenblock auf.
»Das ist jetzt aber das letzte Mal«, sagte er zu Ryan. »Ich halte die Albträume nicht mehr aus.«
Ryan verlor kein Wort über seine eigenen Albträume. »Wir sind sehr dankbar für Ihre Unterstützung.«
An den Constables vorbei, die noch dabei waren, das Haus zu durchsuchen, ging er die Treppe hinunter in die Eingangshalle.
Colonel Trask saß zusammengesunken auf den untersten Stufen. Durch das getrocknete Blut auf seinem Gesicht hindurch starrten seine Augen geradeaus in die Unendlichkeit.
»Hat irgendjemand hier so etwas schon einmal gesehen?«, fragte Ryan. »Es ist ja, als hätte er den Verstand verloren.«
»Im Gegenteil, er ist in seinem eigenen Geist gefangen«, verbesserte De Quincey. »Es sieht so aus, als starrte er hinaus ins Nichts, aber in Wirklichkeit starrt er nach innen, wie gelähmt von dem Grauen, das er dort gefunden hat.«
»Und was ist ihm bloß zugestoßen, bevor er auch nur hergekommen ist?«, fügte Becker hinzu.
Die sonst immer makellose Schlinge am Arm des Colonel war vollkommen verschmutzt. Rauchgeruch entströmte seinem zerrissenen Mantel.

»Und er hat eine Platzwunde an der Stirn«, stellte Commissioner Mayne fest. »Sie blutet nicht mehr; es muss also schon eine Weile her sein, seit er sich verletzt hat.«

»Das Pferd draußen vor dem Haus – wissen wir schon, woher es stammt?«, fragte Ryan einen Constable.

»Auf einem Schildchen am Zügel steht etwas von einer Kutscherfirma in Watford, Inspector.«

»Watford? Aber das ist doch meilenweit weg. Und was war doch gleich mit Sir Walter Cumberland?« Ryan drehte sich zu De Quincey und Emily um. »Das war es doch, was der Colonel als Letztes gesagt hat? Jemand hat Sir Walter Cumberland ins Spiel gebracht?«

»Ja«, antwortete De Quincey. »Und wie die Dinge sich doch zusammenfügen – auch wir sind Sir Walter Cumberland begegnet, gestern Abend erst, beim Abendessen im Palast.«

Die Mitteilung veranlasste Ryan, näher heranzutreten.

»Sir Walter hat jede Gelegenheit genutzt, um den Unterschied zwischen seinen Ansichten und denen Colonel Trasks zum Ausdruck zu bringen – er schien ihn als Rivalen zu betrachten«, fuhr De Quincey fort. »Die Spannungen erklärten sich irgendwann, als Miss Grantwoods Eltern die Verlobung ihrer Tochter mit Sir Walter bekannt gaben. Emily und ich waren überrascht darüber. Wir waren davon ausgegangen, dass Colonel Trask derjenige war, mit dem Miss Grantwood verlobt war.«

»Dann könnte Colonel Trask also eifersüchtig auf Sir Walter gewesen sein?«, fragte Ryan.

»Das war nicht der Eindruck, den ich hatte«, antwortete Emily mit einem mitfühlenden Blick auf die reglose Gestalt des Colonel. »Was ich zu spüren glaubte, war vielmehr Sir Walters Rachsucht *ihm* gegenüber.«

Ein Constable kam herein; er brachte einen jungen, teuer gekleideten Gentleman von vielleicht zwanzig Jahren mit. Der offene

Mantel des jungen Herrn ließ eine auffallende gelbe Weste sehen – es war eine Farbe, die man vielleicht an einem Lebemann auf einem Streifzug durch die Etablissements der unteren Schichten zu sehen erwartete. Der junge Mann ließ sich einen modischen Schnurrbart stehen, und seine Augen waren blutunterlaufen, möglicherweise von zu viel Branntwein.
»Inspector«, sagte der Constable, »dies ist Lord Jennings. Er wohnt gegenüber im Haus seiner Eltern – Earl und Countess Westmorland. Er ist gerade erst aus seinem Club nach Hause gekommen und verfügt über Informationen, die Ihnen vielleicht helfen können.«
Bevor der Constable die Haustür schloss, hatten zahlreiche laute Stimmen draußen auf der Straße ihnen bereits verraten, dass sich dort eine Menschenmenge sammelte.
»Bitte erzählen Sie mir, was Sie dem Constable schon erzählt haben«, sagte Ryan.
»Heute Morgen sind Sir Walter Cumberland und Colonel Trask vor dem Haus in Streit geraten«, erklärte der junge Mann. Er sprach sehr sorgfältig, vielleicht um die Auswirkungen des Alkohols zu verbergen, dessen Geruch ihn nichtsdestoweniger umgab.
»Wie ernst war der Streit denn?«, fragte Ryan.
»Ernst genug, dass Sir Walter den Colonel in den Schneematsch gestoßen hat.«
»Sie sprechen von Colonel Trask und Sir Walter, als würden Sie beide kennen.«
»Ich war mal zu einem Empfang eingeladen, bei dem der Colonel geehrt wurde. Dieser unglückselig aussehende Mann da auf der Treppe, sagen Sie jetzt bloß nicht, dass das … Was ist mit ihm passiert?«
»Das ist eine der vielen Fragen, die wir gerade zu klären versuchen«, sagte Ryan. »Und was ist mit Sir Walter? Woher stammt Ihre Bekanntschaft mit *ihm?*«

»Bis vor sechs Monaten gab es da keine. Aber dann hab ich angefangen, ihn in denselben Clubs zu sehen, in denen ich verkehre. Ich habe keine Ahnung, was er davor gemacht hat. Meist bin ich Sir Walter am Kartentisch begegnet. Er spielt so schlecht, dass er schon längst auf der Straße säße, wenn das Erbe nicht gewesen wäre.«

»Erbe?«, schaltete sich Commissioner Mayne ein.

»Vor einem halben Jahr ist sein Onkel gestorben und hat außer Sir Walter keine Erben hinterlassen. Natürlich hieß er damals einfach nur ›Walter‹. Aber zum Erbe gehörte eben auch der Baronetstitel, zusammen mit dem Einkommen von fünfzigtausend Pfund im Jahr.«

»Ich frage mich, worüber er und Colonel Trask gestritten haben«, sagte Ryan.

»Miss Grantwood.«

»Wollen Sie damit sagen, Sie haben die Einzelheiten mitbekommen?«

»Die gesamte Nachbarschaft hat die mitbekommen. Es war elf Uhr morgens, und die beiden waren laut genug, dass ich aufgewacht bin. Ich hab die Vorhänge auseinandergezogen und rausgeschaut. Dabei hab ich gesehen, dass überall in der Straße die Dienstboten das Gleiche getan haben. Sie würden jede Menge Zeugen finden, die Ihnen von dem Streit erzählen können. Am Abend vorher hat Sir Walter in den Clubs gar nicht aufhören können, mit seiner Verlobung mit Catherine Grantwood zu prahlen.«

»Dann hat sich Colonel Trask also aus Eifersucht mit Sir Walter angelegt«, schlussfolgerte Commissioner Mayne.

»Nein. Genau andersherum. Es war Sir Walter, der sich aus Eifersucht mit dem Colonel angelegt hat. Nach dem, was ich Sir Walter habe brüllen hören, hatte Colonel Trask Miss Grantwoods Eltern irgendwie dazu überredet, es sich anders zu überlegen. Inzwischen war Colonel Trask derjenige, der mit Miss Grantwood verlobt war. Sir Walter war so wütend, dass er Colonel Trask allen Ernstes gedroht hat, er würde ihn erschießen.«

»Ihn *erschießen?*«, wiederholte Ryan ungläubig.

»In Englefield Green. Im Duell. Was Sir Walter gesagt hat, war ›Eine Anklage wegen Totschlags wäre ein akzeptabler Preis dafür, Sie nie wieder sehen zu müssen‹, wortwörtlich. Ist das der Grund, warum Colonel Trask verletzt ist? Hat Sir Walter wirklich auf ihn geschossen?«

»Nein«, antwortete Ryan. »Aber möglicherweise hat Sir Walter etwas anderes getan.«

Sie sahen zu dem Colonel hinüber, dessen Blick so leer war wie zuvor.

»Gott weiß, was Sir Walter zu tun vorhatte, als er am Nachmittag wieder hergekommen ist«, fuhr Lord Jennings fort.

»Was? Sir Walter ist noch einmal zurückgekommen?«, fragte Becker.

»Um drei Uhr. Sein Gebrüll und Gehämmer hat mich wieder aufgeweckt. Inzwischen hat er ausgesehen, als wäre er derjenige gewesen, der im Dreck gelandet war. Seine Kleider waren schmutzig, und er hatte Blut an Mund und Nase. Woran man sieht, nur weil jemand einen Titel erbt, bedeutet das noch nicht, dass man sich auf seine guten Manieren verlassen könnte.«

»Was hat Sir Walter denn gebrüllt?«, hakte Ryan nach.

»Er hat verlangt, zu Lord und Lady Grantwood vorgelassen zu werden. Hat rumgeschrien, so schäbig ließe er sich nicht behandeln, er hätte Lord Grantwood Geld geliehen und wollte es jetzt zurück, und wenn man ihn nicht mit Miss Grantwood reden ließe – er hat sie allen Ernstes in aller Öffentlichkeit ›Catherine‹ genannt, als wäre sie nicht mehr als ein Dienstmädchen –, dann würde er ihre Eltern noch gründlicher ruinieren, als sie's schon waren. Wohlgemerkt, mitten am Nachmittag in der Half Moon

Street in Mayfair. Natürlich weiß die ganze Nachbarschaft längst, dass Lord und Lady Grantwood sich mit einer fehlgeschlagenen Investition ruiniert haben. Aber das ist keine Entschuldigung dafür, dass Sir Walter es von den Dächern schreit. Der Mann hat absolut kein Benehmen. Er ist dann noch stundenlang vor dem Haus auf und ab gerannt.«
»Hat denn niemand einen Constable gerufen?«
»Kein Mensch in Mayfair würde je einen Constable rufen, um einen Baronet zu verhaften!« Der junge Lord Jennings sah schockiert aus. »Wir haben alle gehofft, er würde es irgendwann müde werden und einfach gehen.«
»Und hat er's getan?«
»Um sechs.«
»Können Sie uns sagen, ob er danach noch einmal zurückgekommen ist?«, fragte Commissioner Mayne.
»Ich bin um sieben ausgegangen, ich hatte eine Verabredung. Ich habe keine Ahnung, ob er zurückgekommen ist.«
»Ich muss mit ihm reden«, sagte Ryan entschieden. »Wissen Sie, wo er wohnt?«

Als der Constable den jungen Mann aus dem Haus geleitete, wurde der Lärm der Menschenmenge auf der Straße lauter. Dann fiel die Haustür wieder zu, und die einzigen Geräusche waren die der Constables, die die Räume des Hauses durchsuchten.
»Der Fairmount Club an der Pall Mall«, sagte Ryan. »Ich kenne die Adresse.«
»Während Sie nach Sir Walter suchen – wohin sollen wir Colonel Trask bringen?«, wollte Emily wissen.
Sie drehten sich alle zu dem Colonel um, dessen Haltung so starr und dessen Blick so leer war wie zuvor.
»Die Brandspuren an seiner Kleidung und das getrocknete Blut auf seinem Gesicht«, sagte Commissioner Mayne. »Genau so

hat er wahrscheinlich nach den Schlachten auf der Krim ausgesehen. Ich habe in der *Times* gelesen, wenn einer seiner Männer verletzt war, hat er sich unweigerlich dem Feuer der Scharfschützen ausgesetzt, um ihn zu retten – er ist vorgestürmt und hat seine Kameraden in Sicherheit gebracht, bevor der Feind sie gefangen nehmen und vermutlich umbringen konnte. Wie die meisten Offiziere hatte auch er seinen militärischen Rang gekauft – zweitausend Pfund, habe ich mir erzählen lassen –, aber in aller Regel besaßen diese Offiziere keinerlei Eignung für die militärische Laufbahn, es ging ihnen nur um die farbenprächtige Uniform, mit der sie die Damen beeindrucken konnten. Solche Leute sind einer der Gründe dafür, dass wir diesen Krieg verlieren. Aber der Colonel wollte wirklich für England kämpfen, und er hat gekämpft, weiß Gott. Nach allem, was er auf der Krim durchgemacht hat, hatte er jedes Recht, sich hier in der Heimat sicher zu fühlen. Stattdessen kam er nach Hause und fand *dies* vor.«

»Wir können ihn nicht hierlassen«, sagte Emily. »Er muss sich hinlegen und ausruhen.«

»Aber wohin sollen wir ihn bringen?«, fragte Becker. »Wir wissen ja nicht mal, wo er wohnt.«

»Wohin auch immer, es muss ein Ort sein, den er kennt«, sagte Emily. »Stellen Sie sich vor, was in ihm vorgehen wird, wenn er wieder zu Bewusstsein kommt und die Umgebung nicht erkennt, in der er sich befindet.«

»Als der Colonel Inspector Ryan und mich zu dem Aufruhr im Pub ›Wheel of Fortune‹ gerufen hat, hat er erwähnt, dass seine Büros in derselben Gegend liegen, in der Water Lane«, erinnerte sich Becker. »Es muss dort ein Sofa geben, vielleicht sogar eine Privatwohnung.«

Emilys blaue Augen nahmen einen entschlossenen Ausdruck an. »Dann werden wir ihn dorthin bringen. Wir schicken nach

Dr. Snow. Er hat uns vor sieben Wochen schon geholfen, ich bin mir sicher, dass er uns auch diesmal helfen wird.«

»Vielleicht gibt es noch jemand anderen, der helfen kann«, bemerkte De Quincey. »Jemanden, der mit den Strapazen des Krieges vertraut ist.«

»Einen Armeeoffizier?«, fragte Commissioner Mayne.

»Ich habe eher an William Russell gedacht.«

»Den Kriegsberichterstatter?« Der Commissioner war sichtlich überrascht.

»Russell hat ausführlich über Colonel Trasks Heldenmut berichtet. Er versteht, unter welcher Belastung Soldaten stehen. Vielleicht kann sein vertrautes Gesicht die Sicherheit geben, von der Emily gesprochen hat.«

»Aber William Russell ist auf der Krim«, wandte der Commissioner ein.

»Nein. Einem Artikel in der *Times* von heute Morgen zufolge ist er zusammen mit dem Colonel nach London zurückgekehrt. Meine Freunde von der Presse müssten mir eigentlich sagen können, wo ich ihn finde.«

»Dann wissen wir ja alle, was wir zu tun haben«, sagte Ryan.

Während Becker und Emily dem Colonel auf die Beine halfen, nahm De Quincey einen Schluck aus seiner Laudanumflasche.

»Einen Augenblick noch, bitte.«

Der besorgte Tonfall des kleinen Mannes ließ den Rest der Gruppe innehalten.

»Inspector, wurden bei den Leichen von Lord und Lady Grantwood Mitteilungen gefunden? Auf den ersten Blick habe ich keine gesehen, und ich wollte nicht Ihr Missfallen erregen, indem ich etwas anfasse, bevor Sie die Erlaubnis gegeben haben.«

»Wir haben eine Nachricht in Lady Grantwoods Kleid gefunden«, antwortete Ryan. »Sie hatte den gleichen Trauerrand, den wir schon zuvor gesehen haben.«

»Und was war darauf geschrieben?«

»Der Name William Hamilton.«

»Ja, der vierte Mann, der versuchte, die Königin zu erschießen. Wie ich vorhergesagt habe – die Ereignisse, auf die der Mörder sich bezieht, kommen der Gegenwart immer näher.«

»Auch in Lord Grantwoods Tasche haben wir eine schwarz geränderte Nachricht gefunden«, sagte Becker. »Die Worte waren auch diesmal ›Young England‹ – Edward Oxfords fiktive revolutionäre Gruppe.«

»Und standen da noch zwei zusätzliche Worte?«, fragte De Quincey, während er seine Laudanumflasche befingerte. »›Young Ireland‹ vielleicht? William Hamiltons sehr reale Rebellengruppe?«

Ryan musterte ihn. »Ihr Talent für Vorhersagen ist so groß, dass Sie eigentlich eher Wahrsager als Schriftsteller hätten werden sollen.«

»Bedauerlicherweise gibt es in diesem Fall viele Dinge, die ich *nicht* vorhersagen konnte. Das sorgsam etablierte Muster ist durchbrochen worden. Wie all die anderen Opfer wurden auch Lord und Lady Grantwood auf eine symbolische Art ermordet, die den Hass des Mörders auf die Justiz zum Ausdruck bringt. Aber einer von ihnen hätte an einem öffentlichen Ort gefunden werden sollen, vielleicht vor dem Gerichtsgebäude Old Bailey, um die Menschen in ihrer Furcht zu bestärken, dass sie nirgends mehr sicher sind. Warum ist es nicht so gekommen? Commissioner Mayne, in Ihrem Haus hat der Mörder geschrien, er wolle Sie, Ihre Frau und Ihre Tochter umbringen, um das zu rächen, was man seinen eigenen Eltern und seinen Schwestern zugefügt hatte. Vermutlich hätte er Ihre Leichen danach in einem symbolischen Arrangement angeordnet, einschließlich der Ihrer Tochter.«

»Ich fürchte ja.«

»Warum also wurde dann *Miss Grantwoods* Leiche nicht auf eine

solche symbolische Art arrangiert?«, fragte De Quincey. »Ihre Ermordung hatte absolut nichts mit schöner Kunst zu tun. Warum wurde das Muster aufgegeben?«
Ryan öffnete die Haustür. »Vielleicht kann Sir Walter Cumberland uns die Antworten liefern.«

»Sie betrügen«, sagte Sir Walter.
Der junge Mann, der ihm am Kartentisch gegenübersaß, tat so, als habe er ihn nicht gehört.
»Es ist unmöglich, so viel Glück zu haben wie Sie«, fuhr Sir Walter fort. Er hatte sich umgezogen und trug einen makellosen Abendanzug, aber seine Nase und die Lippen waren nach wie vor geschwollen. Niemand war so unhöflich gewesen, die Blessuren in seinem Gesicht zu erwähnen.
»Beim Whist kommt es aufs Können an, nicht auf Glück«, antwortete der junge Mann, während er seine Karten ablegte.
»Können? Ist das Ihre Bezeichnung fürs Falschspiel?«
»Ich glaube, es wird Zeit für einen Brandy«, entschied einer der übrigen Männer am Tisch und ging zur Tür.
»Ich werde mich Ihnen anschließen«, sagte ein weiterer junger Gentleman und folgte ihm aus dem Raum.
»Wirklich, Sir Walter«, sagte der verbliebene junge Mann, »Sie sollten auf Ihre Umgangsformen achten. Wir sind die einzigen Whistpartner, die Sie haben. Niemand außer uns setzt sich mit Ihnen an den Tisch.«
Es war spät am Abend, und sie waren die einzigen Nutzer des Kartenzimmers. Über jedem der sechs mit grünem Stoff bespannten Spieltische hing eine dekorative Messinglampe, aber nur die Lampe über dem Tisch der Spieler war angezündet.
»Wenn Sie nicht imstande sind, Ihren Einsatz zu bezahlen, dann wäre ich auch bereit, einen Schuldschein zu akzeptieren«, fügte der junge Mann hinzu.

»Jetzt beleidigen Sie mich auch noch, nachdem Sie mich betrogen haben«, antwortete Sir Walter. »Ich möchte Sie warnen – Sie sollten sich vorsehen.«
»Lassen wir's gut sein. Um Sie nicht weiter in Verlegenheit zu bringen, erlasse ich Ihnen die Schulden.« Der junge Mann stand auf. »Aber ich würde mich an Ihrer Stelle nicht darauf verlassen, dass Sie morgen Abend noch irgendjemanden in diesem Club dazu bewegen können, mit Ihnen Karten zu spielen. Um genau zu sein, es existiert eine Petition mit dem Ziel, Ihnen die Mitgliedschaft zu entziehen.« Der junge Mann lächelte. »Ich habe sie mit Vergnügen unterzeichnet.«
»Ich habe Sie gewarnt!«
Sir Walters Spazierstock lehnte an dem Kartentisch. Er packte ihn, sprang auf die Füße und holte aus.

»Jawohl, Sir Walter Cumberland hat eine Wohnung hier«, sagte der Angestellte des Clubs.
»Wie lange schon?«, fragte Ryan, während er seine Polizeimarke im Blickfeld des Angestellten hielt.
Der Mann forschte in seinem Gedächtnis. »Fast sechs Monate.«
»Nachdem er sein Erbe angetreten hatte?«, fragte Ryan.
»Ja.«
»Haben Sie seinen Onkel gekannt?«
»Der Onkel war Mitglied dieses Clubs, bevor Sir Walter es war. Das war der Grund, warum Sir Walter aufgenommen wurde – Mitgefühl.«
»Erinnern Sie sich noch daran, wie sein Onkel gestorben ist?«
»So schnell, wie es gegangen ist – ich könnte das gar nicht vergessen. Der unglückliche Mann wurde magenkrank, und das Leiden wurde nicht besser. Aber er hatte kein Fieber, und sein Hausarzt konnte nicht ermitteln, was ihm fehlte. Irgendwann hat Sir Walters Onkel es auf die üblen Dünste von London geschoben. Er hat

sich auf seinen Landsitz zurückgezogen, aber die Luftveränderung hat ihm nicht geholfen, und zwei Wochen nach dem Ausbruch der Krankheit war er tot. Es war sehr traurig, vor allem, wenn man bedenkt, was für ein angenehmer, großzügiger Mann Sir Walters Onkel war.«
»Im Gegensatz zu Sir Walter selbst?«, fragte Ryan.
»Ich spreche niemals abfällig über unsere Mitglieder, Inspector.«
»So soll das auch sein. Wissen Sie, ob Sir Walter gerade anwesend ist?«
»Vor einer Weile habe ich gesehen, wie er ins Kartenzimmer genau über uns gegangen ist. Nein, warten Sie. Dort – ich sehe ihn gerade auf der Treppe.«

Den Spazierstock fest in der Hand, wich Sir Walter vor dem Körper auf dem Fußboden zurück.
Er atmete schnell, als er aus dem Kartenzimmer rannte. Von der Galerie aus spähte er hinunter auf den Marmorboden des Foyers. Zu dieser späten Stunde sah er nur einen Mann in der formlosen Kluft der unteren Schichten, der mit einem Angestellten sprach. Sir Walter beschloss, jemanden zu Hilfe zu holen und zu behaupten, das, was geschehen war, sei ein Unfall gewesen. Er konnte es durchaus glaubwürdig machen. Sein Schlag hatte das Ziel verfehlt. Der junge Mann war zurückgewichen und nach hinten getaumelt, als der Knauf von Sir Walters Stock an ihm vorbeischoss. Aber der junge Mann hatte dabei das Gleichgewicht verloren. Er war mit dem Kopf auf dem Tisch gelandet. Blut strömte aus der Kopfwunde und in den Teppich.
Er bewegte sich nicht.
Ja, ruf um Hilfe, dachte Sir Walter. Wenn der junge Mann sterben sollte, würde es niemanden geben, der sagen konnte, der junge Mann sei nicht einfach gestolpert und gestürzt.

Ryan ging zum Fuß der Treppe.
Er hob seine Marke so hoch, dass Sir Walter nicht umhinkonnte, sie zu sehen, und sagte: »Ich bin Detective Inspector bei Scotland Yard. Ich muss mit Ihnen sprechen.«
Eine abrupte Bewegung am oberen Ende der Treppe veranlasste Ryan, zu der Galerie im ersten Stock hinaufzusehen. Ein Mann war dort aus einer Türöffnung getaumelt. Er schwankte und packte das Geländer, um sich abzustützen. Blut strömte aus einer Wunde seitlich am Kopf.
»Halten Sie Sir Walter fest! Er hat versucht, mich mit seinem Spazierstock umzubringen!«
Sir Walter stand der Mund offen vor Überraschung. Am Fuß der Treppe angelangt, sah er Ryan auf sich zukommen.
Er blickte zu dem blutenden Mann auf der Galerie hinauf und rannte los.

Die Laterne des Polizeiwagens vermochte den Nebel kaum zu durchdringen, als der Wagen die Water Lane entlangfuhr. Die Geräusche der unsichtbaren Themse – Wellen, die gegen Schiffsrümpfe und an den Kai klatschten – klangen verstörend nah.
Becker spähte ins Dunkel hinaus und konnte mit einiger Mühe ein Schild erkennen, auf dem »Consolidated English Railway Company« stand.
»Fahrer, halt!«
Becker stieg hinunter auf die Pflastersteine und öffnete die hintere Tür des Wagens. Er und der Kutscher halfen Colonel Trask aus dem Wagen – ein schwieriges Unterfangen, weil der Colonel noch immer teilnahmslos war und leer vor sich hin starrte.
»Bleiben Sie in unserer Nähe, Emily«, warnte Becker, als er an die Tür zu hämmern begann.
Durch ein Fenster sah er ein Licht, das in der Dunkelheit zu wachsen schien – jemand näherte sich mit einer Lampe. Der

Mensch auf der anderen Seite hob das Licht, um zu ihnen herauszuspähen, und schloss dann in aller Eile die Tür auf.
»Was ist mit dem Colonel passiert?«
»Er ist nicht in der Lage, es uns zu sagen«, antwortete Becker.
»Wir haben nicht gewusst, wohin wir ihn sonst bringen könnten«, ergänzte Emily.
Der Mann wirkte überrascht, dass sich eine seltsam gekleidete, aber allem Anschein nach ehrbare Frau zu einer solchen Stunde in der Nähe des Flusses aufhielt. Seine Überraschung wuchs, als Becker sich vorstellte.
»Detective Sergeant Becker. Haben Sie einen Ort, wo der Colonel sich ausruhen kann?«
»Er hat ein Zimmer hinter seinem Büro.«
Der Mann führte sie durch einen dunklen Empfangsbereich und eine Treppe hinauf. Seine Laterne beleuchtete ein pockennarbiges Gesicht.
»Sind Sie hier der Nachtwächter?«, erkundigte sich Becker.
»Der Pförtner. Der Colonel hat mir hier ein Zimmer gegeben. Ich hab ihm geholfen, seine Eisenbahnen zu bauen. Er hat mich immer anständig behandelt. Wenn er mich mitgenommen hätte heute Abend, dann wäre das nicht passiert.«
»Wohin ist er gegangen?«
»Er hat den Zug nach Watford genommen.«
Das Pferd kam also wirklich von dort, dachte Becker.
»Warum ist er nach Watford gefahren?«, fragte er, während sie den Colonel die Stufen hinauftrugen.
»Seine Verlobte hat eine Cousine dort.«
Seine tote Verlobte, dachte Becker.
»Hat Sir Walter Cumberland ihm das angetan?«, fragte der Pförtner.
Die Erwähnung des Namens ließ Becker aufmerken. »Warum fragen Sie das?«

»Sir Walter ist um die Mittagszeit hier aufgetaucht und hat den Colonel beschuldigt, Miss Grantwood von ihren Eltern gekauft zu haben. Der Colonel hat ihn ein paarmal geschlagen und in den Rinnstein geworfen.«
Sie erreichten das obere Ende der Treppe; ein dunkler Gang führte in beiden Richtungen weiter. Der Widerhall ihrer Stiefel dröhnte in einer gigantischen Finsternis.
»Das ist sein Büro hier.«
Der Pförtner suchte unter den Schlüsseln an einem Ring und schloss eine Tür auf. Drinnen zündete er eine Gaslampe an der Wand an, öffnete eine weitere Tür und führte Becker und den Constable in ein Privatzimmer, das schlicht mit einem Kleiderschrank, einem Tisch, zwei hölzernen Stühlen und einem schmalen Bett in der Ecke möbliert war.
Es war Becker unangenehm, so in die Privatsphäre des Colonel einzudringen.
»Das ist ein einladendes Zimmer – ich würde mich hier wohlfühlen.« Er half dem Constable, den Colonel auf das Bett zu legen. »Aber es ist nicht das, was ich bei einem so reichen Mann erwartet hätte. Ich habe mir vorgestellt, dass er in einem erstklassigen Hotel oder einem luxuriösen Stadthaus in Mayfair lebt.«
»Sein Vater hat ein Haus in Mayfair, und der Colonel ist oft dort«, erklärte der Pförtner. »Mr. Trask senior ist ans Bett gefesselt. Hat sich fast zu Tode gearbeitet. Aber der Colonel sorgt dafür, dass man sich um seinen Vater kümmert.«
Durch die offene Zimmertür hörte Becker, wie jemand unten an die Haustür hämmerte. »Wir erwarten einen Arzt namens Dr. Snow.«
»Kann der bewirken, dass der Colonel nicht mehr so ist wie jetzt – sich nicht bewegt, nicht mal zwinkert? Wenn ich nicht sähe, dass seine Brust sich hebt, würde ich denken, er ist tot.«

Sie Walter stürzte an einem Herrn vorbei, der eben um die Ecke bog; in seiner Eile stieß er den Mann gegen die Wand.
»Passen Sie doch auf, wo Sie hinlaufen!«, rief der Herr ihm nach. Aber Sir Walter ignorierte ihn. Er rannte weiter den Gang entlang, bis er die Hintertür des Clubs erreichte, stieß sie auf und stürzte ins Freie, in den Durchgang hinaus, den die Lieferanten benutzten.
Den Spazierstock immer noch fest in der Hand, wandte er sich nach rechts. Weil er seinen Mantel nicht mitgenommen hatte, spürte er die Nachtkälte augenblicklich. Trotz des Nebels sah er seinen eigenen schweren Atem in gefrierenden Wolken in der Luft stehen.
Eine Stimme rief hartnäckig hinter ihm her.
»Sir Walter, bleiben Sie stehen! Ich sage doch, ich bin Inspector bei Scotland Yard! Ich muss mit Ihnen reden!«
Der Durchgang öffnete sich auf eine Straße – die Haymarket. Sir Walter wandte sich nach links in der Hoffnung, sich in eins der vielen Theater auf dieser Straßenseite flüchten zu können. Dann hätte er es einfach zusammen mit den Scharen anderer Gäste wieder verlassen können, wenn das Stück zu Ende war. Aber über den Mengen von Brandy, die er getrunken hatte, hatte er jedes Zeitgefühl verloren. Es war später, als er geglaubt hatte, und alle Theater waren dunkel.
Er erreichte ein Austernlokal, das ebenfalls schon geschlossen war. Einige professionelle Liebesdienerinnen winkten aus dem grellen Licht der Gaslaternen vor einer Kneipe zu ihm herüber, aber als sie seinen verzweifelten Gesichtsausdruck bemerkten, gaben sie es rasch auf.
Die hämmernden Schritte in seinem Rücken wurden lauter.
Als er nach rechts in eine Seitenstraße davonstürzte, machten sich die Auswirkungen der vielen Brandys bemerkbar. Er hatte Schwierigkeiten, im gefrorenen Schneematsch das Gleichgewicht

zu halten. Sekundenlang erwog er, stehen zu bleiben, aber er fürchtete, der Alkohol würde es ihm schwer machen, glaubhaft zu erklären, warum der Mann im Club ihn eines Mordversuchs beschuldigte.

Was gibt es noch, das ich vielleicht nicht erklären könnte?, überlegte er.

Er bog in eine weitere Straße ab. Die Nachtkälte drang ihm in die Knochen.

»Sir Walter, ich befehle Ihnen, stehen zu bleiben!«, brüllte die Stimme des Verfolgers.

Bei den mit Rollläden verschlossenen Lebensmittelläden der Coventry Street bemerkte er alarmiert die Laterne eines Constable, die sich in seine Richtung bewegte. Er wechselte schnell die Straßenseite, und jetzt waren es *zwei* Stimmen, die hinter ihm herbrüllten. Dann füllte sich die Dunkelheit mit dem heiseren Lärm einer Polizeiratsche. Eine zweite Ratsche antwortete in der Ferne.

Er flüchtete sich in einen Durchgang und blieb stehen, um zu Atem zu kommen. Als er sich dann weiterschleppte, den Spazierstock schlagbereit für den Fall, dass jemand ihn behelligte, stolperte er über etwas. Das Hindernis stöhnte, und ihm ging auf, dass es ein halb erfrorener Bettler war. Er rannte entsetzt weiter. Inzwischen hatten sich weitere Ratschen und brüllende Stimmen der Verfolgung angeschlossen.

Ich werde sterben wie dieser Bettler, wenn ich nicht irgendeinen Ort finde, wo es wärmer ist, dachte er.

Als er aus dem Durchgang in die nächste Straße hinaustrat, hatte er jede Orientierung verloren. Die Anzahl von Polizeilaternen in seinem Rücken war weiter gewachsen; sie erhellten den Nebel.

»Hier entlang!«, schrie eine Stimme. »Ich kann ihn hören!«

Ein Geräusch weiter vorn zeigte ihm den Weg: das Stampfen von Hufen. Er fand sich vor einer Mauer wieder, die ein Schild als

»Aldridge's« identifizierte, ein Mietkutschen- und Mietpferdeunternehmen. Der Lärm musste die Tiere aufgescheucht haben.
Kann ich über die Mauer klettern?, überlegte er. *Kann ich mich zwischen den Heuballen verstecken?*
Er schob den Spazierstock unter die Weste und sprang nach der Mauerkrone, aber seine erstarrten Finger fanden keinen Halt. Er fiel hart zurück auf das Straßenpflaster, stand mit Mühe wieder auf, zog den Spazierstock wieder heraus und taumelte weiter. Die Straße wurde schmaler. Die Abstände zwischen den Laternen waren größer.
Dann ergab plötzlich nichts mehr einen Sinn. In jeder Himmelsrichtung öffnete sich ein Gewirr verfallener Gassen. Schiefe Mauern schienen aneinanderzulehnen, einander abzustützen. Eingeschlagene Fenster gähnten. Türen hingen schief in ihren Angeln. Bretter baumelten von Nägeln.
Aus einem Haufen Schutt und Abfall hörte er ein Kratzgeräusch.
»Wer's da?«, fragte eine schwache Stimme. »Bobby?«
»Nee. Keine Uniform. Der is annezogen wie'n Genneman.«
»Aber auch kein Mantel«, sagte eine dritte Stimme. »Hat vielleicht schon einer genommen, bevor wir drangekommen sind. Mein Herr, 's is furchtbar kalt, Sie haben nicht vielleicht ein paar Pence für uns?«
»Un' Ihr'n Gehrock un' Ihre Weste?«, fragte eine vierte Stimme.
Das kratzende Geräusch kam näher. Schatten umringten ihn.
Mein Gott, dachte Sir Walter panisch, *ich bin im Slum von Seven Dials gelandet.*

»Danke, dass Sie gekommen sind«, sagte Becker, als Dr. John Snow das matt beleuchtete Zimmer hinter Colonel Trasks Büro betrat.
»Na, wenn ich geweckt werde, um einen Kriegshelden zu behandeln, kann ich mich nicht gut beschweren, oder?«

Der Mann, der im Jahr zuvor eine Wasserpumpe in Soho als den Ursprungsort der Londoner Choleraepidemie identifiziert hatte, war Anfang vierzig. Er hatte ein schmales Gesicht, eine hohe Stirn mit Stirnglatze und dunkle Koteletten, die seine lange Kieferpartie betonten. In der Hand trug er eine lederne Arzttasche.
Er hielt inne vor Überraschung, als er Colonel Trask bewegungslos auf dem Bett sitzen und gequält an die Wand starren sah.
»Wir wissen nicht, wie schwer er verletzt ist«, sagte Emily.
»Besorgen Sie heißes Wasser und saubere Lappen«, wies Dr. Snow den Pförtner an. »Beeilen Sie sich.«
»Ich werde dabei helfen«, sagte Emily und stürzte davon.
»Wir müssen ihn ausziehen«, sagte Dr. Snow zu Becker, der genau wusste, wie ungewöhnlich es für einen Arzt war, dazu auch nur bereit zu sein. Akademisch ausgebildete Ärzte legten kaum jemals Hand an ihre Patienten – derlei niedere Arbeiten überließen sie den Wundärzten, der unteren Kaste in der medizinischen Hierarchie.
Sie hoben den Colonel an und zogen ihm den zerrissenen Mantel aus.
»Sehen Sie sich die Brandspuren im Stoff an«, kommentierte Dr. Snow. »Vorsicht mit der Schlinge. Gut. Jetzt helfen Sie mir mit den übrigen Kleidern.«
Obwohl Trasks Augen offen waren, ließ er nicht erkennen, dass er es auch nur merkte, als die beiden Männer seine Arme und Beine bewegten, um ihn ausziehen zu können.
Nachdem es ihm schon unangenehm gewesen war, das private Zimmer des Colonel zu betreten, war Becker zunehmend verlegen, als er Dr. Snow dabei half, dem Colonel Hemd und Hose auszuziehen. Darunter trug Trask eine einteilige wollene Hemdhose, die vom Hals bis zu den Knöcheln reichte und auch die Arme bis zu den Handgelenken bedeckte.

»Ich sehe kein Blut auf der Unterwäsche. Unnötig, die auszuziehen«, entschied Snow.
Emily und der Pförtner kamen zurück; der Pförtner trug ein Becken mit dampfendem Wasser, während Emily einen Stoß Lappen dabeihatte.
»Emily, Sie sollten nicht hier sein«, bemerkte Becker. »Der Colonel ist in keinem schicklichen Zustand.«
»Unsinn. Ich sehe hier nichts, das ich nicht auch gesehen hätte, als ich Sean nach seiner Verletzung gepflegt habe. Wenn ich den Verband über der Bauchwunde gewechselt habe, habe ich mehr zu Gesicht bekommen als seine Unterhose, das kann ich Ihnen versichern. Und wenn ich eine Laufbahn als Krankenschwester einschlagen will, dann kann ich damit rechnen, dass ich *noch* mehr zu sehen bekomme, ohne schockiert zu sein.«
Es war stattdessen Becker, der jetzt schockiert reagierte.
»Eine Laufbahn als Krankenschwester?«, wiederholte er.
»Ja. Florence Nightingales Wirken auf der Krim hat bewiesen, dass Frauen noch zu anderen Arbeiten taugen als denen der Verkäuferin oder der Gouvernante. Wenn sie nicht gewesen wäre, wären viele unserer Soldaten der mangelnden Fürsorge wegen gestorben.«
»Sie haben niemals etwas davon gesagt, dass Sie Krankenschwester werden wollen«, antwortete Becker erstaunt.
»Es wird ein trauriger Tag kommen, an dem ich nicht mehr für Vater zu sorgen brauche. Ich muss mir Gedanken darüber machen, was ich danach tun soll.«
Emily setzte den Stoß Lappen auf dem Fußende des Bettes ab. Dann wusch sie sich in dem Becken mit dampfendem Wasser, das der Pförtner auf dem Tisch abgestellt hatte, die Hände, tauchte einen der Lappen in das Wasser und begann dem Colonel das getrocknete Blut vom Gesicht zu wischen.
Becker breitete eine Decke über ihn, um der Schicklichkeit Genüge zu tun.

Dr. Snow öffnete seine Tasche und entnahm ihr einen metallenen Behälter, an dem ein Schlauch mit einer Maske am Ende befestigt war. Er holte eine Flasche heraus und goss eine klare Flüssigkeit in den Behälter. Ein schwacher süßlicher Geruch ging von ihr aus.
»Was ist das?«, fragte der Pförtner.
»Ein Chloroforminhalator.«
»Ist das auch ungefährlich?«, fragte der Pförtner misstrauisch.
»Queen Victoria selbst hat mich gebeten, Chloroform bereitzuhalten, als sie ihr letztes Kind gebar.«
Der Pförtner sah nach wie vor misstrauisch aus.
»Je nachdem, was für Verletzungen der Colonel hat, könnte Schlaf das beste Heilmittel sein, mit dem ich hier dienen kann«, erklärte Dr. Snow.
Emily war fertig damit, dem Colonel das Gesicht zu waschen. Sie strich ihm Sand und Kies aus den Haaren und studierte ihn. »Die einzige Verletzung, die ich sehe, ist die Platzwunde seitlich an der Stirn.«
»Die sieht mir nicht so aus, als ob sie genäht werden müsste«, entschied Dr. Snow.
Er griff wieder in seine Tasche und holte eine Flasche heraus, auf deren Etikett »Weißes Vitriol« stand. Mit einer Pipette trug er eine kleine Menge der schwachen Schwefelsäurelösung auf die Wunde auf. Als Nächstes holte er ein vor Kurzem erst erfundenes Gerät heraus – ein Stethoskop. Nachdem er sich die Schläuche in die Ohren eingehängt hatte, setzte er Colonel Trask den Trichter des Geräts auf die Brust.
Er zog seine Taschenuhr heraus, klappte sie auf und horchte, wobei seine Finger sich bewegten, als zähle er.
Als Dr. Snow schließlich wieder aufblickte, war selbst im trüben Licht des Zimmers unverkennbar, dass er bleich geworden war.
»Was ist passiert?«, fragte Emily.

»Sein Herz rast – zweihundert Schläge pro Minute, fast drei Mal so schnell, wie normal wäre.«
»Drei Mal?«
»Wenn er bewegungslos bleibt, hat er keine Möglichkeit, die Energien in seinem Inneren freizusetzen. Ich bin erstaunt, dass sein Herz noch nicht ausgesetzt hat. Ich muss das Chloroform verabreichen – schnell. Wenn der Colonel nicht schläft, wenn sein Herzschlag nicht langsamer wird, dann – fürchte ich – wird er sterben.«

»Dort ist er reingerannt!«, brüllte ein Constable.
Ryan rannte die schmaler werdende Straße entlang und blieb stehen, als er eine Kreuzung erreichte, an der sie auf nicht weniger als sechs andere Straßen traf; viele Jahre zuvor hatte ein Stadtplaner für diese Stelle ein Muster entworfen, das an eine Sonnenuhr erinnern sollte.
Aber die Einöde ringsum hatte sehr wenig Sonniges an sich. Seven Dials war einmal eine achtbare Gegend gewesen, aber das Viertel war zu einem Elendsquartier verkommen, nachdem für den Bau von Eisenbahnen ins Zentrum Londons viele der Gebäude geopfert worden waren, in denen Angehörige der unteren Schichten lebten. Auch ehrgeizige Bauprojekte wie etwa die modischen Einkaufsstraßen Oxford Street und Regent Street hatten billige Wohnquartiere für die ärmere Bevölkerung zerstört. Ähnlich wie im Fall von Krähenhorsten, einzelnen Bäumen, in denen Hunderte von Krähen ihre Nester bauen, hatten Zehntausende aus Londons Unterschicht eine Bleibe in den wenigen verbliebenen Quartieren gefunden, die sie sich noch leisten konnten. Folgerichtig nannte man die Gegenden, die von den überfüllten Mietskasernen geprägt waren, »rookeries« – Krähenkolonien.
In den meisten Mietshäusern hier standen sechs Betten in jedem Zimmer, und in jedem Bett schliefen drei Menschen, obwohl vie-

le Bewohner auch auf dem nackten Fußboden übernachteten. Über hundert dieser Unglücklichen drängten sich in jedem der dreistöckigen Gebäude; die Überbelegung belastete die Wände, Treppen und Böden, bis die Häuser in Gefahr waren einzustürzen. Wasserpumpen gab es hier nicht. Die Durchgänge zwischen den Häusern dienten als Pissoir. Jeder Abtritt wurde von vierhundert Personen genutzt; die Fäkaliengruben liefen über und überfluteten die Keller. Nur diejenigen, die jede Hoffnung verloren hatten, lebten in Seven Dials: Menschen, die ihren Lebensunterhalt damit verdienten, dass sie den Schlamm der Themseufer durchwateten auf der Suche nach Kohlebrocken, die von den Lastkähnen gefallen waren, oder Leute, die tote Katzen und Hunde an Düngemittelhersteller verkauften – oder, wenn die toten Tiere noch frisch waren, an Garküchen, wo sie dann in sogenannte Schweinefleischpasteten wanderten.

Als Ryan den düsteren, verfallenen Hauseingang studierte, spürte er förmlich, wie die Verzweiflung von Seven Dials über ihn hinwegspülte. Die Gegend galt als so gefährlich, dass nur wenige Ortsfremde sie betraten, in der Regel Polizisten, und auch sie nur dann, wenn Gründe vorlagen, die es unvermeidlich machten.

Aber jetzt musste Ryan sich gezwungenermaßen eingestehen, dass die jüngsten Morde und Sir Walters mögliche Verbindung zu ihnen einen Grund darstellten, der das Betreten des Hauses unvermeidlich machte.

»Constable, sind Sie sicher, dass er da reingegangen ist?«, vergewisserte Ryan sich noch einmal.

»Gar keine Frage, Inspector.« Der Constable hob die Laterne, um das abschreckende Schattengewirr vor ihnen auszuleuchten.

Himmeldonnerwetter, dachte Ryan, während er eine Hand auf die kaum verheilte Bauchwunde drückte.

Aus den Tiefen des Slums ertönte ein Schrei.

Zwei Gestalten, eine von ihnen klein und dünn, stiegen die dunkle Treppe zu Colonel Trasks Büro hinauf und gingen weiter in das dahinter liegende Privatzimmer.
»Vater«, sagte Emily nur.
De Quincey sah zu, als Dr. Snow die Maske über dem Gesicht des Colonel anbrachte und einen Hebel an dem Chloroformbehälter umlegte. Dann wies De Quincey auf den untersetzten Mann an seiner Seite, eine dramatische Erscheinung mit lockigem schwarzem Haar und einem ebensolchen Bart.
»Gestatten Sie mir, Ihnen den angesehenen Journalisten William Russell vorzustellen.« De Quincey achtete sorgsam darauf, Russell nicht als »Kriegsberichterstatter« einzuführen, eine Bezeichnung, die der Journalist verabscheute.
Becker, der Pförtner und der Constable nickten Russell zur Begrüßung zu, beeindruckt angesichts der Tatsache, dass sie den Mann vor sich sahen, dessen Artikel die britische Regierung zu Fall gebracht hatten. Dabei ignorierten sie taktvoll, dass sein Hemdkragen offen stand und auch die Weste nicht zugeknöpft war. Die Wangen oberhalb des Bartes wirkten gerötet, möglicherweise vom Alkohol, obwohl es sonst keine Hinweise darauf gab, dass er getrunken hatte.
Russell war vierunddreißig Jahre alt. Sein melancholischer Blick verriet seine Erschöpfung angesichts all des Leidens und Sterbens, das er gesehen hatte. Im Jahr zuvor hatte die Londoner *Times* ihn in den Krimkrieg geschickt, das erste Mal, dass ein Journalist einer großen Zeitung ausgesandt wurde, um von einem Kriegsschauplatz zu berichten. Er hatte sich nicht die Mühe gemacht, beim Kriegsministerium, dem Außenminister oder auch nur führenden Militärs um Erlaubnis einzukommen. Stattdessen verkleidete er sich mit einer von ihm selbst entworfenen Uniform und ging an Bord eines Schiffs, das mit Angehörigen der Streitkräfte beladen war – von denen jeder glaubte, Russell

gehöre einer der anderen Einheiten an. Als er auf der Krim eintraf, beschrieb ein englischer Offizier ihn abfällig als jemanden, der immer bereit war mitzusingen, jedermanns Brandy und Wasser zu trinken und unzählige Zigarren zu rauchen – »genau die Sorte Kerl, die Informationen aus den Menschen herausholt, vor allem aus den Grünschnäbeln«.

Russells unwiderstehliche Persönlichkeit führte in der Tat zu höchst aufschlussreichen Unterhaltungen, die ihn in die Lage versetzten, über die fürchterlichen Bedingungen zu berichten, unter denen auf der Krim gekämpft wurde. Die inkompetente Planung hatte dazu geführt, dass die einfachen Soldaten den Winterstürmen in ihren dünnen Sommeruniformen ausgesetzt waren; auch Zelte gab es nicht, die sie vor dem schaurigen Wetter geschützt hätten. Im Gegensatz zu ihnen standen den Offizieren geheizte Quartiere zur Verfügung; einer der Befehlshaber, Lord Cardigan, verbrachte seine Nächte im Komfort seiner dampfbetriebenen Yacht vor der Küste. Während britische Offiziere an ihren Weingläsern nippten, tranken die Soldaten Wasser aus verschlammten Pfützen. Und während ihren Vorgesetzten Käse, diverse Schinkensorten, Obst und Schokolade serviert wurden, ernährten sich die Soldaten von Salzfleisch und trockenen Keksen. Skorbut und Cholera wüteten unter ihnen. Hunger, Krankheiten und die Kälte forderten mehr Opfer unter den einfachen Soldaten als Kriegsverletzungen.

Russell berichtete über die Attacke der Leichten Brigade, für ihn das beste Beispiel für die Unfähigkeit der befehlshabenden Offiziere. Der britische Oberbefehlshaber Lord Raglan befahl der Leichten Brigade, einer Kavallerieeinheit, den Angriff auf eine russische Geschützstellung, versäumte aber klarzustellen, welcher von vielen solcher Stellungen der Angriff gelten sollte. Andere Offiziere stritten untereinander, statt eine Klarstellung zu verlangen, und das Ergebnis war, dass die Leichte Brigade etwas

angriff, das sich als eine stark befestigte russische Artilleriestellung erwies. Die Einheit geriet von mehreren Seiten unter Beschuss; zweihundertfünfundvierzig Soldaten fielen oder wurden verwundet, sechzig weitere gefangen genommen, und dreihundertfünfundvierzig Pferde kamen ums Leben.
Mithilfe des neuen Telegrafen erreichten Russells Depeschen ihre britische Leserschaft mit bis dahin unvorstellbarer Schnelligkeit und sorgten allgemein für Empörung. Die Konsequenzen folgten ebenso schnell. Der anschauliche Stil von Russells Schilderungen trug noch zur Wirksamkeit seiner Berichte bei. Die Russen, so schrieb er, »stürmten vor, dem dünnen roten Streif, gesäumt von einem Faden Stahl, entgegen« – eine Beschreibung, die in abgewandelter Form als »dünne rote Linie« zu einer bleibenden Metapher für die unbeirrbare Entschlossenheit britischer Soldaten wurde.
Emily trat vor, um Russell die Hand zu geben. »Es ist mir eine Ehre, Sie kennenzulernen, Sir. Sie haben sowohl den Frauen als auch den Verwundeten einen Dienst erwiesen, als Sie Florence Nightingales Bemühungen geschildert haben, das Leiden in diesem Krieg zu lindern.«
»Ich fürchte, ich habe nicht genug erreicht«, antwortete Russell, während er zu ihr herunterspähte. »Vielleicht wird die neue Regierung klüger sein und diesen Krieg auf eine organisiertere und disziplinertere Weise weiterführen. So, wie es jetzt steht, können wir nicht gewinnen. In ein paar Tagen fahre ich zurück auf die Krim. Wenn ich noch anschaulicher zu schreiben lerne, wird die Wirkung meiner Worte vielleicht eine bessere sein.«
»Sie schreiben schon jetzt gut genug, Sir.«
Russell nickte ihr zum Dank zu und trat näher an das Bett heran. Dr. Snow war mit der Verabreichung des Chloroforms fertig geworden. Colonel Trasks Augen waren jetzt geschlossen, aber sein Körper wirkte immer noch starr.

»Er sieht genauso gequält aus wie auf der Krim«, stellte Russell fest.
»Er hat neue Schrecken erlebt, die ihn jetzt quälen werden«, sagte Emily.
»Ihr Vater hat es mir bereits erzählt. Als der Colonel am vergangenen Abend die Leichen seiner Verlobten und ihrer Eltern entdeckte, muss es ihm vorgekommen sein, als wäre er noch immer auf dem Schlachtfeld.«
»Mr. Russell, haben Sie im Krieg irgendwann schon einmal eine solche Lähmung gesehen?«, fragte De Quincey.
»Häufig sogar. Die Strapazen, die unsere Soldaten erdulden, das Entsetzen, das sie beherrscht, wenn sie auf die nächste und immer wieder eine neue Schlacht warten – derlei kann manchmal selbst den tapfersten Mann in eine solche Lähmung versetzen. Aber ich hätte nie erwartet, es bei Colonel Trask zu sehen. Die anderen Männer betrachteten ihn als ein Beispiel für das, was sie selbst hätten sein sollen.«
Dr. Snow nahm sein Stethoskop von Colonel Trasks Brust. »Sein Herz rast immer noch.«
»Vielleicht könnte Laudanum helfen«, regte De Quincey an.
»Nein, Vater«, sagte Emily.
»Ich stimme Ihrer Tochter zu. In Kombination mit dem Chloroform könnte Laudanum ihn umbringen. Sorgen Sie dafür, dass immer jemand von Ihnen bei ihm ist«, riet Dr. Snow. »Ich komme am Morgen zurück.«
»Mr. Russell, Ihr vertrautes Gesicht könnte möglicherweise beruhigend auf ihn wirken, und das ist es, was er braucht. Wären Sie so freundlich, im Nebenzimmer mit mir zu warten, bis er aufwacht?«, fragte De Quincey.
»Bei einem Mann wie dem Colonel kann ich Ihnen das kaum verweigern.«
»Und Joseph«, sagte Emily, »würden Sie bitte bleiben, damit ich Sie etwas fragen kann?«

Becker wirkte überrascht – sowohl von der Frage als auch von der Tatsache, dass Emily seinen Vornamen verwendet hatte. Tatsächlich fiel dies jedem der Anwesenden auf – mit Ausnahme von Emilys Vater.
»Natürlich«, antwortete Becker verlegen.

»Das Geschrei ist von hier gekommen!«, brüllte Ryan.
Begleitet vom schwankenden Licht zahlreicher Polizeilaternen rannte er durch das nebelverhangene Labyrinth der elenden Gassen von Seven Dials.
Sir Walters Hilferufe klangen zunehmend verzweifelt.
Ryan stürzte einen Durchgang entlang, der so eng war, dass seine Schultern die Mauern streiften. Ein niedrig hängender Sims zwang ihn, den Kopf einzuziehen. Er kletterte über Holzgestelle hinweg, mit denen zusammensackende Mauern abgestützt werden sollten; das gesamte Viertel war in Gefahr einzustürzen.
Das Geschrei brach ab.
Eine Stimme ganz in der Nähe ließ ihn zusammenfahren. »Noch nie so viele Bobbys hier gesehen, im ganzen Leben nicht!«
»Aber wie viele von denen kommen auch wieder raus?«, überlegte eine zweite Stimme in der Dunkelheit. »Der da sieht aus wie der Bulle, der mich letztes Jahr hopsgenommen hat.«
»Sieht warm aus, der Mantel von dem.«
Ryan hörte schwach die Geräusche eines Handgemenges.
»Hier!«, rief ein Constable und zeigte ihm die Richtung an.
Ryan rannte ein paar Stufen hinunter und trat gegen eine Tür; das Holz war so verrottet, dass es aus den Angeln flog. In den Schatten dahinter kämpften dunkle Formen wie Hunde über einer sich wehrenden Gestalt.
Aber es waren keine Hunde.
Ryan stürzte sich in das Handgemenge hinein. Während die Constables mit ihren Polizeiknüppeln zuschlugen, zerrte er ei-

nen zerlumpten Mann aus dem Knäuel, dann einen zweiten, einen rasenden Jungen, eine vor Wut fauchende Frau.
Das Licht der Polizeilaternen zeigte ihnen Sir Walter, der zitternd vor Angst unter dem Menschenhaufen hervorkam. Stiefel, Gehrock und Weste waren fort. Klauenspuren zeichneten sein Gesicht.
»Da kommen immer noch mehr von denen«, warnte ein Constable von der Tür her. »Durch die Gasse da kommen wir raus hier, aber wir sollten uns beeilen.«
Sir Walter wimmerte, als Ryan nach ihm griff; er schien zu fürchten, Ryan sei ein weiterer Angreifer. Sein Spazierstock lag auf dem nackten Boden; Blutspuren am Knauf zeigten, dass er versucht hatte, sich zu verteidigen.
»Halten Sie Sir Walter fest! Er hat versucht, mich mit seinem Spazierstock umzubringen!«, hatte der Mann oben an der Treppe des Clubs geschrien.
Was hat er sonst noch angerichtet mit dem Stock?, dachte Ryan.
Er hob ihn auf und zerrte Sir Walter ins Freie hinaus. Als ein Stein auf der Mauer unmittelbar neben seinem Kopf aufschlug, zuckte er zusammen.
Ein dumpfes Grollen.
»Die haben eins von den Stützgerüsten weggerissen!«, schrie ein Constable. »Die Mauer ist zusammengebrochen! Der Durchgang ist versperrt!«
»Drüberklettern!«, befahl Ryan.
Ein weiterer Stein traf ihn an der Schulter, aber der Schmerz bereitete ihm weniger Sorgen als ein anderer Schmerz. Bei der Verfolgung Sir Walters hatte sich die frische Narbe seiner Bauchwunde bemerkbar gemacht. Er arbeitete sich über die eingestürzte Mauer hinweg; das Licht der wild schwankenden Polizeilaternen leitete ihn.
»Schneller!«, schrie er Sir Walter zu, der immer noch unkontrollierbar zitterte.

Weitere Steine flogen auf sie zu.

»Da draußen könnt ihr uns rumstoßen, aber hier drin erledigen wir das«, höhnte eine Stimme. »Das hier ist *unsere* Welt!«

»Gib mir einen Shilling!«

»Gib uns ein Pfund!«

»Gib uns alles, was du hast!«

Während er Sir Walter mit der linken Hand hinter sich herzog, hielt Ryan mit der rechten den Spazierstock umklammert – im Grunde wollte er nichts anderes, als die Finger über die schmerzende Bauchwunde zu legen.

Er fuhr heftig zusammen, als krachend ein Brett neben ihnen landete, so dicht bei ihm, dass er den Luftzug spürte. Die Verfolger waren auf die Dächer gestiegen und warfen alles hinunter, was sie dort finden konnten – Backsteine, Dachziegel und sogar tote Ratten kamen in den Durchgang heruntergeprasselt.

Ryan sah die verschattete Nische eines Hauseingangs vor sich. Trotz der pochenden Schmerzen in seinem Bauch holte er mit dem Fuß aus und trat gegen die Tür, hörte das zufriedenstellende Knacken, mit dem der Riegel zerbrach.

»Hier rein!«, schrie er, während er Sir Walter durch die Tür ins Innere zerrte.

Constables folgten ihnen; das Licht ihrer Laternen beleuchtete eine Ansammlung von Gesichtern, die sich an die ständige Dunkelheit so gewöhnt hatten, dass die plötzliche Helligkeit sie entsetzte und sie die Arme hoben, um ihre Augen zu schützen.

Ryan zog Sir Walter weiter, einen mit Gerümpel vollgestellten Gang entlang, umging noch rechtzeitig ein gähnendes Loch, rannte krachend gegen eine weitere Tür und kam unvermittelt in einem anderen Durchgang wieder ins Freie.

Schutt regnete auf sie herab, aber der Durchgang wurde breiter. Ein Stein traf Ryan im Rücken, als er durch einen Torbogen und

hinaus auf eine Straße stürzte; jetzt war der Regen aus Steinen, Dachziegeln und anderen Wurfgeschossen hinter ihnen zurückgeblieben.
Sir Walter ließ sich gegen eine Mauer sacken. Ryan tat es ihm gleich, den Spazierstock nach wie vor in der Hand.
Ringsum versuchten die Constables zu Atem zu kommen.
»Inspector, Sie haben Blut vorn auf dem Mantel«, sagte einer von ihnen.

Als De Quincey, Russell und der Pförtner das Zimmer verließen, zog Emily die Decke zurecht, die Colonel Trask bedeckte. Sie drehte den Docht der Lampe herunter und setzte sich auf einen der Stühle. Noch im Dämmerlicht des Raums leuchteten ihre blauen Augen.
Becker war geblieben, so wie Emily es von ihm erbeten hatte. Er setzte sich verlegen auf den zweiten Stuhl.
»Joseph, es ist Newgate, wonach ich Sie fragen möchte.«
»Ein trauriges Thema.«
»In der Tat. Nachdem Sie die Akten durchgesehen hatten, haben Sie Sean, Commissioner Mayne und meinem Vater berichtet, was Sie gefunden hatten. Sie haben gesagt, die dreizehnjährige Schwester dieses Jungen hätte das jüngere Mädchen und die kranke Mutter erstickt und sich danach erhängt. An Ihrem Gesichtsausdruck war deutlich zu sehen, dass Sie den Grund für all das verstörend fanden. Bitte verraten Sie mir, was Sie den anderen mitgeteilt haben.«
Becker sah auf seine Hände hinunter.
»Ich habe längst bewiesen, dass ich nicht leicht aus der Fassung gerate«, sagte Emily. »Bitte schließen Sie mich nicht aus.«
Becker wandte den Blick ab.
»Ich wusste nicht, dass wir Geheimnisse voreinander haben«, sagte Emily.

»Es ist besser, wenn Sie dies nicht wissen. Es ist nichts, worüber Männer und Freuen miteinander sprechen sollten.«
»Joseph, wollen Sie mein Freund sein?«
»Ich bin Ihr Freund.«
»Nicht, wenn Sie mich als ein minderes Wesen behandeln.«
»Ich sehe Sie im Gegenteil als etwas Höheres. Ich bin Polizist, damit andere Menschen ein lauteres Leben führen können, auch wenn ich selbst in der Gosse lebe.«
»Aber ich habe das Recht zu entscheiden, ob ich davon wissen will oder nicht«, wandte Emily ein. »Warum hat die ältere Schwester so etwas getan, Joseph?«
»Zwingen Sie mich nicht, Ihnen zu antworten.«
»Um unserer Freundschaft willen *müssen* Sie mir antworten.«
Becker brauchte eine ganze Weile, bis er ihr antwortete. »Dann werde ich es Ihnen im Namen der Freundschaft erzählen. Todesfälle in Newgate sind nichts Ungewöhnliches, aber diese drei waren so auffällig, dass eine Untersuchung angeordnet wurde.«
»Was hat die Untersuchung ergeben?«
»Ein Sergeant und einer der Gefängniswärter« – Becker wählte seine Worte sehr vorsichtig – »nutzten die Gunst der Stunde bei Kindern weiblichen Geschlechts, die bei ihren Eltern im Gefängnis untergekommen waren.«
»Oh.« Emilys Antwort kam tonlos heraus.
»Die Mutter war zu krank, um ihre Töchter zu verteidigen. Die ältere Tochter war von Scham und Verzweiflung so überwältigt, dass sie …«
Emily schwieg, und es entstand eine lange Pause. »Wurden der Sergeant und der Gefängniswärter bestraft?«
»Ja, man hat sie zu Haftstrafen auf den Schiffsrümpfen verurteilt.«
Becker sprach von den ausgemusterten Kriegsschiffen auf der Themse, die als zusätzliche Gefängnisse genutzt wurden. Sie wa-

ren so überfüllt und verdreckt, dass ständig Seuchen wie Typhus und Cholera drohten.

»Bevor ich heute Nacht das grausige Spektakel im Haus der Grantwoods gesehen habe«, sagte Emily, »hatte ich mir noch nie gewünscht, die Körperkräfte und die Derbheit eines Mannes zu besitzen. Aber jetzt – wenn ich den Mann, der für diese Morde verantwortlich ist, selbst bestrafen könnte, wenn es mir möglich wäre, diesem Sergeanten und dem Gefängniswärter Schmerzen zuzufügen, dann würde ich ...«

»Und das ist der Grund, weshalb Männer Frauen über sich selbst stellen. Ich hatte gehofft, Sie vor solchen Empfindungen beschützen zu können. Es tut mir leid, Emily.«

Sie stand auf und ging zu Colonel Trask hinüber, der in seinem chloroformbetäubten Schlaf vor sich hin murmelte, um ihm eine Hand auf die Stirn zu legen. »Er fiebert nicht.«

Sie kehrte zu ihrem Stuhl zurück. »Joseph, ich muss Ihnen noch eine zweite Frage stellen.«

»Sie kann nicht unbehaglicher zu beantworten sein als die erste.«

»Warum waren Sie so überrascht, als ich gesagt habe, dass ich erwäge, Krankenschwester zu werden?«

»Ich habe mich geirrt«, sagte Becker. »Es ist einfach nur eine andere Art, sich unbehaglich zu fühlen.«

Emily wartete auf seine Antwort.

»Ich nehme an, ich ... Es ist eine so ungewohnte Vorstellung ... Ich ... Darf ich *Sie* etwas fragen?«

»Es gibt keine Schranken zwischen uns«, sagte Emily.

»Haben Sie nicht erwogen, vielleicht auch ...«

»Joseph, sagen Sie mir bitte, was Sie denken.«

»... einen Ehemann zu nehmen?« Becker sprach es aus, als habe ihm die Frage schon seit Längerem zu schaffen gemacht.

Emily errötete. »Jetzt bin *ich* überrascht.«

Aber in gewisser Hinsicht war sie nichts dergleichen. Schon seit

einigen Wochen hatte sie das Gefühl gehabt, dass diese Unterhaltung unvermeidlich war. Spätabends, nachdem sie hinuntergegangen war in den Ballsaal von Lord Palmerstons Stadthaus und ihren ruhelosen Vater dazu bewogen hatte, ins Bett zu gehen, hatte sie selbst wach gelegen und sich gefragt, was sie sagen würde, wenn einer ihrer zutiefst geschätzten neuen Freunde – oder sogar beide – ihr diese Frage stellen sollte.
»Einen Ehemann nehmen? Nachdem ich schon die Verantwortung für Vater habe – wie könnte ich noch eine zweite übernehmen?«
»Und Krankenschwester zu sein würde keine Verantwortung bedeuten?«, fragte Becker zurück.
»Es würde nicht erfordern, dass ich meine Unabhängigkeit aufgebe.« Mit einem Mal war ihr aufgegangen, wie wichtig dies ihr war.
»Aber auch die Ehe bräuchte Sie nicht Ihre Unabhängigkeit zu kosten«, versicherte Becker.
Nein, sie hatte sich entschieden nicht vorgestellt, dass der Antrag *so* ausfallen würde.
»Joseph, Sie wissen ganz genau, dass die Frau bei der Eheschließung alles und jedes aufgibt. Sie hat keine Kontrolle mehr über ihre eigenen Entscheidungen, nicht einmal über die Kinder, die sie gebiert. Sie wird zum Eigentum ihres Ehemannes.«
»Das besagt das Gesetz«, gab Becker zu. »Aber die Ehe braucht dem Gesetz ja nicht in allem zu entsprechen. Mit dem richtigen Ehemann könnte die Ehefrau alles an Unabhängigkeit behalten, was sie sich wünscht.«
»Einschließlich der Möglichkeit, Ehefrau zu sein und zugleich einen Beruf auszuüben?«, fragte Emily.
»Auch das, mit dem richtigen Ehemann.«
»Was Sie hier sagen, geht über alles hinaus, von dem ich geglaubt hätte, dass ein Mann es jemals denken könnte«, sagte Emily.

Jetzt war es Becker, der rot wurde.
»Joseph, es gibt da etwas, das ich Ihnen sagen muss. Weil Sie mir gegenüber aufrichtig waren über die Vorfälle in Newgate, werde ich Ihnen gegenüber aufrichtig sein über mich selbst. Ich habe vorhin gesagt, ich hätte nicht gewusst, dass wir Geheimnisse voreinander haben. Aber in Wirklichkeit habe ich ein Geheimnis. Und es ist etwas, das jeder Mensch, der mir nahesteht, irgendwann herausfinden muss.«
»Ich möchte nicht unangemessen neugierig sein«, antwortete Becker verwirrt.
»Vaters wegen war ich mein ganzes Leben lang auf der Flucht vor den Schuldeneintreibern. Vor sieben Wochen habe ich Ihnen erzählt, dass meine Mutter, meine Geschwister und ich von Vater getrennt lebten, weil die Gerichtsvollzieher uns ständig beobachteten. Ich bin zu Hoffenstern hinausgeklettert, durch Mauerlöcher gekrochen und über Zäune gestiegen, habe mich in jedes Gebäude geschlichen, in dem Vater sich gerade versteckt hielt, und habe ihm Essen, Tinte und Papier gebracht. Er hat mir dafür die Manuskripte mitgegeben, die ich zu seinen Verlegern bringen sollte – die ebenfalls von unseren Gläubigern beobachtet wurden. Auch da bin ich wieder durch Lücken gekrochen und über Mauern geklettert. Ich habe dann die Honorare mit zurückgebracht; einen kleinen Teil hat Vater behalten, den Rest habe ich für Mutter mit nach Hause genommen.
In Schottland hat Vater eine Weile in einer Anlage Schutz gesucht, die organisiert war wie ein Kirchenasyl im Mittelalter. Schuldeneintreibern war der Zutritt verboten. An den Sonntagen war es Vater gesetzlich erlaubt, das Gebäude zu verlassen und uns zu besuchen, solange er vor Sonnenuntergang zurück war. Aber Vaters Zeitgefühl ist anders als das anderer Menschen, und jeden Sonntag ist er atemlos aus dem Haus gerannt, als der Himmel schon dunkel wurde, und hat versucht, seinen Zufluchtsort noch

rechtzeitig zu erreichen, während die Schuldeneintreiber ihm schon wieder auf den Fersen waren. Einmal, als wir in der Nähe von Edinburgh lebten, musste er quer durch Schottland bis nach Glasgow flüchten, wo er in einer Sternwarte Zuflucht fand. Häufig mussten wir mitten in der Nacht aus unserer Bleibe fliehen, weil wir kein Geld hatten, um die Miete zu bezahlen.«
Emily ging zu Colonel Trask hinüber, legte ihm die Hand auf die Stirn und kehrte dann zu ihrem Stuhl zurück. Sie spürte einen dumpfen Schmerz in den Augen und hoffte sehr, sie würde nicht zu weinen beginnen.
»Zwei meiner Brüder sind entkommen. Einer von ihnen ist nach Südamerika gegangen, der andere nach Indien. Eine meiner beiden älteren Schwestern hat geheiratet, so früh sie konnte, und ist nach Irland gezogen. Die andere ist mit einem Offizier verlobt; auch sie wird bald in Indien leben. Die Verantwortung, für Vater zu sorgen, liegt bei mir. Tatsächlich ist dies schon seit Langem meine Verantwortung gewesen. Wäre ich nicht da, würde sein Opiumkonsum ihn sehr bald umbringen, fürchte ich. Wenn er sich nachts über die Lampe beugt und schreibt, um unsere Rechnungen bezahlen zu können, dann sage ich etwas zu ihm wie ›Vater, du sengst dir schon wieder die Haare vom Kopf‹. Dann dankt er mir, klopft sich die Funken aus den Haaren und schreibt weiter.
Es ist nicht so, als habe er nicht immer wieder versucht, das Opium aus seinem Leben zu verbannen. Ich war mehr als einmal dabei, wenn es ihm gelang, seine Dosis von tausend Tropfen Laudanum am Tag auf hundertdreißig und dann auf achtzig und sechzig und schließlich auf gar nichts zu reduzieren. Einen Tag oder eine Woche lang, manchmal sogar mehrere Wochen, konnte er ohne Opium auskommen, und dann plötzlich heulte er auf und behauptete, Ratten nagten an seinem Magen und seinem Gehirn. Die Qualen, die er dann litt, waren unerträglich anzuse-

hen. Am Ende wurden die Schmerzen zu viel für ihn, und er wurde rückfällig. Die Leute sagen, er sei ein Schwächling, weil er die Kraft nicht aufbringt, um seine Gewohnheiten zu ändern. Aber ich glaube, es ist mehr als nur eine Gewohnheit. Ich frage mich, ob wir eines Tages nicht herausfinden werden, dass eine Droge Körper und Geist eines Menschen vollständig beherrschen kann, so vollständig, dass nur der Tod noch ein Entkommen aus dieser Tyrannei verspricht.

Ich kann einen Menschen, der so viel Schmerz erduldet, nicht verlassen, Joseph. Ja, ein liebender Ehemann würde einer Frau auch gestatten, ihren Vater mit in die Familie zu bringen, aber solange Vater lebt, würde er eine größere Rolle für mich spielen als mein Ehemann. Ich widme mich der Aufgabe, für Vater zu sorgen, nicht nur aus Pflichtgefühl, nicht nur, weil ich ihn von ganzem Herzen liebe, so wie eine Tochter es tun sollte – sondern auch deshalb, der Himmel helfe mir, weil Vater trotz all seiner Fehler in der Tat der faszinierendste Mann ist, dem ich je begegnet bin. Die bemerkenswerten Gedanken, die er zu Papier bringt, die unvergleichlichen Worte, die er findet, um sie auszudrücken – entstammen diese Worte und Gedanken dem Opium, oder hemmt das Opium sie vielmehr? Würden sie noch glanzvoller ausfallen, wenn das Opium nicht wäre? Ich weiß es nicht. Aber *dies* weiß ich.«

Emily sah Becker wehmütig an.

»Ich bin erschöpft. Wenn der Tag kommt, an dem Vater mich zu meinem unstillbaren Kummer auf immer verlassen wird, dann kann ich mir nicht vorstellen, dass ich mich sofort an einen anderen Menschen binden werde. Habe ich wirklich den Wunsch, auf eine Krankenschwesternschule zu gehen? Ich weiß es nicht. Ich habe mich jetzt schon so lange der Fürsorge für Vater gewidmet, dass ich nicht die leiseste Vorstellung davon habe, was Freiheit wirklich ist oder was ich mir wünsche, später einmal tun zu kön-

nen. Nur dies kann ich Ihnen sagen: Vater hat mich mit seinen ungewöhnlichen Ideen so beeinflusst, dass nur wenige Männer meine eigenen ungewöhnlichen Ideen noch dulden würden.«
»Ich dulde Ihre Ideen nicht nur – ich bewundere sie«, sagte Becker.
Emily dachte ein paar Sekunden lang nach. »Ich glaube Ihnen, dass Sie das tun.«
In dem Bürozimmer nebenan hörte Becker die murmelnden Stimmen der Unterhaltung zwischen De Quincey und Russell.
»Wie Sie selbst sagen, Sie haben eine Verantwortung Ihrem Vater gegenüber, aber er wird nicht auf ewig bei Ihnen sein. Vielleicht können wir diese Unterhaltung eines Tages, wenn ich als Ermittler mehr Geld verdiene und den größten Teil dessen gespart habe, was ich verdiene, noch einmal führen. Aber davon abgesehen« – Becker lächelte –, »sollten Sie wirklich beschließen, Krankenschwester zu werden, dann bin ich mir sicher, dass Sie den Dienst an anderen Menschen erfüllend finden werden.«
Colonel Trask murmelte etwas im Schlaf.
»Unsere Stimmen beunruhigen ihn«, sagte Emily.
»Ich sollte besser gehen und mich Ihrem Vater anschließen«, bemerkte Becker.
»Ich danke Ihnen dafür, dass Sie mein Freund sind, Joseph.«
Emily küsste ihn.

In Colonel Trasks Büro nahm Russell einen Schluck aus einer Taschenflasche mit Branntwein und fuhr in der Schilderung seiner Kriegserlebnisse fort.
»Nach der Schlacht von Inkerman fanden unsere militärischen Befehlshaber heraus, dass ich Reporter bei der *Times* war, und wiesen ihre Offiziere an, sich von mir fernzuhalten. Lord Raglan selbst verweigerte mir den Gebrauch des Armeetelegrafen und weigerte sich darüber hinaus, den Schiffen unserer Streitkräfte zu gestatten,

dass sie meine Depeschen zu zivilen Telegrafenämtern auf dem türkischen Festland brachten. Und in diesem Zusammenhang habe ich dann auch Colonel Trask kennengelernt. Eines Abends hat er mich in einem Zelt angetroffen, wo ich mit ein paar Offizieren getrunken habe, die eine hinreichend niedrige Meinung von Lord Raglan hatten, um seine Anweisungen zu ignorieren und mit mir zu reden. Nachdem ich die Informationen beisammenhatte, die ich brauchte, hat der Colonel mich diskret zur Seite genommen und durchblicken lassen, dass er von meinen Problemen beim Weitergeben meiner Berichte gehört hatte. Und dann hat er mir angeboten, sein eigenes Schiff könnte meine Depeschen zu einem türkischen Telegrafenamt bringen.«
»Sein eigenes Schiff?«, fragte De Quincey.
»Teil seines riesigen Vermögens. Der Colonel hat es mehrmals hin- und hergeschickt – es hat meine Depeschen abgeliefert und kam mit den Lebensmitteln, der Kleidung und den Zelten zurück, die unsere Soldaten so dringend brauchten.«
»Ein Held in jeder Hinsicht«, kommentierte De Quincey.
»Wir haben uns häufig auch privat getroffen. Er hat mir von der wachsenden Zahl russischer Siege erzählt. Er hat mich über die Inkompetenz und die Fehlentscheidungen unserer englischen Offiziere unterrichtet. Von ihm habe ich erfahren, dass Lord Raglan nach wie vor der Ansicht ist, er führe noch die napoleonischen Kriege. Er kann einfach nicht akzeptieren, dass die Franzosen jetzt unsere Verbündeten sind. Er spricht nach wie vor von ihnen als von ›dem Feind‹!«
»Ihre Schilderung der Unternehmungen des Colonel war so detailliert, dass Sie ihn in der Schlacht gesehen haben müssen«, sagte De Quincey.
»Mehrfach. Ich habe gesehen, wie er seine eigene Munition ebenso verschoss wie die der gefallenen Soldaten rings um ihn her. Er stürmte einen blutgetränkten Hang hinauf mit dem Bajonett auf

seiner Muskete als einziger Waffe. Andere Soldaten ließen sich von seinem Beispiel inspirieren, schlossen sich ihm an, kämpften unermüdlich gegen den vorgehenden Feind, überwanden Angriffswelle um Angriffswelle, entschieden den Tag für England. Bei einer anderen Gelegenheit sah ich, wie er eine verzweifelte Attacke durch Rauch und Nebel anführte, um den Vetter der Königin zu retten, dessen Einheit von den Russen beinahe überrannt worden war. Die Methoden wurden manchmal so primitiv, dass ich gesehen habe, wie der Colonel Steine nach dem Feind schleuderte. Im Nahkampf war er bereit zu treten und sogar zuzubeißen.«

»Das alles können Sie doch nur unter Hintanstellung Ihrer eigenen Sicherheit beobachtet haben«, merkte De Quincey an.

Russell antwortete mit einem bescheidenen Achselzucken. »Colonel Trask war sich über die Bedeutung meiner Depeschen im Klaren und fand Orte, von denen aus ich die Dinge relativ geschützt verfolgen konnte. Mit Betonung auf ›relativ‹. Ich gebe zu, es gab keinen Ort, an dem man vor den russischen Scharfschützen und ihrer Artillerie wirklich sicher gewesen wäre. Ich habe viele Kugeln an mir vorbeipfeifen hören.«

De Quincey sah auf seine Laudanumflasche hinunter. »Es gibt viele Sorten von Helden.«

»Ich bin einfach nur ein Reporter auf der Suche nach der Wahrheit.«

»Traurige und furchterregende Wahrheiten«, antwortete De Quincey.

Becker erschien in der Tür zum Schlafzimmer des Colonel. »Ich gehe Inspector Ryan suchen, vielleicht kann er meine Hilfe brauchen.«

»Vielleicht wäre es hilfreicher, wenn Sie sich ausruhten«, regte De Quincey an. »Mr. Russell, Sie sehen genauso müde aus. Es wird nicht gerade bequem sein, aber vielleicht können Sie mit dem Kopf auf Colonel Trasks Schreibtisch schlafen.«

»Auf der Krim habe ich im kalten Regen auf verschlammten Abhängen geschlafen. Dies ist vergleichsweise luxuriös. Aber was ist mit Ihnen? Haben Sie nicht vor zu schlafen?«
»In den Albträumen, die mir das Opium beschert, verfolgen mich alle Fehlentscheidungen meines Lebens. Ich versuche ihnen aus dem Weg zu gehen, indem ich wach bleibe, solange ich irgend kann.«

Fortführung der Tagebucheinträge von Emily De Quincey

Der Körper des Colonel blieb starr. Die einzige Bewegung war das hastige Heben und Absinken seiner Brust; der chloroformbetäubte Schlaf war unverkennbar nicht friedlich.
Als ich dort neben seinem Bett saß, erinnerte ich mich daran, wie ich ihm an dem fürchterlichen Morgen in St. James's zum ersten Mal begegnet war. Er hatte mich aufmerksam angesehen und dabei die Stirn gerunzelt, als habe er mich schon früher einmal gesehen, könne sich aber nicht erinnern, wann. Als ich ihm das nächste Mal begegnete, beim Abendessen der Königin, hatte ich in seinem Gesicht keine Verwirrung mehr gesehen. Stattdessen hatte er erfreut gewirkt, mich wiederzusehen. Und bei Tisch hatte er mir eine unerwartete Freundlichkeit erwiesen, indem er hustete, um …
Eine Bewegung unterbrach den angenehmen Gedankengang. Vaters Schatten fiel in den Raum. Er setzte sich neben mich; seine kurzen Beine berührten nicht einmal den Boden. Mit plötzlicher Zärtlichkeit legte er eine Hand über meine.
»Es tut mir leid, Emily.«
»Warum? Was ist passiert, Vater?«
Aber obwohl ich gefragt hatte, ahnte ich bereits, wovon er sprach.
»In meinen Bekenntnissen eines Opiumessers – erinnerst du

dich an meine Schilderung des Zustands, bei dem die Droge mir die Fähigkeit verlieh, Einzelheiten der unzähligen Unterhaltungen zu verstehen, die im Gedränge eines Marktes überall rings um mich her geführt wurden?«

Mir sank das Herz, als mein Verdacht sich bestätigte.

»Du hast gehört, was ich zu Joseph gesagt habe? Ich habe versucht, leise zu sprechen, Vater. Ich hatte nicht vor, dich zu verletzen.«

»Du hast mich auch nicht verletzt.«

»Aber ...«

»Du solltest dich nie dafür entschuldigen, die Wahrheit gesagt zu haben, Emily. Ich weiß, was ich bin. Als ich dich sagen hörte, dass du mich trotz allem liebst, dass du mich von ganzem Herzen liebst, so sehr, wie eine Tochter es nur kann, brach mir selbst das Herz. Ich kann dir niemals genug danken dafür, dass du über mich wachst. In vieler Hinsicht bist du die Mutter, und ich bin das Kind. Ich wünschte nur, ich hätte mit ebenso viel Selbstlosigkeit über dich gewacht. Es tut mir zutiefst leid.«

»Vater, du sagst doch oft, so etwas wie ein Vergessen gibt es nicht.«

»Schichten neuer Bilder und Empfindungen legen sich über unsere Erinnerungen. Jede neue Schicht scheint das zu begraben, was ihr voranging. Aber in Wirklichkeit ist keine Erinnerung jemals ausgelöscht.«

»Aber manchmal ist es die Mühe wert, wenigstens zu versuchen, einige von ihnen auszulöschen«, sagte ich.

»Lass es uns beide *versuchen*«, schlug Vater vor, die Hand immer noch voller Zuneigung um meine geschlossen.

Wir saßen schweigend nebeneinander. In dem Büroraum nebenan war es still geworden; allem Anschein nach waren Joseph, William Russell und der Pförtner eingeschlafen.

Als sich im Fenster das Morgenlicht zeigte, veranlasste ein Ge-

räusch Vater und mich, uns aufzusetzen: ein Murmeln des Colonel, obwohl ich nicht verstehen konnte, was genau er sagte. Vielleicht waren es die Auswirkungen des Chloroforms, die seine Stimme seltsam verändert wirken ließen.

Zum ersten Mal seit langer Zeit bewegte er den Kopf von einer Seite zur anderen. Dann bewegte sich sein Körper; die Wirkung des Schlafmittels ließ nach.

Die Augen immer noch geschlossen, murmelte der Colonel erneut etwas. »Cath...«

Die Bewegungen wurden heftiger.

»Catherine«, sagte er, klar verständlich diesmal.

Der Kummer, mit dem er den Namen seiner toten Verlobten aussprach, war unverkennbar. Aber zugleich hatte seine Stimme einen verstörend fremdartigen Klang.

Ein kalte Ahnung durchfuhr mich.

»Catherine!«, stöhnte er.

Ich hob entsetzt die Hand zum Mund. Der Colonel sprach mit einem irischen Akzent.

Als er sich auf dem Bett umherwälzte und langsam wieder zu Bewusstsein kam, ging Vater zu ihm hinüber und zog die Decke fort, sodass die Unterwäsche des Mannes zum Vorschein kam.

Peinlich berührt angesichts der Intimität sah ich zu, wie Vater den rechten Ärmel des Colonel aufkrempelte. Der Arm, der sonst immer in einer Schlinge gelegen hatte, wies keine Spuren der Wunde auf, über die der Colonel und der Vetter der Königin vor dem Abendessen im Palast gesprochen hatten.

Als Nächstes zog Vater das linke Hosenbein nach oben. Es ergab nichts Bemerkenswertes. Noch verlegener als zuvor wandte ich den Blick von der nackten Haut des Colonel ab.

Aber dann zog Vater das rechte Hosenbein an der Hemdhose des Colonel nach oben. Ich brachte es nicht mehr fertig, in die andere

Richtung zu sehen; ich sah auf das Bein hinunter und bemerkte eine alte Narbe. Sie zeigte nach innen – vor langer Zeit musste etwas das Bein durchbohrt haben.
Unvermittelt öffnete der Colonel die Augen. Er sah verständnislos zu mir auf. Dann überflutete ihn wieder das Entsetzen der vergangenen Nacht, und er richtete sich mit einem Aufschrei im Bett auf und sah sich in wilder Panik um.

Er lag in einem Bett, stellte er fest. Wo? Er versuchte noch verzweifelt seine Gedanken zu ordnen, als er sah, dass aus unerklärlichen Gründen Emily neben ihm stand. Und ihr Vater ebenfalls. Als sie den Aufschrei hörten, kamen Sergeant Becker, William Russell und ein weiterer Mann ins Zimmer gestürzt.
In seinem benebelten Zustand erkannte der Colonel den dritten Mann als einen Pförtner in seinem Firmensitz und begriff schließlich, dass er sich in dem Schlafzimmer hinter seinem Büro befand.
»Colonel, es wird eine Weile dauern, bis Sie sich von dem Schock der vergangenen Nacht erholt haben«, sagte Emilys Vater.
Colonel?
Ja.
»Vergangene Nacht?« Er sah sich verwirrt um. »Wie bin ich hierhergekommen? Warum bin ich ausgezogen? Das Letzte, was ich ...«
Schlagartig begannen blutige Bilder auf ihn einzustürzen. Er hätte beinahe wieder aufgeschrien.
»Ihre Erinnerung wird eine Weile brauchen, um wieder klar zu werden«, sagte Becker. »Die Wirkung des Chloroforms verfliegt nicht so schnell.«
»Chloroform?« Er ließ sich die plötzliche Panik nicht anmerken. »Man hat mir Chloroform gegeben?«
»Es war die einzige Möglichkeit, Sie zum Ausruhen zu zwingen.«

Was könnte ich gesagt haben?, dachte er. Warum waren Emilys Augen so verstört? Warum schien ihr Vater ihn mit einem ganz neuen Wissen zu mustern?
»Wir bedauern den Tod Ihrer Verlobten zutiefst«, sagte Becker.
»Verlobte? Nein, nein, nein.« Er unterstrich die Worte mit einer wilden Geste. »Das stimmt nicht. Ich hatte keine Verlobte.«
»Colonel, bitte versuchen Sie sich zu sammeln. Catherine Grantwood war ...«
»Nicht meine Verlobte.« Er brachte die Worte kaum heraus. »Meine Ehefrau.«
»Ihre *Ehefrau?*«
Im Zimmer wurde es sehr still.
Das Entsetzen packte ihn von Neuem. Er hatte seine Frau verloren und ... Der Schmerz wurde so überwältigend, dass er beide Hände gegen den Kopf presste.
»Wir haben vor zwei Monaten geheiratet ... bevor ich wieder in den Krieg zog ... für den Fall, dass ich nicht zurückkommen würde ...«
»Aber Catherines Eltern ...«
Ein Schluchzen schüttelte ihn. »... hätten niemals zugelassen, dass ein Mann mit meiner Vorgeschichte, mit Schmutz unter den Fingernägeln, in ihre Familie einheiratet.« Seine Stimme versagte beinahe, als er fortfuhr: »Catherine erzählte ihren Eltern, sie wolle eine Freundin im Lake District besuchen. Gretna Green liegt ganz in der Nähe, eben jenseits der Grenze.«
Diesen Namen kannten sie alle. In diesem Dorf im südlichen Schottland galten Regeln für die Eheschließung, die weder eine Wartezeit noch ein öffentliches Aufgebot erforderten. Viele ungeduldige Paare hatten sich im Lauf der Zeit dorthin geflüchtet, um sich trauen zu lassen.
Der innere Schmerz wuchs und wuchs. »Als Catherines Eltern Sir Walter mitteilten, dass er sie heiraten dürfe, waren wir ge-

zwungen, es ihnen zu gestehen.« Er umklammerte seinen Kopf fester. »Wir hätten das Geheimnis ohnehin nicht mehr lang bewahren können.«
»Wie meinen Sie das?«, fragte Becker.
»Catherine ...« Es auszusprechen fiel ihm schwerer, als ihm jemals etwas gefallen war. »Meine Frau ... trug ein Kind.«
Der Pförtner keuchte.
»Obwohl unser Kind ehelich geboren worden wäre, waren Catherines Eltern entsetzt. Sie widerriefen ihre Zusage an Sir Walter, weigerten sich aus Scham aber, ihm eine Erklärung zu geben. In seiner rasenden Eifersucht ging er daraufhin auf mich los.«
»Was ist gestern Abend passiert?«, fragte Becker.
Die Hände um seinen hämmernden Schädel geschlossen, zwang Trask sich dazu fortzufahren.
»Catherine hatte vorgehabt, ihre Cousine in Watford zu besuchen. Ich habe sie ermutigt, bei diesem Vorhaben zu bleiben, weil ich mir angesichts von Sir Walters Wut Sorgen gemacht habe. Im letzten Augenblick habe ich dann beschlossen, mich ihr anzuschließen, um sie im Notfall selbst beschützen zu können, aber ...« Er schauderte. »Als ich beim Haus ihrer Cousine eintraf, erfuhr ich, dass Catherine London offenbar nie verlassen hatte. Ich hatte eine fürchterliche Vorahnung und setzte alles in Bewegung, um so schnell wie möglich zurückzukehren.«
Ein Kummer, wie er ihn nicht erlebt hatte, seit er zehn Jahre alt gewesen war, stieg in ihm auf. Ein Teil von ihm meinte zu spüren, wie eine Hand ihm mit unerträglicher Kraft das Herz zusammendrückte, als wolle sie es zerquetschen. Aber ein anderer Teil warnte ihn – wenn er dem Schmerz gestattete, ihn zu überwältigen, dann würde er möglicherweise noch mehr tun, das ihn verraten konnte.
»Gott helfe mir, ich habe sie nicht rechtzeitig erreicht.«
Gott helfe mir?, dachte er. *Gott kann mir unmöglich noch helfen.*

Mutter.
Vater.
Emma.
Ruth.
Catherine.
Mein ungeborenes Kind.
»Sir Walter.« Um die Aufmerksamkeit auf ein anderes Thema zu lenken, sagte er: »Bis vor einem halben Jahr wusste niemand auch nur das Geringste über ihn. Wo war er auf einmal hergekommen? Er spricht niemals über seine Vergangenheit. Er hat etwas zu verbergen.«
»Er hat in der Tat etwas zu verbergen«, meldete sich eine neue Stimme zu Wort.
Alle Anwesenden drehten sich zur Tür um.
Ryan lehnte am Türpfosten, eine Hand auf den Bauch gepresst. Seiner Stimme war anzuhören, dass er Schmerzen hatte.
»Wir haben Sir Walter in der Gegend von Seven Dials aufgegriffen. Wir haben ihn ins Gefängnis gebracht, wo er gestanden hat, seinen Onkel vergiftet zu haben. Wir haben seinen Spazierstock und sind dabei, den Knauf mit den Hiebwunden an den Köpfen der Dienstboten in Lord Grantwoods Haus und den Häusern der anderen Opfer zu vergleichen.« Ryans Worte kamen schnell; die Schmerzen waren unverkennbar. »Wir versuchen ihn zu dem Geständnis zu bewegen, dass er Catherine Grantwood und ihre Eltern ermordet hat und Lord und Lady Cosgrove und ...«
»Sean, Sie haben Blut vorn am Mantel!«, rief Emily.
Ryan sackte auf dem Fußboden zusammen.

Emily und Becker rannten zu ihm hinüber; De Quincey hingegen blieb in der Nähe des Colonel.
Ein Krachen, als William Russell alles und jedes von dem Schreibtisch im Bürozimmer nebenan fegte. »Legen Sie ihn hier drauf!«

»Meine Bauchwunde ist wieder aufgegangen. Ich hatte gedacht, Dr. Snow würde hier sein«, murmelte Ryan.
»Ich hole noch mehr heißes Wasser und saubere Lappen«, sagte der Pförtner. Der Fußboden zitterte, als er in den Gang hinausstürzte.
»Joseph, helfen Sie mir, ihm den Mantel auszuziehen«, sagte Emily.
De Quincey und Colonel Trask, allein im Schlafzimmer zurückgeblieben, sahen einander an.
»Ich werde mich schnell anziehen«, sagte der Colonel. »Der Inspector kann mein Bett haben.«
De Quincey nickte, blieb aber sitzen, wo er war. »Der Mord an Ihrer Frau war kein Werk der schönen Kunst.«
»Der schönen Kunst? Wovon reden Sie eigentlich?«
»Er war unbeholfen ausgeführt. Es fehlte an jedem Geschmack.«
»So reden Sie mit mir in meinem Kummer? Hat das Laudanum Sie um den Verstand gebracht?«
»Die Morde an den Eltern Ihrer Frau waren so inszeniert, dass sie zu den übrigen Morden und der Gefahr für die Königin passten. Aber die Ermordung Ihrer *Frau* war dumpf und brutal, als hätten die Mörder nicht erwartet, sie dort anzutreffen. Colonel, während Sie bewusstlos waren, habe ich den rechten Ärmel Ihres Unterhemdes aufgekrempelt.«
»Sie haben *was*?«
»Und dieser Arm weist keine Spur von der Wunde auf, über die Sie beim Abendessen der Königin gesprochen haben.«
»Die Verletzung war eine Verstauchung. Der Herzog von Cambridge hat von einer ›Wunde‹ gesprochen; ich hielt es für unnötig, es zurechtzurücken.«
»Sie tragen allerdings die Spuren einer anderen Verletzung am Leib«, fuhr De Quincey fort. »An Ihrer rechten Wade befindet sich eine alte Narbe, die nach innen zeigt, als sei Ihr Bein von

etwas durchbohrt worden, als Sie noch sehr jung waren – der Spitze eines Eisenzauns zum Beispiel.«
»Die Narbe habe ich von einem Unfall aus der Zeit zurückbehalten, als ich meinem Vater noch geholfen habe, Eisenbahnen zu bauen.«
»Im Schlaf haben Sie den Namen Ihrer Frau ausgesprochen.«
»Ich trauere um meine Frau. Natürlich habe ich ihren Namen gesagt!«
»Ihre Stimme hat sich dabei anders angehört.«
»Jedermanns Stimme hört sich anders an, wenn er einen Albtraum hat. Wollen Sie mich freundlicherweise in Frieden lassen? Ich trauere um meine Frau und mein ungeborenes Kind.«
»Sie hatten einen irischen Akzent.«
Wieder sahen die beiden Männer einander abschätzend an.
Mit einem Mal war De Quincey sich sehr bewusst, wie klein der Raum war, wie wenig fehlte, um ihn und Trask in Reichweite zu bringen. Der Colonel würde nur einen Augenblick brauchen, um ihm nahe genug zu kommen und ihn zu erschlagen.
Aber statt zurückzuweichen, trat De Quincey vor. Die Aussicht, auf diese Weise zu sterben, war besser als der Tod durch das Opium.
»Sie sind der Junge, der vor fünfzehn Jahren neben der Kutsche der Königin herrannte und sie anflehte, seinem Vater, seiner Mutter und seinen Schwestern zu helfen.«
»Mein Vater ist Jeremiah Trask, der ganz entschieden nicht irischer Herkunft ist. Fragen Sie doch *diesen* Mann.« Trask zeigte auf den Pförtner, der gerade mit dem heißen Wasser zurückgekehrt war und einen Blick ins Zimmer hereinwarf. »Er hat mit mir zusammengearbeitet, als ich meinem Vater half, seine Eisenbahnen zu bauen.«
»Das ist wahr«, sagte der Pförtner. »Mr. Trask senior ist ganz sicher kein Ire.«

»Welchen Grund hätte ich haben sollen, die Königin um Hilfe für meinen Vater zu bitten?«, wollte Trask wissen. »Haben Sie gerade gesagt ›vor fünfzehn Jahren‹?«
»In dem Jahr, in dem der erste Anschlag auf Ihre Majestät stattfand.«
»Im Jahr achtzehnhundertvierzig hatte mein Vater den größten Teil seines Eisenbahnunternehmens bereits aufgebaut. Es bestand keinerlei Notwendigkeit für ihn, mich loszuschicken, um die Königin um irgendetwas zu bitten. Und Inspector Ryan braucht dieses Bett. Da Sie mir hier keine Privatsphäre zugestehen ...«
Trask stand auf und warf die Decke zur Seite. Dann begann er die Knöpfe seiner Hemdhose zu öffnen.
»Ich werde Ihr Schamgefühl ignorieren, so wie meine Kameraden und ich es gezwungenermaßen im Krieg getan haben. Sobald ich mich fertig angezogen habe, kann der Inspector dieses Zimmer haben.«
Er öffnete weitere Knöpfe, während er bereits zum Kleiderschrank hinüberging und ein Hemd herausnahm.
De Quincey verließ das Schlafzimmer.

Während Colonel Trask die Tür hinter ihm schloss, stellte De Quincey fest, dass Emily Blut von Ryans Wunde wischte.
»Haben Sie einen Schlüssel für dieses Zimmer?«, fragte er den Pförtner.
»Hier an meinem Schlüsselring.«
»Schließen Sie ab.«
»Abschließen?«
»Während wir nach Constables schicken.«
»Um den Colonel zu verhaften?«, fragte der Pförtner verblüfft.
»Ich kann vielleicht nicht beweisen, dass er der Junge ist, der vor fünfzehn Jahren die Königin um Hilfe angefleht hat, aber zumindest kann ich verhindern, dass er versucht, sie umzubringen.«

»Sie wissen ja gar nicht, was Sie da sagen«, teilte der Pförtner ihm mit.

»Diese Ansicht hat Lord Palmerston auch schon oft geäußert. Bitte schließen Sie diese Tür ab.«

»Colonel Trask ist mein Arbeitgeber und mein Freund. Ich kann das nicht tun.«

Ein Geräusch von der Tür her ließ sie alle in diese Richtung sehen. Das Manöver war mit Vorsicht ausgeführt worden, aber was sie gehört hatten, war nichtsdestoweniger unverkennbar – das Kratzen eines vorgeschobenen Riegels.

»Colonel Trask?« De Quincey näherte sich der Tür. »Ist alles in Ordnung?«

Er erhielt keine Antwort.

»Colonel Trask?« De Quincey klopfte an.

Auch diesmal kam keine Antwort. De Quincey klopfte nachdrücklicher.

»Brechen Sie sie auf«, wies Ryan die anderen an, während er sich aufzusetzen versuchte.

»Sean, liegen Sie still!«, befahl Emily.

Becker ging zur Tür und warf sich mit der Schulter dagegen. Aber die Tür bestand aus dickem Eichenholz und bewegte sich kaum.

»Lassen wir ihn in Frieden, wenn es das ist, was er will. Er kann ja nirgends hin«, entschied Becker.

»Vielleicht hat er vor, sich etwas anzutun«, sagte De Quincey.

»Sich etwas anzutun? Warum sollte der Colonel so etwas vorhaben?«, fragte der Pförtner.

»Ich habe Ihre Anschuldigungen mitbekommen«, sagte William Russell. »Vom journalistischen Standpunkt aus betrachtet klingt Ihre Argumentation, als basiere sie auf nichts als einer Reihe von Zufällen.«

»Mr. Russell, haben Sie jemals eins dieser Gemälde gesehen, die *eine* Sache zeigen, wenn man sie von der rechten Seite betrachtet, und eine *andere*, wenn man sie von links sieht?«

»Auf der Ausstellung im Kristallpalast. Als ich auf der einen Seite stand, war es eine lächelnde Frau, und von der anderen Seite hat das Bild einen finster blickenden Mann gezeigt.«

»Und welches von beiden war die Wirklichkeit?«

»Beide, je nachdem, wie man das Bild betrachtet hat.«

»Immanuel Kant würde Ihrer Schlussfolgerung Beifall spenden. Bitte erwägen Sie die Vorfälle auf der Krim, die Sie mir geschildert haben. Der Kommandant hat herausgefunden, dass Sie Kriegsreportagen an die *Times* geschickt haben. Er hat seine Offiziere daraufhin angewiesen, nicht mit Ihnen zu sprechen, und sich geweigert, Ihre Depeschen aufs türkische Festland bringen zu lassen, wo man sie per Telegraf nach England hätte weiterschicken können.«

»Das war der Fall«, stimmte Russell zu.

»Colonel Trask hat Sie aufgesucht, Ihnen die Nutzung seines eigenen Schiffs zum Transport Ihrer Depeschen angeboten und Sie zudem damit beeindruckt, dass er seine Mannschaft anwies, mit Nahrung, Kleidung und Zelten für unsere Truppen zurückzukommen.«

»Er ist großzügig.«

»Danach hat er dann dafür gesorgt, dass Sie einen vorzüglichen Beobachtungsposten bekamen, von dem aus Sie mehrere Schlachten verfolgen konnten, in denen er sich jeweils heldenmütig bewährte.«

»Was wollen Sie damit andeuten?«

»Ich weiß noch nicht, wie aus dem irischen Jungen von vor fünfzehn Jahren der Mann in diesem Zimmer dort geworden ist. Aber ich weiß, wie er es fertiggebracht hat, in die Nähe der Königin zu gelangen. Kaum auf der Krim angekommen, hat er Ihre Nähe gesucht. Er hat Sie sich zum Verbündeten gemacht. Er hat dafür gesorgt, dass Sie Zeuge seines heroischen Einsatzes wurden – bis hin zu dem Moment, als er dem Vetter der Königin das Leben rettete. Ohne Sie hätte niemand in England jemals von seiner Tapferkeit erfahren. Ohne Sie hätte er niemals den Ritterschlag erhalten, hätte nie Zugang zur Königin gefunden. Ohne die Informationen, mit denen er Sie versorgt hat, wäre die britische Regierung nicht gestürzt.«

»Sie können nichts von all dem beweisen!«

»In der Kirche hat der dramatische Auftritt des Colonel die Ablenkung geliefert, die nötig war, um Lady Cosgroves Leiche auf ihrer Bank zu positionieren, ohne dass jemand es bemerkte. Gestern Abend unternahm der Colonel ein weiteres Täuschungsmanöver. Damit, dass er nach Watford fuhr, um seine Frau zu besuchen, hoffte er zu erreichen, dass niemand – und vor allem nicht sie selbst – jemals vermuten würde, dass er für das verantwortlich war, was zur gleichen Zeit geschah, nämlich die Ermordung ihrer Eltern durch die Angehörigen des neuen Young England, das er aufgebaut hatte. Das war der Grund, warum Catherines Ermordung so kunstlos ausfiel. Die Männer, die er geschickt hatte, um die Tat zu begehen, hatten nicht damit gerechnet, sie dort anzutreffen. Sie wussten nicht, was sie tun sollten – außer dafür zu sorgen, dass sie nicht zur Zeugin ihres Tuns werden konnte. Sie verfolgten sie die Treppe hinauf und stachen so lange zu, bis sie aufhörte zu schreien.«

»Vater«, sagte Emily.

»Ich bitte um Entschuldigung, Emily. Nach dem, was sie Catherine angetan hatten, waren die von dem Colonel entsandten Männer zu verstört, um Catherines Eltern auftragsgemäß herzurichten. Die Zettel mit der Beschriftung ›Young England‹, ›Young Ireland‹ und ›William Hamilton‹ – der Name des vierten Mannes, der auf die Königin schoss – wurden hastig in Kleidertaschen geschoben, statt dramatisch präsentiert zu werden. Es war

eine Stümperei, die deshalb so jämmerlich ausgeführt wurde, weil die Anweisungen die Situation nicht mehr abdeckten. Tatsächlich *gab* es zu diesem Zeitpunkt keine Anweisungen mehr, und die Männer flohen, sobald sie konnten.«
De Quincey drehte sich zur Tür des Schlafzimmers um.
»Colonel, hat Ihnen Catherine Grantwood jemals wirklich etwas bedeutet? Oder haben Sie sie lediglich geheiratet, um ein weiteres Werkzeug der Rache an ihren Eltern in der Hand zu haben – bis hin zu dem Kind, das Sie mit ihr gezeugt haben und mit dem Sie ihnen beweisen konnten, wie vollständig Sie ihre Tochter besaßen?«
Das Schweigen auf der anderen Seite der Tür hielt an.
»Vielleicht hat er sich wirklich etwas angetan. Gibt es in diesem Haus eine Axt?«, fragte De Quincey den Pförtner. »Sergeant Becker, ich würde vorschlagen, Sie brechen die Tür auf.«

Schweiß glänzte auf Beckers Gesicht, als er die Axt schwang; Holzsplitter flogen vom Türrahmen.
»Es ist einfacher, sich um die Angeln herumzuarbeiten, als die Tür durchhacken zu wollen«, sagte er.
Die Axt klirrte, als sie auf Metall traf.
»Da! Ich sehe eine Angel!«
»Lassen Sie *mich* mal ran«, sagte der Pförtner.
Er schob einen Stechbeitel in eine Kerbe und zerrte, und ein großes Stück Holz brach neben der Angel aus dem Türblatt. Er und Becker warfen sich mit ihrem gesamten Gewicht gegen die Tür. Holz splitterte. Die Tür flog krachend nach innen auf, so plötzlich, dass Becker und der Pförtner auf dem Fußboden des Zimmers landeten.
»Vorsicht!«, warnte Becker.
Den Pförtner unmittelbar hinter sich, rappelte er sich auf und sah sich im Raum um.

»Was sehen Sie?«, fragte De Quincey aus dem Bürozimmer nebenan.
»Gar nichts.«
»Was?«
»Hier ist niemand.«
De Quincey drückte sich an ihnen vorbei. »Aber er kann sich ja nicht in Luft aufgelöst haben.«
Becker sah hinter dem Tisch und den beiden Stühlen nach und warf einen Blick unter das Bett.
De Quincey war inzwischen zum Fenster gegangen und hatte es nach oben geschoben. Seine kurzen Beine zwangen ihn dazu, sich auf die Zehenspitzen zu stellen, um überhaupt ins Freie hinaussehen zu können. Die kalte Morgenluft schlug ihm ins Gesicht, als er eine Gasse entlangstarrte, die zur Themse hinunterführte.
»Es geht senkrecht nach unten, ich wüsste nicht, wie er hätte hinausklettern können.«
»Wohin ist er dann also verschwunden?«, wollte Becker wissen.
»Gibt es hier eine Falltür?«
Zusammen mit dem Pförtner schlug er den Teppich zurück, aber sie fanden keinerlei Anzeichen für eine Luke. Sie klopften die Wände ab und horchten auf Geräusche, die einen Hohlraum verraten hätten, tasteten die Täfelung auf Fugen ab, um mögliche Geheimtüren zu finden.
»Was ist mit der Decke?«, fragte William Russell.
Sie starrten nach oben.
»Selbst wenn es in der Decke eine Falltür gäbe, wie wäre er da raufgekommen?«, überlegte der Pförtner laut.
»Vielleicht hat er einen Stuhl verwendet, um auf den Kleiderschrank zu steigen«, regte Becker an.
»Der Kleiderschrank«, wiederholte De Quincey.
»Ja!«, sagte Becker.

In plötzlichem Verstehen stemmte er sich gegen den Kleiderschrank. Der Schrank glitt zur Seite und gab eine Tür frei. Aber als Becker sich an ihrem Riegel versuchte, stellte er fest, dass sie abgeschlossen war.

Becker und der Pförtner nahmen sich das neue Hindernis vor. Nachdem sie mithilfe der Axt und des Stechbeitels die Angeln freigelegt hatten, warfen sich beide Männer mit ihrem ganzen Gewicht gegen die Tür. Sie fiel mit einem donnernden Widerhall nach hinten.

»Vorsicht, da geht es abwärts!«, warnte Becker, während er nach dem Pförtner griff.

Sie spähten in das Dunkel hinunter.

Russell brachte eine Lampe, die ihnen den Blick auf eine steile, in tiefer Dunkelheit liegende Treppe freigab.

»Ich hatte keine Ahnung, dass die da ist«, sagte der Pförtner.

Langsam machten sie sich auf den Weg die Stufen hinunter. Becker übernahm die Führung. Das Holz knarrte, und mit den Bewegungen der Lampe schien ihre gesamte Umgebung zu schwanken.

Etwas krachte. Becker stieß einen Schreckensruf aus, als eine Stufe unter ihm zusammenbrach. Der Pförtner packte ihn am Arm und zerrte ihn nach hinten, als das Brett abstürzte, von Wänden abprallte und schließlich weit unten klatschend im Wasser landete.

»Halten Sie die Lampe mal tiefer«, sagte Becker mit schwankender Stimme zu Russell. Er ging in die Hocke, dann zeigte er auf die Stelle, die die Lampe beleuchtete: ein Stück sauberes Holz dort, wo die Stufe angesägt worden war.

»Wir müssen hintereinander gehen. Und uns dicht an der Wand halten«, sagte Becker. »Und halten Sie die Person vor sich fest für den Fall, dass jemand von uns abstürzt.«

»Ich höre tropfendes Wasser«, bemerkte Russell.

»Wir sind hier ganz in der Nähe des Flusses«, erinnerte der Pförtner. »Aber ich höre noch irgendwas anderes.«

»Ratten«, sagte De Quincey. Er hatte das Gefühl, sich mitten in einem schwindelerregenden Abstieg durch Schächte und Abgründe zu befinden, Tiefen unter Tiefen wie in einem Opiumtraum.

Die Stiege knarrte und zitterte.

»Halt«, sagte Becker. »Selbst im Gänsemarsch sind wir noch zu viele.«

»Ich gehe voran«, erbot sich De Quincey.

»Aber die Gefahr …«

»Ich wiege so gut wie nichts. Selbst eine angesägte Stufe könnte mich noch tragen.« Der kleine Mann beugte sich vor, um die nächste Stufe zu inspizieren. »Und *dieses* Brett hier ist in der Tat angesägt worden.« Er sah auf und spähte zu etwas über seinem Kopf an der Wand hinauf. »Mr. Russell, darf ich mir Ihre Lampe leihen, bitte? Ja. Dort. Sehen Sie es alle?«

»Was sollen wir sehen?«

»Diese schwarze Markierung über meinem Kopf. Und eigentlich müsste da … Ja. Fünf Stufen weiter abwärts ist eine ähnliche Markierung. Auf diese Weise hat der Colonel die Stufen gekennzeichnet, die er manipuliert hatte, und so verhindert, dass er in seine eigene Falle getappt ist. Er hat die Markierungen über Kopfhöhe angebracht, denn die natürliche Eingebung seiner potenziellen Opfer ist natürlich, vorsichtig die Treppe hinunterzusehen, nicht wachsam nach oben. Es ist sehr unwahrscheinlich, dass jemand die Markierungen bemerkt hätte.«

»Aber *Sie* haben sie bemerkt«, stellte Russell fest.

»Weil ich versuche, mich in die Wirklichkeit des Fallenstellers zu versetzen.«

De Quincey stieg mit ausgestrecktem Bein über die beschädigte Stufe hinweg und machte sich wieder an den Abstieg. Dann hob er die Lampe, um sie auf eine weitere kleine schwarze Markierung hinzuweisen.

»Noch eine Stufe, die Sie überspringen sollten.«

Das Geräusch tropfenden Wassers wurde lauter. Dann klatschten De Quinceys Stiefel in eine Pfütze.
»Ich bin unten angekommen!«
Er warf einen Blick unter die Treppe; das Licht seiner Lampe erleuchtete einen Stoß hölzerner Kisten, über die Ratten hinweghuschten.
Als die anderen Männer ebenfalls am Fuß der Treppe angekommen waren, wandte er sich in die entgegengesetzte Richtung und zeigte ihnen einen feuchten Tunnel, dessen glitschige Wände im Lampenlicht schimmerten.
»Vor langer Zeit einmal könnten Schmuggler das hier genutzt haben«, sagte der Pförtner.
»Sehen Sie mal. Jemand hat ein Datum in die Mauersteine gehauen.« Russell zeigte auf die Stelle.
»Das sind bloß ein paar Krakel, X-e und solches Zeug«, sagte der Pförtner.
»Nein. Das sind römische Zahlen«, erklärte Russell. »Sechzehnhundertneunundvierzig. Der Gang hier wurde vor dem großen Brand von London gebaut.«
»Und steht wahrscheinlich kurz vor dem Einsturz«, fügte Becker hinzu.
Sie erreichten eine rostige Eisentür. Aber der Rost bedeckte nur einige wenige Stellen, was nahelegte, dass die Tür vor nicht allzu langer Zeit eingebaut worden war.
»Sehen wir mal, ob die abgeschlossen ist«, sagte der Pförtner.
Er hob den Riegel an und zog. »Glück gehabt. Die bewegt sich!«
»Warten Sie.« De Quincey legte ihm die Hand auf die Schulter. »Hätte der Colonel die Tür wirklich offen gelassen?«
»Er war auf der Flucht vor uns. Vielleicht wollte er sich die Zeit einfach nicht nehmen.«
»Aber eine abgeschlossene Tür hätte uns aufgehalten und ihm *mehr* Zeit gegeben.«

»Sie meinen, das könnte wieder eine Falle sein?«, fragte Becker.
De Quincey hob die Lampe zu dem Felsstein hinauf, der hier die Decke bildete. »Ich ziehe es vor, auf eine andere Art zu sterben.«
»Aber wenn der Colonel hier nicht durchgegangen ist, wie ist er dann aus dem Tunnel rausgekommen?«, wollte der Pförtner wissen.
»Es muss hier noch einen zweiten Tunnel geben«, antwortete Russell.
»Wo? Wir haben keinen gesehen.«
»Weil wir nicht gesucht haben«, sagte Becker. »Das ist es doch, worauf Sie hinauswollen, oder nicht, Mr. De Quincey? Um zu sehen, muss man sich zunächst umsehen. Diese Kisten dort unter der Treppe – der Tunnel ist hinter ihnen.«
Sie rannten zurück in diese Richtung. Während De Quincey die Lampe hielt, zerrten die drei Männer die Kisten fort und legten den Eingang eines zweiten Gangs frei.
Vorsichtig gingen sie den mit nassen Steinen gepflasterten Tunnel entlang und standen bald vor einer weiteren Tür.
Diese Tür war aus Holz.
Sie war verschlossen.
»Was wahrscheinlich bedeutet, dass keine Gefahr besteht«, sagte Becker.
Einige hektische Minuten später hatte er das Schloss aus dem Holz geschlagen und zog die Tür auf. Im plötzlichen Tageslicht kniff er die Augen zusammen.
Ein kalter Wind blies den muffigen Geruch des Tunnels fort. Steinerne Stufen führten aufwärts zu einem Kai, auf dem es von Arbeitern wimmelte; sie entluden Kisten von mehreren Frachtkähnen.
An einer Mauer lehnte ein übergewichtiger Mann, eine Pfeife im Mund, und erteilte Anweisungen. Er sah der Gruppe entgegen, als sie die Stufen hinaufrannten.

»Wie lange sind Sie schon hier?«, fragte Becker.

»Seit Tagesanbruch – muss dafür sorgen, dass mich keiner von denen da bestiehlt. Was ist eigentlich los, wieso kommen so viele Leute aus der Tür da?«

»Haben Sie außer uns noch jemanden herauskommen sehen?«

»Vor 'ner halben Stunde, und mächtig eilig hat er's gehabt.« Der Mann zeigte mit seiner Pfeife auf den Kai. »Hat ein Dampfboot genommen.«

Auf der Themse herrschte mehr Verkehr als auf jeder Londoner Straße; zahlreiche Dampfboote spielten hier die Rolle der Mietkutschen und transportierten Gruppen von Passagieren den Fluss hinauf und hinunter.

»Haben Sie gesehen, in welche Richtung das Boot gefahren ist?«, fragte Becker.

»Die Antwort ist klar«, sagte De Quincey, bevor der Mann antworten konnte. »Er ist flussaufwärts gefahren.«

»Stimmt genau«, sagte der Mann überrascht. »Woher haben Sie das gewusst?«

»Buckingham Palace liegt flussaufwärts von hier.«

12

Das Armenhaus und der Friedhof

An Bord des Dampfboots, umhergestoßen von den Wellen, welche Hunderte von Fahrzeugen auf dem Fluss verursachten, stand Colin O'Brien ... Anthony Trask ... der Rächer ... der Held ... wer auch immer er sein mochte ... und starrte zu dem vorbeigleitenden Ufer hinüber.

Eins der Gebäude, ein über einem Kai aufragendes Wirtshaus, erregte seine Aufmerksamkeit; seine bitteren Überlegungen zogen ihn fünfzehn Jahre in die Vergangenheit zurück. Er hatte als Schatztaucher gearbeitet an dieser Stelle – was bedeutete, dass er zusammen mit anderen verzweifelten, halb verhungerten Jungen ins verdreckte Wasser der Themse gesprungen war, gegen die Strömung und den Schlamm angekämpft hatte, um die Pennymünzen zu finden, die betrunkene Kneipengäste ins Wasser geworfen hatten. Auf dem Kai hatten die Männer gelacht über die verzweifelte Gier, mit der die Kinder nach den armseligen Münzen tauchten. Manchmal rammte er mit dem Kopf Gegenstände, die im Schlick versunken waren. Manchmal schlugen er und die anderen Jungen nacheinander in ihrem Bemühen, die Münzen zuerst zu erreichen. Wenn er schleimbedeckt wieder auftauchte, lachten die Münzenwerfer nur noch mehr.

Es war nicht mehr dasselbe Wirtshaus, bei dem er seinerzeit als Schatztaucher gearbeitet hatte. Es war seither neu aufgebaut worden – denn einige Jahre später war er an die Stelle zurückgekehrt und hatte einen Brand gelegt, der fast das ganze Viertel vernichtet hätte. Die Feuerwehrboote waren eben noch rechtzeitig eingetroffen; ihre Mannschaften hatten aus Leibeskräften Wasser in die Flammen gepumpt. Danach hatte in den Zeitungen gestanden, das

Feuer hätte leicht den größten Teil der Gebäude am Ufer zwischen der Blackfriars-Brücke und dem Tower vernichten können.
Er wünschte, es wäre so gekommen.
Rauch quoll aus dem Schornstein des Dampfboots und trug das Seine zu dem trüben Dunst über dem Fluss bei. Kalte Wellen schlugen gegen den Rumpf. Er starrte über die Dächer hinweg in die Richtung des Armenhauses, in dem er damals Zuflucht gesucht hatte.
Im Grunde waren Armenhäuser dazu bestimmt, Waisen und den hoffnungslos Armen Nahrung und ein Dach über dem Kopf zu gewähren; dafür erledigten die Bewohner Arbeiten, mit denen sie dort betraut wurden. Aber manche Politiker fürchteten, die Bedingungen in den Armenhäusern seien zu komfortabel und ermutigten zum Müßiggang, und so ließ man die Lebensumstände dort denkbar fürchterlich gestalten, um sicherzustellen, dass sich nur die wirklich Verzweifelten noch um Aufnahme bemühten. Familien wurden getrennt – Frauen und Töchter wurden in einem Bereich untergebracht, Väter und Söhne in einem anderen, und die Bewohner hatten wenig Gelegenheit, sich zu treffen. Die Schlafsäle waren überfüllte Räume mit einigen Löchern, die für Belüftung sorgten. Das ausgegebene Essen bestand aus Mehlsuppen und altbackenem Brot. Von Sonnenaufgang bis Sonnenuntergang waren die Bewohner mit eintönigen, geisttötenden Arbeiten beschäftigt, etwa dem Aufdröseln alter Taue, deren Stränge dann mit Teer getränkt und zum Kalfatern von Schiffsrümpfen verwendet wurden.
Er hatte das Armenhaus zwei Wochen lang ertragen und war dann fortgerannt. Er hatte als Schornsteinfegerjunge gearbeitet, war mit Sack und Besen den Kaminschacht hinaufgeklettert, während sein Arbeitgeber ein Feuer unter ihm angezündet hatte, damit er schneller kletterte. Als sein Husten zum Dauerzustand geworden war und ihm klar wurde, dass der Rußstaub ihn um-

bringen würde, hatte er den Ratschlag eines anderen Schornsteinfegers befolgt und ein Kneipenfenster eingeworfen, wobei er dafür sorgte, dass ein Constable ihn sah und zu fassen bekam. Ein zerbrochenes Fenster war für einen Monat Gefängnis gut; dort würde er im Winter nicht erfrieren, und das Essen, das er bekam, war etwas besser als die Schleimsuppe und das alte Brot im Armenhaus. Eine Woche nach seiner Entlassung zerschlug er ein weiteres Fenster und verdiente sich damit einen weiteren Monat kostenloser Unterkunft und Verpflegung, so fürchterlich die Bedingungen im Gefängnis auch waren. Als er es ein drittes Mal tat, erkannte ihn ein Richter und weigerte sich, ihn erneut ins Gefängnis zu stecken. Tatsächlich erwies sich dies als ein Glücksfall: Er erfuhr, dass man für das gewohnheitsmäßige Einwerfen von Fenstern irgendwann nach Newgate geschickt wurde, und das war der letzte Ort auf der Welt, an dem er sich jemals wiederfinden wollte.

Ein dumpfer Aufprall riss ihn aus seinen hasserfüllten Erinnerungen. Der kalte Wind wurde stärker, während er verfolgte, wie die Besatzung des Dampfboots das Fahrzeug am Kai der Blackfriars Bridge vertäute, nur noch drei Anlegestellen von Westminster Bridge entfernt, die wiederum ganz in der Nähe des Buckingham Palace lag. Eine Schneeflocke schwebte vorüber.
Als er auf den Kai hinunterstieg, bemerkte er einen zerlumpten Jungen, der mit Kreide Bäume auf das Pflaster malte – seine Version des Bettelns. Zum ersten Mal in vielen Jahren ließ er absichtlich den irischen Akzent durchklingen, den er sich so obsessiv und mit so viel harter Arbeit abgewöhnt hatte.
»Wie heißt du?«, fragte er.
»Eddie.«
»Edward meinst du. Wenn du willst, dass die Leute dich respektieren, dann verwende deinen wirklichen Namen.«

»Die würden mich auslachen hier in der Gegend.«
»Sie würden nicht mehr lachen, wenn du das Leben auf den Kais hinter dir ließest.«
»Wohin sollte ich, wenn ich das hier hinter mir ließe?«
»Siehst du das Kleidergeschäft da? Ich will, dass du mir dort ein paar Dinge besorgst.«
»Der Laden ist aber nicht fein genug für einen wie Sie, auch wenn Sie irisch klingen.«
»Ich muss etwas erledigen, das körperliche Arbeit erfordert.«
»Körperliche Arbeit bei einem Gentleman?«
Er ignorierte die Frage. »Eine einfache Cordhose und eine warme Jacke, mehr brauche ich nicht, Edward – außer Handschuhen und einer Kappe.«
»Warum kaufen Sie sich die nicht selbst?«
Er zeigte auf die Kleidung des Jungen. »Deine eigenen Sachen sind zerlumpt. Vielleicht könntest du auch dir selbst eine neue Jacke und Hose kaufen.«
»Ja, und vielleicht springt auch mal eine Kuh über den Mond.«
»Gib dem Angestellten diese Liste. Ich warte in dem Durchgang dort drüben auf dich. Fünf goldene Sovereigns sollten mehr als genug sein, um deine und meine Sachen zu bezahlen.«
»Fünf goldene Sovereigns!« Ein Sovereign war mehr, als der Junge sich in drei Wochen des Bettelns als Einkommen erhoffen konnte.
»Alles, was der Angestellte dir an Münzgeld herausgibt, gehört dir, Edward. Und ich habe noch drei weitere Sovereigns für dich, wenn du mir die Kleider bringst. In der Nachricht steht eine Erklärung – dass du das Geld nicht gestohlen hast und dass du einfach etwas für einen vermögenden Mann erledigst. Der Angestellte sieht dich vielleicht etwas schief an, aber er wird dir keine Schwierigkeiten machen. Ich würde vorschlagen, dass du dir auch gleich neue Stiefel kaufst. Bei denen, die du anhast, sieht man deine Zehen.«

Der Junge rannte aufgeregt zu dem Laden hinüber, ohne sein Glück recht glauben zu können.

Auf diese Weise hatte er das neue Young England gegründet. In der größten Stadt der Welt gärte überall die Verzweiflung. Er hatte sich Menschen ohne Hoffnung ausgesucht, ihnen eine Gelegenheit geboten, ihr Elend hinter sich zu lassen. Fünf goldene Sovereigns – und danach weitere regelmäßige Zahlungen – sicherten ihm ihre Loyalität, vor allem deshalb, weil er selbst einmal das gleiche Elend erfahren hatte und wusste, wie er mit ihnen sprechen musste.

Aber Geld und Respekt waren nicht genug. Er hatte sich Bettler ausgesucht, die die Reichen und Mächtigen ebenso sehr hassten wie er selbst, die Geheimnisse bewahren konnten, wenn sie glaubten, ihr Schweigen und ihre Loyalität würden ihnen irgendwann zu der Rache verhelfen, von der er ihnen versichert hatte, dass sie möglich war.

Ein neues Young England.

Er zog sich in den Durchgang zurück und musterte von dort aus das chaotische Gewimmel auf dem Kai, um sich zu vergewissern, dass niemand auf ihn aufmerksam geworden war. Eine weitere Schneeflocke trieb vorüber.

Zehn Minuten später kehrte der Junge mit den Kleidern zurück.

»Danke, Edward. Die Hose und die Jacke, die du dir gekauft hast, sind gut gewählt.«

»Sie haben versprochen, Sie würden mir noch drei Sovereigns geben.«

»Das werde ich auch. Aber zunächst habe ich noch eine Aufgabe für dich. Es könnte sein, dass hier einige Leute eintreffen und sich nach jemandem erkundigen, der aussieht wie ich.«

»Was für Leute?«

»Polizeibeamte.«

Er öffnete die Hand, in der nicht drei, sondern fünf weitere Sovereigns lagen.
Die Augen des Jungen richteten sich wie gebannt auf das Geld.
»Nimm deine neuen Kleider und deinen neuen Reichtum und geh nach Lambeth.«
»Das ist eine ganz schöne Strecke«, sagte der Junge.
»Genau das. Such dir dort ein gut geheiztes Wirtshaus, Edward. Du hast genug Geld – der Eigentümer wird keine Einwände haben, wenn du eine ganze Weile dort bleibst. Iss langsam. Genieß einen Tag, an dem du nicht zu betteln brauchst. Heute Abend kannst du dann ruhig hierher zurückkommen. Wenn die Polizei nach mir fragt, kannst du ihnen die Wahrheit sagen. Bis dahin wird es für mich bedeutungslos sein.«
»Sie werden fort sein?«
»Ja«, antwortete er, »ich werde fort sein.«
»Ich erzähl den Bobbys sowieso nie irgendwas. Sie können sich auf mich verlassen.«
»Vielleicht wird dein neuer Reichtum dir auch den Aufstieg ermöglichen. Die Bäume, die du auf das Pflaster gemalt hast, zeigen, dass du Talent besitzt. Als ich in deinem Alter war, habe ich mit sehr viel weniger angefangen, als du jetzt hast.«
»Aber wer sollte mich fürs Zeichnen bezahlen?«
»Mit deinen neuen Kleidern wirst du vielleicht nicht gleich verjagt, wenn du in einem wohlhabenden Stadtteil aufs Pflaster malst. Vielleicht kannst du jemanden beeindrucken, der über Mittel verfügt. Und jetzt geh, Edward. Denk über den Rat nach, den ich dir gegeben habe.«
Er wartete, bis der Junge in der Menschenmenge verschwunden war. Dann wandte er sich nach Norden, wobei er kleine Straßen auswählte und sich oft umsah, um herauszufinden, ob ihm jemand folgte.
Er stieß auf eine öffentliche Bedürfnisanstalt, zog sich dort um

und ging wieder hinaus ins Freie. Den Arbeitern, die draußen eine ungeduldige Schlange gebildet hatten, schien es nicht weiter aufzufallen, dass ein Gentleman die Bedürfnisanstalt betreten hatte und ein Arbeiter wieder herauskam. Nichtsdestoweniger wandte er das Gesicht ab und hielt den Blick gesenkt. Hätte er genügend Zeit gehabt, um ihn zu holen, dann hätte er jetzt auch den Bart getragen, den er so oft verwendete, um seine Gesichtszüge unkenntlich zu machen.

Der Wind wurde kälter, und der Schnee fiel jetzt dichter. Während er weiter nach Norden ging, ließ er seine Oberschichtkleidung am Eingang einer Gasse liegen. Die teuren Sachen würden innerhalb einer Minute verschwunden sein; sie würden irgendeinem halb verhungerten armen Teufel, der sie fand und an einen Gebrauchtwarenladen verkaufte, eine Menge Geld einbringen.

Die Kuppel der St. Paul's Cathedral grüßte weiter vorn. Jenseits von ihr lagen die abweisende Steinfassade und das eisenbeschlagene Tor des Gefängnisses Newgate. Niedergeschlagene Menschen warteten draußen darauf, ihre Angehörigen besuchen zu dürfen. Selbst nach fünfzehn Jahren erinnerte er sich noch daran, wie er selbst mit seinem Vater hier gestanden hatte, und an die bedrückende Atmosphäre im finsteren Inneren des Gebäudes, als man sie schließlich eingelassen hatte.

Er erinnerte sich daran, wie er seine Mutter hier zum letzten Mal gesehen hatte, wie krank und verzweifelt sie nach wenigen Tagen im Gefängnis bereits ausgesehen hatte. Er erinnerte sich an das letzte Mal, das er seine geliebten Schwestern gesehen hatte, Emma und Ruth, wie sie sich nach ihm umgesehen hatten, hoffnungsvoll und doch verängstigt, wie sie ihm zugewinkt hatten in dem Glauben, es sei nur ein Abschied auf Zeit, als der Wachmann und der Sergeant sie ins Gefängnis hineinführten, aus dem sie nicht zurückkehren sollten.

Er suchte den nahe gelegenen Durchgang auf, in den er nach seinem flehentlichen Appell an die Königin zurückgehumpelt war, nur um festzustellen, dass sein Vater tot war, dass der Körper gerade auf den Karren des Leichenhauses geladen wurde. Er hatte nie herausgefunden, wo sein Vater und seine Mutter und seine Schwestern bestattet worden waren, und so hatte er aufs Geratewohl einen der Friedhöfe gewählt und für sich selbst entschieden, dass sie in einem der Armengräber von St. Anne's in Soho lagen, und dies war der Ort, zu dem seine Wallfahrt ihn als Nächstes führte.

Wie vor fünfzehn Jahren sah er auch jetzt, wie die Totengräber die Leichen der Armen zwischen Schichten von Brettern bestatteten, so viele von ihnen wie möglich übereinanderlegten. So viele Tote. Es gab keinerlei Steine oder Kreuze, die verraten hätten, wer alles auf dem Armenfriedhof bestattet war.

Weil seine Mutter sich immer einen Garten gewünscht hatte, hatte er beschlossen, dass eine Stelle an der Mauer neben einigen Büschen die Ruhestätte seiner Familie war. Als Junge war er jeden Tag hierhergekommen, hatte an der Stelle gestanden, von der er sich vorstellte, dass sie hier begraben waren, ihnen gesagt, wie sehr er sie liebte, ihnen versprochen, dass er stark sein würde, ihnen geschworen, er würde jeden Menschen bestrafen, der daran mitgewirkt hatte, sie hierherzubringen.

Es erfüllte ihn mit tiefer Befriedigung, wenn er sich ins Gedächtnis rief, wie er, als sein Bein schließlich verheilt war, zu den Inns of Court zurückgekehrt war und dort auf einen Anwalt gewartet hatte, der sich ihm gegenüber besonders gleichgültig gezeigt hatte. Er hatte beobachtet, wie der arrogante Mann seine Büroräume verließ. Er war an ihm vorbeigerannt, hatte ihn angerempelt und unter die Räder einer vorbeijagenden Kutsche gestoßen. Als er den Aufprall und die Schreie gehört hatte, war er in einen Durchgang gerannt, über einen Zaun geklettert, hatte sich durch ein

Loch in einer Mauer gezwängt und war weitergerannt – den Fluchtweg hatte er zuvor gründlich ausgespäht.

Das Gleiche hatte er auch einem anderen herzlosen Juristen angetan. Der Sturz und das Geschrei des Mannes waren befriedigend gewesen, aber es war jetzt nicht mehr genug, die Leute sterben zu *hören*. Er wollte Angst sehen. Er wollte Schmerzen sehen. Eine schnelle Bestrafung konnte nicht sühnen, was seiner Mutter, seinem Vater und seinen Schwestern angetan worden war, seiner geliebten Emma mit den leuchtend blauen Augen und der kleinen Ruth mit dem sonnigen Gemüt und der bezaubernden Zahnlücke.

Jetzt neigte er im fallenden Schnee den Kopf.

Heute Nacht zumindest werdet ihr vier in Frieden ruhen, dachte er.

Unvermittelt packte ihn die Trauer um zwei weitere Menschen, die er liebte.

»Meine Frau. Mein ungeborenes Kind.«

Vergiss sie. Sie sind nicht von Bedeutung, sagte eine Stimme in seinem Inneren.

»Catherine.«

Sie war nur ein weiteres Werkzeug zur Bestrafung ihrer Eltern.

»Nein.«

Du hast sie benutzt.

»Nein, ich habe sie geliebt.«

Das hast du dich selbst glauben gemacht, um zu erreichen, dass auch sie dir glaubt. Oh, das Entsetzen auf ihren Gesichtern, als sie erfuhren, dass sie mit dir verheiratet war, mit einem Mann, der in ihren Augen weit unter ihnen stand. Oh, der noch befriedigendere Schock, als sie herausfanden, wie vollständig sie dir gehörte, dass sie dein Kind trug.

»Mein ungeborenes ...«

Ein Pfarrer trat durch den Torbogen auf den Friedhof hinaus und sah ihn überrascht an. »Sind Sie allein?«

Statt zu antworten, wischte er sich die Tränen von den Wangen.
»Ich war mir sicher, ich hätte zwei Stimmen gehört«, sagte der Pfarrer.
»Da zieht ein Sturm auf. Ich mache mich besser auf den Heimweg.«
»Eine der Stimmen klang irisch. Sind Sie sicher, dass nicht noch jemand hier war?«, fragte der Pfarrer.
»Nein, niemand.«
»Junger Mann, Sie sehen verstört aus. Ich hoffe, Sie finden Ihren Frieden.«
Heute Nacht, dachte er, *werde ich meinen Frieden haben.*
Er wandte sich nach Westen.
Nein! Das ist die falsche Richtung!, schrie die innere Stimme. *Der Palast liegt im Süden, nicht im Westen! Wohin gehst du eigentlich?*

In der Half Moon Street in Mayfair stand er im fallenden Schnee und sah zum Stadthaus der Grantwoods auf der anderen Straßenseite hinüber, beobachtete die Constables, die kamen und gingen. Seine Arbeiterkleidung veranlasste einen der Polizisten, zu ihm zu sagen: »Gehen Sie weiter.«
»Ich habe ein paar Schreinerarbeiten für Lord und Lady Grantwood erledigt. Dies ist fürchterlich.«
»Ja, es ist fürchterlich«, sagte der Constable. »Aber es gibt hier nichts zu sehen. Gehen Sie weiter.«
»Die Tochter war freundlich zu mir, und dafür war ich dankbar. Bitte richten Sie der Familie mein Mitgefühl aus.«
»Ist keine Familie mehr übrig«, sagte der Constable.
»Wissen Sie, wann die Beerdigung ist?«
»Sobald sie im Westminster Hospital die Leichen freigeben.«
»Hospital?« Sein Atem wurde schneller. »Meinen Sie damit, es hat Überlebende gegeben?«
»Die Detectives haben angeordnet, dass man im Leichenhaus

dort die Verletzungen untersucht. Vielleicht gibt es eine Möglichkeit rauszufinden, mit welcher Sorte von Messern die Tochter umgebracht wurde.«
»Messern? Es waren *mehrere*?«
»Zum letzten Mal, ich hab Ihnen gesagt, Sie sollen weitergehen.«

Nein, der Palast liegt im Süden! Warum gehst du jetzt nach Südosten?
Während der Schneefall dichter wurde, schlug er einen großen Bogen um die weiten baumbestandenen Flächen von Green Park und St. James's Park. Ihre Nähe zum Buckingham Palace brachte es mit sich, dass dort mit Sicherheit Polizeipatrouillen nach ihm Ausschau halten würden. Selbst als Arbeiter verkleidet würde er möglicherweise noch von irgendeinem einsatzfreudigen Constable angehalten und befragt werden.
Westminster Hospital lag hinter der Westminster Abbey in einer Straße namens Broad Sanctuary. Den Namen *Sanctuary* hatte die Gegend bekommen, weil sich hier Jahrhunderte zuvor verzweifelte Menschen vor Steuereintreibern und politischen Feinden in den Schutz der Kirche geflüchtet hatten. Aber er hatte keine Zufluchtsstätte für seinen Vater gefunden, als er die Ärzte am Westminster Hospital seinerzeit um Hilfe angefleht hatte.
Er streifte Schnee von seiner Jacke, als er das abweisende Gebäude betrat. Von weiter innen hörte er ein Stöhnen, und er roch Krankheit.
»Kann ich Ihnen helfen?«, fragte ein Mann hinter einer Empfangstheke.
»Mein Bruder ist hier. Ich möchte ihn besuchen.«
»Wie heißt er?«
»Matthew O'Reilly.«
»An einen irischen Patienten kann ich mich gar nicht erinnern«, sagte der Angestellte verwirrt.

»Er war bewusstlos, nachdem ein Pferd ihn zu Boden geschleudert hatte. Er kann Ihnen den Namen nicht genannt haben.«
»Ich gehe nachsehen.«
Der Mann verschwand in einem Nebenraum, offenbar entschlossen, sich zu vergewissern, dass er einen irischen Patienten unmöglich vergessen haben konnte.
Eine Treppe führte ins Kellergeschoss. Ein Schild wies den Weg zur »Medical School« – nichts anderes als ein anderer Begriff für Leichenhalle.
Er stieg die Stufen hinunter und fand sich in einem Gang mit vielen Türen wieder, von denen eine offen stand. Ein Angestellter sah von seinem Schreibtisch auf. »Kann ich Ihnen helfen?«
»Inspector Ryan schickt mich her, ich soll den Ärzten, die Catherine Grantwood untersuchen, etwas ausrichten.«
Der Angestellte nickte; Ryans Name war ihm offenbar bekannt.
»Dritte Tür links. Aber Sie werden warten müssen, die Ärzte sind noch nicht da.«
»Danke.«
Er ging den Gang entlang und klopfte an die Tür. Als niemand antwortete, trat er ein.
Der Fußboden des Raums war mit Platten ausgelegt und hatte einen Abfluss in der Mitte. Es war kalt, denn man hatte Eis zu beiden Seiten eines Metallgegenstands aufgehäuft, der aussah wie eine flache Badewanne. Der Geruch nach Tod war ihm von den Monaten her vertraut, die er auf dem Schlachtfeld verbracht hatte. Unter einem Laken lag etwas, das offensichtlich ein Körper war.
Mit zitternder Hand zog er das Laken ein Stück zur Seite. Trotz der Schrecken, die er auf der Krim erlebt hatte, war er nicht auf das vorbereitet, was man der schönsten Frau angetan hatte, die ihm je begegnet war.
Seiner Frau.

Seinem ungeborenen Kind.

»Catherine«, murmelte er unter Tränen.

Er stellte sich ihre Angst vor, als sie die Treppe herunterkam und hörte, was ihren Eltern widerfuhr. Als die Eindringlinge sich umsahen und sie bemerkten, musste ihr Herz vor Panik so heftig gehämmert haben, dass sie fürchtete, ohnmächtig zu werden. Sie hatte schwere Schritte hinter sich gehört, als sie in die einzige Richtung flüchtete, die ihr blieb – die Treppe wieder hinauf in der Hoffnung, ihr Schlafzimmer zu erreichen und sich darin verbarrikadieren zu können.

Er zuckte zusammen, als er sich ihren Schmerz in dem Augenblick vorstellte, in dem das erste Messer sein Ziel fand. Aber sie rannte weiter, und die Männer stachen weiter zu, um sie zum Schweigen zu bringen. Die Panik gab ihr die Kraft, ihr Zimmer zu erreichen, aber sie konnte die Tür nicht rechtzeitig schließen, und die Männer stürmten herein, die Messer erhoben, und taten alles, was sie konnten, um ihr Schreien zu beenden.

Seine Tränen fielen auf Catherines Gesicht. Er strich mit einem zitternden Finger über die einstmals schimmernde Haut, die im Tod stumpf geworden war. Getrocknetes Blut entstellte die Brüste, die er zuvor nur ein einziges Mal gesehen hatte – in seiner Hochzeitsnacht.

»Dies ist meine Schuld«, sagte er. »*Ich* bin derjenige, der dies getan hat. *Ich* bin es, der dich ermordet hat.«

Nein!, widersprach die innere Stimme. *Ihre Eltern haben sie ermordet!*

»Ich will sterben«, sagte er.

Die Königin hat sie ermordet! Lord Cosgrove und all die anderen haben es getan! Der Ladenbesitzer Burbridge hat es getan! So sicher, wie sie alle unsere Eltern und Emma und Ruth ermordet haben!

»Ich will sterben«, sagte er mit größerer Entschlossenheit als zuvor.

Nicht, bevor wir nicht die Königin getötet haben.
Unvermittelt öffnete sich die Tür. Ein Mann in einem teuren Gehrock trat ein, blieb überrascht stehen und starrte ihn über seine Brille hinweg an.
»Wer zum Teufel sind denn Sie?«
»Ich habe nach meinem Bruder gesucht. Er wurde von einem Pferdehuf am Kopf getroffen und …«
»Was tun Sie da mit der Leiche dieser Frau?«
»Ich habe Ihnen doch gesagt, ich suche nach meinem Bruder. Ich habe das Laken angehoben, um zu sehen, ob …«
»Schnell, jemand soll einen Constable holen! Hier ist ein Ire, der sich an Miss Grantwoods Leiche zu schaffen macht!«
»Ich hole jemanden!«, brüllte eine Stimme draußen am Ende des Gangs.
»Bitte«, sagte er. »Nein. Es ist nicht so, wie Sie jetzt denken.«
»Treten Sie von dieser Leiche zurück.« Der Mann hob seinen Spazierstock. »Sie Abschaum, Sie werden noch bereuen, dass Sie jemals hergekommen sind.«
»Nennen Sie mich nicht Abschaum!«
Er drehte dem Mann den Spazierstock aus der Hand und schlug ihn damit über die Stirn.
Der Körper war noch nicht auf dem Boden aufgeschlagen, als er schon wieder draußen im Gang war. Ein Constable mit schneegesprenkelter Jacke kam bereits die Treppe heruntergerannt, gefolgt von dem Angestellten, mit dem er zuvor von dem Gang aus gesprochen hatte.
»Was machen Sie hier? Stehen bleiben!«, befahl der Constable.
Er wusste, dass Polizeihelme verstärkt waren, und so zielte er mit dem Spazierstock auf das Kinn des Constable; dann holte er aus und schlug dem Angestellten den Schädel ein.
Er stürmte die Treppe hinauf ins Erdgeschoss. Der erste Mann, mit dem er es hier zu tun gehabt hatte, ließ gerade einen weiteren

Constable ein. Durch die offene Tür konnte er treibenden Schnee sehen.

»Da!«, sagte der Angestellte. »Das ist der Ire, von dem ich Ihnen erzählt habe!«

»Legen Sie diesen Stock weg!«, befahl der Polizeibeamte.

Er schlug den Polizeibeamten nieder, schlug dann den zweiten Mann nieder, rannte hinaus ins Freie und verschwand im Schneetreiben.

»Dort wohnt Colonel Trask.« Der Pförtner zeigte zu einem Haus in der geschlossenen Zeile der Bolton Street im Stadtteil Mayfair hinüber. »Ich komme manchmal her, wenn ich ihm irgendwelche geschäftlichen Papiere vorbeibringe.«

»Danke«, sagte De Quincey.

Das kalte Wirbeln des Schnees wurde dichter, als De Quincey, Becker und ein Constable aus dem Polizeiwagen stiegen. Sie gingen zu dem weißen Steinhaus hinüber, und Becker klopfte an die eichene Haustür.

Ein Butler öffnete mit verwundertem Gesichtsausdruck.

»Ich bin Detective Sergeant Becker. Ist Colonel Trask zu Hause?«

Der Butler runzelte die Stirn angesichts der Polizeimarke, die Becker ihm zeigte; er konnte sich offenbar nicht vorstellen, warum ein Polizeibeamter an ausgerechnet diese Tür klopfte – und außerdem, sollte eine solche Marke nicht einem uniformierten Constable gehören und nicht einem Mann, der Zivilkleidung trug und eine Narbe am Kinn hatte?

»Der Colonel war schon seit ein paar Tagen nicht mehr hier«, antwortete der Butler.

»Und was ist mit Mr. Trask senior? Wir müssen mit ihm sprechen.«

»Das ist unmöglich. Er empfängt niemals unangemeldeten Besuch.«

»Bitte sagen Sie ihm, er muss hier eine Ausnahme machen. Wir sind in einer wichtigen Angelegenheit hier, die auch Queen Victoria betrifft.«

»Aber dies ist die Tageszeit, zu der seine Manipulation stattfindet!«

»Es ist mir gleich, was er manipuliert. Sagen Sie ihm ...«

De Quincey schob sich an dem Butler vorbei und betrat das Haus.

»Einen Augenblick!«, protestierte der Butler.

»Wir haben keinen Augenblick«, sagte Becker.

Er und der Constable folgten De Quincey ins Innere.

»Wo ist Mr. Trask?«

»In seinem Schlafzimmer, aber ...«

De Quincey rannte bereits die elegante Treppe hinauf, so schnell, wie seine kurzen Beine es erlaubten. Der Butler stürzte hinter ihm her. Becker und der Constable folgten ihnen rasch.

Sie erreichten den Eingang zu einem riesigen Speisesaal und stiegen eine weitere Treppe hinauf.

»Sie verstehen nicht«, wandte der Butler ein. »Mr. Trask darf nicht gestört werden.«

»Ich möchte den Gesichtsausdruck Ihrer Majestät nicht sehen, wenn sie erfährt, wie wenig ihre Anliegen ihm bedeuten«, sagte Becker.

Im nächsten Stockwerk sahen sie sich mehreren Türen gegenüber.

»Welche?«, fragte Becker.

Der Butler hob resigniert die Hände. Er öffnete eine der Türen, warf einen Blick ins Innere und teilte ihnen mit einer Geste mit, sie sollten eintreten. »Jetzt werden Sie verstehen, was ich Ihnen mitteilen wollte.«

De Quincey, Becker und der Constable betraten das Zimmer, und jetzt verstanden sie es in der Tat.

Die Manipulationen, von denen der Butler gesprochen hatte, waren nichts, das Jeremiah Trask getan hätte – sie waren etwas, das an ihm vorgenommen wurde. Ein hagerer, hinfällig aussehender Mann von vielleicht sechzig Jahren lag auf einem Bett, und ein Pfleger bewegte seine in einer Schlafanzughose steckenden Beine auf und ab, beugte und streckte sie. Ein zweiter Mann hob und senkte die Arme des Patienten und bewegte sie von einer Seite zur anderen. Angesichts der Unterbrechung hielten die beiden Pfleger nur kurz inne, bevor sie ihre Arbeit wieder aufnahmen. Die abgezehrten Arme und Beine – ganz zu schweigen von seiner Teilnahmslosigkeit – legten nahe, dass Trask nicht in der Lage war, seine Gliedmaßen selbst zu bewegen.
»Er ist gelähmt?«, fragte Becker.
»Seit acht Jahren schon. Ein Unfall.«
Becker brauchte einen Augenblick, um wirklich zu begreifen, was er da sah. Dann sagte er mitfühlend: »Mr. Trask, ich bitte um Verzeihung für mein Eindringen. Ich bin Detective Sergeant. Wir müssen in einer dringenden Angelegenheit mit Ihnen sprechen, die auch die Königin betrifft.«
»Er kann Ihnen nicht antworten«, erklärte der Butler. »Der Unfall hat ihm auch das Sprechvermögen geraubt.«
Becker seufzte. Er hatte geglaubt, schon jede Form des Elends gesehen zu haben, aber jetzt war ihm noch eine weitere begegnet. »Kann er sich denn überhaupt verständlich machen? Vielleicht könnte er Bleistift und Papier verwenden?«
»Er kann blinzeln.«
»Entschuldigung?«
»Er kann Fragen beantworten, bei denen ein Ja oder Nein als Antwort ausreicht, indem er zwinkert – einmal für Ja, zweimal für Nein.«
»Und das seit acht Jahren?« Becker schüttelte traurig den Kopf. »Gott helfe uns.«

De Quincey näherte sich dem Bett.
Obwohl Trasks Gesicht regungslos blieb, richteten seine Augen sich auf De Quincey. Ihr Grau ähnelte der Farbe von Trasks Haar und der Blässe seiner eingefallenen Wangen. Alles an ihm hatte die Farbe der Verzweiflung.
»Mr. Trask, mein Name ist Thomas De Quincey. Vor vielen Jahren habe ich ein Buch mit dem Titel *Bekenntnisse eines englischen Opiumessers* geschrieben.«
Wie um diese Aussage zu belegen, holte De Quincey seine Laudanumflasche heraus und nahm einen Schluck.
»Ich habe außerdem eine Reihe von Aufsätzen über die schöne Kunst des Mordens geschrieben sowie einen über *Macbeth* und einen weiteren über die englischen Postkutschen, die unser großartiges Land durchreisten, bevor Ihre Eisenbahnen dieser abenteuerlichen Form der Fortbewegung ein Ende machten. Es hat mir Freude gemacht, nachts hoch oben auf einer solchen Kutsche zu sitzen, die Geschwindigkeit der mächtigen Pferde zu spüren, zu verfolgen, wie die Dunkelheit in unendlichen Schattierungen an mir vorbeizog.«
Trask starrte ihn immer noch an.
»Ich war ein Freund Coleridges und Wordsworths und schrieb sogar einige Aufsätze, die halfen, ihren literarischen Ruf zu begründen, bevor Letzterer – ein Snob – sich gegen mich wandte, weil ich ein Milchmädchen geheiratet hatte – so nannte er sie. Die Menge an Opium, die ich einnehme, ist so erheblich, dass ich mich in meinen Albträumen von Krokodilen und Sphingen bedroht fühle.
Das Einzige, was in meinem Leben noch verlässlicher ist, sind die Schuldeneintreiber, die mich unaufhörlich verfolgen. Einmal hielt mich ein Hauseigentümer ein Jahr lang gefangen und zwang mich so, durch Schreiben die Schulden abzutragen, die ich bei ihm hatte.«

Trasks Augen verrieten keine Spur von Verwirrung oder Gereiztheit oder Erheiterung. Sein Blick war so unbewegt wie der der Sphingen, von denen De Quincey gesprochen hatte.
De Quincey stellte fest, dass Speichel aus einem von Trasks Mundwinkeln rann. Er zog ein Taschentuch heraus und wischte ihn fort.
»All das dient lediglich dazu, mich vorzustellen. Als ein Unbekannter, der sich in Ihre Gegenwart gedrängt hat, hoffe ich, auf diese Weise die Fremdheit zwischen uns zu beseitigen. Es gibt eine Frage, die ich Ihnen stellen muss, und sie ist von so persönlicher Natur, dass ich Sie dafür um Verzeihung bitten muss. Ist die Bekanntschaft hinreichend etabliert? Habe ich Ihre Erlaubnis, meine Frage zu stellen?«
Trask musterte ihn mit unbewegtem Gesicht. Dann schloss er die Lider eine Sekunde länger, als ein gewöhnliches Zwinkern es erfordert hätte.
»Ich gehe davon aus, dass dies ein Ja war, und danke Ihnen. Entschuldigen Sie meine Direktheit. Ist Anthony Trask Ihr Sohn?«
Ein Augenblick ging vorbei. Dann noch einer. Und ein weiterer. Trask schloss die Augen. Und schloss sie noch einmal.
De Quincey kam es vor, als sei der Nachdruck, mit dem Trask die Lider zusammenkniff, seine Variante eines Brüllens.
Nein!

Aus dem Gefängnis seines abgestorbenen, empfindungslosen Körpers spähte Jeremiah Trask zu dem seltsamen Mann hinauf, dessen Kleidung nahelegte, dass er gerade von einer Beerdigung kam. Der winzige Besucher, der große Mann neben ihm und der Constable waren die einzigen ihm unbekannten Menschen, die er seit … hatte der Butler etwas von *acht Jahren* gesagt? Das schiere Gewicht der verlorenen Zeit stürzte auf sein Bewusstsein ein und gab ihm das Gefühl, das Zimmer drehe sich um ihn. War es möglich, dass er seit *acht Jahren* auf diesem Bett lag? Da jeder

Tag dem anderen glich, er keine Möglichkeit hatte, das Vergehen der Wochen und Monate zu dokumentieren, war ihm, als sei er gefangen in einer ständig wiederkehrenden Hölle. Die einzige Abwechslung ergab sich, wenn der Mann, der sich Anthony Trask nannte, mit Bankiers und Juristen zu ihm kam und behauptete, ihm die Details verschiedener geschäftlicher Unternehmungen erklärt zu haben.

»Ist es nicht so, Vater?«, fragte der Mann, der sich Anthony Trask nannte, bei diesen Gelegenheiten. »Gestern Abend habe ich dir die Unterlagen vorgelesen. Ich habe dir meine Analyse des Inhalts vorgetragen. Du stimmst mir zu darin, dass wir diese Vorhaben betreiben sollten und dass ich als dein Vertreter handele, wenn ich die entsprechenden Verträge unterzeichne.«

In Gegenwart von Zeugen hatte Jeremiah Trask immer ein einziges Mal die Augen geschlossen, um seine Zustimmung kenntlich zu machen, denn er hatte Angst vor der Schere oder der Säure, mit der sein angeblicher Sohn sein Augenlicht auszulöschen drohte für den Fall, dass er nicht gehorchte. Er ertrug den Gedanken nicht, dass er nicht nur in seinem abgestorbenen Körper gefangen sein würde, sondern auch in einer blinden Dunkelheit des Geistes. Es war schon jetzt dunkel in seinem Bewusstsein; ihn quälten die unzähligen Male, die er sich ausgemalt hatte, wie sein Leben verlaufen wäre, wäre er an jenem Morgen vor fünfzehn Jahren nicht über den Markt von Covent Garden gegangen und hätte den zerlumpten Jungen gesehen, der die Gemüsehändler verzweifelt um etwas zu essen anbettelte.

Jetzt, zum ersten Mal seit acht Jahren, fand er sich mit Fremden allein im Zimmer. Zwei von ihnen waren Polizeibeamte. Es konnte seine einzige Chance sein.

»Wir glauben, dass der Mann, der sich Anthony Trask nennt, mit Familiennamen in Wirklichkeit O'Brien heißt. Ist das wahr?«, fragte der Opiumesser.

Trask kniff einmal die Lider zusammen.

»Kennen Sie auch seinen Taufnamen?«, fuhr der Opiumesser fort.

Wieder kniff Trask die Augen zusammen.

»Wenn Sie die Kraft dazu haben, lassen Sie uns jedem Buchstaben des Alphabets eine Zahl zuordnen. Auf diese Weise können Sie seinen Namen buchstabieren.«

Trask senkte die Lider dreimal hintereinander.

»Der Buchstabe C«, sagte der Opiumesser.

Trask rechnete schnell nach, welche Zahl dem Buchstaben O entsprach. Es erschöpfte ihn, die Lider fünfzehnmal zu schließen. Und dann noch zwölfmal.

»L«, sagte der Opiumesser.

Und neunmal.

»I«, sagte der Opiumesser. »Wäre der nächste Buchstabe ein N? Lautet sein Taufname Colin?«

Ja! Schützen Sie mich vor ihm!, brüllte es in Trasks Innerem.

13

Ein Abgrund im Inneren

Hufe donnerten, als der Polizeiwagen Constitution Hill entlangjagte, vorbei am Green Park, und vor dem Haupttor des Buckingham Palace zum Stehen kam. Es schneite immer noch.

De Quincey und Becker sprangen vom Wagen. Am Tor wimmelte es von Wachsoldaten. Offiziere schrien ihren Untergebenen Befehle zu. Constables bezogen Position an der Mauer, die die Palastgärten umgab.

Gerade als Becker den Wachen am Tor seine Marke zeigte, traf ein zweiter Polizeiwagen ein. Commissioner Mayne stieg aus und kam auf sie zugeeilt.

»Ein Mann, auf den die Beschreibung des Colonel passt, wurde in der Leichenhalle im Westminster Hospital gesehen«, berichtete er. »Ein Arzt hat ihn dabei angetroffen, dass er das Laken über Catherine Grantwood anhob. Er hat den Arzt, zwei Constables und zwei Angestellte des Krankenhauses angegriffen und ist entkommen. Er trägt eine braune Cordhose und eine Arbeiterjacke. Jeder Streifenpolizist ist angewiesen, nach ihm Ausschau zu halten.«

»Aber in dieser Kleidung kann er sich unter Millionen von Arbeitern verstecken«, sagte Becker, »und außerdem kann er sein Aussehen nach Belieben wieder verändern.«

Commissioner Mayne nickte grimmig. »Der Palast wird stärker bewacht als je zuvor. Solange er sich nicht wieder zeigt, wüsste ich nicht, was wir sonst noch tun könnten.«

»Wurde Ihre Majestät schon unterrichtet?«

»Zu genau diesem Zweck bin ich hier. Sie befindet sich in einer

Besprechung mit Lord Palmerston. Es ist besser, wenn ich sie beide zugleich unterrichten kann.«

Nachdem Mayne den Constables einige Befehle erteilt hatte, wurden sie zügig in den Palast vorgelassen. Ein Bediensteter führte sie eilig durch prachtvolle Gänge und die große Treppe hinauf.

Auch diesmal geleitete man sie zum Thronsaal.

»Ich weiß nicht, warum Ihre Majestät sich einen solchen Riesenraum ausgesucht hat, um mit ihrem Premierminister zu sprechen«, bemerkte Mayne.

Die Erklärung wurde offenkundig, als man sie in den Saal einließ.

Es war Lord Palmerstons erster Tag in seinem neuen Amt. Der Premierminister wurde nicht in einer öffentlichen Zeremonie vereidigt; er erhielt seine Amtsgewalt stattdessen im Rahmen eines privaten, symbolischen Treffens mit Ihrer Majestät. Queen Victoria saß auf ihrem Thron. Prinz Albert stand demonstrativ neben ihr. Sie trug eine Tiara und sah von der hohen Estrade auf Lord Palmerston hinunter, der in dieser Umgebung ungewöhnlich klein wirkte – und dies schien genau die Art und Weise zu sein, von der sie und Prinz Albert sich wünschten, dass er ihre Beziehung betrachten sollte. Vielleicht trug auch die Kälte des riesigen Raums dazu bei, ihre Einstellung zu Palmerston zu unterstreichen.

Alle Anwesenden drehten sich angesichts der Unterbrechung zur Tür um.

De Quincey, Mayne und Becker traten näher und verneigten sich.

»Euer Majestät, erinnern Sie sich an unsere Unterhaltung über Thomas Griffiths Wainewright anlässlich Ihres Abendessens am Sonntag?«, fragte De Quincey.

»Über den Mörder?« Queen Victoria nickte, obwohl ihr der Grund für diese Unterbrechung nach wie vor unklar zu sein schien. »Albert merkte an, dass ein Mörder seine Schuld unweigerlich durch sein Verhalten verraten muss. Sie hingegen vertraten die Ansicht, dass manche Mörder kaltblütig genug sind, um erfolgreich zu verbergen, was sie sind. Sie führten als Beispiel Wainewright an, mit dem Sie einmal gespeist hatten, ohne den geringsten Verdacht zu hegen, dass er ein Mörder war.«

»Euer Majestät, am vergangenen Sonntagabend dürfte zumindest einer Ihrer Gäste diese Unterhaltung mit großem Interesse verfolgt haben. Als Edward Oxford vor fünfzehn Jahren seine zwei Pistolen auf Sie abfeuerte – erinnern Sie sich an einen irischen Jungen, der damals neben Ihrer Kutsche herrannte und Sie bat, seiner Mutter, seinem Vater und seinen Schwestern zu helfen?«, fragte De Quincey.

»Daran habe ich keinerlei Erinnerung. Ich erinnere mich nur an die Schüsse.«

»Auch sonst hat niemand auf ihn geachtet«, sagte De Quincey. »Die Mutter und die Schwestern des Jungen starben in Newgate. Ich vermute, auch seinen Vater traf ein unglückliches Schicksal. Seit dieser Zeit verfolgte der Junge den Plan, sich an jedem Menschen zu rächen, den er damals um Hilfe bat.«

»Ein irischer Junge? Aber bei dem Essen am Sonntag war doch kein Gast irischer Abkunft anwesend«, wandte Lord Palmerston ein.

»Colonel Trask war anwesend, Mylord.«

»Colonel Trask? Warum erwähnen Sie ihn? Er ist kein Ire.«

De Quincey sah Lord Palmerston nur schweigend ins Gesicht.

»Sie wollen mir erzählen, dass er Ire ist? Wie sollte das der Fall sein, wenn sein Vater es nicht ist? Und wie wäre es möglich, dass der Vater eines Bettlerjungen so reich geworden wäre, wie Jeremiah Trask es ist?«

»Die Antworten kennen wir noch nicht, aber unsere eigenen Gedanken schaffen häufig eine falsche Wirklichkeit, Mylord.«

»Ich habe nicht die leiseste Vorstellung, wovon Sie reden.«
»Dass alle Welt sagt, Jeremiah Trask sei der Vater des Colonel, macht es noch nicht zu einer Tatsache.« De Quincey wandte sich an Queen Victoria. »Euer Majestät, Colonel Trask ist der Mann, der für die Morde in jüngster Zeit und für die Drohungen gegen Sie verantwortlich ist.«
»Der Kriegsheld, der meinem Vetter das Leben gerettet hat? Ein Ritter der englischen Krone? Und einer der reichsten Männer Großbritanniens? Nein.«
»Sein wirklicher Name lautet Colin O'Brien, Euer Majestät«, sagte Becker, »und bitte glauben Sie mir, er ist entschlossen, Ihnen zu schaden, soweit es nur in seinen Kräften steht.«

»Colonel Trask ... Sir Anthony ... Ich habe Sie gar nicht erkannt in diesen ...«
»... dieser Arbeitskleidung? Ich bin zu dem Schluss gekommen, dass ich mich zu weit von den Tagen entfernt habe, als ich meinem Vater noch geholfen habe, Eisenbahnen zu bauen. Es ist sehr lehrreich zu sehen, wie die Leute auf mich reagieren, wenn ich wie ein Arbeiter gekleidet bin.«
»Ich wollte Ihnen nicht zu nahe treten, Sir Anthony.«
»Keine Ursache. Aber ich habe festgestellt, dass es mir an Bargeld mangelt, und möchte etwas abheben.«
»Selbstverständlich. Welchen Betrag brauchen Sie?«
»Zunächst einmal möchte ich einem Mann, der ein Kutschunternehmen in Watford betreibt, fünftausend Pfund überweisen.«
»Fünftausend Pfund?«, wiederholte der Bankier überrascht. Dies war eine gigantische Summe in Anbetracht der Tatsache, dass ein Kutscher oft nur ein bis zwei Pfund in der Woche verdiente.
»Sein ganzer Betrieb ist bei einem Dienst, den er mir erwies, zerstört worden. Ich habe den Wunsch, ihn zu entschädigen. Seinen Namen kenne ich nicht, aber er hat sich vor Kurzem erst ein Bein

gebrochen, und ein Dr. Gilmore in Watford kann ihn identifizieren. Bitte veranlassen Sie das Nötige gleich jetzt.«
»Jawohl, Sir Anthony«, antwortete der Bankier, obwohl er so viel Großzügigkeit nicht gutheißen konnte.
»Und dann brauche ich noch einmal fünftausend Pfund in Banknoten.«
Jetzt war der Bankier ernstlich verblüfft. »Haben Sie eine längere Reise vor?«
»In der Tat.«
Am Ende der Unterredung steckte er einige Banknoten in seine Jackentasche und den größeren Teil in einen ledernen Beutel.
Draußen auf der Straße suchte er sich als Nächstes ein Kleidergeschäft. Er wusste, die Polizei würde nach einem Mann in Cordsachen fahnden, und so kaufte er sich stattdessen wollene Kleidung. Das Braun der alten Sachen tauschte er gegen Grau aus – eine Farbe, die sehr bald mit der Nacht und dem zunehmend üblen Wetter verschwimmen würde. Die Arbeiterkappe behielt er, stopfte sie aber in eine Manteltasche, und statt ihrer erwarb er einen eleganten Zylinder.
Dann betrat er einen Eisenwarenladen und kaufte ein Messer in einer Scheide.
Zu diesem Zeitpunkt waren die Straßen schon beinahe menschenleer. Einige wenige Leute eilten an ihm vorbei, allesamt sehr darauf aus, Schutz vor dem Schneetreiben und dem Mörder zu suchen, vor dem die Zeitungsjungen warnten. Einige Kutschen und Mietkarossen trotzten noch dem zunehmend tieferen Schneematsch auf dem glatten Pflaster, aber auch sie würden bald verschwunden sein.
Nur die Constables waren noch unterwegs, beobachteten die Straße aus Eingängen heraus, hielten Ausschau nach jedem, auf den die Beschreibung des Mannes passte, der aus dem Westminster Hospital geflohen war. Aber sein Zylinder und der vornehme

Mantel stellten sofort klar, dass er nicht der Verbrecher sein konnte, nach dem sie suchten. Innerhalb von fünf Minuten kam er an drei Constables vorbei, und jedes Mal sagte er: »Ich danke Ihnen, dass Sie unsere Sicherheit gewährleisten.«
»Einfach bloß meine Pflicht, Sir.«
Er betrat ein Speisehaus, dessen Gastraum fast menschenleer war. Er ging über den in einem schwarzroten Schachbrettmuster gefliesten Boden und setzte sich an einen mit einem Tuch bedeckten Tisch in der Nähe eines Kamins, in dem Kohlen glühten. Er hoffte sich dort aufwärmen zu können, aber er wusste zugleich, dass es sehr lang dauern konnte, bis ihm wieder warm sein würde – vielleicht bis in alle Ewigkeit.
»Tut mir leid, Sir, aber die Küche ist schon zu«, sagte der Wirt, während er sich die Hände an der Schürze abtrocknete, die sich über seine breite Brust spannte. »Wegen dem üblen Wetter.«
»Vielleicht können Sie mir aber für einen Sovereign Brot, Butter, Erdbeermarmelade und heißen Tee bringen?«
Die Goldmünze, die er auf den Tisch legte, war viel mehr wert, als man normalerweise für diese Mahlzeit bezahlt hätte.
»Kommt sofort, Sir!«
Brot, Butter, Erdbeermarmelade und heißer Tee – das war es gewesen, was Jeremiah Trask ihm vor fünfzehn Jahren angeboten hatte.
Jeremiah Trask, dachte er bitter. *Auch du bist bestraft worden.*
Seine vielen Opfer zogen wie in einer Prozession durch seine wild wirbelnden Erinnerungen. Er dachte an die Gefängniswärter von Newgate, deren Misshandlungen Emma dazu getrieben hatten, ihre Mutter und ihre kleine Schwester zu ersticken und sich dann aufzuhängen. Zehn Jahre später waren die Wärter aus der Haft auf den entsetzlichen Schiffsrümpfen entlassen worden. Aber die Haftstrafe war nicht ausreichend gewesen. Zu dieser Zeit war er selbst bereits in einer Position gewesen, in der er Aus-

künfte über sie einholen konnte. Er ermittelte ihre schäbigen Unterkünfte und beauftragte einen Wirt, ihnen zu versprechen, dass er ihnen Kinder bringen würde. Als die Männer auf das Klopfen an der Tür hin erwartungsvoll öffneten, stellten sie fest, dass er es war, der sie stattdessen besuchte.
Er hatte auch den herzlosen Constable aus St. John's Wood aufgespürt, der ihnen die Nachricht von der Verhaftung ihrer Mutter überbracht hatte. Nachdem er den Mann zu dessen Unterkunft verfolgt hatte, wartete er, bis der Constable schlafen ging. Dann schleuderte er drei Laternen durch das Fenster des Zimmers im Untergeschoss, überflutete den Raum auf diese Art mit brennendem Petroleum und lauschte den Schreien des Constable, während dieser bei lebendigem Leib verbrannte.
Er war in die halb fertige Siedlung zurückgekehrt, in der er mit seinen Eltern und Schwestern gelebt hatte. Weil die übrigen Bewohner seinen hilflosen Schwestern nichts zu essen angeboten hatten, während er und sein Vater sich durch das Labyrinth des Londoner Gerichtssystems kämpften, vergiftete er den Dorfbrunnen. Einen Monat später kehrte er zurück und stellte befriedigt fest, dass das Dorf verlassen und der Friedhof voll frischer Gräber war.
Die Anwaltsschreiber, die seinem Vater und ihm selbst die Tür gewiesen hatten … der Gefängnisdirektor von Newgate, der seine Wärter nicht gut genug beaufsichtigt hatte … der Sergeant des Polizeireviers von St. John's Wood, der seine Mutter nach Newgate geschickt hatte … Jahr um Jahr hatte er sich durch seine Liste gearbeitet, sie ständig erweitert, den Höhepunkt seines Rachefeldzugs hinausgeschoben und sich ihm nichtsdestoweniger unerbittlich genähert: die Bestrafung derjenigen, die die Strafe am meisten verdient hatten.
»Hier wäre Ihr Brot mit Butter, Marmelade und heißem Tee, Sir.«
Auf der Krim hätte er alles gegeben für eine einfache Mahlzeit

wie diese, bevor er in die Schlacht ging. Er brauchte seine Kräfte. Es gab noch viel zu tun.
Mutter.
Vater.
Emma.
Ruth.
Dann veränderte sich etwas in seinem Bewusstsein, als werde ein Hebel umgelegt; weitere Opfer kamen ihm in den Sinn, eine Litanei der Menschen, um die er trauerte.
Meine Frau.
Mein ungeborenes Kind.
Ich will sterben.

»Er wird uns ja mit Sicherheit nichts anhaben können, wenn wir im Palast bleiben«, sagte Prinz Albert.
»In der Tat, hier sind Sie von Constables und Soldaten umgeben, Euer Hoheit«, bestätigte Commissioner Mayne.
»Aber wie lang kann der Palast auf diese Weise bewacht werden? Wochen? Monate?«, fügte Prinz Albert hinzu.
»Wenn nötig, Euer Hoheit.«
»Und länger als das?«
Der Commissioner senkte den Blick. »Wir suchen nach ihm, Hoheit. Er braucht eine Unterkunft und Verpflegung. Er kann uns nicht auf Dauer entgehen.«
»Er verfügt über ungeheure Mittel. Er hat seinen Zorn fünfzehn Jahre lang gepflegt. Seine Geduld ist unerschöpflich«, sagte Prinz Albert.
»Nein«, schaltete sich Queen Victoria ein. »Ich werde es nicht gestatten.«
»Euer Majestät?«, fragte Commissioner Mayne überrascht.
»Bei dieser Anzahl von Soldaten rings um den Palast, Tag um Tag, möglicherweise Wochen oder Monate lang, würden sich die

Menschen auf der Straße fragen, warum wir all den zusätzlichen Schutz für nötig halten. Sie könnten sogar glauben, wir fürchteten eine russische Invasion oder dergleichen.«

»Wir könnten nach Windsor Castle gehen«, schlug Prinz Albert vor. »Dort würden die verstärkten Sicherheitsvorkehrungen weniger auffallen.«

Becker ging zu einem der Fenster und zog den Vorhang beiseite, um den Blick auf das Schneetreiben freizugeben. Draußen wurden die Schatten dichter.

»Sie könnten frühestens morgen reisen, Hoheit. Wie viele Kutschen würden Sie brauchen – für sich selbst, für Ihre Kinder und Ihren Stab?«

»Zu viele, als dass man der öffentlichen Aufmerksamkeit entgehen könnte«, sagte eine Stimme.

Sie alle drehten sich nach dem Neuankömmling um.

Ryan kam herein, auf Emily gestützt. Becker rannte zu ihm hinüber.

»Inspector Ryan«, sagte Queen Victoria, »Sie haben Blut vorn am Mantel.«

»Die Wunde, die ich mir vor sieben Wochen zugezogen hatte, ist wieder aufgegangen, Euer Majestät.« Ryan hatte einen Stuhl in der Nähe der Estrade erreicht, und Emily und Becker halfen ihm, sich zu setzen. »Dr. Snow hat sie fest verbunden.« Er zuckte zusammen. »Etwas zu fest möglicherweise.«

»Sie sollten nicht hier sein.« Die Königin bewies ihre Vorliebe für Ryan, als sie die Stufen der Estrade herunterkam und zu ihm hinüberging. »Sie sollten sich ausruhen.«

»Wenn dies überstanden ist, Euer Majestät. Als ich in Dr. Snows Sprechzimmer gesessen habe, dachte ich die ganze Zeit, dass der Palast *genau* der Ort ist, wo ich sein sollte. Um Sie zu schützen, so wie ich es vor fünfzehn Jahren getan habe.«

»Ihre Loyalität berührt mich.«

»Ich würde sterben für Sie«, erklärte Ryan. »Ich habe gehört, wie Sie erwogen haben, nach Windsor Castle auszuweichen. Euer Majestät, Sie bräuchten dafür so viele Kutschen, dass Sie dies unmöglich im Geheimen durchführen könnten.«

»Vielleicht könnten wir mehrere Gruppen von Kutschen ausrüsten und sie in unterschiedliche Richtungen schicken«, überlegte Lord Palmerston laut. »Der Colonel könnte nicht wissen, welcher Gruppe er folgen muss.«

»Aber was würden die Zeitungen dazu sagen, dass zahlreiche Kutschen gleichzeitig in unterschiedliche Richtungen aufbrechen?«, gab Queen Victoria zu bedenken. Obwohl ihre Stimme so hell war, vermittelte sie eine bemerkenswerte Autorität. »Das Ergebnis wäre das gleiche. In der allgemeinen Ungewissheit würden die Menschen glauben, wir seien in Panik geraten, wahrscheinlich wiederum aufgrund einer Bedrohung durch die Russen. Unsere Feinde würden die Panik als Ermutigung empfinden, während sie der Moral unserer eigenen Truppen schaden würde. Nein. Solange dieser Sturm anhält, ordnen Sie so viele Ihrer Leute für den Schutz des Palastes ab, wie Sie können. Aber sobald das Wetter sich bessert…«

»Euer Majestät, nur um sicherzustellen, dass ich Sie richtig verstehe«, sagte Commissioner Mayne. »Schlagen Sie allen Ernstes vor, dass die Wachen morgen wieder auf die übliche Anzahl reduziert werden sollen, um Ihre Untertanen nicht zu beunruhigen?«

Sein Weg führte ihn an den vornehmen Herrenclubs der Pall Mall vorbei.
Trotz seines seriösen Äußeren trat ihm ein Constable in den Weg.
»Wenn Sie mir die Frage erlauben wollen, Sir, was haben Sie hier für ein Anliegen?«

»Ich habe etwas zu erledigen, das nur ich persönlich erledigen kann. Ich muss einem Herrn, dessen Namen ich nicht nennen darf, eine große Summe Bargeld aushändigen.«
»Eine große Summe Bargeld?«
»Fünftausend Pfund in Banknoten.«
Er öffnete den Lederbeutel und forderte den Constable auf, den Strahl seiner Laterne auf den Inhalt zu richten. Der Constable hatte in seinem ganzen Leben noch nie so viel Bargeld gesehen. Er sog scharf den Atem ein.
»Dann gehen Sie besser und erledigen Ihre Zahlung, und beeilen Sie sich damit, Sir. Da ist gerade ein übler Kerl auf der Straße unterwegs.«
Zwei weitere Constables hielten ihn auf, als er zum Green Park weiterging. Inzwischen war das Schneetreiben so dicht und das Licht so trüb, dass sie ihre Laternen zur Orientierung brauchten.
»Sie sind in Gefahr hier draußen mit so viel Geld in der Tasche, Sir. Beeilen Sie sich, dass Sie an Ihr Ziel kommen.«
Als er den Green Park erreicht hatte, packte er die Spitzen des eisernen Zauns, sprang über ihn hinweg und rollte bei der Landung im Schnee ab.
Er erinnerte sich, wie er fünfzehn Jahre zuvor über den Zaun gesprungen war auf der Flucht vor dem Mob, der ihn verdächtigte, in Edward Oxfords Attentat auf die Königin verwickelt gewesen zu sein. Er meinte noch zu spüren, wie eine der Spitzen ihm das Bein durchbohrt hatte und er unter quälenden Schmerzen blutend davongehinkt war. Damals, nach dem Tod seiner Familie, hatte er viele Wochen im Green Park verbracht, hatte dort eine Zuflucht gefunden, sogar im Park geschlafen, sodass er ihm wie ein Zuhause vorkam.
Die eisigen Schneeflocken stachen ihm in die Wangen. Er warf den Zylinder fort und ersetzte ihn durch die Arbeitermütze.

Auch den Beutel mit dem Geld warf er weg. Er war zu unhandlich, als dass er ihn mit sich herumtragen wollte, und er hatte keine Verwendung mehr für ihn. Irgendeine arme Seele würde ihn irgendwann finden und Gott danken für das Geld.
Im Schutz des Sturms erreichte er schließlich den Abschnitt des Zauns, der dem Palast gegenüber lag. Er war nur noch ein paar Schritte von der Stelle entfernt, wo er die Königin angefleht hatte, seiner Familie zu helfen, und wo Edward Oxford seine Schüsse abgefeuert hatte.
In der Düsternis drückte er sich gegen einen Baumstamm; seine graue Kleidung verschmolz mit der Rinde. Auf der anderen Seite des Zauns sah er eine Laterne, die sich den Gehweg entlang bewegte. Eine zweite Laterne kam ihr aus der anderen Richtung entgegen.
»Irgendwas gesehen?«, fragte eine schemenhafte Gestalt.
»Alles ruhig. Ich kann dieses Wetter nicht leiden, aber wenigstens kriegen wir Fußspuren im Schnee, wenn irgendwer zum Palast rüber läuft.«
»Wenn dieser verdammte Schnee nicht noch dichter wird und sie wieder abdeckt.«
»Unmöglich. Ich hab gezählt, wie lang ich brauche, um meine Strecke abzugehen. Vierzig Sekunden von einem Ende zum anderen. Nicht mal ein Schneesturm füllt die Stapfen so schnell auf.«
»Ich hab gehört, der Mann, den wir suchen, war auf der Krim. Der dürfte dran gewöhnt sein, rumzurennen und in der Kälte klarzukommen.«
»Wenn wir ihn erst gefangen haben, wird er sich wünschen, er wär gleich dort geblieben.«
Die Gestalten trennten sich wieder, die Laternen entfernten sich voneinander, und die Männer verschwanden im Schneetreiben.
Er ging weiter und erreichte ein Tor im Zaun. Im Schutz eines

weiteren Baumes verfolgte er, wie eine der Silhouetten sich draußen vorbeibewegte.
Vorsichtig öffnete er das Tor und folgte ihr. Als er nahe genug herangekommen war, um die Uniform eines Constable erkennen zu können, drückte er dem Mann eine behandschuhte Hand über Nase und Mund. Mit der anderen Hand packte er den Constable an der Kehle und riss ihn nach hinten.
Der Mann kämpfte gegen ihn an, und er packte fester zu und schnürte ihm den Atem ab, während er ihm zugleich den Kehlkopf zerquetschte. Er zerrte den sterbenden Polizisten durch das offene Tor in den Park hinein, wobei er absichtlich tiefe Spuren im Schnee hinterließ. Und die ganze Zeit zählte er.
Vierzig Sekunden von einem Ende zum anderen. So lange, hatte der Constable gesagt, brauchte er für die ihm zugeteilte Strecke.
Dreiunddreißig, vierunddreißig, fünfunddreißig.
Der Constable wurde schlaff.
Er ließ ihn in den Schnee fallen und rannte in der Spur, die er getreten hatte, zurück. Mit einem Sprung bekam er den Ast eines Baumes zu fassen, zog sich hoch und kletterte um den Stamm herum auf die andere Seite. Seine graue Kleidung verschmolz mit der Farbe der Rinde.
»Hilfe! Er hat mich! Schnell! Er bringt mich um!«, brüllte er, wobei er die Stimme zum Erdboden hinunter richtete.
Der zweite Constable dürfte mittlerweile misstrauisch geworden sein – er musste erwartet haben, seinen Kollegen wiederzusehen, bevor sie beide kehrtmachten und am Geländer des Parks entlang die nächste Runde in Angriff nahmen.
»Hilfe!«, wiederholte er.
Von links hörte er, wie ein Mann mit Stiefeln durch den Schnee gerannt kam. Dann hörte er eine zweite Person von der anderen Seite heranstürzen.
Zwei Schatten stürmten durch das offene Tor in den Park.

»Spuren! Da ist einer geschleift worden!«

»Der Kerl ist hier im Park!«

Er hörte weitere Schritte, diesmal von der anderen Straßenseite her. Zwei weitere Constables kamen durchs Tor gerannt, schemenhafte Gestalten in der Dunkelheit und dem dichten Schneetreiben.

Nachdem sie unter ihm vorbeigestürmt waren, ließ er sich so fallen, dass er genau in ihrer Spur landete. Er folgte rückwärts der Spur, die von der anderen Straßenseite herüberführte.

»Das ist Harry!«, brüllte eine Stimme aus dem Park. »Der Dreckskerl hat ihn umgebracht!«

»Aber wo ist er hin? Ich kann unsere Spuren sehen, aber sonst keine!«

Er erreichte die Dunkelheit auf der anderen Seite von Constitution Hill. Nachdem er die ganze Gegend schon mehrmals ausgekundschaftet hatte, wusste er, dass genau gegenüber des Parktors, das er genommen hatte, ein Baum stand. Der Baum wuchs dicht an der Mauer der Palastgärten. Selbst der unterste Ast saß so hoch, dass nur ein so hochgewachsener Mann wie er selbst ihn erreichen konnte, und auch das nur im Sprung und mit erheblicher Anstrengung. Ohne die von den Constables getretene Spur zu verlassen, sprang er.

»Zurück auf dem Weg, den wir gekommen sind!«, schrie eine Stimme aus dem Park. Er hing jetzt an beiden Armen; mit einem Klimmzug zog er sich nach oben.

»Sucht die andere Straßenseite ab!«, ordnete jemand an.

Er saß rittlings auf dem Ast und schob sich auf ihm entlang. Er konnte nicht verhindern, dass er dabei Schnee von dem Ast schüttelte, aber er hoffte, die Constables würden ihr Augenmerk eher auf die Mauerkrone richten, wo der Schnee vollkommen unversehrt war. Der auffrischende Wind wühlte in den Ästen des Baumes und schüttelte Schnee von ihnen allen; vielleicht würde es also gar nicht auffallen, dass dieser eine Ast blanker war als die anderen.

Er hörte das Keuchen der Constable, die aus dem Park zurückgerannt kamen.

»Sucht alles ab!«

»Aber wir haben so viele Spuren getreten, woher sollen wir wissen, welche von *ihm* stammt?«

Auf der anderen Seite der Mauer standen immergrüne Büsche; zwischen ihnen lagen offene Flächen, auf denen im Frühjahr wahrscheinlich Blumen wuchsen. Er glitt von dem Ast hinunter und ließ sich zwischen zwei Büschen auf den Boden fallen.

Eine Laterne näherte sich. Dieses Mal handelte es sich bei dem Wachmann um einen Soldaten in einem schweren Mantel. Der Mann ging mit gesenktem Kopf an den Büschen vorbei; er suchte nach Spuren.

Der Rächer stürzte vor. Wieder drückte er eine Hand auf Mund und Nase seines Opfers, während er mit der anderen Hand die Kehle des Mannes umklammerte. Er zerrte den sich wehrenden Mann hinter die Büsche und drückte zu, bis Arme und Beine des Soldaten zu zittern begannen und der Körper bald darauf still lag.

In aller Eile zog er dem Wachmann den Mantel aus und zog ihn selbst über. Er schob seine Arbeiterkappe in eine Tasche und setzte den Helm des Soldaten auf.

Eine Stimme rief einen Namen, den er nicht verstand. Er hatte in der Eile nur zwei Mantelknöpfe schließen können, als er die Laterne aufhob und auf den Pfad hinaustrat, den der Soldat in den Schnee getreten hatte. Er ging in die Richtung, aus der die Stimme gekommen war.

Eine Gestalt näherte sich ihm. »Corporal?«, sagte sie.

Die Abzeichen auf der Uniform des anderen wiesen ihn als Sergeanten aus. Der Mann entspannte sich sichtlich, als er den Armeemantel und den Umriss des Helms zu Gesicht bekam.

»Was haben Sie getrieben?« Der Sergeant schirmte die Augen gegen das Licht ab. »In die Büsche der Königin gepinkelt?«
Der Rächer schlug mit der Faust zu und zerschmetterte den Kehlkopf des Sergeanten. Er drückte ihm eine behandschuhte Hand auf den Mund, sodass das hektische Keuchen des Mannes unhörbar blieb, und zerrte ihn hinter die Büsche.
Es mussten noch zwei weitere Wachtposten umgebracht werden, bevor er durch den treibenden Schnee die Rückfront des Palastes zu Gesicht bekam.

»Hoheit, lag Ihr Speisesaal zu irgendeinem Zeitpunkt einmal unmittelbar neben dem Raum, in dem sich am vergangenen Sonntagabend Ihre Gäste versammelt haben?«, fragte De Quincey. »Man hätte ihn dann durch eine Tür betreten, die jetzt in einen Bereich führt, der von den Dienstboten genutzt wird.«
»Was für eine Frage soll denn das ...?«, murmelte Lord Palmerston.
Aber Prinz Albert antwortete: »Ja. Wir haben den Speisesaal in letzter Zeit verlegen lassen. Woher wussten Sie das?«
»Am Sonntagabend, kurz bevor wir zum Essen gegangen sind, haben Emily und ich uns mit Colonel Trask und dem Herzog von Cambridge unterhalten. Der Colonel zeigte auf eine Tür und schien zu glauben, dass der Speisesaal auf der anderen Seite lag. Der Herzog hat ihm die Dinge erklärt.«
»Ein ganz normaler Irrtum«, sagte Lord Palmerston. »Das hätte jedem passieren können.«
»Aber es war *Colonel Trask*, dem der Irrtum passiert ist«, merkte De Quincey an. »Der irische Junge, der Ihre Majestät angefleht hat, seine Mutter, seinen Vater und seine Schwestern zu retten.«
»Ich wüsste nicht, woher Colonel Trask gewusst haben könnte, wo der Speisesaal früher war«, bemerkte Prinz Albert.

»Sie haben vor acht Jahren den Palast renovieren lassen, entspricht das den Tatsachen, Euer Hoheit?«

»Ja. Der Ostflügel wurde errichtet. Aber diese Arbeiten haben den Speisesaal nicht betroffen – der, wie ich schon sagte, bis vor Kurzem unangetastet blieb.«

»Abgesehen von Ihnen selbst und Ihrem Architekten – wer hat die Arbeiten vor acht Jahren sonst noch überwacht, Euer Hoheit?«

»Die Brüder Cubitt. Es ist eine achtbare Firma, sie haben viele Häuser in Bloomsbury und Belgravia gebaut.«

»Niemand sonst, Euer Hoheit?«, forschte De Quincey nach. »Dieser Neubau muss doch ein gigantisches Unternehmen gewesen sein.«

»Natürlich haben sie ihrerseits eine Reihe von Unternehmen beschäftigt, die sehr viele Arbeiter beigebracht haben«, sagte Prinz Albert.

»Und es gab einen Mann im Besonderen, der sehr viele Arbeiter beibringen konnte«, sagte De Quincey.

Einen Augenblick lang sah Prinz Albert verwirrt aus, dann verstand er. »Gott helfe mir, jetzt erinnere ich mich wieder. Ja, einer der Unternehmer war Jeremiah Trask. Der Colonel könnte Zugang zu den Plänen für den Palast gehabt haben.«

Schweigen breitete sich aus, als ihnen allen aufging, was dies bedeutete. Das einzige Geräusch war das Heulen des Sturms draußen.

Eine Tür öffnete sich; der scharfe Widerhall ließ sie zusammenfahren.

»Euer Majestät«, meldete ein Palastbediensteter, »hier ist ein Polizeisergeant mit einer dringenden Nachricht für Commissioner Mayne.«

Der Sergeant, der mit hastigen Schritten den riesigen Raum betrat, war bedeckt mit schmelzendem Schnee. Als er feststellte, dass er sich in Gesellschaft von Queen Victoria und Prinz Albert befand, verbeugte er sich hastig und verlegen.

»Commissioner, darf ich unter vier Augen mit Ihnen sprechen?«

»Sie können Ihre Botschaft vor allen hier Anwesenden aussprechen.«

Nach einem unsicheren Blick auf die Königin gehorchte der Sergeant. »Sir, im Green Park ist ein Constable ermordet worden.«

»Was?«

»Und wir haben drei tote Wachsoldaten in den Palastgärten gefunden. Der Mörder hat einem von ihnen den Mantel gestohlen.«

»Was bedeutet, er kann jetzt selbst als Wachsoldat durchgehen«, sagte Becker.

Schlagartig veränderte sich die Beleuchtung des Thronsaales. Das Licht einer Reihe von Gaslampen an der Wand wurde trüber; die Flammen flackerten und gingen aus. Jetzt stammte die einzige Beleuchtung von den kleinen Flammen der Kohlenfeuer in den Kaminen, die die Schatten nur noch betonten.

»Er ist im Palast«, sagte Ryan.

Fortführung der Tagebucheinträge von Emily De Quincey

Obwohl ich die weit entfernten Ecken und Türen des Thronsaales jetzt nicht mehr sehen konnte, schien es mir, als sei der riesige dunkle Raum eher noch größer geworden als kleiner. Ich stellte mir vor, wie unabsehbare Gefahren sich in den jetzt geheimnisvollen Winkeln sammelten.

»Bringen Sie Laternen und Kerzen!«, wies Prinz Albert den plötzlich unsichtbaren Bediensteten an.

»Postieren einen Constable in jedem Gang!«, befahl Commissioner Mayne dem Sergeanten, der ihm die alarmierende Nachricht

überbracht hatte. »Und warnen Sie die Soldaten, dass der Attentäter aussieht wie einer von ihnen!«

Aber trotz der knappen, drängenden Anweisungen konnten die beiden Männer nicht gleich gehorchen. Sie waren in der Dunkelheit gefangen, ebenso wie wir es waren. Erst als der Dienstbote eine Kerze angezündet hatte, konnten sie sich den Korridor entlang entfernen; ich sah ihre geisterhaften Schatten kleiner werden.

Ich hörte, wie Commissioner Mayne etwas aus der Tasche zog. Ein schabendes Geräusch an einer Schachtelwand, und dann flammte ein Streichholz auf.

Im schwachen Licht der Flamme sagte Sean: »Auf dem Tisch neben mir steht ein Leuchter.«

Der Commissioner zündete rasch die Kerze an, entdeckte in ihrem Licht einen weiteren Leuchter und entzündete auch dessen Kerzen.

»Wenn der Colonel vorhat, mit uns zu spielen, dann hat er bisher nicht viel erreicht«, sagte Prinz Albert, der nach außen hin immer noch ungerührt blieb. »In meiner Jugend war Kerzenlicht alles, was wir hatten.«

»Euer Majestät, wie viele Ihrer Kinder halten sich derzeit hier auf?«, fragte Lord Palmerston.

»Sieben. Unser ältester Sohn Edward ist in Windsor Castle.«

»Wir müssen Wachtposten vor ihren Zimmern aufstellen.«

»Nein, holen wir sie zusammen«, murmelte Sean durch seine Schmerzen hindurch. »Hierher. Sie sind einfacher zu beschützen, wenn sie sich alle an ein und demselben Ort aufhalten.«

»Es ist dann auch einfacher, an sie heranzukommen«, sagte Vater.

Seans Tonfall wurde noch angespannter. »In der Tat – der Colonel hat uns in eine Lage gebracht, in der jede Entscheidung falsch sein kann.«

»*Ich höre etwas*«, *sagte ich zu der Gruppe.*
»*Es ist der Schnee, der gegen die Fenster bläst*«, *sagte Queen Victoria.*
»*Nein, noch etwas anderes, Euer Majestät. Ein Zischen.*«
Ich ging an der Wand entlang.
»*Die Lampe dort oben*«, *sagte ich.* »*Das Gas strömt wieder.*«
»*Ich rieche es!*«, *stimmte Commissioner Mayne zu.*
Er riss ein weiteres Streichholz an und entzündete die Gaslampe. Lord Palmerston ging schnell zu den übrigen Gaslampen und tat es ihm gleich. Es gab viele dieser Lampen. Als sie sich bis zur gegenüberliegenden Wand vorgearbeitet hatten, war genügend Gas nachgeströmt, dass eine winzige Flamme emporschoss, sobald ein Streichholz an die Lampe gehalten wurde.
»*Prinz Albert, wie viele Gaslampen gibt es im Palast?*«, *fragte Ryan.*
»*Die genaue Anzahl kenne ich nicht. Vierhundert – vielleicht mehr.*«
»*In diesem Augenblick spucken die meisten dieser Hunderte von Lampen Gas*«, *sagte Ryan.* »*Könnte Colonel Trask es unmöglich gemacht haben, das Gas wieder abzustellen? Wenn dem so ist, wie lang werden die Diener brauchen, um sämtliche Lampen wieder anzuzünden? Werden sie sie alle finden? Gibt es Lampen in den Kellerräumen oder dem Dachboden oder in Zimmern, die einfach weiter Gas verströmen werden, bis sich genug davon angesammelt hat, um eine Explosion auszulösen? Schnell – wir müssen Ihre Kinder zusammenholen und alle Bewohner aus dem Palast bringen.*«
Eine Bewegung erregte meine Aufmerksamkeit. Ich drehte mich zu der Estrade mit dem Thron um. Alle anderen taten das Gleiche.
In einem Armeemantel, grau wie Stahl, trat Colonel Trask zwischen den rosaroten Vorhängen hervor, die hinter dem Thron

hingen. Wie eine Bühnendekoration im Theater gaben sie eine Tür frei, die Ihre Majestät vermutlich bei besonderen Anlässen nutzte.
Aber der plötzliche Auftritt des Colonel war nicht so bestürzend wie das, was er auf dem Arm trug.
»Leopold«, *sagte Queen Victoria erschrocken.*
Der zerbrechlich wirkende, verängstigte kleine Junge schien etwa zwei Jahre alt zu sein. Er hatte einen Verband um die Stirn, und dabei fiel mir etwas wieder ein, das Ihre Majestät während des Abendessens am Sonntag erwähnt hatte.
»Hat Prinz Leopold sich von seiner Verletzung erholt?«, *hatte der Herzog von Cambridge gefragt.*
Und die Königin hatte geantwortet: »Ich danke Ihnen, ja. Die Platzwunde an der Stirn hat endlich aufgehört zu bluten. Selbst Dr. Snow kann sich nicht erklären, warum selbst der kleinste Sturz dazu führt, dass Leopold so heftig blutet.«
Dies war der jüngste Sohn Ihrer Majestät.
Colonel Trask trat jetzt nicht mehr mit der Selbstbeherrschung, der Disziplin und der militärischen Haltung auf, die ich an ihm beobachtet hatte, als ich ihn in der St. James's Church zum ersten Mal gesehen hatte. Jetzt wirkten seine Bewegungen abrupt und ungeduldig. Seine zuvor so edlen und attraktiven Gesichtszüge waren verzerrt vor Wut. Er nahm auf dem Thron Platz und setzte sich das Kind grob auf das linke Knie, richtete den Jungen so aus, wie ich es einmal bei einem Schausteller gesehen hatte, der eine Puppe positionierte, um ihr dann seine Stimme zu leihen.
Während der Colonel das Kind mit einer Hand im Nacken gepackt hielt, setzte er ihm mit der anderen die Spitze eines Messers an die Wange.
»Lord Palmerston, sagen Sie den Dienern Bescheid, dass Ihre Majestät nicht gestört zu werden wünscht. Schließen Sie danach

die Türen«, befahl Colonel Trask. Sein irischer Akzent war jetzt viel stärker als in der vergangenen Nacht, in der ich gehört hatte, wie er in seinem unruhigen Schlaf Catherines Namen aussprach.
»Wenn ein harmloser Sturz schon bewirkt, dass der Junge unkontrollierbar blutet, dann stellen Sie sich vor, was ein Ritzer mit dem Messer anrichten kann.«
Die Augen des Jungen waren weit vor Angst.
»Lord Palmerston, tun Sie, was ich sage. Zwingen Sie mich nicht, Ihnen einen Beweis meiner Entschlossenheit zu liefern«, warnte der Colonel.
Seine Lordschaft ging zu einer Tür, öffnete sie und streckte den Kopf hindurch, um dem Diener draußen zu sagen: »Wir sind in einer Besprechung mit Ihrer Majestät. Sie wünscht keine Störung.«
Er schloss die Tür.
»Gut. Und jetzt kommen Sie alle näher«, forderte der Colonel uns von dem Thronsessel her auf, während der Junge sich auf seinem Knie sträubte.
Wir gehorchten.
»Ich bin mir sicher, Dr. Snow ist kompetent, wenn es um die Entdeckung geht, dass eine Choleraepidemie durch eine von Senkgruben verseuchte Wasserpumpe in Soho ausgelöst werden konnte«, sagte Trask. »Aber in vielen anderen Fragen ist er ahnungslos, zum Beispiel in der, warum Ihr Sohn blutet.«
Die Rage des Colonel hatte seine zuvor so angenehmen Züge zu einer Grimasse verzerrt, in der die Gesichtsknochen hervortraten wie bei einem Schädel.
Kälte begann sich in meiner Magengrube auszubreiten.
»Offensichtlich bin ich wissbegieriger als Sie, Victoria«, sagte der Colonel.
Es war geradezu schockierend, den Namen der Königin ohne den zugehörigen Titel zu hören.

»Schon vor Monaten, gleich als ich vom Gesundheitszustand Ihres Sohnes gehört hatte, habe ich Männer um die halbe Welt geschickt – zu den bedeutendsten Universitäten und Krankenhäusern –, um herauszufinden, ob jemand diese Krankheit erklären kann. Würden Sie mir glauben, dass ausgerechnet in der amerikanischen Stadt Philadelphia ein gewisser Dr. John Otto eine erste Untersuchung der sogenannten Bluterkrankheit durchgeführt hat? Aber Dr. Friedrich Hopff von der Universität Zürich ist derjenige, der dieses Leiden vollständig erklärt hat. Er nennt es ›Hämophilie‹, ein Wort, das Mr. De Quincey mit seinen Kenntnissen des Griechischen uns fraglos erklären kann.«

»Blutliebe«, sagte Vater.

Colonel Trask nickte. »Eine Krankheit des Blutes, erworben durch Liebe – durch Geschlechtsverkehr. Nur Knaben können die Krankheit entwickeln, Victoria. Ihre Mütter aber tragen sie in sich und geben sie weiter, ohne ihre Symptome aufzuweisen.«

»Nein«, sagte Queen Victoria.

»Ihrem Sohn fehlt ein Bestandteil des Blutes, der normalerweise dafür sorgen würde, dass das Blut dicker wird, wenn das Kind sich verletzt hat. Er ist dazu verdammt, ein Bluter zu sein – Ihretwegen. Die Krankheit lauert in Ihnen. Sie wartete darauf, auszubrechen, als Sie Ihren Vetter geheiratet und zwei Blutlinien vereinigt haben, die getrennt hätten bleiben sollen. Wenn Ihre Töchter heute Nacht nicht sterben würden, wenn sie die Gelegenheit bekämen, ihrerseits zu heiraten und Kinder zu gebären, könnten auch sie die Krankheit an ihre Söhne weitergeben und die Königshäuser Europas vergiften. Dies ist ein Zeichen Ihrer Verderbtheit, Victoria.«

»Gehen Sie zur Hölle«, sagte Prinz Albert.

»Wir gehen alle zur Hölle, Albert«, sagte Colonel Trask, und

auch hier wieder war es schockierend für mich, den Namen des Prinzen ohne jeden Titel zu hören.
Jetzt sah der Colonel mich an, mit demselben merkwürdigen Ausdruck, den ich schon bei unserer ersten Begegnung bemerkt hatte.
»Em...«, begann er. »Emily, ich will, dass Sie gehen. Sie gehören nicht hierher.«
»Ich bleibe bei Vater.«
»Dann kann auch Ihr Vater gehen. Ich will Sie beide nicht hier haben. Nutzen Sie diese Gelegenheit, und verlassen Sie diesen Ort. Auch Inspector Ryan und Sergeant Becker können gehen. Ich habe nichts gegen sie. Ich kann ihre Arbeit nur loben.«
Sean drückte eine Hand auf seinen Bauch, verzog das Gesicht und brachte es fertig aufzustehen. »Ich bleibe bei Ihrer Majestät.«
»Und ich werde auch bei Ihrer Majestät bleiben«, sagte Joseph.
»Tun Sie, was Sie törichterweise tun wollen. Aber Victoria, Albert, Commissioner Mayne und Lord Palmerston bleiben hier.«
»Wie lang?«, wollte Lord Palmerston wissen.
»So lange, bis der Palast explodiert und uns alle umbringt, natürlich. Wenn jemand von Ihnen zu entkommen versucht, werde ich das Gesicht dieses kleinen Jungen ritzen, und er wird verbluten. Es ist ein interessantes Dilemma. Victoria und Albert, Sie können fliehen und sich retten auf Kosten des Lebens Ihres Sohnes. Oder Sie können bleiben in der Hoffnung, dass ich Gnade walten lasse, dass Sie und Ihr Sohn auf irgendeine Weise entkommen, bevor ein Dienstbote ein Streichholz nimmt und eine Lampe anzündet, die sich in der Nähe einer Gasansammlung befindet. Ich kann Ihnen versichern, dass der Raum, in dem sich der Hauptschalter für das Gas befindet, nicht mehr zugänglich ist und dass die Luft von Keller und Dachboden

mittlerweile mit Gas gesättigt ist. Was, glauben Sie, könnte Ihnen und Ihrem Sohn einen Aufschub erwerben? Lassen Sie mich nachdenken. Meinen Sie, Flehen würde helfen? Versuchen Sie es damit, dass Sie zu mir sagen ›Bitte lassen Sie meinen Sohn leben‹.«
Die Stimme des Colonel veränderte sich unvermittelt. Jetzt schien der irische Akzent einem kleinen Jungen zu gehören.
Ich schauderte.
»Bitte helfen Sie meiner Mutter und meinem Vater und meinen Schwestern«, sagte er.
Gleichzeitig bewegte er Prinz Leopolds Kopf auf und ab, als handhabe er eine Marionette. Er ließ es so aussehen, als käme die irische Stimme aus dem Mund des Kindes.
»Aufhören!«, forderte Prinz Albert.
Colonel Trask drückte die Messerspitze fester gegen die Wange des Jungen, so hart, dass sie eine Delle in der Haut hinterließ.
»Statt mir Befehle zu erteilen, sollten Sie so verzweifelt flehen, wie ich gefleht habe. Bitte helfen Sie meiner Mutter und meinem Vater und meinen Schwestern«, wiederholte er mit dem irischen Akzent, der aus dem Mund des Kindes auf seinem Knie zu kommen schien. »Und jetzt flehen Sie mich an! Gehen Sie auf die Knie und sagen Sie: ›Bitte retten Sie meinen Sohn‹!«
Vater überraschte mich damit, dass er vortrat.
»Colonel Trask, nachdem Sie selbst ein Kind verloren haben, müssen Sie wissen, wie quälend der Schmerz der Eltern ist. Ich bin überrascht, dass Sie willens sind, das Kind eines anderen Menschen zu gefährden.«
»Wovon reden Sie?«
»Von dem Mord an Ihrem ungeborenen Kind, Colonel Trask – einem Mord, für den Sie verantwortlich sind«, sagte Vater.
»Mein Name ist Colin! Ich hatte kein ungeborenes Kind!«

»*Aber Colonel Trask hatte eins, und er war auch verantwortlich für die Ermordung seiner eigenen Ehefrau.*«
Schlagartig änderte sich das Gebaren des Colonel wieder – statt der wutentbrannten Anspannung sah ich jetzt militärische Haltung. Auch der irische Akzent war verschwunden; die Londoner Stimme, die ich als Colonel Trasks Stimme kennengelernt hatte, rief aus: »Es war ein Versehen!«
»Haben Sie Catherine geliebt, oder war Ihre Ehe mit ihr nur ein weiteres Mittel zur Bestrafung ihrer Eltern?«, fragte Vater.
Die irische Stimme kehrte zurück, scheinbar aus dem Mund des verängstigten Kindes. Wieder verzerrte Wut die Gesichtszüge des Colonel, bis sie an einen Schädel erinnerten. »Sie alle hatten zu sterben verdient für das, was meiner Familie widerfahren ist!«
»Ja, wir haben herausgefunden, dass Ihre Mutter und Ihre beiden Schwestern auf fürchterliche Art im Gefängnis umgekommen sind«, sagte Vater.
»Emma mit ihren wundervollen blauen Augen. Ruth mit dem schiefen Lächeln – ein Zahn war ausgefallen, aber ihr Lächeln blieb so strahlend wie zuvor.«
Diese Worte schockierten mich. Ein Rätsel, das mir seit Tagen zu schaffen gemacht hatte, schien gelöst. Jetzt begriff ich, warum er wollte, dass gerade ich den Raum verließ.
Ich trat vor.
»Colin, was ist aus deinem Vater geworden?«, fragte ich.
»Er starb im Schmutz einer Gasse, verzehrt von einem Fieber. Kein Arzt wollte ihm helfen.«
Vaters Stimme brach, als er aus einem seiner eigenen Aufsätze zitierte: »»Die Schrecken, die jenen Kummer noch befeuern, der am Herzen nagt.‹«
»Nehmen Sie Ihre Tochter mit und verschwinden Sie!«
»Colin, sieh mich an«, sagte ich.

Er wandte sich mir zu. Sein Blick war von einer Intensität, die mich schaudern ließ.

»Ich verlasse dich nicht«, versicherte ich ihm.

»Geh!«, bat er mich mit einem Aufschluchzen.

»Colonel Trask, warum wurde Ihre Mutter des Ladendiebstahls bezichtigt?«, fragte Vater.

»Mein Name ist Colin! *Wir waren vor Kurzem erst aus Irland gekommen.« Er sprach schnell, außerstande, seine Empörung zu beherrschen. »Wir wohnten in einem erst halb erbauten Dorf vier Meilen von St. John's Wood entfernt. Vater hat als Schreiner gearbeitet und an der Fertigstellung des Dorfes mitgewirkt. Mutter versuchte sich mit den Nachbarn anzufreunden, aber sie misstrauten uns unserer Herkunft wegen. Eine der Frauen war herzlicher als die anderen. Als sie sah, welche Begabung meine Mutter fürs Stricken besaß, schlug sie ihr vor, einige Stücke in einem Geschäft in St. John's Wood vorzuzeigen, um Geld zu verdienen. Das Geschäft gehörte einem Mann namens Burbridge.«*

»Der Kaufmann, der Ihre Mutter des Diebstahls bezichtigt hat«, sagte Vater.

»So hungrig wir auch waren, meine Mutter wäre nicht einmal im Traum darauf gekommen zu stehlen! Jeden Abend hat sie meinem Vater und meinen Schwestern aus der Bibel vorgelesen. Auf diese Weise hat sie meine Schwestern und mich das Lesen gelehrt.«

»Und nichtsdestoweniger hat Burbridge sie beschuldigt«, sagte Vater.

»Ich habe es nicht verstanden. Erst als ich älter war, hatte ich die nötige Kraft – endlich konnte ich ihn zwingen, mir zu erklären, warum er es getan hatte. Die Nachbarin, mit der meine Mutter Freundschaft geschlossen hatte, war Burbridges Schwester. Eines Tages war er zu Besuch bei uns im Dorf und sah meine Mutter,

und ihre Schönheit fiel ihm ins Auge. Daraufhin sagte er zu seiner Schwester, sie solle ihr doch vorschlagen, ihre Strickarbeiten zu ihm ins Geschäft zu bringen.«
»*Aber warum hat er sie dann des Diebstahls bezichtigt?*«
»*Seine Absicht dabei war ... Ich kann nicht darüber sprechen, nicht in Gegenwart von Em...*« *Wieder schien er ins Stottern zu geraten.* »*Emily.*«
Ich war mir zunehmend sicher, warum er mich so ansah, wie er es tat.
»*Ich glaube, ich verstehe*«, *sagte ich, während ich noch näher herantrat.* »*Vielleicht ist es einfacher, wenn ich es selbst ausspreche. Burbridge hatte die Absicht, private Gefälligkeiten von deiner Mutter zu erpressen als Preis dafür, dass er seine Anschuldigungen zurückzog. Deine Mutter war Irin, und schon aus diesem Grund war sie ihm ausgeliefert.*«
Tränen rannen ihm übers Gesicht.
»*Die Justiz wurde zu schnell tätig*«, *sagte er.* »*Meine Mutter wurde nach Newgate verlegt, bevor Burbridge Gelegenheit hatte, im örtlichen Gefängnis mit ihr zu sprechen und ihr seinen Handel zu unterbreiten. Dann kam mein Vater zu ihm ins Geschäft und verlangte Auskunft, und Burbridge kam zu dem Schluss, dass ihm die Situation entglitten war. Er schwieg.*«
»*Er wird dafür gesetzlich belangt werden*«, *versprach Commissioner Mayne.*
»*Dafür, dass er falsche Anschuldigungen gegen eine Irin vorgebracht hat? Ha. Er würde zu einigen Monaten Gefängnis verurteilt werden, mehr nicht. Nicht nötig – Burbridge hat seine Strafe schon vor langer Zeit bekommen. Ich habe ihn gezwungen, Knäuel von Strickwolle zu essen, bis er daran erstickt ist.*«
Jemand keuchte.
Der Colonel warf Queen Victoria einen verachtungsvollen Blick

zu, während er das Messer gegen die Wange ihres Sohnes drückte.

»Ich hätte Sie während einer Ihrer vielen Ausflüge in die Öffentlichkeit mühelos erschießen können. Aber das hätte mir nicht gereicht. Vor vier Jahren habe ich auf der Ausstellung im Kristallpalast während der feierlichen Eröffnung unter den Zuschauern gestanden. Ein Chinese in einem farbenprächtigen Gewand trat aus der Menge hervor und näherte sich Ihnen. Ich war erstaunt. Von all den Wachtposten, die im Kristallpalast Dienst taten, hat nicht ein einziger auch nur versucht, den Chinesen am Näherkommen zu hindern. Seines Gewandes wegen hat fast jeder Mensch dort geglaubt, er sei der chinesische Botschafter, aber er hätte jedermann sein können. Er wurde Ihnen vorgestellt, Albert, selbst Ihren Kindern. Er ging in Ihrer Gruppe mit, als Sie sich die vielen Exponate der Ausstellung angesehen haben. Sie haben ihm Ihr Vertrauen geschenkt, und in Wirklichkeit war er, wie sich dann herausstellte, nur ein ortsansässiger Kaufmann; er wollte für ein Kuriositätenkabinett werben, das er in einer Dschunke auf dem Fluss unterhielt.

Von diesem Tag an habe ich mich der Aufgabe gewidmet, zu einer Variante dieses Chinesen zu werden. Wie konnte ich Sie dazu bewegen, mich willkommen zu heißen? Wie konnte ich zu einem Freund werden? Mein Reichtum hätte dafür nicht ausgereicht, denn der Schmutz, den man von der körperlichen Arbeit beim Bau von Eisenbahnen zurückbehält, lässt sich niemals ganz abwaschen. Ich musste mir einen anderen Vorteil verschaffen, und als der Krieg ausbrach, hatte ich einen gefunden. Ich bezahlte für ein Offizierspatent, das mich in die Nähe der Einheit brachte, die von Ihrem Vetter befehligt wurde. Ich machte die Bekanntschaft William Russells und sorgte dafür, dass er mich in der Schlacht zu sehen bekam. Russell stellte mich als ei-

nen Helden dar, der für England kämpfte, aber die Wahrheit ist – bei jedem Soldaten, den ich tötete, stellte ich mir vor, dass ich in Wirklichkeit Sie tötete. Und Sie und Sie und Sie.« Er zeigte auf Prinz Albert, Commissioner Mayne und Lord Palmerston. *»Aber mehr als alle anderen Sie, Victoria. Als ich Ihrem Vetter das Leben rettete, war meinem Plan der Erfolg sicher. Es war sehr befriedigend für mich zu wissen, dass Sie niemals eine Gefahr von jemandem erwarten würden, den Sie zum Ritter geschlagen hatten, jemandem, der mit Ihnen am Tisch gesessen hatte, jemandem, dem Sie Zugang zu Ihrem Leben gewährt hatten.«*

»Aber dann haben Sie den Tod Ihrer Frau und Ihres ungeborenen Kindes verschuldet«, sagte Vater.

»Ich hatte keine Frau und kein ungeborenes Kind«, widersprach die irische Stimme.

»Aber Colonel Trask hatte beide. So etwas wie ein Vergessen gibt es nicht.«

»Ich erinnere mich sehr genau an meine Mutter und meinen Vater, an Emma und Ruth.« Die irische Stimme wurde tiefer in wachsendem Ärger.

»Aber nicht an Ihre Frau und Ihr ungeborenes Kind? Ich kann nicht entscheiden, ob Colin ein fremdartiges Wesen ist, das in Colonel Trask lebt, oder Colonel Trask ein fremdartiges Wesen, das in Colin lebt. Aber jetzt in diesem Moment will ich mit Colonel Trask sprechen.«

Tränen quollen aus den Augen des Mannes auf dem Thronsessel, während er zugleich das Messer in die Wange des Jungen drückte.

»Antworten Sie mir, Colonel«, forderte Vaters Stimme. *»Haben Sie Catherine geliebt, oder haben Sie sie nur geheiratet und ein Kind gezeugt, um ein Werkzeug der Rache an ihren Eltern zu haben?«*

»Das Entsetzen auf ihren Gesichtern war perfekt«, sagte die irische Stimme.
»Meine Frau«, sagte eine andere Stimme – es war diejenige Colonel Trasks. »Mein ungeborenes Kind.«
»Erzählen Sie mir etwas über Jeremiah Trask.«
Der plötzliche Hass in seinen Augen versengte mich – ich hatte noch niemals eine so verzehrende Rage gesehen.
Unvermittelt hämmerte eine Faust gegen eine der Türen. Von draußen schrie ein Mann: »Euer Majestät!«
»Befehlen Sie ihm, sich zurückzuziehen«, verlangte die irische Stimme, während Colin den Nacken des Kindes fester packte.
Bevor jemand auch nur antworten konnte, kam ein Constable hereingestürzt.
»Majestät, wir müssen den gesamten Palast …!«
Die Stimme des Polizeibeamten erstarb, als er sah, was vor sich ging.
Unter der Messerspitze hervor begann Blut von Prinz Leopolds Wange zu tropfen.
»Colin«, sagte ich – ich konnte nicht länger aufschieben, was getan werden musste.
Etwas veränderte sich in seinem Gesichtsausdruck.
Ich trat näher an die Stufen heran. »Sieh mich an, meine blauen Augen, Colin. Gleich als du sie zum ersten Mal gesehen hast, hast du mich erkannt. Wie heiße ich?«
»Emily.«
Ich begann die Stufen der Estrade hinaufzusteigen. »Emma. Emily. Emma. Emily.«
»Emma«, sagte Colin.
»Jawohl! Emma! Und ich schäme mich für dich!«
»Was?«, fragte die irische Stimme bestürzt.
»Ruth und mich hast du niemals schikaniert! Aber jetzt sieh dir

an, was du diesem kleinen Jungen angetan hast! Nur ein Ungeheuer würde einem Kind eine blutende Wunde zufügen!«
»Ungeheuer?«
»Gib mir das Messer!«
In meiner Rage gelang es mir tatsächlich, ihm das Messer aus der Hand zu reißen. Ich ließ es auf die Estrade fallen und löste seinen Griff um den Nacken des Jungen.
»Lass dieses Kind in Frieden!«
Ich zog den Jungen von ihm fort und reichte ihn nach unten in Prinz Alberts Arme weiter. Als ich am Abend zuvor gesehen hatte, mit welcher Brutalität Catherine und ihre Eltern ermordet worden waren, hatte ich mir die Kräfte eines Mannes gewünscht, um denjenigen bestrafen zu können, der für all das verantwortlich war.
Jetzt fuhr ich herum. Mit aller Kraft, die ich aufbrachte, schlug ich ihm ins Gesicht.
Als ich das nächste Mal zuschlug, verwendete ich die Faust und schleuderte ihn gegen die Rücklehne des Throns. Von rechts und von links, mit einer Faust und dann auch mit der anderen, schlug ich zu – und schlug und schlug, ohne auf den Schmerz in meinen Fingerknöcheln zu achten. Die Wut, die ich seit Tagen mit mir herumgetragen hatte, wurde nur stärker und stärker.
»Du hast Emma und Ruth nicht verdient!«, schrie ich. »Du hast Catherine nicht verdient! Du hast nicht verdient, ein Bruder zu sein! Du hast nicht verdient, ein Ehemann und Vater zu sein! Dafür, dass du ein wehrloses Kind bedrohst, ist es dies hier, was du verdienst!«
Ich schlug weiter zu, und plötzlich stellte ich fest, dass meine Hände blutverschmiert waren, sowohl von meinem eigenen Blut als auch von seinem.
Ein Donnern schierer Emotion dröhnte mir in den Ohren.

Durch das Geräusch hindurch hörte ich Rufe und die Schritte von jemandem, der die Stufen heraufgestürmt kam. Mit einem Mal war mir klar, dass es Joseph war, der auf uns zurannte. Colin schleuderte mich gegen ihn, hob das Messer auf und warf es.
Verschwommen sah ich, wie das Messer auf die Königin zujagte.
Ebenso verschwommen sah ich, wie ein Mann vor sie trat.
Joseph und ich stürzten auf die Estrade.
Als ich aufblicken konnte, sah ich, wie die Vorhänge hinter dem Thron sich blähten, als der Colonel durch die verborgene Tür verschwand.

Becker riss die Vorhänge zur Seite und stürzte durch die Tür. Er fand sich in einem Wartebereich, wahrscheinlich zum Gebrauch durch die Königin bestimmt, bevor sie bei großen Anlässen dramatisch im Thronsaal erschien. Das matte Licht, das aus dem Saal in seinem Rücken hereindrang, zeigte ihm eine offene Tür und dahinter einen dunklen Gang.
Der Gasgeruch brachte ihn zum Husten. Er schaltete die Gaszufuhr einer Wandlampe ab. Dann betrat er vorsichtig den Gang. Er hörte die Schritte eines Mannes, der zu seiner Linken eine in tiefem Dunkel liegende Treppe hinunterstürmte.
Becker tat sein Möglichstes, um ihm zu folgen, aber er musste langsamer werden, als er auf einem Treppenabsatz gegen die Wand rannte. Er machte kehrt und tastete sich am Geländer entlang in die Schwärze hinunter.
Unter ihm wurde das Geräusch der hastigen Schritte leiser. Stattdessen hörte er jetzt das Zischen von Gas und blieb eben lang genug stehen, um an der Wand eine zweite Lampe zu ertasten und auch hier die Gasdüse zu schließen. Ein paar Stufen weiter unten schaltete er den Gaszustrom einer dritten ab.
Die Luft wurde kälter. Er spürte einen Steinboden unter den Fü-

ßen und wusste, dass er das unterste Stockwerk erreicht haben musste. Als er vorsichtig eine Tür öffnete, sah er graues Licht durch die vergitterten Fenster eines weiteren Gangs hereinströmen.
In aller Eile öffnete Becker sämtliche Fenster, damit das Gas sich verteilen konnte. Kalter Wind blies ins Innere, als er den Gashahn jeder Lampe schloss, die er finden konnte.
Er erreichte eine nicht verriegelte Tür. Schnee lag vor ihr auf dem Fußboden; er war offenbar hereingeweht worden, als die Tür geöffnet worden war. Becker schob sein rechtes Hosenbein nach oben, zog sein Messer aus der um den Knöchel geschnallten Scheide und öffnete die Tür.
Schwache Fußspuren im Schnee führten vom Palast fort. Als er ihnen folgte, machten die Windstöße es ihm schwierig, sie im Auge zu behalten. Er hatte Mantel, Kappe und Handschuhe im Palast zurückgelassen, und sehr schnell empfand er die Kälte als lähmend.
Soweit er es in der Dunkelheit beurteilen konnte, rannte er durch die Gärten des Palastes. *Trask könnte einen Bogen schlagen und mich von hinten angreifen*, dachte er. *Oder wird er die Gelegenheit nutzen, um zu entkommen, und später einen weiteren Anschlag auf die Königin verüben?*
Er stieß auf den Armeemantel, der zurückgelassen im Schnee lag. Jetzt würde er den Soldaten und Constables nicht einmal mehr sagen können, wie Trask gekleidet war.
Die Spuren führten zu einer Mauer. Dicht an der Mauer stand ein Baum. In der Düsternis konnte Becker erkennen, dass ein Ast über ihm frei von Schnee war. War Trask nach diesem Ast gesprungen und dann auf ihm entlanggekrochen bis zu –?
Er spürte eine schnelle Bewegung in seinem Rücken. Etwas jagte auf seinen Kopf zu, und der plötzliche heftige Schmerz ließ ihn auf die Knie fallen. Sein Blickfeld wurde trübe.

Der Schmerz kehrte zurück und schleuderte ihn in den Schnee.
»Hab ihn!«, brüllte eine Stimme. »Der Dreckskerl ist am Boden! Der hier wird der Königin nicht noch mal gefährlich werden!«

Lord Palmerston umklammerte seinen Arm, wo das für die Königin bestimmte Messer ihn getroffen hatte.
»Sie haben sich vor mich gestellt«, sagte Queen Victoria ungläubig.
»Ich habe geschworen, Ihnen ein loyaler Premierminister zu sein«, antwortete Lord Palmerston. Blut tropfte von seinem Ärmel. Sein schmerzensbleiches Gesicht wirkte noch bleicher gegen die braun gefärbten Koteletten. »Ich weiß, dass Sie keine hohe Meinung von mir haben, Euer Majestät, aber auf meine Art, eine Art, wie Sie es sich niemals vorstellen könnten, habe ich Ihnen mein Leben geweiht. Ich würde *alles* tun, um Ihre Sicherheit zu gewährleisten. Aber im Augenblick ist das Einzige, worauf es ankommt, Ihr Sohn.«
Prinz Albert hatte das verängstigte Kind nach wie vor auf dem Arm, aber aus dem einen Tropfen auf der Wange des Jungen war ein stetiges Rinnsal geworden, das eine Pfütze auf dem Boden zu bilden begann.
»Als er das letzte Mal so stark geblutet hat, ist er beinahe gestorben«, sagte der Prinz.
Emily riss einen Streifen von ihrem Bloomerrock und drückte ihn auf die Wunde, aber der Stoff war sofort durchweicht.
»Wir müssen ihn zu Dr. Snow bringen«, drängte Queen Victoria.
»Es bleibt nicht genug Zeit«, brachte Emily heraus, »aber Schnee brauchen wir. Vor sieben Wochen war es das Eis, das Sean vor dem Verbluten bewahrt hat. Vielleicht kann Schnee das Gleiche bewirken.«
Sowohl De Quincey als auch Commissioner Mayne stürzten zu einem der hohen Fenster hinüber, stießen es auf und kamen mit Händen voll Schnee zurückgerannt.

Prinz Albert setzte den Jungen auf dem Fußboden ab und griff nach seiner Hand.

»Leopold, wir sind hier bei dir«, sagte Queen Victoria. »Hab keine Angst.«

Der Junge nickte, obwohl seine Augen verrieten, dass er sehr wohl große Angst hatte.

Emily drehte ihn auf die Seite und drückte den Schnee auf seine Wange. *Ein so kleiner Schnitt und so viel Blut*, dachte sie.

Der Schnee färbte sich sofort rot.

Während Emily ein weiteres Stück Stoff von ihrem Rock riss, brachten De Quincey und Commissioner Mayne in aller Eile mehr Schnee.

Emily drückte ihn fest zusammen und bedeckte die Wange des Jungen damit; dann legte sie den Stoffstreifen darüber, damit die Wärme ihrer Hände den Schnee nicht zum Schmelzen brachte.

Auch diesmal wieder wurde der Stoff rot – aber es ging nicht so schnell wie zuvor.

Lord Palmerston taumelte; er war inzwischen noch bleicher als zuvor und umklammerte nach wie vor seinen verletzten Arm.

»Commissioner Mayne, bitte binden Sie eine Krawatte um den Arm Seiner Lordschaft«, sagte Emily.

»Dafür brauchen Sie mehr Stoff«, sagte Prinz Albert. »Nehmen Sie mein Taschentuch dazu.«

»Und meins«, ergänzte Commissioner Mayne.

Emily häufte noch mehr Schnee auf Leopolds Wange. »Seine Wange sollte inzwischen taub sein, die Blutgefäße müssten sich zusammenziehen und den Blutstrom verlangsamen. Gut – ich glaube, es hört auf. Ich glaube, er …«

Die Lampen flackerten. Ein weiteres Mal versank der Raum in Finsternis. Schritte näherten sich, und jemand kam durch eine Tür gestürzt.

»Es ist Colonel Trask!«, sagte Queen Victoria alarmiert.

»Nein, ein Polizeisergeant, Euer Majestät«, antwortete eine Stimme. »Diesmal waren *wir* diejenigen, die das Gas abgestellt haben. Der Eindringling hat das Schloss des Kontrollraums blockiert. Wir haben lang gebraucht, bis wir uns einen Weg ins Innere bahnen und den Hebel umlegen konnten. Wir machen gerade jedes Fenster auf. Bis die Gefahr vorbei ist, sollten Sie den Palast verlassen.«
»Aber Colonel Trask ist nach wie vor auf freiem Fuß«, sagte Prinz Albert.

Mit einem Schlüssel, den er hinter einem losen Backstein in der Rückwand des Hauses versteckt hatte, betrat er die Küche in der Bolton Street.
Sie war menschenleer. Er ging dem Klang von Stimmen und dem Duft frisch gebratener Lammkoteletts nach, bis er in der Tür des Raums stand, in dem die Dienstboten ihre Mahlzeiten einnahmen.
Alle vier sahen auf und bemerkten bestürzt das Blut auf seinem Gesicht.
»Himmel, Sir«, sagte das Dienstmädchen, »Sie haben mir einen Schreck eingejagt.«
»Wenn Sie an die Haustür geklopft haben, dann habe ich Sie nicht gehört«, sagte der Pförtner. »Ihr Gesicht ... Was ist Ihnen zugestoßen, Colonel?«
»Es ist nicht wichtig.«
»Vorhin war die Polizei da und hat nach Ihnen gefragt. Sie haben drauf bestanden, Ihren Vater aufzusuchen, aber ich fürchte sehr, der Verstand hat ihn verlassen.«
»Wie kommen Sie darauf?«
»Auf seine sehr begrenzte Art, sich zu verständigen, hat er behauptet, Sie seien gar nicht sein Sohn – Sie seien vielmehr ein Ire namens Colin O'Brien. Vollkommen absurd. Der Constable ist

bei ihm geblieben – er wollte auf Sie warten und mit Ihnen reden.«
»Colin O'Brien?«
»Sie hören sich ja an, als ob Sie jemanden dieses Namens kennen, Colonel.«
»So ist es auch«, sagte Colin.
Sie keuchten, als sie den irischen Akzent hörten.
»Wer hat den Schlüssel zu dieser Tür?«, fragte Colin.
»I... ich habe ihn«, brachte die Haushälterin heraus.
»Geben Sie ihn mir.«
Colin legte zweihundert Pfund in Banknoten auf den Tisch, die er dem Lederbeutel entnommen hatte, bevor er ihn liegen ließ. »Dies müsste Ihren Lebensunterhalt sicherstellen, bis Sie neue Anstellungen gefunden haben. Ich danke Ihnen für Ihre Dienste.«
»Aber ...«
Colin schloss die Tür ab.
Der draußen fallende Schnee ließ das ganze Haus wie gedämpft wirken, als er aus dem Souterrain ins Erdgeschoss hinaufstieg und zu einem Schirmständer hinüberging, der neben der Haustür stand. In aller Offenheit, sodass er niemandem auffiel, stand hier neben mehreren Regenschirmen ein Spazierstock mit silbernem Knauf. Mit dem Stock in der Hand stieg er die Treppe in den ersten und dann weiter in den zweiten Stock hinauf; seine Schritte blieben leise auf dem Treppenläufer.
Als er die Tür zu Jeremiah Trasks Schlafzimmer öffnete, sagte eine Männerstimme: »Sie wollen das Geschirr abholen, stimmt's? Hab noch nie im Leben bessere Lammkoteletts gegessen.«
Beim Eintreten traf Colin einen Constable an, der an einem kleinen Tisch saß, den Teller mit den Lammknochen vor sich.
Der Constable starrte ihn an. Dann sprang er alarmiert auf und griff nach seinem Polizeiknüppel, wobei er versehentlich den

Tisch umstieß. Colin versetzte ihm einen Hieb mit dem Spazierstock auf den Schädel, der den Mann zu Boden schleuderte.
Jeremiah Trask lag bewegungslos unter dem Laken auf seinem Bett – bewegungslos bis auf seine Augen, deren Pupillen weiter wurden, als Colin näher trat. Die Augen gingen verzweifelt zwischen Colins blutbespritztem Gesicht und dem Blut am Knauf des Spazierstocks, den er mit der Hand umklammerte, hin und her.
»Ich habe mir sagen lassen, dass du Leuten, denen du keine Auskünfte hättest geben sollen, Fragen beantwortet hast«, sagte Colin.
Jeremiah Traks Augen verrieten ebenso viel Panik, wie ein Schrei es hätte tun können.
»Heute Abend habe ich versagt bei dem Versuch, die Königin zu strafen«, sagte Colin. »Ich hatte die Gelegenheit, sie zu vernichten – und ich habe versagt. Aber es wird nichtsdestoweniger jemand bestraft werden.«

Tränen quollen aus Jeremiah Trasks Augen. Welcher Unterschied zwischen seinem verkümmerten Körper und dem kräftigen, fähigen Mann, der er vor fünfzehn Jahren noch gewesen war, damals, als er den Covent Garden Market besuchte und den verzweifelten irischen Jungen bemerkte, der dort um Nahrung bettelte.
Gott verfluche mich, warum nur bin ich nicht gegangen?, dachte er. *Warum habe ich meiner eigenen Schwäche gestattet, mich zu ruinieren?*
Auf den ersten Blick hatte nichts den Jungen von den anderen Kindern unterschieden, die sich im Gewimmel des Marktes herumtrieben und um Lebensmittel bettelten. Seine Wangen waren ebenso eingefallen, sein Haar ebenso verfilzt, seine Kleidung ebenso schmutzig.

Aber die schiere Entschlossenheit des Jungen war ihm aufgefallen. Trask war ihm im Gedränge des Marktes gefolgt, wobei er einigen Abstand zwischen ihm und sich selbst beibehielt.
Er beobachtete, wie der Junge nach einem Apfel griff und der Besitzer des Standes ihm auf die Hand schlug.
In einer anderen Gasse zwischen den Ständen streckte der Junge die Hand nach einer Kartoffel aus. Dieser Händler versetzte ihm einen Schlag seitlich gegen den Kopf.
»Bezahl das, oder ich rufe einen Constable.«
»Ich habe kein Geld. Ich würde für das Essen arbeiten.«
»Geh jemand anderem die Zeit stehlen.«
Der Junge hob zertretene Kohlblätter vom Pflaster auf; er verzog beim Essen kaum das Gesicht, obwohl ihm der Sand und Schmutz, der zweifellos an den Blättern haftete, zwischen den Zähnen knirschen musste.
Am nächsten Tag kam Jeremiah Trask zurück und sah, wie der Junge sich denselben Gemüsehändlern näherte.
Und am Tag danach war es ebenso.
»Du schon wieder! Wirst du's nicht müde?«
»Geben Sie mir zu essen, und ich arbeite härter, als jemals jemand für Sie gearbeitet hat.«
»Nimm den Apfel hier und komm nicht zurück.«
»Ich nehme ihn nur, wenn ich für ihn gearbeitet habe.«
Der Besitzer seufzte. »Falt die leeren Säcke da zusammen und leg sie hinten in den Karren.«
Danach warf er dem Jungen einen Apfel zu. »Ja, Hunger hast du wirklich, keine Frage. Hab noch nie gesehen, dass einer einen Apfel so schnell gegessen hätte. Mit Kerngehäuse und allem!«
»Vielleicht haben Sie noch eine Aufgabe für mich.«
»Oh? Wie kommst du da drauf?«
»So, wie Sie von einem Fuß auf den anderen treten. Sie sehen aus, als müssten Sie auf die Kommodität.«

»Die was?«

»So hat meine Mutter den Abtritt genannt.« Die Stimme des Jungen begann zu zittern, als er seine Mutter erwähnte. »Sie haben keinen, der auf Ihren Stand aufpasst, solange Sie auf dem Abtritt sind.«

»Normalerweise ist meine Frau hier. Sie ist krank.«

»Ich wette, die Leute bestehlen Sie, wenn Sie pinkeln gehen.«

»Kann man nicht verhindern.«

»Heute schon. Haben Sie einen Stock? Geben Sie ihn mir. Keiner wird irgendwas stehlen, solange Sie weg sind.«

»Gott helfe mir, ich muss so dringend, dass ich jetzt schon einen barfüßigen Jungen meinen Stand bewachen lasse!«

Während der Mann davonstürzte, näherten sich zwei Bettler. Der Junge schlug einem von ihnen den Stock über den Kopf und fletschte dem anderen gegenüber die Zähne. »Ich arbeite für den Mann, dem dieser Stand gehört! Wenn ihr mehr von diesem Stock abkriegen wollt, kommt nur näher!«

»He, du dort«, schaltete sich ein Constable ein. »Was ist hier los?«

»Diese Bettler haben versucht, hier was zu stehlen!«

»Und du hast natürlich nichts dergleichen versucht?«, wollte der Constable wissen.

»Ich arbeite hier.«

»Ganz sicher tust du das. Du kommst erst mal mit.«

»Hallo, was ist passiert?«, fragte der zurückkehrende Besitzer.

»Der irische Bettler hier behauptet, er arbeitet für Sie. Er hat diesem hier eine verpasst und sah mir ganz so aus, als wollte er bei dem anderen dasselbe machen.«

»Oh, tatsächlich?« Der Besitzer lächelte und warf dem Jungen einen weiteren Apfel zu.

Während der Junge an seinem Apfel kaute, sah er zufällig in Trasks Richtung und bemerkte, dass dieser ihn beobachtete. Trask lachte leise und wandte sich ab.

Die Frau des Obststandbesitzers starb am Tag darauf. Wieder einen Tag später verkaufte der Mann seinen Stand, und der neue Besitzer teilte dem Jungen mit, er solle verschwinden, und rief einen Constable, um der Anweisung Nachdruck zu verleihen.
Aber der Junge weigerte sich aufzugeben. Er war nicht nur entschlossen, sondern auch einfallsreich. Er hatte festgestellt, dass viele der Bauern mit ihren Karren nicht bis an die Stände heranfahren konnten, die sie belieferten, und so näherte er sich einem von ihnen und sagte: »Für einen Penny bewache ich Ihren Karren, während Sie Ihre Körbe und Säcke anliefern.«
»Mich beklauen, das ist es, was du währenddessen tun wirst.«
»Ich hab für Ned gearbeitet, den anderen Standbesitzer, bevor seine Frau gestorben ist. Er könnte Ihnen sagen, dass ich die Bettler fernhalten kann.«
Der Bauer runzelte die Stirn angesichts der Menge an Zuhörern, die sich ringsum sammelte. »Das mit dem Klauen ist immer ein Problem.«
»Ein einziger Penny, und Sie haben das Problem nicht mehr. Leihen Sie mir einfach Ihre Peitsche.«
»Mit der Peitsche, ja? Du bist ein ziemlich harter Bursche, was?«
»So hart, wie ich sein muss. Laden Sie Ihre Körbe und Säcke ab. Keiner wird Sie beklauen.«
»Wenn du mich betrügst, treibe ich dich auf, und du kriegst eine Tracht Prügel.«
»Einen Penny kriege ich von Ihnen, warten Sie's nur ab.«
Als der Bauer zurückkehrte, stellte er fest, dass die Bettler Abstand hielten.
»Sieht so aus, als hättest du keinen Ärger gehabt.« Er hob einen weiteren Korb aus dem Karren.
»Na ja, einen Moment lang schon, aber jetzt ist alles in Ordnung.«
Einer der Bettler hatte einen blutigen Striemen am Kinn.

»He du, hast du was von einem Penny gesagt? Und dafür garantierst du, dass mir keiner was von meinem Karren stiehlt?«, fragte ein anderer Bauer.

Als der letzte Karren davonfuhr, war der Junge um fünf Pence reicher.

Er sah wachsam auf, als Jeremiah Trask sich näherte und ihm die Hand hinstreckte.

»Wie heißt du, Junge?«

»Wer will das wissen?«

Trask lachte. »Du hast recht, anderen Leuten gegenüber misstrauisch zu sein. Aber vielleicht kann ich dir helfen. Mein Name ist Jeremiah Trask. Und deiner ist ...?«

Der Junge zögerte.

»Was kann es schon schaden, deinen Namen zu nennen, wenn jemand anbietet, dir zu helfen?«

»Colin O'Brien.«

»Ire.«

Der Junge reagierte gereizt. »Macht Ihnen das zu schaffen?«

»Auf die Leistung kommt es an, nicht auf die Herkunft. Es gefällt mir, dass du mir deinen richtigen Namen gesagt hast und nicht irgendeinen Spitznamen. Wenn du es in der Welt zu etwas bringen willst, musst du dafür sorgen, dass die Leute dich respektieren. Willst du respektiert werden, Colin? Willst du es in der Welt zu etwas bringen?«

»Das versuche ich gerade.«

»Ja, ich habe dir dabei zugesehen.«

»Nicht bloß heute. Ich hab gemerkt, dass Sie mir schon länger zusehen.«

»Colin, du bist nicht nur intelligent, du bist auch aufmerksam. Ich bin oft hier auf dem Covent Garden Market, weil ich mehrere große geschäftliche Unternehmungen leite, was bedeutet, dass ich eine große Anzahl von Arbeitern mit Essen versorgen muss.

Ich kaufe die Lebensmittel hier *en gros*, das hält die Kosten im Rahmen.«
»Wenn Sie viele *geschäftliche Unternehmungen* leiten, wie Sie das nennen, warum stellen Sie nicht einen ein, der herkommt und das für Sie erledigt?«
»Würde derjenige einen ähnlich guten Abschluss bekommen? Man soll den Leuten nie die Verantwortung für etwas übertragen, wenn man sich nicht sicher ist, dass sie die Aufgabe besser erledigen, als man selbst es könnte.«
»Ich mache alles selbst.«
»Das habe ich gesehen. Würdest du gern für mich arbeiten, Colin?«
»Und was machen?«
Dann sah der Junge etwas, das ihn ablenkte – ein Mann mit einem Korb voller seltsam aussehender Gegenstände stapfte an ihnen vorbei.
»Was zum Teufel sind denn das für Dinger?«
»Ananasfrüchte. Sie werden mit dem Schiff von einem weit entfernten Ort importiert – aus der Karibik. Teure Restaurants zahlen viel Geld dafür, dass ihnen für ihre besten Kunden Ananas nach London geliefert werden.«
Colin war beeindruckt, als Trask einen Sovereign für eine der Früchte bezahlte. »Hier. Sei vorsichtig, sie ist stachelig.«
Das Gewicht der Ananas überraschte Colin. Er hätte sie beinahe fallen gelassen. »Aber wie isst man dieses Ding?«
»Nimm ein Messer, schneide die harten Blätter ab und schneide dann den innersten Teil heraus. Dann schneidest du den Rest in Scheiben. Der Saft schmeckt besonders süß. Vielleicht kannst du dir die Frucht mit deiner Mutter teilen.«
Die scheinbar beiläufige Bemerkung hatte Trask mit voller Absicht gemacht. Er musste wissen, ob seine Vermutungen im Hinblick auf Colins Mutter richtig waren.

Der Junge sah zu Boden. »Meine Mutter ist tot.«
»Es tut mir leid, das zu hören. Und dein Vater?«
»Tot.« Colins Stimme verriet ebenso viel Wut wie Kummer. »Sie haben mir immer noch nicht verraten, was ich eigentlich für Sie machen soll.«
»In all dem Lärm hier ist es schwer zu erklären. Darf ich dich in der Wirtschaft um die Ecke zu Brot, Butter, Erdbeermarmelade und heißem Tee einladen? Spar dir die Ananas für später auf. Und übrigens, es war eins meiner Schiffe und eine meiner Eisenbahnen, die diese Ananas nach London gebracht haben.«
»Wenn Sie so reich sind, wozu brauchen Sie dann mich?«
»Bevor ich das beantworte ...« Trask führte ihn zu den Säulen einer Kirche ganz in der Nähe. »Neben dieser Kirche stand früher einmal ein Kloster. Das Kloster hatte einen Garten. Im Lauf der Jahrhunderte wurde aus der Bezeichnung ›convent garden‹ dann Covent Garden. Interessierst du dich für Geschichte?«
»Ich denke dauernd an die Vergangenheit.«
»Ich möchte dich einstellen, damit du vorgibst, mein Sohn zu sein.«

Jeremiah Trasks albtraumhafte, reuevolle Erinnerung wurde jäh unterbrochen, als Colin sich über sein Bett beugte. Eine Träne fiel von Colins Gesicht und mischte sich mit den Tränen, die Trask selbst aus den Augen rannen.
»Hast du dir jemals überlegt, wie viele Menschen noch am Leben sein könnten, wenn du mich nicht angesprochen hättest damals an dem Vormittag in Covent Garden?«, fragte Colin. »Ich hätte an einer Krankheit oder vor Hunger sterben können. Oder vielleicht wäre ich auch einfach so erschöpft gewesen von der Anstrengung, mein bisschen Geld zu verdienen, dass ich nicht mehr die Kraft gehabt hätte, Rache zu nehmen.«
In der tiefsten Schwärze der Nacht und in seinen finstersten Ge-

danken hatte Jeremiah Trask sich in der Tat schon eingeredet, er könne durch schiere Willenskraft die Zeit zurückdrehen, könne in die Vergangenheit zurückkehren und sie ändern.
Wenn doch nur ... wenn es doch nur möglich wäre!
Damals in der Gastwirtschaft in der Nähe des Marktes von Covent Garden hatte er dem Jungen erklärt: »Ich werde eine Woche auf dem Landsitz eines meiner Konkurrenten verbringen, weil er und ich einen Firmenzusammenschluss besprechen müssen. Er hat einen Jungen in deinem Alter. Es würde mir bei den Verhandlungen helfen, wenn du mitkämest und ich dich als meinen Sohn ausgeben könnte. Ich würde ihm erzählen, dass deine Mutter getrennt von mir in Italien gelebt hat und vor Kurzem gestorben ist, woraufhin ich beschlossen habe, dich zu mir zu holen. Ich werde aussehen wie ein Mann von Charakter, und wenn du dich mit seinem Sohn anfreundest, könnte dies eine Freundschaft zwischen ihm und mir fördern, was wiederum bei den Verhandlungen helfen würde.«
Trask hatte Colin zwanzig Pfund versprochen und ihn mit in sein Landhaus genommen. Trasks Dienstboten hatten ihn gebadet, ihm die Haare geschnitten und ihn mit Kleidung von einer Qualität ausgestattet, die Colin sich nicht hätte träumen lassen. Die Gerichte, die man ihm servierte, waren so reichhaltig und von so unterschiedlicher Art, wie er es sich nie hätte vorstellen können, und es gab so viel zu essen, dass ihm zunächst übel wurde. Ein Schauspieler traf ein, der ihm beibrachte, wie er seinen irischen Akzent verbergen konnte, und man prägte ihm die Einzelheiten seines angeblichen Lebens in Italien mit Trasks angeblicher Ehefrau ein.
Alles und jedes daran war erlogen. Trask hatte niemals eine solche Ehefrau gehabt. Der Konkurrent war in Wirklichkeit einer von Trasks Freunden, und der andere Junge war in Wirklichkeit nicht der Sohn des Mannes, sondern sein Gefährte. Es war nicht

zu erwarten gewesen, dass Colin während der Woche auf dem Landsitz des Freundes nicht gelegentlich wieder in seinen irischen Akzent zurückfallen würde. Aber seine Bemühungen waren aller Ehren wert, und wenn ihm doch ein Ausrutscher unterlief, hatte er die Geistesgegenwart zu erklären, seine Mutter habe ein irisches Kindermädchen gehabt, dessen Akzent auf ihn abgefärbt hatte. Nein, es war nicht der Akzent, auf den es ankam. Den Akzent konnte man korrigieren. Viel wichtiger war die Frage, ob Colin bei seiner Geschichte bleiben konnte – dass Trasks Ehefrau in Italien gestorben war und Trask daraufhin die Verantwortung für seinen Sohn übernommen hatte.

Colin war so erstaunlich überzeugend, dass Trask ihn zur Belohnung mit nach Paris nahm und ihm den ganzen Reichtum zeigte, den er ihm bieten konnte. Eines Nachts, nachdem er Colin dazu ermutigt hatte, zwei Gläser Wein zu trinken, war Trask in der Dunkelheit in sein Zimmer gekommen und zu ihm ins Bett gekrochen.

»Ich musste eine fürchterliche Entscheidung treffen«, hatte Colin ihm Jahre später erklärt, nachdem Trask bereits gelähmt war. »Hätte ich protestiert und geschrien, dann hättest du jedem, der an die Tür klopft, ganz einfach gesagt, dein Sohn hätte einen Albtraum gehabt. Und danach hättest du mich dann in den übelsten Gegenden von Paris zurückgelassen. Also habe ich mich bereit erklärt, zu tun, was du wolltest, während mir der Abscheu den Magen umgedreht hat. Die ganze Zeit habe ich an meine Mutter, meinen Vater und meine Schwestern gedacht. Ich habe mir gesagt, wenn dein Reichtum mir ermöglichen würde, Rache zu nehmen, dann würde ich den Preis dafür zahlen. Ich wollte alles Üble meiner Familie wegen erdulden, so wie sie gelitten hatten.«

Und so hatte er gelitten, Nacht für Nacht. Trasks Geschäftsfreunde und seine Dienstboten glaubten tatsächlich, Colin sei Trasks

Sohn – wie hätte ein Mann sonst mit einem Knaben zusammenleben können, ohne fürchten zu müssen, dass man ihn hängte? –, und so hatte Trask eine Disziplin eingeführt, von der man erwarten konnte, dass ein Sohn sie akzeptierte. Colin hatte die besten Lehrer, schon damit seine Konversation Trask nicht vor dessen Geschäftsfreunden blamierte. Er arbeitete an Trasks Eisenbahnprojekten, half selbst dabei mit, die Rinnen auszuheben und die Gleise zu verlegen, bis seine Hände Schwielen aufwiesen, von denen er wusste, dass sie niemals wieder verschwinden würden. »Wenn du mein Sohn bist, dann wirst du der Welt zeigen, dass du ein Mann bist!«, hatte Trask gesagt, damit niemand Verdacht schöpfen konnte, was Trask ihm jede Nacht antat.
Gefangen in den qualvollen Erinnerungen, sah Jeremiah Trask durch seine Tränen zu Colin auf. Wäre er doch an jenem Tag nicht auf den Markt von Covent Garden gegangen. Hätte er den verzweifelten irischen Jungen doch nie zu Gesicht bekommen.
Seine Gedanken sprangen in der Zeit nach vorn zu dem Sommer sieben Jahre später, als er Colin mitgeteilt hatte, dass dieser jetzt zu alt sei, um ihn noch zu interessieren. »Ich schicke dich auf eine Europareise. Du wirst genug Geld haben, um dir eine neue Identität aufzubauen. In ein paar Monaten erzähle ich dann aller Welt, dass du tragischerweise in Italien an einem Fieber gestorben bist – genau wie meine angebliche Frau.«
Trask erinnerte sich an seine Fassungslosigkeit, als Colin daraufhin aufbrüllte und ihn mit verblüffender Kraft aus dem Privatwagen des fahrenden Zuges hinaus auf die Gleise schleuderte. Er erinnerte sich an die Panik, die auf die Fassungslosigkeit folgte … und dann an die Schmerzen, die wiederum auf die Panik folgten … und schließlich an das Fehlen von Schmerzen, als er gelähmt auf dem Nebengleis lag und hinaufblinzelte in den schwarzen Rauch, den die Lokomotive in die Luft blies, während der Zug sich entfernte.

Trask weinte über seine Sünden. *Ja, wenn doch nur. Gott helfe mir, wenn doch nur.*
Colin beugte sich immer noch über ihn. »Vater, Mutter, Emma, Ruth, Catherine und das Kind, dem ich keinen Namen geben konnte.« Plötzlich war der irische Akzent verschwunden. »Heute Nacht sagte mir eine Frau, deren Gesicht und blaue Augen mich an Emma erinnerten – selbst ihre Namen klingen ähnlich, Emma und Emily –, sie schäme sich, mich zu kennen. Sie nannte mich ein Ungeheuer, weil ich ein zweijähriges Kind bedrohte. Sie sagte, ich hätte Catherine nicht verdient, ich hätte nicht verdient, ein Bruder, ein Ehemann oder ein Vater zu sein.«
Weitere Tränen tropften von dem gequälten, blutverschmierten Gesicht auf Trask herab.
»Ich hätte im Lauf der Jahre viele Gelegenheiten gehabt, die Königin zu töten, wenn ihre Kutsche den Palast verließ und Constitution Hill entlangfuhr. Es wäre nicht weiter schwierig gewesen. Es hätte nichts weiter erfordert als die Planung und den Willen, es zu tun. Aber ich habe es immer wieder aufgeschoben, habe stattdessen andere gefunden, die vorher noch bestraft werden mussten. Habe ich heute Nacht versagt bei dem Versuch, die Königin zu töten, weil ich es nicht ertragen hätte, dass mein Hass dann sein Ziel erreicht hätte? Habe ich dafür gesorgt, dass ich versage, damit ich wieder und wieder und wieder versuchen kann, sie zu töten? Wäre es mir schließlich doch gelungen, sie zu bestrafen, was dann? Nur *du* wärst dann noch übrig gewesen. Und nach dir – wen hätte ich dann noch finden können, den ich hassen kann?«
Colin O'Brien oder Anthony Trask, oder wer der Mann auch immer sein mochte, sah sich um, als suche er etwas. »Erinnerst du dich noch, was ich gesagt habe, das ich dir antun würde, wenn du in meiner Abwesenheit Fragen von Fremden beantworten solltest? Ich habe geschworen, ich würde dich noch weiter in deinem Körper einsperren, indem ich dich blende.«

Trask spürte, wie Panik in ihm aufstieg. *Wonach greift er – nach der Schere oder der Säure?*
Aber stattdessen hielt die Hand, die in seinem Blickfeld erschien, eine Flasche mit Laudanum – eins der Medikamente, die auf dem Tisch neben dem Bett standen.
»Wen hätte ich also zuletzt gefunden, den ich hassen und bestrafen kann? Denjenigen, der meine geliebte Frau und mein ungeborenes Kind ermordet hat.«
Der gequälte Mann zeigte auf sich selbst.
»Meine Strafe kann niemals schwer genug sein. Vor langer Zeit habe ich mir geschworen, dass ich mir eines Tages die Befriedigung gestatten würde, dir die Augen und Trommelfelle zu durchstechen. Blind, taub und ohne noch etwas spüren zu können würdest du in der Dunkelheit und Stille deines gelähmten Körpers eingeschlossen sein, nichts zu tun haben, als über der Jauchegrube zu trauern, die deine Seele ist.«
Colin zitterte, als er die Laudanumflasche entkorkte.
»Es wird der Beginn meiner eigenen Strafe sein, dass ich mir diese Befriedigung verweigere. Stattdessen werde ich etwas tun, von dem jede Faser in mir brüllt, ich sollte es *nicht* tun. Um mir selbst Schmerzen zuzufügen, werde ich dir gegenüber Güte walten lassen und deinem Leiden ein Ende machen. Bist du es müde, in deinem Körper eingesperrt zu sein? Willst du, dass ich deinen Sühnezustand beende und dir dieses Opium verabreiche? Du wirst schnell einschlafen, und vielleicht wirst du in deinen letzten Träumen etwas anderes sehen als deine eigenen Sünden. Willst du mir erlauben, *meine* Bestrafung damit zu beginnen, dass ich *deine* beende?«
Jeremiah Trasks Tränen quollen über, als er die Augen einmal schloss. Seine Stimme wäre gebrochen vor Dankbarkeit, wenn er imstande gewesen wäre zu sprechen.
Ja!

Zum zweiten Mal stieg De Quincey vor dem prächtigen Haus in der Bolton Street aus dem Polizeiwagen. Schnee trieb vorüber, aber das Licht einer Laterne über der Tür war hell genug, dass er den Eingang des Hauses studieren konnte.

»Ich sehe keine Spuren, die zu der Tür hinaufführen«, bemerkte Commissioner Mayne.

»Nichtsdestoweniger, ich bin mir sicher, dass er hierher zurückgekommen ist«, sagte De Quincey. »Als ich ihn im Palast nach Jeremiah Trask gefragt habe, war der Hass in seinem Gesicht so deutlich zu sehen, dass ich mir nicht vorstellen kann, er würde nicht noch einmal zurückkommen und diesem Hass Genüge tun, bevor er flieht.«

Begleitet von drei Constables stiegen sie die Vortreppe hinauf und klopften an die Haustür. Niemand öffnete ihnen. Als De Quincey sich am Türknauf versuchte, stellte er fest, dass die Tür nicht abgeschlossen war. »Genau wie bei den Häusern der anderen Opfer.«

De Quincey stieß die Tür auf und stellte mit Erleichterung fest, dass diesmal nicht die Leiche eines Dienstboten dahinter auf dem Boden lag.

»Was höre ich da?«, fragte Commissioner Mayne.

Gedämpftes Rufen und Hämmern führte sie hinunter in die Wirtschaftsräume des Hauses.

Ein Schlüssel steckte im Schloss einer Tür neben der Küche. Die Tür zitterte unter den Bemühungen, sie von innen her aufzubrechen.

Als ein Constable sie aufgeschlossen hatte, stürzten ihnen vier verzweifelte Dienstboten entgegen und begannen überstürzt zu erzählen, was sich ereignet hatte.

De Quincey ging vorsichtig voran, die Treppe hinauf in die oberen Stockwerke. Die Tür zum Schlafzimmer stand offen. Weil sie von drinnen ein Stöhnen hörten, ging einer der Constables als

Erster in das Zimmer, aber gleich darauf teilte er allen anderen mit einer Handbewegung mit, sie sollten ihm folgen.
Ein Polizist versuchte mühsam vom Fußboden aufzustehen, seinen blutenden Kopf in den Händen. Ein Dienstbote rannte zu ihm hinüber.
De Quincey und Commissioner Mayne näherten sich der bewegungslosen Gestalt auf dem Bett. Es gab einen Unterschied zwischen der Reglosigkeit der Lähmung und der Reglosigkeit des Todes. Nach acht Jahren, die er als Gefangener seines eigenen Körpers verbracht hatte, lag nun endlich ein friedlicher Ausdruck auf Jeremiah Trasks Gesicht. Seine Augen waren geschlossen. Eine leere Laudanumflasche lag neben ihm.
De Quincey holte seine eigene Flasche heraus und nahm einen Schluck aus ihr.
»Dies ist das Ende, zu dem das Opium Sie führen wird«, warnte der Commissioner.
De Quincey zuckte die Achseln. »Aber jetzt sind die Erinnerungen, die ihm zu schaffen machten, endlich ausgelöscht, wie sie auch immer ausgesehen haben mögen. Er leidet nicht mehr.«
Ein Constable kam zu ihnen ins Schlafzimmer. »Commissioner, Fußspuren führen zur Hintertür der Küche und wieder von ihr fort. Ich bin ihnen gefolgt, aber sie verschwinden unter den anderen Spuren in einer Straße in der Nähe. Es ist unmöglich, noch zu sagen, wohin er von dort aus gegangen ist.«
»Dann ist er also immer noch irgendwo da draußen und wartet auf seine nächste Gelegenheit, die Königin zu ermorden«, sagte Mayne.
»Oder vielleicht auch nicht«, gab De Quincey zu bedenken. »Was auch immer der Grund war, warum er diesen Mann gehasst hat, etwas in ihm muss sich gewandelt haben. Sie sehen den friedlichen Gesichtsausdruck von Jeremiah Trask. Er hatte keine Angst vor dem, was ihm angetan wurde. *Dieser* Tod war kein Akt des Hasses, er war ein Segen.«

»Guten Abend, Mylord«, sagte De Quincey und erhob sich, als ein Diener die Tür öffnete, um Lord Palmerston einzulassen. Draußen auf der geschwungenen Zufahrt setzte sich eine Kutsche in Bewegung und verschwand in der Dunkelheit und dem Schneetreiben.

Nur wenige Tage zuvor hatte De Quincey genau hier gestanden und Lord Palmerston in dem Glauben begrüßt, er würde nur noch einige wenige Stunden in London verbringen. Seither war ein schreckliches Ereignis auf das andere gefolgt, und in gewisser Weise hatten sie bewirkt, dass er sich lebendig fühlte, aber jetzt befiel ihn wieder die Verzweiflung. Und in Anbetracht dessen, was er im Begriff war zu tun, war er sich sicher, dass dies nun wirklich seine letzten Stunden in London einleiten würde.

»Ich treffe Sie ja schon wieder beim Herumlungern auf meiner Treppe an«, sagte Lord Palmerston. Sein linker Arm war verbunden und lag in einer Schlinge.

»Ich gehe davon aus, dass Dr. Snow Ihre Verletzung mit seinem üblichen Geschick behandelt hat?«, erkundigte sich De Quincey.

»Er empfiehlt Ruhe, die ich mir auch gönnen werde, bevor wir uns morgen im Kabinett über eine neue Offensive des Kriegs unterhalten. Wenn Sie mir also freundlicherweise aus dem Weg gehen würden …«

»Mylord, ich würde gern die vertrauliche Angelegenheit mit Ihnen besprechen, die ich gestern Abend schon angedeutet habe.«

»Welche vertrauliche Angelegenheit?«

»Edward Oxford und Young England, Mylord.«

Lord Palmerston warf ihm einen warnenden Blick zu. »Sind Sie sich wirklich sicher, dass Sie dies tun wollen?«

»Ich halte es für außerordentlich wichtig, Mylord.«

Mit einem weiteren strengen Blick stieg Lord Palmerston die Treppe hinauf. De Quincey folgte ihm in den Ballsaal, wo Seine Lordschaft die Tür hinter ihnen schloss und dann durch den rie-

sigen Raum zu einem Tisch mit zwei Sesseln ging, die an der Rückwand standen.
»Dies wird sicherstellen, dass man uns nicht belauschen kann.«
»Mylord, als ich Edward Oxford in Bedlam besuchte, sprach er mit mir, als sei er überzeugt davon, dass Young England seinerzeit Wirklichkeit war. Er war vollkommen ratlos angesichts der Hinweise darauf, dass die Gruppe nie existiert hatte.«
»Natürlich«, sagte Lord Palmerston. »Seine Unfähigkeit, Wirklichkeit und Einbildung voneinander zu unterscheiden, ist der Grund dafür, dass Oxford seinen Wohnsitz im Irrenhaus hat.«
»Er wusste sich auch nicht zu erklären, weshalb seine beiden Pistolen keine Kugeln enthalten hatten.«
»Weil er das, was er tatsächlich getan hat, nicht von dem unterscheiden kann, von dem er glaubt, dass er es getan hat.«
»Aber je nach der eigenen Wahrnehmung gibt es zahlreiche Wirklichkeiten, Mylord.«
»Ich habe wirklich keine Zeit für Ihr Gefasel.«
»Mylord, als Ihre Majestät im Jahr achtzehnhundertsiebenunddreißig den Thron bestieg, jubelte man ihr zu. Nach den Exzessen und Ausschweifungen ihrer unmittelbaren Vorgänger waren die Menschen entzückt von ihr – sie war jung, sie lächelte, sie war voller Leben, und sie versetzte ihre Untertanen in Staunen damit, dass sie sich jeden Tag in der Öffentlichkeit zeigte. Ihr Lächeln machte die Menschen glücklich, es schien das Versprechen eines neuen Anfangs in sich zu tragen.«
»Ja, ja, worauf wollen Sie mit all dem hinaus?«
»Nur drei Jahre später hatte man für Ihre Majestät nur noch Geringschätzung übrig. Ihre Eheschließung mit Prinz Albert alarmierte die Menschen. Die Leute fürchteten, er würde die Nation in den Bankrott treiben, indem er ihre Mittel seinem verarmten deutschen Heimatstaat zukommen ließ, und würde England wahrscheinlich zu einer deutschen Kolonie umbauen. Un-

terdessen mischte sich Queen Victoria in die Politik ein und ließ eine deutliche Vorliebe für eine Partei gegenüber der anderen erkennen. Man begann zu fürchten, sie würde die Partei abschaffen, deren Ansichten sie nicht teilte, und die Nation wieder zu den tyrannischen Zuständen früherer Zeiten zurückführen. Es wurde sogar davon geredet, die Monarchie ganz abzuschaffen.«
»Aber Ihre Majestät war damals noch am Lernen!«, protestierte Lord Palmerston. »Es ist wahr, es hätte ihr kein Anliegen sein sollen, welche Partei zu einem gegebenen Zeitpunkt an der Macht war – das Pendel schwingt irgendwann immer wieder von einer Seite zur anderen. Von einer Königin wird erwartet, dass sie über den Wechselfällen der Tagespolitik steht. Sie sollte immer beständig bleiben und so die Beständigkeit der Nation repräsentieren. Aber Ihre Majestät hat gelernt und ist zu einer großen Monarchin geworden. Sie brauchte nichts weiter als die Zeit, sich den Gegebenheiten anzupassen.«
»Die Sie ihr beschafft haben«, sagte De Quincey.
Die Augen des mächtigsten Politikers in England wurden schmal.
»Ich bin mir nicht sicher, ob ich Sie verstehe.«
»Ihre Beauftragten müssen eine ganze Weile gebraucht haben, um genau die richtige Person zu finden – jemanden, der Schwierigkeiten dabei hatte, eine Stelle zu finden, der arm und verbittert war und der reichlich exzentrische Angewohnheiten erkennen ließ, zum Beispiel an die Wände zu starren und urplötzlich in Gelächter auszubrechen.«
»Seien Sie vorsichtig.«
»Ihre Beauftragten gaben vor, Angehörige einer Rebellenorganisation namens Young England zu sein. Sie behaupteten ihre Anweisungen vom Onkel Ihrer Majestät zu bekommen, der einen deutschen Staat regierte und von dort aus angeblich Pläne schmiedete, die Macht in England zu übernehmen.«
»Ich muss Sie wirklich warnen.«

»Ich gehe davon aus, dass Treffen stattfanden, in denen Oxford einigen der angeblichen Mitglieder von Young England vorgestellt wurde – bei denen es sich in Wirklichkeit um Ihre Agenten handelte. Sie wählten ihn zum Sekretär der Organisation. Er erfuhr die Namen dieser angeblichen Mitglieder und dokumentierte sie pflichtschuldig, zusammen mit Einzelheiten der Treffen. Man versicherte ihm, mit seiner Tat würde eine glorreiche neue Zukunft für England heraufziehen, und bewegte ihn so dazu, auf Ihre Majestät zu schießen.«

»Ist Ihnen eigentlich klar, was ich tun kann, um Sie daran zu hindern, dass Sie so sprechen?«

»Das Mindeste ist, dass Sie mich nach Bedlam schicken können, so wie Sie auch Edward Oxford losgeworden sind. Wäre er hingerichtet worden, hätte er zum Märtyrer werden können, aber der Insasse eines Irrenhauses ist allenfalls bemitleidenswert, wenn er von seiner nicht existenten Organisation faselt. Er hat wirklich daran geglaubt, dass es Young England gab. Er hat wirklich geglaubt, seine Pistolen seien geladen. Aber als Ihre Agenten ihm die Pistolen aushändigten, hatten sie selbstverständlich dafür gesorgt, dass sie nur mit Pulver und Schusspflaster geladen waren und Ihre Majestät unmöglich verletzen konnten. Sie wusste zwar nichts von dem Plan, aber ihre Reaktion darauf, dass man auf sie geschossen hatte, fügte sich vollendet in das von Ihnen geschaffene Szenario ein. Sie wies ihren Kutscher an, ruhig weiterzufahren. Sie brachte ihre Spazierfahrt durch den Hyde Park zu Ende, wie sie es zuvor angekündigt hatte, und besuchte danach sogar noch ihre Mutter in Belgravia. Was für eine tapfere Herrscherin, dachten sich die Leute, so stark und gefasst. Dann kam die wundervolle Neuigkeit, ein Geheimnis, das Ihre Agenten aber unter die aufgeregte Menge streuten – dass Ihre Majestät ein Kind erwartete, dass ein Thronerbe unterwegs war. Prinz Albert war kein unwillkommener Ausländer mehr, nein, er war der Vater eines möglichen künftigen Herrschers. Und allenthalben schrien die Leute plötzlich: ›Gott schütze die Königin!‹«

»Der Beweis dafür, dass Sie nicht bei Trost sind, ist allein schon die Tatsache, dass Sie mir all das ins Gesicht sagen. Ich könnte Sie nach Vandiemensland deportieren lassen – oder Schlimmeres.«

»Das ist mir klar, Mylord.«

»Warum um alles in der Welt gefährden Sie dann Ihre eigene Sicherheit, indem Sie mir diese Unterhaltung aufzwingen?«

»Meine Absicht dabei ist, Ihnen zu helfen, Ihren neuen Aufgaben als Premierminister gerecht zu werden, Mylord.«

»Ich wüsste nicht, wie Sie das anstellen wollten.«

»Ihre Aktivitäten vor fünfzehn Jahren waren der Grund dafür, dass die Königin in der vergangenen Nacht beinahe ermordet wurde.«

»*Was?*«, sagte Lord Palmerston.

»Aufgrund einer Verkettung von Schicksalen, die Sie unmöglich hätten voraussehen können, hielt der verzweifelte irische Junge sich am gleichen Ort auf wie Edward Oxford und Queen Victoria. Wäre Colin O'Brien in einem ebensolchen Maß von seinem Bedürfnis nach Rache verzehrt worden, wenn er nicht anwesend gewesen wäre, als Edward Oxford seine beiden Pistolen abfeuerte? War das der Augenblick, in dem seine eigene Wut ein Ziel fand? Hätte er Lord und Lady Cosgrove, Lord und Lady Grantwood und ich weiß nicht wie viele weitere Opfer ermordet, die wir nicht einmal kennen, wenn Edward Oxford ihm nicht das Vorbild geliefert hätte? Aber Oxford hat nicht nur O'Brien inspiriert. Er inspirierte auch John Francis, John William Bean junior und William Hamilton, von denen jeder Einzelne angab, dass Oxfords Beispiel sie dazu ermutigt hatte, auf Ihre Majestät zu schießen.«

Lord Palmerston bewegte sich unruhig in seinem Sessel.

»Mylord, um die Monarchie zu bewahren und Ihrer Majestät Zeit zu geben, in der sie lernen konnte, eine Königin zu sein, haben Sie vor fünfzehn Jahren ungewollt etwas in Bewegung gesetzt, das seither viele Male fast zu ihrem Tod geführt hätte – zuletzt und vor allem in der vergangenen Nacht. Der Grund für mein Herkommen war, Sie daran zu erinnern, dass Sie mit der immensen Macht, über die Sie nun verfügen, eine noch größere Verpflichtung haben als zuvor, die Konsequenzen Ihres Tuns zu bedenken.«

»Wenn ich mir Ihre Logik zu eigen machte, könnte ich überhaupt nichts mehr tun.«

»Ja, absolute Macht bedeutet eine unvorstellbare Bürde.« De Quincey stand auf. »Mylord, ich werde keinem Menschen gegenüber jemals ein Wort über diese Unterhaltung verlieren. Betrachten Sie mich als den seltensten Typ Mensch, den Sie kennen.«

»Den seltensten? Das verstehe ich nicht.«

De Quincey nahm einen Schluck aus seiner Laudanumflasche. »Ich bin der einzige Mensch, dem Sie je begegnet sind, dem so wenig an sich selbst liegt, dass er Ihnen die reine Wahrheit sagt.«

Emily saß mit geschwollenen Fingerknöcheln zwischen Becker und Ryan. Die beiden Männer lagen auf Betten in einer kleinen Dienstbotenkammer im Dachgeschoss von Lord Palmerstons Stadtpalais.

Beckers Kopf war dick verbunden. Ryan versuchte still zu liegen, um die wieder vernähte Bauchwunde nicht zu strapazieren.

»Es sieht so aus, als hätten wir es nicht sehr weit gebracht in den sieben Wochen, seit wir hier gesessen haben«, bemerkte Emily.

»Wenn überhaupt« – Becker zuckte zusammen vor Kopfschmerzen – »haben wir einen Schritt rückwärts getan.«

De Quincey, der neben Emily saß, entkorkte seine Laudanumflasche. »Ein Schluck hiervon wird die Schmerzen verschwinden lassen.«

»Nein, Vater«, sagte Emily fest.

»Unsere Verletzungen haben immerhin *ein* Gutes mit sich gebracht«, sagte Ryan. »Nämlich Dr. Snows Vorschlag, den Sie zu beherzigen vorhaben – dass Sie und Ihr Vater noch eine Weile in London bleiben und uns helfen, wieder auf die Beine zu kommen.«

Emily verbiss sich ein Lächeln.

»Der Dank sollte Lord Palmerston gelten; er hat uns weiterhin seine Gastfreundschaft angeboten«, merkte De Quincey an.

Emily schüttelte den Kopf. »Das ist keine Großzügigkeit. Sein wahrer Beweggrund ist, dass er uns unter den Augen haben will. Er scheint sich ständig Sorgen zu machen, wir könnten etwas wissen, was er nicht weiß.«

»Ich habe keine Vorstellung, was das sein könnte«, sagte De Quincey.

Eine hochgewachsene schlanke Gestalt erschien in der Tür.

»Hoheit!«, rief Emily aus, während sie rasch aufstand und knickste.

Prinz Albert nickte. Hinter ihm wurde Lord Palmerston sichtbar.

»Inspector Ryan, bitte versuchen Sie nicht aufzustehen. Sie auch nicht, Detective Sergeant Becker«, sagte der Prinz. »Lord Palmerston hat vorgeschlagen, dass Sie nach unten kommen, um mich zu treffen, aber ich war der Ansicht, dass Ihre Verletzungen Ihnen das erschweren könnten, also komme ich nach oben.«

»Wir sind zutiefst geehrt, Hoheit«, sagte Ryan.

Der Prinz sah sich interessiert um; an die spartanische Ausstattung der Dienstbotenkammern war er zweifellos nicht gewöhnt.

»Ist für Ihre Bequemlichkeit gesorgt in diesem kleinen Raum? Ich könnte dafür sorgen, dass Sie im Palast untergebracht werden.«

»Euer Hoheit, diese Unterbringung ist vorübergehender Natur«,

versicherte Lord Palmerston. »Mein Personal bereitet gerade größere Zimmer für sie vor. Und für Miss De Quincey und ihren Vater auch«, fügte er rasch hinzu. »Sie sind hier sehr willkommen.«
»Es wird Ihre Majestät freuen, das zu hören. Ich bin hier, um Sie alle persönlich zu einem Abendessen im Palast einzuladen, sobald Ihre Verletzungen es Ihnen gestatten zu kommen.«
»Abendessen im Palast«, wiederholte Becker staunend. »Wenn doch meine Eltern noch am Leben wären und das hören könnten.«
»Wir haben zudem vor, Ihnen allen eine angemessene Ehrung zukommen zu lassen, aber wie Lord Palmerston schon angemerkt hat – der Krieg ist in einer kritischen Phase, und wir können nicht bekannt werden lassen, dass ein Mordanschlag auf Ihre Majestät verübt wurde. Es würde den Eindruck erwecken, sie sei angreifbar. Es könnte sogar zu weiteren Anschlägen führen. Wir werden eine andere Möglichkeit finden, Sie zu belohnen.«
»Eine Belohnung ist gar nicht notwendig, Euer Hoheit«, sagte Ryan. »Ihre Sicherheit, die Ihrer Majestät und Ihrer Familie ist mir schon Lohn genug.«
»Inspector Ryan, Sie könnten Politiker sein.« Prinz Albert lachte leise.
Das brachte auch Ryan zum Lachen; gleich darauf zuckte er zusammen und griff wieder nach der frisch versorgten Wunde.
»Was nun Miss De Quincey angeht, so würde keine Anerkennung unserer Dankbarkeit dafür gerecht, dass sie unserem Sohn das Leben gerettet hat.«
»Ich habe nur meine Intuition mit etwas kombiniert, das Dr. Snow mir beigebracht hat, Euer Hoheit.«
»Ihre Geistesgegenwart hat mich auch etwas über die praktische Natur Ihres Bloomerkleides gelehrt. Hätten Sie Reifen getragen, dann hätten Sie nicht die nötige Bewegungsfreiheit gehabt, um

sich um meinen Sohn zu kümmern. Als Zeichen meiner Dankbarkeit habe ich Ihnen dies mitgebracht.« Er händigte ihr einen Umschlag aus.

Als Emily ihn öffnete und die Mitteilung darin las, verwandelte sich ihre anfängliche Verwirrung in Staunen.

»Dr. Snow hat uns erzählt, dass Sie erwägen, sich an Florence Nightingale zu wenden, um sie um eine Ausbildung zur Krankenschwester zu bitten«, sagte Prinz Albert.

»Eine Ausbildung zur Krankenschwester?«, sagte Ryan.

»O, ja«, antwortete Becker. »Emily und ich haben eine lange Unterhaltung darüber geführt.«

»Wann hatten Sie Zeit, sich *darüber* zu unterhalten? Während ich im Slum von Seven Dials mein Leben riskiert habe?«

»Miss De Quincey, Ihre Majestät und ich sind uns darüber einig, dass Sie, wenn Sie sich diese Wahlfreiheit für Frauen wünschen, selbst die entsprechenden Möglichkeiten haben sollten«, fuhr Prinz Albert fort. »Wir sind uns im Klaren darüber, dass Ihre Mittel beschränkt sind. Wenn Sie sich dazu entschließen, sich zur Schwester ausbilden zu lassen, dann würden wir Sie gern mit dem Notwendigen ausstatten – einem Stipendium, Kleidung, Büchern und einem Zimmer im Palast. Ebenso wie der Verpflegung, sollte ich hinzufügen. Ich glaube, wir sind hinreichend bekannt miteinander, dass ich sagen kann, ich habe Ihren Magen knurren hören bei dem Abendessen vor einigen Tagen.«

»Ich bin sprachlos, Euer Hoheit.«

»In Ihrem Fall ein genauso seltenes Vorkommnis wie bei Ihrem Vater«, murmelte Lord Palmerston.

»Nehmen Sie sich so viel Zeit, wie Sie brauchen, um zu entscheiden, ob Sie dies wirklich tun wollen«, sagte Prinz Albert. »Selbstverständlich wäre es eine Herausforderung.«

»Wie Sean, Joseph und mein Vater schon wissen, ich schätze Herausforderungen.« Trotz ihrer aufgescheuerten Fingerknöchel griff Emily nach den Händen der beiden Männer. Als sie ihren Vater anlächelte, brannten Tränen in ihren Augen. »Aber im Augenblick kann ich mir nicht vorstellen, von den drei Menschen getrennt zu leben, die mir auf der ganzen Welt am meisten bedeuten.«

»Wie heißt du?«
»Jonathan.«
»Gut. Nicht Jon oder Johnnie also.«
Der Zeitungsjunge nahm Haltung an. »Ja, ich hab mir sagen lassen, wenn ich will, dass die Leute mich respektieren, dann sollte ich meinen vollen Namen verwenden. Sind Sie das, Sir? Ihre Stimme klingt mir vertraut, aber ohne den Bart hab ich Sie gar nicht erkannt.«
»Heute Abend war ein Treffen geplant.«
»Ja, in der Old Gravel Lane in Wapping.«
»Sag den anderen, ich werde nicht da sein. Ich werde zu keinem der Treffen mehr erscheinen.«
»Aber was ist mit Young England, Sir? Was soll aus uns werden? Sie haben versprochen, wir können die Reichen zu uns runterbringen!«
»Oder selbst zu ihrer Höhe aufsteigen. Vielleicht hilft dieses Geld euch bei diesem Aufstieg. Bring es der Gruppe. Teilt es zu gleichen Teilen unter euch auf. Es wird euch eine ganze Weile vorhalten.«
»Aber Young England …«
»… gibt es nicht mehr.«

Ein Brief von William Russell

9. März 1855

*Lieber Mr. De Quincey,
da ich Ihre Adresse nicht habe, schicke ich diesen Brief an Detective Sergeant Becker, den ich in einer Nacht im vergangenen Februar kennengelernt habe – ich bin mir sicher, auch Sie erinnern sich an den Anlass. Ich gehe davon aus, dass die Findigkeit der Herren von Scotland Yard ihn in die Lage versetzen wird, Sie aufzutreiben. Aus Gründen der militärischen Sicherheit kann ich Ihnen nicht sagen, wo genau ich mich gerade aufhalte. Es reicht wohl, wenn ich schreibe, dass ich wieder auf der Krim bin und mitten in der neuen Offensive der Alliierten. Die früheren Details finden Sie in meinen Depeschen an die* Times, *und ich werde sie hier nicht wiederholen. Der Zweck dieses Briefes ist ein persönlicher, obwohl ich mich – wiederum aus Gründen der Sicherheit – auch weiterhin eher allgemein ausdrücken werde. Angesichts der vergehenden Zeit hoffe ich, dass es mir eines Tages freistehen wird, die tragische Geschichte niederzuschreiben, die ich in jener entsetzlichen Februarnacht erfahren habe.*

Es ist mir etwas Seltsames begegnet – als hätte ich einen Geist gesehen. Ich habe keinen Grund anzunehmen, dass der Mann, dessen Namen ich nicht nennen kann, tot ist; nichtsdestoweniger, der kalte Schauer war derselbe. Vor einer Woche, als die Offensive gerade begonnen hatte, hielt ich mich so nahe an den eigentlichen Kampfhandlungen, wie ich es wagte. Dabei fiel mir ein Mann besonders auf. Er kämpfte wie in einem Rausch, verbrauchte seine gesamte Munition, hob die Musketen gefallener Soldaten vom Boden auf, verwendete ihre Munition, stürmte wieder und wieder vor, den schlammigen Hang hinauf, stieß mit dem Bajonett zu und tötete, tötete, tötete. Seine Kampfeswut war unvorstellbar. In all der Zeit,

die ich auf der Krim verbracht habe, fast ein Jahr insgesamt, habe ich nur einen einzigen anderen Mann gesehen, der eine so unerbittliche Entschlossenheit an den Tag gelegt hatte – man könnte beinahe von barbarischer Wildheit sprechen. Sie wissen, von wem ich rede. Als ich diesen Soldaten beobachtete – zuerst vor einer Woche, dann am Tag darauf und dann wieder einen Tag später –, wurden die Ähnlichkeiten deutlicher, bis ich mich zu fragen begann, ob sie möglicherweise ein und derselbe Mann waren.
Ich habe ihn nur von Weitem gesehen. Er trägt einen Bart, und der andere Mann war glatt rasiert; ich kann es also nicht mit Sicherheit sagen. An Größe und Gestalt gleichen sie sich, ebenso wie in der unerbittlichen Art der Bewegung. Ich habe Offiziere nach ihm gefragt, aber keiner von ihnen konnte ihn identifizieren oder mir sagen, welcher Einheit er angehört. Vielleicht ist er auch allein. Während der Schlachten tat ich mein Möglichstes, ihn in Sichtweite zu behalten und ihm so nahe zu kommen, wie ich konnte, obwohl die Kugeln und das Artilleriefeuer des Feindes dies nicht einfach machen.
Gestern allerdings gelang es mir, ihm so nahe zu kommen, dass er mich bemerkte. Mich nicht nur bemerkte, sondern auf meinen Anblick reagierte, und das ist der Grund, weshalb ich glaube, dass es sich um ein und denselben Mann handelt. Er wich zurück, vor Überraschung und tatsächlich sogar vor Schreck. Selbst aus einer Entfernung von über dreißig Meter konnte ich sehen, dass seine Augen sich weiteten, als er mich erkannte. Gleich darauf wandte er sich ab und sorgte dafür, dass er mir im Pulverdampf und im Gedränge der anderen Soldaten aus den Augen entschwand.
Vielleicht entspringt all das nur meiner Einbildung. Nichtsdestoweniger, wie Sie selbst so gern sagen – es gibt viele Wirklichkeiten. Weil ich fürchtete, ich könnte ihn ablenken und ihn in der Schlacht unvorsichtig werden lassen, habe ich seither Abstand von ihm gehalten und ihn nur aus der Ferne beobachtet. Aber er ist es, dessen

bin ich mir inzwischen sicher. Wenn ich seine Kampfeswut sehe, dann wüsste ich nicht zu sagen, ob es der Feind ist, den er angreift, oder ob er in seiner Vorstellung auch jetzt wieder diejenigen vernichtet, die sich weigerten, seiner Mutter, seinem Vater und seinen Schwestern zu helfen, oder ob sein Hass nicht vielmehr ihm selbst gilt. Was es auch ist, es ist eine wüste Empfindung, die ihn verzehrt, und mit Sicherheit kann er dies nicht mehr lang fortsetzen, da er sich ständig dem russischen Feuer aussetzt, um seine Rache zu befriedigen. Aber vielleicht ist es gerade dies, was er will – sich dem feindlichen Feuer aussetzen. Vielleicht ist es sein Ziel, zu erreichen, dass der Feind der Wut in seinem Inneren ein Ende macht. Wenn das der Fall ist, dann hat das Geschick oder der Allmächtige sich bisher geweigert, ihm diesen verzweifelten Wunsch zu erfüllen, und er stürmt weiter vor, dazu verdammt, in seiner Qual auszuharren und niemals Frieden zu finden.
Durch ein Fernglas habe ich verfolgt, wie eine Kanonenkugel in den Hang neben ihm einschlug und ihn in die Luft schleuderte, während Erde, Steine und die Trümmer des Geschosses in alle Richtungen flogen. Zunächst war ich mir sicher, dass er tot war, aber dann sah ich in ungläubigem Staunen, wie er sich unter den anderen Soldaten hervorkämpfte, die in der Tat umgekommen waren. Er stand unsicher auf, hob seine Muskete auf und taumelte weiter. Von seinem rechten Arm, von dem er seinerzeit vorgab, er sei verletzt, strömte das Blut. Kugeln hatten Stoff aus den Ärmeln und Schößen seines Mantels gerissen und nur noch Fetzen übrig gelassen. Als ihn die Druckwelle einer weiteren Kanonenkugel wieder zu Boden schleuderte, konnte er sich nur noch auf Hände und Knie aufrichten, aber er packte seine Muskete und zwang sich weiter, bevor er schließlich zusammenbrach. Sanitäter trugen ihn auf einer Bahre vom Schlachtfeld.
Nach Einbruch der Dunkelheit ging ich zu dem großen Zelt, das hier als notdürftige Unterkunft für die Verletzten dient. Sie erhalten

nur die allerspärlichste Versorgung. Im Großen und Ganzen wartet man einfach, bis sich zeigt, wer stirbt und wer in das große Militärkrankenhaus auf dem türkischen Festland bei Konstantinopel verlegt wird, das jetzt von Florence Nightingale geleitet wird. Ich hoffte, mit ihm sprechen zu können, um meine Wissbegier endlich zu befriedigen. Aber so aufmerksam ich auch von einem der fürchterlichen Krankenlager zum anderen ging, ich konnte ihn nicht finden. Schließlich beschrieb ich ihn einem der Feldärzte, der sich gut an ihn erinnerte und mir berichtete, der Mann habe, als er das Bewusstsein wiedererlangte, darauf bestanden, dass andere Verletzte die Behandlung mehr rechtfertigten als er selbst. Er hatte ungeduldig abgewartet, bis sein Arm verbunden war, und war dann davongestürzt, als er hörte, dass Freiwillige für einen nächtlichen Angriff gesucht wurden.
Ich verließ das Zelt, sah hinauf zu den Sternen und betete für ihn.

Nachwort

Weitere Abenteuer mit dem Opiumesser

*De Quincey lebt in der Erinnerung weiter wie eine Figur
in der Literatur, weniger wie ein wirklicher Mensch.*
Jorge Luis Borges

Am Ende meines früheren Romans *Der Opiummörder* habe ich dargelegt, dass mein Interesse an Thomas De Quincey durch einen im Jahr 2009 herausgekommenen Film mit dem Titel *Creation* ausgelöst wurde, in dem es um den Nervenzusammenbruch Charles Darwins ging. Darwins Lieblingstochter starb, während er an seinem Buch *Über die Entstehung der Arten* arbeitete. Darwins Frau, eine gläubige Christin, wünschte sich, er würde das Projekt aufgeben, denn sie war der Ansicht, seine Evolutionstheorie beförderte den Atheismus. In seiner Trauer verfolgten ihn außerdem Schuldgefühle, denn er fürchtete, Gott könne ihm seine Tochter genommen haben, um ihn selbst zum Aufhören zu bewegen.

Darwins Zusammenbruch äußerte sich in ständigen Kopfschmerzen, Magenproblemen, Herzrhythmusstörungen, Schwäche und Schlaflosigkeit. In einer Welt vor der Erfindung der Psychoanalyse waren seine Ärzte ratlos; sie konnten seine Symptome keiner ihnen bekannten Krankheit zuordnen. Der entscheidende Moment des Films kommt, als ein Freund Darwin darauf hinweist, was das eigentliche Problem sein könnte, indem er (dem Sinn nach) sagt: »Weißt du, Charles, es gibt Leute wie De Quincey, die der Ansicht sind, wir könnten von Gedanken und Empfindungen geleitet werden, von denen wir gar nicht wissen, dass wir sie haben.«

Das klingt nach Freud, aber *Creation* spielt um die Mitte der 1850er-Jahre, und Freud entwickelte seine Theorien erst in den 1890ern. War das Stück Filmdialog also ein Anachronismus, fragte ich mich, oder war De Quincey wirklich ein Vorläufer Freuds?

Vom Rest des Films bekam ich nicht allzu viel mit. Ich konnte es kaum erwarten, dass er zu Ende war, denn dann konnte ich mir meine alten Collegebücher vornehmen und mehr über De Quincey herausfinden. Meine Professoren für englische Literatur des neunzehnten Jahrhunderts hatten ihn als eine Fußnote abgetan, schon weil sie Vorurteile gegen seine berüchtigten, im Jahr 1821 erschienenen Memoiren *Bekenntnisse eines englischen Opiumessers* hegten.

Die Memoiren waren das erste Werk der Literatur, das sich mit Drogenabhängigkeit befasste, aber ich fand bald heraus, dass dies bei Weitem nicht das einzige Thema war, bei dem De Quincey der Erste gewesen war. Er prägte den Ausdruck *subconscious*, und er war Freuds psychoanalytischen Theorien in der Tat um Jahrzehnte zuvorgekommen. Zudem begründete er mit seinem berühmten Aufsatz »Über das Klopfen ans Tor in *Macbeth*« etwas, das er selbst als psychologische Literaturkritik bezeichnete. Er war fasziniert von den Morden von Ratcliffe Highway im Jahr 1811, den ersten Mehrfachmorden in der englischen Geschichte, die in der Presse erörtert wurden, und schrieb über das Thema seinen Nachtrag zu »Der Mord als eine schöne Künst betrachtet«. Die anschauliche, dramatische Schilderung der Morde begründete das Genre des *true crime*. Er verfasste erstaunlich intime literarische Porträts seiner Freunde Wordsworth und Coleridge und half so, ihren Ruf zu etablieren. Er beeinflusste Edgar Allan Poe, der seinerseits Sir Arthur Conan Doyle dazu inspirierte, die Figur des Sherlock Holmes zu schaffen.

Ich war so fasziniert, dass ich wie Alice im Wunderland gewissermaßen in ein viktorianisches Kaninchenloch stürzte. In meinen früheren Romanen war es überwiegend um zeitgenössische amerikanische Themen gegangen. Ein Weltmeer zu überqueren und anderthalb Jahrhunderte in die europäische Geschichte zurückzugehen erforderte Recherchen, die in etwa einer Doktorarbeit über das London der 1850er-Jahre entsprachen. Über mehrere Jahre hinweg las ich kein Buch, das sich *nicht* mit dieser Stadt und dieser historischen Epoche beschäftigte. Die nebelverhangenen Straßen (in meinem Arbeitszimmer hängt eine große Karte Londons in den 1850ern) kamen mir oft wirklicher vor als das, was sich in meiner Umgebung abspielte.

Eins meiner Ziele war es, herauszufinden, wie eng ich historische Tatsachen mit der erfundenen Geschichte verknüpfen konnte. So sind zum Beispiel die beiden hier beschriebenen Schneestürme Zeitungsartikeln entnommen, die das ungewöhnlich strenge Winterwetter beschrieben, unter dem London Anfang Februar 1855 zu leiden hatte. Die Berichte erlaubten mir, den berüchtigten und charakteristischen Londoner Nebel, den ich schon in *Der Opiummörder* beschrieben hatte, einmal durch Schnee zu ersetzen.

William Russells schockierende Berichte von der Krim führten am Dienstag, dem 30. Januar 1855, in der Tat zum Sturz der britischen Regierung. Am Sonntag, dem 4. Februar, bot Queen Victoria Lord Palmerston in der Tat sehr widerwillig das Amt des Premierministers an, und am Dienstag, dem 6. Februar, trat er dieses Amt an, so wie ich es im Roman beschrieben habe.

Die Korridore von Bedlam waren wirklich mit Vögeln in Käfigen ausgestattet, und Jay's Mourning Warehouse gab es tatsächlich. Der Eislaufunfall im St. James's Park geht auf einen Zeitschriftenartikel aus dem Jahr 1853 zurück. Das Gleiche gilt für den Bericht über den hungrigen Jungen, der sich auf dem Markt von Covent Garden ein paar Pence verdiente, indem er Diebe von den Karren der Bauern fernhielt, während diese ihr Gemüse anlieferten. Das Menü bei Queen Victorias Abendeinladung stammt aus *Mrs. Beeton's Book of Household Management*, einem Ratgeber für Fragen der Etikette aus diesen Jahren; das Buch war so einflussreich, dass auch das Küchenpersonal der Königin es verwendet haben dürfte. Kneipenwirte heuerten »Getränkedoktoren« an, um Gin und Bier zu verpanschen, und es kamen genau die Rezepte dabei zum Einsatz, die ich erwähnt habe. Rattengift war in der Tat ein Bestandteil grüner Textilfarbe. In den Kirchen saß man in logenähnlichen Privatabteilen, wie ich sie beschrieben habe. Die Gemeindemitglieder konnten eine solche Loge mieten, und man betrat sie mithilfe der Bankschließerinnen, welche die Schlüssel zu den Logen verwahrten. Reiche Kirchgänger statteten ihre Logen manchmal mit Baldachinen und Vorhängen aus.

Lord Palmerstons Stadtpalais gegenüber dem Green Park steht auch heute noch. Es war ursprünglich unter dem Namen Cambridge House bekannt, weil es dem Herzog von Cambridge gehörte, und ist heute das einzige Haus an der Piccadilly, das von der Straße nach hinten versetzt ist und eine halbkreisförmige Auffahrt besitzt. Nach Lord Palmerstons Tod im Jahr 1865 wurde es von einem Marine- und Militärclub erworben; der Club ließ die steinernen Pfosten der beiden Tore mit »In« beziehungsweise »Out« beschriften, um die Zu- und Abfahrt von Kutschen zu regeln, mit dem Ergebnis, dass das Gebäude sehr schnell unter dem Spitznamen »The In & Out« bekannt wurde. Seit den 1990er-Jahren stand es leer und verfiel zusehends. Im Jahr 2011 kündigte ein reiches Brüderpaar an, sie wollten das Gebäude für insgesamt 214 Millionen Pfund renovieren und zum teuersten Privathaus Londons umbauen lassen, aber Anfang 2014 war mit den Arbeiten noch nicht einmal begonnen worden, und der Geist Lord Palmerstons schien in dem Gebäude umzugehen.

Commissioner Mayne lebte tatsächlich in der Nähe des Chester

Square in Belgravia. Das exklusive Londoner Wohnviertel ist nicht etwa nach einem fiktiven europäischen Operettenstaat benannt, sondern verdankt seinen Namen der aristokratischen Familie der Belgraves, die die ganze Gegend erschließen ließen. Die geschlossenen, mit weißem Stuck verzierten Häuserfronten konnten es mit den Adressen in Mayfair aufnehmen, hatten aber noch den zusätzlichen Luxus breiterer Straßen zu bieten. Heute dienen viele der Gebäude als Botschaften.

Auch die St. James's Church steht noch heute, obwohl sie im Zweiten Weltkrieg schwer beschädigt wurde. Ein Besuch des schlichten und dabei wunderschönen Gebäudes an der südöstlichen Ecke von Mayfair gleicht einer Reise in die Vergangenheit. Das durch die hohen Fenster hereinströmende Licht lässt ahnen, warum Sir Christopher Wren diese Kirche mehr schätzte als irgendeine andere seiner Schöpfungen – einschließlich der St. Paul's Cathedral.

Der Friedhof der St. Anne's Church in Soho ist ebenfalls bis zum heutigen Tag erhalten – er ist die Stätte, von der Colin O'Brien sich vorstellt, dass seine Familie hier begraben liegt. Der Friedhof liegt über dem Straßenniveau, weil in der viktorianischen Epoche immer wieder Erde aufgeschüttet wurde, als man mehr und mehr Tote übereinander begrub. Manchmal sprangen die Totengräber auf den Überresten früherer Bestattungen auf und ab, um Platz für die Neuankömmlinge zu schaffen. Wenn Sie Fotos der Schauplätze aus diesem Roman sehen wollen, werfen Sie einen Blick auf den entsprechenden Abschnitt meiner Website www.davidmorrell.net oder besuchen Sie www.mulholland-books.com.

Ein weiteres Beispiel für mein Bestreben, Dichtung und historische Wirklichkeit zu verknüpfen: Das einzige Detail zu Thomas De Quincey, bei dem ich von den Tatsachen abgewichen bin, ist sein Aufenthalt in London im Jahr 1855. Tatsächlich war er zu dieser Zeit in Edinburgh. Davon abgesehen entspricht alles, was an biografischen Details erwähnt wird, den Tatsachen. Seine früh verstorbenen Schwestern, das Kirchenasyl in Edinburgh, wo er Zuflucht vor den Schuldeneintreibern fand, das Observatorium in Glasgow, wo er *ebenfalls* Zuflucht vor den Schuldeneintreibern fand, seine Freundschaft mit Wordsworth und ihr Ende, seine Opiumträume von Sphingen und Krokodilen, der Zimmerwirt, der ihn ein Jahr lang gefangen hielt, seine Zufallsbegegnung mit König George III. und die Lüge von der aristokratischen Abstammung seiner Familie, die bis zur normannischen Eroberung zurückzuverfolgen sei, seine Neigung dazu, das eigene Haar in Brand zu setzen, wenn er sich beim Schreiben über die Kerze beugte – man könnte die Liste fast beliebig fortsetzen. Auch habe ich zahlreiche Passagen aus De Quinceys Werken in seine Dialoge eingebaut. Ich bin nach wie vor von ihm fasziniert; nachdem ich Tausende von Seiten seiner umfangreichen Werke mehrmals gelesen habe, hatte ich irgendwann den Eindruck, dass ich seinen Geist channele.

Die äußere Form sollte dem Inhalt entsprechen. *Die Mörder der Queen* nimmt viele Stilmittel der viktorianischen Ära auf. Moderne Romane verwenden kaum jemals den allwissenden Erzähler, der in der dritten Person berichtet, aber diejenigen des neunzehnten Jahrhunderts bevorzugten diese Erzählperspektive (als Beispiele bieten sich die ersten Seiten von Dickens' *Eine Geschichte aus zwei Städten* und *Bleak House* an) – sie erlaubt es einem objektiven Berichterstatter, gelegentlich in den Vordergrund zu treten und zusätzliche Informationen zu liefern. Ich fand diese Methode sehr nützlich, wenn es darum ging, Aspekte des viktorianischen Alltags zu erläutern, die dem modernen Leser andernfalls unerklärlich vorgekommen wären. Ich habe noch eine weitere moderne Konvention ignoriert, indem ich die Erzählung in der dritten Person mit Auszügen aus einem in der ersten Person geführten Tagebuch sowie einem ebenfalls in der ersten Person geschriebenen Brief kombiniert habe. Solche Kombinationen sind heutzutage sehr selten, waren in viktorianischen Romanen aber üblich. Die Stilmittel des neunzehnten Jahrhunderts einsetzen zu können, um das London des neunzehnten Jahrhunderts zum Leben zu erwecken, war geradezu befreiend; die alten Techniken kamen mir plötzlich neu und innovativ vor. *Die Mörder der Queen* ist meine Version eines bestimmten Genres von viktorianischem Roman. Der Thriller in seiner heutigen Form wurde um die Mitte des neunzehnten Jahrhunderts entwickelt; Kritiker der Zeit sprachen abfällig von Sensationsromanen. Frühere Thriller spielten in der Regel an weit entfernten Schauplätzen und oft in früheren Jahrhunderten; es kamen rasselnde Ketten und zugige Burgen in ihnen vor. Die Autoren der Sensationsromane dagegen ließen die Geschehnisse gegenwärtig und authentisch wirken: Sie erweckten den Eindruck, dass ganz reale Schrecknisse sich in der gegenwärtigen Welt an ganz vertrauten Schauplätzen mitten in London ereigneten, an denen die Leser Tag für Tag achtlos vorbeigingen.

Ein weiteres Untergenre des Thrillers, der sogenannte Newgate-Roman, beschrieb die Unternehmungen von Dieben und Mördern aus der Unterschicht; das bekannteste Beispiel stammt auch hier wieder aus der Feder von Charles Dickens: *Oliver Twist*. Aber die Sensationsschriftsteller behaupteten, dass schauerliche Verbrechen nicht nur in den Slums, sondern auch in den scheinbar ehrbaren Haushalten der Mittel- und Oberschicht begangen wurden – eine Vorstellung, die bei einigen Kritikern von hohem literarischem Anspruch Empörung hervorrief: Sie waren der Ansicht, dass Reichtum, Bildung und eine gute Erziehung einen wirksamen Schutz gegen verbrecherische Impulse darstellten.

Der erste Sensationsroman, der Berühmtheit erlangte, war Wilkie Collins' *Die Frau in Weiß* (1859/60). Die reißerische Geschichte um eine verfolgte Heldin löste einen wahren Merchandising-Rausch aus. Es gab Briefpapier, Parfums, Kleidung und Musik (in Form von Notenblättern) zu *Die Frau in Weiß*, und die Leute nannten ihre Kinder und Haustiere nach den Figuren des Romans. Zwei weitere Romane bestätigten das Potenzial des neuen Genres: Mrs. Henry Woods *East Lynne* (1861) und Mary Elizabeth Braddons *Lady Audleys Geheimnis* (1862). Collins und Mrs. Wood verloren nach den 1860ern etwas an Popularität, aber Braddon (meine Lieblingsautorin unter den dreien) führte ihre erfolgreiche Karriere bis zum Ende des Jahrhunderts fort.

Sensationsromane behandelten Themen wie Wahnsinn, Brandstiftung, Bigamie, Ehebruch, Abtreibung, Giftmord, Einkerkerung, Irrenhäuser, Identitätsdiebstahl, Drogenmissbrauch und alkoholbedingte Gewalttätigkeit. De Quinceys *Bekenntnisse eines englischen Opiumessers* ist ein frühes Beispiel der Sensationsliteratur. Auch sein »Nachtrag« zu dem langen Aufsatz »Der Mord als eine der schönen Künste betrachtet« kann stellvertretend für den Anfang des Genres stehen, ebenso wie seine spannenden Novellen *The Household Wreck* und *The Avenger*; Elemente aus beiden habe ich in meinen Roman übernommen. In einen der ersten Detektivromane überhaupt, *Der Monddiamant* (1868), baute Wilkie Collins eine Hommage an seinen Vorgänger De Quincey ein, indem er die *Bekenntnisse eines englischen Opiumessers* zur Lösung des Rätsels heranzog. Collins' Hochachtung für De Quincey bewegte wiederum mich dazu, einen der Schauplätze von *Der Monddiamant* zu übernehmen: die Kneipe »Wheel of Fortune« in der Shore Lane in unmittelbarer Nähe der Lower Thames Road, in der eine wichtige Szene des Romans spielt.

Die vielen Mordanschläge auf Queen Victoria sind ebenfalls historisch verbürgt. Nachdem bereits Edward Oxford, John Francis, John William Bean junior, William Hamilton und Robert Francis Pate Anschläge auf die Königin verübt hatten, gab es tatsächlich noch einen sechsten Attentäter, obwohl er seinen Mordversuch nicht im Jahr 1855 unternahm, wie im Roman beschrieben, sondern erst 1872. Ein siebter Mann attackierte die Königin 1882: Er feuerte auf ihre Kutsche, als sie den Bahnhof von Windsor verließ.

Obwohl Victoria auch diesen Anschlag erstaunlicherweise überlebte, war ihr Leben im Grunde schon zwei Jahrzehnte zuvor zu Ende gegangen. Im November des Jahres 1861 wurde Prinz Albert krank. Was zunächst nach einer Grippe aussah, wurde dann, als das Fieber und der Schüttelfrost heftiger wurden, als Typhus diagnostiziert. Nach einer Leidenszeit von mehreren Wochen starb er am 14. Dezember in Windsor Castle im Kreis der Familie und seiner Freunde. Seine Wertschätzung durch das Volk hatte in den einundzwanzig Jahren, die er mit Victoria verheiratet war, ihre Höhen und Tiefen durchlaufen. Als wolle die Nation die Phasen wiedergutmachen, in denen sie ihn ihre Missachtung hatte spüren lassen, stürzte sie sich nach seinem Tod in einen Trauermarathon, der nicht nur das traditionelle Trauerjahr lang anhielt, sondern ein volles Jahrzehnt dauerte. In zahllosen Orten wurden dem Prinzgemahl Denkmäler errichtet.

Queen Victoria trauerte nicht *ein* Jahr und auch nicht ein Jahrzehnt lang, sondern die folgenden vierzig Jahre. Sie zeigte sich nur noch selten in der Öffentlichkeit, außer wenn eine neue Statue Alberts eingeweiht wurde, und suchte Zuflucht in Windsor Castle. Sie trug immer Schwarz und verbrachte viel Zeit im Schlaf- und Sterbezimmer des Prinzen, das ihren Anweisungen zufolge so erhalten werden musste, wie er es hinterlassen hatte. Die Bettwäsche wurde täglich gewechselt, und jeden Morgen wurde heißes Wasser zum Rasieren ins Zimmer gestellt. Ganz im Gegensatz zu allem, was sie als junge Frau beabsichtigt und praktiziert hatte, wurde sie ihren Untertanen gegenüber eine ebenso ferne und unerreichbare Gestalt, wie ihre Vorgänger es gewesen waren.

Es gibt keinerlei Hinweise darauf, dass Edward Oxford wirklich eine Schachfigur in einer Verschwörung gewesen wäre. Aber als ich die unterschiedlichen Berichte über seinen Anschlag auf die Königin las, wurde mir klar, dass man die Ereignisse auf zwei verschiedene Arten interpretieren konnte. Was auch genau hinter seinem Mordversuch stecken mochte, nach siebenundzwanzig Jahren der Haft, die er zuerst in Bedlam und dann im Broadmoor Criminal Lunatic Asylum verbracht hatte, überzeugten seine Ärzte die Regierung, dass er geheilt war. Sie wiesen darauf hin, dass er seine Zeit genutzt hatte, um Griechisch, Latein, Spanisch, Italienisch, Deutsch und Französisch zu lernen. Auch das Schachspiel hatte er erlernt und zudem einige Geschicklichkeit als Maler erworben: Er verdiente sechzig Pfund Sterling mit seinen Arbeiten.

Vielleicht gewährte Queen Victoria die Empfehlung ihrer Regierung, Gnade walten zu lassen, auch deshalb, weil Oxfords neuer Wohnort im Irrenhaus von Broadmoor nicht weit von Windsor Castle entfernt lag. Vielleicht stellte sie sich vor, er könne entkommen und durch die Wälder schleichen, um sie ein zweites Mal zu attackieren. Oxford wurde unter der Bedingung entlassen, dass er England verließ und niemals zurückkehrte. Im Jahr 1867, mehr als zweieinhalb Jahrzehnte nach seinen Schüssen auf die Königin, segelte er nach Australien, wo er sich in Melbourne im Staat Victoria niederließ – eine weitere Ironie, denn Melbourne war Premierminister gewesen, als Oxford auf Queen Victoria schoss. Er nahm den symbolischen Namen John Freeman an, heiratete und arbeitete als Journalist. Niemand, nicht einmal seine Ehefrau, kannte seine berüchtigte Vorgeschichte. Er starb im Jahr 1900 im Alter von achtundsiebzig Jahren. Victoria starb ein Jahr später, einundachtzig Jahre alt; ihre bemerkenswerte, vierundsechzig Jahre währende Regierung hatte eine ganze Epoche geprägt.

Dank

Ich stehe in der Schuld von De Quinceys Biografen Grevel Lindop (*The Opium-Eater: A Life of Thomas De Quincey*) und Robert Morrison (*The English Opium-Eater. A Biography of Thomas De Quincey*). Ihre Gelehrsamkeit ist ebenso beeindruckend wie ihre großzügige Bereitschaft, meine Fragen zu beantworten und mich durch De Quinceys Welt zu führen.

Im Fall von Grevel Lindop wurde der Autor mir im wortwörtlichen Sinne zum Reiseführer: Er zeigte mir die Schauplätze von De Quinceys Leben im englischen Manchester (wo De Quincey geboren wurde) und in Grasmere im Lake District (wo De Quincey in Dove Cottage lebte, nachdem Wordsworth ausgezogen war). Robert Morrison schickte mir zahlreiche Schriften von und über De Quincey, die ich selbst nicht hatte auftreiben können und die mir bei der Recherche eine unschätzbare Hilfe waren. Manchmal tauschten wir an einem einzigen Tag mehrere E-Mails aus.

Die Historikerin Judith Flanders war so freundlich, meine Fragen zu beantworten und mir ihren Rat anzubieten. Ihre Bücher über die Kultur des viktorianischen Zeitalters, vor allem *The Victorian House*, *The Victorian City* und *The Invention of Murder (How the Victorians Revelled in Death and Detection and Created Modern Crime)* spielten eine entscheidende Rolle bei meiner eigenen Auseinandersetzung mit dem London der 1850er-Jahre. Judith ist nicht nur eine rundum beschlagene Wissenschaftlerin, sondern auch Romanautorin (*Writer's Block*) und gesegnet mit einem exquisiten Humor.

Weiterführende Informationen über die verhinderten Mörder Queen Victorias finden sich in Paul Thomas Murphys *Shooting*

Victoria. Madness, Mayhem, and the Rebirth of the British Monarchy.

Wenn es um Informationen über den Krimkrieg geht, ist das Standardwerk Orlando Figes' *The Crimean War (Krimkrieg)*.

Zum Thema Queen Victoria und Prinz Albert lesen Sie am besten Gillian Gills *We Two: Victoria and Albert, Rulers, Partners, Rivals*.

Auch die folgenden Bücher waren mir eine große Hilfe: Peter Ackroyd, *London. A Biography*; Richard D. Altick, *Victorian People and Ideas*; Anne-Marie Beller, *Mary Elizabeth Braddon. A Companion to the Mystery Fiction*; Alfred Rosling Bennett, *London and Londoners in the 1850s and 1860s* (Memoiren); Ian Bondeson, *Queen Victoria's Stalker. The Strange Case of the Boy Jones*; Mark Bostridge, *Florence Nightingale. The Woman and Her Legend*; David Brown, *Palmerston. A Biography*; Jennifer Carnell, *The Literary Lives of Mary Elizabeth Braddon*; Belton Cobb, *The First Detectives and the Early Career of Richard Mayne, Police Commissioner*; Tim Pat Coogan, *The Famine Plot. England's Role in Ireland's Greatest Tragedy*; Heather Creaton, *Victorian Diaries. The Daily Lives of Victorian Men and Women*; Judith Flanders, *Consuming Passions. Leisure and Pleasure in Victorian Britain*; Alison Gernsheim, *Victorian and Edwardian Fashion. A Photographic Survey*; Ruth Goodman, *How to Be a Victorian*; Winifred Hughes, *The Maniac in the Cellar. Sensation Novels of the 1860s*; Steven Johnson, *The Ghost Map. The Story of London's Most Terrifying Epidemic*; Petrus de Jon, *De Quincey's Loved Ones*; Henry Mayhew, *London Labour and the London Poor* (ein zeitgenössischer Bericht, der bereits 1861/62 erschien); Sally Mitchell, *Daily Life in Victorian England*; Chris Payne, *The Chieftain. Victorian True Crime through the Eyes of a Scotland Yard Detective*; Liza Picard, *Victorian London*; Catherine Peters, *The King of Inventors. A Life of Wilkie Collins*; Daniel

Pool, *What Jane Austen Ate and Charles Dickens Knew*; Charles Manby Smith, *Curiosities of London* (ein Bericht aus dem Jahr 1853); Lytton Strachey, *Eminent Victorians* ebenso wie sein Buch *Queen Victoria*; Judith Summers, *Soho. A History of London's Most Colourful Neighbourhood*; Kate Summerscale, *The Suspicions of Mr. Whicher. A Shocking Murder and the Undoing of a Great Victorian Detective* (*Der Verdacht des Mr. Whicher oder Der Mord von Road Hill House*) sowie ihr *Mrs. Robinson's Disgrace. The Private Diary of a Victorian Lady* (*Die Verfehlungen einer Lady. Der Fall der Mrs. Robinson*); F. M. L. Thompson, *The Rise of Respectable Society. A Social History of Victorian Britain 1830-1900*; J. J. Tobias, *Crime and Police in England 1700–1900* und Yvonne M. Ward, *Censoring Queen Victoria. How Two Gentlemen Edited a Queen and Created an Icon*.

Die gesammelten Werke Thomas De Quinceys sind in einundzwanzig Bänden veröffentlicht, herausgegeben von Grevel Lindop. Robert Morrison gab zwei Auswahlbände heraus: *Confessions of an English Opium-Eater* und *Thomas De Quincey. On Murder*. Der von David Wright herausgegebene Band *Thomas De Quincey. Recollections of the Lakes and the Lake Poets* enthält De Quinceys sehr offenherzige Erinnerungen an Coleridge und Wordsworth.

Dankbar bin ich auch für die Freundschaft und den guten Rat von Jane Dystel und Miriam Goderich sowie all der anderen netten Leute bei Dystel & Goderich Literary Management, vor allem Lauren E. Abramo, Mike Hoogland, Sharon Pelletier und Rachel Stout.

Daneben verdanke ich viel auch dem wunderbaren Team bei Mulholland Books/Little, Brown, hier vor allem (in alphabetischer Reihenfolge) Reagan Arthur, Pamela Brown, Judith Clain, Josh Kendall, Wes Miller, Miriam Parker, Amelia Possanza, Michael Pietsch und Ruth Tross (in Großbritannien).

Wie üblich hat meine Frau Donna mich fabelhaft beraten. Es bedarf einer ganz besonderen Persönlichkeit, mit einem Schriftsteller verheiratet zu sein, und ich bin dankbar für die Jahrzehnte voller Geduld und Verständnis in Anbetracht der Tatsache, dass ich jeden Tag mehrere Stunden lang zum Einsiedler werde.

Der Autor

David Morrell wurde in Kitchener, Ontario, Kanada geboren. Als Teenager war er ein Fan der klassischen Fernsehserie *Route 66* über zwei junge Männer, die in einem Corvette-Cabrio durch die Vereinigten Staaten reisen in der Hoffnung, sich selbst zu finden. Stirling Silliphants Drehbücher für die Serie beeindruckten Morrell so sehr, dass er beschloss, ebenfalls Schriftsteller zu werden.
Das Werk eines weiteren Schriftstellers (des Hemingway-Experten Philip Young) veranlasste Morrell zur Übersiedlung in die Vereinigten Staaten, wo er bei Young an der Pennsylvania State University studierte und seine MA- und PhD-Abschlüsse machte. Dort lernte er auch den angesehenen Science-Fiction-Autor William Tenn (wirklicher Name: Philip Klass) kennen, der Morrell die Grundlagen des literarischen Schreibens beibrachte. Das Ergebnis war *First Blood* (*Rambo*), ein bahnbrechender Roman über einen an Posttraumatischem Stress-Syndrom leidenden Vietnam-Heimkehrer, der in einen Konflikt mit dem Sheriff einer Kleinstadt gerät und in der Folge seine private Version des Vietnamkriegs noch einmal ausficht.
Dieser »Vater« des modernen Actionromans erschien im Jahr 1972, als Morrell Professor der Englischen Fakultät an der University of Iowa war. Er lehrte dort von 1970 bis 1986 und schrieb zugleich weitere Romane, von denen viele zu internationalen Bestsellern wurden. Darunter war eine Trilogie klassischer Spionageromane, *The Brotherhood of the Rose* (*Der Geheimbund der Rose*), *The Fraternity of the Stone* (*Verschwörung*) und *The League of Night and Fog* (*Verrat*).
Irgendwann wurde Morrell es müde, zwei Berufe zu haben, und gab seine Lehrtätigkeit auf, um sich ganz dem Schreiben zu wid-

men. Wenig später wurde bei seinem fünfzehnjährigen Sohn Matthew eine seltene Form von Knochenkrebs diagnostiziert. Matthew starb 1987, ein Verlust, der nicht nur tiefe Spuren in Morrells Leben hinterließ, sondern auch sein Werk prägte – etwa in seinen Erinnerungen an Matthew, *Fireflies*, oder dem Roman *Desperate Measures* (*Der Nachruf*), dessen Protagonist ebenfalls einen Sohn verloren hat.

»*The mild-mannered professor with the bloody-minded visions*«, wie ein Rezensent ihn einmal beschrieben hat, ist Autor von mehr als dreißig Büchern, darunter *Murder as a Fine Art (Der Opiummörder)*, *Creepers* und *Extreme Denial* (das Buch spielt in Santa Fe in New Mexico, wo Morrell lebt). Morrell wurde für den Edgar Award, den Nero Award, den Anthony Award und den Macavity Award nominiert und dreimal mit dem renommierten Bram Stoker Award der Horror Writers Association ausgezeichnet. Die Organisation der International Thriller Writers verlieh ihm den angesehenen Thriller Master Award.

Derzeit sind achtzehn Millionen Exemplare von David Morrells Werk im Handel erhältlich. Seine Bücher wurden in dreißig Sprachen übersetzt. In seinem Buch über das Schreiben, *The Successful Novelist*, analysiert er, was er selbst in seinen vier Jahrzehnten als Autor gelernt hat. Sie können David Morrell auf seiner Website www.davidmorrell.net besuchen, wo sich auch Bilder von Thomas De Quincey, seiner Tochter Emily und den faszinierenden viktorianischen Schauplätzen von *Die Mörder der Queen* finden.